Requiem für eine Sängerin

Elizabeth Corley wuchs in West Sussex, England, auf. Sie ist verheiratet und arbeitet als Direktorin eines Global Investment Management Unternehmens in Surrey. «Requiem für eine Sängerin» ist ihr erster Roman. Ein zweiter Thriller mit Chief Inspector Fenwick, «Nachruf auf eine Rose», erschien 2003 im Fischer Taschenbuch Verlag.

Unsere Adresse im Internet: www.fischerverlage.de

Elizabeth Corley

Requiem für eine Sängerin

Roman

Aus dem Englischen
von Joachim Körber

Scherz

Für meine Eltern, Robert und Yvonne Trown,
in Liebe

Limitierte Sonderausgabe
veröffentlicht im Scherz Taschenbuch,
ein Verlag der S. Fischer Verlag GmbH,
Frankfurt am Main, September 2004

Die Originalausgabe erschien unter dem Titel
«Requiem Mass» bei Headline Book Publishing, London

Gesamtherstellung: Ebner & Spiegel, Ulm
Printed in Germany
ISBN 3-502-79372-7

Requiem

Requiem aeternam dona eis, Domine,
et lux perpetua luceat eis.

Herr, gib ihnen die ewige Ruhe
Und das ewige Licht leuchte ihnen.

Der alte Mann starb. Er lag in einem blendend weißen Bett in einem Privatzimmer, weitab vom Lärm des Krankenhaustrubels. Über sein Bett hatte sich eine Stille herniedergesenkt, als wäre er bereits durch eine unsichtbare Glocke von der Welt abgeschirmt.

Grelles australisches Sonnenlicht funkelte an den Rändern der dicht geschlossenen Jalousien und machte den Mangel an Farbe in dem Raum überdeutlich – weiße Wände, weißer Boden, weiße Jalousien, weiße Laken, weiße Haut, weißes Haar, weiße Lippen, blasse weiße Finger. Nur die Schatten verliehen den Zügen des Mannes Kontur. Er schwebte in einem traumähnlichen Zustand: Eben noch ein junger Mann, war er im nächsten Augenblick tot und blickte mit einer Mischung aus Mitleid und Verachtung auf den altersschwachen, vom Krebs zerfressenen Körper hinab, unfähig, in den bis auf die Knochen abgemagerten Gliedmaßen und dem aufgedunsenen Leib den Mann zu entdecken, der er einmal gewesen war.

Seit Tagen war er dem Tode nahe, verweigerte jedoch die lindernde Betäubung einer starken Dosis Morphium. Die Ärzte und Schwestern hatten ihm Tag für Tag mehr geben wollen – aber er besaß das Geld und die Willenskraft, sich ihren Verordnungen zu widersetzen, und schien Qualen den Vorzug vor der Betäubung zu geben. Sie verstanden das nicht. Er war erst zweiundsechzig, sah aber aus wie neunzig. Ein Einwanderer fern seiner Heimat, allein, keine Familie, seine Frau längst tot. Die Ärzte und Schwestern wussten nicht, was ihn am Leben hielt; jedenfalls klammerte er sich an sein Delirium und widerstand der Versuchung, in einen letzten, ruhigen Schlaf hinüberzugleiten.

Im Geiste war der Mann in einer fast zwanzig Jahre zurückliegenden Vergangenheit gefangen. In einem nicht enden wollenden Albtraum durchlebte er wieder und wieder dieselbe Woche seines Lebens. Jedesmal war er stummer Zeuge der Ereignisse, gelähmt und taub, nicht imstande einzugreifen. Jedesmal musste er mit ansehen, wie seine Tochter auf einem malerischen Klippenweg in den Tod ging.

Sie drehte sich um, winkte – nicht ihm, sondern ihren Freundinnen – und ging weiter bergab, bis sie nicht mehr zu sehen war. Dann veränderte sich seine Perspektive: Er schwebte wie eine Möwe über ihr und versuchte, sie wegzutreiben von dem, was wenige Meter weiter auf sie wartete, doch seine krächzenden Schreie blieben ungehört.

In seinem drogenumnebelten Zustand wurde der Krebsschmerz zu der Pein, die sich in seinen Arm-Flügeln ausbreitete, während er immer wieder über ihrem Kopf herabstieß. Die Trockenheit in seiner Kehle wurde zu dem heiseren Krächzen, das er von sich gab. Stunde um Stunde folgte er ihr im Halbschlaf denselben Weg hinab; seine Versuche, sie zu warnen, gerieten mit jedem Mal schwächer, das kalte Grauen aber, das ihre letzten Augenblicke begleitete, wurde mit jeder Wiederholung unbarmherziger.

Den Hang hinunter, um die Kurve, und dort wartete jemand auf sie, verfolgte schweigend, wie zuerst ihr goldener Schopf und dann ihre ganze zierliche Erscheinung über der Anhöhe auftauchte. Das Gesicht der wartenden Gestalt konnte er aus der Vogelperspektive nicht sehen. Dunkel, schlank, athletisch – mehr war nicht zu erkennen –, aber seine Tochter wusste, wer das war. Lachend und mit ausgebreiteten Armen lief sie den steilen Weg hinunter in eine kräftige Umarmung. Zärtlich und vertrauensvoll blickte sie in das Gesicht, das er nicht sehen konnte.

Er stieß panische Möwenschreie aus und schlug wild mit den Flügeln in dem Bemühen, sie zu warnen. Sie aber schloss die Augen und reckte das Gesicht einem Kuss entgegen. Sie wurde von der fremden Gestalt in einer geschmeidigen Bewegung hochgehoben und herumgewirbelt wie einst als kleines Mädchen von ihrem Vater – doch dann wurde sie losgelassen und flog über den Rand der Kalksteinklippe.

Endlose Sekunden lang blieben ihre Augen geschlossen, ihr Lächeln lediglich verwirrt. Im letzten Moment schlug sie die Augen auf und schaute sich erschrocken um. Sie ruderte mit den Armen, das Gesicht von Todesangst verzerrt. Schließlich stürzte sie in den Abgrund, prallte auf Simsen des unnachgiebigen Kalksteins ab, brach sich auf einem zerklüfteten Felsvorsprung den Rücken, wurde durch den Aufprall weiter hinaus geschleudert – gelähmt, aber noch bei Bewusstsein –, fiel sechzig Meter in die Tiefe und blieb auf dem Geröll liegen.

Der Vater stieß als Vogel mit angelegten Schwingen hinab, um seine Tochter festzuhalten, bevor eine Welle sie mit sich reißen konnte. Er schlug die Klauen in ihr mittlerweile scharlachrot gesprenkeltes T-Shirt; mit dem Schnabel berührte er sanft ihre Wange, um den Kopf zu drehen. Mit leeren blauen Augen blickte sie zu ihm auf. Ihr Kopf rollte zurück, hinterließ Blut und graue Masse auf den Felsen und blieb in einem unnatürlichen Winkel liegen. Sie lag reglos, es sei denn, eine Welle der steigenden Flut schlug über ihr zusammen und bewegte wie in einer Imitation des Lebens ihre Gliedmaßen. Sie war tot, immer tot.

Zehn Nächte nachdem der Patient ihrer Obhut anvertraut worden war, wurde Schwester Sarah Evens durch einen Ruf von ihm aufgeschreckt. Bislang hatte er allen getrotzt; nicht gesprochen und Medikamente so hartnäckig verweigert, dass man seine Qualen am besten linderte, indem man ihn einfach in Ruhe ließ. Wäre es mit rechten Dingen zugegangen, hätte er längst tot sein müssen. Stattdessen saß er plötzlich aufrecht im Bett, und nicht das Fieber, sondern Aufregung färbte sein Gesicht rot.

Noch erstaunlicher als seine Munterkeit war jedoch seine Bitte. Er verlangte nach einem Priester – einem katholischen obendrein –, und zwar unverzüglich. Eine Viertelstunde später kam der junge Priester herbeigeeilt, um ihm die Letzte Ölung zu geben, doch als er am Bett des sterbenden Mannes Platz nahm, kamen ihm Zweifel am Grund für den Ruf.

Ja, es gab eine Seele hier, die er erretten musste; ja, der Mann würde seine Sünden beichten, bereuen und sich in Gottes Hände geben, aber doch nur unter einer kleinen Bedingung. Der Priester musste einen Brief schreiben, einen höchst wichtigen Brief, den der Mann ihm diktieren würde. Der Priester musste bei der Bibel schwören, dass der Brief dem Neffen des Mannes in England zugestellt würde. Es schien sich um eine unbedeutende Gefälligkeit zu handeln, doch der stechende Blick des Mannes, als er darauf bestand, dass der Priester die Hand auf das Heilige Buch legte und schwor, seinen Inhalt ebenso streng zu hüten wie eine Beichte, hätte ihm eine Warnung sein sollen.

«Ich werde Ihren Brief schreiben, mein Sohn. Aber warum ist er so wichtig?»

Auf dem Gesicht des alten Mannes erschien ein garstiges Lächeln. Sein Atem roch nach verwesenden Tieren.

«Ich habe das Gesicht gesehen! Ich habe das Gesicht gesehen! Ich weiß, wer es war, und mein Neffe muss es erfahren – unverzüglich. Er wird wissen, was zu tun ist.»

Für den Priester hörte sich das harmlos an, vielleicht ging es um eine Art Offenbarungserlebnis. Arglos legte er seinen Eid ab und begann, die letzten Worte des alten Mannes zu Papier zu bringen.

Das Haus war genau so, wie er es in Erinnerung hatte: Ein Betonweg führte zu einer billigen Tür, die einst butterblumengelb gestrichen gewesen, nun aber verwittert war und an saure Milch denken ließ.

Als er den Schlüssel ins Schloss steckte, überkam ihn ein so heftiger Kummer, dass er warten und den Kopf in die Hand stützen musste, bis der beinahe physische Schmerz nachließ. Fast auf dem Fuß folgte die altbekannte Wut, die ihn anspornte, über die Schwelle zu gehen und die dunkle, verwahrloste Diele zu betreten.

Das Haus war ihm selbst im Halbdunkel vertraut. Ohne Umschweife ging er zur Küche, wo hin und wieder ein Schimmer der Abendsonne durch die Wolkendecke und schmutzige Fensterscheiben hereinfiel und einen Tisch mit Wachstuchdecke sowie einen maroden Stuhl erkennen ließ. Er setzte sich erschöpft, zog eine eselsohrige Schwarzweißfotografie aus der Tasche und strich behutsam über das Bild von vier lachenden Gesichtern. Vergangenheit, glückliches Lachen, hübsche Gesichter, und eines, das hübscheste, war für immer fort. Sie war unschuldig gestorben, ohne zu ahnen, wie sehr er sie geliebt hatte.

Wer war schuld an ihrem Tod? Nicht er! Jahrelang hatte er geglaubt, er trage die Verantwortung. Jahrelang hatte er gearbeitet, gekämpft, getötet und damit vergeblich versucht, sein Gewissen zu beruhigen und die Erinnerung an sie zu tilgen. Jetzt wusste er, dass es nicht seine Schuld war. Der Brief, den er nicht erwartet und nicht gewollt hatte, machte alles klar. Er hätte sie nicht retten können – denn es hatte jemanden gegeben, der wollte, dass sie starb.

Wer das war, dessen konnte er noch nicht sicher sein, aber es waren Andeutungen gemacht worden, und die reichten aus, um ihn wieder auf die Spur zu bringen. Die Liste der Verdächtigen konnte nicht lang sein. Er wusste nicht, wer von ihnen es gewesen war, es konnten auch zwei gewesen sein. Als er an ihre betroffenen Gesichter dachte an dem Tag, als sie die Nachricht von ihrem Tod in dieses Haus brachten, als ihm klar wurde, wie scheinheilig mindestens einer dieser mitleidigen, tränenfeuchten Blicke gewesen war, sprang er, den Tisch umstoßend, mit einem unbeherrschten Schrei auf und suchte blind nach etwas, das er verletzen oder zerstören konnte.

Er stolperte zur Spüle, schlug mit der bloßen Faust das Fenster darüber ein und verspürte eine obszöne Freude, als er das Blut aus den Schnitten auf seinem Handrücken quellen sah. Erst als es auf das Foto zu tropfen drohte, zog er den Arm zurück und verband die Hand mit einem alten Küchentuch, das an der Tür gehangen hatte. Die blinde Wut ließ langsam nach, und er blieb wie immer schwach und leer, aber für eine Weile beschwichtigt zurück. Er hob das Foto auf, strich zärtlich darüber und ging zurück zu dem Stuhl. Ein Gedanke ging ihm wieder und wieder durch den Kopf – es war nicht meine Schuld. Und dieser Gedanke erfüllte ihn mit eisklarer Zielstrebigkeit.

Jemand hatte gewollt, dass sie starb, hatte sie in den Tod gestürzt. Wenn er seiner Sache sicher war, würde er das Wenige, das er für sie und ihr Andenken noch tun konnte, tun. Einst wäre er für sie gestorben. Nun genoss er das Wissen, dass er wenigstens etwas für sie vollbringen konnte: sie rächen, für sie töten – einmal, zweimal, dreimal –, sooft es nötig war, damit sie endlich in Frieden ruhen konnte.

Noch einmal brach die Sonne durch die Wolken, ehe sie hinter den fernen Hügeln unterging. Ihr Licht fiel sanft auf das lächelnde Gesicht eines Mannes, der sein Schicksal kannte und seinen Frieden gefunden hatte.

ERSTER TEIL

Dies irae

Dies irae, dies illa

Tag des Zornes, Tag der Zähren

1

«Gott sei Dank!»

Deborah Fearnside machte die Tür zu, lehnte sich erleichtert dagegen und schloss die perfekt geschminkten Lider über ihren blauen Augen. Es war Montag, und die Kinder waren endlich aus dem Haus; die stets zuvorkommende Mavis Dean hatte sie mitgenommen. Nun musste sie sich nur noch selbst fertig machen.

Sie schlug die Augen auf und sah nervös auf die Uhr. Jetzt, so kurz davor, hatte sie Schmetterlinge im Bauch. Auf gar keinen Fall wollte sie in letzter Minute alles vermasseln. Im Grunde war sie bereit, und das schon seit Viertel vor sieben. Sie musste nur noch ihren Mantel und die Schlüssel holen, abschließen und gehen. Ihre angeborene gute Laune kehrte zurück, während sie durch das Haus eilte.

Deborah Fearnside hatte Montage schon immer gemocht. Sie wusste, das unterschied sie von nahezu allen anderen Menschen, aber ihr gefiel der Gedanke, dass sie wenigstens in einer Hinsicht anders war. Montags ging Derek wieder ins Büro, pünktlich um 6.55 Uhr rollte er mit seinem neuen silbermetallic lackierten Audi aus der Einfahrt, damit er den Zug um 7.12 Uhr nach Victoria Station erwischte. Und die Kinder gingen Viertel vor acht zum Kindergarten. Noreen, die Putzfrau, kam um 8.15 Uhr, um das Frühstücksgeschirr abzuräumen und die Trümmer des Wochenendes zu beseitigen.

Dieser Frühlingsmorgen aber war etwas Besonderes. Deborah würde nach London fahren und Verträge unterzeichnen, die ihr – was bringen würden? Aufregung, Herausforderung, Ruhm? Einerlei, auf jeden Fall etwas Neues. Sie sehnte sich verzweifelt nach etwas Neuem.

Vier Wochen zuvor hatten sie und ein paar Freundinnen auf eine viertelseitige Anzeige in der Lokalzeitung geantwortet, in der junge Mütter mit Interesse an einem Nebenjob als reife Models für einen neuen Katalog gesucht wurden. Der Anzeige zufolge richtete sich der Katalog an Familien, die bevorzugt «bequem und einfach hochwertige Kleider für ihren erfüllten, aktiven Lebensstil» kauften. Darüber hinaus hätten Analysen gezeigt, dass «der Rücklauf unserer Zielgruppe deutlich besser ist (in manchen Fällen bis zu dreimal so hoch), wenn die Kleidungsstücke von *echten* Müttern und ihren Kindern vorgeführt werden».

Die Ansprüche an die Models waren hoch, der Auswahlprozess in vier Stufen unterteilt. Zudem gab es enge Grenzen, was die Größe und das Gewicht der Mütter sowie das Alter der Kinder betraf. Das Honorar für erfolgreiche Models war laut Anzeige «ausgezeichnet».

Zunächst waren Deborah und ihre Freundinnen skeptisch gewesen. Mindestens sechs von ihnen entsprachen den Größen- und Gewichtsvorgaben und hatten Kinder in der richtigen Altersgruppe. Drei unter ihnen waren Deborahs Auffassung nach ziemlich attraktiv; sie kam nicht umhin, sich im Stillen zu sagen, dass sie selbst wahrscheinlich die Attraktivste war. Sie hatte immer noch das naturgelockte goldblonde Haar und die hellblauen Augen, die die Jungs in der Schule verrückt gemacht hatten, und trotz der beiden Kinder war sie schlank und gut gebaut. Mit dreiunddreißig waren ein paar Schwangerschaftsstreifen und beginnende Zellulitis wohl unvermeidbar, aber in der Anzeige hatte ausdrücklich gestanden, dass es ausschließlich um Oberbekleidung gehe, für Bademoden und Unterwäsche würden professionelle Models engagiert. Trotz allem war ihnen die Sache riskant vorgekommen, womöglich machten sie sich alle zum Narren – und so waren die Freundinnen übereingekommen, dass das nichts für sie sei.

Dann war zweierlei geschehen, das Deborah veranlasste, mit dem 8.12-Uhr-Zug nach London zu fahren und ihren Termin wahrzunehmen.

Erst Derek. Sie konnte akzeptieren, dass er nicht eben offensiv männlich war, so war er nun einmal erzogen, aber sie hatte wenigstens mit einer *gewissen* Reaktion gerechnet, als sie am Samstag nach Erscheinen der Anzeige in ihrer Neuerwerbung von der «Naughty

Nighty»-Party, die sie Anfang der Woche besucht hatte, aus dem ans Schlafzimmer angrenzenden Badezimmer stolziert kam. Den gewagten Zweiteiler aus türkisfarbenem Chiffon hatte sie unter zahlreichen Witzeleien und neidischen Bemerkungen ihrer Freundinnen ausgesucht. Das hauchzarte Etwas war fast bis zum Nabel ausgeschnitten, und elfenbeinfarbene Spitzenborten zierten Armöffnungen und Saum. Dazu gehörte ein passendes Höschen. Das Ensemble ließ ihre immer noch festen Brüste zur Geltung kommen und kaschierte die Pölsterchen an den Hüften, die sie trotz zweimal Gymnastik pro Woche einfach nicht wegbekam.

Als sie also nach dem Duschen rosig und warm das halbdunkle Schlafzimmer betrat, an den richtigen Stellen von einem Hauch von Dereks Lieblingsparfüm umweht, lauerte sie auf eine Reaktion. Doch ihr Mann schaute nur kurz von seiner Lektüre – *The Economist* – auf und bat sie, das Licht im Bad auszumachen. Sie hatte es, in der Hoffnung, eine verführerische Silhouette darzubieten, absichtlich angelassen. Deborah ließ sich nicht beirren, glitt auf das Bett und zog ihm die Zeitschrift weg. Doch er riss ihr das Heft aus der Hand, drehte sich um, schüttelte das Kissen auf und schlüpfte energisch unter die Decke, bevor er mit einem frostigen «Um Himmels willen!» das Nachttischlämpchen ausknipste.

Der Streit, den das nach sich zog, war einer ihrer schlimmsten gewesen. Am Ende saß Deborah um zwei Uhr morgens in einen Frotteemorgenmantel eingemummt in der Küche, trank Tee und schwor sich, sie würde Derek beweisen, dass sie noch eine attraktive Frau war. Erst später, als sie die Zeitungen vom Freitag wegräumte, fiel ihr Blick wieder auf die Annonce. Impulsiv riss sie sie heraus und legte sie beiseite.

Selbst danach wäre jedoch fraglich gewesen, ob Deborah etwas unternommen hätte, hätten es sich nicht Jean und Leslie, zwei ihrer engsten Freundinnen, über das Wochenende anders überlegt und beschlossen, doch auf die Anzeige zu antworten. Brian, Leslies Mann, war das wachsende Interesse seiner Frau an der Anzeige nicht entgangen, und so hatte er die angegebene Nummer angerufen. Er hatte bei einer ausgesprochen wortgewandten und höflichen Sekretärin eine Nachricht hinterlassen und war binnen einer Stunde vom Manager des neuen Unternehmens zurückgerufen worden. Der Mann hatte, sehr professionell, alle Fragen beantworten können. Zwei Tage später war den Smiths eine Hochglanzbroschüre über die Agentur nebst einer Bilanz der Muttergesellschaft ins Haus geflattert. Brian, von Beruf Buchhalter, hatte bei der Handelskammer Erkundigungen über die Mutterfirma eingezogen. Die existierte tatsächlich, und es gab auch eine Tochtergesellschaft für den Großhandel mit Modeartikeln. Beruhigt, aber dennoch entschlossen, ganz sicherzugehen, rief Brian einen Freund in der Branche an, der ihm bestätigte, dass die Mutterfirma in der Tat vorhatte, auf dem Versandhandelsmarkt zu expandieren.

Der Zuspruch ihres Mannes beschwichtigte Leslies Zweifel, und sie ermutigte ihre Freundinnen, sich zu bewerben. Brian bot sich sogar an, sie zu den Vorstellungsterminen zu begleiten, sollte es so weit kommen. Das gab für Deborah den Ausschlag, und am Ende beschlossen sechs Mütter der Kindergartengruppe, sich gemeinsam zu bewerben. In der Anzeige hieß es, Interessentinnen sollten Namen, Anschrift, Telefonnummer, Größe und Gewicht angeben, Angaben zu Alter und Geschlecht der Kinder machen und einige Fotos von der Familie und von sich beilegen (die zurückgeschickt würden, sofern ein frankierter Umschlag beigelegt sei).

Von den sechs Freundinnen wurden innerhalb einer Woche vier zu Vorstellungsterminen nach London gebeten. Aufgeregt begaben sie sich zum Hotel Carlton in der Nähe des Trafalgar Square (vier Sterne, wie Deborah Derek stolz wissen ließ). Letztendlich war Leslies Mann doch nicht mitgekommen; vier Frauen zusammen konnten sich hinreichend sicher fühlen.

Die Gespräche führte eine atemberaubend attraktive und elegant gekleidete Dame Anfang dreißig in einem Konferenzraum. Sie gab die nervösen Antworten der Frauen in einen Laptop ein, auf dem, wie sie erläuterte, bereits die Informationen aus ihren Bewerbungen gespeichert waren. Die Fragen zielten auf den Werdegang der Frauen; frühere Erfahrungen beim Modeln oder Schauspielern (Deborah erinnerte sich an einen Auftritt am College, als sie neunzehn war, und etwas Schauspielunterricht); die Kinder – ob es ihnen Spaß machen würde, Kleidungsstücke vorzuführen; und zuletzt, beinahe entschuldigend, die Ehemänner – was die von einem möglichen Engagement halten würden.

Nach zwei Stunden waren alle vier ausführlich befragt und darüber informiert worden, dass sie binnen einer Woche Nachricht erhalten würden. Sie bekamen eine Broschüre mit Einzelheiten über die Agentur und den Katalog. Als die Freundinnen aus dem Fahrstuhl traten und durch die marmorverkleidete Halle gingen, sahen sie zu ihrer Bestürzung zwei äußerst attraktive Frauen an der Rezeption nach dem Konferenzraum der Agentur fragen. Insgeheim war Deborah der Ansicht, dass sie sich bei solcher Konkurrenz glücklich schätzen konnten, wenn sie auch nur die nächste Hürde schafften.

Innerhalb von drei Tagen erhielten Leslie und Deborah telefonisch die Mitteilung, dass sie Erfolg gehabt hatten. Sie wurden für die darauf folgende Woche zu ersten Probeaufnahmen bestellt. Die Termine lagen so, dass sie zusammen fahren konnten. Darüber hinaus wurden sie gebeten, in einem Fotoatelier der Gegend, wo bereits entsprechende Arrangements getroffen worden waren, auf Kosten der Agentur Aufnahmen von ihren Kindern machen zu lassen. So müssten, erklärte die ausgesprochen freundliche Dame am Telefon, die Kinder nicht reisen, solange die endgültigen Vereinbarungen noch nicht getroffen seien. Deborah und Leslie fanden das besonders professionell und einfühlsam.

Die Probeaufnahmen verliefen ausgezeichnet; anschließend wurde ihnen gesagt, dass sie zur Unterzeichnung der Verträge nach London eingeladen würden. Zusammen mit zwei anderen seien sie unter mehr als hundert Bewerberinnen ausgewählt worden. Beim nächsten Mal würden sie nicht selbst zum Studio fahren müssen, sondern würden von einem Wagen mit Chauffeur vom Bahnhof abgeholt.

Und so kam es, dass Deborah Fearnside an einem sonnigen Aprilmorgen in beschwingter Stimmung zum letzten Mal ihre Haustür zumachte und gewissenhaft abschloss. Als sie mit ihrer kleinen Tasche, in der sich die nötigsten Reiseutensilien, ein merkwürdiger Glücksbringer und – für den Fall, dass sie nach den Aufnahmen noch Zeit für einen Besuch im West End finden sollte – ihr Scheckbuch befanden, das Haus verließ, plagte sie kein schlechtes Gewissen.

Deborah wollte Leslie mit zum Bahnhof nehmen und traf pünktlich bei ihrer Freundin ein. Auf den Anblick, der sich ihr dort bot, war sie nicht vorbereitet.

«Deborah. O Gott, es tut mir Leid.» Eine völlig aufgelöste Leslie, die Lockenwickler noch im Haar, machte die Tür auf. «Ich werde es nicht schaffen. Der Morgen war eine einzige Katastrophe. Erstens ist die Katze weg – der Himmel weiß, wo das verdammte Vieh steckt! Sie ist noch nie ausgerissen, und die Kinder laufen seit sieben Uhr weinend durchs Haus. Dann hat Julie angerufen und gesagt, dass ihr Auto nicht anspringt. Also kann sie die Kinder nicht zur Schule bringen. Und um allem die Krone aufzusetzen, hat eben noch der Rektor von Jamies Schule angerufen und gesagt, dass er mich in einer ‹ernsten Angelegenheit› sprechen muss; etwas, das er nicht am Telefon besprechen kann.»

Leslie schien den Tränen nahe. Irgendwo im Haus hörte Deborah weinende Kinder und einen Hund, der unablässig bellte.

«Du Ärmste! Was machst du denn jetzt?» Deborah war voll des Mitleids, aber nichtsdestotrotz musste sie zum Bahnhof, das Auto parken und eine Fahrkarte kaufen. «Weißt du was?», sagte sie, als sie ihre Freundin so ratlos sah. «Ich erkläre denen, dass du aufgehalten worden bist. Sobald ich im Studio bin, rufe ich an, um zu hören, wie es bei dir steht.»

«Oh, danke, Deb, das wäre toll. Eigentlich müsste ich es trotz allem noch schaffen, vorausgesetzt, mit dem Rektor geht alles reibungslos über die Bühne.»

«Da bin ich ganz sicher, keine Bange. Und die von der Agentur wird es nach der ganzen Mühe, die sie auf sich genommen haben, um uns zu finden, nicht stören, wenn du ein klein wenig zu spät kommst. Wir sehen uns dann später.»

Deborah drehte sich um und ging, ohne auf die Antwort ihrer Freundin zu warten. Wenn der Verkehr nicht allzu dicht war, konnte sie den Zug noch erwischen.

Als der 8.12-Uhr-Zug mit fünf Minuten Verspätung abfuhr, ließ sie sich dankbar auf den Sitz sinken. Wäre der Verkehr nicht so günstig gewesen, wäre der Zug pünktlich abgefahren, hätte sie auf Leslie gewartet, dann wäre sie vielleicht, vielleicht am Abend wohlbehalten wieder nach Hause gekommen.

2

Er saß am Steuer des gemieteten 5er BMW und wartete geduldig. Alle Planungen und Vorbereitungen liefen auf diesen Augenblick hinaus. Er war, wie bei früheren Anlässen, vollkommen ruhig und konzentrierte sich ausschließlich auf die Einzelheiten der Darbietung, die er gleich geben würde. Er hatte geplant, Rollen besetzt und geprobt, bis das Stück perfekt war; er war Schöpfer und Künstler in einem.

In diesem Fall hatte er sich einem scheinbar unlösbaren Problem gegenübergesehen: Wie brachte man eine Frau von ihrer tagtäglichen Routine ab, ohne Verdacht zu erregen, *und* gewann Zeit für ein entspanntes Verhör, ohne sich mit einer Großfahndung der Polizei herumärgern zu müssen?

Das Leichteste war gewesen, sie und die anderen zu finden. Ihre Namen hatte er aus einem alten Schuljahrbuch, der Rest stammte aus einer alten Frauenzeitschrift. Danach hatte er entscheiden müssen, in welcher Reihenfolge er an sie herantreten würde. Er brauchte spezifischere Informationen und konnte nur hoffen, dass es ihm gelang, aus der Ersten von ihnen die ganze Wahrheit herauszuholen.

Für diese hatte er sich entschieden, weil sie leicht zu knacken sein würde. Er bezweifelte, dass sie selbst unter günstigsten Umständen lange durchhalten würde; Eitelkeit und Sorge um ihr hübsches Gesicht würden sie für seine Drohungen umso empfänglicher machen. Er verabscheute Verhöre – sie waren in ihrem Verlauf nicht kalkulierbar und kosteten Zeit. Im Gegensatz zu Zeitgenossen, denen es sexuelle Befriedigung zu verschaffen schien, anderen Schmerzen zuzufügen und mit dem Messer Macht über ein hilfloses Opfer auszuüben, hatte er kein Vergnügen daran.

Die eigentliche Herausforderung war es gewesen, einen Plan auszuarbeiten, der hinreichend Möglichkeiten für eine Entführung bot, die nicht sofort großes Geschrei nach sich zog. Sie einfach aus dem Dorf zu holen wäre ein schlechter Anfang gewesen; er kannte diese Art von Gemeinden nur zu gut. Auch wenn sie weitgehend von Pendlern und ihren Familien bewohnt wurden, wussten doch zumindest die Frauen und Kinder genau übereinander Bescheid. Noch schlimmer: Ihr Alltag spielte sich in solcher Regelmäßigkeit ab, dass jede Abweichung innerhalb weniger Stunden bemerkt worden wäre.

Und sie entsprach auf Mitleid erregende Weise einem bestimmten Typ: Mitglied der Fahrgemeinschaft zur Schule und zum Kindergarten, zweimal die Woche Gymnastik, einmal die Woche Hilfsdienst im Altenheim, und sie ging öfter einkaufen und ihre Freundinnen besuchen, als ihrem Mann lieb war. Es gab keinen Tag in ihrem selbst gestalteten, sinnlosen Leben, an dem sie für seine Zwecke nicht zu schnell vermisst worden wäre. Noch problematischer war, dass es kaum eine Möglichkeit gab, sie zu Hause abzuholen, ohne von jemandem gesehen zu werden, denn sie hatte gleich zwei Nachbarinnen, die gern hinter den Gardinen lauerten.

Der erste Ansatz einer Lösung war ihm während einer Beobachtungsfahrt eingefallen, als er ihr und einigen ihrer Freundinnen zu einem Café gefolgt war. Sie hatten sich darüber beklagt, wie sinnlos ihr Leben sei, wie unausgefüllt sie sich fühlten und welch großes Potenzial ungenutzt in ihnen schlummere. Das alles hatte er zur späteren Verwendung gespeichert.

An einem anderen Tag hatten sie die Köpfe über einem Versandhauskatalog zusammengesteckt. Zwischen abfälligen Kommentaren über die Kleidungsstücke waren immer wieder Bemerkungen darüber gefallen, wie unnatürlich die Models aussähen; eine der Frauen hatte gesagt, sie wirkten einfach nicht wie «richtige Menschen».

Während er noch die gesammelten Fakten sondierte, waren die beiden Unterhaltungen in seinem Geiste zu einer Idee verschmolzen. Sie war, wie alle guten Ideen, überraschend einfach: Entführ sie nicht in ihrer vertrauten Umgebung, bring sie in eine deiner Wahl. Sie musste eine der Dutzenden von Menschen werden, die Woche für Woche vermisst wurden. Sie musste in London verschwinden, wo das etwas Alltägliches war, nicht im verschlafenen Sussex. Noch besser, wenn sie sich langweilt: Verhilf ihr zu einem Grund, etwas anderes zu tun, legitimiere es und unterstütze es mit einem Wunsch oder Vorbehalt, den sie ohnehin schon hat. Mit natürlichen Models für einen Versandhauskatalog liefen sämtliche Fäden zusammen.

Die Umsetzung der Idee war natürlich komplizierter – «arbeitsintensiv», wie sein alter befehlshabender Offizier gesagt hätte. Das war seine einzige Schwäche, die Neigung, die Ausführung seiner Pläne zu aufwendig zu gestalten. Grund dafür war seine Liebe zum Detail, fast schon eine Besessenheit, ebenso wie der Wunsch, gerissener zu sein als seine Widersacher. Aber kein Teil seines Plans war unwichtig. Es war leicht gewesen, die Anzeige zu entwerfen: Brief und Scheck an die Lokalzeitung, einschließlich einer Kopie, und da die Anzeige dort gesetzt wurde, brauchte er keine Werbeagentur. Das Konto für den Scheck hatte er per Post von seiner «Geschäftsadresse» aus eröffnet – einem möblierten Büro in einer heruntergekommenen Gegend im Norden Londons, das er bar bezahlte und dessen halbseidener Vermieter keine Fragen stellte.

In aller Hast hatte er die Bekleidungs- und Versandbranche sondiert: Die wichtigen Wirtschaftsmagazine und einige wöchentliche Anlagerundschreiben hatten ihm eine Liste von Konfektionsherstellern und Einzelhändlern in Großbritannien geliefert. Er hatte den passendsten herausgesucht, ein paar Anteile gekauft und war mit Kopien der Geschäftsberichte und vorläufigen Bilanzen belohnt worden. Wie gut, dass er sie gehabt hatte – dank ihrer hatte er Leslie Smiths Mann beruhigen können.

Nach diesen Vorbereitungen hatte er die Anzeige acht Wochen lang alle vierzehn Tage geschaltet und zu diesem Zweck eigens Briefpapier mit Geschäftsadresse drucken lassen. Er hatte befürchtet, die Anzeigenannahme der Zeitung könnte womöglich versuchen, Auskünfte über die Firma einzuholen, aber dazu gab es keinen Grund; sein Scheck wurde kommentarlos akzeptiert.

Er hatte die Anzeige so entworfen, dass sie die Frau direkt ansprechen musste. Er wusste, dass sie diese Zeitung las und die Anzeigen studierte. Sie war von einer gewissen Dünkelhaftigkeit, und er hatte den Anzeigentext darauf zugeschnitten. Offensichtlich hielt sie sich für attraktiv und glaubte, dass sie in jüngeren Jahren tatsächlich hätte Model werden können; er vermutete, dass sie in einem Alter war, da Gelegenheiten, ihre Attraktivität zu beweisen, ihr besonders verführerisch erscheinen mussten. Natürlich hatte er auch gehört, wie sie in die Kritik an den hauptberuflichen Models einstimmte.

Zu guter Letzt hatte die Annonce die Möglichkeit eingeräumt, dass die Frauen als Gruppe antworteten. Das Risiko, dass sie nicht reagierte, hatte natürlich bestanden; er hatte sie vor allem erst einmal testen wollen. Wäre die Sache schief gegangen, hätte er ein wenig Geld verloren – davon hatte er genug – und ein bisschen Zeit vergeudet. Na und? Die Zeit war auf seiner Seite; er wartete schon fast zwanzig Jahre.

Er war einigermaßen überrascht gewesen, als die Frau und ihre Freundinnen gleich nach dem ersten Erscheinen auf die Anzeige antworteten. Es hatte ein simples Auswahlverfahren stattgefunden, das stilvoll und überzeugend und in jeder Phase mit der angemessenen Ermunterung durchgespielt wurde; so als ginge es darum, ein gekennzeichnetes Schaf mit geringstmöglicher Aufregung für die anderen von der Herde zu trennen. Mit leisem Stolz erinnerte er sich an die Anreize, die er eingearbeitet hatte, um sie stets zum Weitermachen zu ermutigen. Das Hotel machte, wie etliche andere in London, tagsüber ebenso viel Geschäft wie nachts; es war so klein, dass seine einzelne Buchung nicht weiter auffiel, aber elegant genug, um auf sein Opfer ansprechend zu wirken.

Eine attraktive Interviewerin zu finden war einfach gewesen. Er hatte eine Zeitarbeitsfirma angerufen und deutlich gemacht, welches Erscheinungsbild und welche Schreibmaschinenkenntnisse er bei der Kraft voraussetzte, die er für drei Wochen einzustellen gedachte. Nach einer Runde von Vorstellungsgesprächen hatte er sich für die Kandidatin entschieden, die das Geld für eine Weltreise verdienen wollte. Er gab ihr eine Einweisung und den Laptop, Einzelheiten über die Kandidatinnen und einen kleinen Vorrat an Broschüren, die er woanders hatte drucken lassen als das Briefpapier. Er hatte im Voraus bezahlt und seine Deckadresse hinterlassen, an die täglich Ausdrucke der Gesprächsnotizen und Kommentare über die Bewerberinnen geschickt werden sollten. Die junge Frau war ganz entzückt gewesen, weil sie bei guter Bezahlung einen interessanten Job in einem eleganten Hotel bekommen hatte. Er hatte ihr einen Erfolgsbonus versprochen, wenn sie schnell geeignete Kandidatinnen fanden. Sie hatte keinerlei Fragen gestellt und schien frei von jeder Neugier.

Er hatte die gesamte Korrespondenz persönlich erledigt, hatte die Zuschriften unter der Adresse im Norden von London abgeholt und die Einladungen zu den Vorstellungsgesprächen getippt. Schließlich hatte er der jungen Frau mehr als ein Dutzend Bewerberinnen geschickt und sie kurz nach dem Kontakt mit der Zielperson und ihren Freundinnen angerufen, um ihr zu sagen, dass die Suche abgeschlossen und ihr Erfolgshonorar unterwegs sei. Auf sein Geheiß hatte sie sämtliche Unterlagen und den Laptop zu der Zeitarbeitsfirma gebracht, wo die Sachen von einem der weniger gut beleumundeten Minicar-Unternehmen abgeholt worden waren. Eine Woche später hatte er den PC, auf dem sämtliche Daten gelöscht waren, in die Schuttmulde eines Bauunternehmens an der Baustelle bei Aldgate geworfen.

Der Laptop wäre streng genommen gar nicht nötig gewesen, aber er hatte bei früheren Gelegenheiten festgestellt, dass es Autorität und Seriosität verströmte, Daten in einen Computer einzugeben. Es war unwahrscheinlich, dass die Polizei den Kauf des Laptops zurückverfolgen konnte – vorausgesetzt, sie stellten überhaupt den Zusammenhang her. Er hatte das Gerät an einem Samstag in einem gut besuchten Computerladen gekauft und bar bezahlt, und es war eines der meistverkauften Modelle gewesen.

Er verzog die Lippen zu einem seltenen Lächeln, als er an die beiden Schönheiten von der Begleitagentur dachte, die, weil er es so vereinbart hatte, zur selben Zeit in dem Hotel aufgekreuzt waren wie sein Opfer. Dabei hatte er eigens darauf bestanden, dass sie viel Wind machen sollten, wenn sie nach der Suite fragten – und erklärt, dass sich in der Halle einige Leute aufhalten würden, die er beeindrucken wollte. Die Damen, daran gewöhnt, Sonderwünsche zu erfüllen, waren pünktlich erschienen. Unglücklicherweise hatten die Gespräche trotz seiner exakten Anweisungen länger gedauert, und er hatte von seinem Beobachtungsposten gleich neben der Rezeption frustriert mit ansehen müssen, dass die beiden Damen mit ihrem Theater schon fertig waren, als die anderen Frauen aus den Lifts kamen. Er war sicher, dass diesen die Vorstellung entgangen war, und das bereitete ihm einen gewissen Verdruss, denn die gut aussehende Konkurrenz hatte die Frauen neidisch und nervös machen sollen. Er wusste, eventuelle Vorbehalte konnte er am besten ausschalten, indem er dafür sorgte, dass sie den Job von ganzem Herzen haben wollten.

Trotz dieses kleinen Rückschlags war der zweite Schritt gut gelaufen. Schritt Nummer drei, die Fotoaufnahmen, die er für den schwierigsten Teil gehalten hatte, waren am leichtesten zu vereinbaren gewesen. Er hatte eine hohlköpfige Drogensüchtige mit einem letzten Rest von angenehmer Sprechstimme gefunden, die am Telefon die Termine verabredete. Sie hatte sich so über das Geld gefreut, dass sie keine Fragen stellte, ihre Rolle spielte und sich dabei auf Mitleid erregende Weise bemühte, ihm zu gefallen. Dann das Studio. Ihm war nicht klar gewesen, wie viele Fotostudios es in London gab. Schließlich hatte er eins in einer guten Gegend nicht weit vom Stadtzentrum gemietet und dem glücklichen Fotografen versichert, es handele sich um ein legitimes Geschäft. Er hatte Honorar und Anweisungen per Kurier zugestellt und im letzten Augenblick erklärt, dass er unterwegs sei und die Aufnahmen leider nicht persönlich überwachen könne. Er wusste, dass die Leute im Studio ihre Aufgabe perfekt gemeistert hatten, hatte er die ganze Sache doch mit gewöhnlichem Überwachungszubehör – einem in einem Doppelsteckdose verborgenen Sender – verfolgt.

Das letzte Stadium erforderte feinfühlige Manöver. Er brauchte sie allein, wie ein Collie, der das markierte Schaf umkreist und von den anderen trennt. Er brauchte sie ohne die anderen Frauen, die dem Unternehmen nur einen Anstrich von Sicherheit hatten geben sollen. Indem er sie bis zuletzt in dem Glauben ließ, dass sie die Sache mit einer Freundin gemeinsam machte, konnte er sie, so dachte er, in Sicherheit wiegen.

Ihm war klar, dass der ganze Plan in dieser Phase immer noch auseinander fallen konnte – der vorgebliche Anruf des Rektors erwies sich möglicherweise als wirkungslos; sie hätte beschließen können, auf ihre Freundin zu warten. Bald würde er es wissen. Gelassen wartete er ab, gefeit gegen mögliche Enttäuschungen, denn er war darauf trainiert, seinen Eifer auf ein Minimum zu begrenzen. Er hatte seine Emotionen vollkommen unter Kontrolle, als er mit dem Mietwagen an der Victoria Station vorfuhr.

3

Der Zug fuhr nahezu pünktlich ein. Deborah riss sich aus einem glücklichen Tagtraum, in dem sie, dank ihrer Einkünfte als Model, mit Derek einen romantischen Urlaub für zwei gemacht hatte. Sie gab dem Mann am Ausgangsschalter den Abriss ihres Fahrscheins und schenkte ihm ein strahlendes Lächeln, das ihm den Tag versüßte und ihn später zu einem wichtigen Zeugen hätte machen können, wenn es denn zu einer polizeilichen Ermittlung gekommen wäre. Zielstrebig ging sie zu einem der Seitenausgänge, wo ein Wagen mit Chauffeur auf sie warten sollte. Inzwischen spürte sie wieder die Schmetterlinge im Bauch und musste mehrmals tief durchatmen, um sich zu beruhigen.

Sie trat in die Hitze des ungewöhnlich warmen Apriltages hinaus, und Staub und Lärm der viel befahrenen Londoner Straße trugen wenig zu ihrer Beruhigung bei. Blinzelnd sah sie sich nach dem Fahrer um. Am Telefon hatte es sich so einfach angehört, aber hier, im Gedränge von Menschen und Verkehr, wurde ihr klar, dass sie den Wagen auch schlichtweg übersehen konnte.

In ihrer wachsenden Panik zuckte sie heftig zusammen, als ein dunkelhäutiger Mann mit Knoblauchatem zu ihr trat und sie sanft am Ellbogen berührte.

«Haben Sie sich verirrt, Madam?»

«Nein, nein, alles in Ordnung, danke. Die Sonne blendet nur so. Danke, es ist wirklich alles in Ordnung.»

«Entschuldigen Sie meine Direktheit, Verehrteste, aber den Eindruck habe ich ganz und gar nicht – und ich würde es mir nie verzeihen, wenn ich Sie hilflos hier stehen ließe.»

Seine Aufmerksamkeit hatte etwas Bedrohliches, daher versuchte Deborah verzweifelt, ihn loszuwerden.

«Nein, wirklich, alles in Ordnung. Ich warte auf jemanden. Sie müssten jeden Moment hier sein», entgegnete sie brüsk und schickte ein vages Lächeln hinterher, das ihre Augen jedoch nicht erreichte.

«Aber ich habe ein hübsches Restaurant gleich auf der anderen Straßenseite, wo Sie bequem sitzen und nach den Leuten Ausschau halten könnten, auf die Sie warten.»

Der Mann war hartnäckig, nun hielt er schon ihren Ellbogen mit festem Griff umklammert und zog sie zum Bordstein, als wollte er mit ihr die Straße überqueren.

«Schon gut, die Lady gehört zu mir», sagte plötzlich eine Stimme hinter ihnen.

Deborah und ihr Beschützer drehten sich um. Die Gesichtszüge des Mannes waren kaum zu erkennen, da er die Sonne im Rücken hatte. Er war groß und kräftig. Etwas an seiner Haltung ließ Deborah unwillkürlich an die Polizei denken, aber sie verwarf den Gedanken auf der Stelle und schob das Gefühl auf die Chauffeursmütze, die der Mann trug.

«Mrs. Fearnside? Ich bin Ihr Chauffeur von Happy Families, dem Versandhaus.»

«Ja, ja, das bin ich», antwortete Deborah hastig, da sie es kaum erwarten konnte, den Restaurantbesitzer loszuwerden, und dann, etwas freundlicher: «Wie nett, dass Sie mich abholen.»

«Keineswegs, Madam, das ist mein Job. Aber wir sollten unverzüglich fahren. Ich stehe nämlich im Halteverbot.»

Der Restaurantbesitzer schien nicht willens, sie gehen zu lassen, doch schließlich veranlasste ihn etwas in den Augen des Chauffeurs, den Rückzug anzutreten. Er deutete eine Verbeugung an und machte sich daran, die Straße zu überqueren.

«*Au revoir, Madame.* Ich hoffe, unsere Wege kreuzen sich wieder einmal.»

Deborah beachtete den davoneilenden Mann nicht weiter. «Nochmals danke. Er ging mir schon ziemlich auf die Nerven.»

Der Chauffeur lächelte nur und nahm ihre kleine Reisetasche. Behutsam umfasste er ihren Ellbogen und trug sie fast über die Straße zu dem wartenden Auto, stets darauf bedacht, dem dichten Verkehr auszuweichen. Er verstaute ihre Tasche und Jacke auf der Rückbank und machte ihr die Beifahrertür auf. Deborah zögerte unmerklich.

«Würden Sie lieber hinten sitzen, Madam? Ich dachte, vorn hätten Sie es bequemer; die meisten Fahrgäste ziehen das vor.» Zum ersten Mal sah er ihr in die Augen und lächelte. Mit einem leichten Kribbeln stellte Deborah fest, dass er außerordentlich attraktiv war: älter, als sie zunächst gedacht hatte – aber sehr gut aussehend, mit bernsteinfarbenen Augen und der Physis eines jüngeren Mannes.

«Danke. Ich fahre auch vorn bei Ihnen.»

Sie glitt in das warme Innere, wo es nach Leder roch, während er sich vergewisserte, dass er ihr Kleid nicht in der Tür einklemmte. Er fädelte sich in den Verkehrsstrom ein und schaltete die Klimaanlage ein. Kurz darauf herrschte eine angenehme Temperatur, und es musste keine abgasverpestete Luft von draußen mehr hereingepumpt werden.

«Da wir durch ein, zwei fragwürdige Viertel kommen, Mrs. Fearnside – würde es Ihnen etwas ausmachen, wenn ich die Türen verriegele?»

«Nein, überhaupt nicht. Ich mache das immer; man hört so viele schreckliche Geschichten, dass ich mich wirklich nicht mehr sicher fühle, wenn ich allein fahre.»

Er lächelte ihr beruhigend zu, dann wurden alle vier Türen mit einem satten Klacken verriegelt und der Wagen bahnte sich langsam seinen Weg durch die Fahrzeugschlangen um den Buckingham-Palast herum. Der Chauffeur konzentrierte sich, er wollte einen Unfall vermeiden, der Aufsehen hätte erregen können. Aber ein Teil seiner Aufmerksamkeit galt stets der Frau auf dem Beifahrersitz. Die nächste halbe Stunde war der gefährlichste und schwierigste Teil seines Plans. Wenn sie jetzt in irgendeiner Weise Verdacht schöpfte, blieben ihm kaum Möglichkeiten, ohne Anwendung von Gewalt mit ihr fertig zu werden. Er glaubte nicht, dass sie sich in London sonderlich auskannte, daher nahm er an, dass er noch etwa zehn Minuten hatte, bis anhand der Verkehrsschilder deutlich wurde, dass sie in eine andere Richtung fuhren als die, wo die «Studios» lagen.

Inzwischen musste er dafür sorgen, dass ihr Vertrauen in ihn wuchs. Seine Intuition verriet ihm, dass ein zurückhaltender Flirt der einfachste Weg wäre, eine entspannte Atmosphäre zu schaffen.

«Haben Sie es bequem, Mrs. Fearnside? Ist Ihnen die Temperatur angenehm?» Er warf ihr einen Seitenblick zu, der Gefallen an dem, was er sah, vermitteln sollte, obwohl er in Wahrheit nicht das geringste sexuelle Interesse an ihr hatte. Auf eine rein sachliche Weise war ihm klar, dass man sie als ziemlich attraktiv bezeichnen konnte – ein Faktor, der sich von nun an als Nachteil erweisen würde, da in zunehmendem Maße das Risiko bestand, dass sich potenzielle Zeugen an sie erinnerten.

Wie auch immer, er hatte gelernt, wenn nötig so auf seine Opfer einzugehen, wie sie es von ihm erwarteten. Sie hatten einmal von einem Verhaltenspsychologen erklärt bekommen, dass eine subtile Wiederholung ihres eigenen Verhaltens durch andere beruhigend auf Menschen wirkte. Offenbar war er darin ein Naturtalent. Er empfand nichts für sie – keine Leidenschaft, kein Mitgefühl –, nur ein kühles Interesse an ihren wahrscheinlichen Reaktionen und eine gewisse Empfänglichkeit für ihre Stimmung. Seine Darbietung war perfekt; sie konnte unmöglich etwas ahnen.

«Alles bestens, danke.» Deborah meinte, einen Anflug von Interesse in seinem Blick wahrzunehmen. Wie er sie ansah, hatte etwas unterschwellig Raubtierhaftes, etwas leise Gefährliches. Wärme breitete sich in ihrer Magengegend aus. Sie verspürte nicht den Hauch von Angst. «Und nennen Sie mich bitte Deborah.»

«Einverstanden. Deborah. Das ist ein schöner Name. Meine Schwester hatte mal eine Freundin, die so hieß; ich habe immer heimlich für sie geschwärmt. Wissen Sie, was der Name bedeutet?»

Sie schüttelte den Kopf.

«Er stammt aus der Bibel. Es ist aber auch das hebräische Wort für Biene – was zweierlei Bedeutung haben kann: Fleiß oder Süße. Mit diesem Wissen wollte ich die Deborah von damals beeindrucken, aber genützt hat es mir nicht viel!» Er lachte, das anheimelnde, entspannte Lachen eines Mannes, der einen Witz auf seine Kosten vertragen kann. «Wie auch immer, ich finde, der Name passt zu Ihnen.»

Wieder schenkte er ihr einen solchen Blick. Zu ihrem Ärger stellte Deborah fest, dass sie errötete, doch sie hoffte, er würde es nicht sehen. Angesichts seiner kultivierten Art fragte sie sich, warum er als Chauffeur arbeitete.

Er achtete wieder auf den morgendlichen dichten Verkehr. Sie betrachtete seine Hände am Lenkrad, die langen, kräftigen Finger in den dünnen Autohandschuhen. Ihr Blick wanderte zu seinen schlanken, muskulösen Beinen in der marineblauen Hosen; plötzlich wurde ihr bewusst, dass sie ihn anstarrte und er ihr beiläufiges Interesse als ernsthaft auffassen könnte, wenn sie nicht vorsichtig war. Da sie von Natur aus romantisch veranlagt und zutiefst frustriert war, erkannte sie die Alarmsignale in ihrem Verhalten.

Nach ein paar Minuten des Schweigens wagte sie eine Bemerkung.

«Sie haben etwas von einer Schwester gesagt, haben Sie Kontakt mit ihr?»

«Nicht so oft, wie mir lieb wäre. Sie arbeitet im Ausland, in Brüssel, daher sehe ich sie nur selten. Was ist mit Ihnen – haben Sie Geschwister?»

«Ich bin ein Einzelkind. Mein Vater ist vor ein paar Jahren gestorben. Meine Mutter wohnt in der Nähe; ich sehe sie ziemlich regelmäßig – allerdings sind es eher Pflichtbesuche, denn wir kommen nicht besonders gut miteinander aus. Ich habe meine eigene Familie, ein Mädchen und einen Jungen.»

Deborah hörte sich unermüdlich weiterplappern und verstummte unvermittelt. Sie wusste selbst nicht, warum sie einem vollkommen Fremden so viel über sich preisgab, und fühlte sich bloßgestellt. Aber er wirkte so vertrauenswürdig, schien sich aufrichtig für sie zu interessieren, obwohl er sie durch ein Tohuwabohu von aggressiven Fahrern in schwarzen Taxis und tollkühnen Fahrradkurieren steuern musste. Unwillkürlich dachte sie an Derek, der schon unter günstigsten Umständen kaum Interesse an dem zeigte, was sie sagte, auf gar keinen Fall aber beim Autofahren.

Er freute sich über ihre Zutraulichkeit. Sie wirkte sichtlich entspannter. Wichtiger aber war, dass sie den Straßen, durch die sie fuhren, kaum Aufmerksamkeit schenkte.

«Ich muss kurz anhalten und ein paar Stoffmuster abholen, die ich ins Büro bringen soll. Ich hoffe, das macht Ihnen nichts aus; es dauert nur einen Moment.»

«Kein Problem. Sie scheinen doch trotz des Verkehrs gut voranzukommen, und wir müssen erst um zehn da sein, oder?» Deborah erwiderte sein dankbares Lächeln und machte es sich in dem Ledersitz bequemer.

Langsam fuhr er in eine Nebenstraße der Kensington High Street und gleich danach in eine schmale Gasse, die im rechten Winkel davon abzweigte. Er hatte sich vor einigen Wochen für die Stelle entschieden und sie mehrmals besucht, um sich zu vergewissern. Die meisten Anwohner waren um diese Zeit wohl zur Arbeit gegangen, und die wenigen anderen brachen ganz sicher noch nicht zum Einkaufen auf. Er hielt vor einer Doppelgarage auf der schattigen Straßenseite, wo zwei Lorbeerbäume in Kübeln die Beifahrerseite des Autos abschirmten.

Er öffnete die Fahrertür, womit durch die Zentralverriegelung auch alle anderen Türen und die Kofferhaube aufgingen, ließ seine Tür offen, ging um das Auto herum zum Kofferraum, zog den Reißverschluss des kleinen Necessaires auf, das er dort verstaut hatte, und holte die Spritze heraus. Im Schatten der Kofferhaube, von der Straße wie von der Frau auf dem Beifahrersitz abgeschirmt, überprüfte er sorgfältig die Dosis und verbarg die Spritze anschließend in der ausgestreckten linken Hand.

Gerade laut genug, dass es im Innern des Wagens zu verstehen war, rief er: «Mrs. Fearnside, es tut mir Leid, dass ich Sie noch einmal belästigen muss, aber könnten Sie mir vielleicht kurz helfen?»

Deborah riss sich aus ihrem Tagtraum und löste den Sicherheitsgurt. Sie drehte sich zur offenen Tür um und stellte fest, dass er schon da stand, mit dem Rücken zur hinteren Beifahrertür und die rechte Hand ausgestreckt, um ihr beim Aussteigen zu helfen. Noch sitzend streckte sie ihm ihre Linke entgegen und rechnete mit einem leichten Erschauern bei der Berührung. Sanft drehte er ihre Hand, als wollte er sie küssen. Sie schaute ihm erwartungsvoll in die Augen und registrierte erstaunt seinen stechenden Blick.

Deborah verspürte einen plötzlichen Anflug von Angst, als ihr klar wurde, dass sie nichts über diesen faszinierenden Fremden wusste, der sich da so entschlossen über sie beugte. Sie wollte ihm ihre Hand entziehen, doch sein Griff wurde fester. Seine linke Hand glitt auf sie zu und stach ihr die Nadel in die Ader auf dem Handrücken. Sie hatte gerade noch Zeit, «Nein» zu murmeln, dann lähmte das Betäubungsmittel ihr Nervensystem, und sie sank in einen Zustand am Rande der Bewusstlosigkeit.

Er hatte ihr für ihre Größe und ihr Gewicht, über die sie in der Bewerbung so ausführlich Auskunft gegeben hatte, die maximale Dosis verabreicht. Das Ganze hatte nicht einmal eine Minute gedauert. Behutsam brachte er ihren Körper wieder in Position, stellte den Sitz schräger und legte ihr den Sicherheitsgurt wieder an. Ein kleines Kissen vom Rücksitz platzierte er in ihrem Nacken, sodass ihr Kopf nicht von einer Seite zur anderen rollte. Seine Schirmmütze und die Chauffeursjacke verschwanden im Kofferraum.

Als er aus der Gasse hinausfuhr, sahen sie aus wie ein perfektes Paar, sie war müde und fürsorglich für die Reise gebettet, er saß mit weißem Hemd und dunkler Krawatte aufmerksam am Steuer des stattlichen BMW. Er schätzte, dass ihm sechs bis acht Stunden blieben, bis sie wieder zu sich kam, also genügend Zeit, um sein Ziel zu erreichen. Er fuhr schnittig und selbstbewusst, aber immer am Tempolimit, die Kensington High Street entlang, an Olympia vorbei und weiter nach Hammersmith. Auf der M4 ging es Richtung Westen, und zwei Stunden später war er durch Reading bereits durch. Als er von der Schnellstraße abfuhr, Severn Bridge hinter sich ließ und jenseits von Monmouth einen Feldweg in den Black Hills hinabfuhr, war Deborah immer noch bewusstlos. Nach einigen Meilen kam ein kleines Ferienhaus in Sicht.

Während der Fahrt hatte sich der Himmel zugezogen und eine dunkelgraue Sturmfärbung angenommen. Die ersten dicken Tropfen von dem, was ein gewaltiger Wolkenbruch zu werden drohte, prasselten ihm auf die Glatze, als er die Tür des Ferienhauses aufschloss.

Er kehrte zum Auto zurück, tauschte die Lederhandschuhe gegen weiche aus dünnem, hautengen Latex aus und streifte Deborah ebensolche über. Dann hob er sie hoch, trug sie in ein kleines Schlafzimmer im hinteren Souterrain des Ferienhauses, legte sie auf das Bett und ging noch einmal hinaus, um seine restlichen Vorräte zu holen und den BMW in der angrenzenden Scheune zu verstecken.

Binnen einer Stunde hatte er mit jahrelang trainiertem Geschick alle erforderlichen Vorkehrungen getroffen. Er hatte das Bett abgezogen und darauf und darunter große, stabile Plastikplanen ausgebreitet. Deborahs leblosen Körper hatte er entkleidet, abgesehen von einer Duschhaube und den Gummihandschuhen. Hand- und Fußgelenke hatte er mit Nylonseilen an dem schweren schmiedeeisernen Bettgestell festgebunden. Die Vorhänge waren zugezogen, nur eine Vierzig-Watt-Glühbirne, die unter einem unpassenden Lampenschirm aus rosa Tüll in der Mitte der niedrigen Decke hing, spendete spärliches Licht.

Auf einer soliden, schmucklosen Kommode hatte er Papiertücher, ein frisches Paar Handschuhe, eine Schürze, einen Knebel – falls erforderlich – und einen großen Krug mit kaltem Wasser angeordnet. Das Zimmer war nicht geheizt; heulend pfiff der Sturmwind durch die Ritzen des Holzfensterrahmens. Zuletzt legte er die Instrumente auf den Nachttisch, wo sie sie beim Aufwachen sehen würde – Skalpelle, ein Tranchiermesser, eine dünne Drahtschleife mit Holzgriffen, Pinzetten.

Als alles bereit war, setzte er sich in die rustikale Küche, trank eine Tasse heißen Kaffee und richtete sich aus seinen Vorräten eine leichte Mahlzeit an. Allmählich musste sie zu sich kommen. Sie war festgebunden, die Tür abgeschlossen, und sie konnte sich die Lunge aus dem Hals schreien, ohne dass sie jemand hören würde. Das Ferienhaus lag abgeschieden. Sicher, auf der Karte hatte er gesehen, dass es selbst in diesem entlegenen Landstrich einen Wanderweg gab, aber an diesem zunehmend stürmischen und grauen Abend würde er zweifellos nicht gestört werden. Er konnte seiner Arbeit nachgehen.

4

Kurz nach siebzehn Uhr, als der Sturm um das Ferienhaus tobte, an den Läden rüttelte und im Kamin heulte, hörte er ein leises Stöhnen. Er wartete geduldig, wohl wissend, dass es bald zu einem Schrei anschwellen würde, der es mit dem fürchterlichsten Heulen des Sturms aufnehmen konnte. Vage war ihm bewusst, dass er die nächsten Stunden unangenehm finden würde, doch er unterdrückte den Gedankengang und zwang sich zur Ruhe. Sie war nur eine Frau, aber Frauen konnten verschlagenere Gegner sein als Männer.

Mit großer Sorgfalt legte er seine Maske an. Nach einigem Nachdenken war er zu dem Ergebnis gekommen, dass sie sich kooperativer verhalten würde, wenn sie eine Chance sah zu überleben. Und sie war schlau genug zu wissen, dass ein Entführer, der sich seinem Opfer unverhüllt zeigte, dieses nie lebend gehen lassen würde. Außerdem tröstete ihn der Gedanke an eine Verkleidung. Das Ganze würde ihm schwer genug fallen, aber preiszugeben, wer er wirklich war, und ihren Hass zu sehen, ihren Abscheu, das würde er nicht ertragen. Es war wichtig, dass sie nicht mehr den Chauffeur in ihm sah.

Die minimale Verkleidung war schnell zurechtgelegt; mit dünnen Polstern unter dem weiten schwarzen Hemd und zwei Paar Jogginghosen sah er mindestens vierzehn Pfund schwerer aus. Farbige Kontaktlinsen – angesichts seiner eigentlichen Augenfarbe war Dunkelbraun nötig – und ein Hauch Make-up veränderten sein Aussehen vollkommen und ließen ihn ausdruckslos und bedrohlich zugleich wirken. Eine schwere Goldkette um den Hals und ein enger Kopfschutz vollendeten die Verwandlung. Die Handschuhe trug er immer noch; er hatte sie kein einziges Mal abgelegt, seit er das Haus betreten hatte.

Ihren ersten wahren Schreckensschrei hörte er, als er die Gesichtsmaske über das Kinn zog. Es folgten weitere kurze, keuchende Schreie, von denen er eine Gänsehaut bekam. Sie erinnerten ihn an die Füchsin, die er einmal auf der Farm eines Freundes in einer Falle gefunden hatte; Qual und Angst hatten das Tier so Mitleid erregend winseln lassen, dass er schnellstens losgerannt war, um Hilfe zu holen. In seiner kindlichen Unschuld hatte er geglaubt, der Vater seines Freundes würde das verstümmelte Tier retten. Er wusste noch, wie er mit dem Mann zu der Stelle gelaufen war – und wie er dann mit dem erstorbenen «Nein!» auf den Lippen daneben stand und zusah, wie der Mann das Gewehr hob und das hilflos am Boden liegende Tier erschoss. Seither hatte er viele schlimmere Tode gesehen, aber keiner hatte ihn so tief erschüttert.

Brüsk stieß er die Tür zu dem kleinen Zimmer auf.

«Maul halten!» Er sprach absichtlich mit rauer Stimme und schlug einen anderen Ton an als den, der ihr zuvor so zugesagt hatte.

Beim Anblick des bedrohlichen dunklen Fremden in der Tür schrie Deborah nur noch lauter.

«Halt endlich dein Scheißmaul, sonst näh ich dir die verdammten Lippen zu.»

Ihre Schreie klangen zu einem jämmerlichen Wimmern ab; die Angst machte es ihr unmöglich, zusammenhängende Worte zu formulieren. Sie hatte an den Fesseln gezerrt. Die Knoten waren so verschlungen, dass sie sich bei Widerstand zusammenzogen, daher gruben sich die Stricke in ihre Handgelenke und scheuerten die Haut so auf, dass bei jeder Bewegung Blut floss.

Er trat an das Bett und sah auf sie hinab. Sie versuchte, sich in die Matratze zu drücken und vor ihm zurückzuweichen, doch es gab kein Entrinnen. Durch seine Nähe noch mehr verängstigt, drehte sie den Kopf von ihm weg. In einem letzten verzweifelten Versuch, ihn zu verdrängen, kniff sie die Augen zu wie ein kleines Kind, das so tut, als wäre das Ungeheuer nicht da, wenn man es nicht sieht.

Seine kalte, gleichgültige Stimme zerstörte ihre Illusion und ließ sie verstummen.

«Hör mir gut zu. Sei still, sei ein braves Mädchen, und dir wird kein Leid geschehen. Ich möchte einem so hübschen Mädchen nicht wehtun, ja?» Mit dem in Latex gehüllten Zeigefinger strich er ihr sanft über Wange, Lider und Brauen. «Ich bin sicher, du kannst ein braves Mädchen sein, wenn du nur willst. Denn wenn nicht …» Schnell wie eine Viper nahm seine Hand ihren Unterkiefer in einen schmerzhaften, unerbittlichen Klammergriff. «Wenn nicht, dann muss ich dich töten, klar. Aber erst, nachdem ich mir meinen Spaß gegönnt habe.»

Er drückte zu, bis er ihren Kieferknochen knirschen hörte und ihr vor Schmerz Tränen über das verzerrte Gesicht liefen. Dann ließ er unvermittelt los.

«Sieh mich an.» Er ließ die Finger an ihrem Hals liegen und wartete, aber ihre Lider blieben fest zusammengekniffen, und sie drehte das Gesicht so weit weg, wie seine Hand es nur zuließ. Ohne Vorwarnung schlug er ihr klatschend auf die Wange. Ihr Kopf wurde von der Wucht des Schlages herumgerissen, und sie stöhnte, während ein dünnes Rinnsal Blut von ihrem Mundwinkel in Richtung Hals floss. Erneut umklammerte er ihren Kiefer und drehte ihren Kopf zu sich herum. Seine Stimme klang ölig und kalt.

«Debbie, Liebste, ich habe gesagt, du sollst mich ansehen. Mach die Augen auf! Los!»

Er drückte zu, bis er die Zähne knirschen hörte. «Los», flüsterte er.

Deborah schlug die Augen auf und blickte in seine. Nun sah er keinen Widerstand mehr, sondern nur noch blankes Entsetzen. Sie befand sich gefährlich dicht an der Grenze zwischen Vernunft und der Flucht in den Irrsinn; er musste sie von dort weglocken, oder er lief Gefahr, zu viel Zeit zu vergeuden, um das Nötige in Erfahrung zu bringen.

«Debbie», gurrte er, «teuerste Debbie. Du musst nicht solche Angst vor mir haben. Ich will dir nicht zu sehr wehtun – eigentlich würde ich liebend gern ganz darauf verzichten.»

Er unterstrich seine Worte mit einem beschwörenden Blick und wurde mit einem Ausdruck der Verblüffung belohnt. «Hör mir genau zu. Du bist nur hier, weil du etwas weißt, das ich wissen muss. Es ist ein Geheimnis, in das du mich einweihen musst, wenn du lebend hier rauskommen willst.»

Wieder lag Verwirrung in ihrem Gesicht, aber auch ein Anflug von Kampfgeist. Er hatte ihr die Hoffnung als ein Tau hingeworfen, an dem sie sich vom Abgrund ihrer wahnsinnigen Angst hochhangeln konnte.

«Was … was wollen Sie von mir?» Ihre Stimme klang eingerostet, trocken und brüchig. «*Sagen Sie es mir!* Ich weiß nichts Wichtiges; Sie haben die Falsche entführt. Bitte lassen Sie mich gehen. Sie können nicht mich meinen, Sie …» Sie verstummte, als er ihren Kiefer wieder fester umfasste.

«Hab Geduld, Liebste. Ich weiß, dass du es bist, verstehst du, weil ich meine Hausaufgaben gemacht habe und ganz sicher bin.»

«Aber ich habe Ihnen doch gesagt, ich weiß nichts. Ich bin eine ganz normale Frau. Bitte lassen Sie mich gehen. Ich kann Ihnen nichts sagen, was ich nicht weiß.» Ihr Ton wurde umso nachdrücklicher, je mehr ihre Überzeugung wuchs, dass sie einem schrecklichen Irrtum zum Opfer gefallen war, und mit dieser Überzeugung ging eine trotzige Entrüstung einher. «Sie können mich nicht einfach hier festhalten!» Sie sah, dass es draußen dunkel war. «Meine Kinder kommen von der Schule nach Hause. Sie müssen mich gehen lassen. Ich bin nicht die, die Sie wollen!»

Er schenkte ihren Einwänden keine Beachtung, entließ sie aus seinem Klammergriff und wollte gehen.

«Hören Sie zu!», kreischte sie. «*Warum hören Sie mir nicht zu?* Verdammt, kommen Sie zurück!» Mit katzenhafter Schnelligkeit war er wieder beim Bett, kniete sich über sie und schlug sie mit der flachen Hand immer wieder auf beide Wangen, so heftig, dass ihr Kopf bei jedem Schlag von einer Seite auf die andere geschleudert wurde.

«Sei still! Ich habe dir gesagt, dass du diejenige bist, die ich wollte. Noch ein Ton, und ich nähe dir wirklich die Lippen zusammen. Ich habe dich gewarnt. Du kannst die Antworten, die ich von dir will, ebenso gut aufschreiben wie aussprechen.»

Sie sah ängstlich, aber stumm zu ihm auf. Die Prügel hatten sie gefügig gemacht. Er glitt vom Bett und verließ ohne ein weiteres Wort das dunkle Zimmer.

Deborah zitterte vor Kälte und Angst; Tränen liefen ihr über die geschwollenen Wangen. Sie war einer blinden Panik nahe, aber in ihrem Innern meldete sich eine leise Stimme der Vernunft und sagte, dass ihre einzige Überlebenschance darin bestand, klar zu denken. Eine ganze Weile starrte sie einfach nur in die Luft. Und dann zwang sie sich, darüber nachzudenken, was eigentlich mit ihr geschehen war.

Sie konnte sich vage an die Zugfahrt und den charmanten Chauffeur erinnern, der sie abgeholt und durch den dichten Verkehr gelenkt hatte. Ihr Herzschlag setzte einen Moment aus, als sie sich fragte, ob er im Verlauf der Entführung getötet worden war. Dann kam ihr der grauenhaftere Gedanke, dass er darin verwickelt sein könnte, dass die beiden womöglich unter einer Decke steckten. Deborahs Denkvermögen setzte aus. Sie wollte nicht an *ihn* denken, und schon gar nicht daran, was er ihr antun könnte. Als sie die Augen aufschlug, war ihr Blick als Erstes auf Messer und Skalpelle gefallen; das Bild hatte sich exakt in ihr Gedächtnis eingebrannt. Sie konnte sich vorstellen, wie er die Gerätschaften mit gezierten Bewegungen hob und ihr die Haut in Streifen vom Körper löste. Oder würde er zustechen? Sie hatte solche Messer in der Küche – scharf wie Rasiermesser, um Steaks zu schneiden, Fisch zu filettieren, hartes Gemüse in Streifen zu hacken. Sie wusste, was man mit Messern anrichten konnte.

Ein seltsam wimmerndes Geräusch ertönte, und sie versuchte dahinter zu kommen, was das war. Als ihr aufging, dass sie ihr eigenes Stöhnen gehört hatte, ergab sie sich mit einem verzweifelten Schluchzen der Tränenflut, die ihren Hals noch rauer machte. Irgendwann ließ der Weinkrampf nach. Keine Tränen mehr, keine Energie. Aber die Bilder von Skalpellen und Messern gingen ihr nicht aus dem Sinn.

Um sich abzulenken, versuchte Deborah, sich darüber klar zu werden, welches Geheimnis er ihr entlocken wollte. Da war diese kurze Affäre gewesen, zwischen der Geburt ihres ersten Kindes und der zweiten Schwangerschaft. Derek wusste nichts davon; es war so schnell vorbei gewesen, wie es angefangen hatte, ein klassisches Tennisklub-Techtelmechtel, anfangs aufregend, dann nur noch peinlich. Das war nichts; niemand konnte sich ernsthaft dafür interessieren.

In Gedanken schweifte sie noch weiter zurück, zu ihrem Job, den sie bereitwillig aufgegeben hatte, als sie schwanger wurde. Sosehr sie sich auch anstrengte, aus den vier Jahren, die sie als Zahnarzthelferin gearbeitet hatte, fiel ihr nichts ein, das auch nur im Geringsten heimlichtuerisch oder tragisch gewesen war; es war niemand in der Narkose gestorben, keine einzige Leiche war anhand der Patientenunterlagen identifiziert worden.

Sie wanderte immer weiter zurück, bis sie die Universität hinter sich gelassen hatte und in der Schule angelangt war. Schon beim ersten Anflug einer Erinnerung erstarrte sie. Nein. Das konnte es nicht sein. Es war zu lange her, so lange, dass sie es fast vergessen hatte und sich halb in der Überzeugung wiegte, es hätte nichts mit ihr zu tun. Sie hatte lange gebraucht, um es zu vergessen. Jahrelang hatte sie unter Albträumen gelitten, hatte ihr davor gegraut, schlafen zu gehen. Mit der Zeit – und mit Dereks Hilfe – hatten die Träume sich verflüchtigt und kehrten nur hin und wieder zurück, wenn die Kinder mit auf Schulausflüge wollten.

Im Geiste sondierte sie die Ränder dieser heiklen Erinnerung und arbeitete sich nur ganz allmählich zu deren Herzen vor. Sie rekonstruierte den Tag und zwang sich, alle schrecklichen Einzelheiten erneut zu durchleben, bis zu dem grauenhaften Weg zurück nach Hause, wo sie wartete, bis die Kunde von der Leiche sich herumsprach. Wieder liefen ihr Tränen über das Kinn und tropften auf die Plastikplane. Bis zum heutigen Tag hatte sie nie wieder solche Angst gehabt und sich so sehr gewünscht, die Vergangenheit ungeschehen machen zu können.

Der Tag hatte so wunderschön angefangen, es war der fünfzehnte Juni gewesen. Sie hatten ihre Prüfung hinter sich, und der Geografiekurs der zehnten Klasse unternahm zur Feier einen Ausflug. Früh am Morgen waren sie unbekümmert zur Küste von Dorset aufgebrochen, dreizehn Mädchen, die Geografie- und die Turnlehrerin, alle im Minibus der Schule. Anfänglich kreisten die Gespräche überwiegend darum, wer sich wie toll in welcher Prüfung geschlagen hatte, wobei sie sich darüber einig waren, dass die Physikklausur von einem bösen Genie aus der Hölle zusammengestellt worden war.

Sie saßen zu fünft auf der Rückbank – eigentlich zu viert, aber Leslie hängte sich nun mal immer dran, wie lauwarm die anderen sie auch abfertigten. Sie war klein, trug eine Brille und Zahnspangen und war schon deshalb niemand, mit dem man gesehen werden wollte; enge Freundinnen hatte sie keine. Die anderen vier, in derselben Volleyballmannschaft, demselben Chor, derselben Klasse, waren unzertrennliche Freundinnen – die selbstsichere Kate; die atemberaubende Octavia, die sicher war, dass sie einmal Musikerin werden würde; die stille, durchtrainierte Carol, die wie ein Engel sang und mit Octavia um die wichtigen Sopranpartien rivalisierte; und Deborah, die Hübscheste und Mittelmäßigste – sie war nicht so klug wie die anderen, aber ihr Aussehen und ihr trockener Humor sicherten ihr einen Platz in der Gruppe der Auserwählten.

Um elf erreichten sie Durdle Door, gerade noch rechtzeitig, um vor dem Mittagessen einen Spaziergang auf den Klippen zu machen. Das Wetter war grandios, schon nach kurzer Zeit trugen sie nur noch T-Shirts und Jeans. Die Sonne brannte auf ihre frühlingshaft weiße Haut, und sie genossen die Wärme und begannen mit dem Bräunen, das den größten Teil der langen Sommerferien in Anspruch nehmen sollte.

Nach dem Essen brachen sie zu ihrem zweiten Spaziergang auf. Wie immer übernahm Kate die Führung, entschied, welcher Pfad eingeschlagen wurde, und ging so schnell voran, dass Deborah mit ihren kurzen Beinen bald weit zurück blieb. Auf einer Hügelkuppe ließen sie sich in das federnde kurze Gras fallen, legten sich flach auf den Rücken und verfolgten wie hypnotisiert den Flug der Möwen, die am wolkenlosen Himmel ihre Kreise zogen. Eine leichte Brise wehte ihnen kitzelnde Haarsträhnen in die Gesichter; zur Abwechslung sagte einmal keine von ihnen ein Wort.

In der vollkommenen Stille stimmte Carol die Barkarole aus *Hoffmanns Erzählungen* an. Spontan stimmte Octavia ein und nahm Carols Hand. Die kristallklaren Töne stiegen zum grenzenlosen Himmel empor wie das Lied einer Lerche. Als sie fertig waren, herrschte wieder Stille. Ihnen allen war klar, dass sie sich an diesen Augenblick ein Leben lang erinnern würden.

Der raue Schrei einer Möwe zerriss die Stille, und sie lachten verlegen, wie Menschen es immer sind, wenn sie unerwartet tiefe Gefühle miteinander teilen. Deborah, die stets als Erste bereit war, ein Schweigen mit Worten zu füllen, drehte sich auf die Seite und sah Carol an.

«Eigentlich solltest du dir mit deiner Stimme auch überlegen, ob du nicht Musik studieren willst.»

«Meinst du? Na ja, darüber habe ich auch nachgedacht, und wisst ihr was? Wahrscheinlich tue ich das auch.»

Alle sahen sie überrascht an. Bis zu diesem Augenblick schien Carols ganzes Sehnen und Trachten gewesen zu sein, Ärztin zu werden.

«Was?» Octavia schien am meisten verblüfft, obwohl sie und Carol sich am nächsten standen. Sie waren immer zusammen, so eng verbunden, dachte Deborah, dass ich wahrscheinlich die Art ihrer Beziehung hinterfragt hätte, wäre Carol körperlich reifer gewesen. «Davon hast du nie ein Wort gesagt. Wie um alles in der Welt bist du auf diese Idee gekommen?»

«Ich weiß nicht. Ich denke schon das ganze Semester darüber nach. Es scheint mir einfach das Richtige zu sein. Mir ist klar geworden, dass die Musik wahrscheinlich das Wichtigste in meinem Leben ist.»

Carol sah verlegen aus. Sie war von Natur aus bescheiden, und es fiel ihr schwer, über ihre musikalischen Ambitionen zu sprechen, zumal sie bereits eine ausgezeichnete Sportlerin war und bei ihren Prüfungen hervorragend abgeschnitten hatte. Als sie sah, dass ihre beste Freundin sie immer noch ungläubig anstarrte, versuchte sie, es ausführlicher zu erklären.

«Ich glaube, den Ausschlag hat das Verdi-*Requiem* gegeben. Beim ‹Offertorium›, da, wo der Sopran sich über die anderen Stimmen aufschwingt, wusste ich plötzlich, dass ich singen *muss*. Ich habe zur Decke der Kathedrale geschaut und einfach *gewusst*, dass ich singen und auftreten muss, so weit meine Stimme es zulässt.»

Sie hatten alle vier im Chor mitgesungen. Die Aufführung hatte begeisterte Kritik bekommen. Deborah begriff, wie Carol zu ihrer Entscheidung gekommen war. Sie hatte nicht nur eine wunderschöne Stimme – wenn sie sang, dann sang sie aus tiefster Seele. Mehr als einmal war Deborah beim Zuhören zu Tränen gerührt gewesen. Es war eine großartige Begabung, wie Carol überhaupt ein besonderer Mensch war. Octavia aber hatte immer noch Mühe, es zu verstehen.

«Aber du wolltest doch Ärztin werden. Du hast immer gesagt, dass du anderen Menschen helfen willst – und anständig Geld verdienen, damit du deine Familie versorgen kannst. Und das Singen …»

«Seht mal», fiel Kate ihr ins Wort, «da drüben winkt jemand. Ich glaube, das ist Sticky.» Sie sah auf die Uhr. «Herrgott, es ist gleich Viertel nach drei, und wir sollten Punkt drei spätestens zurück sein. Sie haben sich bestimmt schon Sorgen gemacht. Kommt.»

Sie sprangen auf und liefen zurück.

Trotz ihrer unglücklichen Lage wurde Deborah durch die friedvolle Erinnerung in einen unruhigen Schlummer gelullt. Die Stellen, wo ihre Haut die stinkende Plastikplane berührte, wurden wund; ihre Lippen und die Kehle waren trocken wie Pergament. Ihre Oberarme, die durch den Winkel, in dem ihre Handgelenke ans Bett gefesselt waren, unnatürlich überdehnt wurden, hatten sich derart verkrampft, dass nichts den Schmerz lindern konnte, wie sehr Deborah auch Hals und Schultern drehte. Der Geruch in dem Zimmer war Ekel erregend. Der Lärm des Sturms schwoll immer noch weiter an. Windböen bahnten sich einen Weg durch die Fensterritzen und bauschten die dünnen Vorhänge zu geisterhaften Figuren, die in dem spärlichen Licht, das unter der Tür hindurch hereinkam, bedrohlich tanzten.

Gegen drei Uhr morgens wurde ein Dachziegel aus seiner Verankerung gerissen und krachte auf die Steinplatten im Hof. Erschrocken, desorientiert, bis auf die Knochen durchfroren und von einem sengenden Durst gepeinigt, schlug Deborah die Augen auf, starrte in die Dunkelheit und versuchte sich zu erinnern, wo sie war. Einen Moment lang wähnte sie sich noch in einem Albtraum. Sie hatte kaum noch Gefühl in den gefesselten Armen und Beinen, spürte aber dennoch brennende Schmerzen, die sich in Wellen von ihren Fingern bis zu den Zehen ausbreiteten. Dann riss eine besonders heftige Windbö den Vorhang von seiner Stange und ließ eine Andeutung des Sturmlichtes herein.

Deborah erhaschte einen Blick auf die weißen Fesseln um ihre Knöchel, und mit einem Schlag kehrte die Erinnerung zurück. Ein jämmerlicher Aufschrei entrang sich ihrer trockenen Kehle, und als sie einmal angefangen hatte, konnte sie nicht mehr aufhören. Sie schrie und schrie, und allmählich wandelten sich die Schreie zu Hilferufen.

«O Gott, hilf mir. Bitte. O Mummy, o Gott, helft mir, bitte helft mir. Helft mir. Womit habe ich das verdient? Lieber Gott, erbarm dich meiner, lass mich nicht sterben. Bitte, lieber Gott, lass mich nicht sterben. Mummy …»

Er saß vor der Tür, entspannt und doch aufmerksam, obwohl er seit vierundzwanzig Stunden nicht geschlafen hatte. Er hörte ihr Jammern und wusste, dass er sie soweit hatte. Noch ein paar Stunden, und er konnte anfangen.

5

In Harlden, Nummer 24 Meadow Gardens, nahm das Leben seinen gewohnten Gang, bis Derek Fearnside um 18.30 Uhr nach Hause kam. Er war überrascht, das Haus an dem milden Frühlingsabend dunkel und verlassen vorzufinden, aber beruhigt, als er sah, dass auf dem Anrufbeantworter drei Nachrichten waren.

«Hallo, Debbie, hier ist Mavis. Es ist halb sechs. Du hättest wenigstens anrufen und mir sagen können, dass es später wird!» Der entspannte Tonfall nahm den Worten ihre Schärfe. «Die Kinder fragen schon, was los ist. Solltest du noch mal nach Hause kommen, ruf bitte kurz an und lass mich wissen, wann du hier sein wirst. Danke.»

Derek, der die Post durchblätterte, hörte nur mit einem Ohr zu und wartete ungeduldig auf die Nachricht seiner Frau, die sicher als Nächstes gespeichert war.

«Hallo, Debbie, hier ist Leslie. Ich wollte dir nur sagen, dass der Ausflug zum Rektor ein Fiasko war – du machst dir keine Vorstellung. Ich will die Geschichte nicht verderben. Ruf mich an, wenn du zurück bist. Übrigens hast du gesagt, du würdest versuchen, sie zu überreden, dass sie mich später abholen. Da du dich nicht gemeldet hast, nehme ich an, dass das nicht möglich war. Ruf an. Tschüs.»

Derek blickte vom letzten Kontoauszug auf und hörte zum ersten Mal richtig zu. Wollte Debbie nicht mit Leslie unterwegs sein? Was hatte diese Nachricht zu bedeuten?

«Hallo, Debbie, ich bin's noch mal, Mavis. Es ist jetzt nach sechs, und die Kinder werden unruhig. Ich hoffe, es ist alles in Ordnung. Ruf mich an, so schnell du kannst, Liebes. Bis bald.»

Derek drückte den Replay-Knopf und hörte sich alle drei Nachrichten aufmerksam an. Es war gleich Viertel vor sieben. Seine Frau hätte schon seit über zwei Stunden zurück sein müssen. Wo steckte sie? Von irgendwelchen Zugverspätungen hatte er nichts gehört, und dann war da die zweite Nachricht von Leslie. Er hätte schwören können, dass die beiden den Tag gemeinsam hatten verbringen wollen.

Etwas Kaltes krampfte ihm den Magen zusammen. Seine rationale Seite redete ihm unablässig ein, dass er sich keine Sorgen machen solle, dass es eine vollkommen logische Erklärung für alles gebe … nur fiel ihm im Augenblick keine ein. Er sah, dass seine Hände zitterten, als er nach dem Adressbuch griff, und er verfluchte sich für die abergläubische Furcht, die Nervosität könnte seine schlimmsten Befürchtungen Wirklichkeit werden lassen.

«Sei nicht albern», sagte er laut zu sich selbst. «Sie wird jeden Moment kommen und irgendwas von einem langen Einkaufsbummel erzählen», (aber es ist Montag, beharrte sein Verstand), «oder von Drinks mit dem Fotografen. Dummes Weib.»

Aber noch während er sich das einredete, kam es ihm falsch vor. Was für Fehler sie auch immer haben mochte, nie hätte Deborah die Kinder vergessen. Als das Telefon klingelte, zuckte er zusammen und ließ das Adressbuch fallen. Er riss den Hörer hoch und hörte eine Frauenstimme am anderen Ende.

«Debbie, bist du das?», bellte er, und eine Mischung aus Wut und Erleichterung schnürte ihm die Kehle zu. «Wo zum Teufel steckst d …»

«Hallo, Derek, nein, hier ist Mavis Dean. Ich hatte gehofft, Debbie wäre zu Hause. Offenbar ist sie es nicht.»

Ein paar Sekunden lang stand Derek reglos da und betrachtete den Hörer. Die Enttäuschung raubte ihm die Stimme, und wie Übelkeit breitete sich Angst in seiner Magengegend aus.

«Derek, alles in Ordnung?»

«Ja, Mavis, mir geht es gut. Ich – ich dachte, du wärst Debbie, das ist alles. Ich wollte dich gerade anrufen; sie ist noch nicht zu Hause, weißt du, und ich dachte, sie könnte bei dir sein.»

«Nein, hier ist sie nicht. Ich habe den ganzen Tag nichts von ihr gehört und mache mir allmählich Sorgen.»

«Ich bin auch ein wenig besorgt. Es ist keine Nachricht von ihr auf dem Anrufbeantworter.»

Er hörte ihre tröstenden Worte, die seinen vorherigen eigenen Versuchen einer rationalen Erklärung ähnelten. Seine Schwäche erfüllte ihn mit Ekel, daher bemühte er sich verzweifelt, ruhig zu klingen, als er antwortete. «Ich habe keine Ahnung, wo sie sein könnte, Mavis. Die Züge haben keine Verspätung. Fällt dir etwas ein?»

«Hast du es schon bei Leslie Smith versucht? Sie wollten doch zusammen fahren. Brauchst du die Nummer? Zwei drei drei vier neun sechs, hast du das?»

«Ja, danke. Hör zu, ich frage nicht gern, aber könntest du …?»

«Mich um die Kinder kümmern? Natürlich. Sieh du zu, dass du herausfindest, was los ist. Sicher gibt es eine ganz einfache Erklärung. Ruf mich dann noch mal an, ja?»

Geistesabwesend legte Derek auf. Er war wütend auf Deborah, weil er sich ihretwegen solche Sorgen machen musste. Eine ganze Weile starrte er verdrossen die Tapete mit ihrem georgianischen Streifenmuster an, hellbeige und cremefarben. Er konnte sich genau an den schlimmen Streit erinnern, den sie bei der Auswahl der Tapete gehabt hatten. Er hatte darauf bestanden, dass sie etwas Einfarbiges nehmen sollten; Deborah dagegen hatte eisenhart darauf beharrt, dass dies *das* Muster für die Diele sei, auch wenn die Tapete schwer anzubringen sein würde. Der Zwist auf dem Parkplatz vor dem Baumarkt (wo sie nichts gekauft hatten) war zu einem handfesten Krach über ihre Ehe ausgeartet; Deborah hatte seinen Pragmatismus kritisiert, seinen Mangel an Phantasie und seine Verachtung für alles Schöne, die, wie sie behauptete, ihrer ganzen Ehe die Romantik genommen habe. Er hatte es ihr mit gleicher Münze heimgezahlt und ihr vorgehalten, welche Auswirkungen ihre neuesten Extravaganzen auf ihr schmales Bankkonto hätten und dass es ihr generell an gesundem Menschenverstand fehle – ein Wortgefecht ohne Sieger, aber mit jeder Menge emotionaler Blessuren.

Am Ende war er in das Geschäft zurückgestürmt. Sie war mit den Kindern nach Hause gefahren, wo er zwei Stunden später mit der verabscheuten Tapete erschienen war. Wie sich herausstellte, hatte er zu viel gekauft, und die Farbnummern der einzelnen Rollen stimmten nicht überein, wodurch das Tapezieren zu einem wahren Albtraum wurde. Sie hatten nie wieder über den Vorfall gesprochen, aber insgeheim hassten sie das Dekor inzwischen beide. Nun wünschte er sich, er könnte die ganze Geschichte ungeschehen machen. Was spielte es für eine Rolle, dass das Tapezieren länger gedauert hatte? Einst hatte er geglaubt, er würde alles für sie tun; nun empfand er plötzlich Abscheu vor sich selbst.

Er wählte Leslies Nummer und sprach dabei ein stummes Gebet: Bitte lass Debbie nach Hause kommen.

Leslie konnte ihm nicht weiterhelfen. Sie erzählte ihm von ihren Problemen am Morgen und dass – Ironie des Ganzen – der Rektor sie gar nicht hatte sprechen wollen, ja sogar den Anruf abgestritten hatte. In dem Schweigen danach wurde ihnen beiden klar, was der Streich möglicherweise bedeutete. Es war ein albtraumhafter Gedanke, aber nachdem auch nur der vageste Hinweis auf eine Verschwörung zur Sprache gekommen war, ließ er sich nicht mehr wegwischen.

«Meinst du, ich sollte die Polizei rufen?»

«Ich weiß es nicht, ehrlich. Es ist erst halb acht – und was willst du denen sagen?»

«Ich habe keine Ahnung, aber etwas muss ich doch tun! Ich kann nicht hier rumsitzen, aber was sonst? Ich könnte nach London fahren. Hast du die Adresse von dem Studio?»

«Nur von dem, wo die ersten Fotos gemacht worden sind, aber heute sollten wir in ein anderes. Aber bevor du dich auf die Suche nach ihr machst – bist du denn sicher, dass sie den Zug erwischt hat? Steht ihr Auto noch am Bahnhof?»

«Darauf habe ich nicht geachtet.»

«Von uns ist es nur ein kurzer Fußmarsch. Wenn du willst, schicke ich Brian nachsehen und ruf dich zurück.»

Das war immerhin etwas. Während Leslies Mann die kurze Strecke zurücklegte, suchte Derek vergeblich nach Informationen über die Modelagentur oder den Katalog. Er suchte in seinem Gedächtnis nach einem Hinweis, wo Deborah stecken konnte, fand aber keinen. Er hatte sich trotzig und vorsätzlich nicht für ihr Abenteuer interessiert, und außerdem, rechtfertigte er sich, hatte es ohnehin nicht viel zu besprechen gegeben.

Oben im Schlafzimmer fiel ihm auf, dass ihr Make-up und ihr

Lieblingsparfüm nicht da waren. Das machte ihn stutzig, und er versuchte herauszufinden, was sonst noch fehlte. Unmöglich zu sagen, ob irgendwelche Kleidungsstücke fehlten; etwas Auffälliges schien jedenfalls nicht abhanden gekommen zu sein. Ihre Zahnbürste war weg, ebenso Haarbürste und Haarspray. Das alles passte zu einem Fototermin, deshalb wunderte er sich nicht weiter.

Dann bemerkte er, dass das Bild neben dem Bett fehlte, ein Familienfoto in einem antiken Silberrahmen, den Deborah von ihrer Tante geerbt hatte. Das war ohne jeden Zweifel ihr kostbarster Besitz. Er überlegte sich zum ersten Mal, ob sie ihn verlassen haben könnte, verwarf den Gedanken aber sofort wieder und kehrte nach unten zurück.

Ihr Pass lag wie gewohnt in der Schublade, aber das Scheckbuch fehlte. Sie hatte im Lauf der Jahre eine Menge gespart, daher bereitete ihm das ein wenig Kopfzerbrechen; es bedeutete, dass sie Geld zur Verfügung hatte. Einen Moment lang wurde ihm durch und durch kalt, und er musste sich auf das Sofa setzen. Das alles ergab einfach keinen Sinn. Er konnte sich nicht vorstellen, dass sie ihn nach den vielen gemeinsamen Jahren einfach verlassen würde; sie war immer so von ihm abhängig gewesen. Und dann waren da die Kinder. Ihn hätte sie möglicherweise verlassen, wenn sie richtig wütend gewesen wäre, aber doch nie die Kinder.

Der Anruf von Brian brachte keine Aufklärung.

«Ihr Auto steht da, mein Freund, wohlbehalten und abgeschlossen, aber von ihr selbst keine Spur.»

«Ich schätze, dann muss ich die Polizei informieren, Brian. Je länger ich es hinausschiebe, desto schlimmer könnte es werden.»

«Wenn dich das erleichtert, warum nicht? Die haben so ihre Erfahrungen. Ich wette, sie sagen dir, dass die Frauen in neunundneunzig Prozent der Fälle sofort wieder auftauchen und dass diejenigen, die tatsächlich weglaufen, ein paar Tage später reumütig wieder angekrochen kommen.» Brian versuchte, ihn zu trösten, aber sie wussten beide, dass seine Worte hohl klangen. Er unternahm einen letzten Versuch, seinem Freund auf seine Weise Hoffnung zu spenden. «Du weißt doch, wie Frauen in diesem Alter sein können. Wenn sie dreißig werden, passiert irgendwas mit ihnen – sie drehen durch. Das könnte eine Menge erklären.»

Derek trieb längst allein auf einem Meer der Ängste. Der kalte Knoten der Furcht saß fest in unmittelbarer Nähe seines Herzens und machte sich bei jedem Atemzug bemerkbar. Was die Polizei betraf, hatte Brian allerdings Recht gehabt. Unterbesetzt, wie sie nun einmal waren, hielten sie Derek Fearnsides Befürchtungen für ein wenig verfrüht.

Derek wusste, er war bei seinem Gespräch mit dem Dienst habenden Beamten wütend, sogar ausfallend geworden, weil er sich so hilflos fühlte. Der geduldige, resignierte Tonfall des Sergeant, der sich anhörte, als hätte er es jeden Tag mit überängstlichen, erbosten Ehemännern zu tun, hatte ihn schließlich zur Besinnung gebracht.

«Wenn sie bis Mitternacht nicht zurück ist, Mr. Fearnside, rufen Sie uns wieder an. Bis dahin, würde ich vorschlagen, entspannen Sie sich und machen sich eine gute Tasse Tee. Glauben Sie mir, Sir, so etwas passiert fast täglich. In praktisch allen Fällen, die mir bekannt sind, ist die vermisste Person wohlbehalten wieder aufgetaucht.»

Diese Worte aus so berufenem Munde spendeten Derek im Laufe des Abends ein Minimum an Trost. Er rief Mavis an und bat sie, die Kinder bei sich zu behalten. Er sagte ihnen kurz am Telefon gute Nacht, gab aber so schroffe Antworten auf ihre arglosen Fragen, dass sie verwirrt zu weinen anfingen und er auflegen musste, bevor es ihm ähnlich erging. Unruhig ging er im Haus auf und ab, ein Bär, der sich in seinem Bau fehl am Platze vorkommt. Er überlegte, ob er sich von Leslie die Adresse geben lassen und nach London fahren sollte, aber der Gedanke an das leere Haus und das Telefon, das möglicherweise läutete, hielt ihn zurück. In jedem Zimmer gab es ein paar Kleinigkeiten, die er hätte erledigen können, aber sobald er sich daran machte, hier einen Topfgriff festzuschrauben oder dort eine neue Sicherung anzubringen, schweiften seine Gedanken ab, und er versuchte sich zu erinnern, wann seine Frau den betreffenden Gegenstand zum letzten Mal in der Hand gehabt hatte. Schließlich gab er auf, setzte sich vor den Fernseher und ließ sich berieseln, aber in keinster Weise auf andere Gedanken bringen.

Um Mitternacht rief er wieder bei der Polizei an, und der Sergeant versprach ihm, dass er zurückgerufen würde. In den frühen Morgenstunden endlich läutete das Telefon. Derek, noch immer in seinem zerknautschten Anzug, die Augen blutunterlaufen und graue Bartstoppeln auf den Wangen, nahm ab. Ein Detective Sergeant Blite meldete sich.

«Sie haben sich ja verdammt viel Zeit gelassen! Es ist fast acht Stunden her, dass ich zum ersten Mal bei Ihnen angerufen habe.»

«Ich verstehe Ihre Sorge, Mr. Fernshaw ...»

«Fearnside!»

«Mr. Fearnside, aber ich denke, der Sergeant hat Ihnen erklärt, dass es für eine Vermisstenanzeige im Zusammenhang mit einer Erwachsenen immer noch ziemlich früh ist. Aber wo ich schon einmal dabei bin, vielleicht könnten Sie mir die Hintergründe des Verschwindens Ihrer Frau nennen.»

«Es sieht ihr einfach nicht ähnlich, sich derart zu verspäten. Sie ist heute nach London gefahren und hatte wegen der Kinder genaue Terminabsprachen getroffen, was ihre Rückkehr anbelangt.»

«Richtig. Könnten Sie mir von dieser Reise erzählen, Sir? Und fangen Sie am Anfang an.»

«Am Anfang? Nun, ich denke, der Anfang war, dass Deborah und einige ihrer Freundinnen sich für diesen Nebenjob als Model beworben haben, der in der Lokalzeitung annonciert war.»

«Was war das für ein Job, Sir?»

«Sie müssen die Anzeige gesehen haben. Letzte Woche. Debbie hat sie ausgeschnitten und in ihren Ordner geklebt.»

«Haben Sie eine Kopie zur Hand?»

«Nein, sie hat offenbar den ganzen Ordner mitgenommen. Ich habe vorhin schon gesucht, ob sie etwas hinterlassen hat, aber es ist nichts da.»

«Haben Sie eine andere Ausgabe der Zeitung da, Sir? Vielleicht ist die Anzeige noch mal drin.»

Derek ging gehorsam nachsehen, aber da die Putzfrau ihre Arbeit gründlich machte, blieb seine Suche ergebnislos. «Nein, ich habe keine», sagte er. «Der Müll ist schon weg.»

«Macht nichts, Sir, wir können sie uns auch bei der Redaktion besorgen. Vielleicht können Sie mir ungefähr sagen, was in der Anzeige stand und inwiefern sie zum Verschwinden Ihrer Frau geführt hat.»

Derek erzählte von der Gelegenheit, die Deborah und ihre Freundinnen fasziniert hatte, und dem Auswahlprozess, bei dem sie und Leslie übrig geblieben waren. Während er sprach, spürte er, wie vage und schlecht informiert er sich anhören musste.

«Haben Sie die Adresse des Fotostudios?»

«Nein.»

«Korrespondenz irgendwelcher Art?»

Derek schüttelte resigniert den Kopf. «Nein.»

«Es muss Korrespondenz gegeben haben, Sir. Sie müssen doch über die Sache gesprochen haben.»

«Nein. Das Ganze war ein Streitpunkt zwischen uns. Sehen Sie, ich habe es nicht gutgeheißen.»

So ging es weiter, und die Fragen des Polizisten wurden immer oberflächlicher.

«Mrs. Fearnside hat also zusammen mit ein paar Freundinnen auf die Anzeige einer Firma geantwortet, an deren Namen Sie sich nicht erinnern können, um Model zu werden.»

«Ja.»

«Ihre Frau und ein paar andere – Sie können sich nicht erinnern, wer das war, abgesehen von Leslie Smith – haben sich dann in einem unbekannten Hotel in London vorgestellt. Danach waren sie und eine unbekannte Anzahl ihrer Freundinnen in einem hiesigen Fotostudio und haben Bilder von sich und ihren Kindern machen lassen. Das muss teuer gewesen sein. Hatte Ihre Frau das Geld, oder hat sie Sie darum gebeten?»

«Weder noch. Sie hatte Geld, aber wohl nicht genug. Ich nehme an, sie musste ihre Reserven angreifen; jedenfalls hat sie mich nicht um Geld gebeten.»

«Ich verstehe. Dann fuhr sie zu einem zweiten Fototermin, wieder in London, aber Sie kennen weder Namen noch Adresse der Firma. Ist das richtig?»

«Ja.»

«Entschuldigen Sie die Frage, aber standen Sie Ihrer Frau sehr nahe? Ich meine nur, wenn meine Frau sich auf so etwas eingelassen hätte, dann hätte ich mich etwas intensiver darum gekümmert.»

«Ich glaube verdammt noch mal nicht, dass Sie das etwas angeht, Sergeant!»

«Sie haben uns angerufen, Mr. Fearnside, Ihre Frau wird vermisst. Damit geht es uns etwas an. Ich wiederhole, standen Sie und Ihre Frau sich sehr nahe?»

«Ich schätze, so nahe wie alle Paare, die eine Zeit lang verheiratet sind und zwei zeitraubende kleine Kinder haben. Es ist beim besten Willen schwer, einander sehr zugetan zu bleiben – irgendwie kam uns immer das Leben dazwischen. Das wird Ihnen doch sicher nicht anders gehen?» Derek wartete voller Hoffnung, aber der Polizist schwieg eine ganze Zeit.

Schließlich hakte er nach: «Sie wissen, dass ich die nächste Frage stellen muss, Sir. Hatte Ihre Frau eine Affäre?»

«Nein! Das heißt, ich glaube nicht.» Er machte eine Pause, dann schließlich: «Nein! Natürlich nicht. Die Frage an sich ist lächerlich.»

«Ich verstehe.» Der Tonfall des Detective deutete darauf hin, dass er das ganz und gar nicht so sah wie Derek. «Als sie heute das Haus verließ, hat sie da etwas mitgenommen, das darauf schließen lässt, dass sie nicht die Absicht hatte, gleich im Anschluss an den Termin nach Hause zu kommen?»

Derek zögerte einen Moment.

«Eigentlich nicht, nein.» Aber selbst er merkte, dass es unaufrichtig klang.

«Was hat sie denn mitgenommen?»

«Eine kleine Tasche, ihr Make-up, ein paar Toilettenartikel – das Übliche.»

«Sonst nichts? Geld, Pass, Scheckbuch, Kreditkarten, so etwas?»

«Ihren Pass habe ich gefunden, als ich vorhin nach ihren Unterlagen gesucht habe. Aber sie hat das Scheckbuch dabei ...»

«Und?»

«Und das war's; das ist alles.»

«Wenn sie also aus irgendeinem Grund die Nacht über wegbleiben wollte, hätte sie ausreichend Geld auf dem Konto gehabt?»

«Ja.»

«Wie viel genau besitzt sie?»

«Ich bin nicht ganz sicher. Etwa tausend Pfund, schätze ich. Sie hatte gerade eine kleine Erbschaft gemacht und überlegte, was sie mit dem Geld anfangen sollte.»

«Das ist eine Menge Geld. Damit sieht die Situation schon anders aus, oder nicht, Sir?»

«Ich wüsste nicht, warum. Sie wird nach wie vor vermisst; ich habe keine Ahnung, wo sie sein könnte. Die Freundin, mit der sie heute unterwegs sein wollte, ist unter merkwürdigen Umständen von der Reise abgehalten worden, und Deborah hat nicht einmal angerufen, um sich zu erkundigen, ob mit den Kindern alles in Ordnung ist. Ich kenne meine Frau und kann Ihnen versichern, dass das alles keinen Sinn ergibt!» Dereks Wut und Sorge machten sich in einer wüsten Tirade Luft. Als er nach Luft schnappte, ergriff der Detective das Wort.

«Das verstehe ich alles, Sir, aber es ist sehr vage. Wenn Sie sich einfach beruhigen und mir Namen und Adressen der Freundinnen Ihrer Frau geben wollen, dann kann ich gleich jemanden darauf ansetzen.»

Der Polizist beschwor Derek, zu Bett zu gehen und zu schlafen. Er werde dafür sorgen, dass die Tagschicht informiert würde, sagte er, und wenn Deborah sich bis zum folgenden Nachmittag – vierundzwanzig Stunden nach ihrem Verschwinden – noch immer nicht gemeldet hätte, würden sie Ermittlungen aufnehmen.

Derek legte den Hörer auf und presste die Stirn gegen die vermaledeite gestreifte Tapete. Tränen traten ihm in die Augen, aber er blinzelte sie weg. Unvermittelt wurde ihm klar, dass er seine Frau immer noch sehr liebte, dass er nie aufgehört hatte, sie zu lieben. Wenn sie nach Hause kam, würde alles anders werden. Er würde vorschlagen, dass sie Urlaub machten, nur sie beide. Er würde sie umschwärmen und fürsorglich behandeln, um die verlorene Zeit wettzumachen. Geistesabwesend verschloss er die Tür, kochte sich eine Kanne Tee und schenkte sich einen Whiskey ein, den er mit ins Bett nehmen wollte. Er war erschöpft und verwirrt, und als er auf halbem Weg die Treppe hinauf feststellte, dass er automatisch Tee für zwei gemacht hatte, sank er auf die Knie und weinte wie ein Kind.

6

Um acht Uhr am Morgen hatte er alle Informationen, die er brauchte. Zuletzt hatte sie nur zusammenhanglos gestammelt; Durst, Angst und dosierte, aber konstante Schmerzen hatten ihr schließlich den Verstand und damit ihre Brauchbarkeit geraubt. Doch er bezweifelte ohnehin, dass sie noch mehr wusste.

Ihn hatte fasziniert, was sie von dem Tagebuch gesagt hatte, dem Tagebuch einer Freundin; das konnte nützlich sein und passte zu den Briefen, die er bekommen hatte, den Anweisungen, die er befolgte. Die Beichte der Frau war erhellend gewesen. Die letzte Wendung hingegen, das, was sie von einer Liebesaffäre gesagt hatte, ärgerte ihn. Ein Teil seines Verstandes – der emotional zurückgebliebene Halbwüchsige, den er vor allen Blicken verborgen hielt – weigerte sich, ihren Spekulationen Glauben zu schenken, aber der unerbittliche Erwachsene in ihm wusste, dass es die Wahrheit sein konnte, wie unappetitlich und überraschend es auch immer war.

Natürlich hatte sie bestritten, dass der Tod etwas anderes als ein Unfall gewesen sein könne, auch dann noch, als die Schmerzen den Höhepunkt erreichten. Selbst unter dem Druck des Skalpells und dem Flüstern des Tranchiermessers hatte sie auf diesem Teil der Geschichte bestanden, aber das spielte keine Rolle. Er hatte die Wahrheit aus ihrem konfusen Gestammel herausdestilliert und wusste jetzt mehr als genug, um zur nächsten Phase überzugehen.

Blieb nur ein unmittelbares Problem: Was sollte er mit ihr anfangen? Sie hatte ihn angefleht, ihr Leben zu schonen; hatte versprochen, alles für ihn zu tun, wenn er ihr diesen Wunsch erfüllte. Einige ihrer exotischeren Vorschläge hatten seine Neugier entfacht, aber nicht sein Verlangen. Erstaunlich fand er nur, dass eine Mittelschichtshausfrau aus einem kleinen Dorf über eine derartige Palette von Ideen verfügte. Einmal war er beinahe in Versuchung geraten, neugierig, was sie tun würde, wenn er sie ließ. Aber die Risiken waren zu groß, und ihr stinkender, verquollener und blutiger Körper erregte ihn nicht.

Sollte er sie töten? Er wusste, er hatte nicht viele Optionen, und das Wie war kein Thema – die Entscheidung fiel ihm schwer. Das Problem war, sehr zu seiner Überraschung, dass er es nicht wollte. Sie war nicht direkt an dem Mord beteiligt gewesen. Und sie hatte Energie. Unter der Maske ihrer Eitelkeit hatte er eine liebevolle Mutter und zärtliche Ehefrau gesehen. Selbst nach den schlimmsten Demütigungen hatte sie ihn angefleht, ihren Mann anzurufen und zu fragen, ob es den Kindern gut gehe. Ein Teil von ihm bestand darauf, dass sie nicht böse war. Sie hatte den Mord nicht begangen, wenn auch zugegeben, dass sie nichts unternommen hatte, um ihn zu verhindern. Hätte sie das überhaupt gekonnt? Das war eine müßige Frage.

Vielleicht konnte er sie irgendwann gehen lassen. Sie konnte ihn nicht identifizieren, und er hatte vor, das Land zu verlassen, sobald die letzte Tat vollbracht war. Er erinnerte sich an die Füchsin, und seine Entschlossenheit, die Frau zu töten, geriet noch mehr ins Wanken.

Er wurde aus seinen Überlegungen gerissen, als es an der Haustür klopfte. Sein erster Gedanke war – Polizei! Wo war seine Waffe? Hatte er die Frau wieder geknebelt? Er schob die Waffe hinten in den Hosenbund, zog sich die Mütze vom Kopf und betrachtete sein Gesicht im Küchenspiegel; seine Verkleidung war noch weitgehend intakt. Schließlich streifte er die Handschuhe ab, untersuchte die Hände auf Blutspuren – nichts – und ging gelassen zur Haustür.

Der Regen war in ein leichtes Nieseln übergegangen, aber der Hof war ein einziger Sumpf aus Pfützen. Dort stand eine kleinwüchsige, ausgesprochen hässliche Frau Ende fünfzig, die einen schlammbespritzten Hund an einem Stück Seil hielt.

«Ah, schön, dass Sie da sind.» Sie hatte einen nüchternen britischen Ton, ohne eine Spur des walisischen Singsangs. «Ich bin Miss Purbright von der Lee Farm. Ich habe der Hausverwaltung versprochen, ein Auge auf die Hütte zu werfen, Sie wissen schon.»

Er wusste es eindeutig nicht, und sein Schweigen brachte sie aus der Fassung.

«Ja, nun, nach dem Gewitter letzte Nacht und so weiter dachte ich mir, ich seh besser mal nach, ob alles in Ordnung ist bei Ihnen, ob Sie Strom haben, Telefon und so.» Sie machte eine Pause und tätschelte dem fetten, stinkenden Retriever die Flanke. «Wir wollten nachsehen, ob es dem neuen Mieter an nichts fehlt, ehe wir uns anderen Dingen zuwenden, oder nicht?»

«Verstehe. Mir geht es bestens, danke der Nachfrage.» Er machte langsam die Tür zu, während sie versuchte, über seine Schulter hinweg in die Diele zu spähen.

«Sie sind allein, was? Ziemlich abgelegen für ein Ferienhaus, nicht?»

«Ich bin Schriftsteller. Ich liebe Ruhe und Abgeschiedenheit.» Mit deutlicher Betonung auf den letzten Worten.

«Na, ich schätze, das erklärt alles.»

«Da bin ich ganz sicher. Wenn Sie mich entschuldigen würden, ich habe zu tun.» Der Hund zeigte mittlerweile deutliche Anzeichen von Munterkeit, schnupperte eifrig und versuchte immer wieder, ins Innere des Hauses vorzudringen. Angesichts der interessanten Gerüche, die das Tier aus dem Hinterzimmer wahrnehmen musste, war es höchste Zeit, ihm die Tür vor der Nase zuzuschlagen.

«Na gut, dann mache ich mich wieder auf den Weg. Wenn Sie mal Lust haben, auf eine Tasse Tee rüberzukommen, das machen nämlich manche Mieter, wissen Sie …» Sie sah ihm an, wie unwahrscheinlich es war, dass er je an ihrem Küchentisch sitzen würde. «Nein, ich bezweifle, dass Sie als Schriftsteller das wollen. Ich nehme an, Sie sind lieber allein. Aber wenn etwas schief geht oder Sie etwas brauchen, meine Nummer steht neben dem Telefon, Sie können sie nicht übersehen. Ich wohne nur ein paar Meilen entfernt, den Feldweg runter in Richtung Dorf, und kann binnen einer Viertelstunde mit dem Jeep hier sein, wenn etwas ist.»

«Ich werde es bestimmt nicht vergessen. Auf Wiedersehen.»

«Auf Wiedersehen.»

Noch während er das sagte, schloss er die Tür.

«Ich wette, dass es kein Problem für dich ist, hier vorbeizuschauen», sagte er auf dem Weg zurück in die Küche. «Ich wette, das machst du ständig, hier herumschnüffeln, natürlich nur, um nachzusehen, ob alles in Ordnung ist. Ich wette, du weißt auch genau, wo der Ersatzschlüssel liegt.»

Dass sie an die Tür geklopft hatte, gab den Ausschlag. Er konnte nicht riskieren, dass jemand hier eindrang; konnte sich nicht darauf verlassen, dass die Frau im Schlafzimmer über längere Zeit unbeobachtet bleiben würde. Er musste handeln. Jetzt. Ein seltsames, unbekanntes Gefühl durchströmte ihn und verstörte ihn zutiefst. Vergeblich versuchte er es zu identifizieren, wie ein Mann mit Gedächtnisverlust, der nach dem entscheidenden Hinweis sucht, um sich zu erinnern; aber die Einsicht blieb ihm verwehrt.

Das Gefühl wich auch nicht, als er seine Vorbereitungen traf. Erst im letzten Augenblick, als er die überflüssig gewordene schwarze Mütze überstreifte, wurde ihm klar, was es war. Das Wissen, dass er sie töten musste, machte ihn traurig. Es war unglaublich, dass er nach all den Jahren so ein Gefühl hegte. Gelindes Bedauern, Wut, Hass, Erleichterung – das alles hatte er schon empfunden, wenn er sich anschickte, jemanden zu töten, aber niemals Traurigkeit.

ZWEITER TEIL

Liber scriptus

Liber scriptus proferetur,
in quo totum continetur
unde mundus judicetur.

Und das Buch wird aufgeschlagen,
Drin ist alles eingetragen,
Welt, daraus dich anzuklagen!

7

«Schön, Sie wieder hier zu haben, Andrew. Setzen Sie sich.» Der Assistant Chief Constable strahlte eine Güte und Fürsorge aus, auf die sein Besucher gern verzichtet hätte.

«Danke, Sir.»

«Wie geht's den Kindern?»

«Gut, danke.»

«Schön, schön.»

Es folgte eine Pause, in der Detective Chief Inspector Andrew Fenwick beobachten konnte, wie sein Gegenüber sich fragte, ob er das Thema Familienleben und persönliche Lebensumstände weiter verfolgen sollte. Es wäre unangemessen gewesen – sie waren nie gut miteinander ausgekommen, besonders seit der Assistant Chief Constable Fenwicks letzten Antrag auf Beförderung nicht unterstützt hatte. Fenwick sollte nicht wissen, aus welchem Grund er nicht befördert worden war, wusste es aber. So etwas sprach sich in der Truppe immer herum.

«Jetzt, wo Sie wieder hier sind, sollten wir darauf achten, dass Sie beschäftigt sind – aber nicht zu beschäftigt, was?»

«Ich sehe keinen Grund, warum ich nicht mein volles Arbeitspensum erledigen sollte, Sir.»

«Nein, nein, natürlich nicht. Ich möchte nur nicht, dass Sie es übertreiben. Immerhin haben Sie jetzt zu Hause eine neue Verantwortung, darauf müssen wir doch Rücksicht nehmen.»

«Ich kann Ihnen versichern, dass mein häusliches Leben in besten Händen ist. Meine Mutter wohnt jetzt bei uns und hat alles unter Kontrolle.»

Der Constable sah überrascht aus, war aber zu abgebrüht, um sich seine Enttäuschung anmerken zu lassen.

«Ich habe ein paar interessante Akten für Sie zusammengestellt. Manche Fälle sind bereits ein wenig abgekühlt, aber das stellt für Sie wohl kein Problem dar. Ich möchte, dass Sie dem Präsidium weiterhin verbunden bleiben. Das Revier kommt ganz gut ohne Sie zurecht, und wir haben hier mehr als genug zu tun.»

Ein Schreibtischjob, dachte Fenwick. «Ich würde wirklich gern wieder im Revier arbeiten, Sir. Es hat mir gefehlt.»

«Sie werden hier gebraucht, Detective Chief Inspector, und das Revier ist voll besetzt.»

«Aber ich habe von dieser Serie von Autodiebstählen in der Gegend um Harlden gelesen. Das geht offenbar schon eine ganze Weile so; bestens organisiert, wie es scheint. Daran könnte ich mich versuchen.»

«Inspector Blite kümmert sich bereits hervorragend darum, Fenwick, und ich brauche Sie hier.»

Inspector Blite. Das erklärte alles. Die Beförderung des kleinen Frettchens war also doch genehmigt worden, und das, wo Fenwick schon gehofft hatte, dass es doch noch so etwas wie Gerechtigkeit gab. Er hätte es besser wissen müssen.

In seinem überfüllten provisorischen Büro sortierte Fenwick die Akten, die er bekommen hatte. Ein paar waren sogar schon angestaubt. In der Mitte des Stapels befanden sich zwei Beschwerden in roten Heftern. Beide waren zwar zu den Akten genommen worden, aber man hatte keine für wichtig genug erachtet, um Ermittlungen seitens der Dienstaufsichtsbehörde einzuleiten. Das war immerhin eine Erleichterung; niemand wühlte gern in der schmutzigen Wäsche der Polizei herum.

Der Chief Constable hatte immer noch keine zentrale Beschwerdestelle eingerichtet, erwartete aber, dass der Assistant sicherstellte, dass nicht einmal eine Andeutung nach außen drang, nicht jeder Beschwerde würde bis ins kleinste Detail nachgegangen. Die Truppe hatte im vergangenen Jahr achtundvierzig Beschwerden erhalten, die alle zu den Akten genommen und an die Dienstaufsichtsbehörde weitergeleitet worden waren. Am Ende war fast die Hälfte davon fallen gelassen worden; Beschwerden und Vorwürfe lösten sich häufig in Wohlgefallen auf, wenn der Zorn erst einmal verraucht war. Einige waren formlos beigelegt worden, da es Zivilpersonen meistens zu viel war, den zeitaufwendigen Marsch durch die Instanzen anzutreten. Was jedoch übrig blieb, wurde sorgfältig bearbeitet.

Für den Polizeibeamten, der die Ermittlungen leitete, war es so oder so die Hölle. Wenn man Mist baute und es kam heraus, war die Karriere im Eimer. Wenn man feststellte, dass es triftige Gründe für die Beschwerde gab, stand man vor der schwierigen Entscheidung, es an die große Glocke zu hängen – wonach man den Kollegen nicht mehr in die Augen sehen konnte – oder zu schweigen – wonach man nicht mehr in den Spiegel schauen mochte.

Fenwick war als hart, aber gerecht bekannt, so eindeutig auf Schwarz und Weiß fixiert, dass sie ihm den Spitznamen Zebra gegeben hatten. Er war gewissenhaft, und man konnte sich darauf verlassen, dass er seine Arbeit gründlich machte; er war so hart im Nehmen, dass er mit Anfeindungen fertig wurde, und intelligent genug, um Täuschungsmanöver zu durchschauen. Mit anderen Worten: der perfekte Ermittler.

Immerhin waren es nur zwei Beschwerden. Rasch sah er die anderen Akten durch. Die Hälfte konnte er gleich vergessen. Es waren so alte und – entscheidender – belanglose Fälle, dass sie offensichtlich nur beigefügt worden waren, damit der Stapel eindrucksvoller aussah. Alles andere war Papierkram, Statistiken für Berichte, die Ende des Monats fertig sein mussten. Er verfluchte den Assistant Chief Constable, als er sich in dem überfüllten Kabuff an den zerkratzten Schreibtisch setzte, und dachte fast liebevoll an sein altes Büro im Polizeirevier von Harlden zurück.

Fenwick schlug den ersten Beschwerdehefter auf und tröstete sich mit dem Gedanken, dass er wenigstens nach Hause kommen würde, bevor die Kinder im Bett lagen. Eine halbe Stunde später hatte er sich festgelesen und die Zeit vergessen. Später telefonierte er mit verschiedenen Beamten, die mit dem Fall zu tun gehabt hatten, und verbrachte eine Stunde damit, sie aufzuspüren und sich Notizen zu machen. Wie hold ihm das Glück war, begriff er, als er feststellte, dass der Sergeant, mit dem er sprechen musste, gleich Dienstschluss hatte. Er trank in der Kantine zwei Tassen Tee mit dem Mann, ließ sich die wichtigsten Einzelheiten bestätigen und füllte die Lücken.

Es war fast sechs, als ein beiläufiges «Bis morgen» auf dem Flur ihn daran erinnerte, dass er eigentlich früher hatte gehen wollen. Ein Nachteil der Arbeit hier war, dass er bis nach Hause eine Dreiviertelstunde brauchte. Er griff zum Telefon, um sich zerknirscht zu entschuldigen.

Der Hörer wurde nach dem dritten Läuten abgenommen.

«Hallo, wer ist da, bitte?» Die hauchzarte Stimme verriet ihm, wer abgenommen hatte.

«Hi, Bess, hier ist Daddy. Warum bist du noch nicht im Bett?»

«Daddy! Ich warte auf dich. Oma sagt, das kann ich, weil ich dich gestern kaum gesehen habe.» Pause. «Du *kommst* doch bald nach Hause, oder?»

«Immer langsam, Süße. Ich fürchte, ich muss noch eine Weile arbeiten.»

«Oh.»

Er versuchte zu hören, ob da Tränen flossen.

«Was hast du denn heute gemacht? War es schön, wieder zur Schule zu gehen?» Ihm half normale Konversation, aber er bezweifelte, dass das auch bei seiner fünfeinhalbjährigen Tochter der Fall war.

«Nein, die Schule war schrecklich. Mrs. Gross war den ganzen Tag böse auf uns, und wir durften nicht draußen spielen, weil es geregnet hat, und der stinkende Jimmy Barnes hat Christopher mit dem Spaten auf den Kopf gehauen, dass es geblutet hat, und ich durfte nicht mehr am Unterricht teilnehmen, aber das war *ungerecht*, weil ich gar nichts gemacht hab. Nur weil ich Chris mein Taschentuch wegen dem Blut gegeben hab. Es war schrecklich.»

Fenwick machte sich Sorgen um seinen Sohn. «Geht es Christopher gut, Bess? Wie schlimm ist es mit seinem Kopf?»

«Er ist ganz still. Mit mir spricht er, aber er hat nicht zu Abend gegessen, und er redet kein Wort mit Oma.»

«Herrje. Ich sollte wohl mal mit ihr sprechen. Aber dir geht es gut, Kleines, ja?»

«Mir geht es gut … aber du fehlst mir, Daddy! Oma ist nett und hat mir lecker zu Abend gekocht, aber … sie ist nicht du.» Die letzten Worte waren nur noch ein Flüstern, das beinahe im Rauschen der Leitung unterging.

«Ich weiß, aber mach dir nichts draus. Es ist nur noch ein Tag bis zum Wochenende, und vergiss nicht, ich muss diesen Samstag nicht arbeiten.» Er kreuzte zwei Finger und hoffte.

«Sicher, aber manchmal passiert ja doch was. In deinem Job ist immer irgendwas los, oder nicht?»

Er musste lächeln, als er die Kleine seine kläglichen Ausreden nachplappern hörte; und sie kannte sie nicht nur auswendig, sie glaubte sie auch!

«Gib mir jetzt Oma, Liebes. Nacht-Nacht, und Gott schütze dich.» Er hauchte einen Kuss in die Leitung und hoffte, dass niemand ihn beobachtete. Prompt folgte die Belohnung in Form ihres Segens, und er dankte dem Himmel für Bess. Er wusste nicht, in welche Abgründe er in den vergangenen Monaten ohne sie versunken wäre.

«Hallo, Andrew? Schon wieder spät dran?» Der Tonfall seiner Mutter war so schmerzhaft wie ihre Hand.

«Ja, Mom. Tut mir Leid. Hier ist der Teufel los. Aber wie geht es Christopher? Ist er wirklich mit einem Spaten geschlagen worden?»

«Ja, aber eine Keilerei ist doch nichts Ungewöhnliches für einen Jungen seines Alters. Ich glaube, Bess hat mehr Schaden angerichtet. Offenbar hat sie es dem Jungen, der Christopher gehauen hat, richtig gezeigt, und der war entweder zu wohlerzogen oder zu ängstlich, um sich zu wehren! Du weißt, dass sie zur Löwin werden kann, wenn es um ihren Bruder geht. Sie mussten sie von dem Jungen herunterziehen, und dafür durfte sie dann den Rest des Nachmittags in der Ecke sitzen.»

«Also so war das! Bloß gut, dass ich das eben noch nicht wusste – ich hätte zu viel Verständnis, um mit ihr zu schimpfen. Und was ist mit Chris?»

Es folgte eine Pause, während der er hören konnte, wie seine Mutter die Tür zumachte. «Nun, nicht gut. Oh, die Beule am Kopf ist nicht weiter schlimm, aber ich mache mir ernstlich Sorgen um ihn, Andrew. Ich bekomme kein Wort aus ihm heraus, und er hat wieder mit diesem Schaukeln angefangen. Das erste Mal, seit er seine Mutter verloren hat.»

«Sollten wir noch mal mit ihm zum Arzt gehen?»

«Unbedingt. Er darf auf keinen Fall morgen in die Schule. Die können ihn auch nicht dauernd im Auge behalten.» Sie holte Luft. «Ich glaube sogar, dass er überhaupt nicht mehr in diese Schule gehen sollte, Andrew. Wir müssen wirklich etwas Geeignetes für ihn finden.»

«Moment mal! Das hatten wir doch schon. Das ist eine schwerwiegende Entscheidung. Lass dem Jungen ein bisschen Zeit, er war heute das erste Mal wieder dort. Vorher hat es ihm auch gefallen.»

Fenwick biss die Zähne zusammen. Christopher war nie ein emotional robustes Kind gewesen, und er hatte große Hoffnungen auf die stabilisierende Wirkung einer «normalen» Schule gesetzt. Er war überzeugt davon, dass das normale Leben im Dorf das Beste für den Jungen war, dass ihm der Umgang mit anderen Kindern gut tun würde. Insgeheim glaubte er, dass der Kleine überhaupt nur so empfindlich war, weil sie ihn verhätschelt hatten.

«Ich weiß, er ist dein Sohn, aber es wird Zeit, den Tatsachen ins Auge zu sehen.» Sie senkte die Stimme noch mehr. «Du musst akzeptieren, dass Christopher nicht ganz gesund ist. Er ist zutiefst verstört und hat sich noch nicht einmal ansatzweise vom Verlust seiner Mutter erholt.»

«Aber Bess und er sind jetzt jeden Tag zusammen, Mom, vergiss das nicht.» Er hörte selbst das Eingeständnis der Niederlage in seinem Tonfall. Und er wusste, was seine Mutter als Nächstes sagen würde.

«Bess ist noch keine sechs Jahre alt, Andrew. Es ist durch und durch unfair, sich auf sie zu verlassen. Wir brauchen die Hilfe eines Fachmanns. Mit deiner Starrköpfigkeit bist du uns allen gegenüber unfair, mich eingeschlossen, und Christopher trifft es ganz besonders.»

«Darüber können wir jetzt nicht in aller Breite diskutieren. Dann geh eben morgen mit ihm zum Arzt und frag den, was er meint; danach können wir uns unterhalten.» Er räusperte sich, um eine Spur Autorität zurückzuerlangen. «Ich würde jetzt gern ein Wort mit Chris sprechen.»

«Mal sehen, ob er ans Telefon kommt. Wann wirst du übrigens zu Hause sein?»

«Weiß ich noch nicht genau. Wenn ich mir den Stapel hier so ansehe, könnte es noch eine Stunde dauern.»

«Ruf mich an, bevor du losfährst, damit ich dir dein Essen aufwärmen kann.» Das gedämpfte Klicken am anderen Ende verriet ihm, dass sie den Hörer weggelegt hatte, ohne dass er sich hatte bedanken können. Erstaunlich, wie sie moralisch immer die Oberhand behielt. Sie konnte einem wirklich den letzten Nerv rauben, aber ohne sie hätte er die Kinder nicht behalten können.

Fenwick betrachtete die Anschlagtafel an der gegenüberliegenden Wand. Das dunkelbraune Material war seltsam leer – keine Spur des üblichen Durcheinanders von Fotos, Karten und Notizen für aktuelle Fälle. Ich habe keine offenen Fälle, dachte er niedergeschlagen. Keine Fälle, Karriere im Arsch. Das handelte man sich mit einem ausgedehnten Sonderurlaub ein. Finster starrte er den Stapel auf seinem Schreibtisch an.

In einer dieser Akten schlummerte vielleicht eine Gelegenheit, seinen guten Ruf wiederherzustellen. Er wartete am Telefon und quälte sich mit Erinnerungen an die vergangenen sechs Monate. Wie hatte er die Anzeichen übersehen können, zuerst bei Monique und dann bei Christopher? Noch immer verfluchte er sich dafür, dass er für den konstanten Verfall seiner Frau so blind gewesen war. Wäre er aufmerksamer gewesen – und häufiger zu Hause –, hätte er vielleicht etwas gemerkt und sie hätten etwas unternehmen können. Er war Polizist, verdammt; es war sein Job, Dinge aufzuspüren, Hinweise zu erkennen, aus den Puzzleteilen der Indizien ein vollständiges Bild zusammenzusetzen. Und beim wichtigsten Fall von allen – der Gesundheit seiner Frau – hatte er versagt.

Der Arzt und seine Freunde hatten natürlich versucht, ihn zu trösten, als die Prognose bestätigt wurde. Sie sagten, es hätte nichts mehr getan werden können, so gut hatte sie alles verheimlicht. Eine Zeit lang hatte sie alle hinters Licht geführt, aber die Natur konnte sie nicht täuschen. Nun war es zu spät, und er sah sich, was seinen Sohn anbelangte, einem wachsenden Dilemma ausgesetzt. Erneut drohte ihn das Gefühl der Hilflosigkeit zu übermannen.

Er hatte sich geschworen, dass er nie wieder seine Arbeit einen Keil zwischen sich und seine Familie treiben lassen würde. Nun arbeitete er den ersten Tag wieder und stand bereits vor neuen Entscheidungen. Während er dem Rauschen in der Leitung lauschte, schwor er sich erneut, dass er es nie wieder so weit kommen lassen würde. Wenn Christopher ihn brauchte, dann musste er da sein.

Am anderen Ende der Leitung tat sich etwas.

«Hallo, Chris, hier ist Daddy. Wie geht es dir? Was macht dein Kopf?»

Schweigen.

«Wie ich von Bess gehört habe, hast du einen Schlag auf den Kopf bekommen.»

Nichts. Aggressives Schweigen schlug ihm entgegen.

«Also, die gute Neuigkeit ist, Oma und ich haben uns geeinigt, dass du morgen nicht in die Schule zu gehen brauchst. Das ist doch gut, oder?»

Gleichgültiges Rauschen.

«Chris? Chris, hör zu, ich weiß, dass du da bist. Rede mit mir, erzähl mir etwas – zum Beispiel, was du heute gemacht hast. Okay?»

«Wolken. Wolken, Wolken und nochmals Wolken. Die habe ich heute gesehen.» Die Stimme des Jungen klang verzerrt, gepresst, leblos. Fenwick musste einen dicken Kloß hinunterschlucken.

«Ich verstehe. Waren es hübsche Wolken, Chris? Waren sie freundlich?»

«Es sind *meine* Wolken. Ich hab sie mit nach Hause gebracht.»

«Wo bewahrst du die Wolken auf, Chris? Was hält Oma von ihnen?»

«Die kann sie nicht sehen. Bin nicht sicher, ob du es könntest. Es sind meine Wolken. Bess sieht sie.»

«Welche Farben haben sie? Sind sie hübsch, wie bei Sonnenuntergang?» Er wollte seinen Sohn einfach nur in der Leitung halten.

«Es sind meine Wolken. Wenn ich nicht hinschaue, verschwinden sie.»

Der Kloß in Fenwicks Kehle war wieder da, aber er redete weiter und versuchte verzweifelt, seinen Sohn wieder auf festen Boden zu bringen. Vergebens. Er hörte, wie der Hörer auf den Tisch gelegt wurde und Chris wegging. Ein paar Minuten kämpfte er gegen den übermächtigen Wunsch, den Aktenstapel auf seinem Schreibtisch zu ignorieren. Am Ende entschied er sich für einen Kompromiss und beschloss, zu Hause an den Beschwerden zu arbeiten. Er schob die Hefter in seine Aktentasche und ging.

Zwei Stunden später saß er im Wohnzimmer und genoss das Kaminfeuer. Er hatte die Kinder mit ausgiebigem Herumtollen zu Bett gebracht, ein ausgezeichnetes Abendessen zu sich genommen, entspannte sich mit einem großen Whiskey und warmem Wasser und war bereit, sich die beiden Beschwerden vorzunehmen. Der Name auf dem ersten Hefter kam ihm bekannt vor – Derek Fearnside aus Harlden –, aber es war ein Fall vom April, als er im Urlaub gewesen war, daher kam er nicht darauf, weshalb ihm der Name etwas sagen sollte. Dann fiel es ihm wieder ein. Bob Fearnside war einer seiner besten Schulfreunde gewesen, und der hatte einen Bruder namens Derek gehabt. In einer Kleinstadt war die Wahrscheinlichkeit sehr groß, dass es sich um dieselbe Familie handelte.

Fenwick schlug die Akte auf und betrachtete das dreizehn mal achtzehn Zentimeter große Farbfoto, das am Umschlag festgeklammert war. Eine glückliche Familie war durch eine Mikrosekunde Belichtung für alle Zeiten festgehalten worden. Sein Blick wanderte automatisch zu der Frau, die der Mittelpunkt des Bildes zu sein schien.

Blond, erstaunlich hübsch, lebhafte blaue Augen, die aus dem Foto herauszuschauen und die Aufmerksamkeit des Betrachters zu fesseln schienen. Ihre Ausstrahlung war buchstäblich atemberaubend, und Fenwick gönnte sich einen Moment das Vergnügen, sie einfach nur anzusehen.

Er fragte sich, wer die Aufnahme gemacht hatte. Ihr Blick war intim und vertrauensvoll – der Fotograf musste das gespürt und ihre Aufmerksamkeit genossen haben. Fenwick vermutete mit fast übernatürlicher Klarsicht, dass sie mit dem Fotografen bestens bekannt gewesen sein musste und der arme Mann sie nie vergessen würde. War es ihr Ehemann? Aber wer war dann der Mann bei ihr auf dem Bild?

Die Frau hielt ein Kleinkind auf dem Arm, balancierte es auf einer nach vorn gereckten Hüfte und schützte seinen Nacken mit einem angewinkelten Ellbogen. Das Kind war vielleicht ein Jahr alt, geschlechtslos, schlafend. Ein größeres Kind klammerte sich an ihrem Bein fest. Die Frau hatte ihm die linke Hand zärtlich auf den Kopf gelegt; er sah, wie ihre Finger das kastanienfarbene Haar zausten, ein Augenblick tröstenden Streichelns. Die sanften Augen des Jungen blickten in die Ferne und nahmen den Fotografen gar nicht wahr. Er genoss einen dieser unspektakulären, aber entscheidenden Augenblicke der Kindheit, da Körperwärme, Geruch und solide körperliche Präsenz der Mutter eine Atmosphäre absoluter Geborgenheit und Zufriedenheit erzeugen.

Mutter, Kind und Baby bildeten eine feste Dreieinigkeit in der Mitte des Bildes. Der Eindruck, den sie hinterließen, war so stark, dass er den Mann an ihrer Seite fast übersah. Er stand etwas abseits der Gruppe, ein stummer Zeuge, wie ein Schafhirt an der Krippe. Er schien der Kamera ausweichen zu wollen. Und er tat Fenwick von Herzen Leid.

Als er genauer hinsah, erkannte er das Gesicht des Mannes. Es war der Derek Fearnside, den er gekannt hatte. Das Bild rief alte Erinnerungen wach. Er hatte an der Hochzeit teilgenommen; Bob war Trauzeuge gewesen. Diese strahlende – möglicherweise untreue – Mutter war also damals die Braut gewesen. Er konnte sich nicht an ihren Namen erinnern und auch nicht wirklich an das Fest, abgesehen davon, dass es ihm später gelungen war, eine der Brautjungfern zu verführen, was aber auch mehr auf zu viel Champagner als auf seine Verführungskünste zurückzuführen gewesen war.

Der Zufall, dass er hier auf alte Bekannte stieß, verdrängte seine häuslichen Sorgen für eine Weile. Er legte die Akte Fearnside vorerst beiseite, darum wollte er sich zuletzt kümmern; ein kleiner Trick, damit er bei der Sache blieb. Die nächste Beschwerde betraf das Verhalten der Polizei bei der Schlichtung häuslichen Unfriedens. Mr. Baxter, der eins neunzig große Vater von vier Kindern, beschwerte sich über unnötige körperliche Gewalt seitens der Polizei, die wegen eines Ehekrachs gerufen worden war. Offensichtlich hatte eine eins siebzig große Beamtin den Mann festgehalten und ihm dabei Blutergüsse an Armen und Handgelenken zugefügt. Der Mann war mehr als eine Woche krank geschrieben gewesen und drohte als Selbstständiger mit einer Klage wegen entgangener Einkünfte. Mit der Summe, die er forderte, würde er deutlich mehr verdienen als der Assistant Chief Constable!

Die Schilderung aus dem Notizbuch der Polizistin brachte eine gewisse Klärung. Offenbar war der geschädigte Gentleman im Begriff gewesen, seiner Lebensgefährtin «eine Lektion» zu erteilen. Die Polizistin hatte dem Mann ein altmodisches Nudelholz aus der Hand ringen müssen. Sie hatte, mit ihren Worten, «das Minimum an Kraft aufgewendet, das erforderlich war, um die andere anwesende Person, mich selbst und den Hund zu beschützen». Den Hund?

Der Zwischenfall lag noch keine Woche zurück, und Fenwick fragte sich, warum er so ernst genommen wurde. Dann sah er die am Ordner befestigte Notiz: *Baxter ist einer von Counsellor Wards regelmäßigen privaten Fahrern.* Da hätte ebenso gut «Vorsicht Gefahr!» stehen können. Ward gehörte einer großen Minderheit militanter linker Stadtratsabgeordneter an und hatte beschlossen, seine Minderheitsposition herauszustreichen, indem er bei jeder Gelegenheit die Polizei in die Pflicht nahm.

Fenwick wurde klar, dass er Stunden brauchen würde, um zu ermitteln und sicherzustellen, dass der Papierkram absolut wasserdicht war, bevor er ihn weiterleitete. Und es würde nichts als Zeitverschwendung sein, für die Beamtin und letztlich auch für den Assistant Chief Constable.

Ein Mindestmaß an ausgleichender Gerechtigkeit bot immerhin die Tatsache, dass erst vor kurzem der Bericht eines Tierschutzbeauftragten zu der Akte genommen worden war, den die ermittelnde Beamtin hinzugezogen hatte. Sie hatte sich Sorgen um das Befinden des Hundes in der Küche gemacht und den Tierschutzbeauftragten gebeten, einmal dort vorbeizuschauen. Baxters Lebensgefährtin mochte in den Augen des Gesetzes hinreichend freien Willen haben, die Anklage wegen Tätlichkeit zurückzuziehen und sich der Gnade ihres Partners aufs Neue auszuliefern. Im Falle des Hundes als dummen Tiers machte das Gesetz es glücklicherweise möglich, dass andere in seinem Interesse handelten. Baxter würde wegen Vernachlässigung und Tierquälerei angeklagt werden.

Es war wenig wahrscheinlich, dass Ward sich zu sehr für seinen Fahrer stark machte. Immerhin gab es eine Menge Tierfreunde in Sussex.

Es war schon nach elf, als Fenwick wieder in die zu blauen Augen von Deborah Fearnside sah. Eingehend studierte er Derek Fearnsides Brief, der ihm auf deprimierende Weise bekannt vorkam. Selbst in ländlichen Gegenden waren Fälle mit vermissten Personen relativ häufig. Normalerweise handelte es sich um Teenager mit Problemen, deprimierte Ehefrauen oder geistig verwirrte Ehemänner, die mit ihrem Leben nicht mehr zurechtkamen. Und für gewöhnlich tauchte die vermisste Person binnen weniger Tage übermüdet und pflegebedürftig wieder auf und war dankbar für die Zuneigung, mit der sie empfangen wurde. Nur wenige sah man niemals wieder, außer auf vergilbenden Fotos in Vermisstenanzeigen oder im Fernsehen.

Mr. Fearnside konnte nicht verstehen, warum das Verschwinden seiner Frau vor mittlerweile fast vier Wochen nicht von der Polizei untersucht wurde. Als Antwort auf seine anfänglichen Fragen hatte er einen Formbrief geschickt bekommen, in dem man ihm erklärte, dass im Falle des Verschwindens erwachsener Personen für gewöhnlich nur dann Ermittlungen eingeleitet wurden, wenn besondere Umstände vorlagen. Sie hatten sogar einige Statistiken erwähnt, die belegten, weshalb es normalerweise unnötig war zu ermitteln – um den ängstlichen Mann zu beruhigen und mundtot zu machen. Es hatte nicht funktioniert.

Mr. Fearnside hatte jeden Tag angerufen und schließlich geschrieben, dass er eine offizielle Beschwerde in Erwägung ziehe. Er beharrte darauf, dass besondere Umstände vorlägen, dass seine Frau ihn und die Kinder nie einfach verlassen hätte. Und nun lag die Akte auf Fenwicks Beistelltisch und wartete darauf, dass er über das weitere Vorgehen entschied. Im Geiste entwarf er bereits eine höfliche, aber abschließende Antwort.

Doch als er weiterlas, verwarf er sein halb formuliertes Antwortschreiben. Er stellte fest, dass er dem Mann Recht gab und nicht den Kollegen. Fearnside hatte sogar eine Liste der «besonderen Umstände» zusammengestellt:

- Sie hatte eine Nachricht für die Putzfrau hinterlassen, damit diese Geschnetzeltes aus der Tiefkühltruhe nahm, das sie Derek nach ihrer Rückkehr zum Abendessen zubereiten wollte.
- Sie hatte keine Kleidung mitgenommen.
- Sie hatte ihren Pass nicht mitgenommen.
- In den Wochen vor ihrem Verschwinden waren keine größeren

Geldsummen von dem gemeinsamen Konto abgehoben worden und danach gar nichts mehr.
- Ein Freund bei der Bank hatte inoffiziell bestätigt, dass vor und nach dem Verschwinden kein Geld von ihrem Privatkonto abgehoben worden war.
- Die Kreditkartenabrechnung war gerade zugestellt worden und wies seit ihrem Verschwinden keine Einkäufe nach.
- Sie hatte das Auto nicht mitgenommen.
- Sie hatte eine Rückfahrkarte gekauft.
- Die Modelagentur hatte seit ihrem Verschwinden weder angerufen noch geschrieben.
- Auch Leslie Smith, die ebenfalls für die Agentur arbeiten sollte, war nicht angerufen worden.
- Trotz wiederholter Versuche war es Leslie Smith nicht gelungen, Kontakt mit der Agentur aufzunehmen.
- Er hatte das Studio aufgesucht, wo während des Auswahlverfahrens Fotos gemacht worden waren, und festgestellt, dass es geräumt und zur Vermietung ausgeschrieben war.
- Sie hatte den Geburtstag ihrer Mutter vergessen – das war noch nie vorgekommen.
- Sie hatte den Geburtstag ihres Sohnes vergessen – undenkbar!
- Sie hatte nicht einmal angerufen, um sich zu erkundigen, ob es den Kindern gut ging.

In der ganzen Liste erwähnte der Mann kein einziges Mal sich selbst! Es war eine seltsam verkehrte Aufstellung; sie fing mit den greifbaren «Beweisen» an, die gegen ein «gewöhnliches» Verschwinden sprachen, und hörte mit dem Emotionalen und Alltäglichen auf. Fenwick starrte auf das Foto und fragte sich, was für ein Mensch Fearnside sein mochte. Vielleicht reichte seine Nüchternheit aus, um eine Frau in die Flucht zu schlagen, aber er liebte sie eindeutig. Oder waren das Schuldgefühle?

Das Foto quälte ihn. Es trug kein Datum, es konnte Jahre alt sein. Dagegen sprach allerdings das in der Akte genannte Alter der Kinder. Die Mutter auf diesem Bild hätte ihre Kinder niemals im Stich gelassen – ihren Mann vielleicht, aber nicht die Kinder. Das überzeugte ihn mehr als Fearnsides Argumente und führte ihn in Versuchung, die Tasche zu vergessen, in der sie alles mitgenommen hatte, was sie ihrer Meinung nach für die Aufnahmen brauchte.

Er las Blites Notizen über das Gespräch mit Fearnside noch einmal durch – normaler Papierkram, mit dem der Fall zu den Akten gelegt werden sollte. Fenwick mochte Blite nicht besonders, obwohl der Mann eine eindrucksvolle Liste von Festnahmen vorweisen konnte.

Er wusste, was Fearnside durchmachte und weshalb er täglich Beschwerden gegen die Polizei vorbrachte. Er selbst hatte mit ständigen Anrufen beim Arzt seinem Ärger und seiner Verzweiflung Luft gemacht. Eben noch war er mit klar anvisierten Zielen durch ein Leben gegangen, das bis in alle Einzelheiten durchorganisiert war, und im nächsten Moment lag alles in Trümmern. Doch es würde trotz seiner Zweifel schwierig sein, den Fall neu aufzurollen, und rechtlich gesehen hatte die Beschwerde keine Grundlage. Deprimiert fing er an, eine Antwort zu formulieren.

> … Danke für Ihren Brief … wie mein Kollege bereits erläutert hat … die übliche Vorgehensweise wurde eingehalten … Einzelheiten wurden in den Computer der Landespolizei eingegeben … wenn Sie auf einer förmlichen Beschwerde bestehen, sollten Sie die Anweisungen des beiliegenden Formblatts befolgen …

Er musste seine Arbeit unterbrechen, als ein feuchtes, warmes, zerzaustes Bündel durch das Zimmer tapste und auf seinem Schoß landete. Die kleine Bess war in Tränen aufgelöst, rief hemmungslos schluchzend nach ihrer Mami, ihrem Bruder und dem Vater, den sie im Endstadium der Krankheit ihrer Mutter jeden Tag gesehen hatte.

Als er sie schließlich wieder zu Bett gebracht und ihr flüsternd ein Märchen nach dem anderen vorgelesen hatte, bis sie eingeschlafen war, kehrte Fenwick ins Wohnzimmer zurück und riss seinen Brief an Fearnside in kleine Fetzen.

Jeder Mann hatte das Recht auf eine zweite Meinung, bevor er gezwungen wurde, sich den Trümmern seines Lebens zu stellen.

8

Eine verspätete Frühlingsgrippe-Epidemie hatte das Polizeirevier vor Harlden heimgesucht und das Team ziemlich dezimiert. Widerwillig ließ der Assistant Chief Constable Fenwick zu sich rufen und befahl ihm, seinen alten Posten wieder zu beziehen. Eine Serie von Autodiebstählen riss nicht ab, und es wurde Verstärkung gebraucht.

Fenwick aber war in Gedanken bei einem ganz anderen Fall und wusste, dass er einen günstigen Augenblick abwarten musste, damit seine Bitte so beiläufig und routinemäßig wie möglich klang. Er stieß auf der Treppe mit dem Assistant zusammen, als dieser auf dem Sprung zu einer Sitzung mit der Polizeibehörde war. Der Mann hörte ihn kaum an, nickte nur geistesabwesend und sagte: «Holen Sie sich aus dem Revier, wen Sie brauchen, aber ein Mann muss genügen. Und übertreiben Sie es nicht.» Fenwick wusste genau, welchen Mann er brauchte und wo er ihn finden konnte. Leichten Herzens begab er sich zu seinem alten Büro im Polizeirevier.

Der Donnerstag begann für Detective Sergeant Cooper routinemäßig. Er frühstückte beizeiten mit seiner Frau – Eier (neuerdings pochiert, wegen Fett und Cholesterin), leckeren geräucherten Speck (nur noch zwei Scheiben), eine Tomate (Vitamin C), eins von den Spezialwürstchen des Fleischers (ein kleines) und eine Scheibe Toast (ein Laster musste ein Mann haben) – und saß um acht Uhr im Büro, um seinen endlosen Papierkram aufzuarbeiten. Die Nachricht von Fenwick überraschte ihn.

Sie hatten früher schon zusammengearbeitet, und immer waren es wichtige Fälle gewesen: Kindesmissbrauch und ein scheinbar sinnloser Mord, die durch eine Kombination von verbissener Polizeiarbeit und Intuition aufgeklärt werden konnten. Beide Fälle hatten Cooper spät in seiner Laufbahn unerwartete Anerkennung eingebracht. Er und Fenwick arbeiteten ausgezeichnet zusammen; ihre Stärken auf unterschiedlichen Gebieten ergänzten einander und brachten verborgene Talente im jeweils anderen ans Licht. Obwohl sie sich in Aussehen und Verlauf ihrer Karrieren deutlich unterschieden, besaßen sie gemeinsame Überzeugungen und Wertvorstellungen, die es ihnen erlaubten, einander rückhaltlos zu vertrauen. Sie waren ein unschlagbares Duo.

Cooper selbst, stets prosaisch, hätte das nicht so gesehen. Er respektierte Fenwick, verstand aber natürlich nicht die Hälfte von dem, was der Mann sagte. Dennoch arbeitete er lieber mit ihm zusammen als mit jedem anderen Detective Chief Inspector.

Es hatte ihn enttäuscht, mit ansehen zu müssen, wie Fenwick sich zunehmend nur noch um seine kranke Frau kümmerte, dabei seinen Scharfsinn verlor und seine natürliche Zähigkeit gegen eine grobe, rachsüchtige Häme eintauschte, die viele Kollegen abstieß. Andererseits hatte Cooper bald eingesehen, dass sein einstiger Partner andere vor den Kopf stoßen musste, um zu überleben. Cooper war neugierig, auf was für einen Mann er treffen würde, als er sich auf den Weg zu Fenwicks altem Büro machte.

«Morgen, Sir.»

«Morgen, Sergeant.» Fenwick sah kaum von dem schlanken braunen Hefter auf, winkte Cooper aber, sich zu setzen. Der untersetzte, vierschrötige Mann ließ sich auf einem von Fenwicks berüchtigten unbequemen Metallstühlen nieder.

«Kaffee?» Ohne auf eine Antwort zu warten, rief er der gemeinsamen Sekretärin zu: «Anne. Kaffee, bitte – einen für mich und einen für Sergeant Cooper – mit Milch, für ihn zwei Stück Zucker.»

Er drehte sich zu Cooper um. «Wird eine Weile dauern. Sie hat immer noch die alte Kaffeemaschine – braucht ewig, macht aber den besten Kaffee weit und breit.»

Cooper dachte, dass es eine Ewigkeit dauern mochte, ein genießbarer Kaffee aber für nahezu jeden hier im Revier einem Wunder gleichkäme.

«Und nun zu dieser Beschwerde.»

Wie immer musste sich Cooper anstrengen, der hastigen Sprechweise und den stakkatohaften Sätzen des Inspector zu folgen, der von einem Thema zum nächsten überleitete, ohne anzudeuten, worauf das alles hinauslaufen sollte.

«Ja, Sir. Ich dachte mir, dass Sie meinen Bericht über das lesen wollen, was im Dell passiert ist. Ich habe ihn bei mir.»

«Im Dell?» Fenwick sah überrascht aus, als wäre er mitten in einem Rätsel unterbrochen worden, für das Cooper eine andere Antwort hätte parat haben sollen. «Im Dell? Davon weiß ich nichts. Das ist nicht der Grund, weshalb ich Sie sprechen wollte. Lesen Sie das.» Er warf Cooper eine Beschwerde mit einem Familienfoto auf dem Umschlag zu.

«Sir?»

«Lesen Sie es einfach, Cooper. Ich möchte eine unvoreingenommene Meinung.» Damit überließ er Cooper seiner Lektüre und schlenderte durch sein altes Reich.

Cooper versuchte es sich bequem zu machen, doch es schien unmöglich, in diesem verwinkelten Stuhl eine Haltung zu finden, in der sich seine Knochen entspannen konnten. Fenwicks eigener altmodischer Sessel sah höchst verlockend aus, aber das wagte Cooper nicht. Wenigstens würde ihn der Kaffee für die Unbequemlichkeit entschädigen.

Er schlug Fenwicks Ermahnung, sich eine unvoreingenommene Meinung zu bilden, in den Wind und studierte die erste Seite, die mit der vertrauten krakeligen Handschrift des Chief Inspector vollgekritzelt war. Ein Dutzend Fragen standen da aufgelistet, die Hälfte davon dick unterstrichen. Er las die Notizen zweimal langsam und gründlich durch. Danach wandte er sich dem Rest der Akte zu, und sein ohnehin faltiges Gesicht wurde noch runzliger. Als er auch die wenigen verbliebenen Seiten zweimal durchgelesen hatte, war das Stirnrunzeln einem Ausdruck gewichen, den seine Freunde als grimmige Zufriedenheit gedeutet hätten.

Auf die drängendste Frage hatte er eine Antwort bekommen: Fenwick war wieder in alter Form. Wem sonst wäre die harmlose, aber seltsame Verkettung von Zufällen aufgefallen, die aus einer routinemäßigen Vermisstenanzeige eine mögliche Entführung machen sollte?

Noch einmal ging er die Fragen durch. Die Modelagentur bereitete ihm am meisten Kopfzerbrechen – und die Tatsache, dass Deborah Fearnside offenbar ohne das geringste Misstrauen zu einem unbekannten Ziel aufgebrochen war. Und schon überlegte er, wie er routinemäßig Kontakt mit der Agentur aufnehmen würde. Als er Fenwicks Telefonhörer aufnahm, um die Lokalzeitung anzurufen, sah er die krakelige Handschrift auf einer weißen Schreibtischunterlage, die keinen Monat ausreichen würde.

WICHTIGE FRAGEN:

- Existiert die Agentur?
- Wenn nicht, was steckt hinter der Geschichte? (Hat D. F. alles erfunden? Höchst unwahrscheinlich angesichts seiner Drängelei nach Ermittlungen!)
- Handelt es sich um eine Verschwörung?
  - Um Hausfrauen vom Land nach London zu locken?
  - Um *eine bestimmte* Hausfrau nach London zu locken?
- Was ist/war so Besonderes an D. F.?
- Entführung oder Mord?
  - Hier?
  - London?

Er sprach bedächtig eine Nachricht auf den Anrufbeantworter des Archivs der Lokalzeitung (sie fingen dort erst um neun an) und dachte an Blite, den ehrgeizigen jungen Emporkömmling, mehr skrupellos als talentiert, der gerade befördert worden war. Warum war der nicht misstrauisch geworden? Wenn Deborah Fearnside nicht einfach davongelaufen war (die Möglichkeit musste man in Betracht ziehen), war sie auf so geplante Weise entführt worden, dass ihr Verschwinden unverdächtig erscheinen musste.

Fenwick machte auf seinem Rundgang durch das Polizeirevier am Empfang Halt, wo er mit dem Dienst habenden Sergeant plauderte, ehe er seine Nase in das große Büro streckte. Fast alle Schreibtische waren verlassen, auch der, den Detective Inspector Blite nach seiner Beförderung zugeteilt bekommen hatte. Ein Namensschild aus Plastik, Messingimitat, war mit der selbstklebenden Rückseite an der Tür befestigt worden. «Detective Inspector» stand darauf, ebenso sämtliche Initialen Blites, «R. C. A.». Es bestätigte den Eindruck, den Fenwick von dem Mann hatte: Die vollständige Abwesenheit von Geschmack und Stil wurde durch grenzenlosen Ehrgeiz und übersteigerte Geltungssucht wettgemacht.

Fenwick stellte fest, dass er sich glücklich schätzen konnte, sein altes Büro behalten zu haben. Dafür musste er sich bei Superintendent Beckitt bedanken, und dafür, dass dieser ihm Blite vom Hals gehalten hatte. Der Alte war kein Befürworter des neuen Detective Inspector, auch wenn der Assistant Chief Constable ihn noch so sehr unterstützte.

Detective Constable Walters freute sich, Fenwick zu sehen, und erhob sich automatisch, als er eintrat. Fenwick wehrte den Gruß ab, nicht unfreundlich, aber es fiel ihm schwer, mit Sympathiebekundungen umzugehen, und er hatte gelernt, sie abzublocken. Er erkundigte sich nach den jüngsten Autodiebstählen.

«Taylor und Peters sind gerade unterwegs. Drei weitere gestern Nacht», sagte Walters.

Fenwick nahm sich vor, mit den Leuten zu sprechen, sobald sie zurück waren; er brauchte Ergebnisse.

«Sind Sie auf Dauer wieder hier, Sir?»

«Vorerst, Walters, vorerst.» Er ging zur Tür.

«Schön, Sie zu sehen. Einige von uns sind sehr erleichtert, das kann ich Ihnen sagen.»

Fenwick wollte keine Komplimente, die auf politische Winkelzüge hinausliefen. Er hob die Hand zu einem höflichen Abschiedsgruß und ging. Als er zu seinem Büro zurückging, kam Superintendent Beckitts Sekretärin aus ihrem kleinen Vorzimmer gerannt und stellte sich ihm in den Weg.

«Gott sei Dank, ich habe Sie überall gesucht! Der Assistant Chief Constable möchte dringend mit Ihnen reden. Er ist am Apparat des Superintendent. Mit dem wollte er eigentlich reden, aber ich kann ihn zu Hause nicht erreichen.»

Der Assistant schäumte vor Wut. Er war gerade von seiner Sitzung mit der Polizeiaufsichtsbehörde zurückgekommen und überzeugt, dass sie Ward endlich einmal würden in Schach halten können, und nun fand er eine noch viel kniffligere Angelegenheit vor. Er hatte sich kaum unter Kontrolle, als er Fenwick die Geschichte erzählte. Bei einem Zwischenfall auf einem inoffiziellen Campingplatz, dem Dell, hatte eine Camperin einen Herzanfall erlitten. Die Bewohner gaben polizeilichen Schikanen die Schuld daran.

Der Dienst habende Polizist vor Ort hatte berichtet, dass einige Beamte mit Steinen und zertrümmerten Flaschen beworfen worden waren. Sie hatten nach mutmaßlichen Autodieben gesucht, die sich angeblich auf dem Zeltplatz aufhielten. Beide Beamte bestätigten, dass sie gesehen hatten, wie eine Frau ihr Wohnmobil aufmachte und heraussah. Der Mann, den sie verfolgten, hatte sofort in dem Wohnmobil Zuflucht gesucht. Die Beamten waren ihm gefolgt.

Die Frau war zusammengebrochen und ins Krankenhaus gebracht worden, die beteiligten Polizisten hatten sich im Präsidium melden müssen. Der Assistant Chief Constable hatte eine sofortige interne Untersuchung versprochen. Es gab in der Öffentlichkeit kaum Sympathien für die Camper, und dennoch würde die Story den Aufmacher der Lokalzeitung bilden und, wenn sie Pech hatten, von überregionalen Zeitungen übernommen werden. Es drohte die Gefahr, dass die Aufsichtsbehörde ermittelte.

Fenwicks Hochstimmung verflog. Er erhielt den Befehl, die Anhörung zu leiten und dem Assistant Chief Constable persönlich Meldung zu machen. Seine Hoffnung, die nächsten paar Tage ganz der Suche nach Deborah Fearnside widmen zu können, war dahin, aber er wollte tun, was er nur konnte.

«Wer sind die beteiligten Kollegen, Sir?»

«Taylor und Peters sind in das Wohnmobil eingedrungen.»

«Und der befehlshabende Beamte?»

«Detective Inspector Blite.»

«Verstehe.» Fenwicks Ton war vollkommen neutral.

«Richtig, Cooper. Wir haben viel zu tun, und es muss schnell getan werden. Sind wir so weit einer Meinung?»

«Ja, Sir. Auf jeden Fall.»

«Also, dann sagen Sie allen, die es wissen müssen, dass Sie in den nächsten Tagen nicht zur Verfügung stehen werden.»

«Schon geschehen, Sir.»

«Gut. Also, wir werden an zwei Fällen arbeiten, und bei beiden muss eine Menge getan werden – schnellstens.»

Der Fall im Dell musste untersucht werden, damit er nicht außer Kontrolle geriet. Fenwick stellte eine Liste für Cooper zusammen, angefangen mit dem Krankenhaus der Grafschaft; er selbst würde mit Peters, Taylor und Blite sprechen müssen, was bedeutete, dass er unverzüglich ins Präsidium fahren musste. Aber er überließ Cooper auch die umfangreiche Liste von Fragen aus der Akte Fearnside, angefangen mit der Suche nach der Firma, die den Katalog herausbrachte, und der Modelagentur.

Die Anzeige in der Tageszeitung war vermutlich ihr einziger Hinweis. Er hatte sich wie immer zu viel Mühe gemacht, aber Cooper wusste, dass die detaillierten Anweisungen Fenwicks seine Eigeninitiative in keinster Weise einschränken sollten und eher noch mehr von ihm erwartet wurde.

Er verschwand, um Hut und Mantel zu holen. Fünf Minuten später war er wieder da, und in dieser Zeit hatte er auch seine verständnisvolle Frau angerufen und eine düstere Prognose für das Wochenende abgegeben. Aber in seinem Inneren spürte er, wie das Adrenalin zu strömen begann. Dass er mit Fenwick arbeiten konnte und der Mann ihm vertraute, versetzte ihm einen gehörigen Schub. Eigentlich hatte er die Jahre bis zu seiner Pensionierung zählen und seine Energie sorgfältig einteilen wollen. Stattdessen war er nur allzu bereit, auf ein Wochenende mit Gartenarbeit und einem Besuch bei seiner neuen Enkeltochter zu verzichten. Ein Fax von der Lokalzeitung und seinen Bericht über das Dell unter dem Arm, begleitete er Fenwick zum Auto.

Mit der knappen Bemerkung, er solle sich bis sechzehn Uhr wieder im Revier melden, wurde er am Krankenhaus abgesetzt.

Das Krankenhaus der Grafschaft war ein langes, vierstöckiges Gebäude aus Beton und Glas, auf beiden Seiten von Parkplätzen flankiert und zur Straße hin mit Zufahrten für Besucher und Krankenwagen versehen.

Cooper verabscheute das Gebäude zutiefst – weil seine Eltern beide dort gestorben waren, aber auch, weil es eine negative, tödliche Aura zu haben schien, als würde jeder, wie gesund und positiv auch immer, in seinem Schatten verfallen. Als er die Aufnahme betrat, spürte er, wie verkniffen sein Gesicht aussehen musste.

«Polizei. Detective Sergeant Cooper», verkündete er. «Ich muss einen Arzt sprechen; die Patientin ist erst kürzlich als Notfall eingeliefert worden. Ich gehe davon aus, dass sie auf der Intensivstation liegt.» Vor lauter Nervosität war sein Tonfall brüsk und herrisch. Zu spät wurde ihm klar, dass Freundlichkeit ihn weiter gebracht hätte.

Die Empfangsschwester bat ihn, Platz zu nehmen, und teilte der Oberschwester mit, dass ein Polizeibeamter sie sprechen wolle.

Er hatte zehn Minuten, um sich abzukühlen, dann erschien die Oberschwester.

«Detective Sergeant Cooper? Es geht um eine Mrs. Carla Evans?»

«So ist es, Schwester.»

«Kommen Sie bitte.» Sie führte ihn in eine stille Ecke des Wartezimmers, wo ein uralter Tee- und Kaffeeautomat stand.

«Ich muss Ihnen leider sagen, dass Mrs. Evans vor einer Stunde verstorben ist. Ein Herzanfall, wir konnten nichts für sie tun.» Die Schwester sah ihn gleichgültig an.

«Ich verstehe. Danke, Schwester …?»

«Barker.»

«Richtig. Ich habe noch ein paar Fragen zu ihrer Krankengeschichte und ihrem Zustand bei der Einlieferung.»

«Sie war schwer krank, und ihr Zustand hat sich rapide verschlechtert. Was die Krankengeschichte angeht, müssten Sie mit ihrem Hausarzt sprechen.»

«Ihrem Hausarzt? Ich dachte, sie wäre viel herumgereist.»

«Dr. Rodgers im Woodside-Krankenhaus. Und was das Herumreisen betrifft, irren Sie sich. Bis vor fünf Wochen hat Mrs. Evans gemütlich in einem Wohnheim gelebt. Sie ist nur umgezogen, weil ihr Schwiegersohn, den sie wohl Degs nennen, darauf bestanden hat. Gegen ihren Willen, wenn Sie mich fragen.»

«Woher wissen Sie das alles, Schwester Barker?»

«Ich hatte Dienst in der Notaufnahme, als sie eingeliefert wurde. Ihre Tochter hat davon gesprochen. Sie hat sich die Schuld am Herzanfall ihrer Mutter gegeben, weil sie die alte Dame am Ende überredet hatte, ins Dell zu ziehen, damit ihr Mann zufrieden war. Typisch.»

In ihrem Gesicht malte sich die Überzeugung, dass jede Frau, die eines Mannes wegen den gesunden Menschenverstand über Bord warf, verdiente, was sie dafür bekam.

«Ich dachte, sie wollten die Schuld auf andere abwälzen.»

«Sie meinen, auf die Polizei?» Schwester Barker lächelte vergrämt. «Das werden die Männer natürlich tun.»

«Und die Tochter nicht?»

«Nein, Sergeant. Sie werden feststellen, dass Frauen normalerweise sich selbst gegenüber ehrlicher sind und auch so weit gehen, Schuld auf sich zu nehmen, während Männer meiner Erfahrung nach mehr darauf aus sind, einen Sündenbock zu finden.» Darauf wusste er keine Antwort.

«Danke, Schwester. Wenn ich noch einmal mit Ihnen reden muss – finde ich Sie in den nächsten Tagen hier?»

«Ich verreise nicht, Sergeant.»

Cooper machte sich auf, Dr. Rodgers zu suchen. Zweifellos würden Degs und seine Kumpane ihre Vorwürfe vehement vertreten – und zweifellos würde irgendwann Counsellor Ward hinzugezogen werden und wahrscheinlich seine Unterstützung zusichern. Aber da Mrs. Evans möglicherweise von vornherein für einen Umzug zu krank gewesen war – und die Klage des Tierschutzvereins gegen Wards Fahrer ein weiteres Druckmittel bot –, war Cooper sicher, dass sie den Ansatz für eine Übereinkunft hatten, mit der sich alles unter Kontrolle halten ließ.

Fenwicks Plan, vor seiner Rückkehr ins Präsidium ein paar Leute im Fall Fearnside zu vernehmen, ging nicht auf. Derek Fearnside war schon zur Arbeit aufgebrochen und wurde erst am Abend wieder zu Hause erwartet. Leslie Smith war unterwegs und würde laut einer neugierigen Nachbarin kaum vor der Teestunde wieder zurück sein. Der Rektor befand sich in einer Sitzung mit dem Schulrat, die bis über die Mittagszeit hinaus dauern würde. Fenwick akzeptierte, dass das Glück an diesem Morgen nicht auf seiner Seite war, und wendete den Wagen.

Die Gespräche mit Peters und Taylor wurden auf neutralem Boden geführt. Sie verliefen in vorhersehbaren Bahnen. Peters gab sich burschikos; er war sich der Unterstützung seitens der Polizei gewiss und nicht bereit, überhaupt viel zu sagen. Taylor war nervös, defensiv und verstimmt über Fenwicks Einmischung. Das Gespräch mit Blite verlief schwierig. Der Assistant Chief Constable setzte sich kurz zu ihnen, ging aber gleich wieder. Eine halbe Stunde später suchte Fenwick ihn in seinem Büro auf.

«Sie glauben also, an den Vorwürfen der Camper könnte etwas dran sein? Ich dachte es mir, hatte aber auf ein anderes Ergebnis gehofft.»

«Möglich, Sir, aber Cooper hat gute Neuigkeiten.» Er schilderte die Ergebnisse mit knappen Worten.

«Es ist wichtig, dass Sie die Fakten so schnell wie möglich überprüfen. Graben Sie weiter. Räumen Sie der Sache höchste Priorität ein. Ich möchte nicht, dass Dinge unaufgeklärt bleiben, die uns später böse aufstoßen könnten.»

Fenwick war überrascht. «Glauben Sie wirklich, dass diese Gefahr besteht?»

«Sie waren zu lange fort, Andrew. Haben Sie schon vergessen? Im Juni sind Kommunalwahlen. Ward würde es nur zu gern sehen, wenn sich die Angelegenheit bis dahin hinzöge.»

«Ja, aber Camper! Hier in der Gegend gewinnt man kaum Wahlen, wenn man sich mit denen einlässt.»

«Tun Sie einfach, was Sie tun müssen, Chief Inspector. Ich möchte nur, dass alles ins Reine kommt.»

Der Assistant Chief Constable wollte sich schon der nächsten dringenden Angelegenheit zuwenden, aber Fenwick hatte noch etwas auf dem Herzen. Und er musste geschickt vorgehen. An der Tür drehte er sich noch einmal um. «Ach ja, die andere Beschwerde, Sir.»

«Ja?»

«Ich habe bereits erwähnt, dass ich da etwas mehr Zeit investieren müsste.»

«Das überrascht mich.»

«Nun, wie Sie sagten, Sir, wir wollen nicht später über etwas Unaufgeklärtes stolpern, richtig?»

«Stimmt. Dann machen Sie eben weiter. Es ist Ihre Entscheidung. Enttäuschen Sie mich nur in der Dell-Angelegenheit nicht. Sie hat absoluten Vorrang.»

Fenwick hatte noch Zeit für ein Gespräch, ehe er sich um vier mit Cooper im Revier traf. Er sah auf seine Liste. Da waren noch die beiden anderen Modelanwärterinnen, die mit Deborah Fearnside zu dem Vorstellungstermin nach London gefahren waren.

Im ersten Haus, an dem er läutete, machte niemand auf, daher rechnete er an der Haustür von Deirdre Holt, dem Möchtegern-Model, das in der Endphase ausgeschieden war, auch nicht mit Erfolg. Doch zu seiner Überraschung wurde augenblicklich geöffnet.

«Hereinspaziert, hereinspaziert. Gott sei Dank, dass Sie da sind. Er steht da drüben.»

Er wurde in ein elegantes beiges Wohnzimmer geführt. Die noch elegantere Brünette, die ihm voranging, trug verwaschene Jeans, ein eng anliegendes weißes T-Shirt und einen bestickten Folkloregürtel.

«Da drüben.» Sie zeigte gebieterisch auf einen großen Fernseher mit Flachbildschirm, der diskret in einer Ecke stand.

Fenwick sah zweifelnd an sich hinab. Die Zufriedenheit darüber, die Frau angetroffen zu haben, wurde sogleich durch die Tatsache zunichte gemacht, dass sie offenbar nicht die geringste Beobachtungsgabe besaß.

«Mrs. Holt? Sie sind doch Mrs. Holt? Ich fürchte, Sie verwechseln mich. Ich bin Detective Chief Inspector Fenwick, Polizeirevier Harlden.» Er zeigte ihr seinen Ausweis.

«Ja, ich bin Deirdre Holt. Sie sind also nicht wegen des Videorecorders hier?»

Fenwicks Verdrossenheit wuchs. Er konnte sich nicht nur nicht auf ihre Beobachtungsgabe verlassen, die Frau hörte offenbar nicht einmal zu.

«Sehe ich wie ein Fernsehmonteur aus, Mrs. Holt?» Er stellte sich noch einmal vor, worauf die Frau ihn abschätzend musterte. Sie ließ keinen Zweifel daran, dass ihr gefiel, was sie sah: einen großen, schlanken Mann, wahrscheinlich Mitte vierzig. Ohne die Sorgenfalten um Augen, Nase und den vollen Mund hätte er mindestens fünf Jahre jünger ausgesehen.

Sie mochte kräftige Männer; sie waren das genaue Gegenteil ihres schmächtigen Mannes, eines Anwalts. Aber dieser hier war trotz seiner sorgsam gewahrten neutralen Miene offensichtlich nicht glücklich, und er sah sie auf eine durchdringende Weise an, die von einiger Härte zeugte.

«Natürlich nicht, Entschuldigung.» Sie versuchte es mit einem koketten Lächeln.

«Ich bin wegen Deborah Fearnside hier. Ich glaube, Sie sind eine Freundin von ihr.»

Ihr Lächeln verschwand, eine steile Falte furchte ihre glatte Stirn.

«Oh, ich ... na ja, ich war, *bin* eine Freundin von Debbie. Warum? Was ist passiert? Haben Sie sie gefunden? Warum sind Sie hier?»

Sie log. Sie waren keine Freundinnen gewesen, und es gelang ihr nicht, ihre Nervosität zu kaschieren.

«Nein, es gibt keine Neuigkeiten, weder gute noch schlechte, aber doch einige Ungereimtheiten, die wir aufklären möchten. Ich würde Ihnen gern ein paar Fragen stellen.»

«Selbstverständlich. Setzen Sie sich doch. Möchten Sie etwas trinken, eine Tasse Kaffee oder so?»

Er dachte an die Tasse auf seinem Schreibtisch, die er nicht angerührt hatte. «Ein Kaffee wäre schön, danke. Schwarz, ein Stück Zucker.» Zum ersten Mal schenkte er ihr ein Lächeln. Es war nur kurz und drang nicht bis in seine Augen vor, ließ aber sein ganzes Gesicht leuchten und ihn jünger aussehen.

«Es dauert nicht lange, machen Sie es sich gemütlich.» An der Tür blieb sie noch einmal stehen. «Aber eines begreife ich nicht. Derek, das ist Mr. Fearnside, hat mir gesagt, dass Sie solche Fälle nicht routinemäßig verfolgen, es sei denn, es gäbe besondere Umstände.»

«Das ist richtig; ich führe noch keine vollständige Ermittlung. Nur ein paar Fragen. Es wird nicht lange dauern.»

Deirdre Holt schaute skeptisch drein, schwieg aber.

Beim Kaffee, der überraschend gut schmeckte, ging Fenwick seine Routinefragen durch.

«Wann haben Sie Deborah Fearnside zum letzten Mal gesehen, können Sie sich erinnern?»

«Das muss am Freitag vor ihrem Verschwinden gewesen sein. Es war ein Montag, an dem sie nach London gefahren ist, oder? Ich habe sie am Freitagnachmittag gesehen, als sie meine Kinder vorbeigebracht hat – wir sind abwechselnd zur Schule gefahren, wissen Sie.»

«Hat sie sich irgendwie ungewöhnlich verhalten, was würden Sie sagen?»

«Nein, eigentlich nicht. Na ja, mir schien, sie war ein wenig aufgeregt.»

«Aber sie hat nichts gesagt?»

«Nein. Das hätte sie wohl auch nicht – zumindest nicht zu *mir*. Nicht unter den Umständen.»

Zum ersten Mal seit Beginn der Vernehmung sah Mrs. Holt ihn direkt an. In ihren hellblauen Augen lauerten ein Anflug von Selbstmitleid und eine Bitte um Mitgefühl.

«Welche Umstände, Mrs. Holt?» Fenwick senkte unwillkürlich die Stimme, und sein leiser schottischer Tonfall wurde strenger. Mrs. Holt wusste mehr, als sie zuzugeben bereit war. Er wollte wissen, was das war und warum sie sich so zugeknöpft gab.

«Sehen Sie», begann sie zögernd. «Ich war mit ihnen – Leslie und Debbie – bei dem Fotografen, aber mich haben sie nicht genommen.»

«Ich muss gestehen, das überrascht mich, wenn es Ihnen nichts ausmacht, dass ich das sage.»

«Danke.»

«Aber, Mrs. Holt, Sie wollen mir doch noch mehr sagen. Ich weiß, das ist nicht der einzige Grund, weshalb Debbie sich Ihnen an jenem Freitag nicht anvertraut hat.»

«Das wissen Sie? Wie kann das sein? Ich dachte, niemand wüsste es, aber ich fürchte … O Gott, muss denn alles ans Licht kommen?» Tränen traten ihr in die Augen, und sie blinzelte hastig, damit die Wimperntusche nicht verlief.

«Ja, zumindest mir müssen Sie es sagen. Sonst braucht es vielleicht niemand zu erfahren, das hängt davon ab, wie sich der Fall entwickelt.»

Was folgte, war eine kleine traurige Geschichte von vorstädtischer Untreue. Offenbar hatten sie und Derek Fearnside sieben Jahre lang ein lockeres Verhältnis gehabt. Es hatte während Deborah Fearnsides erster Schwangerschaft angefangen und war danach bei den sonderbarsten Gelegenheiten wieder aufgeflackert. Sie fuhr hin und wieder nach London, wo sie sich in Fearnsides Firmenwohnung trafen.

«Wie kam es überhaupt zu der Affäre, Mrs. Holt – und warum hat sie so lange gedauert?»

«Ich kann es wirklich nicht sagen. Ich glaube, angefangen hat es nur, weil Debbie während ihrer ersten Schwangerschaft gar nichts von Sex wissen wollte. Es ging ihr nicht besonders gut, und er mag schwangere Frauen sowieso nicht. Und ich für meinen Teil, Chief Inspector, ich mag Sex», sie sah ihm direkt in die Augen, «und mein Mann ist nicht gerade besonders feurig. Einmal pro Woche reicht ihm – mir hingegen ganz entschieden nicht.»

Sie sah ihn unter dichten Wimpern hervor eine Weile an. Sie hatte die Lippen geöffnet und strich sich mit der Zunge über die ebenmäßigen weißen Zähne. Obwohl die Geste deutlich einstudiert wirkte, übte sie eine seltsame Faszination auf Fenwick aus. Er sah das weiße T-Shirt und die Rundungen, die sich darunter abzeichneten, und plötzlich wurde ihm bewusst, wie lange es her war, dass er das letzte Mal mit einer Frau geschlafen hatte. Moniques quälende Krankheit und die Belastung, die Familie zusammenzuhalten, hatten jeden Gedanken an Vergnügen, gleich welcher Art, aus seinem Hirn verbannt.

Deirdre Holts unverhohlene Aufforderung hatte Bedürfnisse in ihm geweckt, von denen er geglaubt hatte, sie wären wie so vieles in seinem Privatleben längst verkümmert. Er wandte sich einen Moment ab, damit sie das Verlangen nicht sah, das ihm deutlich ins Gesicht geschrieben stehen musste. Übertrieben aufmerksam studierte er seine Notizen, entsetzt über seine Reaktion.

Deirdre Holt, auf ihre Weise erfahren und empfindsam, ließ sich nicht täuschen. Sie setzte sich neben ihn auf das Sofa, und zwar so, dass ihre Oberschenkel sich berührten. Er registrierte ihre langen, schlanken Beine und einen angenehmen Moschusduft, der warmen Nächten angemessener gewesen wäre als einem kalten Frühlingstag.

«Verzeihen Sie, Chief Inspector, aber ich bin eine empfindsame Frau. Oft spüre ich, was jemand will, ohne dass er es ausspricht. Sie müssen nichts sagen oder tun. Halten Sie einfach einen Moment still.»

Sie strich ihm zärtlich über den Nacken und spürte genüsslich die rauen Stoppeln unterhalb des kurz geschnittenen Haars. Mit den Nägeln malte sie ein kompliziertes Muster auf seine Haut, liebkoste die Ohrläppchen, strich ihm über Kiefer und Kinn und fuhr dann den Umrissen seines Mundes nach.

Fenwick bemühte sich, die Fassung zu wahren und der aggressiven

Sexualität dieser Frau zu widerstehen. Sein Herz schlug schneller, und das Blut pochte ihm so sehr in den Schläfen, dass ihm das Denken schwer fiel. Er war sich jedes einzelnen Nervs in seiner Haut bewusst und fühlte ihre Gegenwart überall da, wo ihre Körper einander berührten, ihre Finger, die Unterseite ihres Arms auf seiner Schulter, ihre weichen Brüste, als sie sich an ihn lehnte, den heißen Druck ihres Schenkels.

Nun spürte er Wärme und Härte im Unterleib. Ein paar kostbare Sekunden lang ließ er sich gehen und genoss die beklemmende, atemlose Lust, die seinen Körper sättigte und ihn auf grandiose Weise daran erinnerte, dass er am Leben war und vor Gesundheit strotzte. Dann stand er auf, mit jener Entschlossenheit, die sein ganzes Leben geprägt hatte, ging zu dem Panoramafenster auf der anderen Seite des Raums und blieb mit dem Rücken zu der Frau auf dem Sofa stehen. Es herrschte Schweigen.

«Ich habe zwei abschließende Fragen, Mrs. Holt.» Er sagte es zu dem kleinen Goldfischteich und dem knospenden Flieder dahinter. «Wann haben Sie Derek Fearnside zum letzten Mal getroffen?»

Hinter ihm ertönte ein unterdrücktes Schniefen und leises Rascheln; als er sich umdrehte, war er allein im Zimmer. Mit einer leisen Verwünschung ging er in die Diele und hörte aus dem rückwärtigen Teil des Hauses ein gedämpftes Schluchzen.

Mrs. Holt saß am Küchentisch und presste sich ein zusammengeknülltes Küchentuch gegen den Mund. Fenwick ging zur Spüle und füllte ihr ein Glas mit Wasser.

«Danke.»

«Sie müssen meine Fragen beantworten, Deirdre. Was da eben passiert ist – vergessen Sie es.»

«Es war jämmerlich! Mein Gott, was müssen Sie nur von mir denken?»

«Nichts Schlechtes, bestimmt nicht. Nun kommen Sie.» Er schenkte ihr ein schiefes Grinsen. «Ich verlasse mich auf Sie.»

«Okay.» Sie räusperte sich und trank einen Schluck Wasser. «Das letzte Mal habe ich Derek gesehen, drei Wochen bevor Debbie wegging, am Dienstag in der Mittagspause. Ich war in der Firmenwohnung.»

«War etwas anders als sonst?»

«Eigentlich nicht. Es ging alles ziemlich gehetzt über die Bühne. Derek hatte überraschend am Nachmittag noch eine Sitzung und konnte nicht bleiben. Wir haben nicht über Debbie gesprochen. Das haben wir ohnehin selten.» Sie wich seinem Blick aus.

«Aber es ist etwas gesagt worden – da oder bei einem früheren Treffen.»

«Derek fand, dass Deborah sich seltsam sprunghaft verhielt. Heute konnte sie nicht von ihm lassen, und am nächsten Tag zeigte sie ihm die kalte Schulter. Er glaubte – na ja, er glaubte, dass sie eine Affäre hatte.»

«Denken Sie, dass es so war?»

«Ja. Da war schon mal etwas gewesen – zu der Zeit das am schlechtesten gehütete Geheimnis, aber ich glaube nicht, dass Debbie das wusste. Sie war – ist nicht der Typ Frau, den man mit so etwas konfrontieren und aus der Fassung bringen will, verstehen Sie?»

«Wer war der Mann?»

«Ein anderer Derek – Derek Neigby –, aber der kann mit alledem nichts zu tun haben. Er ist seit Jahren in Saudi-Arabien.»

«Sie sagten, sie hätten sich getroffen, bevor ‹Debbie wegging› – nicht, bevor sie vermisst wurde oder verschwand. Warum haben Sie sich so ausgedrückt?»

«Es liegt doch auf der Hand, oder nicht? Sie ist garantiert mit dem anderen Mann weggelaufen – eine Flucht.» Plötzlich schaute sie besorgt drein. «Aber das glauben Sie nicht, oder?»

«Bei mir – uns – geht es nicht darum, was wir glauben, Mrs. Holt, wir arbeiten mit Fakten.» Warum hörte er sich immer so schwülstig an, wenn er log? Sie hatte doch Recht. Er glaubte, dass Deborah Fearnside etwas zugestoßen war, etwas Finsteres, das nichts mit Liebe zu tun hatte.

Auf dem Weg zu Jamie Smiths Rektor, im Auto, überkam Fenwick ein ihm fremdes Bedauern wegen der Begegnung mit Deirdre Holt. Er bedauerte, dass das geschehen war, er bedauerte seine Reaktion, aber am meisten bedauerte er, dass sie es nicht zu Ende gebracht hatten. Trotz ihrer leicht zu durchschauenden Verzweiflung hatte sie ein heftiges Verlangen in ihm geweckt. Als allein erziehender Vater von Mitte vierzig hatte er keine Ahnung, wie er damit umgehen sollte.

9

Als sie den Papierkram sortiert hatten, gingen sie in ein Pub eine halbe Meile von Fearnsides Haus entfernt und verglichen ihre Notizen. Cooper stützte sich mit einem Lederflicken-Ellbogen auf die Stuhllehne und trank einen kräftigen Schluck des besten Bitter. Fenwick drängte ihn nicht, obwohl er ungeduldig war.

«Die Leute im Dell reden nicht, und mit der Tochter der alten Dame konnte ich nicht sprechen; sie ist völlig außer sich. Aber in dem Wohnheim hatte ich mehr Glück. Ich habe mit drei Freundinnen von Mrs. Evans gesprochen. Als ich ihnen sagte, dass die alte Dame tot ist, konnten sie kaum an sich halten. Sie waren wütend, aber nicht auf die Polizei, sondern auf den Schwiegersohn; sie sagten, sie hätten ihr geraten, nicht wegzuziehen, hätten die Tochter angefleht, ihre Mutter in dem Wohnheim zu lassen. Eine sagte sogar, sie habe gewusst, dass der Umzug Mrs. Evans bei ihrem schlechten Gesundheitszustand umbringen würde. Eine der Frauen war so wütend, dass sie eine offizielle Aussage gemacht hat – sie war dabei, als zuerst Degs und dann die Tochter versucht haben, die alte Dame zum Umzug zu bewegen. Und der Arzt hat bestätigt, dass sie einen schweren Herzfehler hatte; er hatte ihr geraten, nicht umzuziehen. Er war sogar am Abend zuvor bei ihr, weil es ihr so schlecht ging, und hat ihr empfohlen, sofort nach Hause zurückzukehren. Aber der Schwiegersohn hat das nicht zugelassen.»

«Das klingt ja viel versprechend. Und was ist mit den Vorwürfen gegen Peters und Taylor?»

«Sieht so aus, als hätten die Idioten es auf dem Campingplatz ein wenig übertrieben. Aber wir haben ausreichend Beweise, um aufzuzeigen, dass sie den Platz stürmen mussten. Nur was das Eindringen in das Wohnmobil angeht, wird es etwas schwierig.»

«Wir brauchen mehr, Cooper, die Aussage von Degs' Frau. Bitten Sie ihn zu einem Verhör ins Revier und schicken Sie eine Frau hin, die versuchen soll, mit der Tochter zu sprechen. Vielleicht ist sie noch aufgewühlt genug, um uns die Wahrheit zu sagen.»

«Ich werde Nightingale schicken, Sir. Sie werden sie nicht kennen; sie ist erst vor zwei Monaten hierher versetzt worden, aber ich habe nur Gutes über sie gehört. Was ist mit dem Assistant Chief Constable? Er wird weitere Informationen brauchen, nicht?»

Fenwick gab Cooper eine Notiz, die er eben gekritzelt hatte.

«Das hier bringt ihn auf den neuesten Stand. Lassen Sie es abtippen, ja? Mein Rat an ihn wird sein, der Presse gegenüber noch keinen Kommentar abzugeben. Wir wollen nicht, dass sie die Verwandten behelligen, sonst haben wir gar keine Chance mehr bei ihnen. Wir bringen es auf dem Weg zu Fearnside zum Abtippen und holen es später ab. Aber jetzt müssen wir los. Ich erzähle Ihnen unterwegs, was ich herausgefunden habe.»

Fenwick nahm seine Jacke und ging zur Tür. Cooper saß im kühlen Luftzug, als sie ins Schloss fiel. Am Morgen hatte er noch befürchtet, der vitale, scharfsinnige Boss von einst könnte für immer verschwunden sein. Jetzt stellte er fest, dass er bereits den Balanceakt zwischen widerstreitenden Prioritäten vollbringen musste, den Fenwick von jedem erwartete, der mit ihm arbeitete, und er fragte sich, ob er es nicht noch bedauern würde, dass Fenwick wieder zu dem besessenen Arbeitstier von früher geworden war.

Auf dem Weg zu Fearnside informierte Fenwick den Sergeant über die Gespräche mit Holt, Rektor O'Brien und Leslie Smith.

O'Brien, freundlich und hilfsbereit, hatte sogar seine Sekretärin hereingebeten, um seine Erinnerung an die Ereignisse zu untermauern und ihre beiden Terminplaner abzugleichen. Er war ganz sicher, dass weder er noch sonst jemand aus seinem Büro Leslie Smith an jenem Tag angerufen hatte. Allerdings konnte er bestätigen, dass Mrs. Smith am Montagmorgen in der Schule erschienen war und dass es eine Menge gutes Zureden gekostet hatte, ihr klarzumachen, dass niemand sie hergebeten hatte. Ihr Junge war beileibe kein Musterschüler, aber es lag einfach kein Grund vor, der ihr Erscheinen erforderlich gemacht hätte. Sie war dann unverzüglich gegangen. Fenwick war sicher, dass der Rektor und seine Sekretärin die Wahrheit sagten. Wenn jemand Leslie Smith angerufen hatte, war der Anruf nicht aus der Schule gekommen.

Das Gespräch mit Mrs. Smith war weniger zufrieden stellend verlaufen. Als er kurz nach fünfzehn Uhr eintraf, verriet ihm eine Nachbarin, dass sie wahrscheinlich auf dem Rückweg vom Einkaufen ihre Kinder abholte. Er hatte gewartet, auch wenn er sich dadurch bei dem Treffen mit Cooper verspätete.

Das Gespräch hatte keine halbe Stunde gedauert, obwohl Fenwick sich alle Mühe gab. Sie ließ sich andauernd von ihren Kindern unterbrechen, dann musste der Hund hinausgelassen werden, fünf Minuten später verriet sein Bellen, dass sie versuchten, ihn wieder ins Haus zu locken. Als der Hund schließlich hereingestürmt kam, stieß er ein Glas Orangensaft um, woraufhin Leslie sich auf alle viere begab und an dem klebrigen Orangensaftfleck herumrubbelte, bevor er den Teppich ruinieren konnte.

Fenwick stellte fest, dass sie ausweichend und vage antwortete, sich dauernd ablenken ließ und wenig Hilfreiches von sich gab. Er bekam Kopfschmerzen von dem Lärm in ihrem Haus und war froh, als er gehen konnte, wenngleich dieses Gespräch mit einer wichtigen Zeugin ihn keinen Schritt weiter gebracht hatte.

Sie sah keinen Zusammenhang zwischen Deborahs Verschwinden und der Modelagentur, wusste nicht, wer angerufen und vorgegeben hatte, Rektor zu sein, und hatte auch keine Erklärung dafür, dass ihre Freundin so plötzlich verschwunden war.

Fearnsides Haus wurde von einer modernen Kutschenlaterne beleuchtet, die neben der Eichentür mit Halbmondfenster hing. Die frühe Dämmerung des wolkenverhangenen Frühlingstages hatte den Lichtsensor zu früh ausgelöst; blässlich glomm die gelbe Glühbirne im Halbdunkel. Ein gelblicher Lichtschein von hinten deutete auf einen Bewohner hin, ansonsten war das Haus dunkel und abweisend.

Rechts vom Weg, der leicht geschwungen zum Eingang führte,

war der Rasen im feuchten, nasskalten Frühlingswetter zu lang geworden, aber weder Moos noch Löwenzahn oder Gänseblümchen hatten bislang die Unverfrorenheit besessen, sich die Verwahrlosung zunutze zu machen. Links vom Weg standen in einem schmalen Beet im Übermaß blühende Krokusse, deren Stängel Wind und Regen hier und da gebrochen hatten, Narzissen, Tulpen, die teilweise erst Knospen gebildet hatten, und dazwischen die prallen grünen Samenkapseln von Schneeglöckchen und die Spitzen von Iris – streckenweise von wild wucherndem Unkraut erstickt. Es herrschte Stille in dem Garten, die Vögel hatten für diesen Tag aufgegeben und sich zur Nachtruhe zurückgezogen.

Auf dem Weg zur Tür fielen Fenwick weitere Spuren jüngster Verwahrlosung auf – ein noch fröhlich buntes Kinderspielzeug unter einem welken Rhododendron, ein Puppenwagen mit Krusten von hartnäckigem Schlamm. Verzierte Blumenkübel, die die Tür flankierten, waren von ihrer Frühlingspracht befreit worden, doch es deutete nichts auf eine sommerliche Blüte hin.

Am vorderen unteren Fenster bewegte sich ein Vorhang und gab einen Lichtschein frei, der rasch wieder abgedunkelt wurde. Die Tür sprang auf, ehe Cooper auch nur klingeln konnte. Da Fenwick eine Nachricht auf dem Anrufbeantworter hinterlassen hatte, wurden sie offensichtlich bereits erwartet und in eine elegante hellbeige Diele geführt. Von oben waren gedämpfte Kinderstimmen zu hören. Fenwick sah unwillkürlich in die Richtung.

«Die Kinder – ich dachte, sie sollten besser aus dem Weg sein, wenn Sie kommen.»

«Wie geht es ihnen?» Sofort bedauerte Fenwick die Frage.

«Was glauben Sie?»

«Tut mir Leid.» Er unterdrückte den Wunsch, dem Mann zu sagen, dass er ihn verstand, und ein paar Minuten den Trost gemeinsamen Kummers zu genießen.

Das Wohnzimmer war angenehm geschnitten, breiter als lang. Die beigefarbene Tapete zierte ein Muster aus kleinen, abstrakten salbeigrünen Blumen. Cooper dachte an die langen Stunden, die sie mit der mühseligen Kleberei verbracht haben mussten. Hier waren die Stoßkanten perfekt, und Cooper fragte sich, ob Fearnside selbst tapeziert hatte; wenn ja, war er ein Perfektionist. Es war eindeutig ein Familienzimmer, leicht verwohnt, aber sauber und anheimelnd; den einzigen Misston bildeten der schwarze Fernseher und der Videorecorder, die in einer Ecke standen.

Sie nahmen Platz, während Derek Fearnside ihnen gegenüber am Kamin stehen blieb. Fenwick räusperte sich, und Cooper stellte überrascht fest, dass sein Boss nervös zu sein schien.

«Danke, dass Sie sich die Zeit genommen haben, uns zu empfangen, Mr. Fearnside.»

«Es wird höchste Zeit, dass Sie hier auftauchen und sich für das Verschwinden meiner Frau interessieren.»

Fenwick machte sich an die schmerzhafte Prozedur, alte Wunden aufzureißen, Cooper holte seinen Notizblock hervor.

«Ich weiß, es könnte schmerzlich für Sie werden, Mr. Fearnside, aber ich möchte die Ereignisse in der Woche vor dem Verschwinden Ihrer Frau mit Ihnen durchgehen. Vielleicht wollen Sie sich setzen und es sich bequem machen.»

«Bequem! Ich hatte es in den vergangenen viereinhalb Wochen keinen Augenblick bequem, Chief Inspector, also kommen Sie mir nicht auf die väterliche Tour.» Fearnside ging auf und ab. «Und ich dachte, Sie wären hier, um meiner Beschwerde nachzugehen, und nicht, um mich nach Fakten zu fragen, die ich Ihrem Revier schon mindestens zweimal geschildert habe.»

«Ich verstehe Ihre Erregung, Mr. Fearnside, wirklich, aber um Ihrer Beschwerde nachgehen zu können, muss ich die ersten Gespräche noch einmal überprüfen.»

Cooper, dem mehr als einmal gesagt worden war, dass man in seinem Gesicht lesen könne wie in einem offenen Buch, senkte den Kopf.

«Ich verstehe. Nun, wenn das so ist», Fearnside setzte sich, «lassen Sie uns fortfahren.» Er rekapitulierte alles, was er über die Aktivitäten seiner Frau in den Wochen vor ihrem Verschwinden wusste.

«Haben Sie ihre Teilnahme an dem Auswahlverfahren der Agentur gebilligt?»

«Nein.»

«Warum nicht?»

«Ich bitte Sie, eine Frau in mittleren Jahren, die vor der Kamera posiert! Die Kränkung einer Ablehnung mochte ihr erspart bleiben, aber dafür drohte die Schande, von aller Welt begafft zu werden.»

«Ich verstehe. Sie hielten es für unter ihrer Würde.»

«Das war es auch, aber es sah Deborah ähnlich. Keinerlei Urteilsvermögen. Erstaunlich feinfühlig, wenn es um die Kinder ging, aber in allen anderen Belangen – na ja. Untere Mittelschicht eben.» Er sah Fenwick in die Augen. «Sie müssen wissen, Chief Inspector, Deborah war – ist – eine Frau voller Widersprüche. Ein Schmetterling an der Oberfläche, pragmatisch, was Heim und Familie angeht, aber in ihrem tiefsten Innern sehr, sehr unsicher. Ich glaube, als Teenager war sie durch und durch unglücklich.»

Fenwick staunte über das Einfühlungsvermögen des Mannes und fragte sich, ob Deborah Fearnside es gespürt hatte.

«Und diese Modelgeschichte bot ihr Gelegenheit, der Schmetterling zu sein?»

«Genau.» Derek Fearnside lächelte, eine verkrampfte Grimasse. «Möchten Sie eine Tasse Tee oder Kaffee?»

«Ja, Kaffee, bitte. Schwarz, für mich ein Stück Zucker.»

«Und für mich mit Milch und zwei Stück Zucker», fügte Cooper hinzu, der sich, kaum hatte Fearnside das Zimmer verlassen, zu Fenwick beugte und flüsterte: «Das geht alles ziemlich langsam, Sir, oder? Es führt zu nichts.»

«Ganz im Gegenteil, Sergeant. Wir wissen bereits einiges. Fearnside liebt seine Frau trotz seiner Affäre, und er fühlt sich hilflos und schuldig, weil sie ins Unbekannte verschwunden ist, während er sich nicht für das interessierte, was sie tat. Es ist eindeutig, dass er nichts mit dem Verschwinden seiner Frau zu tun hat.»

Das Klirren von Tassen und ein Fluch über einen angestoßenen Zeh kündeten von Fearnsides Rückkehr.

Er stellte ein Tablett mit drei Porzellantassen ab – weiß mit schmalem Goldrand –, Teelöffel aus Silber, eine Kaffeekanne, brauner Kandiszucker und warme Milch. Und Kekse. Die Polizisten sahen ihn überrascht an.

«Debbies Einfluss», erklärte er.

«Das ist sehr großzügig, Mr. Fearnside, danke. Ich genieße jeden anständigen Kaffee.»

«Ich würde vorschlagen, Sie kosten erst mal, bevor Sie Komplimente verteilen.» Wieder lächelte Fearnside.

«Stimmt. Ich würde gern noch etwas mehr über Ihre Frau erfahren, wenn Sie gestatten. Es würde mir helfen, mir ein Bild von ihr zu machen. Wann haben Sie sich kennen gelernt?»

Die Fragen schienen Fearnside nicht mehr seltsam vorzukommen. «Auf der Uni – Exeter –, ich war ein Jahr über ihr und habe ihr durch das erste Jahr geholfen. Trotz ihrer Schönheit und Flatterhaftigkeit war sie ein ängstliches junges Ding.»

«Ängstlich? Inwiefern?»

«Ich schätze, weil alles so neu war. Sie war noch nie von zu Hause fort gewesen und staunte selbst noch darüber, dass sie es überhaupt zur Universität geschafft hatte, und dann noch Exeter. Sie erzählte, dass sie in ihren letzten Schuljahren nur noch gebüffelt hatte, und das habe ich ihr geglaubt. Als es aufs Examen zuging, konnte sie kaum noch mithalten. Als ich meinen Abschluss hatte, ist sie abgegangen – erleichtert, glaube ich.»

«Warum war sie so erpicht darauf, zu studieren, was meinen Sie?»

«Ich weiß nicht. Ich entsinne mich sogar, dass ihre Mutter einmal sagte, sie seien davon ausgegangen, dass Debbie früh heiraten würde, aber dann hätte sie sich verändert.»

«Wann kam es zu dieser Veränderung?»

«Ich bin nicht sicher, aber laut ihren Eltern ist aus dem sorglosen, mittelmäßigen Mädchen plötzlich eine Streberin geworden; zur allgemeinen Überraschung bekam sie drei Einsen. Ihre Eltern schrieben es der Einsicht zu, dass sie *arbeiten* musste, um es im Leben zu etwas zu bringen, aber ich bin da nicht so sicher. Debbie ist immer sehr beliebt gewesen, und irgendetwas an den Geschichten ihrer Mutter – wie sie sich von ihren Freundinnen fern hielt und sogar in den Sommerferien lernte – kommt mir spanisch vor.»

«Wie war sie an der Uni?»

«Anfangs still, sogar introvertiert. Sie war schüchtern und fürchtete sich offenbar davor, verletzt zu werden, aber das blieb nur ein paar Monate so. Als sie Freundschaften schloss und Mitglied in einigen Arbeitsgemeinschaften wurde, blühte sie auf. Ich muss gestehen, ich gehörte zu denen, die ihre Veränderung bezaubernd fanden.»

«Was für Arbeitsgemeinschaften waren das?»

«Hm, Schauspielerei und etwas mit Musik – ein Chor, glaube ich.»

«Und ihre Einser-Fächer?»

«Gütiger Himmel. Mal sehen, ob ich mich daran erinnern kann – Englisch, Geschichte, und das dritte war, glaube ich, Musik.»

«Ich würde, wenn Sie gestatten, gern auf die Gegenwart zurückkommen, Mr. Fearnside, und versuchen, die Ereignisse der Woche vor dem Verschwinden Ihrer Frau zu rekapitulieren.»

«Ich will es versuchen. Noch Kaffee?» Doch sie wollten keinen mehr. «Wie gesagt, es fing mit dieser vermaledeiten Anzeige an. Eine ganze Bande – Debbie und ihre Freundinnen – hat sich da beworben. Ich glaube, Brian Smith hat sich einmal angeboten, sie zu begleiten, aber sie dachten wohl, zu mehreren seien sie sicher.»

«Wie hat Ihre Frau erfahren, dass sie erfolgreich gewesen war?»

«Ich weiß nicht – durch einen Brief, nehme ich an. Ich habe nie darüber nachgedacht.»

«Haben Sie den Brief gesehen?»

«Nein. Ich sagte bereits, dass ich nie irgendwelche Korrespondenz gesehen habe. Meine Frau hatte einen blauen Hefter; ich glaube, alles, was mit der Sache zu tun hatte, war da drin. Ich glaube, sie hat ihn mitgenommen, Chief Inspector. Jedenfalls habe ich ihn gesucht, konnte ihn aber nirgends finden. Aber um auf Ihre ursprüngliche Frage zurückzukommen: Mein Eindruck war, dass die meisten Vereinbarungen am Telefon getroffen wurden.»

Derek Fearnside konnte den bereits aktenkundigen Details nichts mehr hinzufügen. Fenwick rüstete zum Aufbruch.

«Das war sehr hilfreich, Mr. Fearnside. Was Ihre Beschwerde betrifft, so kann ich Ihnen versichern, dass wir nach wie vor in dem begrenzten Umfang, der uns möglich ist, Ermittlungen anstellen. Unglücklicherweise sind unsere Möglichkeiten sehr eingeschränkt, und wie Sie wissen, wird im Falle des Verschwindens eines Erwachsenen normalerweise gar nicht ermittelt, wenn keine rätselhaften Begleitumstände vorliegen.»

«Das weiß ich zu schätzen. Ich wollte nur sichergehen, dass Sie alles tun, was in Ihrer Macht steht. Sehen Sie, ich weiß, dass meiner Frau etwas zugestoßen ist. Sie würde einfach nicht so lange wegbleiben, ohne sich zu melden – fast fünf Wochen, und Katie hat bald Geburtstag. Freiwillig würde sie die Kinder niemals so lange allein lassen. *Bitte* tun Sie, was Sie können. Ich muss sicher sein, dass alles nur Mögliche unternommen wird.»

«Wir werden alles überprüfen – auch wenn wir letztendlich in einer Sackgasse landen.»

«Danke, Chief Inspector, danke. Aus einem unerfindlichen Grund vertraue ich Ihnen – Sie scheinen zu verstehen, was ich durchmache.» Er dachte einen Augenblick nach. «Ich werde die Beschwerde nicht weiterverfolgen, da Sie nun an dem Fall arbeiten. Aber Sie halten mich auf dem Laufenden, ja?»

10

Das gemietete Haus war schlicht, aber gemütlich, ein Reihenhaus in einem angesagten und dennoch abgeschiedenen Teil der Stadt. Die weiß gestrichene Tür führte in eine schmale Diele mit Marmorboden, von der die unteren Räume und eine Treppe ins Obergeschoss abgingen. Zwei Wohnräume, geschmackvoll, wenn auch steril eingerichtet, lagen rechts und links der Diele; am Ende des schmalen Flurs befand sich die Küche, die durch Spiegel optisch vergrößert wurde und neben Einbauelementen in Schwarz, Weiß und Edelstahl jedes nur erdenkliche Küchengerät enthielt. Unter der Treppe war eine kleine Garderobe versteckt.

Oben beanspruchte das Schlafzimmer die gesamte Breite des Hauses, direkt daneben lagen ein Ankleidezimmer und ein Bad. Von einem Abstellraum, von dem eine Leiter zu einem kleinen Dachboden führte, hatte man Ausblick auf den gepflasterten Hof hinter dem Haus. Die Möbel waren eindeutig von einem Mann ausgesucht worden, geschmackvoll, aber unpersönlich. Keine Fotos, keine Schallplatten oder CDs, kein Nippes. Die Bilder an den Wänden hatte eindeutig der Innenarchitekt angebracht. Das ganze Haus war makellos sauber, als würde jemand Tag für Tag zwanghaft sämtliche Spuren von Leben tilgen, was auch zutraf.

Im Arbeits-Ess-Zimmer links vom Eingang brannte ein einsames Licht. Dort stand ein Mann und studierte eine große Landkarte, in die kleine bunte Stecknadeln gebohrt waren. Der Mann starrte gebannt auf eine orangerote Nadel und schlug dann eine Straßenkarte auf, auf deren Umschlag stand: «Harlden und Umgebung».

Dem dichten Netz von Straßen und grau schraffierten Häusern

nach zu urteilen, war Harlden eine großflächige Pendlerstadt; keine Spur mehr von dem schmucken kleinen Dorf, das es gewesen war, bevor es zwischen den Weltkriegen entdeckt wurde. Der Sog der Urbanisierung war so groß gewesen, dass es nach und nach mit umliegenden Ortschaften verschmolzen war. Auch jetzt waren noch Teile von Bebauungsplänen auf der Karte skizziert – ein Beweis, dass es den Anwohnern nicht gelungen war, dem Naturschutz Geltung zu verschaffen und ihre regionale Identität zu wahren. Bäume und Sträucher, die entlang der neuen Straßen in geometrischen Figuren angepflanzt worden waren, zeugten von zu spät unternommenen Versuchen, den ursprünglichen Charakter der Gegend zu erhalten. Wenigstens die Besitzer der neuen Häuser wussten die Bepflanzung zu schätzen.

Der Mann zeichnete mit einem grünen Leuchtstift eine Route entlang mehrerer dieser jüngst begrünten Straßen ein. Sie verlief praktisch schnurgerade nach Westen, von einem grau schattierten Block mit der Aufschrift «Downland Comprehensive School» zu einer Umfahrung am Stadtrand. Die grüne Linie knickte, bevor sie diese Straße kreuzte, nach Norden ab und fand ihr Ende an einem kleinen roten Kreis. Sie glich einem langen, umgekehrten Häkchen, was irgendwie passend schien, da es sich um den täglichen Weg der Lehrerin Miss Katherine Johnstone handelte.

Seine unwillige, aber zuverlässige Quelle hatte ihm hinreichend Einzelheiten geliefert, sodass es einfach gewesen war, Miss Johnstone zu finden. Die weitaus kompliziertere Aufgabe, ihren Tod zu planen, hatte mehr Zeit erfordert. Die Vorbereitungen hatten den größten Teil des Frühlings gedauert, und nun wollte er sich der Aufgabe entledigen, bevor die Sommerferien anfingen und ihr Aufenthaltsort nicht mehr so einfach zu bestimmen sein würde.

Bis jetzt hatten die Fakten, die er mit peinlich exakter Beobachtung gesammelt hatte, das Bild eines bemerkenswert normalen und unabhängigen Lebens ergeben. Kate Johnstone, wie sie genannt wurde, unterrichtete die vierte Klasse der Downland Comprehensive School. Zusätzlich zum Mathematikunterricht half sie mit, das Schulorchester und den überraschend guten Chor zu leiten. Sie war mit Mrs. Judith Chase befreundet, der Dekanin der musikalischen Fakultät, darüber hinaus schien sie nur wenige enge Freunde zu haben.

Dienstags und donnerstags abends hatte sie länger in der Schule zu tun; donnerstags war sie auch dafür verantwortlich, dass die Musikräume abgeschlossen wurden. Die befanden sich in einem Backsteinbau abseits des eigentlichen Schulgebäudes, hinter der alten Turnhalle, die heute nur noch für Aerobic, Kampfsport und ähnlich alberne Aktivitäten des zwanzigsten Jahrhunderts genutzt wurde, über die sich die Gründer der Schule bestenfalls amüsiert hätten.

Er hatte festgestellt, dass die Musikräume lächerlich schlecht gesichert und möglicherweise brandgefährdet waren. Unmittelbar hinter der Eingangstür führte eine steile Treppe zu drei Räumen im ersten Stock, die Chor und Kammerorchester als Probenräume dienten und darüber hinaus für Einzelunterricht genutzt wurden.

Im Erdgeschoss befanden sich drei Räume. In dem rechts vom Eingang stand ein erstaunlich guter Konzertflügel, gestiftet von einem der Gründer der Schule. Links lag unpassenderweise ein Umkleideraum, der von den Sportklassen benutzt wurde und von dem unangenehmen Geruch erfüllt war, der allen Umkleideräumen eigen ist – einer durchdringenden Mischung, die an feuchten Flanell, alte Socken und abgestandene Tomatensuppe aus der Dose erinnerte. An feuchten oder windstillen Tagen drang der Geruch bis ins Musikzimmer vor – und erzwang die Entscheidung zwischen frischer, aber kalter Luft und warmem Gestank.

Wenn sie den Musikbau verließ, trat Kate Johnstone den eine Viertelstunde dauernden Fußmarsch nach Hedgefield Nummer 1 an, einem Haus an der Grenze eines Anfang der achtziger Jahre entstandenen Wohngebiets zwischen der Stadttangente und der ursprünglichen Straße nach London.

Die Routine ihres Alltags war dem Mann, der sie so geduldig beobachtete, bestens bekannt. Die Frage, die sich ihm nun stellte, war schlicht und einfach, wann und wo er sie töten sollte. Während er ihren Nachhauseweg nachzeichnete, lief vor seinem geistigen Auge eine Bildfolge ab. Er hatte bereits entschieden, dass er nach der Schule zur Tat schreiten würde; so würde erst mit Verspätung auffallen, dass sie verschwunden war, und er würde Gelegenheit haben, ihr Haus zu durchsuchen. Wonach, wusste er selbst nicht. Vielleicht verfügte sie über weitere Informationen, die die Schuld seiner letzten Opfer bestätigen oder weitere Einzelheiten über die Tragödie ans Licht bringen konnten.

Der Donnerstag schien am ehesten geeignet. Abgesehen vom Hausmeister, der sein gemütliches Plätzchen neben dem Heizraum nur selten verließ, würde sie wahrscheinlich die Letzte sein, die nach Hause ging. Wenn sie nicht noch auf dem Flügel spielte, was sie zweimal getan hatte, seit er sie beobachtete, schloss sie gegen Viertel vor sechs ab, anderthalb Stunden nach dem regulären Schulschluss. Da war das Volleyballtraining schon vorbei, und Cricket wurde donnerstags nicht gespielt.

Dank seiner peinlich genauen Observierung wusste er, dass er anhand der erlöschenden Lichter im ersten Stock erkennen konnte, wann sie ging. Obwohl der Sommer vor der Tür stand, brauchte sie bei den kleinen Fenstern, die auch noch von Bäumen verschattet waren, auf jeden Fall elektrisches Licht, wenn sie Noten lesen wollte.

Unter den Bäumen versteckt, hatte er gehört, wie sie mit ihren modischen, aber unpraktischen Pumps die Holztreppe herunterstöckelte und noch einmal in die unteren Räume schaute, ehe sie abschloss. Auf der Schwelle verharrte sie, schlüpfte aus den Pumps und zog sich für den Heimweg vernünftige Schuhe an; die anderen verstaute sie in einem Schuhbeutel.

Dann ging sie einen schmalen, zugewucherten Pfad entlang zum Parkplatz der Schule, überquerte die menschenleere Asphaltfläche und verließ das Schulgelände durch das Haupttor an der Rückseite. Auf dieser kurzen Strecke begegnete sie ab und an dem Hausmeister; allerdings wechselten sie selten mehr als ein paar Worte.

Miss Johnstone ging nach links die London Road hinauf, überquerte die Straße an der ersten Ampel gegenüber dem Restaurant White Lion und schlenderte auf dem Elm Drive, der irgendwann zur Copse Lane wurde, nach Norden. Die einzige Variable in ihrer Routine stellte der örtliche Minimarkt dar, Handi-Shopper genannt. Manchmal ging sie hinein und tauchte zehn Minuten später mit einer kleinen Plastiktüte wieder auf, in der sich mehrere rechteckige Dosen befanden. Es gab kein erkennbares Muster für ihre Besuche im Handi-Shopper, daher blieb dieses Element ihrer Routine unberechenbar.

Er war ihr in sicherem Abstand durch die Copse Lane gefolgt. Je weiter nach Norden man kam, desto lauter wurde der Lärm von der Tangente, bis er schließlich zu einem einzigen Motorenheulen anschwoll. Für Touristen war er gerade noch erträglich, und neu Hinzugezogene gewöhnten sich nach wenigen Tagen daran. Ein undurchdringlicher Bretterzaun und eine Reihe stämmiger Koniferen schirmten die Sicht auf die Straße ab und absorbierten die Abgase weitgehend.

Die Copse Lane endete unvermittelt an einer T-Kreuzung hundertfünfzig Meter von der Tangente entfernt. Rechts lag Hedgefield mit dem Haus von Miss Johnstone, Mathematiklehrerin der Downside Comprehensive School und anvisiertes Mordopfer.

Wenige Stellen auf ihrem Weg boten Gelegenheit, unbemerkt einen Mord zu begehen, daher kam der Täter zu dem Schluss, dass nur ihr Haus und ihre Arbeitsstätte realistische Optionen darstellten. Das war bedauerlich, denn es bedeutete harte Arbeit, damit die Tat willkürlich und nicht sorgfältig geplant aussah.

Er holte eine handgemalte Skizze aus einem Schnellhefter, die er während eines Besuchs im Musiktrakt der Schule angefertigt hatte. Er kannte jeden Zentimeter des Schulgeländes und hätte, falls erforderlich, auch in vollkommener Dunkelheit seinen Weg durch den Irrgarten von betonierten Wegen und Trampelpfaden gefunden. Perfekte Planung: Die lebenswichtigen Gewohnheiten begleiteten ihn, auch wenn er sich ohne die gewohnte Unterstützung durch ein Team isoliert fühlte. Die Arbeit als Ein-Mann-Unternehmen, die er in den vergangenen drei Monaten verrichtet hatte, erschien ihm lästig und ineffizient. Und erstaunlicherweise fühlte er sich einsam. Jahrelanges Training und eine innere Unabhängigkeit retteten ihn, aber er freute sich bereits auf den Abschluss seiner selbst gesetzten Aufgabe und das Ende der erzwungenen Isolation.

Er kannte nun die Namen seiner mutmaßlichen Opfer. Mit einer war er bereits fertig, möglicherweise derjenigen von den vieren, die am wenigsten Schuld auf sich geladen hatte. Ihr Geständnis hatte ihm die Schuld der anderen drei bestätigt; noch konnte er nicht sicher sein, welche von ihnen die *Hauptverantwortung* trug, aber sein Instinkt verriet ihm, dass sein nächstes Opfer nicht diejenige war.

Nichtsdestotrotz schuldete sie ihm ein Leben, und er war gekommen, um diese Schuld einzufordern.

Als er den Plan der Schule gründlich studiert hatte, kam er zu dem Schluss, dass der Musiktrakt neutrales Gelände darstellte, am besten geeignet für einen Mord, der viele Stunden unentdeckt bleiben sollte. Und nachdem er den Tatort festgelegt hatte, setzte er sich, um die Einzelheiten zu planen.

DRITTER TEIL

Kyrie

Kyrie eleison.
Christe eleison.
Kyrie eleison.

Herr, erbarme dich unser.
Christus, erbarme dich unser.
Herr, erbarme dich unser.

11

Im Großen und Ganzen war Kate zufrieden mit ihrem Leben. Sie war vierunddreißig und hatte einen verantwortungsvollen Job, der ihr immer noch Spaß machte und die Möglichkeit bot, ihren drei großen Leidenschaften zu frönen – Musik, Gartenarbeit und Katzen. Von Letzteren versorgte sie vier, die der Tierschutzbund, den sie aus voller Überzeugung unterstützte, allesamt aus einem elenden Dasein befreit hatte. Der gescheckte Kater war der Älteste und ihr Liebling; allerdings gestand sie eine derartige Bevorzugung nicht ein. Er war auf einem Auge blind, und sein rechtes Ohr fehlte fast vollständig, aber er war der Mann im Haus und zeigte sich entsprechend interessiert an allen Vorkommnissen innerhalb seiner vier Wände. Nach ihm kamen ein blauer Siammischling – intelligent, misstrauisch, anschmiegsam – und die Zwillinge, Bruder und Schwester, Schildpattkatzen mit identischem Muster.

Alle hingen voller Inbrunst an ihrer Herrin und misstrauten dem Rest der Menschheit von Grund auf. Im Haus durften sie tun und lassen, was sie wollten, aber im Garten hielten sie sich an die Verhaltensmaßregeln. Der Garten war Miss Johnstones Ein und Alles, und die Katzen spürten, dass sie ihr gemütliches Zuhause aufs Spiel setzten, sollten sie es wagen, die Pfoten an die makellosen Blumen- und Kräuterbeete zu legen.

Zwar blickte Kate vom oberen Fenster auf den endlosen Verkehrsstrom, aber das wurde wettgemacht durch die Tatsache, dass es sich um das letzte Haus in der Reihe handelte; ein stabiler Bretterzaun schirmte sie gegen die Straße ab und sie hatte einen wunderbar großen, dreieckigen Garten.

Eine Mauer trennte sie von ihren Nachbarn in Nummer 3, einem frisch verheirateten Paar. Sie waren freundlich und eigentlich ideale Nachbarn, wären aber doch verlegen gewesen, um nicht zu sagen peinlich berührt, hätten sie gewusst, dass Miss Johnstone, kurz nachdem sie eingezogen waren, ihr Schlafzimmer in den kleineren Raum im rückwärtigen Teil des Hauses verlegt hatte, um das nächtliche (und hin und wieder auch nachmittägliche) Stöhnen, Seufzen und Kichern nicht mit anhören zu müssen, das ihren sorgsam abgesicherten Zustand der Zufriedenheit zu zerstören drohte. Miss Johnstone betrachtete diese Aktivitäten als reichlich übertrieben, aber als Vertreterin einer vergleichsweise seltenen Art – eine unverheiratete Jungfrau Mitte dreißig – wusste sie durchaus um ihre Unkenntnis der Geheimnisse jenseits der Mauer.

Am 7. Juni stand Kate schon im Morgengrauen auf, da sie wenigstens eine Stunde im Garten verbringen wollte, ehe sie zur Schule ging. Sie hatte beschlossen, ein Dickicht aus Lupinen und Rittersporn, das am westlichen Zaun wucherte, von Blattläusen zu befreien. Tau netzte ihre bloßen Waden und tränkte ihre Stoffschuhe, während sie zwischen den Ritterspornen der Sorte «Butterball» dahinschritt, die sie wahllos zwischen ihre alten Favoriten «Mullion» und «Pink Sensation» gepflanzt hatte. Das helle Beige der Butterballs machte sich gut zwischen den blauen und rosafarbenen Blüten. An der Einfassung des Beets hatte sie zwischen den blassblauen und rosa Vergissmeinnicht Schleifen- und Kornblumen wachsen lassen. Sie trat vorsichtig dazwischen und mied auch die grünen Schösslinge von Bartnelken und Physostegia, die eine spätere Blütenpracht versprachen.

Das Wetter war wunderschön; schon brannte auf der Südseite die Sonne auf die Beete, aber hier, auf der Westseite, hatte sie noch kühlen, tauigen Schatten. Sie trug ihre sommerliche Gartenkleidung – abgeschnittene Jeans, ein altes Baumwollhemd und reißfeste Profi-Gartenhandschuhe. Ihr rundes, freundliches Gesicht war ungeschminkt, und die kurzen, rotgoldenen Locken hielt sie mit einem Haarband aus der Stirn. Ihre Schüler hätten in der behänden jungen Frau, die sich geschmeidig bückte und aufrichtete, nur mit Mühe ihre ordentliche, steife Mathematiklehrerin erkannt.

Kate band die Stauden an Stöcken fest, denn der Wetterbericht hatte fürs Wochenende einen Umschwung angekündigt. Regen und Wind konnten ihr Arrangement ruinieren – die schweren, teilweise an die zwei Meter hohen, blütenträchtigen Stängel abknicken und die empfindlichen Pflanzen darunter beschädigen. Sie streifte einen Handschuh ab, bückte sich, zerdrückte ein glänzendes neues Blatt, rieb die befleckten Finger aneinander und schnupperte daran – der Geruch würde diese Ecke des Gartens in den kommenden Monaten durchdringen.

Es war Zeit für das Frühstück. Heute konnte sie draußen sitzen, auf der schmiedeeisernen Bank, die sie auf einem kleinen gepflasterten Areal zwischen den Beeten aufgestellt hatte, zusammen mit einem grün gestrichenen, reich verzierten schmiedeeisernen Tisch. Die Katzen hatten sich bereits auf dem erwärmten Metall ausgestreckt.

Der starke Tee tat gut, die Sonne schien ihr heiß ins Gesicht, Bienen summten in dem Blütenmeer, eine Katze hatte sich an sie gekuschelt und schnarchte leise. Die anderen hatten je nach Geschmack um Kates bloße Füße herum Sonne oder Schatten gesucht. In der Ferne lieferte das Brummen der Tangente einen leisen Kontrapunkt zu dem Schnurren und Summen. Als einer der Zwillinge mit einem Zweig noch nicht reifen grüngrauen Lavendels in einem der Tontöpfe neben ihr spielte, stieg der würzige Duft zu ihr auf. Sie konnte sich, so dachte sie, unglaublich glücklich schätzen. Sie mochte allein und kinderlos sein – Letzteres schmerzte mehr als Ersteres –, aber sie hatte so viel; und während man ihren Normalzustand eher mit zufrieden als mit glücklich beschreiben konnte, gab es Augenblicke, wie diesen, die sie vollendet fand. Sie war gesund, gut gestellt und hatte liebevolle Eltern und eine Schwester, die zugleich ihre beste Freundin war. Sie hatte Interessen, die sie ausfüllten, und treue Gefährten. Alles in allem konnte sie sich nicht beschweren.

Katherine sprach ihr Morgengebet und dankte Gott für alles, was er ihr gegeben hatte, am meisten aber dafür, dass sie jüngst ihren Glauben wieder gefunden hatte. Sie betrachtete alle Freuden und alles Glück als Gottes Gabe und wusste, sie durfte sich als gesegnet betrachten. Als sie im Geiste ihre täglichen Gebete durchging – das Vaterunser, Dankgebete, Bittgebete für ihre Verwandten und Freunde –, kam sie schließlich zur Bitte um Vergebung.

«Lieber Gott», betete sie, und das Herz schnürte sich ihr zusammen, «bitte vergib mir. Lass mich nicht vergessen, was ich getan habe, lass die Erinnerung meine Buße sein und die ständige Warnung, dass ich der Sünde fähig bin.» Als sie die Augen aufschlug, verschwamm der prachtvolle Garten vor ihrem Blick. Im Juni war es immer am schlimmsten, dieses Schuldgefühl, die Überzeugung, dass sie ihr Glück nicht verdiente, wo andere – speziell eine – gar nichts hatten.

Zum Zeichen ihrer Bußfertigkeit ließ sie sich auf die Knie sinken, legte die Hände auf die Tischkante und stützte den Kopf darauf. «Bitte, lieber Gott. Vergib mir, was ich getan habe. Bitte lass es mich nicht büßen. Ich bereue aufrichtig, was ich getan habe, und weiß, ich habe mein heutiges Glück nicht verdient. Aber bitte, lieber Gott, nimm es mir nicht. Bestrafe mich nicht.»

Als die Sonne ihr auf den Nacken schien und der Schwanz einer Katze ihren Knöchel liebkoste, spürte Katherine wieder, wie Gottes Liebe sie umgab und seine Barmherzigkeit ihre gequälte Seele beruhigte. Nach einer Weile drang die Kälte der Steinfliesen in ihre Knie ein und machte ihr bewusst, wie die Zeit verging. Sie lachte, ein wenig verlegen über sich selbst, und ging erfrischt und getröstet ins Haus zurück, bereit, die Woche zu beginnen.

Am Dienstagabend war Katherines schlechtes Gewissen in Anbetracht der herrlichen Nachrichten vergessen. Sie hatte im Lehrerzimmer den Anruf erhalten, auf den sie gewartet hatte. Octavia Anderson, eine alte Schulfreundin, hatte sich gemeldet und zugesagt, dass sie bei der Aufführung des Verdi-*Requiems* durch den Schulchor den Sopranpart übernehmen würde. Miss Johnstone hatte dem Komitee gegenüber erwähnt, dass sie Octavia möglicherweise würde überreden können, da sie alte Freundinnen waren, aber bis der Anruf kam, hatte sie nicht zu hoffen gewagt, dass ihr Wunsch in Erfüllung gehen könnte.

Octavia Anderson war mit einiger Verspätung zur bekannten Opernsängerin geworden und arbeitete sich langsam, aber sicher als potenzieller neuer Star ins Zentrum der öffentlichen Aufmerksamkeit. Mit ihrer fremdartigen Schönheit und dem markanten Sopran, der mit zunehmendem Alter zur vollen Reife gelangte, war sie eine Berühmtheit. Als Schülerin hatte sie das De-Weir-Stipendium bekommen, das sie über die Royal Academy in den Chor der Welsh National Opera und von dort in ein paar Nebenrollen gebracht hatte. Ihre Statur und die Stimme prädestinierten sie geradezu für die Klassiker, doch sie hatte sich noch etwas gedulden müssen. Vor etwa vier Jahren nun hatte sie Publikum und Kritiker gleichermaßen überrascht, als sie in *Tosca* eingesprungen war, nachdem die Erstbesetzung sich am ersten Abend während einer der Schlachtenszenen den Arm gebrochen hatte. Octavia hatte die Rolle selbstbewusst übernommen, und obwohl sie noch keine dreißig war, hatten einige Kritiker sie als jemanden bezeichnet, den man «im Auge behalten sollte».

Seither hatte sie hart gearbeitet, anspruchsvollere Rollen bekommen und war mit immer enthusiastischeren Kritiken um die Welt gereist. Dass sie nun einwilligte, bei einer Verdi-Aufführung auf dem Lande mitzuwirken, war ein echter Coup.

Eine glückliche Fügung wollte es, dass Judith Chase, die Dekanin der musikalischen Fakultät, gerade im Lehrerzimmer war, als der Anruf kam, und in der Mittagspause verschwanden Kate und sie ins White Lion, um den Erfolg zu feiern. Das erwies sich als schwierige Situation für die Schülerin Melanie White, die mit ihrem Freund Ron in der Saloon-Bar stand, während Miss Johnstone und Mrs. Chase ihre Drinks im Schankraum bestellten. Sie musste sich die nächsten vierzig Minuten vor den beiden verbergen und stand versteckt um die Ecke, gefährlich nahe bei der Dartscheibe.

Nach der Chorprobe stattete Katherine dem Handi-Shopper einen Besuch ab. Dafür gab es normalerweise zwei mögliche Gründe: Entweder hatte sie einen außergewöhnlich guten Tag gehabt, dann gönnte sie sich etwas Besonderes, um ihn noch besser zu machen, oder es war ein besonders schlimmer Tag gewesen, und auch dann gönnte sie sich etwas, sozusagen zum Ausgleich. Sandy, die an der Kasse saß, sah auf den ersten Blick, dass Miss Johnstone einen ausgezeichneten Tag gehabt haben musste.

«War es ein guter Tag, Miss Johnstone?», fragte sie, die mit sechzehn von der Downside abgegangen war – eine Schande für die Schule mit ihrem ausgezeichneten Ruf, aber ein außerordentlicher Erfolg für Sandy.

«Ja, Sandy, ein ganz hervorragender. Sie werden es nicht glauben, aber Octavia Anderson hat eingewilligt, herzukommen und bei unserer Verdi-Aufführung zu singen.»

Sandy schaute verständnislos drein; sie war nicht mit einem Ohr für Musik gesegnet.

«Sie wissen doch, die Opernsängerin, die in meinem Jahrgang an der Downside School war.»

«Ach ja. Ich glaube, ich erinnere mich – wir haben im Musikunterricht von ihr gehört. Das ist gut, oder?»

«Es ist phantastisch, Sandy, ein Grund zum Feiern. Ist das neue Sheba schon da?» Das war das Lieblingsfutter der Katzen, und als großzügige Frau wäre Kate nie auf den Gedanken gekommen zu feiern, ohne ihre Katzen daran teilhaben zu lassen.

«Ooh. Bin nicht sicher. Ich geh nachsehen, der Boss wird es wissen.»

Während Sandy sich erkundigen ging, suchte Miss Johnstone die Regale nach etwas ab, womit sie sich selbst eine Freude machen konnte. Die De-Luxe-Eiscreme war verlockend, aber der Wetterumschwung kündigte sich bereits an, und sie fröstelte allein beim Gedanken an die kalte Süßigkeit. Am Ende kaufte sie ein kleines Rumpsteak, einen gemischten Salat, ein Stück Käsesahnetorte und den besten Roten, den die Weinabteilung zu bieten hatte. Als Krönung legte sie eine Schachtel Pralinen in den Einkaufskorb. Inzwischen war Sandy wieder da.

«Leider nicht, soll aber am Donnerstag kommen.»

Kate befand, dass die Katzen mit dem Feiern bis Donnerstag warten konnten.

«Dann hole ich es am Donnerstag, Sandy. Könnten Sie dafür sorgen, dass ein paar Dosen für mich weggelegt werden – sagen wir, acht? Ich möchte meine Katzen nicht enttäuschen.»

«Kein Problem, Miss. Ich werde daran denken. Das macht dann zwölf Pfund zweiundsechzig Pence, bitte. Sieht nach einem Festmahl aus!»

Kate verabschiedete sich in dem guten Gefühl, dass das Katzenfutter für sie zurückgelegt werden würde. Sandy mochte nicht die Klügste sein, aber sie war zuverlässig und umsichtig. Wieder draußen auf der Copse Lane, sah Kate schockiert, wie Melanie White auf dem Sozius eines großen schwarzen Motorrads vorbeifuhr.

Am Mittwoch war das Wetter vollständig umgeschlagen; Lehrer wie Schüler holten Regenmäntel und Hauben hervor. Doch Miss Johnstone konnten nicht einmal das Wetter und die Tatsache, dass sie nicht im Garten arbeiten konnte, die Laune verderben, als sie nach der letzten Unterrichtsstunde das Lehrerzimmer verließ. Jeden Tag musste ein Brief von Octavia eintreffen und den Auftritt bestätigen, und am Abend tagte das Organisationskomitee. Die Downside School spielte eine gewichtige Rolle, was die musikalischen Großereignisse in der Gegend und die jährlichen Konzerte in der Kathedrale betraf.

Die Sitzung des Komitees dauerte fast bis neunzehn Uhr. Angesichts des Rufs der Sopranistin waren die Veranstalter sicher, dass sie in diesem Jahr weitere exzellente Solisten gewinnen würden, und die Sitzung dauerte auch deshalb so lange, weil darüber diskutiert wurde, welche anderen Solisten in Betracht kamen. Die Frage blieb vorerst ungeklärt, ebenso der Plan, die Aufführung aufzuzeichnen, worüber Kate Johnstone mit Octavia Anderson sprechen sollte.

12

Der Sturm brach am Donnerstag los. Am späten Vormittag bereute Kate bereits, dass sie die ersten Anzeichen der Erkältung ignoriert hatte und trotzdem in die Schule gegangen war. Sie hätte zu Hause bleiben und sich kurieren sollen, aber der Gedanke an die Chorprobe hatte sie angespornt.

Nach dem Unterricht lief sie ins Gemeinschaftszimmer und suchte nach Resten der zahlreichen Erkältungsmittelchen, die normalerweise neben Kräuterteebeuteln, Süßstoff und Abführmitteln in der Kaffeeküche herumstanden. Sie hatte die Hoffnung schon fast aufgegeben, als sie schließlich, halb von einem Tablett verborgen, ein Päckchen Erkältungstrank mit Zitronengeschmack fand. Heute ist doch mein Glückstag, sagte sie sich und dachte daran, dass sie nicht vergessen durfte, das Katzenfutter abzuholen.

«Sie sehen schrecklich aus, Kate. Was machen Sie noch hier?» Robbie, der Fakultätsvorstand, betrat mit einem Stapel Schulbücher den Raum.

«Kannich», schniefte sie, «hab Chor heute Abend.»

«Lassen Sie das Judith machen. Gehen Sie nach Hause und kurieren Sie sich aus!»

«Vielleicht mach ich das.» Katherine ging zu der großen Korktafel, an der Nachrichten für das Kollegium und persönliche Botschaften festgesteckt waren. Es hing ein Zettel von Judith Chase dort. *Tut mir Leid, Kate, aber ich muss nach Hause. Ich habe eine schreckliche Erkältung – niese pausenlos. Ich weiß, du kommst zurecht. Wir sehen uns morgen (hoffe ich). Judith.*

«O nein, Judith hat's auch erwischt. Ich muss hin.»

«Machen Sie es kurz! Dann gehen Sie nach Hause und packen sich warm ein. Wir sehen uns morgen – hoffe ich.»

Seine Worte entsprachen denen auf dem Zettel. Kate erschauerte unwillkürlich. Regen prasselte gegen die Fenster und peitschte abgebrochene Zweige mit empfindlichen jungen Blättern gegen das Glas, wo sie kleben blieben, bis der nächste Windstoß sie fortwehte. Kein Klavierspiel am Abend!

Die Chorsänger gingen noch vor fünf nach Hause, danach war die Schule, abgesehen von Miss Johnstone und dem Hausmeister, menschenleer. Kate sammelte pflichtbewusst die Noten ein und vergewisserte sich, dass alle Fenster geschlossen waren. Oben waren alle verriegelt, und so schaltete Kate das Licht aus. Aus dem Halbdunkel schaute sie auf die vom Sturmwind gepeinigten Sträucher hinab. Erstaunlich, dachte sie, wie Schatten plötzlich reale Umrisse annehmen, wenn man sie direkt ansieht. Da draußen in den Büschen, hinter dem Rhododendron, dessen letzte welke Blüten der Wind fortriss, das hätte die Silhouette von Kopf und Schultern sein können. Je genauer sie hinsah, desto überzeugter wurde sie, dass es sich *tatsächlich* um einen Menschen handelte, einen Mann, der auf sie wartete. Sie war keine ängstliche Natur, aber der Gedanke wollte ihr nicht mehr aus dem Kopf und wurde langsam zur unumstößlichen Gewißheit.

Sie blieb reglos stehen und starrte hinüber, mit Augen, die trocken wurden, weil sie versuchte, nicht zu blinzeln. Der Schatten bewegte sich nicht. Erbost blinzelte sie und schüttelte den Kopf. Als sie wieder hinsah, war der Schatten verschwunden.

«Dummes Weib», schalt sie sich, «geh nach Hause und leg dich ins Bett!» Tapfer stieg sie die steile Holztreppe hinunter; laut klapperten ihre Absätze auf den Dielen. Unten sah sie in den Umkleideraum und vergewisserte sich, dass die Tür zum angrenzenden Raum abgeschlossen war. Der Schlüssel hing wohlbehalten an seinem Nagel. Sie trat ins Klavierzimmer und registrierte einen kalten Luftzug. Ohne Licht zu machen, ging sie zu dem kleinen Fenster und stellte fest, dass es nur angelehnt war. Seltsam. Sie machte es fest zu und schob den Riegel vor. Schließlich kehrte sie zum Fuß der Treppe zurück; Kopf, Hals und Schultern schmerzten vor Kälte. Sie nieste zweimal so heftig, dass ihr ganzer Körper erschauerte. Unbeholfen zog sie ihre Wanderschuhe an und verstaute die Pumps in dem Beutel. Schließlich trat sie ins Freie, tastete nach ihrem Schirm und suchte nach dem Schlüssel für den Musiktrakt.

Er wartete in dem Holunderbusch neben der Tür. Gekleidet hatte er sich ganz in Schwarz, und sogar die Haut um die Augen herum war geschwärzt, damit er mit den Schatten eins wurde. Einen Moment lang war er sicher gewesen, dass sie ihn gesehen hatte. Er war erstarrt, als ihr blasses Gesicht oben am Fester erschien. Erst nach einer ganzen Weile hatte sie sich abgewandt, und er hatte an der nächstbesten dunklen Stelle Schutz gesucht. Jetzt wartete er ruhig, aber wachsam, zum Handeln bereit.

Er hatte sich für eine einfache Lösung entschieden: Er wollte sie auf der Schwelle töten, ins Haus schleppen und die Tür absperren. Das Wetter war günstig. Er war darauf eingerichtet gewesen, den Hausmeister k. o. schlagen zu müssen, damit er nicht gestört wurde, aber der alte Mann hatte es sich bereits mit Thermoskanne und Radio in seiner Unterkunft für den Abend gemütlich gemacht. Sonst war niemand mehr da.

Er hörte ihre Schritte auf der Treppe und folgte ihr in Gedanken durch die unteren Räume. Er konnte es kaum erwarten. Seine Hände würden genügen. Für alle Fälle hatte er ein Messer bei sich, doch er bezweifelte, dass er es brauchen würde. Er würde ihr mit einem einzigen Schlag das Genick brechen; die Wirbelsäule würde durchtrennt, und sie würde sterben, ohne einen Laut von sich zu geben. Dann würde er tun, was erforderlich war, damit es wie ein Raubüberfall oder eine versuchte Vergewaltigung mit ungewollten Folgen aussah, möglicherweise von einem Süchtigen begangen. Beim Gedanken an diese Einzelheit zog er die Spritze aus der Tasche und ließ sie zu Boden fallen.

Die Lichter gingen aus, und er hörte sie zweimal niesen. Er wappnete sich.

Kate bückte sich zum Schloss hinunter. Das Geräusch hinter sich spürte sie mehr, als dass sie es hörte, und im selben Moment wurde sie von einem so heftigen Niesanfall geschüttelt, dass sie fast zusammenklappte. Eine Silhouette nahm albtraumhaft Gestalt an, ein Arm schlang sich um ihre Taille, ein zweiter verfehlte ihren Hals nur um Zentimeter, als sie niesend zusammenzuckte. Sie wusste nicht, wie ihr geschah, als eine schwere Last gegen sie prallte, sie gegen den Türrahmen drückte und die Tür aufstieß. Ihr vor Angst und Schock gelähmter Verstand wollte nicht arbeiten, aber ein primitiver Selbsterhaltungstrieb raste durch jeden Nerv und Muskel ihres Körpers. Als sie auf der schmutzigen Schwelle kauerte, fiel ihr der Regenschirm wieder ein.

Sie schlug nach hinten und traf den Mann durch einen glücklichen Zufall zwischen die Beine, worauf sie sich aus seiner Umklammerung winden konnte. Er trat nach ihr, verfehlte ihren Kopf, traf aber ihre Hand auf der Steintreppe. Sie hörte Knochen brechen, aber den Schmerz nahm sie nicht wahr.

Wimmernd schleppte sie sich in den Umkleideraum. Sie erinnerte sich an den Schlüssel am Nagel neben der Tür und tastete mit ausgestrecktem Arm danach, in der Hoffnung, sich einen Fluchtweg ins Nebenzimmer zu öffnen. Die gebrochene Hand hatte sie vergessen. Als sie den Schlüssel ergreifen wollte, schoss ein wilder Schmerz ihren Arm hinauf, und der Schwung ging ihr verloren. Eine kostbare Sekunde lang rang sie die Übelkeit nieder und tastete mit der Linken nach dem Schlüssel. Gerade als sie die Finger um das kalte Metall schließen wollte, rammte er sie von hinten und stieß sie auf den Boden, wo sie sich die Knie aufschürfte.

Sie versuchte, sich unter den schräg gestellten Bänken zwischen getragenen Socken und schmutzigen Schuhen zu verkriechen, aber er packte sie an den Knöcheln und zerrte sie in die Mitte des Raums zurück. Ihr wurde klar, dass sie um ihr Leben kämpfte. Sie wand sich von ihm weg, wollte sich aus seinem Griff befreien und eine Bank zu fassen bekommen, oder was immer sie als Waffe benutzen konnte, doch die Bank war am Boden festgeschraubt. Kate klammerte sich an dem Metallbein fest und strampelte mit aller Kraft – ein letzter verzweifelter Versuch, ihn doch noch abzuschütteln. Vergebens. Er ignorierte ihre Gegenwehr und drehte sie schweigend auf dem kalten Betonboden auf den Rücken. Als sie in das verzerrte, unmenschliche Gesicht starrte, fing sie endlich an zu schreien. Er presste ihr die

Hand auf den Mund. Das Messer sah sie nur als schmales Aufblitzen, als es in hohem Bogen auf sie herabgestoßen wurde. Wärme durchströmte ihren Körper, dann Eiseskälte.

Er hielt sie fest, bis ihre Schreie in ein ersticktes Gurgeln übergingen und sie in ihrem eigenen Blut ertrank. Ihr Leib zuckte, sie ruderte mit Armen und Beinen. Er hielt ihren Kopf fest, die Hand auf dem Mund, und wich den zuckenden Gliedmaßen aus.

Kurz bevor sie das Bewusstsein verlor, stellte sie fest, dass sie betete und Gott nach dem Grund fragte. Der Mann bückte sich und flüsterte ihr einen Namen ins Ohr, und da wusste sie, dass die Vergeltung gekommen war.

13

Sandy fragte sich beunruhigt, wo Miss Johnstone nur blieb. Das Katzenfutter war eingetroffen und wartete auf sie, aber um sechs war sie immer noch nicht da. In ihrer schwerfälligen Art machte Sandy sich klar, dass etwas nicht stimmen konnte. Es sah ihrer ehemaligen Lehrerin überhaupt nicht ähnlich, eine Vereinbarung zu vergessen oder einmal gefasste Pläne über den Haufen zu werfen, und wenn es um ihre Katzen ging, kam das gleich gar nicht in Betracht. Sandy wandte sich an ihren Boss, den Geschäftsführer, aber der zerstreute ihre Befürchtungen mit der Bemerkung, dass die Lehrerin wahrscheinlich wegen des schlechten Wetters von einem Kollegen nach Hause gefahren worden sei. Er war gereizt, bekümmert wegen des für die Jahreszeit ungewöhnlich schleppenden Umsatzes und bereit, einfach alles auf den vermaledeiten Sturm zu schieben.

Im White Lion kam Ron, Melanie Whites Freund, zunehmend in Stimmung. Die beiden hatten nur ein einziges Problem, nämlich, wo sie ihren Hormonen freien Lauf lassen konnten.

«Du musst doch einen Platz wissen, Mel. Das ist lächerlich, ich kann so nicht nach Hause gehen.»

«Wie ist es bei euch zu Hause? Bis jetzt ist es da immer gegangen.»

«Ja, aber heute Abend ist mein Bruder mit seinen Fußballkumpels da. Wir würden kein ruhiges Plätzchen finden.»

«Aber wohin sonst, bei dem Regen?»

«Das frage ich dich ja, blöde Kuh. Ich bin so was von geil! Ich will es treiben, egal, ob's regnet oder nicht.» Um seinen Worten Nachdruck zu verleihen, nahm er ihre Hand und legte sie auf seine geschwollene Männlichkeit, die von den engen Jeans schmerzhaft gequetscht wurde. Melanie, die sich immer noch als anständiges Mädchen betrachtete, sah sich hastig um, war aber ziemlich sicher, dass niemand etwas mitbekommen hatte.

Sie nahm ihre Hand weg und antwortete in einem beißenden Ton, der für ihre Beziehung ganz und gar ungewöhnlich war: «Mir fällt eben auch nichts ein. Warum bestellst du uns nicht noch was zu trinken und beruhigst dich wieder?»

«Ich werd so auf gar keinen Fall zur Bar gehen. Geh du, du bist sowieso dran.»

Melanie gab ihr letztes Essensgeld für ein Bitter und einen großen Wodka Tonic aus und versuchte, nicht an das offene Fenster im Erdgeschoss des Musiktrakts zu denken. Vor ein paar Stunden, als sie sich genau die Szene ausgemalt hatte, die sich nun tatsächlich unter den desinteressierten Blicken der donnerstagabendlichen Stammgäste abgespielt hatte, war ihr das genial erschienen. Immerhin wären sie dort im Trockenen gewesen, aber jetzt war sie eigentlich gar nicht mehr in der Stimmung. Die Machoromantik war dahin; sie war enttäuscht von Ron und kam sich benutzt, missbraucht und ganz und gar nicht sexy vor.

Das Töten hatte ihm keinen Spaß gemacht, wie immer, aber es war notwendig gewesen, und sie hatte es verdient. Am Ende, als er ihr den Namen ins Ohr flüsterte, hatte er gesehen, wie ihr Blick klar wurde und sie versuchte, ihn anzuschauen. Ich verstehe, hatte dieser Blick zum Ausdruck gebracht. Sie hatte seinen brutalen Überfall als das akzeptiert, was er war, die späte Sühne für Verbrechen der Vergangenheit.

Nun sah er sich gezwungen, ihrem Körper Gewalt anzutun, und das stieß ihn ab. Das hatte sie nicht verdient. Dennoch machte er sich stumm und zielstrebig mit dem Messer zu schaffen, um ihre Kleidung zu zerfetzen. Es hatte keinen Sinn, sie zu verstümmeln – er wusste, die Gerichtsmediziner würden feststellen können, dass ihr die Verletzungen post mortem zugefügt worden waren, und er wollte den Eindruck eines Mörders erwecken, der es nur auf Geld und sexuelle Befriedigung abgesehen hatte.

Er zerschnitt ihren Rock und schob das Messer unter die elastischen Bünde von Mieder und Unterhose. Die Klinge war blutverschmiert. Die Fetzen der Wäsche ließ er auf ihrem nackten Unterleib liegen, sodass sich die Locken ihres Schamhaars an den Rändern kräuselten. Aus dem kleinen Rucksack auf seinem Rücken fischte er eine Zigarettenschachtel und holte ein gebrauchtes Kondom heraus, das er am Morgen von einem bekannten Stelldicheinplätzchen im Wald geholt hatte. Wenn sie mehr als Routinetests durchführten, würden sie das Alter des Samens darin herausfinden können, aber das bezweifelte er. Sie würden mehr daran interessiert sein, die Blutgruppe und den genetischen Fingerabdruck der Probe zu bestimmen. Angewidert drückte er den Inhalt des Kondoms auf ihre bloßen Schenkel.

Der ganze Raum war blutverschmiert. In ihrem Todeskampf hatte sie Boden, Bänke, Wände und sogar die Decke besudelt, hellrotes Arterienblut. Auch er hatte etwas abbekommen, sich aber wohlweislich so gekleidet, dass er keine Spuren hinterlassen würde. Wenn er fertig war, würde er den schwarzen Latexanzug ausziehen und in die Wollhose und die Jacke aus seinem Rucksack schlüpfen. Auch die Überschuhe würde er abstreifen; darunter trug er Turnschuhe. Besser auf Nummer Sicher gehen. Er war zwar von der Kapuze bis zu den Überschuhen geschützt, doch es bestand das Risiko, dass er beim Umziehen seine Straßenkleidung beschmutzte, daher würde er sie später zusammen mit dem Rucksack und allem anderen verbrennen.

Bevor er sich entfernte, blieb ihm als letzte Aufgabe, ihre Handtasche zu durchsuchen; er nahm die Geldbörse, Kreditkarten und Schlüssel mit, wovon ihm nur Letztere etwas nützten. Sobald er sich umgezogen hatte, wollte er in ihrem Haus nach weiteren Beweisen suchen. Es war unwahrscheinlich, dass er etwas fand, aber sein Jagdinstinkt war inzwischen so ausgeprägt, dass er sich eine Gelegenheit, mehr herauszufinden, nicht entgehen lassen konnte.

Der Sturm dauerte an, was ihm ebenfalls zugute kam. An einem solchen Abend würde niemand unterwegs sein. Der Himmel wurde schon jetzt, kurz nach sechs, dunkel, Regenschleier reduzierten die Sichtweite auf praktisch null. Wenn er sich draußen umzog, wie er es ursprünglich vorgehabt hatte, würde er nass bis auf die Haut sein, ehe er Regencape und Haube überstreifen konnte. Daher schälte er sich in dem engen Vorraum am Fuß der Treppe aus dem blutigen Latexanzug, streifte die Kapuze ab und rollte sie zusammen, öffnete die Klettverschlüsse an den Seiten und bemühte sich, nicht mehr Blutspritzer als nötig zu hinterlassen. Die Handschuhe behielt er an, bis er Anzug und Schuhe in einer Plastiktüte verstaut hatte, dann streifte er sie ab, legte sie auf das Bündel und stopfte alles in eine gefütterte Tragetasche. Um die Gefahr, doch Fingerabdrücke zu hinterlassen, vollkommen auszuschließen, trug er noch ein zweites Paar Latexhandschuhe.

Es war eisig kalt, und er erschauerte unwillkürlich, als er seine Straßenkleidung und einen hellgelben Regenmantel aus dem Rucksack holte. Nachdem er sich angekleidet hatte, verließ er den Musiktrakt und zog sorgfältig die Tür hinter sich zu. Zu spät dachte er an den Schlüssel. Im Schloss steckte er nicht, und auf dem Boden lag er auch nicht; sie musste ihn in der Hand behalten haben, als sie floh. Er würde die Tür unverschlossen lassen müssen. Sein Rad, ein schlankes Rennrad, das er zwei Wochen zuvor auf dem Flohmarkt gekauft hatte, lag im Gebüsch versteckt. Die London Road war so gut wie verlassen. Vor ihm rollte eine 250er Honda röhrend vom Parkplatz des White Lion. Sie passierte ihn, als er nach rechts abbog, und bespritzte ihn mit einem Schwall Wasser.

Sechs Minuten später fuhr er durch Hedgefield. Er behielt die Straßen und Wege im Auge und beobachtete die Fenster der angrenzenden Häuser. Niemand war unterwegs, die Fenster leere, blinde Augen. Er wendete gemächlich und fuhr zurück zu Nummer 1. Es gab kein Versteck für das Fahrrad, daher schob er es in die Küche. Zuerst war es vollkommen still in dem Haus, aber dann hörte er ein Kratzen und schrilles Wimmern. Im Handumdrehen hatte er das sauber geputzte Messer aus dem Ärmel gezogen und nahm eine geduckte Haltung ein. Die Tür zum Wohnzimmer ging auf, und er wappnete sich für einen Angriff. Ein winziges, schwarzbraunes Gesicht erschien in zwanzig Zentimeter Höhe neben dem Türrahmen; zwei weitere folgten. Die Katzen starrten ihn misstrauisch an und fauchten leise.

Der Eindringling lachte leise, in dem stillen Haus ein überraschend normaler Laut. «Verschwindet», sagte er leise. «Ich habe keine Zeit für euch.» Das war das zweite Mal in drei Tagen, dass er

Worte laut aussprach, und es überraschte ihn, wie eingerostet seine Stimme klang. Vorsichtig zwängte er sich an den Katzen vorbei und begann seine Suche im Wohnzimmer. Nichts von Interesse. Es dauerte keine fünf Minuten, die kleine Kommode in der Ecke zu durchsuchen. Ein paar Wertgegenstände steckte er ein, nur um die Polizei zu verwirren. Auf dem Schreibtisch unter dem Fenster lag ein angefangener Brief, daneben offenbar eine Rohfassung. Der Name der Adressatin weckte sein Interesse, also steckte er die Papiere ein, um sie sich später genauer anzuschauen.

Auch im Esszimmer fand sich nichts Interessantes, aber in der Diele entdeckte er die Post, die noch auf dem Teppich lag. Ein dicker Umschlag, handschriftlich adressiert, befand sich darunter, und die perfekte, schwungvolle Schrift kam ihm bekannt vor. Der Umschlag war nur achtlos zugeklebt worden; er riss ihn auf, nahm den beigefarbenen Briefbogen heraus und las. Die übrige Post ließ er wieder auf den Boden fallen, den Brief aber steckte er zu den anderen Papieren in die Tasche.

Oben befanden sich zwei Schlafzimmer. Bei einem handelte es sich zweifelsohne um ein großes Gästezimmer mit Doppelbett, Schrank und Nachttischchen. Es enthielt nichts, das Aufmerksamkeit verdiente. Ihr kleineres Schlafzimmer ging zum Garten hinaus und war dezent und geschmackvoll eingerichtet; zwei Einbauschränke, eine Kommode mit Spiegel, ein Nachttisch und in der Ecke ein kleiner Tisch mit Decke, auf dem eine Topfpflanze stand. Kein Stuhl; sie musste sich im Stehen frisiert und geschminkt haben.

Seine Hoffnung, etwas zu finden, wuchs; dies war das Herz des Hauses. Er fing mit der Kommode an, arbeitete sich zielstrebig von oben nach unten durch die Schubladen, fand aber außer der üblichen Damenbekleidung nichts. Er versuchte es mit dem Nachttisch – nur eine abgegriffene Bibel und ein erotisches Buch über die Pariser Gesellschaft der zwanziger Jahre. Die Suche unter dem Kissen förderte ein zusammengeknülltes Taschentuch und ein Nachthemd zutage; die Schränke – sehr ordentlich, die Kleidungsstücke nach Farben und Art sortiert – bargen keinerlei Geheimnis. Langsam wurde er wütend. Es musste etwas hier sein; für gewöhnlich waren seine Instinkte untrüglich.

Er schlug mit der Faust auf die Kommode – und erschreckte dadurch eine große ingwerfarbene Katze, die hinter dem langen Vorhang vor der Heizung lag. Als das erboste Tier einen Fremden sah, der sich zur Tür stahl, verschwand es unter der Steppdecke, die bis auf den Boden hing. Der Mann machte kehrt, um seine Suche fortzusetzen, und hielt inne. Unter dem Bett – das war wohl der Platz für geheime Dinge.

Er hob die Bettdecke und sah unter den Lattenrost. Dort lag ein staubiger, alter brauner Koffer. Er griff danach – und zum Lohn sprang ihn eine zehn Pfund schwere wütende Katze an, zerkratzte ihm Hand und Unterarm und hieb mit einer Pfote nach seinem Gesicht. Er verspürte einen stechenden Schmerz, als die Krallen ihm drei parallele Kratzer in Wange und Kinn frästen. Er stieß eine Verwünschung aus; das verdammte Tier hatte ihm Wunden zugefügt, die alle Welt sehen konnte. Er betrachtete sich im Spiegel. Blut lief ihm am Kinn hinab und tropfte auf den Pullover, und auf dem rechten Handrücken quoll Blut aus drei geraden Kratzern; der Latexhandschuh hing in Fetzen herab.

Die Schmerzen waren das geringste Übel, aber er wollte keine Spuren hinterlassen. Mit einem Kleenex von der Kommode stillte er die Blutung, dann steckte er das besudelte Zellstofftuch in die Manteltasche und öffnete mit der unverletzten Hand den Koffer. Es lagen Dokumente darin, Fotos und Bücher kunterbunt durcheinander. Wahllos griff er ein Album heraus, doch er musste enttäuscht feststellen, dass es nur Familienfotos enthielt. Immerhin war sie systematisch vorgegangen; auf dem ersten Blatt stand in fein säuberlichen Druckbuchstaben: Weihnachtsfeste 1988 *(bis dato!).*

Das nächste Album umfasste mehrere Ferienreisen, Hochzeiten und Familientreffen, alle ab 1985. Als er eine beliebige Seite aufschlug, erblickte er plötzlich das Gesicht von Deborah Fearnside, das von einer anonymen Hochzeitsgesellschaft zu ihm aufschaute. Er nahm das Foto heraus, um es später noch einmal zu betrachten. Ähnliche Alben, nicht ganz so edel, dafür mit irgendwie schrilleren Bildern, legten Zeugnis von Kate Johnstones Vergangenheit bis 1970 ab. Das Schulabschluss-Foto war liebevoll in seinem ursprünglichen Rahmen aufbewahrt. Er warf es beiseite.

Seine Frustration wuchs. Ein halbes Dutzend Alben hatte außer einem Zufallsfund nichts zutage gefördert; nun blieben nur noch ein Papierumschlag mit ungeordneten Fotos und ein Schuhkarton. Er nahm sich zuerst den Umschlag vor und lächelte. Schulfotos: lange Reihen von Mädchen mit grauen Pullovern und gestreiften Krawatten; Porträtfotos von Johnstone im Alter zwischen elf und achtzehn; Preisverleihungen, Ansprachen, Schulchöre ... Und dann erstarrte er.

Fünf lächelnde Gesichter schauten zu ihm auf, eines zweifellos das einer Katherine Johnstone als Teenager, die dem Fotografen selbstbewusst zugrinste und locker die Arme um die Mädchen an ihrer Seite gelegt hatte. Links lehnte Deborah den blonden Kopf an ihre Schulter – verführerischer Schmollmund, herausfordernder Blick –, rechts zwei halb vergessene Gesichter. Er kannte die Namen, wusste aber nicht mehr, welcher Name zu welchem Mädchen gehörte. Und dort, ein kleines Stück von der Gruppe entfernt, ein Gesicht mit einem wissenden Lächeln, wunderschön und keck.

Sein Blick wurde trübe. Wie fern die Erinnerung auch sein mochte und wie oft er dieses Foto, das er selbst aufgenommen hatte, auch betrachtete, es wühlte ihn immer wieder auf. Sie veränderte sich nicht, war unwiederbringlich tot. Aber das galt jetzt auch für zwei der anderen, und es würde nicht mehr lange dauern, bis er die ganze Bande verlogener, heimtückischer Biester ausgerottet hatte. Nun war er überzeugt, dass er noch mehr finden würde; hastig klappte er den Schuhkarton auf und zerriss dabei die alte Pappe, wo sie schwächer war als das verblichene Klebeband.

In dem Karton lagen mehrere Tagebücher mit Jahreszahlen auf den Einbänden und Messingklammern und Schlössern, zu denen die Schlüssel fehlten: «1973 Mein Tagebuch»; «1976 Kates Tagebuch»; «1977–81 Fünf Jahre Tagebuch»; «1982/83 Tagebuch». «Geheim, Hände weg!» war mit Tesaband auf den Schuhkarton geklebt worden, eine Zurschaustellung pubertären Unabhängigkeitsdranges. Er sah auf die Uhr; es war erst halb sieben. Er setzte sich, um im Dämmerlicht das Datum zu suchen, das ihn am brennendsten interessierte.

Ron hatte sein zweites Bier getrunken – zwei in einer halben Stunde waren selbst für ihn eine nicht unerhebliche Leistung, aber das trug nichts dazu bei, seinen Frust zu lindern. Es war die zweite Nacht, in der das schlechte Wetter sie daran hinderte, sich ein ruhiges Plätzchen im nahe gelegenen Wald zu suchen. Wieder wandte er sich an Mel.

«Das reicht, zwei Bier sind genug. Bei solchem Wetter fahre ich nicht mit mehr. Komm schon, Mel – ich bring dich entweder nach Hause oder irgendwohin, wo ich dich vögeln kann, bis der Arzt kommt!»

Nach Hause wollte Melanie auf gar keinen Fall. Drei Mathematikaufgaben warteten auf sie, ein Französischaufsatz von letzter Woche, der am Freitagvormittag abgegeben werden musste, und der Streit mit ihrer Mutter. Sie dachte an den Musiktrakt und das offene Fenster und fand die Vorstellung gar nicht mehr so übel. Die beiden Drinks hatten sie so sehr aufgewärmt und entspannt, dass ihr sogar Ron wieder reizvoll erschien.

«Wir könnten es in der Schule versuchen. Manchmal lassen sie im Musiktrakt die Tür oder ein Fenster offen.» Sie wollte nicht mit der ganzen Wahrheit herausrücken.

«Warum hast du das nicht gleich gesagt?»

«Ich hab nicht dran gedacht.»

Ron steuerte seine 250er von der Hauptstraße durch ein offenes Seitentor auf das Schulgelände und versteckte sie hinter einem Rhododendron, der noch in später Blüte stand. Melanie ging voran, einen schmalen Trampelpfad entlang, der zur Rückseite des Musiktrakts führte. Stumm und verlassen stand das Haus in der Dämmerung.

«Lass es uns da mal versuchen», sagte Melanie und zeigte widerwillig auf das Fenster des Klavierzimmers. Das Wetter und Rons Benehmen hatten ihre Stimmung erneut umschlagen lassen; nun hatte sogar der Gedanke an Mathehausaufgaben etwas Verlockendes.

Das Fenster war fest verschlossen; Rons Versuche, es zu öffnen, blieben erfolglos.

«Hat keinen Zweck. Fahr mich lieber nach Hause!» Sie kauerte frierend unter dem Vordach.

«So leicht gebe ich nicht auf, wo wir schon mal hier sind. Du hast doch gesagt, es könnte eine Tür offen sein.» Er ging um das Haus herum zur Tür, die im trüben Licht des Sturms gerade noch zu erkennen war.

«Die ist bestimmt abgeschlossen!»

«Woher willst du das wissen?» Er drehte am Knauf, und die Tür ließ sich mühelos öffnen; sie schwang auf und verdeckte den Eingang zum Umkleideraum. «Komm rein – es ist offen.»

Melanie spähte an ihm vorbei die dunkle Treppe hinauf. «Ich weiß nicht recht. Der Regen lässt nach – was ist, wenn der Hausmeister seine Runde dreht?»

«Sei nicht albern. Wenn wir die Tür hinter uns zumachen, merkt er gar nichts – und außerdem können wir uns nach oben verziehen. Ich glaube nicht, dass er da rumschnüffelt.»

«Na gut, aber nur kurz. Ich sollte um halb sieben zu Hause sein. Muss noch Hausaufgaben machen.»

Sie stapften die Treppe hinauf und in das Chorzimmer, wo es nach der Probe noch warm war. Ron warf seine Jacke auf den Boden und schubste Melanie darauf. Enttäuschende zehn Minuten später war er schon wieder angezogen, saß zufrieden auf einem der Metallstühle und rauchte, nachdem Melanie ihn gebeten hatte, es nicht zu tun, die zweite Zigarette.

«Komm jetzt, wir müssen gehen!»

Sie hörte sich übellaunig an. Die Ereignisse der vergangenen Stunde hatten ihr Unbehagen in regelrechten Widerwillen verwandelt. Ron spürte, dass etwas nicht stimmte, und reagierte mürrisch – weil es ihm gut tat, aber auch, weil er testen wollte, wer von ihnen den stärkeren Willen hatte. Sie würde nicht ohne ihn gehen. Und sei es nur, weil sie nach Hause gebracht werden musste.

«Komm schon, Ron! Mir ist kalt, und Mom bringt mich um, wenn ich so spät komme.» Das war eine klägliche Lüge, was Ron auch wusste, aber er langweilte sich und fror ebenfalls. Wortlos stand er auf und schlurfte nach unten. Melanie bückte sich, um ihren Mantel aufzuheben, und bemerkte dabei die verschmierten Abdrücke ihrer Schuhe auf dem Holzboden. Im Halbdunkel hielt sie die Nässe für Regen, aber es sah gar nicht nach Wasser aus – mehr wie Farbe, ein dunkles Kirschrot. Sie achtete nicht weiter darauf und ging nach unten.

Ron stand reglos da und starrte durch die Tür rechter Hand in den Umkleideraum. Er stützte sich schwer am Türrahmen ab, als wäre ihm schlecht. Als sie ihn sah, erstarrte Melanie.

«Alles in Ordnung?» Sie bekam keine Antwort. Er drehte sich zu ihr um, und sein Gesicht nahm einen Ausdruck an, den Melanie in den kommenden Monaten immer wieder in ihren Albträumen sehen sollte. Ein leeres weißes Oval mit schwarzen Löchern statt Augen und einer klaffenden Öffnung als Mund. Als sie neben ihm stand, hörte sie das Würgen tief in seinem Hals – als versuche er, etwas zu sagen oder zu schreien, verschlucke sich aber an seiner eigenen Zunge. Sein Atem roch schlecht.

«Ron, was ist denn? Um Himmels willen, sag es mir! Ist dir schlecht?»

Als wäre das sein Stichwort gewesen, blies Ron die Wangen auf und fing an zu würgen. Es gelang ihm gerade noch, nach draußen zu springen, ehe er seinen Mageninhalt von sich gab und eine unglaubliche Schweinerei anrichtete.

Melanie drehte sich um und sah in den dunklen Umkleideraum. Ihr erster Gedanke war, dass jemand, wahrscheinlich die Judoka, verdammten Ärger bekommen würden, weil sie so ein Chaos hinterlassen hatten. Ein Bündel Kleidungsstücke lag auf dem Boden, und irgendein Idiot hatte die ganzen Wände mit Farbe beschmiert. Dann bemerkte sie den Geruch und die Hand auf dem Kleiderbündel. Unwillkürlich ging sie näher hin. Der ekelhaft süßliche Geruch, vermischt mit vagen Dünsten wie aus dem Chemielabor an einem besonders schlimmen Tag, stieg ihr in die Nase. Sie spürte einen metallischen Geschmack in der Kehle, der sie an Nasenbluten erinnerte, aber ihr benommenes Gehirn weigerte sich hartnäckig, eins und eins zusammenzuzählen. Erst als sie das Gesicht und die grässliche klaffende Wunde sah, ging ihr auf, was hier passiert sein musste.

«Miss Johnstone? Miss Johnstone? O Gott, neiiiiin!» Ihre Worte wurden zu einem unartikulierten Schrei. Sie rannte wie von Sinnen auf das Schulgebäude zu, doch dann blieb sie stehen, weil ihr klar wurde, dass dort niemand sein würde. Der Hausmeister fiel ihr ein, der seine Kammer beim Heizraum hatte, und sie machte sich auf die Suche nach ihm. Sie sah das Licht im Regen und warf sich gegen die Tür.

«Mr. Yardell, Mr. Yardell. Rufen Sie die Polizei – schnell, es hat einen Unfall gegeben, einen schrecklichen Unfall. Ich glaube, Miss Johnstone ist tot.»

Zehn Minuten später erschienen zwei Polizeiautos und ein Krankenwagen auf der Bildfläche. Der Hausmeister nahm sie totenblass in Empfang; er zeigte nur auf den Musiktrakt, trat beiseite und ließ erleichtert die Behörden übernehmen.

Die Leute von der Spurensicherung trafen wenig später ein. In weißen Anzügen mit Kapuzen, Überschuhen und Handschuhen begannen sie eine minutiöse Durchsuchung des Gebäudes und des umliegenden Geländes. Eine Polizistin kümmerte sich um Melanie.

Fenwick zog gerade seinen Regenmantel an, als er den Anruf bekam. Obwohl er ins Revier zurückgekehrt war, hatte ihn in jüngster Zeit nichts Interessantes beschäftigt, daher hatte er sich angewöhnt, so zeitig zu gehen, dass er den Kindern noch eine Gutenachtgeschichte vorlesen konnte. Er war schon etwas später dran als gewöhnlich, blieb aber dennoch und ging ans Telefon. Der Constable von Harlden hatte einen Notruf entgegengenommen und um 18.45 Uhr einen mysteriösen Todesfall gemeldet. Fenwick sah auf die Uhr, befahl dem Dienst habenden Sergeant, dafür zu sorgen, dass Cooper ebenfalls zur Schule kam, und rief zu Hause an, um sich zu entschuldigen.

Um diese Tageszeit brauchte man nur fünfzehn Minuten. Er fuhr schnell und umsichtig und schaffte es, den Verkehr ohne Einsatz des Blaulichts zu meistern. Die altbekannte Mischung aus Neugier, Wut und, ja, Aufregung machte sich bemerkbar, schärfte sein Denken und versetzte ihn in einen Zustand der Wachsamkeit.

Als er eintraf, war das Gelände bereits vom Tor des Parkplatzes bis zu dem separaten Musiktrakt mit blau-weißem Band gesichert worden. Eine weiße Plastikplane erstreckte sich von der Tür bis zu den Büschen. Der emsigen Geschäftigkeit war zu entnehmen, dass die Leute von der Spurensicherung schon bei der Arbeit waren. Sie hatten schnell gehandelt, was Fenwick mit Optimismus erfüllte, als er sein Auto parkte und durch den Regen auf den uniformierten Constable an der Tür zueilte.

«'n Abend, Constable. Haben Sie den Anruf entgegengenommen?»

«Ja, Sir.» Constable Nolan erkannte Fenwick und freute sich über die Gelegenheit, eine Legende des Reviers beeindrucken zu können. «Ich traf um achtzehn Uhr dreiundvierzig ein, nachdem ich durch einen Notruf des Hausmeisters, Mr. Yardell, informiert worden war.

Er wartete auf dem Parkplatz auf mich und führte mich gleich hierher. Ich fand eine Frau, eindeutig tot, und informierte sofort das Revier. Die Mordkommission traf vor einer Weile ein, der Pathologe ist unterwegs. Detective Sergeant Cooper hat sich über Funk gemeldet und lässt ausrichten, dass er in Kürze eintreffen wird. Die Leiche wurde von einer Schülerin gefunden, Melanie White – sie ist mit einer Beamtin im Zimmer des Hausmeisters. Der Hausmeister ist inzwischen ebenfalls dort.»

«Danke, Nolan.»

Der Constable straffte die Schultern vor Freude, dass er erkannt worden war. Als Fenwick sich abwandte, ergriff er noch einmal das Wort. «Entschuldigung, Sir. Es ist nur eine Eingebung, aber …» Es fiel ihm doch schwer, sich anzumaßen, dem Vorgesetzten einen Vorschlag zu unterbreiten.

«Raus damit, Mann. Was ist?»

«Nun, Sir, ich glaube, sie ist noch nicht lange tot – kann nicht sein. Mein Ältester singt im Schulchor, und die hatten hier Probe. Normalerweise kommt er erst nach sechs nach Hause. Wenn das eine Lehrerin ist – und Melanie White sagt, es ist Miss Johnstone –, muss sie innerhalb der letzten Stunde getötet worden sein. Und ich habe mir überlegt, Sir, während ich hier gewartet habe – wenn er ihren Schlüssel oder ihre Handtasche mitgenommen hat, könnten wir ihn vielleicht in ihrem Haus aufspüren.»

«Ausgezeichnet, Nolan. Ich werde sofort mit den Leuten von der Mordkommission sprechen.»

Binnen weniger Minuten hatte Fenwick die Bestätigung, dass es sich bei dem Opfer tatsächlich um Katherine Johnstone handelte, die anhand ihres Führerscheins identifiziert werden konnte, und dass sich in keiner ihrer Taschen ein Hausschlüssel befand. Ihre Adresse stand auf einer Gasabrechnung in ihrer Handtasche – mit einem schnellen Auto keine fünf Minuten entfernt.

Der verblüffte Cooper brauchte gar nicht erst auszusteigen, da Fenwick ihm den Befehl erteilte, ihm zu folgen und unterwegs Verstärkung anzufordern. Diesmal würden sie alle Blaulicht brauchen.

Im blauen und fliederfarbenen Schlafzimmer des Hauses Hedgefield Nummer 1 studierte der Mann fasziniert ein umfangreiches Tagebuch über fünf Jahre. Er hatte das lächerliche Messingschloss mit einem kleinen Schraubenzieher aufgebrochen und las die Einträge vom Juni 1980. Johnstone wirkte geradezu geschwätzig; für jeden Tag waren wortreich sämtliche Vorkommnisse aufgelistet, danach folgte ein nachdenklicher Kommentar. Sie war ein kluges und umsichtiges Mädchen gewesen, und unter anderen Umständen hätte er die Einträge mit gelindem Amüsement gelesen.

Momentan aber war er auf der Suche – nach Informationen, Bestätigungen, Einzelheiten, damit er seinen Fall der Anklage lückenlos präsentieren konnte. Ungeduldig blätterte er weiter zum zwanzigsten Juni, einem Tag, der tief in seinem Gedächtnis eingegraben war. Es gab ihn nicht. Der Eintrag vom Neunzehnten war da, hoffnungsvoll, aufgeregt, dann nichts mehr. Erst Ende August hatte sie wieder angefangen zu schreiben.

> 29. August. Ich muss versuchen, die Vergangenheit ruhen zu lassen – aber das kann ich nicht. Jeden Tag muss ich an sie denken und sehe ihr Gesicht, wie ich es zum letzten Mal gesehen habe. Wenn ich einschlafe, singt sie in meinen Träumen, aber ich werde durch die Schreie in meinen Albträumen wach. Lieber Gott. Ich möchte vergessen – aber ich kann nicht. Sie ist immer da. Vielleicht hilft es mir, wenn ich schreibe. Früher war das immer so, aber da habe ich nur über dumme und alberne Sachen geschrieben. Bald ist wieder Schule. Wie soll ich das ertragen? Irgendwie muss es weitergehen.

Für den dreißigsten und einunddreißigsten August fanden sich keine Einträge. Dann, im September, hatte sie wieder angefangen zu schreiben. Das Thema ähnelte dem des neunundzwanzigsten – keinerlei Fakten, nur ein Strom gequälter Gedanken. Rasch blätterte er weiter, wütend über ihr Schulmädchengeschwafel und das Selbstmitleid. Dann erregte ein Eintrag kurz vor Weihnachten seine Aufmerksamkeit.

> 16. Dezember. Gottesdienst. Wunderschön, wirklich wunderschön. Octavia übernahm ihre Sopranparts, wunderbar, aber die

Duette waren nicht dieselben. Das andere Mädchen gibt sich Mühe, aber sie hat einfach nicht den Stimmumfang und die Qualität. Wie sehr wir sie alle vermissen! Ich kam in Tränen aufgelöst nach Hause – wir haben alle gesagt: «Denkt daran – letztes Jahr um diese Zeit.» Sie hat uns alle überrascht. Ihre Stimme. Natürlich wussten wir, dass sie singen konnte, aber irgendwie hatten wir nicht mitbekommen, wie sie sich entwickelte, weil wir alle so auf Octavia fixiert waren. Und im letzten Jahr, als sie und Octavia immer engere Freundinnen wurden, da war sie plötzlich da.

Ich werde es mir nie verzeihen. Wenn ich nur etwas getan, etwas gesagt hätte, dann hätte ich sie retten können. Wir wussten alle von Octavia und ihr – aber niemand konnte ahnen, wie sehr sie sie liebte. Ich schon. Mir war klar, wo das hinführen würde. Aber sie kam nicht damit klar, natürlich nicht. Eifersucht. Das ist die tödlichste Sünde.

Die Eintragung hörte unten auf der Seite auf, der letzte Satz war nur noch hingequetscht. Er schlug die nächste Seite auf und las gebannt über den Beginn einer Affäre, von der er sich niemals hätte träumen lassen, bis Deborah Fearnside die Saat des Argwohns gesät hatte. Je weiter er las, desto mehr spürte er, wie sich alles in ihm sträubte. Tag für Tag schwatzte das dumme Mädchen von einer Liebe, die nur eine Ausgeburt ihrer Phantasie sein konnte.

Er hasste das dumme Flittchen mit seinem verdorbenen pubertären Interesse an unnatürlichen sexuellen Beziehungen. Eine Seite baute auf der anderen auf, und so wurde ein ganzes Gebäude jungmädchenhafter Schwärmerei errichtet, immer wieder unterlegt mit Schuldgefühlen. Aber keine *Fakten*. In seiner Wut schleuderte er das Buch quer durchs Zimmer. Die Klebebindung platzte auf, einzelne Seiten flatterten auf den Teppich. Eine schwebte zurück und landete zu seinen Füßen. Als er sie betrachtete, fielen ihm bestimmte Worte ins Auge: *… warum sagt sie, es war kein Unfall? Lässt Leslie die Vergangenheit neu erfinden. Sollen die Protokolle die Wahrheit ans Licht bringen … die Untersuchungsergebnisse waren eindeutig. Warum wieder von vorn anf* – Er bückte sich, hob die Seite auf und las sie vollständig. Dann kroch er fieberhaft auf dem Boden herum, sammelte ein Blatt nach dem anderen vom Boden auf und stopfte sie in seinen Rucksack.

Ganz schwach vernahm er ein beharrliches Heulen, das ihn vorübergehend ablenkte. Auf der Tangente raste ein Wagen mit Sirene vorbei, dem er keine Beachtung schenkte, aber ihm wurde bewusst, wie viel Zeit er schon in diesem Haus verbracht hatte. Er verfluchte sich wegen seiner Sorglosigkeit und suchte das Zimmer hastig nach weiteren Seiten ab. Noch lange aufzuräumen konnte er sich nicht leisten. Unten stieg er über eine der Katzen hinweg und ging zu seinem Fahrrad. Eine Minute später entfernte er sich auf der Copse Lane von der Tangente; eine schwarze Limousine raste in der Gegenrichtung an ihm vorbei und bespritzte ihn mit Wasser. Kurz war ein verbissenes Gesicht zu sehen, das war alles, aber seine Instinkte schrien förmlich, dass er sich davonmachen sollte.

Gleich darauf kamen ein weiteres Zivilfahrzeug und ein Polizeiauto in Sicht und folgten der schwarzen Limousine. Kein Zweifel, sie fuhren nach Hedgefield. Er zwang sich, ruhig weiterzuradeln, bog nach rechts in die Waycroft Avenue ein und fuhr auf unnatürlich menschenleeren Straßen Richtung Innenstadt. Für Straßensperren war es sicher noch zu früh. Er radelte weiter und hoffte, dass wegen des Wetters so wenig Verkehr war, doch das Kribbeln zwischen seinen Schulterblättern wollte sich nicht legen, bis er schließlich in einem mehrstöckigen Parkhaus verschwand.

14

«Die Türen sind verschlossen, Sir, vorn wie hinten – keine Spuren eines gewaltsamen Eindringens.» Cooper spähte durch das Fenster über der Spüle in die Küche, als Fenwick zu ihm trat.

«Er hatte die Schlüssel, Cooper. Er kann fort sein oder sich immer noch da drinnen zu schaffen machen. Ich möchte hinein, ohne ein Geräusch zu verursachen.»

Cooper streckte sich und tastete in einem hängenden Blumenkübel neben der Hintertür – die logischste Stelle. Die Leute waren so leicht zu durchschauen. Der Ersatzschlüssel steckte in einem kleinen Gefrierbeutel. Vorsichtig öffnete er die Tür und trat in die Küche.

«Ich glaube, er war da, ist aber schon wieder weg, Sir – sehen Sie.» Schlammiges Wasser bildete Pfützen auf dem Boden, Fußspuren führten zur Tür.

Sie schlichen durch das Haus, fassten nichts an und vergewisserten sich, dass sich kein Mensch darin aufhielt. Dann erteilte Fenwick Anweisungen.

«Ich möchte einen Constable an der Vordertür, und sobald die Jungs von der Spurensicherung in der Schule fertig sind, sollen sie hierher kommen. Sie werden dieses Haus vom Keller bis unter das Dach absuchen. Sie sollen es behandeln, als wäre die Tat hier begangen worden. Vielleicht hat er sich sicher gefühlt und ist nachlässig geworden.

Danach soll in allen Häusern in dieser Straße, den angrenzenden Straßen und an sämtlichen Wegen zur Schule nachgefragt werden. Konzentrieren Sie sich zunächst auf den kürzesten Weg und die unmittelbare Umgebung. Wir sind ihm auf den Fersen, und wenn wir schnell genug handeln, überholen wir ihn vielleicht. Ich will Straßensperren um die ganze Stadt herum, sofort. Jedes Auto, jedes Fahrzeug soll untersucht werden.»

«Und jedes Fahrrad, würde ich sagen, Sir. Sehen Sie sich die Spuren an. Sie sind frisch.»

«Richtig, auch jedes Fahrrad. Ich gehe wieder zur Schule, Sie übernehmen hier das Kommando. Rufen Sie mich an, falls etwas ans Licht kommt. Ich interessiere mich für alles, was bei Ihnen irgendeinen Zweifel weckt.»

Die Spurensicherung war noch immer im Musiktrakt zugange, aber wenigstens war der Pathologe inzwischen eingetroffen.

«Wie sieht es aus, Bob?» Fenwick streckte den Kopf zur Tür des Umkleideraums hinein.

Der Pathologe, ein grau melierter, etwa fünfzigjähriger Veteran mit einem chronischen Magengeschwür und dementsprechender Laune, schien ihn zunächst gar nicht zu beachten. Dann schleuderte er ihm über die Schulter entgegen: «Zu früh für ein abschließendes Urteil. Sie wurde innerhalb der letzten zwei Stunden getötet – vor mindestens einer Stunde. Starb an der Halsverletzung – Halsschlagader und -vene sind gezielt mit einem Hundertachtzig-Grad-Schnitt durchtrennt worden. Meine Vermutung, und in diesem Stadium ist es noch eine Vermutung, ist die, dass sie sich ziemlich gewehrt hat – möglicherweise ist sie hier reingelaufen, um ihm zu entkommen. Sie hat Blutergüsse an Gesicht und Armen, eine Verletzung an der rechten Hand. Mehr kann ich Ihnen sagen, wenn ich sie gründlich untersucht habe. Die sexuelle Handlung könnte nach dem Tod begangen worden sein – aber sicher weiß ich das erst, wenn das Ergebnis der forensischen Untersuchung vorliegt. Wir haben jede Menge Blutspuren an den Schnittkanten von Rock, Mieder und Höschen, was darauf hindeutet, dass er ihr die Kehle durchgeschnitten und dann mit demselben Messer ihre Kleidung aufgeschlitzt hat.»

«Sexuelle Handlung – sind Sie sicher?»

«Es deutet alles darauf hin, ja. Sie hat Flüssigkeit, wahrscheinlich Sperma, auf Schenkeln und Unterleib.»

Fenwick wartete. Bob Pendlebury richtete sich langsam auf und drehte sich zum ersten Mal zu ihm um. «Gefällt mir nicht. Gefällt mir überhaupt nicht. Sieht nach einer Riesenschweinerei aus, aber die tödliche Wunde ist präzise und sauber. Sie muss innerhalb weniger Minuten gestorben sein, wahrscheinlich erstickt, noch bevor der Blutverlust sie umbrachte.»

«Ergebnis der Autopsie?»

«Ich werde die Untersuchung heute Nacht noch vornehmen. Vollständiges Ergebnis innerhalb von vierundzwanzig Stunden.»

«Könnten Sie früher fertig werden?»

Pendlebury sah ihn spöttisch an. «Kommen Sie, Fenwick, Sie wissen, dass ich freitags mindestens achtzehn Löcher spiele. Ich werde sehen, was ich tun kann. Aber versprechen will ich nichts.»

Der Mann, der die Ermittlungen am Tatort leitete, wartete schon.

«Erzählen Sie mir nur das Wesentliche.»

«Sie wurde auf der Schwelle überfallen. Obwohl die junge White und der Hausmeister danach draußen herumgetrampelt sind, haben wir ihre Fußabdrücke an zwei Stellen identifizieren können. Wahrscheinlich hat er auf sie gewartet. Wir sind draußen noch nicht fertig, aber es befinden sich einige Fußspuren hinter dem Busch dort. Wir werden sie analysieren und mit den Spuren im Haus vergleichen. Außerdem hat sich jemand auf der Schwelle übergeben. Wir müssen herausfinden, ob das der Täter war. Sie entkam dem ersten Angriff und konnte in das Gebäude fliehen. Ich möchte Sie bitten, nicht gleich reinzugehen, Sir. Wir hatten Glück, es sind noch überall Fußabdrücke in Schlamm und Blut auf den Böden. Sieht so aus, als hätte sie versucht, zu der anderen Tür zu fliehen. Hier drinnen hat er sie erwischt und erledigt.»

«Wahrscheinlich ist er über und über mit Blut bespritzt?»

«Wenn er keine Kleidung zum Wechseln dabeihatte, ja, Sir. Aber ich denke, er hat sich umgezogen. Am Fuß der Treppe haben wir eine deutliche Blutlache – und rundherum zwei verschiedene Fußspuren nach oben, die Treppe hinauf. Ich weiß nicht, von wem die sind, eine könnte von dem Mädchen stammen, aber das müssen wir überprüfen.»

«Noch etwas?»

«Vorerst nicht, Sir.»

«Warum sind Sie so sicher, dass es ein Er war?»

«Hauptsächlich wegen der Größe der Schuhabdrücke. Es könnte natürlich eine Frau mit Schuhgröße vierundvierzig gewesen sein, aber das halte ich für unwahrscheinlich.»

«Oder jemand, der Überschuhe trug, um seine wahre Schuhgröße zu verbergen?»

Der Mann von der Spurensicherung schaute betroffen drein. «Das wäre eine Möglichkeit, ja, aber dann wäre derjenige nicht sehr beweglich, und das muss der Täter gewesen sein.»

«Okay, ich möchte, dass Sie, wenn Sie hier fertig sind, zu dem Haus fahren. Ich habe das Gefühl, dass er dort gewesen ist. Irgendjemand war da – wir haben frische Schlammspuren auf dem Küchenboden. Überprüfen Sie *alles*, und ich meine alles, als wäre es der Tatort selbst. Wenn mich jemand braucht, ich bin bei dem Mädchen.»

Melanie saß zusammengekauert vor dem elektrischen Heizofen und hatte die Hände um eine Tasse mit gesüßtem Tee gelegt, der längst abgekühlt war. Der Hausmeister, der sich ebenso wichtig wie ratlos fühlte, scharwenzelte in einer Art und Weise um sie herum, dass sie ihn schon anschreien wollte, er solle sich endlich verziehen. Eine Polizistin war bei ihr und erzählte Fenwick, sie habe, seit sie die Schreckensmeldung überbracht hätte, kein Wort gesprochen. Fenwick schickte den Hausmeister weg, die Telefonnummer des Rektors zu besorgen, und wandte sich Melanie zu.

«Hör mir gut zu, Melanie!» Er sagte es in dem sanften Tonfall, in dem man nervöse Tiere beruhigt. «Bis jetzt warst du ein sehr tapferes Mädchen, aber jetzt musst du noch einmal tapfer sein. Du musst mir alles erzählen, was heute Abend passiert ist, ja?»

Als sie das hörte, drehte sie in einer stummen Weigerung den Kopf weg. Fenwick sah sie an und versuchte zu ergründen, wie er sie am besten zum Reden bringen konnte. Sie stand offenbar unter einem schweren Schock, schien aber nicht völlig fassungslos zu sein. Damit blieben ihm zwei Vorgehensweisen – zurückhaltendes Bitten oder strenges Fordern. Da er mit Ersterem angefangen hatte, beschloss er, dabei zu bleiben.

«Melanie, was du weißt, ist sehr, sehr wichtig. Dir kommt das vielleicht nicht so vor, aber du weißt vielleicht Dinge, die uns helfen können, den Täter zu finden. Du musst es versuchen.» Seine Worte schienen sie wachzurütteln.

«Ist sie tot?»

«Leider ja.»

«Sie muss tot dort gelegen haben, während Ron und – während wir … Es sei denn», ihr Gesicht nahm einen erschrockenen Ausdruck an, «es sei denn, er hat sie da reingejagt und getötet, während wir oben waren. Vielleicht hätten wir ihn aufhalten können!»

«Das finde ich nicht sehr wahrscheinlich, Melanie, aber um ganz sicherzugehen, solltest du mir alles erzählen, Schritt für Schritt; dann werden wir es herausfinden.»

Sie holte tief Luft, stellte die Tasse zur Seite und schob die Hände Schutz suchend in die Achselhöhlen. «Ron und ich waren im Pub.» Sie verstummte erschrocken, weil ihr plötzlich einfiel, dass er Polizist war und sie minderjährig; ein Vergehen, das sie in Anbetracht des schrecklichen Verbrechens vorübergehend vergessen hatte.

«Das macht nichts. Ich habe größere Sorgen als die, dass du in deinem Alter getrunken hast. Weiter.»

«Es ist mir peinlich. Können wir nicht einfach da anfangen, wo ich sie gefunden habe?» Fenwick schüttelte unerbittlich den Kopf.

«Ron war sauer auf mich. Na ja, eigentlich auf das Wetter. Wir gehen noch nicht lange miteinander, und … er, er …» – Fenwick weigerte sich, ihr aus der Klemme zu helfen –, «er war erregt, verstehen Sie, und weil es geregnet hat, konnten wir nicht wie sonst zur Pixts Lane runter.»

«Pixts Lane?»

«Der hiesige Teenagertreffpunkt, Sir», warf die Polizistin ein.

«Ich verstehe, und da hast du an die Schule gedacht, richtig?»

«An den Musiktrakt, ja. Ich hatte heute ein Fenster offen gelassen, für alle Fälle. Im Pub wollte ich eigentlich gar nicht mehr – aber Ron ließ nicht locker, er hat mich die ganze Zeit gedrängelt.»

Fenwick ging die ganze Geschichte mit ihr durch, bis er sicher war, dass er alle Einzelheiten richtig verstanden hatte. Trotz mehrerer Vorstöße weigerte sich Melanie, ihre Adresse und Telefonnummer preiszugeben oder ihre Eltern benachrichtigen zu lassen, und allmählich machte er sich Sorgen um sie.

«Rekapitulieren wir noch einmal. Du warst von etwa zwanzig nach fünf bis nach sechs mit Ron Jarvis im Pub. Ihr seid mit seinem Motorrad zur Schule gefahren. Auf dem Weg dorthin oder auf dem Schulgelände habt ihr niemanden gesehen. Ihr habt festgestellt, dass das Fenster geschlossen, aber die Tür offen war. Ihr seid rein und gleich nach oben gegangen. Ihr seid etwa zehn, fünfzehn Minuten oben gewesen und dann wieder runtergekommen. Ron hat den Leichnam gesehen; ihm wurde schlecht, und er ist weggelaufen. Du glaubst nicht, dass er den Raum betreten hat, bist aber nicht sicher. Du bist ein paar Schritte hineingegangen und hast die Leiche gefunden. Dann bist du sofort hierher gelaufen und hast die Polizei angerufen.»

Melanie nickte.

«Du hast dich vorbildlich verhalten, Melanie, und du warst sehr tapfer. Ich werde den Constable jetzt bitten, dich nach Hause zu bringen. Wenn dir noch irgendetwas einfällt, egal was, ruf mich im Revier an. Hier ist meine Nummer.»

«Ich werde mich an den Geruch erinnern.»

«Den Geruch?»

«Ja, von dem Blut und … allem anderen, süßlich und ekelhaft. Den werde ich nie wieder aus dem Kopf bekommen.»

«Mit der Zeit schon, glaub mir. So schrecklich sie auch sein mögen, solche Dinge verblassen im Lauf der Zeit.» Aber als er der gebeugten Gestalt nachsah, die durch den Regen schlurfte, bezweifelte er, dass sie es jemals vollständig vergessen würde.

Um 23.30 Uhr waren Fenwick und Cooper aus der Pathologie zurück. Pendleburys Untersuchung hatte seine am Tatort angestellten Mutmaßungen bestätigt. Der gerichtsmedizinische Befund würde allerdings frühestens am Nachmittag des nächsten Tages vorliegen. An der Korktafel in Fenwicks Büro sammelten sich die üblichen Souvenirs eines Kapitalverbrechens. Links oben war ein zwanzig mal dreißig Zentimeter großes Porträtfoto festgesteckt, das eine fassungslose Schulsekretärin aus der Personalakte zur Verfügung gestellt hatte.

Darunter war auf einer Straßenkarte mit Rotstift der Weg von der Schule zu Katherine Johnstones Haus eingezeichnet und mit grünem Stift der Weg vom White Lion zum Schultor. Die beiden Linien verliefen auf der gesamten Länge entlang der London Road, die fast schnurgerade von der Schule zum Pub nach Süden führte und an einer T-Kreuzung mit dem Elm Drive endete. An diesem Punkt bog die rote Linie nach Osten ab und verlief allein weiter.

Rechts von der Karte hing ein großes Blatt, auf dem der mutmaßliche zeitliche Ablauf und eine Reihe von Zusammenhängen aufgelistet waren.

Mitte und rechte Seite der Tafel warteten auf die Fotos vom Tatort. In der Schule war den Polizisten ein Raum zur Verfügung gestellt worden, aber Fenwick fühlte sich im Polizeirevier wohler. Sein Büro war am Ende eines Tages sein Schlupfloch; fernab vom Lärm der Spurensicherung konnte er einfach besser denken.

Cooper setzte sich niedergeschlagen auf den knochenharten Besucherstuhl, während Fenwick vor der Korktafel auf und ab ging.

«Also los, noch einmal von vorn.»

Der Sergeant seufzte.

«Um siebzehn Uhr zwanzig wurde Katherine Johnstone zum letzten Mal lebend gesehen, und zwar von Steve Right, einem Chorsänger. Der Zeitpunkt ist ziemlich sicher, weil Steves Lieblingskindersendung gerade zu Ende ging, als er nach Hause kam, und er untröstlich war. Seine Mutter hat es bestätigt. Danach könnte der Mörder jederzeit zugeschlagen haben. Gehen wir aber mal davon aus, dass er gewartet hat, bis sie das Gebäude verließ – wir haben genügend Beweise, die dafür sprechen. Der Hausmeister hat uns gesagt, dass Johnstone immer alles abgeschlossen hat, und der Rektor hat bestätigt, dass sie eine ordentliche Frau war. Wie lange hat sie also gebraucht? Fünf Minuten, höchstens zehn, um alle Fenster und Türen zu überprüfen und ihre Regensachen anzuziehen. Das bedeutet, sie war gegen halb sechs draußen, vielleicht auch etwas früher. Es dürfte schnell vorbei gewesen sein – wahrscheinlich hat er sich mehr Zeit dafür gelassen, sie zu schänden, als dafür, sie zu töten, trotz ihrer Gegenwehr. Also sagen wir siebzehn Uhr vierzig, vielleicht etwas später. Er zieht sich um – glauben wir – und geht. Ihnen ist ja wohl klar, dass es, wenn er sich umgezogen hat, eine vorsätzliche Tat war, ganz egal, wie es aussieht. Das müssen wir unbedingt klären.»

«Wie denn?»

«Ich bin nicht sicher, aber der Bericht der Spurensicherung über ihr Haus wird uns helfen. Wenn wir dort kein Blut von ihr finden, muss er sich umgezogen haben – er hatte keine Zeit, sich gründlich zu waschen.»

«Es sei denn, er hätte einen Komplizen gehabt.»

Fenwick dachte über den Einwand des Sergeant nach, dann fuhr er fort.

«Melanie White und ihr Freund Ron Jarvis verlassen das Pub nach sechs – wann genau, wissen wir nicht, aber der Wirt ist ziemlich sicher, dass sie nicht lange da waren. Es ist wichtig, dass wir Jarvis finden. Wird schon nach ihm gesucht?»

Cooper nickte.

«Wir könnten ihm auf dem Weg nach Hedgefield begegnet sein. Seine Route scheint ziemlich klar, aber wir brauchen Augenzeugen. Morgen früh möchte ich als Allererstes allen Häusern entlang dem Fluchtweg einen Besuch abstatten.»

«Es hat geschüttet wie aus Kannen, Sir. Unwahrscheinlich, dass viele Leute unterwegs waren – oder rausgeschaut haben.»

Fenwick fuhr ungerührt fort: «Es ist eine Busstrecke – lassen Sie morgen um die gleiche Zeit die Leute an den Haltestellen befragen. Und jetzt erzählen Sie mir, was in dem Haus gefunden wurde.»

«Es gibt eindeutig Spuren von jemandem, der das Haus durchsucht hat, sich aber nicht gewaltsam Zutritt verschaffen musste. Sieht so aus, als hätte der Eindringling nach etwas Bestimmtem gesucht. Unten ist alles sehr ordentlich, aber oben herrscht Chaos. Entweder hat er die Geduld verloren …»

«Er oder sie, Cooper, noch nicht eindeutig ein Er.»

Cooper wollte fragen, mit welchem Teil ihrer Anatomie Frauen Sperma absonderten, beherrschte sich aber. Sarkasmus wäre zu dieser nachtschlafenden Zeit mit Sicherheit unangebracht gewesen.

«Er oder sie verlor die Geduld – oder wurde bei der Suche gestört. Ich glaube, er hat etwas gefunden.»

Fenwick blieb stehen und schaute ihn zum ersten Mal wirklich interessiert an.

«Es gibt da einen alten Koffer, aufgeklappt, und eine Menge Papiere scheinen durchwühlt worden zu sein.»

«Was alles?»

«Fotoalben, Andenken und Tagebücher.» Cooper studierte die Liste in dem vorläufigen Bericht. «Tagebücher, fünf: 1974, 1975, 1976, 1982, 1983 – die ersten drei in allen Einzelheiten, die letzten beiden mit ein paar Notizen über ihr letztes Schuljahr und das erste Semester an der Universität. Ein paar alte Briefe …»

«Was ist mit den Jahren siebenundsiebzig bis einundachtzig, warum die Unterbrechung?»

«Keine Spur. Vielleicht waren ihr die Einträge peinlich und sie hat sie weggeworfen.»

«Hm.»

«Die Briefe sind alle zwischen 1979 und 1985 datiert. Alte Fotos in Alben, überwiegend Schule und Familie. Ein paar Auszeichnungen: Hervorragende Leistungen, Einsen, Queen's Guide, Flötenunterricht in der achten Klasse, ein getrockneter Blumenstrauß.»

«Gibt es denn *irgendetwas* aus diesen fehlenden Jahren?»

«Vielleicht einige der Fotos, Sir; das müssen wir überprüfen.»

«Und die fehlenden Tagebücher sind nicht anderswo im Haus?»

«Das kann ich nicht garantieren …»

«Dann sehen Sie zu, dass Sie es können. Er hat nach etwas gesucht, und das Einzige, was bis jetzt fehlt, sind alte Tagebücher. Das ergibt keinen Sinn, aber wir sollten uns wenigstens vergewissern, dass sie *tatsächlich* das Einzige sind.»

«Die Spurensicherung war noch bei der Arbeit. Der vollständige Bericht soll morgen früh kommen.»

«Können Sie Koffer samt Inhalt zur Gerichtsmedizin rüberbringen und, wenn die damit fertig sind, in den Raum in der Schule? Und alle Fotos? Ich will wissen, was er gesucht hat – und ob er es gefunden hat. Wir brauchen eine Verwandte oder jemanden, der sie gut gekannt hat; jemanden, der sich für uns das Haus ansieht.»

«Es ging nicht um Wertsachen, wenn Sie das meinen. Wir haben etwas Schmuck gefunden, rund fünfundsiebzig Pfund in einem Topf in der Küche, Fernseher, Videorecorder, CD-Player – sogar einen ziemlich guten –, aber nichts davon ist angerührt worden.»

«Das ergibt alles keinen Sinn. Ein scheinbar willkürlicher Mord, gefolgt von einer systematischen Suche – warum?»

«Vielleicht haben wir ihn gestört. Angesichts des Wetters war es höchst unwahrscheinlich, dass die Leiche vor dem Morgen gefunden würde.»

«Wer weiß. Mehr können wir erst einmal nicht tun. Machen Sie den Dienstplan für morgen, ja, Cooper? Wir sehen uns um sieben.»

Cooper fiel in den frühen Morgenstunden ins Bett. Ron Jarvis, Melanies Freund, war schließlich betrunken und durchnässt gefunden worden und schlief in einer Zelle seinen Rausch aus. Die Bemühungen, Verwandte der toten Frau zu finden, waren erfolglos geblieben. Ihre Eltern waren laut einer Nachbarin im Lake District unterwegs, die Schwester nicht zu Hause. Eine dringende Suchmeldung sollte am Morgen im Rundfunk gesendet werden. Bis dahin sollte der Name der toten Frau nicht veröffentlicht werden, obwohl die Story zweifellos für die erste Seite getaugt hätte.

Die Pathologie war diskret in einem Seitenflügel des Krankenhauses untergebracht. Als Fenwick dort auftauchte, war Pendlebury gerade im Aufbruch begriffen.

«Immer noch hier?»

«Was dagegen? Ich dachte, Sie brennen auf meinen Bericht.»

«Was haben Sie für mich?»

«Den Bericht kriegen Sie morgen früh.»

«Kommen Sie schon!»

«Unterbrechen Sie mich nicht. Glauben Sie wirklich, ich würde Sie so lange warten lassen? Kommen Sie mit ins Büro, ich habe einen Whiskey dort.»

Fenwick schien seine Zweifel zu haben.

«Aus rein medizinischen Gründen, und Sie sehen aus, als könnten Sie einen brauchen.»

Als sie es sich einigermaßen gemütlich gemacht und zwei großzügig bemessene Dosen Medizin in eigens dafür bereitgestellten Gläsern vor sich stehen hatten, kam Pendlebury ohne Umschweife zur Sache.

«Sie war eine gesunde, durchtrainierte Frau. Virgo intacta – ja, so etwas kommt ab und zu noch vor. Technisch gesehen ist sie erstickt. Es muss einige Sekunden gedauert haben, bis sie das Bewusstsein verlor. Es finden sich mehrere kleine Verletzungen an ihren Händen, die auf Gegenwehr schließen lassen – aber nicht viele, offenbar wollte sie fliehen und nicht kämpfen. Die Blutergüsse an Rücken und linker Seite sind wahrscheinlich vor ihrem Tod entstanden, was dafür spricht, dass sie von hinten angegriffen wurde. Sie ist gestürzt und hat sich schlimm die Knie aufgeschürft. Interessanterweise ist ihre rechte Hand gebrochen, regelrecht zertrümmert. Ein heftiger Schlag. Keine Spuren, daher kann ich nicht sagen, womit. Hautproben gehen zur Gerichtsmedizin. Das ist seltsamerweise die einzige derartige Verletzung. Normalerweise müssten es mehrere sein, wenn der Angriff mit einer Waffe durchgeführt wurde.»

«Könnte sie sich die Hand in der Tür gequetscht haben?»

«Möglich – Sie sollten nach Spuren suchen. Allerdings müsste die Tür ziemlich fest dagegen geschlagen worden sein. Tödlich ist die Wunde am Hals, aufgeschlitzt von links nach rechts, wobei ihr wahrscheinlich das Kinn nach oben gedrückt wurde, um Venen und Arterien freizulegen. Daraus lässt sich schließen, dass der Täter Rechtshänder ist. Man kann anhand der Wunde nur schwer Rückschlüsse darauf ziehen, wie lang das Messer war, aber wir haben an ihrem Mantel ein paar interessante Schäden gefunden. Sehen wie lange, unregelmäßige Tränen aus, könnten von einer Säge oder einem Sägemesser stammen. Habe ich auch zur forensischen Abteilung geschickt. Ich schlage vor, Sie lassen die Spurensicherung überprüfen, ob diese Schäden sonst irgendwie am Tatort entstanden sein können. Wenn *nicht*, könnte es sein, dass die Oberkante des Messers Zacken hatte. Das würde für ein, sagen wir, Armeemesser gelten – eine äußerst scharfe Waffe, ideal zum Schneiden, kann bei Stoff aber zu Rissen führen. Ich würde die Forensiker Tests mit identischem Material machen lassen.»

«Das werde ich. Wer könnte Ihrer Erfahrung nach so eine Waffe besitzen?»

«Eigentlich jeder – man bekommt sie in Jagd- und Fischereigeschäften im ganzen Land. Und natürlich gehören sie beim Militär zur Standardausrüstung. Das Survival-Messer der amerikanischen Luftwaffe ist sehr populär. Ideal für diese Art von Mord.»

«Haben Sie so etwas schon einmal gesehen?»

«Die Art des Tötens, die Schändung oder beides?»

«Beides.»

Der Pathologe schwenkte den letzten Schluck Whiskey ein paar Augenblicke im Glas, trank ihn in einem Zug und sah Fenwick in die Augen.

«Die Schändung – nein. Irgendetwas daran stimmt nicht. Diese Tat wurde nach Eintritt des Todes begangen, so viel steht fest, aber leidenschaftslos – ohne Brutalität. Es finden sich keine Male an ihrem Körper, wo er die Kleidung weggeschnitten hat. Ich hätte zumindest mit einigen Schnittwunden gerechnet, aber da ist nichts, nicht der kleinste Kratzer. Das bedeutet zweierlei.» Er reckte zwei Wurstfinger in die Höhe. «Erstens, die Person, die es getan hat, hatte sich absolut unter Kontrolle – kein Zittern, keine sexuelle Begierde. Zweitens, er war ein Experte mit dem Messer. Das würde übrigens auch zu der tödlichen Verletzung passen – sauber, zielstrebig, genau die richtige Stelle, um einen schnellen, sicheren und praktisch lautlosen Tod zu garantieren.»

«Und Sie haben so etwas schon mal gesehen?»

«O ja. Als Sie noch in den Hinterhöfen von Glasgow gespielt haben, war ich bei der Armee. Es ist eine klassische lautlose Tötungstechnik.»

«Und das ist Ihre Vermutung – ein Soldat?»

«Ich habe keine Vermutung, Fenwick. Das sollten Sie mittlerweile wissen. Es gibt lediglich gewisse Übereinstimmungen. Finden Sie den Rest heraus!»

15

Am nächsten Morgen betrat ein hungriger Detective Sergeant mit blutunterlaufenen Augen den Polizeiraum in der Schule und rechnete damit, der Erste zu sein, musste aber feststellen, dass Fenwick schon da war. Noch schlimmer, mehrere uniformierte und zivile, frisch rasierte Constables waren ebenfalls schon da und drängten sich um eine große Landkarte, um die Einzelheiten der Befragungen in den Häusern der Umgebung zu besprechen. Nach weniger als vier Stunden Schlaf hatte sich Cooper hinreichend erfrischt gefühlt und das verschlafene Angebot seiner Frau, ihm Frühstück zu machen, dankend abgelehnt. Nun änderte sich seine Stimmung schlagartig, und er kam sich vor wie ein Märtyrer, was vollkommen ungerechtfertigt war.

Fenwick schaute auf.

«Sergeant! Gut. Hier wird bereits die Befragung in den Häusern geplant. Vergewissern Sie sich, dass das ordentlich gemacht wird. Und dann helfen Sie mir, die Berichte der Spurensicherung durchzugehen, ja?»

Coopers Stimmung schlug erneut um.

Die ersten paar Stunden vergingen mit hektischen Aktivitäten. Cooper machte einen Plan für die Vernehmung von Kolleginnen, Schülern, Freunden der Toten und kennzeichnete diejenigen, bei denen er Fenwicks Anwesenheit für angebracht hielt. In dem großen Team, das ihnen zur Verfügung stand, entdeckte Cooper eine Detective Constable, die er kannte; sie hatte den Schnellkurs absolviert und nahm nun das erste Mal an einer Mordermittlung teil.

Constable Nightingale lauschte seinen Anweisungen aufmerksam. Das dunkle Haar hatte sie im Nacken zu einem schmucklosen Zopf geflochten, Make-up trug sie keines. Sie setzte kurz eine Nickelbrille auf, um einen Bericht zu lesen, steckte sie aber gleich wieder weg, als wäre sie ihr peinlich.

In den Pausen zwischen den Vernehmungen studierte Fenwick die detaillierten Berichte vom Tatort. Der von der Schule untermauerte etwas präziser die anfänglichen Vermutungen. Es sah so aus, als hätte jemand auf Katherine Johnstone gewartet, sie wieder in das Gebäude gejagt und nach einem kurzen Handgemenge im Umkleideraum getötet. Blutspritzer auf ihrem Kleid und die Lage der Leiche deuteten darauf hin, dass sie nach ihrem Tod nicht mehr an einen anderen Ort gebracht worden war.

Das Sperma war auf die Blutgruppe hin untersucht und zur DNS-Analyse ins Labor geschickt worden – der Angreifer hatte Blutgruppe 0. Das forensische Labor hatte die eingelieferten Proben sofort untersucht, aber es war keine Spermienzelle mehr am Leben gewesen. Das erhöhte die Wahrscheinlichkeit, dass der Angreifer unfruchtbar war.

Die Fotos waren von herausragender Qualität. Fenwick wählte zwei aus, von denen er Abzüge für sein Büro im Revier haben wollte, und gab den Rest weiter, damit sie ans schwarze Brett geheftet wurden. Johnstones Handtasche und Habseligkeiten waren untersucht und zusammen mit einer Liste des Inhalts in die Schule geschickt worden: Taschenkalender, Lippenstift, zwei Kleenex, drei Taschentücher (sie war erkältet gewesen), ein zusammengeknüllter Zettel mit einer Telefonnachricht, eine Nagelfeile.

Er las die Botschaft: «Octavia anrufen – sie spricht von guten Nachrichten», und danach eine Telefonnummer in London und eine krakelige Signatur, «RJ» vielleicht. Fenwick wählte die Nummer und wurde auf einem Band von der verführerischsten Telefonstimme begrüßt, die er je gehört hatte: «Ich kann Ihren Anruf im Moment nicht entgegennehmen; versuchen Sie es *bitte* später noch einmal, ich möchte Sie nicht verpassen. Wenn es wirklich wichtig ist, hinterlassen Sie nach dem Pfeifton eine Nachricht – es ist übrigens ein jämmerliches B, aber ich habe nichts Besseres gefunden.» Fenwick hinterließ pflichtschuldigst seine dringende Nachricht und bat um Rückruf.

Als Nächstes schaute er sich den Taschenkalender an, wurde aber von Cooper unterbrochen.

«Die Presse, Sir. Sie trudeln langsam ein. Zwei lokale und drei überregionale Zeitungen – noch nicht einmal acht, und es geht schon los.»

Eine Viertelstunde später hatte Fenwick seine kurze Presseerklärung abgegeben – höflich, die reinen Fakten, keine Spekulationen. Er wusste nicht, inwieweit er die Presse im Laufe der Ermittlungen noch brauchen würde, daher waren Höflichkeit und eine Andeutung von Kooperation angebracht.

Er wandte sich wieder dem Taschenkalender zu. Die Einträge waren kurz und nüchtern, die Handschrift eckig. Er sah, dass sie zur Mittagszeit einen Termin beim Zahnarzt hatte, und dachte daran, dass die Leiche noch offiziell identifiziert werden musste. Katherine Johnstone schien eine ordentliche Frau mit festen Gewohnheiten gewesen zu sein, selbst regelmäßige Termine hatte sie fein säuberlich eingetragen, mit Anfangszeit und geschätztem Ende. Überwiegend Orchester- und Chorproben, ab und zu ein Theaterbesuch, ein Abendessen, ein Besuch bei der Familie. Offenbar war auch der Tag, an dem sie gestorben war, ein ganz gewöhnlicher gewesen. Und dennoch war sie wegen irgendetwas aufgefallen.

Er blätterte zum Juni weiter: eine Blumenschau, eine kurze Notiz – «Drinks» – unter einem Verweis auf die Prüfungen, Tag der offenen Tür, Semesterende. Der Juli war vollkommen frei, bis auf zwei Hinweise auf «Proben». Im August war eine dicke Linie durch die ersten zwei Wochen gezogen, und ein «?» deutete darauf hin, dass ein Urlaub möglicherweise noch nicht hundertprozentig geplant gewesen war. Aber dann, gegen Ende des Sommers, änderte sich etwas.

Mitte August fand sich eine Notiz: «Planungstreffen – Chor und Orchester zusammen.» Danach folgten zweimal pro Woche Probentermine und eine wöchentliche Sitzung des «Organisationskomitees». Am 31. August fand er «Erste gemeinsame Probe», am 5. September «Generalprobe» und am 6. September «AUFTRITT!»

Das Ausrufezeichen hinter «AUFTRITT» war das einzige in dem gesamten Kalender. Das war, abgesehen von ihrem brutalen und frühzeitigen Tod, das einzige Bemerkenswerte in einem ereignislosen Leben. Aber Einsichten in den Mord würden sich daraus nicht gewinnen lassen. Er notierte sich, dass Cooper «RJ» finden und nach Octavia fragen sollte.

Der zweite Bericht war schmaler und mit einem weiteren Satz gestochen scharfer Fotos versehen. Fenwick legte die Bilder in der Reihenfolge von der Haustür bis zum Schlafzimmer nebeneinander. Die vom Schlafzimmer studierte er gründlich. Im Gegensatz zu allen anderen Räumen fanden sich hier eindeutig Spuren einer Durchsuchung, bis hin zu dem Koffer, der offen vor dem Bett lag.

Die Leute von der Spurensicherung hatten sich zwischen Schule und Wohnhaus vollständig umgezogen und geduscht, um eine Kontamination auszuschließen. Unten im Haus fanden sich wenige Spuren, aber nasse Fußabdrücke bestätigten, dass der Eindringling Schuhgröße dreiundvierzig hatte, und die Länge der Schritte deutete auf eine große Person hin.

Den Bericht über das Schlafzimmer studierte Fenwick sehr aufmerksam. Sie hatten winzige Blutspuren auf dem Teppich gefunden, zwei der größeren Flecken waren noch feucht gewesen; die Teppichstücke waren zur Analyse in die Gerichtsmedizin gebracht worden. Unter dem Bett war ein Fetzen Gummi gefunden worden. Fenwick betrachtete das Foto; das Stück hatte etwa Größe und Form einer harten Kontaktlinse – auch das war zur Analyse geschickt worden. Der Hauptgewinn aber waren drei bruchstückhafte Fingerabdrücke – nicht die des Opfers – auf der Treppe und vier weitere auf den Tagebüchern und einem Stück Papier. Alles war zur Untersuchung geschickt worden. Es sah so aus, als wären die Teil-Fingerabdrücke zu klein, um den Täter wirklich identifizieren zu können, aber sie konnten sich als wertvoll erweisen, wenn es darum ging, Anklage zu erheben. Er musste auf weitere forensische Berichte warten, die trotz allen Flehens erst am Abend vorliegen würden, da Ferien und Krankheit die ohnehin zu kleine Mannschaft weiter dezimiert hatten.

Nachdem er den Superintendent am Telefon über den Stand der Dinge unterrichtet hatte, machte Fenwick sich auf die Suche nach Cooper. Der tüchtige Sergeant bot ein Bild des Jammers.

«Schlimmer Morgen?»

«Anstrengend, Sir. Sie sind verständlicherweise alle außer sich, ich bin schon bei der zweiten Box von denen da.» Er zeigte auf eine Familienpackung bunter Papiertaschentücher.

«Etwas Nützliches?»

«Nein, ich fand nur bestätigt, was wir schon vermutet hatten. Sie war eine beliebte, stille, ordentliche, allein lebende Frau. Die Schüler mochten sie – offenbar hat der Matheunterricht bei ihr Spaß gemacht, wenn man sich so etwas vorstellen kann. Das hat sie übrigens unterrichtet, und sie war eine Stütze der musikalischen Fakultät. Hat dort viel getan. Aber dies ist eine sehr musikalische Schule, lange Tradition, daher versuchen sie, generell nur musikalisch begabte Lehrer einzustellen – hat mir der Rektor gesagt.»

«Sie haben schon mit ihm gesprochen?»

«Ja, kurz, und ich habe erwähnt, dass wir ihn eventuell bitten, die Leiche zu identifizieren, wenn wir keine Verwandten erreichen können. Er wird es tun, sollte es erforderlich sein.»

«Wer sind ihre engsten Freunde – jemand hier in der Nähe?»

«Judith Chase, die Musiklehrerin, glaube ich. Aber sie ist vollkommen aus dem Häuschen und hat sich nach Hause verzogen. Es ging ihr ohnehin nicht gut.»

«Ich muss trotzdem mit ihr reden – machen Sie für heute Nachmittag einen Termin, ja? Und wer hat die Initialen RJ? In ihrer Handtasche lag eine Gesprächsnotiz. Dem möchte ich nachgehen.»

«RJ gibt es nicht, Sir.» Cooper studierte eine Computerliste des gesamten Personals. «Wir haben eine Ann Jeffries, Julia Jones – keine R. Bei den Männernamen haben wir Rubi Andrews, Robin Hove, Richard Stevens …»

«Das könnte er sein. Möglicherweise war es ein S. Haben Sie ihn schon gesprochen?»

«Nein. Gönnen Sie uns eine Pause, Sir. Wir sind bei der Kollegiumsliste bei P angelangt und haben schon einige Schüler reingeschoben.»

Richard Stevens war ein Mann um die fünfzig mit hoher Stirn und feinen Zügen in einem großen, runden Gesicht. Er wischte sich unablässig Tropfen von der Nase und schien sich in Gegenwart der Polizisten nicht wohl zu fühlen. Er konnte ihren Wissensstand nicht wesentlich erweitern, bis Fenwick ihn nach der Gesprächsnotiz fragte.

«Ja, ich erinnere mich. Es ging um Octavia Anderson, unsere berühmteste ehemalige Schülerin. Ich habe sie unterrichtet, wissen Sie – habe sie beide unterrichtet, auch wenn keine sich der Physik zugewandt hat.»

«Beide?», wollte Fenwick wissen.

«Ja, ja, Katherine Johnstone war auch eine ehemalige Schülerin. Sie und Octavia waren im selben Jahrgang. Darum hat Octavia dem Auftritt zugestimmt. Sonst wäre sie niemals bereit gewesen, bei unserem kleinen Konzert mitzuwirken. Aber die Schule war ein wichtiges Trittbrett für sie, und glücklicherweise liegt unser Termin in einer Zeit, da sie im Lande sein wird.»

«Erklären Sie mir das noch einmal, Sir. Sie sagen, Katherine Johnstone und Octavia Anderson gingen beide hier zur Schule – wann war das?»

«Vor rund zwanzig Jahren. Die Unterlagen müssten im Sekretariat sein.»

«Und Octavia Anderson. Gehe ich recht in der Annahme, dass es sich um *die* Octavia Anderson handelt, die Sopranistin?»

«Genau. Die Krönung unserer Schule. Natürlich haben wir einige anerkannte Musiker hervorgebracht, aber mit Octavia kann keiner konkurrieren. Sie hat eingewilligt, als Sopranistin bei unserer jährlichen Aufführung im September mitzuwirken. Wir haben sie ziemlich kurzfristig gefragt, und trotzdem war sie bereit dazu. Katherine hat sie gefragt, und die Nachricht, die ich entgegengenommen habe, war die Zusage. Sie sagte, sie würde noch einen Brief schreiben und den Termin schriftlich bestätigen, wollte aber, dass wir schon einmal Bescheid wüssten.»

Die Sekretärin erwies sich als höchst kompetent. Sie entschuldigte sich dafür, dass die Unterlagen noch handschriftlich waren, konnte Fenwick aber umgehend sämtliche Einzelheiten und Daten besorgen.

«Kate kam 1975 zu uns, mit elf, und ging mit achtzehn ab. Diesen Unterlagen zufolge kam Octavia Anderson drei Jahre später. Sie war sehr begabt, daher konnte sie ein Schuljahr überspringen und kam in Kates Klasse. Später erhielt sie ein Musikstipendium. Zu uns kam sie, als einer Lehrerin ihr musikalisches Talent auffiel – eine anständige Einstellung übrigens, einer guten Schülerin bei einer anderen Schule eine Chance zu geben.»

«Könnten Sie mir Klassenlisten aus den Jahren besorgen, in denen Miss Johnstone hier war?»

Die Sekretärin lächelte zaghaft angesichts der Herausforderung; sie nutzte jede Möglichkeit, ihre Tüchtigkeit unter Beweis zu stellen. «Ich bringe sie Ihnen heute Abend, Inspector.»

«Wozu brauchen Sie die Listen, Sir?» Cooper und Fenwick gingen den langen Flur entlang, der das alte mit dem neuen Schulgebäude verband.

«Um ehrlich zu sein, ich weiß es nicht. Vielleicht Instinkt. Vielleicht gehen mir heute auch nur die Ideen aus. Seien wir ehrlich, bis jetzt haben wir nichts gefunden, was auf ein Motiv hindeutet. Es könnte sich um einen durchgedrehten verschmähten Liebhaber handeln – ich muss die Musiklehrerin danach fragen, wenn ich sie verhöre –, aber wir haben in ihrem Haus keinerlei Hinweise auf ein Doppelleben gefunden. Es könnte eine Zufallstat sein, wie Sie letzte Nacht angedeutet haben, aber das glaube ich nicht. Es war eindeutig Vorsatz im Spiel – keine Fingerabdrücke, keine Spuren, was auf Handschuhe und Schutzkleidung hindeutet, und das alles spricht für sorgfältige Planung. Daher suche ich nach einem Motiv, und wenn ich in der Gegenwart keines finden kann, gehe ich so weit wie nötig in die Vergangenheit zurück. Sehen wir den Tatsachen ins Auge, das einzig Ungewöhnliche an ihr ist bis jetzt, dass sie mit einem Opernstar zur Schule ging und jüngst wegen der Schulaufführung wieder Kontakt zu dieser Frau hatte. Wissen Sie übrigens, was es ist?»

«Keine Ahnung, Sir, aber ich kann es herausfinden.»

Sie schritten an einer langen Reihe von Klassenfotos entlang, die chronologisch aufgehängt waren. Plötzlich blieb Cooper stehen und zeigte auf eines.

«Sehen Sie, das ist ein Jahr, in dem Anderson und Johnstone zusammen auf einem Bild sein müssten.» Er betrachtete die Gesichter – ernst, lächelnd, die unvermeidliche herausgestreckte Zunge in der Reihe der Junioren, die im Schneidersitz vorn saßen. «Aber ich kann sie nicht finden.»

«Ich auch nicht. Ich bezweifle, dass wir sie erkennen würden. Aber dieses Gesicht kenne ich von irgendwoher – mir fällt nur nicht ein, von wo.» Fenwick zeigte auf einen hübschen Blondschopf in der dritten Reihe. So winzig ihr Gesicht auf dem Foto auch war, mit ihrem verhaltenen, einladenden Lächeln und der kecken Miene zog sie die Blicke auf sich.

«Ich wette, die hat einige Herzen gebrochen», sagte Cooper. «Was für eine Schönheit. Aber was soll's, heute wird sie verheiratet sein und ein paar Kinder haben.»

«Ja, aber wieso glaube ich, dass ich sie kenne? Das macht mich rasend.»

«Denken Sie einfach nicht mehr daran, vielleicht fällt es Ihnen dann ein.»

Fenwick hatte gerade noch Zeit, dem Haus von Katherine Johnstone einen Besuch abzustatten. Als er eintrat, fiel ihm als Erstes auf, dass die Post von der Fußmatte genommen und fein säuberlich auf den Beistelltisch gelegt worden war. Er verfluchte die Person, die das getan hatte, nahm die Briefe auf und blätterte sie durch.

Eine verschmutzte Gasrechnung, eine Postkarte von Kates Eltern mit vom Regen verwaschener Schrift, die vier Tage unterwegs gewesen war, ein Sonderangebot von einem Mode-Versandhaus und ein persönlicher Brief mit Londoner Poststempel vom Mittwoch. Er sah, dass der Umschlag aufgerissen war und der Inhalt fehlte. Offenbar hatte sie den interessanten Brief mitgenommen und die anderen für später liegen lassen.

Er betrat den Salon, der bereits einen ausgestorbenen Eindruck machte. Das war Fenwick schon manchmal in Häusern von Toten oder Hinterbliebenen aufgefallen. Es herrschte ein übermächtiges Gefühl des Verlustes vor; die Räume fühlten sich nicht nur leer, sondern ausgehöhlt an. Niemand, der dieses Zimmer betrat, konnte mit einer Stimme aus der Küche rechnen, mit Schritten auf der Treppe oder einer ächzenden Diele oben.

Er war nicht sicher, was er überhaupt wollte. Ein weiterer Sergeant und Constable Nightingale hatten bereits gründlich gesucht. Es war bekannt, dass er seinen Ahnungen grundsätzlich folgte – und sie durch gründliche und penible Polizeiarbeit untermauerte. Ratespiele rochen nach einer göttlichen Vorsehung, an die er einfach nicht glaubte. Allerdings glaubte er, dass sein Unterbewusstsein scheinbar willkürlich Informationen registrierte und Hypothesen daraus bastelte, die ihm spontan in den Sinn kamen. Bis jetzt hatte er sich noch nie geirrt, nicht grundlegend, was eine Erklärung für seine ausgezeichnete Aufklärungsrate sein mochte. Die verschaffte ihm mehr Freiraum, als seine Kollegen hatten, und ermöglichte ihm kostenintensive Arbeit. Er musste jedes Mal darum kämpfen, aber irgendwie fand der Superintendent immer ein paar zusätzliche Männer; politisch zahlte es sich ohne Frage aus, einen Gewinner zu unterstützen.

In diesem Fall fehlte es Fenwick nicht an Ressourcen – seine Inspiration ließ ihn im Stich. Nach achtzehn Stunden wurde der Fall bereits kalt; dabei war er am Abend noch sicher gewesen, dass sie dem Mörder nahe, sehr nahe waren. Die aufwendigen Verhöre in den umliegenden Häusern – die binnen vierundzwanzig Stunden erledigt sein sollten – verursachten immense Kosten, die er mit der Gewissheit rechtfertigte, dass es irgendwo jemanden geben musste, der den Mann gesehen hatte.

In der Küche vergewisserte er sich instinktiv, dass der lehmige Fußabdruck noch da war. Dann schlenderte er weiter, und als ein Sonnenstrahl durch die Wolken brach, trat er an ein Fenster und warf zum ersten Mal einen Blick in den wunderbaren Garten.

Seine Frau war eine begeisterte Hobbygärtnerin gewesen, und jetzt wurde er, wenn er nach Hause kam, von verwahrlosten Rabatten und unkrautübersäten Wegen empfangen. Zerknirscht hatte er angefangen, zu jäten und aufzuräumen. Sicher, die Kinder störte das Unkraut nicht. Bess spielte überall unbekümmert, Chris spielte überhaupt nicht mehr. Als er an seinen Sohn dachte, wurde ihm schwer ums Herz.

Monique hätte diesen Garten geliebt, und Katherine Johnstone hatte es offensichtlich auch getan. Einem Impuls folgend ging er nach draußen und setzte sich auf die Bank an der Südwand. Der Duft von wildem Thymian und Lavendel zog vorüber, und er ahnte, dass dies ihr Lieblingsplatz gewesen war.

Eine Bewegung an seinem Bein erschreckte ihn. Er beugte sich vor und sah in die misstrauischen Augen eines alten ingwerfarbenen Katers, der ihn mit dem unfehlbaren Spürsinn aller Katzen sofort als Katzenhasser und damit als jemanden, der besondere Aufmerksamkeit verdiente, identifiziert hatte. Er streckte die Hand aus, um die Katze wegzuschubsen, und wurde mit einem blitzschnellen Hieb bestraft. Fluchend saugte er die winzigen Blutstropfen von seinen Fingern, und plötzlich wusste er, wie das Blut des Mörders auf den Teppich gekommen war. Das Gummi musste von seinem Handschuh stammen. Es gab *doch* noch etwas zu entdecken hier, er hatte nur zu sehr nach dem Offensichtlichen Ausschau gehalten. Entschlossen kehrte er ins Haus zurück und beschloss, sich noch einmal vollkommen unvoreingenommen umzuschauen.

Gegen Mittag gab er auf, er musste in die Schule zurück. Ihm war kein weiterer Einfall mehr gekommen. In der Diele erkannte er endlich die Botschaft, die schon seit seiner Ankunft hier wartete. Wo war der Brief, den sie, wie er vermutete, aufgemacht hatte, bevor sie zur Arbeit gegangen war? Als sie starb, hatte sie ihn nicht bei sich gehabt. Sie hätte ihn in der Schule lassen können, aber war das wahrscheinlich?

Je länger er darüber nachdachte, desto klarer wurde ihm, was das möglicherweise zu bedeuten hatte; die Fotos der Spurensicherung hatten gezeigt, dass die Post anscheinend unberührt auf der Fußmatte gelegen hatte (er musste sich die Bilder noch einmal daraufhin ansehen, ob der leere Umschlag dabei war). Wenn die Post erst zugestellt wurde, nachdem sie zur Schule gegangen war, und sie mittags nicht nach Hause gegangen war (unwahrscheinlich, wenn man das gestrige Wetter bedachte), konnte das nur bedeuten, dass jemand anders, wahrscheinlich der Mörder, den Brief mitgenommen hatte. *Wenn* er ihn mitgenommen hatte, inwiefern hatte er ihm eine Bedeutung beigemessen? Der Umschlag fiel auf, die Handschrift schwarz, schwungvoll. Der Poststempel stammte aus London, eine schmutzig braune Schliere verlief über die gesamte Vorderseite. Auf der Rückseite stand nichts, und dennoch hatte etwas den Mörder veranlasst, sich nach dem Umschlag zu bücken und den Inhalt mitzunehmen. Vielleicht stammte er von ihm selbst oder von jemandem, der ihn identifizieren konnte. Das konnte der Hebel sein, den sie brauchten.

Als Erstes musste er mit hinreichender Wahrscheinlichkeit bestätigen, dass der Mörder den Brief tatsächlich mitgenommen hatte, danach konnte er versuchen herauszufinden, wer ihn geschrieben hatte. Er verstaute den Umschlag in einem Probenbeutel und ging.

In dem Moment, als Fenwick den Einsatzraum betrat, wusste er, dass etwas passiert war. Die Aufregung war förmlich mit Händen zu greifen.

«Also los, raus damit, und bitte nur das Wesentliche, über die Einzelheiten kann ich mich später informieren.» Die junge Detective

Constable sah Cooper an, und als er nickte, stand sie auf, um Meldung zu machen. Nervosität und Freude über das Erreichte wetteiferten in ihrem Gesicht.

«Ja, Sir. Heute Morgen um zehn Uhr fünf habe ich eine Miss Sandy Jones verhört, Verkäuferin im Handi-Shopper ...»

«Das wo liegt?»

«An der Kreuzung Copse Lane und Farm View, Sir. Miss Jones hat ausgesagt, dass Miss Johnstone Stammkundin ist, äh war, und ab und zu auf dem Heimweg vorbeikam. Am fraglichen Abend ...»

«Ich bin kein Richter, Constable, kommen Sie zur Sache.»

Unnötig grob, fand Cooper, der mit wachsendem Interesse zuhörte. Er ist ungeduldig, was bedeutet, dass er selbst auf etwas gestoßen ist.

«Gestern Abend ging Jones davon aus, dass Johnstone vorbeigekommen und Katzenfutter abholen würde. Je später es wurde, desto mehr Sorgen machte sie sich. Sie schaute immer wieder zum Fenster hinaus. Wegen des Wetters waren kaum Leute unterwegs. Gegen sechs – genauer kann sie es nicht sagen – sah sie einen Radfahrer auf der Copse Lane nach Westen fahren. Sie glaubt, das war der Mann; er trug einen hellgelben Regenmantel mit Kapuze – wegen der Farbe ist er ihr aufgefallen. Die Bewohner von Hedgefield Nummer 20 erinnern sich auch an einen Mann im gelben Regenmantel, der mehrmals auf einem Fahrrad vorbeifuhr. Sie sagen, es hätte ausgesehen, als wäre er auf der Suche nach einer bestimmten Hausnummer. Wenn sie denselben Mann gesehen haben wie Jones, ist er bis jetzt die einzige Person, die auf dem Weg zur Schule mehr als einmal aufgetaucht ist.»

«Gute Arbeit, Constable. Und Sie können einen Dritten hinzufügen, der ihn gesehen hat.» Fenwick blickte zerknirscht in die Runde. «Ich selbst habe auf dem Elm Drive einen Radfahrer im gelben Regenmantel gesehen, als ich zu dem Haus unterwegs war. Wir müssen herausfinden, wohin der Mann wollte. Wenn wir Glück haben, ist es jemand aus der Gegend. Fällt noch jemandem etwas ein?»

Die Constable, die zur Bestform auflief, machte einen Vorschlag. «Zwei Dinge, Sir: eine Rekonstruktion zur selben Zeit heute Abend und die Weitergabe der Information an die Presse und den lokalen Rundfunk – das kann nicht schaden.»

Fenwick dachte einen Moment nach.

«Einverstanden. Cooper, kümmern Sie sich darum und kommen Sie dann zu mir ins Lehrerzimmer.»

Eine halbe Stunde später stieß Cooper zu Fenwick, der sorgfältig Katherine Johnstones Ablage im Lehrerzimmer durchging.

«Wonach suchen Sie?»

«Nach einem Brief, Cooper. Einem Brief neueren Datums an Johnstone, ohne Umschlag.» Er erzählte von seiner Entdeckung und der Schlussfolgerung, die er daraus gezogen hatte.

«Ziemlich weit hergeholt, finden Sie nicht? Zugegeben – wenn Sie Recht haben, lohnt es sich, die Sache zu verfolgen, aber warum sollte ein Brief so wichtig sein? Und woher sollen wir wissen, dass er nicht längst weggeworfen worden ist?»

«Angenommen, der Mörder hat ihn geöffnet – warum? Ich glaube, der Brief stammte nicht vom Mörder selbst, sondern von jemandem, den er kannte – so gut kannte, dass er die Handschrift identifizieren konnte. Es sieht so aus, als hätte er sich mehr für den Inhalt interessiert als dafür, unentdeckt zu bleiben, und darum ist es wichtig, dass wir herausfinden, wer den Brief geschrieben hat und was darin stand.»

«Kann ich den Umschlag mal sehen?»

Fenwick gab ihm eine Fotokopie des Originals, das sich bereits auf dem Weg zur forensischen Abteilung befand.

«Hier kann man nicht viel erkennen – wie sah das Original aus?»

«Teuer, hochwertiges Papier. Merkwürdige Handschrift, fand ich. Als hätte jemand lange, lange geübt; oder es ist die Schönschrift von jemandem, nicht die normale Handschrift.»

«Das ist mit einem Federhalter geschrieben. Meine Tochter hat auch so einen, für Karten und Einladungen und so weiter. Noch etwas in dem Haus?»

«Ich habe nichts weiter gefunden, und die anderen Sachen sind noch nicht aus dem Labor zurück. Finden Sie den Briefträger, Cooper, und fragen Sie ihn, wann er gestern die Post zugestellt hat.»

16

Um achtzehn Uhr meldeten sich Fenwick und Cooper beim Superintendent im Revier. Der Mord an einer Lehrerin war eine diffizile Angelegenheit, die für Schlagzeilen sorgte; der Assistant Chief Constable hatte den Superintendent bereits vom Präsidium aus angerufen und für den nächsten Morgen einen schriftlichen Bericht verlangt. Superintendent Beckitt hatte beschlossen, dass seine Leute ermitteln sollten, statt Papierkram zu erledigen, daher hatte er die Zusammenfassung bereits weitgehend selbst geschrieben. Er brauchte Fenwick nur, damit er Einzelheiten ergänzte und das verdammte Ding unterschrieb, ohne eine wortklauberische Debatte vom Zaun zu brechen. Er kannte Fenwick und wusste, seine Chancen standen besser, wenn Cooper dabei war. Vor niederen Dienstgraden würde der Mann niemals durchblicken lassen, dass er dem Assistant Chief Constable nicht den geringsten Respekt entgegenbrachte.

«Das ist Quatsch, Sir. Der Fall ist erst vierundzwanzig Stunden alt, und der Idiot will schon, dass wir die Griffel schwingen. Typisch.»

«Das reicht, Fenwick. Es wird Sie so gut wie keine Zeit kosten, und eine schnelle Antwort wird sich auszahlen, wenn Sie mich zu ihm schicken, damit ich um zusätzliche Mittel bettele.»

«Bei allem Respekt, Sir …»

«Ich sagte, es reicht, Chief Inspector. Lassen Sie es gut sein.»

Fenwick begriff die Warnung, worauf Cooper sich ein wenig entspannte. Man wollte keine Energie für den Kampf gegen das Unvermeidliche vergeuden. Der Bericht war ohnehin deprimierend kurz. Bis jetzt hatten sie keine Ahnung, wer Katherine Johnstone ermordet und ihr Haus durchsucht hatte. Aufgrund der Schuhgröße und der vagen Zeugenaussagen gingen sie davon aus, dass der Mörder ein großer Mann war, sportlich genug, um den Tatort schnell mit dem Rad zu verlassen, und schlau genug, um schnellstens unterzutauchen. Aber vielleicht hatte er auch nur Glück gehabt.

«Schade, dass Sie ihn nicht in dem Haus ertappt haben.»

«Ja, Sir, aber wir haben die Sirenen rechtzeitig abgeschaltet; er konnte uns nicht hören. Es war einfach Pech. Fünfundzwanzig Minuten nachdem das Verbrechen gemeldet wurde, waren wir da.»

«Warum so defensiv? Ich habe Ihnen keinen Vorwurf gemacht.»

Aber der Superintendent wusste genau warum, und nun wusste auch Fenwick, dass die Tatsache, dass sie den Eindringling so knapp verfehlt hatten, in ein möglichst positives Licht gerückt werden musste.

«Können wir sicher sein, dass die Person in dem Haus der Mörder war und nicht einfach ein Dieb, der die Gelegenheit beim Schopf gepackt und ihre Schlüssel an sich genommen hat?»

«Mit letzter Sicherheit wissen wir es nicht, weil wir den Laborbericht über die Proben aus ihrem Haus noch nicht haben, aber es ist sehr wahrscheinlich. Wir haben Fahrradspuren von der Schule, die mit denen in ihrem Haus übereinstimmen, derselbe Radfahrer wurde mehrmals auf der Strecke gesehen, und es gibt an beiden Tatorten Schuhabdrücke, die ungefähr dieselbe Größe haben. Morgen früh, wenn uns die nächsten Berichte vorliegen, werden wir mehr wissen.»

«Bekommen Sie von der forensischen Abteilung alles, was Sie brauchen?»

«Sie tun ihr Bestes, aber offenbar ist die Hälfte der Leute nicht da. Wir haben Priorität, es fehlt ihnen nur an den Mitteln.»

«Steht noch viel aus?»

«Der Bericht über ihr Haus, über das Messer – Pendlebury hat uns da einen Hinweis gegeben –, die detaillierte Analyse der Fingerabdrücke. Die Spurensuche hat gute Arbeit geleistet und die Abdrücke trotz des Regens erhalten können. Dann haben wir Haare im Haus gefunden – dazu müssen wir herausfinden, wer sich in jüngster Zeit im Haus aufgehalten hat; die Reifenspuren, wie gesagt. Noch etwas, Cooper?»

«Der Umschlag, Sir.»

«Der Umschlag?»

Fenwick musste die Sache mit dem Umschlag erklären. Als er fertig war, sah der Superintendent nicht wesentlich glücklicher aus.

«Also kein Motiv, keine Verdächtigen, keine Theorie, nichts.»

«Keine Verdächtigen, nein, und von einer Theorie zu sprechen wäre schwer übertrieben, aber ich habe ein paar Ansätze.» Fenwick zögerte.

«Nun, dann fahren Sie fort. Behalten Sie nichts für sich!»

«Aber nicht für den Bericht, in Ordnung, Sir? Noch nicht.»

«Schon gut, schon gut.»

«Da hat sich jemand große Mühe gegeben, damit es wie ein zufälliger Mord aussieht, aber ich glaube nicht, dass es einer war.»

«Warum nicht?»

«Zunächst einmal wegen der Spritze. Keine Spur von Drogen daran – und wie viele Süchtige kennen Sie, die saubere Nadeln benutzen, geschweige denn dumm genug sind, sie zu verlieren? Dann der Mord selbst. Pendlebury beschreibt die tödliche Wunde als präzise, fast professionell beigebracht, und was nach der Tötung noch angerichtet wurde, beschränkt sich auf die Kleidung. Keinerlei Blutrausch.»

«Die Fotos haben mir aber verdammt nach Blutrausch ausgesehen.»

«Das verstehe ich, Sir. Bei einer derartigen Tat ist der Blutverlust spektakulär, aber die Schweinerei kommt einzig und allein daher, dass das Blut mit solchem Druck aus dem Körper spritzt. Und das wäre der nächste Punkt, über den wir mehr wissen werden, sobald ich die Laborberichte habe. Sehen Sie, Pendlebury meint, dass sie festgehalten wurde, während sie starb. Das würden nicht viele Menschen machen, wenn sie jemandem die Kehle durchgeschnitten haben.»

«Also haben wir es mit einem zu tun, der wusste, was er tat. Der so was möglicherweise schon einmal getan hat. Übereinstimmungen mit HOLMES?» Er meinte den Home Office Computer, in dem die Daten aller bedeutenden Ermittlungen gespeichert waren.

«Gar keine.»

«Hm. Was ist mit Freund oder Familie?»

«Keine Spur von Ersterem, und die nächsten Angehörigen scheinen ausnahmslos Alibis zu haben. Wir überprüfen das gerade. Ihr Vater kommt morgen her, um sie zu identifizieren.»

Es herrschte Stille. Sie alle hatten Töchter und konnten für einen Moment an nichts anderes denken als an das Grauen, das dem Mann bevorstand.

«Sonst nichts?», sagte der Superintendent schließlich brüsk. Fenwick und Cooper schüttelten den Kopf. «Wir müssen diesen Dreckskerl schnappen, Fenwick.»

17

«Andrew, mir ist ganz egal, an welchem Fall du arbeitest, du musst am Montag mit zu dem Spezialisten kommen. Er ist dein Sohn, um Himmels willen!»

Fenwick hatte keine Ruhe gehabt, seit er nach dem Gespräch mit dem Superintendent spät und niedergeschlagen nach Hause gekommen war. Der Fall zerrann ihm unter den Fingern. Seine Mutter hatte auf ihn gewartet. Sie war so lange geduldig, bis sie sich etwas in den Kopf gesetzt hatte, dann wurde sie hartnäckig. Und wegen des Termins bei einem Spezialisten löcherte sie ihn schon die ganze Zeit. Im Lauf der letzten sechs Wochen war Christopher immer introvertierter geworden – er hatte nur noch knappe Sätze von sich gegeben, aus denen ein einsilbiges Grunzen geworden war, bis er sich schließlich in ein Schweigen geflüchtet hatte, das keiner von ihnen mehr zu durchdringen vermochte.

Fenwick wollte ihn umarmen und den schrecklichen Schmerz lindern, den er in den Augen des Jungen sah, aber wenn er es versuchte, versteifte sich sein Sohn. Und gestern hatte Chris, als er ihn in die Arme nahm, geschrien wie am Spieß.

«Am Montag ist es schwierig. Ich ermittle in einem Mordfall!»

«Als könnte ich das vergessen. Aber diesmal gebe ich nicht auf. Er braucht dich. Niemand kann an deiner Stelle mit ihm gehen.»

Plötzlich war es zu viel für Fenwick, seine Fleischpastete zu kauen und zu schlucken, also schob er den halb vollen Teller weg. Wenn er noch länger auf die Laborberichte warten musste, wurde die Sache umso komplizierter. Es fehlte ihm an Einfällen, denen er nachgehen konnte. Das Verbrechen war so spät geschehen, dass der Drucktermin der Lokalzeitung schon verstrichen gewesen war. Zwar würden die überregionalen Zeitungen über den Mann im gelben Regenmantel berichten, wodurch der Fall hoffentlich wieder ins öffentliche Bewusstsein gerückt wurde, doch von der Berichterstattung über die Rekonstruktion durch die Lokalpresse versprach er sich mehr. Allerdings würde bis dahin noch eine Woche vergehen.

«Ich werde morgen ein paar Stunden mit den Kindern verbringen, bevor ich zum Dienst gehe; ich kann mir nicht den ganzen Tag freinehmen, der Laborbericht steht ins Haus.»

«Und Montag?»

«Wir werden sehen.»

«Das *reicht* nicht, Andrew.» Seine Mutter schlug mit der flachen Hand auf den Tisch, dass das Geschirr klirrte und Fenwick unter unliebsamen Erinnerungen zusammenzuckte. «Dir ist einfach nicht klar, was in den vergangenen Wochen hier los war. Er ist sehr krank.» Sie senkte die Stimme. «Es geht ihm wirklich sehr, sehr schlecht, Andrew. Und er braucht deine Hilfe. Ich übertreibe nicht. Ich weiß, wie wichtig dieser Fall für dich ist, besonders wegen Monique. Ich bin nicht dumm. Ich weiß, du musst dich wieder in die Arbeit stürzen, nicht zuletzt, um deinen Ruf wieder aufzubauen. Ich bitte dich auch nicht leichten Herzens darum.»

Fenwick war bestürzt von so viel Mitgefühl und Verständnis. Seine Mutter war eine verschlossene, hart arbeitende, zähe Schottin. Er wusste, dass sie ihn auf ihre Weise lieb hatte und ganz vernarrt in ihre Enkelkinder war, aber nicht, weil sie je so etwas gesagt hätte. Ihre unerwartete Feinfühligkeit trug Früchte, wo ihr Zorn versagt hatte.

«Also gut. Wann am Montag?»

«Punkt zehn Uhr im Mount Cedar Hospital. Wahrscheinlich musst du vorher kurz zur Arbeit, aber bitte sei pünktlich.»

Fenwick hatte sich angewöhnt, nach seinen Kindern zu sehen, wenn er von der Arbeit kam. Meistens schliefen sie friedlich und bemerkten seine Anwesenheit nicht. Aber er hoffte, dass die Aura seiner Fürsorge irgendwie anhalten würde, bis sie am Morgen aufwachten. Vielleicht konnte das die Einsamkeit lindern, die seine Abwesenheit, wie er sehr genau spürte, in ihr Leben brachte.

Als er behutsam die Tür zu ihrem Zimmer aufmachte, empfing ihn Stille. Seit dem Tag ihrer Geburt musste er gegen die irrationale Angst ankämpfen, dass er sie einmal kalt und leblos vorfinden könnte. Er erstarrte in der Bewegung, horchte angestrengt nach Atemgeräuschen und versuchte zu erkennen, wie sich die Bettdecken hoben und senkten.

Er sprach ein unwillkürliches «Danke» – zu wem, war er sich nicht im Klaren –, als er sicher war, dass beide atmeten und in ihren Daunenkokons schliefen. Bess lag mit ausgestreckten Gliedern in einem unordentlichen Deckennest mit Märchenmotiven, lächelte und schnarchte leise beim Ausatmen. Er strich ihr zärtlich über das Haar und gab ihr einen Kuss auf die Stirn. Auf der anderen Seite hatte sich sein Sohn wie ein Fötus zusammengerollt, nur ein paar Locken waren auf dem weißen Kissen zu sehen. Kein Platz für einen Kuss. Fenwick hielt die Fingerspitze an die Lippen und legte sie einen Moment auf die Decke, dahin, wo er den Kopf des Jungen vermutete. Alles, was er von Herzen liebte, befand sich in diesem Zimmer. Sollte er eines von ihnen verlieren, würde er das nicht verkraften. Sich nach Moniques Krankheit wieder zu fangen war hart gewesen, aber er hatte es schweigsam bewerkstelligt – und allein. Nur das Wissen, dass er sich um die Kinder kümmern musste, hatte ihn durchhalten lassen.

Als er kurz darauf im Bett lag, lief ihm eine Träne aus dem Augenwinkel. Ihr folgte eine weitere und dann noch eine.

Der Laborbericht über die Proben aus Johnstones Haus lag auf Fenwicks Schreibtisch, als dieser am Samstagmorgen gegen zehn in übelster Laune eintraf.

Auf einem Zettel stand mit der Zeitangabe 8.45 zu lesen, dass Sergeant Cooper sich eine Kopie gemacht hatte und damit in die Schule gefahren war. Abgesehen von dem Bericht gab es wenig Neues: Ein paar Leute wollten den Radfahrer gesehen haben, aber entsprechende Nachforschungen hatten zu nichts geführt; in einem großen Umschlag von der Downside School befand sich Katherine Johnstones Personalakte. Er schenkte ihr zunächst keine Beachtung, sondern griff sich den Bericht aus dem Labor, las ihn systematisch und machte sich Notizen zu den Schwarzweißfotos, die er sorgfältig auf dem

Schreibtisch ausbreitete. Von links nach rechts arrangierte er die Bilder von Diele, Wohnzimmer, Küche mit Reifenspuren – Letztere in Großaufnahme –, Treppe, Bad. Sie alle zeigten ordentlich aufgeräumte Zimmer mit dezenten Spuren einer Durchsuchung.

Dann die Fotos von ihrem Schlafzimmer und dem Durcheinander auf dem Boden. Diese legte Fenwick direkt vor sich hin. In dem Bericht fanden sich endlich greifbare Spuren mit detaillierter wissenschaftlicher Auswertung. Als Erstes waren da die beiden dunklen Haare. Der Bericht besagte, dass sie definitiv von einem Menschen, aber nicht vom Opfer stammten, und es lag auch eine erste Analyse vor. Der Querschnitt des Haars war kreisförmig, was bedeutete, dass es vom Kopf stammte; die Farbe war natürlich, keine Tönung. Es war kurz und ohne Spliss, was bedeuten konnte, dass es erst kürzlich geschnitten worden war. Es war glatt, schwarz, mit gleichmäßiger Pigmentverteilung im Kortex, was eine negroide Herkunft weitestgehend ausschloss. An einer Haarwurzel hatten sich Spuren von Follikelgewebe gefunden, die sie auf Blutfaktoren hin untersuchen würden, um einen Vergleich mit dem Blut auf dem Teppich anstellen zu können. Die Neutronenaktivierungsanalyse hatte ebenfalls viel versprechende Ergebnisse erbracht, und sie wollten versuchen, aus der Haarwurzel ein DNS-Profil zu erstellen.

Das konnte nützlich sein, um eine Anklage gegen einen Verdächtigen zu basteln. Fenwicks Problem war allerdings, dass er keinen Verdächtigen hatte. Frustriert wandte er sich dem Bericht über die fragmentarischen Fingerabdrücke zu.

Sie waren so klein, dass weder Größe noch Form des Fingers geschätzt werden konnte, und die Forensiker hatten auch nicht feststellen können, ob sie von der rechten oder der linken Hand stammten. Die gute Nachricht war, dass die Abdrücke ein Delta und den Kern zu enthalten schienen. Sie zeigten einen inneren Terminus und offenbar ein Stück einer Narbe. Aber sie würden auf gar keinen Fall das erforderliche Minimum von sechzehn Übereinstimmungen hergeben, das Fenwick brauchen würde, wenn er sie vor Gericht als Beweismittel verwenden wollte. Immerhin stand fest, dass es keine Übereinstimmung mit den Abdrücken von Katherine Johnstone gab. Es mussten stundenlange penible Vergleiche erforderlich gewesen sein, um auch nur diesen einen Sachverhalt zu klären; Fenwick machte sich im Geiste eine Notiz, dass er im Labor anrufen wollte.

Als Nächstes kam die Blutanalyse. Es fanden sich seitenweise Einzelheiten zu den Blutstropfen auf dem Schlafzimmerteppich, die Fenwicks Begriffsvermögen zumeist weit überstiegen, aber dann stand da: «Daher wäre es, vorbehaltlich der Tatsache, dass eine vollständige DNS-Analyse noch nicht abgeschlossen ist, durchaus möglich, aufgrund der bislang durchgeführten serologischen Tests die Hypothese aufzustellen, dass, wie auf den Seiten 3, 9, 10 und 14 beschrieben, die Spermaproben vom Tatort und das Blut sowie das Follikelgewebe in dem Haus, das unter den auf Seite 1 geschilderten Umständen untersucht wurde, von verschiedenen Individuen stammen.»

Also gab es doch zwei Personen.

Fenwick bekam Herzklopfen. Er las die genannten Seiten noch ein zweites Mal: Nicht einmal auf der untersten Ebene gab es Übereinstimmungen: Der Samen stammte von einem Mann mit Blutgruppe 0, das Blut im Schlafzimmer hatte Gruppe A. Und Cooper hatte eine Kopie mit in die Schule genommen! Herrgott, unter den Ermittlern herrschte vermutlich das Chaos! Er musste so schnell wie möglich hin und sie beruhigen. Doch gerade als er gehen wollte, läutete das Telefon.

«Ja!», schrie er ungeduldig in den Hörer.

«Ist da Detective Chief Inspector Fenwick?» Es war ein junges Mädchen.

«Ja, wer spricht da?»

«Melanie White, Sie haben gesagt, ich soll anrufen, wenn mir noch etwas einfällt. Das ist doch okay, oder?»

Er zwang sich zur Ruhe. «Selbstverständlich. Schieß los!»

«Vielleicht ist es ja nichts weiter, aber …»

«Immer heraus damit, keine Bange.» Er biss sich vor Ungeduld auf die Zunge.

«Okay. Es war am Dienstagabend, als ich ins Pub ging.»

«Das White Lion?»

«Genau. Also, ich habe Miss Johnstone gesehen. Sie hat mich nicht gesehen, weil ich mich versteckt habe; ich wollte nicht, dass sie mich sieht. Sie ging also den Elm Drive runter, und ich glaube – ich kann es nicht genau sagen, bin aber ziemlich sicher –, dass ich einen Mann gesehen habe, der ihr folgte. Er saß auf einer Bank am See an der Ecke gegenüber vom Pub, und kaum war sie an ihm vorbei, stand er auf und ging hinterher.»

«Es war ein Mann? Bist du ganz sicher? Wie hat er ausgesehen?»

«Er war groß, bestimmt über eins achtzig, deshalb war ich sicher, dass es ein Mann war. Er war schlank, sportlich gebaut und hatte dunkles Haar. Mehr habe ich nicht gesehen.»

«Nichts weiter, sein Alter, sein Gesicht, wie er ging – irgendetwas?»

«Nein, wie gesagt, ich habe ihn mir nicht genauer angeschaut. Ich hatte vor allem Sorgen, dass Miss Johnstone sich umdrehen und mich sehen könnte. Also nützt es nichts? Hilft nicht weiter?»

«Doch, es ist hilfreich, sehr hilfreich sogar. Könntest du vorbeikommen und eine Aussage machen? Wir sind immer noch in der Schule, in dem großen Raum neben dem Kunstsaal.»

«Okay.» Sie klang noch recht unentschieden.

«Das könnte wirklich sehr wichtig sein, Melanie. Und noch etwas: Danke, dass du dich erinnert und angerufen hast! Viele hätten das nicht getan.»

Auf dem Weg zur Schule dachte Fenwick darüber nach, was das forensische Gutachten zu bedeuten hatte. Waren der Mörder und der Eindringling zwei verschiedene Männer? Hatten sie zusammengearbeitet? War einer in der Schule gewesen, während der andere vor ihrem Haus auf den Schlüssel wartete? Aber es war nur ein Mann auf einem Fahrrad gesehen worden. Es konnte sich auch um den Versuch handeln, sie noch mehr zu verwirren. Nach Melanie Whites Anruf sah es mit ziemlicher Sicherheit danach aus, als wäre der Mord vorsätzlich ausgeführt und sehr gründlich geplant worden. Aber wie war der Täter an das Sperma eines anderen Mannes herangekommen? War er homosexuell? Waren beide im Musiktrakt gewesen – einer erregt, der blieb, um zu tun, was getan werden musste, während der andere zum Haus fuhr? Was bedeutete, der andere konnte ein Mann oder eine Frau sein. Sie hatten keine Ahnung, wie er oder sie aussah. In seiner Hast, zum Einsatzraum zu kommen, hatte er das Gutachten nicht zu Ende gelesen. Stimmte überhaupt die Größe der Fußspuren überein?

Cooper saß allein im Einsatzraum und las denselben Bericht, der Fenwick so viel Kopfzerbrechen bereitete.

«Wo sind die anderen?»

«Hausbesuche, Vernehmungen, Befragungen in den hiesigen Fahrradläden, was immer Sie wollen, sie sind gerade dabei.»

«Und was ist, wenn sich hier etwas ergibt?»

«Nightingale und Taylor werden bald wieder hier sein.»

Fenwick war im Grunde froh, dass er ungestört mit Cooper sprechen konnte.

«Was haben Sie ihnen über den Bericht erzählt?»

«Nicht viel. Ich habe betont, dass es nach einer vorsätzlichen Tat aussieht, sorgfältig geplant – möglicherweise das Werk von zwei Leuten. Sie fragen noch einmal in den Häusern in Hedgefield nach, für alle Fälle, und sie bitten alle, die sie befragen, um eine Auflistung der Leute, die im Haus der Lehrerin verkehrten, damit wir Haarproben sammeln und ihre Besucher als Täter ausschließen können. Die Möglichkeit, dass es sich um ein Duo handelt, hat ihnen einen Dämpfer verpasst, aber in Panik sind sie nicht geraten. Ich habe es heruntergespielt.»

«Gut gemacht. Dranbleiben. Ich muss im Labor anrufen, möchte aber sicher sein, dass nicht noch mehr Überraschungen in dem Gutachten enthalten sind.»

«Ich habe keine gefunden. Die Schuhabdrücke sind verschieden, der Abdruck vom Haus ist eine halbe Nummer kleiner als der von der Schule. Anderes Muster. Sie versuchen, Marke und Fabrikat zu identifizieren. Ich habe vorgeschlagen, dass sie nach Überschuhen suchen sollen, die zu den Abdrücken vor dem Schulgebäude passen. Alles andere scheint weitgehend Standard zu sein.»

«Dann rufe ich jetzt an.»

Die Moral im Ermittlungsteam erreichte früh einen Tiefpunkt. Die Reaktionen auf die Artikel in der überregionalen Presse waren in jeder Hinsicht dürftig ausgefallen, die Verhöre in den umliegenden Häusern hatten auch nichts mehr ergeben. Fenwick schickte die niedergeschlagenen Leute am frühen Abend nach Hause und wollte selbst gerade gehen, als das Telefon läutete.

«Ja?»

«Hier spricht Octavia Anderson. Könnte ich bitte mit Detective Chief Inspector Fenwick sprechen?» Eine melodische Frauenstimme.

«Am Apparat, Miss Anderson.»

«Sie haben gestern bei mir angerufen und eine Nachricht hinterlassen. Wie kann ich Ihnen helfen?»

«Danke für den prompten Rückruf. Ich fürchte, ich habe eine schlechte Nachricht für Sie. Waren Sie eine Freundin von Katherine Johnstone?»

«Kate? Ja, das bin ich. Was ist mit ihr?» Sie klang beunruhigt, aber nicht über die Maßen besorgt.

«Miss Anderson, es tut mir sehr Leid, Ihnen das sagen zu müssen, aber sie ist tot. Sie starb am Donnerstag.»

Schweigen am anderen Ende der Leitung.

«Miss Anderson, sind Sie noch da?»

«Ja … ich bin da. Erzählen Sie mir, was passiert ist. Wenn ein so hochrangiger Polizeibeamter im Spiel ist, muss es etwas Ernstes sein.»

«Ich fürchte, sie starb unter mysteriösen Umständen, und es ist sehr wahrscheinlich, dass sie ermordet wurde. Wir wissen noch nicht, von wem und warum, deshalb sind wir im Augenblick darauf aus, mit allen zu sprechen, die sie gekannt haben – Sie eingeschlossen.»

Es stellte sich heraus, dass Octavia Anderson nur zwei Tage im Lande war, ehe sie zu ihrer nächsten Tournee aufbrach. Sie machte einen betroffenen, aber beherrschten Eindruck und war bereit, der Polizei in jeder erdenklichen Weise zu helfen. Eingedenk seines Termins bei dem Spezialisten am Montagvormittag verabredete Fenwick sich für Sonntag mit ihr. Er bot sich an, sie in ihrem Haus in London aufzusuchen. Als er den Hörer auflegte, versagte seine berühmte Intuition. Kein Kribbeln, keine Aufregung ließ ihn ahnen, wie wichtig dieses Treffen sein würde.

18

Er war wütend. Außer sich. Es gab keine Entschuldigung für die Fehler, die er gemacht hatte. Es wäre in jedem Stadium denkbar gewesen, dass es ihm nicht gelang, seine Mission zu vollenden, oder, schlimmer, dass er der Polizei in die Hände lief.

In dem gemieteten Haus im Süden von London rekapitulierte der Mörder die Tat noch einmal Schritt für Schritt. Die Kratzer an den Händen und im Gesicht würden heilen; die Blutergüsse an seinen Schenkeln und dem Unterleib, wo sie ihn mit dem Schirm und ihren festen Wanderschuhen getroffen hatte, waren bereits zu einer gelben Färbung verblasst, taten aber immer noch weh. Sie hatte seine Selbstsicherheit ins Wanken gebracht und die Überzeugung erschüttert, dass alles, was er sich vornahm, planmäßig verlaufen würde.

Im Geiste hatte er eine Bestandsaufnahme seiner Fehler gemacht. Es war ihm nicht gelungen, sie gleich im ersten Anlauf zu töten; er hatte auf sein Messer zurückgreifen müssen, dabei hatte er jede Spur einer Waffe vermeiden wollen; er hatte die Tür nicht abgeschlossen – das war eine unverzeihliche Achtlosigkeit; er hatte die Gefahr, die von der Katze ausging, nicht erkannt; er hatte sich zu lange in dem Haus aufgehalten und war der Polizei nur um Minuten entkommen.

Dafür gab es einen entscheidenden Grund. Er verlor den Kontakt. Es war Monate her, dass er die Einheit verlassen hatte. Erst hatte er nach Australien fliegen und Räumung und Verkauf des Anwesens organisieren müssen, dann war er wohlhabender, aber mit wenigen materiellen Habseligkeiten nach England zurückgekehrt. In dieser Zeit hatte der Drill nachgelassen. Ein paar wichtige Gewohnheiten hielten sich, und seine Instinkte waren nach wie vor messerscharf, aber seine

Reflexe hatten sich um einen Sekundenbruchteil verlangsamt, sein Urteilsvermögen ließ nach, Unsicherheit schlich sich ein.

Im Idealfall sollte er sich strenge Selbstdisziplin auferlegen und durchhalten, aber dazu fehlte die Zeit. In dem Brief aus Johnstones Haus hatte er die Bestätigung gefunden, dass ihm nur drei Monate blieben, um seine Arbeit zu vollenden – sonst entging ihm die Möglichkeit, den allerwichtigsten Mord zu begehen.

Er blätterte in dem Tagebuch über fünf Jahre. Die Seiten waren wieder ordentlich sortiert, nur eine fehlte. Er war sicher gewesen, dass er in ihrem Haus die Bestätigung finden würde, und er hatte sich nicht geirrt. Aus dem seitenlangen pubertären Geschwafel waren mit einem Mal gequälte, schuldbewusste Ergüsse geworden, die sich über Monate erstreckten. Und in Johnstones kläglichen Selbstvorwürfen fand er alle Beweise, die er brauchte, um sein Urteil und die Strafen zu rechtfertigen, die er verhängt hatte. Nun wusste er die Namen sicher: Zwei waren erledigt, zwei weitere blieben.

19

Fenwick kam rechtzeitig zu seiner Verabredung mit Octavia Anderson; der Zug war zur Abwechslung einmal pünktlich in die Victoria Station eingefahren. Sie besaß ein kleines Haus in einer Nebenstraße der Ebury Street, nicht weit vom Bahnhof entfernt. Es war weiß gestrichen, mit schwarzen Geländern und farblich abgesetzten Fensterrahmen, wie alle anderen Häuser der Anlage auch.

Er musste einen Moment auf den edwardianischen Fliesen am oberen Ende der weiß gestrichenen Treppe warten, bis ein Hausmädchen außer Atem die Tür aufmachte.

«Entschuldigen Sie!» Sie verbeugte sich. Sie hatte eine pfirsichfarbene Haut und dunkle Mandelaugen. «Madame ist gleich so weit. Bitte kommen Sie herein.»

Er wurde in ein kleines, elegantes Wohnzimmer geführt, nicht in den großen Salon, den er nach dem Äußeren des Hauses erwartet hatte.

«Kaffee, Tee, etwas Kaltes?»

«Kaffee, bitte, schwarz, mit Zucker.»

Das Mädchen verbeugte sich erneut und entfernte sich.

Es roch nach Jasmin, und Fenwicks neugieriger Blick fiel auf eine Topfpflanze, die im Sonnenlicht auf einem Intarsientisch vor dem Fenster stand. Der Raum lag nach vorn, zur Straße hin. Die Wände waren in einem sanften Korallenrot gestrichen und mit Grafiken, Drucken und Bildern geschmückt – keines größer als sechzig auf neunzig Zentimeter, aber so angeordnet, dass sie den Eindruck von drei riesigen abstrakten Leinwänden erzeugten. Fenwick fand die Wirkung verwirrend und trat näher, um sich auf die einzelnen Bilder konzentrieren zu können.

Er folgte gerade den Kurven eines minimalistisch gezeichneten Körpers und versuchte zu ergründen, ob es sich um einen Mann oder eine Frau handelte, als er jemanden hinter sich spürte. Einen Moment wartete er, bevor er sich umdrehte, wohl wissend, dass sie ihn beobachtete; und er hätte gern gewusst, warum sie das tat. Er spürte ihren Blick nicht nur im Nacken, sondern auf den Schultern und die gesamte Wirbelsäule hinunter. Und er roch ihr Parfüm, einen Blumenduft, schwerer als das Jasminaroma im Zimmer, aber in subtilen Akzenten damit harmonierend.

Schließlich drehte er sich um. Sie war atemberaubend; eins siebzig bis eins fünfundsiebzig, schlank, das lange Haar ebenmäßig nach hinten gekämmt, sodass es ein Gesicht freigab, das im klassischen Sinne niemals schön sein konnte, aber durch seine Intensität faszinierte. Sie besaß eine außergewöhnliche Präsenz, wie seine Mutter gesagt hätte. Und sie war es gewöhnt, bewundert zu werden. Es war offensichtlich, dass für sie jede Geste, jeder Tag eine Darbietung war, in der sie zur Kenntnis genommen wurde. Vollkommen entspannt stand sie da – eine Hand anmutig auf der Stuhllehne, in Jeans gekleidet, ein langes Bein ein wenig ausgestellt – und betrachtete ihn interessiert und leicht amüsiert. Sie stellte sich nicht vor.

«Ist das eine Frau?»

«Ist das wichtig?»

«Für mich schon. Ich weiß gern, womit ich es zu tun habe.»

«Es heißt *Torso II.* Keine Hinweise.» Sie lächelte rätselhaft. «Ich persönlich habe ihn immer als einen Mann betrachtet. Die breiten Schultern, die Anmutung von Kraft.»

«Komisch, mein erster Eindruck war, dass es sich um eine Frau handelt.» Er erwiderte das Lächeln und streckte die Hand aus. «Ich bin Detective Chief Inspector Fenwick, Miss Anderson.»

Die Berührung ihrer Finger; ein leichter Schock; interessierte Blicke aus taubengrauen Augen.

«Möchten Sie sich nicht setzen?»

Der Kaffee kam, worauf sie ein paar Minuten auf die Darbietung einer perfekten Gastgeberin verwendete.

«Sie wissen, warum ich hier bin?»

«Die arme Kate. Das war ein großer Schock.»

«Kate? Sie meinen Katherine Johnstone? So weit ich weiß, standen Sie in letzter Zeit mit ihr in Verbindung.»

«Ja, wegen eines Konzerts im September. Es ist die Jubiläumsfeier der Schule, und ich hatte zufällig noch Luft in meinem Terminkalender, also habe ich zugesagt, einen der Soloparts zu übernehmen.»

«Warum? Ich meine, Sie sind bekannt, sogar für jemanden wie mich sind Sie eine Berühmtheit, und ich bin nicht gerade ein Opernfan.»

Sie lächelte.

«Sentimentalität, nehme ich an – und Dankbarkeit. Ohne die Schule und ihre musikalische Tradition wäre ich nicht, wo ich heute bin. Wissen Sie, ich stamme aus einer armen Familie – meine Mutter war ständig krank, mein Vater immerzu müde. Ich war ein Einzelkind, aber trotzdem musste ich meinen Teil beitragen, sobald ich alt genug war, Geld zu verdienen. Für Gesangsunterricht hat es jedenfalls nicht gereicht. Es war reines Glück, dass ich an der Downside landete, und mein Leben hat sich buchstäblich vom ersten Tag an verändert.»

Ein beinahe perfekter Vortrag. Fenwick fragte sich, ob sie ihn für ihn einstudiert hatte oder ob es sich um ihre Standarderöffnung bei Interviews handelte.

«Dennoch ist es eine sehr großzügige Geste, im September für ein einziges Konzert zurückzukehren.»

«Ich weiß, aber ich habe mit sechzehn ein Musikstipendium bekommen. Einer der Gründer der Schule hatte ein Vermögen hinterlassen, das für eine jährliche Förderzuwendung ausreichte.»

«Was hat Miss Johnstone veranlasst, zu Ihnen Kontakt aufzunehmen, was meinen Sie? Standen Sie noch in Verbindung? Waren Sie Freundinnen?»

«Eigentlich nicht, seit der Schule nicht mehr. Wir standen uns nicht sehr nahe, und ich hatte sie seit dem Schulabschluss nicht mehr gesehen – außer vielleicht ein- oder zweimal bei Hochzeiten gemeinsamer Freunde. Ich schätze, die anderen im Organisationskomitee haben sie dazu gedrängt; es war die Idee von jemand anderem, die sie einfach nur in die Tat umgesetzt hat. Es wäre typisch für Kate, dass sie sich von Freunden zu etwas anstiften lässt.»

«Und Sie haben zugestimmt. Wann haben Sie ihr das mitgeteilt?»

«Letzte Woche. Ich habe in der Schule angerufen, aber sie war nirgends zu finden. Jemand hat meine Nachricht notiert. Vor ein paar Tagen habe ich ihr dann geschrieben. Noch Kaffee?»

Es war eine aromatische, dunkle Mischung, wie die Gastgeberin.

«War das ein handschriftlicher oder ein getippter Brief?»

«Handschriftlich. Ich fand, auf eine persönliche Bitte sollte ich persönlich antworten. Ein Brief von meinem Agenten wäre unpassend gewesen; außerdem ging es nicht um die Gage.»

«Dürfte ich ein Muster Ihrer Handschrift und Briefumschläge sehen?»

«Aber Sie haben den Brief doch sicher inzwischen?»

«Ich bin nicht sicher. Wir müssen es überprüfen. Bitte geben Sie mir ein Muster.»

Sie war kaum eine Minute weg und kam mit einem Karton Briefpapier und einem Adressbuch zurück. Beides reichte sie Fenwick wortlos. In dem ledergebundenen Buch standen lauter Adressen in einer schwungvollen Schrift, die mit jener auf der Fotokopie des Briefumschlags in Fenwicks Tasche übereinstimmte. Bei den Briefbögen in dem Karton handelte es sich um ein schweres, teures beigefarbenes Papier, passend zu dem Umschlag, der wahrscheinlich in ebendiesem Moment im Labor untersucht wurde. Er holte die Fotokopie aus der Tasche.

«Ist das der Umschlag, in dem Sie den Brief geschickt haben?»

«Ja. Ich erinnere mich an die Marke – eine alte Weihnachtsmarke, die ich noch von meinem letzten Aufenthalt hier übrig hatte. Aber das müssten Sie wissen, wenn Sie den Brief haben.»

«Leider haben wir nur den Umschlag. Der Brief fehlt. Vielleicht könnten Sie mir sagen, was Sie geschrieben haben.»

Es hatte nichts Bemerkenswertes in dem Brief gestanden, nur die Bestätigung des Termins und gute Wünsche. Octavia Anderson spekulierte ein paar Minuten über den Verbleib des Schreibens, maß seinem Verschwinden aber keine Bedeutung bei. Sie lieferte Fenwick keinerlei Hinweis darauf, warum der Brief fehlte. Immerhin hatte sie ihm Handschrift- und Papiermuster bedenkenlos zur Verfügung gestellt, und als Fenwick die Papiere behutsam in dünne Plastikbeutel schob, lächelte sie.

«Noch zwei Dinge, bevor ich Sie in Frieden lasse, Miss Anderson. Sie mögen Ihnen merkwürdig vorkommen, aber wir müssen einfach alles berücksichtigen. Zuerst Ihre Handschrift – wird sie irgendwie in der Öffentlichkeitsarbeit genutzt? Könnte jemand den Umschlag gesehen und gewusst haben, dass er von Ihnen stammt?»

«Kaum. Ich schreibe selten Briefe, und wenn, dann nur an gute Freunde. Meine Unterschrift steht auf Programmen und dergleichen, aber meine Handschrift nicht.»

«Sie ist sehr eigenwillig.»

«Ich hatte eine Furcht einflößende Lehrerin für Lesen und Schreiben. Ob Sie es glauben oder nicht, ich hatte diese Schrift im Alter von zehn Jahren entwickelt – und genügend blaue Flecken, um es zu beweisen! So was wird man nicht mehr los, selbst an der Uni nicht.»

«Das bringt mich zur zweiten Frage, die Ihnen vielleicht seltsam erscheint: Ist während Ihrer gemeinsamen Schulzeit irgendetwas vorgefallen? Etwas, das – und sei es nur entfernt – etwas mit dem Tod von Katherine Johnstone zu tun haben könnte?»

Der herzliche Ausdruck verschwand von ihrem Gesicht. Kalte graue Augen sahen, ohne zu blinzeln, direkt in seine.

«Sie haben Recht, das ist eine seltsame Frage. Mir fällt überhaupt nichts Außergewöhnliches ein. Wir waren langweilig und angepasst – wegen der Gesangsausbildung haben wir nicht einmal heimlich geraucht. Wenn Sie keine Fragen mehr haben, Chief Inspector – ich habe in Kürze einen Termin.»

Er wurde höflich hinausgeworfen.

Erst als er raschen Schrittes zur Victoria Station ging, kam ihm eine neue Erklärung für den fehlenden Brief in den Sinn. Angenommen, es war ein Treffen vereinbart worden und Katherine Johnstone war gestorben, während sie auf dieses Treffen wartete. Das würde erklären, weshalb der Brief nicht aufzutreiben war. Es würde Octavia Anderson zu einer Hauptverdächtigen machen, und er hatte sie nicht gefragt, wo sie am Donnerstagabend gewesen war. Auch das war ein Punkt, den Cooper überprüfen musste.

20

Der Montag dämmerte grau und regnerisch, und ein Sommergewitter brachte das für die Jahreszeit ungewöhnlich schlechte Wetter zurück. Überall in Harlden plärrten Kinder über Frühstücksflocken, sahen Mütter verdrossen einem weiteren Tag mit klammer Kleidung entgegen, packten Polizisten in Erwartung all dessen, was der Tag ihnen bringen mochte, Regenmäntel ein. Der Mord an Katherine Johnstone war nach wie vor der wichtigste Fall. Nach den Appellen an die Bevölkerung im lokalen Rundfunk waren einige Hinweise eingegangen, aber die bestätigten mehr oder weniger nur, dass ein Radfahrer mit gelber Kapuze in Harlden gesehen worden und in dem kleinen Parkhaus der Stadt verschwunden war. Niemand hatte ihn wegfahren sehen, kein Fahrrad war gefunden worden. Die Polizei ging von einem Auto und einem Klapprad aus. Hier und da hieß es, die Spuren würden schon kalt, was blieb, war die Forensik. Berichte über den Umschlag, den Tatort und Antworten auf einige von Fenwicks Detailfragen wurden für heute erwartet.

Am Sonntagabend hatte Cooper zu seinem Erstaunen einen Anruf von Fenwick bekommen; der Chef hatte ihm mitgeteilt, dass er die jüngsten Berichte lesen und die erforderlichen Schritte einleiten solle, da Fenwick selbst den Vormittag über unterwegs sein würde. Das erinnerte an die Zeit, als Fenwicks Frau krank gewesen war, und als Cooper nach einer unruhigen Nacht mit verklebten Augen erwachte, betrachtete er die dichten, windgepeitschten Regenschauer sofort als Metapher für das Scheitern der Ermittlungen.

Fenwick erwachte nicht am Morgen; er hatte die ganze Nacht wach gelegen. Was seinen Beruf anging, gab es keine Entschuldigung dafür, dass er heute mit seinem Sohn zum Arzt gehen wollte. Er wusste, der Fall war gefährdet; die Berichte, die in einer Stunde erwartet wurden, boten die letzte echte Chance, einen Hinweis aufzuspüren. Und jede Minute zählte. Es hatte keinerlei Durchbrüche gegeben. Sie leisteten Routinearbeit in der Hoffnung, dass etwas ans Licht kommen würde. Die Suche nach Fahrrad und Mordwaffe schloss Bäche und Flüsse mit ein; sie studierten sogar alte Akten auf der Suche nach Übereinstimmungen, beschäftigten sich mit unaufgeklärten Verbrechen und vernahmen Angehörige und Freunde, um irgendwo eine Verbindung zu finden.

Andererseits war sein Sohn ernsthaft krank. Die ganze endlose, verregnete Nacht hindurch dachte Fenwick über die sechs gesegneten Jahre seiner Ehe nach, bis zu diesem Punkt. Er war eingefleischter Junggeselle gewesen, als er Monique kennen lernte; überwältigt von ihr, hatte er sie nach nur vier Monaten geheiratet. Seine Freunde, sein Vater (der damals noch lebte) und seine Mutter hatten Zweifel gehegt, aber die einzigartige und wunderbare Liebe, die er für diese Frau empfand, war stärker. Keine Frau hatte ihn je derart fasziniert. Die schlanke, dunkelhaarige Halbfranzösin mit den schwarzen Augen und der makellosen weiß-rosigen Haut verströmte eine Sinnlichkeit, die ihm zur Besessenheit geworden war.

Er hätte keine Kinder gebraucht und war in jeder Hinsicht ein Eigenbrötler geblieben, abgesehen von der Liebe zu seiner wunderschönen jungen Frau. Aber Monique wünschte sich Kinder, und er war überzeugt davon, dass sie eine wunderbare Mutter sein würde, da sie das Leben so leidenschaftlich liebte. Noch während ihrer kurzen Flitterwochen wurde sie schwanger, und acht Monate später kam Bess durch Kaiserschnitt zur Welt. Monique entwickelte kurz darauf eine schwere Depression, die mehr als sechs Monate gründlicher Behandlung erforderlich machte. Zwölf Monate später löste Christophers Geburt eine zweite, wesentlich schlimmere Depression aus, von der sie sich nie ganz erholte.

In der ersten Zeit glaubte Fenwick ganz fest – nicht an einen Gott, sondern an die Liebe, die er und Monique füreinander empfanden. Aber nach dem zweiten Kind wurde es unmöglich, weiter so zu tun, als wäre alles in Ordnung mit ihr. Schließlich gestand sie ihm, dass das Leiden, das sie *la mélancholie* nannte, in ihrer Familie eine lange Tradition hatte. Ihr Arzt in England nahm die Sache schwerer.

In ihrem abnormen Verhalten konzentrierte sie sich ganz auf sich selbst, nicht auf die Kinder, nicht auf Andrew, den sie zunehmend vernachlässigte. Der erste Selbstmordversuch war fast zum Lachen kläglich: Sie steckte den Kopf in den Gasherd, vergaß aber, das Gas aufzudrehen. Andrew ging darüber hinweg, und es gelang ihnen, einen Schritt in Richtung Normalität zu tun – bis sie ungewollt zum dritten Mal schwanger wurde und eine Fehlgeburt erlitt.

Der zweite Selbstmordversuch – mit Rasierklingen im Bad – wäre beinahe gelungen und wurde nur durch eine aufmerksame Nachbarin vereitelt, die Bess weinend im Garten sah, wo sie unablässig an die Tür klopfte und flehte, eingelassen zu werden. Da hatten sie sie in eine Anstalt einweisen lassen wollen, doch Fenwick war nicht bereit, seine Frau aufzugeben. Von da an tat er nicht einmal mehr so, als würde er arbeiten, vielmehr nahm er Sonderurlaub und blieb zu Hause. Seine Fürsorge nahm zu, der Medikamentenkonsum nahm zu, immer neue Spezialisten untersuchten seine Frau, aber sie wurde mit jedem Tag introvertierter.

Beim dritten Versuch war er zu Hause. Sie hatte ein paar seiner Krawatten zusammengeknotet und eine Schlinge gebunden, die sie an der Deckenlampe im Treppenhaus ihres zweistöckigen Hauses befestigte. Er hatte Porridge zum Frühstück gemacht und wollte seiner Frau eine Tasse Tee bringen. An die Bilder und Gerüche in der Küche erinnerte er sich ganz deutlich. Bess saß brav auf einem Erwachsenenstuhl und aß Reiscrispies; Christopher spielte sein Lieblingsspiel beim Frühstück und schnippte Krümel in Bess' Schüssel, das Porridge blubberte im Topf wie geschmolzene Lava.

Er hatte gerade das Gas abgeschaltet. Das Zischen der Düsen verstummte, und auch die Kinder gaben keinen Laut von sich, sodass für einen Moment unnatürliche Stille herrschte. In dieser Stille war ein leises *Wusch* zu hören, als würde ein Vorhang zugezogen, gefolgt von einem verschleimten Röcheln und Würgen. Zuerst dachte er, Monique wäre heruntergekommen und ihr sei übel geworden. So überzeugt war er davon, dass er in das Bad im Erdgeschoss lief, wo sein Unterbewusstsein ihn schließlich auf das aufmerksam machte, was seine Augen gesehen hatten, sein Verstand aber nicht wahrhaben wollte.

Er rannte zur Treppe, wo seine Frau mit den bloßen Füßen strampelte und mit den Armen ruderte. Kostbare Sekunden vergeudete er damit, sie zu erreichen und das Gewicht von der Schlinge zu nehmen, bis ihm klar wurde, dass sie zu weit vom Boden entfernt war. Er rannte die Treppe hinauf, stolperte über das lose Brett der Eckstufe, stürzte und stieß sich schmerzhaft das rechte Knie.

In den Albträumen, die er danach wochenlang hatte, erinnerte er sich an die winzigste Einzelheit. Sie war nackt, an sich nichts Besonderes – sie hatte sich angewöhnt, sich zu den seltsamsten Zeiten auszuziehen und durch das Haus zu spazieren –, aber sie hatte sich die Beine rasiert und die Zehennägel lackiert. Sie trug sämtliche Schmuckstücke, die sie besaß – Ohrringe als unpassende Ergänzung zu einem Dutzend Halsketten, alle möglichen Ringe an den Fingern. Wahrscheinlich hatten die Ketten den Erstickungstod verzögert. Der Knoten hatte sich gelockert, sodass ihr Genick trotz des Falls nicht gebrochen war. Er vermutete, dass sie sich hatte hinabgleiten lassen, denn ein Sprung vom Geländer hätte sie mit Sicherheit auf der Stelle getötet.

Im ersten Stock zog er sie mit einem Schirm über das Geländer, und dann musste er die Schlinge mit der Schere aus ihrem Nähzeug durchschneiden. Ihre Augen waren glasig, aber der Körper noch warm, und bis vor wenigen Augenblicken hatte er sie noch nach Luft ringen hören. Seine Ausbildung kam ihm zugute. Er tastete nach der Schlagader unter dem Kiefer – kein Puls; ihre Pupillen waren geweitet und zeigten keine Reaktion; sie atmete nicht mehr. Er begann eine Herzmassage und hielt alle fünf Pumpbewegungen inne, um frische Luft in ihre Lungen zu pusten. Zeit existierte nicht mehr. Kurz bevor er ihr einen heftigen Schlag an die Stelle unterhalb des Schlüsselbeins verpassen wollte, tastete er noch einmal nach dem Puls und stellte fest, dass er wieder eingesetzt hatte. Von da an war sein Leben ein Zyklus von Wiederbelebungsversuchen.

Aus der Küche war kein Laut zu hören. Als er hinausgerannt war, hatte er den Kindern noch zugerufen, sie sollten sich «nicht von der Stelle rühren». Keines hatte sich auf der Treppe sehen lassen; sie waren daran gewöhnt, diesen seltsamen Anweisungen zu folgen, wenn ihre Mutter das Bett verließ. Im Geiste machte er eine rasche Inventur der Telefone, die ihm zur Verfügung standen. Das nächste war unten in der Diele; das Handy hatte er im Auto.

Er prüfte die Lebenszeichen seiner Frau. Ihr Blick blieb leer; sie schien nicht zu atmen, sobald er eine Pause machte. Er brauchte Hilfe. Die Krankenschwester würde erst in einer Dreiviertelstunde kommen – so lange konnte er nicht durchhalten.

«Bess!» Tief einatmen, ausatmen. «Bess, komm her.» Atmen, tief durchatmen, vergiss nicht, den Kopf schräg zu halten. Er bekam einen Krampf im rechten Arm. «Bess!» Er schluchzte fast vor Verzweiflung, durfte aber die Atemluft nicht vergeuden.

«Ja, Daddy?» Ein leises Flüstern drang zu ihm herauf.

«Bess, hörst du mich?»

«Ja. Kann ich raufkommen?»

«Nein! Bleib, wo du bist, aber hör mir genau zu.» Tief durchatmen, ausatmen, wieder einatmen.

«Ja? Daddy, ich kann dich nicht hören!» Bess war den Tränen nahe. Er wusste, sie wollte heraufkommen, wollte in den Arm genommen werden, fürchtete aber, der Anblick ihrer Mutter würde sie in Panik versetzen.

«Sei lieb, Bess. Du musst für mich telefonieren.» Einatmen, ausatmen, Pause, kurzes Durchatmen, einatmen, ausatmen.

«Ich möchte, dass du den Hörer abnimmst und die Neun suchst. Du kennst doch die Neun, oder?»

«Ja, ich kann schon bis hundert zählen.»

Einatmen, ausatmen, kurzes Durchatmen, Pause, einatmen, ausatmen.

«Braves Mädchen. Du nimmst jetzt den Hörer, wie wenn du mit Oma telefonierst, und dann drückst du dreimal die Neun – 999.» Einatmen, ausatmen, kurzes Durchatmen, Pause. «Kannst du das?»

«Ja. Wird Oma dann mit mir reden?»

«Nein. Jemand anders. Jemand, der nett ist.»

Stille.

«Bess, bist du noch da?»

«Ja.»

Pause. «Sag der Person am Telefon deinen Namen, dein Alter, unsere Adresse, und sag – Augenblick …» Einatmen, ausatmen, kurzes Durchatmen, Pause. «… sag, wir brauchen einen Arzt – deine Mummy braucht einen Arzt, schnell. Kannst du das? Wiederhol es.»

Mit fester Stimme wiederholte seine Tochter die Worte fast ohne Stocken, als hätte sie eine schwierige Lektion auswendig gelernt.

«Prima. Und jetzt ruf an. Sag genau das, was du mir gesagt hast, aber am Telefon.»

Durch das Pochen in seinen Ohren hörte er ihre zarte Stimme, dann den Hörer, der aufgelegt wurde.

«Fertig, Daddy. Ein netter Mann hat gesagt, sie sind unterwegs.»

Fenwick wandte den Blick nicht von der Brust seiner Frau, die sich langsam hob und senkte und nicht mehr nackt war, da er sie nach einem verzweifelten Spurt ins Schlafzimmer mit seinem Morgenmantel bedeckt hatte. Sie war so kalt gewesen.

«Sehr gut. Das hast du gut gemacht. Und jetzt geh und warte unten mit deinem Bruder.»

«Er ist nicht da, Daddy.»

«Was …?»

Fenwick schaute resigniert auf – direkt in die Augen seines vierjährigen Sohnes. Das Kind kauerte reglos auf der breiten Stufe unmittelbar unter ihm und sah ihm starr in die Augen. Fenwick bemühte sich um Gelassenheit und einen normalen Ton.

«Hier zieht es, Christopher. Geh nach unten und warte mit deiner Schwester. Sei brav.»

«Nein, ich will bei Mummy bleiben!» Die Antwort war ein hallender, wütender Schrei, bei dem auch Bess herbeigelaufen kam.

«Ich bleibe bei ihm, Daddy, keine Sorge. Wenn ich hier bin, passiert ihm nichts.»

In den folgenden Tagen und Wochen klammerte sich Christopher wie besessen an seine Schwester, während seine Mutter von der Leben erhaltenden Maschine auf der Intensivstation in eine geschlossene Anstalt verlegt wurde. Damals war Fenwick froh darüber. Es kostete ihn alle Anstrengung, sich zusammenzunehmen und Entscheidungen über das Schicksal seiner Frau zu treffen; da war es gut, sich nicht auch noch um die Kinder kümmern zu müssen. Seine Mutter war zu ihm gezogen, und er achtete darauf, dass er jeden Abend ein bisschen Zeit mit ihnen verbrachte, aber es war Bess, die zum Kuscheln kam, während Christopher die ganze Zeit neben ihr saß und ihr Nachthemd streichelte.

Es wurde deutlich, dass seine Frau sich nie wieder erholen würde – genau genommen nicht nie wieder; die Ärzte verweigerten ihm die Erleichterung dieser Gewissheit. Stattdessen gebrauchten sie Ausdrücke wie «höchst unwahrscheinlich». Sie hatte Gehirnschäden davongetragen, aber in welchem Ausmaß, konnten sie nicht sagen. Monique reagierte auf nichts. Es war, als hätte sie sich vollkommen hinter eine Wand zurückgezogen, aber es war unmöglich zu sagen, ob aus Willenlosigkeit oder eigenem Antrieb. Wie auch immer, sie selbst unternahm keinen Versuch, wieder herauszukommen.

Schließlich wurde sie in eine fünfzig Meilen entfernte Pflegeanstalt verlegt. Zuerst besuchte Fenwick sie jeden Tag, als das Wetter im tiefsten Winter schlechter wurde, noch einmal pro Woche. Er versuchte, ihre Verwandten in Frankreich zu benachrichtigen, und reiste sogar in den Ort, aus dem sie stammte, machte aber niemanden ausfindig. Schließlich folgte er einer Eingebung und stattete der Nervenklinik des Bezirks einen Besuch ab, wo er seinen zweiundsechzigjährigen senilen Schwiegervater antraf. Die Ärzte erklärten ihm, auch wenn das kaum erforderlich war, dass es in der Familie eine lange Geschichte geistiger Instabilität gab.

Zuerst war er wütend auf Monique, konnte ihr die Täuschungen und Halbwahrheiten nicht verzeihen, aber er war kein nachtragender Mann. Sein Zorn verflog, und schließlich beließ er es bei monatlichen Besuchen, die er in den seither vergangenen fünf Monaten stets absolviert hatte.

Nun ließ sich nicht mehr leugnen, dass sein Sohn ernsthaft krank war. Während der ganzen endlos langen Nacht drehten sich seine Gedanken im Kreis – beginnend mit der positiven Überlegung, dass dies die unweigerliche Reaktion eines sensiblen Kindes auf die Krankheit seiner Mutter war, dann weiter zu der Angst, der Junge könnte ihren labilen Geisteszustand geerbt haben, und zurück zum Anfang. Gegen fünf gab Fenwick jede Hoffnung auf Schlaf auf, erhob sich, schlüpfte in seinen Trainingsanzug und ging joggen. Es waren Monate vergangen, seit er regelmäßig trainiert hatte, und so war er schon nach fünf Meilen vor Anstrengung außer Atem und völlig durchgeschwitzt. Er war nicht fit. Zu viele Mahlzeiten im Schnellimbiss und Abendessen spät in der Nacht und zu wenig Training – das war für einen Mann seines Alters unverzeihlich.

Er machte sich ein gesundes Frühstück, Obst, Vollkorntoast und koffeinfreien Kaffee, und fühlte sich durch das Training geistig erfrischt, wenngleich er wusste, dass er am nächsten Tag einen schrecklichen Muskelkater haben würde. Dann duschte er, zog sich an, las die Zeitung von der ersten bis zur letzten Seite und fühlte sich bereit für den Tag – was immer er bringen mochte. Seine Entschlossenheit, sämtlichen Problemen zu trotzen, war wiederhergestellt.

Er wusste, was er tun würde. Er würde sich das Vergnügen gönnen, seine Tochter zu wecken, mit ihr im Bett zu frühstücken und ihr eine Geschichte vorzulesen. Dann würde er, in Abänderung seiner Pläne, beizeiten ins Büro fahren und neue wie alte Berichte überfliegen. Er konnte Cooper die weitere Vorgehensweise erklären und kurz nach neun wieder zu Hause sein, zeitig genug, um mit seiner Mutter und seinem Sohn zu der Spezialklinik zu fahren.

Cooper hatte mit einem guten Montagmorgen gerechnet. Er wollte früh im Büro sein, Berichte lesen, die Arbeit für den Tag einteilen und sich anschließend die Zeit nehmen für seine Lieblingstheorie. Stattdessen musste er feststellen, dass Fenwick ihm zuvorgekommen war. Eine Liste mit Aufgaben lag für ihn da, und es würde ihn zwei Tage kosten, sie zu sichten. Die einzige gute Nachricht war, dass ein Punkt auf der Liste die private Meinung unterstützte, die er sich zu dem Fall gebildet hatte.

Kurz nach zwei tauchte Fenwick kurz angebunden und abweisend wieder im Einsatzraum auf. Allerdings zeigte sich, dass er sich vollkommen unter Kontrolle hatte. Niemand fragte, wo er gewesen war, und er gab keine Erklärung ab.

«Also los, Sergeant, Resultate. Wo sind sie?»

«Ich gehe sie mit Ihnen durch, Sir. Erstens: Sie hatten Recht, die Spermaprobe vom Tatort war zwölf bis achtzehn Stunden alt, was bedeutet, dass der Täter das Zeug mitgebracht, die Tat also bis ins kleinste Detail geplant hatte. Dass er sich das Sperma von jemand anderem besorgt hat, bedeutet, er könnte homosexuell sein – oder ein Voyeur, der Pärchen in der Friday Street oder der Pixts Lane beobachtet. Ich habe Constable Miller eingeteilt, heute Abend und am Mittwoch die Stammgäste zu befragen, ob sie etwas gesehen haben.»

Man konnte nicht sagen, dass Fenwick lächelte, aber seine Kiefermuskeln entspannten sich eindeutig und zuckten leicht.

«Allerdings stimmen die Proben mit keiner von den registrierten überein, Sir, also kein Hinweis auf einschlägig auffällig gewordene Täter. Wir haben die Details weitergeschickt, damit sie in der Kartei überprüft werden können, aber der Ausschnitt des Fingerabdrucks war so klein, dass nicht genügend Vergleichspunkte gefunden werden konnten. Der Bericht über den leeren Umschlag bestätigt nur, was wir schon wussten. Er stammt von Anderson, ihre Fingerabdrücke sind drauf, Papier und Tinte stimmen überein. Sie haben Proben der Handschrift an einen Grafologen geschickt, der bestätigt, dass die Schrift auf dem Umschlag von derselben Person stammt, die die Einträge in dem Adressbuch vorgenommen hat, das Sie mitgebracht haben.»

«Und die Reifenspur auf der Rückseite des Umschlags?»

«Ach ja. Sie hatten mit beidem Recht. Die Spur stimmt mit denen am Tatort und im Garten überein, was bedeutet, dass der Eindringling das Rad über das Kuvert gerollt hat, als er ins Haus kam. Und wie Sie weiter vermutet haben, gibt es kein zusammenhängendes Reifenmuster, wenn man sich die Fotos der Post auf der Matte ansieht, die nach unserer Ankunft gemacht wurden – was bedeutet, zwischen dem Zeitpunkt, als er mit dem Fahrrad kam, und dem Eintreffen von Fotografen und Spurensicherung ist die Post bewegt worden.»

«Hat die Forensik inzwischen das ganze Material, um herauszufinden, ob wir die vollständige Spur rekonstruieren können, und zu überprüfen, ob sonst etwas fehlt?»

Cooper nickte.

«Gut. Was noch?»

«Der detaillierte Bericht über den Tatort ist gerade eingetroffen. Sie wollten wissen, ob die Frau festgehalten wurde, während sie starb. Ja, das wurde sie. Die Richtung der Blutspritzer an Wänden und Decke ist einheitlich, und auf dem Boden hat sich um den Leichnam herum eine hinreichend große Lache gebildet, die beweist, dass sie nicht später an die Stelle geschleppt worden ist. Die Blutspuren am Fuß der Treppe könnte von einer stark mit Blut bespritzten Person stammen, die sich dort möglicherweise umgezogen hat. Mit Sicherheit ist das schwer zu sagen.»

«Also kann die Tat unmöglich spontan begangen worden sein, richtig? Wir haben es mit jemandem zu tun, der das minutiös geplant hat, mit oder ohne Komplizen. Es wird Zeit, dass wir uns konzentrieren.»

Cooper zögerte vor seiner nächsten Bemerkung. Sie saßen in dem kleinen, abgeschirmten Kabuff, wo Fenwick seinen Schreibtisch stehen hatte. Die Trennwände zum Rest des Einsatzraums waren nur eins achtzig hoch, sodass die anderen ihr Gespräch mit anhören konnten. Er musste nun über etwas Delikates sprechen, wusste aber, dass er und Fenwick sich eine ganze Weile nicht unter vier Augen sehen würden, dass es also jetzt sein musste. Fenwick verschlimmerte die Situation, indem er genau die Frage stellte, vor der Cooper graute.

«Haben Sie alle Berichte noch einmal durchgelesen? Ist Ihnen etwas Wichtiges aufgefallen, das wir übersehen haben?»

Coopers letzte Chance zu lügen – doch er war ein ehrlicher Mann: «Ja, aber wahrscheinlich ist es nichts. Wie Sie schon sagten, wir müssen uns über zu vieles den Kopf zerbrechen.»

«Entweder lohnt es sich, darüber zu sprechen, oder nicht. Entscheiden Sie sich!»

Cooper gab ihm eine Kopie des Berichts über Johnstones Haus; auf einer Seite markierte ein kleiner gelber Haftzettel einen Eintrag in einer langen Liste von Gegenständen, die analysiert worden waren: *Eine Seite liniertes Papier aus einem Tagebuch. Datum: 16. Mai 1979.*

«Und?»

«Sie erinnern sich, dass wir die Tagebücher von 1973 an aufwärts gefunden haben, dass aber die für 1977 bis 1981 fehlten; dies ist eine Seite aus einem Tagebuch von 1979. Sie muss irgendwann herausgefallen sein. Das ändert vermutlich nichts. Ich dachte, möglicherweise hat sie das Tagebuch weggeworfen – vielleicht ist es aus dem Leim gegangen.»

«Möglich. Aber ebenso wahrscheinlich ist, dass der Eindringling es mitgenommen hat. Wir wissen, dass es sich um eine vorsätzliche Tat handelte – was bedeutet, der Mörder hatte ein Motiv. Er ist das Risiko eingegangen, ihrem Haus einen Besuch abzustatten und es zu durchsuchen – dafür muss er einen Grund gehabt haben. Bislang wissen wir nur, dass ein Brief von Octavia Anderson fehlt – und dieses Tagebuch aus den Jahren, in denen Anderson und Johnstone zusammen die Schule besuchten.»

«Aber es steht nichts drin, Sir, nur Geschwätz. Ich sehe den Zusammenhang nicht, und der Fall ist ohnehin schon kompliziert genug.» Cooper registrierte nervös die Stille hinter den Trennwänden.

«Wir haben noch keinen Hinweis in ihrem privaten oder beruflichen Leben gefunden. Keine heimlichen Beziehungen, Affären, dunklen Geheimnisse – nichts. Entweder wir haben etwas übersehen, oder die Tat hat mit ihrer Vergangenheit zu tun. Wir müssen herausfinden, was.»

«Bei allem Respekt, Sir.» Fenwicks Kiefer verkrampfte sich sichtlich. «Es gibt noch eine andere mögliche Erklärung. Die Tat kann geplant gewesen sein, das Opfer aber willkürlich gewählt; möglicherweise hat er sie ein paar Tage beobachtet, eine Fixierung entwickelt, und das ist alles.»

«Und Anderson? Warum hat der Mörder ihren Brief mitgenommen?»

«Wir hatten es schon mit seltsameren Andenken zu tun.»

«Warum hätte er den Brief aufmachen sollen? Wie auch immer, wenn Sie Recht haben, welcher Spur wollen Sie dann folgen? Was wollen Sie den tatendurstigen Leuten hier draußen zu tun geben?» Mit einer ausholenden Handbewegung zeigte er auf den Raum jenseits der Trennwand.

«Sie haben ja Recht, Sir.» Cooper senkte die Stimme. «Aber wir werden sowieso bald unter Druck stehen, was die Größe des Teams angeht.»

«Genau; also nutzen Sie die Zeit. Holen Sie das Beste aus den Leuten heraus, und ermitteln Sie!»

Constable Nightingale war neu und daran gewöhnt, dass sie die monotonen, ätzenden Aufgaben zugeteilt bekam. Jetzt war sie damit betraut, die derzeitigen Aufenthaltsorte der «Klasse von 1980» herauszufinden, wie Fenwicks letztes Ass im Ärmel getauft worden war. Neun hatte sie bereits ausfindig machen können; eine war nach Australien ausgewandert, zwei nach Kanada, und sie war in den Genuss der unerquicklichen Erfahrung gekommen, mit einer Mutter zu sprechen, die ihre achtzehnjährige Tochter vor fast zwanzig Jahren bei einem Autounfall verloren hatte, aber immer noch am Telefon schluchzte, als sie die Namen der Mitschülerinnen ihrer Tochter aufzählte und schilderte, was aus ihnen geworden war. Sie verfügte über ein fast lexikalisches Wissen über die Schulkameradinnen «meiner Anita», da sie geradezu zwanghaft Heirats- und Geburtsanzeigen verfolgt hatte – um so an dem Leben teilzunehmen, das ihre Tochter nie gehabt hatte.

Das hatte Nightingale viele Stunden Arbeit erspart, aber sie war sich dennoch wie eine Grabräuberin vorgekommen und hatte die Frau schließlich mit dem Versprechen unterbrochen, dass sie sich wieder bei ihr melden würde, sobald sie den Hinweisen nachgegangen war, die sie von ihr erhalten hatte.

Sie las die neun Namen, die ihr noch fehlten:

Judith Richards – Kanada
Amanda (Mandy) Lovell – Kanada
Carol Truman – Australien
Leslie Bannister (jetzt Smith, Ehemann Brian)
Angela Barnet (jetzt Jones, lebt noch in der Gegend,
sehr gute Freundin von Anita)
Wendi (mit i) Compton (jetzt Russell, Mann James,
zwei 11-jährige Kinder)
Judith Plaistow – unverheiratet
Mary Smith (jetzt Heath – Mann Andrew oder Albert)
Deborah Waite (jetzt Fearnside – Mann Derek)

Eine Jones und eine Smith in einer so kurzen Liste, das erschien mehr als unfair, daher beschloss Nightingale, mit den anderen Namen in Großbritannien anzufangen – sie schlug Telefonnummern und Adressen nach und versuchte, Gesprächstermine zu vereinbaren.

Mary Heath ging nicht ans Telefon. Es war vier Uhr nachmittags,

Schulschluss, aber das wusste die unverheiratete Polizistin nicht. Sie war jung und hatte, obschon verlobt, keine Ahnung von den Verpflichtungen, die Ehe und Familie mit sich bringen. Stattdessen konzentrierte sie sich verbissen auf die Aufgabe, die vor ihr lag. Auch wenn es eine langweilige und wenig aussichtsreiche war, brachte sie sie mit einer Entschlossenheit zu Ende, die anderen, auch ihrem Verlobten, manchmal wie ruchloser Egoismus vorkam. Aber das war ein Charakterzug, der der Aufmerksamkeit ihrer Vorgesetzten nicht entgangen war, und sie war außerstande, bei der Arbeit weniger als hundert Prozent zu geben. Wendi Russells Anrufbeantworter nahm pflichtschuldig eine Nachricht entgegen, ebenso der von Deborah Fearnside – eine Männerstimme bat den Anrufer brüsk, sein Anliegen vorzutragen. Von einer Judith oder J. Plaistow fand sie keine Spur im örtlichen Telefonbuch, dafür aber nicht weniger als fünfunddreißig Joneses und sechsundzwanzig B. Smiths.

Nightingale arbeitete sich gerade mühsam durch die Joneses, als sich eine vage Erinnerung regte. Ihr Unterbewusstein gab sich große Mühe, ihr etwas zu sagen. Verzweifelt und mit einer Verwünschung aller Inspectors und Sergeants, die herumspazieren und Vernehmungen durchführen, Hinweisen nachgehen und generell alles machen konnten, außer in dem stickigen, viel zu warmen Einsatzraum zu sitzen, ging sie hinaus und machte sich eine Tasse Tee.

Als sie den Teebeutel betrachtete, der verdrossen sein Aroma abgab, kam die Erinnerung schließlich ans Licht. Sie vergaß den Tee und rannte buchstäblich zu ihrem Schreibtisch zurück, um Autoschlüssel und Notizen zu holen, dann verließ sie den Einsatzraum und fuhr zum Revier.

Fenwick hatte für Montagabend eine Sitzung zu dem Fall anberaumt. Es hatte sich niemand mehr gemeldet, der den Mörder gesehen hatte. Die Detectives vertraten folgende Theorien:

- Ein unbekannter Wahnsinniger mit Fahrrad hatte Katherine Johnstone aufgelauert und sie ermordet, aber es fanden sich keine vergleichbaren Fälle im Computer.
- Ein unbekannter Freund/Liebhaber/Verwandter hatte die Tat aus noch ungeklärten Gründen begangen.

- Jemand aus ihrer Vergangenheit – angesichts des fehlenden Tagebuchs möglicherweise aus der Schulzeit – hatte beschlossen, sie zu töten, wiederum aus ungeklärten Gründen.
- Jemand neidete Miss Johnstone ihre wichtige Rolle bei der diesjährigen Schulaufführung, und das hatte zu ihrer Ermordung geführt.

Der Fall war vier Tage alt, und sie hatten immer noch nicht mehr als Vermutungen. Kein Motiv, keine Verdächtigen, keine Hinweise.

Nach allgemeiner Übereinkunft wurde die zweite Hypothese favorisiert. Es war deutlich, dass Fenwick sich nicht dafür erwärmen konnte, aber da die meisten Morde von einer Person eingefädelt oder ausgeführt werden, die dem Opfer bekannt ist, teilte er die meisten Leute im Team unter Coopers Leitung ein, um allen Hinweisen zu folgen, die zu einem möglichen Motiv führen konnten.

Constable Nightingale traf verspätet ein und wurde mit einem Bombardement sarkastischer Bemerkungen empfangen. Sie hatte es so eilig gehabt, ihrem Hinweis nachzugehen, dass sie keine Notiz hinterlassen hatte, wohin sie gegangen war – eine Todsünde, wie Cooper ihr erklären wollte.

«Wir müssen uns nachher kurz unterhalten, Nightingale.» Mit Cooper war nicht zu spaßen, wenn es um Fragen der Disziplin ging.

«Ja, Sir. Tut mir Leid, Sir, es ist nur so, mir ist etwas aufgefallen.»

«Etwas so Wichtiges, dass Sie einfach verschwinden und dann zu spät hier aufkreuzen? Dann schießen Sie mal los.»

«Ja, Sir, jedenfalls denke ich es.»

Cooper wartete schweigend.

«Ich habe der Klasse von 1980 nachgespürt, Sir, und da ist mir eine mögliche Verbindung aufgefallen. Katherine Johnstone war mit Deborah Waite in der Schule, die später Derek Fearnside geheiratet hat. Sie wird seit April vermisst.»

Fenwick spürte, wie sich seine Nackenhärchen aufrichteten und sein Mund trocken wurde. Er sah Nightingale durchdringend an, während alle im Raum gespannt warteten. Trotz größter Anstrengung von Fenwick und Cooper war der Fall Fearnside unaufgeklärt geblieben. Schließlich war er ad acta gelegt worden, da andere Prioritäten aufgetaucht waren. Nun war das Opfer eines grausamen, vorsätzlichen Mordes mit bislang unbekanntem Motiv mit Deborah Fearnside in Verbindung gebracht worden. Seine Instinkte schrien förmlich auf, während das ganze Team sein geistesabwesendes Gesicht anstarrte. Es war nicht undenkbar, dass in einer Kleinstadt wie Harlden zwei Schulfreundinnen zufällig innerhalb weniger Monate Opfer einer Tragödie wurden, aber er spürte, dass mehr dahinter steckte. Die Verbindung kam seiner eigenen Intuition zu nahe, und er hegte immer noch Schuldgefühle wegen des unaufgeklärten Fearnside-Falls. So vage der Zusammenhang auch sein mochte – dass sie zusammen in der Schule gewesen waren, bewies noch gar nichts –, Fenwick beschloss auf der Stelle, der Sache nachzugehen.

Er erteilte Taylor und Nightingale den Auftrag, alle anderen Schülerinnen zu finden und diejenigen zu befragen, die mit der Aufführung zu tun hatten, während er persönlich gedachte, sich die Akte Fearnside noch einmal vorzunehmen und den Superintendent davon zu überzeugen, dass er weiterhin das gesamte Team brauchte. Letzteres würde schwierig werden, aber er schätzte, dass ihm noch etwa eine Woche blieb, bevor es richtig eng wurde.

21

Fenwick saß vor dem Kamin und dachte über einen ungewöhnlichen und beunruhigenden Tag nach. Er hatte Wort gehalten und war trotz seines Abstechers in den Einsatzraum rechtzeitig daheim gewesen, um mit seiner Mutter und seinem Sohn zu dem Spezialisten zu fahren. Unterwegs hatten sie geschwiegen, er und seine Mutter, weil sie keine tröstenden Worte füreinander fanden, und Christopher, weil er inzwischen überhaupt nicht mehr zu sprechen schien.

Der Arzt wollte zuerst mit Fenwick allein sprechen, eine lange, sondierende Unterhaltung, die Fenwick schwierig und peinlich fand. Obwohl sich der Arzt große Mühe gab, neutral zu bleiben, kam Fenwick sich am Ende als Vater wie ein völliger Versager vor. Danach war seine Mutter allein hineingegangen und noch länger geblieben. Zuletzt schließlich Christopher. Nach zwei Stunden sagte man ihnen, dass der Junge höchst verstört sei, aber nichts auf eine Geisteskrankheit hindeute. Weitere Termine wurden vereinbart – mit Verhaltenspsychologen, Spezialisten für Autismus, für posttraumatische Stress-Symptome –, die Liste war endlos. Und Christopher blieb die ganze Zeit vollkommen in sich zurückgezogen.

Als Fenwick vor der unbehaglichen Stille in die Akte Fearnside floh, versuchte er, nicht an die zwei Wochen zu denken, die vor ihm lagen. Der Spezialist hatte ihm wenig Hoffnung auf eine baldige Besserung gemacht. Er hatte die Termine, die seine Mutter ihm nannte, in seinen Kalender eingetragen, sich aber standhaft geweigert, ohne handfeste Fakten über das Thema zu diskutieren.

Und nun suchte er bei der Akte über eine vermisste Person Trost wie bei einem alten Freund. Er fand seine Notizen am Rand, unverhohlene Kommentare über den oberflächlichen Charakter der früheren Befragungen und eine Liste von weiteren Ermittlungsmöglichkeiten, mit denen er kaum angefangen hatte, als ihm die Mittel für die Untersuchung entzogen wurden. Er las alles mit neuen Augen und suchte aufmerksam nach Verbindungen mit dem Mord an Katherine Johnstone.

Als er ins Bett ging, ärgerte er sich über sein Unvermögen, neue Ansätze zu finden, und fühlte sich zugleich getröstet durch die Qualität seiner damaligen Arbeit. Die Liste seiner Fragen hatte im Licht des neuen Mordes nur wenige Änderungen erfahren. Er lag im Bett und sah, wie hin und wieder die Scheinwerfer vorbeifahrender Autos parallele Lichtstreifen über die Decke huschen ließen. Es gab in diesem Fall keine offensichtlichen Übereinstimmungen. Nur der gemeinsame Schulbesuch verband die beiden, und in der dunklen Einsamkeit musste er sich eingestehen, dass das eine äußerst vage Gemeinsamkeit war, der nur deshalb eine gewisse Bedeutung zukam, weil sie keine anderen Hinweise hatten, denen sie nachgehen konnten. Er beschloss, den Fall Johnstone vorerst zu vergessen und sich stattdessen wieder auf Deborah Fearnside zu konzentrieren; nicht auf die Tatsache ihres Verschwindens, sondern auf die Gründe dafür.

War sie weggelaufen, entführt worden, Frauenhandel zum Opfer gefallen, hatte sie das Gedächtnis verloren, war sie versehentlich getötet und versteckt oder war sie ermordet worden? War sie entführt und dann ermordet worden? Egal, wie – die Frage war: Warum jetzt? Angenommen, es gab eine Verbindung zu ihrer Schulzeit, was konnte ein Motiv sein, sie zu töten? Es gab kaum mehr als sechs Gründe für einen Mord: Habgier, Liebe, Hass, Rache, Eifersucht, Angst. Gab es ein Erbe von einer alten Lehrerin oder Freundin und eine der Erbinnen ermordete die anderen? Unwahrscheinlich, aber er würde es der Liste der Fragen für ein Verhör hinzufügen.

Liebe oder Hass – hatte jemand eine verzweifelte Liebesaffäre gehabt und aus irgendeinem Grund all die Jahre gewartet, um die Person/Personen zu töten, die beteiligt gewesen waren? Ebenso unwahrscheinlich. Und wieso das Interesse an Octavia Andersons Brief? Dennoch würde er der Liste Fragen nach verflossenen Freunden hinzufügen.

Angst – gab es ein dunkles Geheimnis, eine Schuld? Hatte jemand aus einem bestimmten Grund die Nerven verloren und beschlossen, alle Beteiligten zu töten, statt sich der Gefahr einer Bloßstellung auszusetzen? Diese Theorie konnte er nicht so leicht von der Hand weisen wie die anderen, aber sie erschien ihm doch weit hergeholt. Alle drei Frauen, Deborah, Kate, Octavia (vorausgesetzt, sie hatte überhaupt etwas damit zu tun), schienen eine normale Schulzeit und ein erfolgreiches Leben gehabt zu haben – aber er hatte schon zu viele Männer aus gutem Hause kennen gelernt, die ihre Frau prügelten, zu viele nette, vergewaltigende Onkel, zu viele höfliche Mörder, um sich von einer kollektiven Zurschaustellung guter Kinderstube ablenken zu lassen.

Blieb Angst als Motiv, möglicherweise in Verbindung mit der Theorie eines dunklen Geheimnisses? Womit sein Gedankenstrom unweigerlich zu Rache geleitet wurde. In seinen Jahren bei der Polizei waren ihm nur drei Fälle untergekommen, bei denen ein Verbrechen durch Rache motiviert worden war, und bei allen waren Nachbarn im Spiel gewesen, die «es heimzahlen wollten». Bei einem hatte es sich um mutwillige Zerstörung gehandelt (Stein des Anstoßes ein Zaun, der abgerissen und zerstört worden war); bei einem um eine Anklage wegen Erregung öffentlichen Ärgernisses (drei Pitbulls, die frei laufen und das öffentliche Kricketfeld beschmutzen durften, waren vergiftet worden); bei einem um schwere Körperverletzung (ein Backstein hatte, als Wurfgeschoss benutzt, nach einer abendlichen Grillparty einen verurteilten Verkehrsrowdy getroffen und ihm Nase und Schädel gebrochen).

Er erinnerte sich an die Einzelheiten jedes Falls. Als Junge hatte er die Bücher von Agatha Christie verschlungen und bei jedem den Eindruck gehabt, als würden Kapitalverbrechen immer schwelende Rachegelüste zugrunde liegen. Daher hatte er am Anfang seiner Polizistenlaufbahn stets nach dem rachsüchtigen Täter gesucht und insgesamt nur diese drei gefunden.

Seitdem betrachtete er Rache als Motiv mit kritischem Blick. Sie passte wie angegossen zu dem dunklen Geheimnis, aber es fiel ihm schwer zu glauben, dass Deborah Fearnside und Katherine Johnstone etwas getan haben könnten, das ihre Exekution rechtfertigte. Er war schockiert über das Wort, das ihm seine abschweifenden Gedanken präsentierten – so dramatisch und bedrohlich. Waren die Frauen *wirklich* wegen etwas exekutiert worden, das der Mörder als Verbrechen betrachtete? Die Vorstellung war faszinierend, aber höchst unwahrscheinlich. In den dunkelgrauen Stunden des frühen Morgens sank Fenwick schließlich in einen erholsamen Schlaf voller Träume.

Der Dienstag begann als strahlender, sonniger Tag; leichter Wind und geringe Luftfeuchtigkeit machten die Hitze erträglich. Schon vor dem Frühstück überlegten außer Fenwick alle am Johnstone-Fall Beteiligten, wann sie am Nachmittag Schluss machen und den Sommertag genießen konnten.

Der Anblick von Detective Sergeant Cooper, der mit einem Stück Kreide in der Hand am schwarzen Brett wartete, brachte alle auf den Boden zurück. Die Beamten mit der Aufgabe, enge Verwandte und Freunde zu vernehmen, wurden mit neuen Fragen nach Erbschaften, Freunden und dunklen Geheimnissen aus der Vergangenheit auf den Weg geschickt. Fenwick persönlich schilderte die weiteren Aufgaben, die ihm bei den Ermittlungen über die Klasse von 1980 vorschwebten.

Constable Nightingale hatte vor, sich im hiesigen Pub mit ihrem Verlobten zu treffen und anschließend mit Freunden essen zu gehen. Es war eine etwas gewagte Verabredung, wenn man berücksichtigte, dass sie an einem Mordfall arbeitete, aber abgesehen von der möglichen Verbindung mit Deborah Fearnside gab es so wenige Entwicklungen in dem Fall, dass sie ziemlich sicher war, ihre Arbeit würde spätestens um achtzehn Uhr beendet sein. Jeff war zehn Tage geschäftlich unterwegs gewesen, und sie konnte es kaum erwarten, ihn wieder zu sehen. Aber als Sergeant Cooper mit den Anweisungen fertig war, hatte sie jegliche Hoffnung fahren lassen, ihn früher treffen zu können.

Sie versuchte vergeblich, ihn im Geschäft anzurufen, und hinterließ schließlich eine zerknirschte Nachricht in seiner Mailbox. Nachdem sie ihr Privatleben solchermaßen geordnet hatte, übernahm sie bereitwillig ihren Teil der Arbeit. Immerhin war es ihre Entdeckung gewesen, die den Ermittlungen neuen Auftrieb gegeben hatte, daher verspürte sie einen obskuren Besitzanspruch. Fenwick wollte, dass sie sich alle um fünf wieder meldeten, damit entschieden werden konnte, was sie als Nächstes tun sollten; schon jetzt kam ihr der Tag zu kurz vor.

Fenwick befahl Cooper zu sich, damit er ihm half, mehr über das jährliche Schulkonzert herauszufinden. Die Liste der Organisatoren und Teilnehmer war beängstigend. Zusätzlich zum Schulorchester und -chor gab es Chor und Orchester der Grafschaft sowie drei Chöre aus der Umgebung – alles in allem einhundertfünfundsiebzig Namen. Die meisten Befragungen konnten am Telefon abgewickelt werden. Fenwick wählte die entscheidenden Leute für sich aus und ließ Cooper den Rest aufteilen.

Neun Stunden später trafen sich vier verschwitzte, niedergeschlagene Polizeibeamte wieder.

«Nichts.» Coopers Stimme war tonlos, heiser.

«Constables?»

«Eigentlich nichts, Sir.» Nightingale sprach für alle. Sie war bitter enttäuscht. «Keine der Schulfreundinnen, die wir bisher kontaktiert haben, konnte Licht in das Verschwinden von Deborah Fearnside oder die Ermordung ihrer Klassenkameradin bringen. Eine, Leslie Smith, war zum Zeitpunkt ihres Verschwindens mit Deborah Fearnside befreundet. Sie wollte sie sogar am Tag ihres Verschwindens begleiten. Sie ist überzeugt davon, dass die Chance, Model zu werden, echt war – das Auswahlverfahren sei für einen Schwindel zu langwierig und kompliziert gewesen. Oh, und Sir, sie fragt, ob wir aufhören könnten, sie zu belästigen. Offenbar hatten wir sie schon wegen des Chors und Kate Johnstone angerufen, daher war sie ziemlich aus dem Häuschen.»

«Mir ist gleichgültig, was Mrs. Smith denkt, ich möchte, dass Sie sich um jeden Hinweis kümmern, sobald Sie mit den Schulkameradinnen fertig sind – Sergeant?»

Cooper blätterte bereits seine Notizen durch.

«Smith ist Mitglied des Grafschaftschors. Was nicht sonderlich überrascht, bedenkt man …»

«… den musikalischen Hintergrund der Schule. Ja, Sergeant. Danke.»

«Und Sie, Sir?»

«Eigentlich auch nichts. Die verschiedenen Chöre und Orchester üben offenbar bis drei Wochen vor dem großen Tag separat. Danach proben sie drei- oder viermal zusammen, dann folgen die Generalprobe und der Auftritt selbst. Es ist ein bedeutendes Ereignis für Schule und Grafschaft, daher sind sie hocherfreut, dass Octavia Anderson dabei sein wird – ihretwegen haben sie auch andere bessere Solisten überreden können, und es sieht so aus, als würde sogar der Oberbürgermeister erscheinen. Niemand hat irgendwelche Drohungen erhalten. Nichts Merkwürdiges ist passiert – abgesehen von der Ermordung der unglücklichen Kate Johnstone –, und ich hatte den Eindruck, als wären ihr Tod und meine diesbezüglichen Fragen eine Peinlichkeit, auf die sie gut verzichten könnten. Oh, und die Frau des Assistant Chief Constable ist offenbar Ehrenvorsitzende des Spendenkomitees. Alle Erlöse des Ereignisses gehen an die Wohlfahrt. Die teuersten Eintrittskarten werden hundert Pfund kosten, Empfang eingeschlossen. Können Sie sich das vorstellen? Sie haben den Preis wegen Anderson erhöht. Und man sagte mir, dass der Großteil bereits an die Reichen und Schönen verkauft worden ist.»

Fenwick schaute verdrossen drein. Noch mehr Politik, die er berücksichtigen musste.

«Und was bedeutet das alles für uns?» Es war beinahe eine rhetorische Frage.

«Nun, wir müssen die Vernehmungen zu Ende bringen, das Verschwinden von Deborah Fearnside untersuchen und … das ist es im Großen und Ganzen. Oh, abgesehen davon, dass wir Andersons Alibi nachprüfen müssen, aber Sie sagten, das würden Sie machen.» Cooper hörte sich müde an, aber nicht skeptisch. Dabei mochte er noch immer nicht glauben, dass Fenwicks Ermittlungen in die richtige Richtung gingen; das allerdings war eine Diskussion, die sie unter vier Augen führen würden.

«Richtig. Na gut, dann machen Sie weiter. Ich habe einen Termin beim Superintendent und anschließend einen mit der Presse. Wenigstens werde ich ihnen sagen können, dass wir mehrere Spuren verfolgen!»

In Wirklichkeit steckte der Fall in einer Sackgasse. Auf den Tag genau eine Woche nach Katherine Johnstones Tod ließen sie eine Nachstellung im Fernsehen ausstrahlen – aus Hoffnung und nicht, weil sie sich wirklich etwas davon versprachen. Nicht einmal das Wetter zeigte sich kooperativ. Die Sonne schien gleißend und brachte den dunkel gekleideten Bobby mit Regenmantel und Fahrrad gehörig ins Schwitzen. Die Reaktionen auf die Fernsehsendung fielen so dürftig aus, wie es der Sender kaum je erlebt hatte.

Mehrere Anrufer meldeten sich und behaupteten, sie hätten ein großes schwarzes Motorrad der Marke Honda gesehen – manche sprachen von einer 500er, manche von einer 750er –, die das Parkhaus am Donnerstagabend verlassen habe. Niemand erinnerte sich an Nummernschild oder Einzelheiten, was den Fahrer anging, abgesehen davon, dass er/sie einen schwarzen Helm mit dunklem Visier trug.

Cooper brachte Fenwick gegenüber schließlich seine Überzeugung zum Ausdruck, dass der Mörder wahrscheinlich ein ehemaliger Freund war und das Fahrrad gegen das Motorrad getauscht hatte. Am Freitag war das Verhältnis zwischen den beiden definitiv auf einem Tiefpunkt angelangt.

Katherine Johnstones Verwandte und Freunde waren alle mindestens zweimal vernommen worden; die Nerven lagen blank. Es gab keinen Hinweis auf einen aktuellen Freund oder eine Freundin. Zwei Verflossene waren aufgespürt worden, beide inzwischen glücklich verheiratet, beide mit wasserdichten Alibis. Fenwick überprüfte Octavia Andersons Angaben dazu, wo sie am Donnerstagabend gewesen sei. Nicht wasserdicht, aber so gut wie. Sie war von ihrem Haus in London nach Heathrow gefahren worden, wo sie um 19.30 Uhr in den Flieger nach Amsterdam gestiegen war. Sie versuchten noch, den Fahrer ausfindig zu machen.

Am darauf folgenden Mittwoch wurden einige Leute aus dem Team abgezogen, um eine Reihe von Scheunenbränden zu untersuchen; sie fanden den Täter, bevor mehr als Sachschaden entstand und Vieh verbrannte. Fenwick hatte erfolglos gegen die Reduzierung gekämpft und verteilte die Arbeit nun neu – in übelster Laune, aber nicht minder entschlossen, den Fall weiterzuverfolgen und aufzuklären.

VIERTER TEIL

Ingemisco

Ingemisco tanquam reus:
Culpa rubet vultus meus,
Supplicante pace, Deus.

Seufzend steh ich, schuldbefangen,
Schamrot glühen meine Wangen:
Lass, ach lass mich Gnad' erlangen!

22

Mehrere Wochen später versprach der mit grauem Anzug und Krawatte bekleidete Fenwick seiner Mutter, dass er rechtzeitig von Katherine Johnstones Gedenkgottesdienst zurück sein werde, um Christopher zu seinem vierten Arzttermin in ebenso vielen Wochen zu begleiten.

Er hatte es sich zur Gewohnheit gemacht, Begräbnisse oder Gedenkgottesdienste zu besuchen – als Zeichen des Respekts und um die Beziehung zwischen Familie, Freunden und Verwandten zu beobachten. Es würde nicht angenehm werden. Das war es nie, aber da sie keinerlei Fortschritte machten, würde es noch unangenehmer werden als sonst.

Cooper würde ihn begleiten. Die Spannungen zwischen ihnen hatten sich gelegt. Fenwick war aufrichtig optimistisch, dass sich die Vermutung seines Sergeants, was den Motorradfahrer betraf, als zutreffend erweisen würde, und froh, dass Cooper den Gedanken an einen alten Freund fallen gelassen hatte.

Inzwischen bestand sein Team aus zwölf Mitgliedern, Cooper eingeschlossen, und er hatte das Versprechen, man würde ihm weitere Leute zuteilen, sobald sich eine neue Spur ergab. Die Detectives arbeiteten immer noch hart – zwei verfolgten das unaufgeklärte Verschwinden von Deborah Fearnside in der Hoffnung, einen Zusammenhang zu finden. Eine, Nightingale, hatte die Liste aller Mädchen zwischen 1976 und 1983 fast durch, jedenfalls die, die sie aufspüren konnte.

Das Schuljahr war längst zu Ende, aber auf den Kirchenbänken drängten sich Schülerinnen, von denen viele zum Zeichen des

Respekts ihre Uniformen trugen. Kate Johnstone war eine beliebte Lehrerin gewesen. Die Familie saß schweigend in den ersten Reihen – Mutter, Vater, Schwester, eine uralte Großmutter und verschiedene Tanten, Onkel und Kusinen. Zwischen den beiden Gruppen saßen, noch dichter gedrängt, Freundinnen, Kollegen und die Polizisten.

Die Kirche war voll. Zarte und wunderschöne Blumenbuketts, von der Blumenbindergruppe gestiftet, wo sie Mitglied gewesen war, standen auf Podesten vor dem Altar. Ansprachen und Reden bestätigten Fenwicks Eindruck, dass die Frau beliebt gewesen war, ihrer Gemeinde treu ergeben und immer bereit, in ihren Unterricht und ihre Musik eine Menge Arbeit zu investieren. Große Taten gab es keine zu nennen. Ihre Freundlichkeit und ihr Beitrag zum Gemeinwohl hatten sich in kleinen Gesten geäußert, die zu Lebzeiten unkommentiert geblieben waren, aber nun, nach ihrem Tod, Anerkennung fanden.

Der Gottesdienst war ergreifend. Unter den Blumenarrangements fiel eine aus weißen Nelken geformte Katze besonders auf. Fenwick sprach den Eltern sein Beileid aus, lehnte aber die Einladung zum Sussex-Äquivalent eines Leichenschmauses dankend ab. Er blieb in der Kirche, während Familie und Trauergäste zu den wartenden Autos gingen.

«Ich kann nicht glauben, dass sie nicht mehr da ist.» Octavia Anderson trat rechts neben ihn. «Sie war stets in vorderster Front – wusste immer, was sie wollte. Keine von uns hat es überrascht, dass sie Lehrerin wurde, und zwar eine *gute* Lehrerin.» Sie sprach mit Nachdruck.

«Sagt jemand, dass sie keine gute Lehrerin war?»

«O nein. Es ist nur so. Unter dieser Regierung scheint der Beruf des Lehrers etwas zu sein, das man verteidigen muss.»

«Mir gegenüber nicht. Haben Sie ihr während der Schulzeit sehr nahe gestanden?»

«Nun, ja. Wir standen uns schon nahe. In derselben Clique – Sie wissen ja, wie Mädchen als Teenager sind. Oder vielleicht nicht, Chief Inspector?»

Bei einer weniger attraktiven Frau wäre der Blick, den sie ihm zuwarf, albern gewesen, bei ihr wirkte er anzüglich.

«Meine Erinnerungen an Mädchen als Teenager sind überwiegend von Peinlichkeiten getrübt.»

«Wenigstens sind Sie ehrlich.»

«Wer gehörte noch zu der Clique?»

«Ich bin nicht sicher, ob ich mich genau erinnere, Kate, ich ... oh, und Debbie. Dabei fällt mir ein, es wundert mich, dass sie nicht hier war, sie hat Kate immer sehr nahe gestanden.»

Fenwick blieb stehen und sah sie an. Sie wirkte aufrichtig.

«Dann wissen Sie es offensichtlich nicht. Mrs. Fearnside – Debbie – ist vor etwa drei Monaten verschwunden. Wir haben keine Ahnung, wo sie ist.»

«Verschwunden? Mein Gott!» Octavia wurde blass und streckte die Hand aus, um sich an einem Grabstein abzustützen. Sie schien innerlich zu schrumpfen und zu vergessen, dass sie noch Publikum hatte.

«Debbie auch ...» Sie flüsterte fast unhörbar. «Mein Gott.»

«Was heißt ‹Debbie auch›, Miss Anderson – haben Sie Grund zu der Annahme, es könnte ein Zusammenhang bestehen?»

«Was? Tut mir Leid. Was haben Sie gesagt?» Sie schien immer noch erschüttert und zutiefst verstört. Fenwick nahm sie am Ellbogen und führte sie zu einer Holzbank. Dort ließ er ihr Zeit, sich zu erholen.

Die Sonne hatte im Lauf des Gottesdienstes den Zenit erreicht und warf kurze dunkle Schatten vor die Grabsteine. Die Gräber verschwammen in fernem Hitzeflimmern, bevor das Auge die Begrenzungsmauer erkennen konnte. Dies war ein älterer Teil des Friedhofs, aber dennoch sehr gepflegt.

Octavia beruhigte sich allmählich, ihr Aussehen und ihre Gesten erlangten die vorherige Anmut zurück. «Tut mir Leid, Mr. Fenwick.» Aus ihrem Munde hörte sich sein Nachname unangemessen an. «Es war nur der Schock.»

«Kein Problem. Und wenn Sie mich nicht Chief Inspector nennen, würde ich Andrew bevorzugen.»

Ein herzliches Lächeln war sein Lohn.

«Glauben Sie, es könnte einen Zusammenhang zwischen Mrs. Fearnsides Verschwinden und dem Mord an Kate geben?»

Sie antwortete wie aus der Pistole geschossen. «Nein, ich kann mir nicht vorstellen, dass es einen gibt. Es ergäbe keinen Sinn.»

«Ist den beiden während der Schulzeit irgendetwas passiert?»

Sie schüttelte entschieden den Kopf. «Mir fällt nichts ein. Wir waren ganz normale Schülerinnen. Es muss ein schrecklicher Zufall sein.»

Sie blieben noch eine Weile sitzen. Die Sonne schien brennend auf ihre dunkle Trauerkleidung. Das unablässige Summen der Bienen betonte die Stille auf dem Friedhof. Die einzigen Farben weit und breit waren Grün und Gold; selbst die Steine in diesem Teil waren in den fünfzehn oder zwanzig Jahren, seit sie in liebevollem Andenken aufgestellt worden waren, stark verwittert. Von ihrer Position aus konnten Fenwick und Anderson keine Gelb-, Rosa- oder Rottöne von Kranzschleifen auf Gräbern sehen.

«Können Sie weitergehen?»

«Ja, es ist wieder gut, aber ich könnte wirklich einen Drink vertragen, Andrew! Würden Sie es aufdringlich finden, wenn ich Sie bitten würde, mir Gesellschaft zu leisten?»

Er hatte eine Menge Arbeit, Unterlagen auf dem Schreibtisch buhlten förmlich um seine Aufmerksamkeit. Aber es war ein schöner Tag, der Fall steckte in einer Sackgasse, und er war in Begleitung einer wunderschönen Frau.

«Sehr gern, Miss Anderson.»

Langsam gingen sie auf das schmiedeeiserne Tor zu; die Sonne schien ihnen auf den Rücken, und sie warfen im grün-goldenen Dunst kurze Schatten.

Als sie das Tor fast erreicht hatten, sah Fenwick aus dem Augenwinkel etwas Rotes. Links, abseits des Weges, war ein Grab mit Dutzenden roter Rosen bedeckt – sie lagen direkt auf dem Boden.

«Großer Gott, sehen Sie sich das an!» Selbst Fenwickwar gerührt. «Ich bezweifle, dass nach meinem Tod jemand so etwas tun würde. ‹Carol Anne Truman›», las er. «Da wüsste man doch gern, wer sie war – und wer sie so sehr geliebt hat, dass seit 1980 Blumen auf ihr Grab gelegt werden. Das sind wie viele Jahre? Fast zwanzig! ‹Geliebte Tochter von Vera und Robert, geschätzte Nichte von Alice und George – Requiem Aeternam.› Müssen die Eltern sein – scheint sehr jung gestorben zu sein.»

Fenwick merkte, dass er Selbstgespräche führte. Nach einem kurzen Blick zu dem Grab hinüber war Octavia Anderson weitergegangen.

«Entschuldigung, ich habe mich ablenken lassen.» Er holte auf.

«Ich habe für heute genügend Gräber gesehen.» Sie war brüsk und ernst.

«Zeit für den Drink, was?» Fenwick griff wieder nach ihrem Ellbogen und führte sie weiter, während er darüber nachdachte, wie er ihr klarmachen würde, dass er wusste, dass sie ihn bei ihrer ersten Begegnung belogen hatte.

Der Gottesdienst hatte Detective Constable Nightingale zutiefst gerührt. Dies war ihr erster Mordfall, und er schmerzte. In den ersten Tagen war ihre heimliche Anteilnahme so groß gewesen, dass ihr Zweifel an ihrer Berufswahl kamen. Dann gewann der Nervenkitzel der Jagd die Oberhand, und der Schmerz wurde zu sorgfältig beherrschter Wut. Sie hegte nicht mehr die geringsten Zweifel an ihrer Entscheidung, Polizistin zu werden, fragte sich aber allmählich, ob sie wirklich gut war.

In der Kirche hatten die Verwandten sie am meisten gerührt. Die Leiche hatte keine Bedeutung mehr. Sie hatte die Fotos gesehen, die Autopsieberichte gelesen; die sterblichen Überreste hatten nichts mehr mit Katherine Johnstone zu tun, sie waren nur noch ein Beweisstück. Aber mit den Angehörigen war es etwas anderes. Sie waren richtige Menschen, trauernde Menschen, zu deren geringem Trost gehörte, dass Gerechtigkeit geschehen und der Mörder ihrer Tochter/Nichte/Freundin/Lehrerin gefunden und bestraft werden würde.

Nightingale hatte das Gefühl, diese Menschen im Stich zu lassen; sie nahm das sehr persönlich. Unmittelbar nach dem Gottesdienst kehrte sie in den Einsatzraum zurück und las erneut ihre gesammelten Notizen und die Akte durch. Sie trug die Verantwortung für die Befragung der Schulfreundinnen. Es war eine enttäuschende Aufgabe gewesen. Sie hatte Hoffnungen auf Leslie Smith gesetzt, aber die Frau war außer sich gewesen, defensiv, nur darauf bedacht, in Ruhe gelassen zu werden. Das Verhör hatte so gut wie nichts ergeben – die lange musikalische Tradition der Schule, ein paar harmlose Jugenderinnerungen, ein paar Namen von Klassenkameradinnen, die ihr eingefallen waren. Eine vergebliche Befragung, die nicht einmal Einblick in Katherine Johnstones Charakter gebracht hatte.

Aber etwas beschäftigte Constable Nightingale. Sie las die Notizen über Smith erneut durch, doch das war es nicht. Frustriert machte sie sich einen Kaffee – durch die Verbindung von Instantkaffee und Milchpulver wurde ihr ein wenig übel, aber wenigstens kam sie auf andere Gedanken. Sie rührte die trübe Brühe gründlich um und erzeugte einen kleinen Strudel in der Tasse. Warum war Smith so defensiv? Warum hatte sie so wenig zu sagen? Warum hatte sie keine Einzelheiten zu Katherine Johnstones Charakter beisteuern können?

Dann wurde ihr klar, was nicht stimmte – warum war *Smith* nicht bei der Trauerfeier gewesen? Die Frau bemühte sich, Distanz zwischen sich und Katherine Johnstone zu bringen, aber es gab keinen logischen Grund dafür. Vielleicht war es nur Trauer, vielleicht war sie keine besonders starke Persönlichkeit. Andererseits konnte sie etwas verbergen. Nightingale beschloss, ihr noch einmal einen Besuch abzustatten. Sie wollte nicht vorher anrufen. Sie würde einfach hinfahren und hoffen, dass sie sie antraf.

Leslie Smith persönlich kam schon nach dem ersten Läuten an die Tür.

«Ja?» Sie hielt die schwere Holztür zwischen sich und der Polizistin fest.

«Mrs. Smith, dürfte ich wohl reinkommen? Ich habe noch ein paar Fragen an Sie.»

«Warum? Habe ich nicht genug gesagt? Ich habe Ihrem Vorgesetzten schon mitgeteilt, dass ich diese Störungen gründlich satt habe.»

«Es wird nicht lange dauern, Mrs. Smith, und ich fürchte, es muss heute sein.»

Die Tür wurde mit einer mürrischen, ruckartigen und kindischen Bewegung aufgerissen, worauf Smith auf dem Absatz kehrt machte und ins Wohnzimmer ging. Es blieb Nightingale überlassen, die Haustür zu schließen.

«Mrs. Smith, wie eng waren Sie mit Katherine Johnstone befreundet?»

«Ich habe Ihnen schon gesagt, nicht besonders eng.» Ihre Hand zitterte, als sie sich eine Zigarette anzündete.

«Nicht jetzt, sondern früher, als Sie zusammen in der Schule waren.»

«Schon damals nicht besonders eng. Natürlich kannte ich sie; alle kannten sie. Sie war so – gut im Sport, gut in Mathe, scheinbar gut in allem.»

«Gab es noch mehr von dieser Sorte?»

«Ein paar.»

«Könnten Sie mir die Namen nennen?»

«Die weiß ich nach der langen Zeit nicht mehr. Warum stellen Sie mir ständig diese sinnlosen Fragen?»

Nightingale beschloss, die Wahrheit ein wenig zu biegen, auch wenn ihre Puritanerseele gehörig dagegen protestierte.

«Aus einem einzigen Grund, Mrs. Smith. Wir haben die Aussagen anderer, die behaupten, dass Sie an der Schule eine enge Freundin von Katherine Johnstone waren, und es kommt uns seltsam vor, dass Sie das heute abstreiten.»

«Ich war keine *so enge* Freundin», winselte sie. «Oh, ich wollte es sein, wie alle – das Quartett zog alle möglichen Mitläuferinnen an. Ich war eines der Mädchen, die in ihrem Umkreis herumhingen, aber ich war nie eine enge Freundin, verstehen Sie?»

Nightingale verstand und empfand Mitleid. Sie vermutete, dass die Ablehnung Narben in Leslie Smith hinterlassen hatte, aber sie war nicht hier, um Mitgefühl zu hegen.

«Wer gehörte zum Quartett, Mrs. Smith?»

«Daran kann ich mich nicht erinnern.»

«Ach kommen Sie, Mrs. Smith, das stimmt doch nicht, oder? Offensichtlich hat es Ihnen sehr viel bedeutet – die meisten Leute würden sich ganz genau daran erinnern.»

«Vielleicht habe ich es verdrängt.»

«Das glaube ich nicht.» Nightingale brach das Schweigen nicht. Es dauerte eine ganze Weile.

«Warum gehen Sie nicht einfach und lassen mich in Ruhe?»

«Ihnen ist klar, dass das nicht in Frage kommt. Sie wissen ganz eindeutig etwas, Mrs. Smith, und meine Aufgabe ist es herauszufinden, was ich kann. Alles, was uns helfen könnte, Katherine Johnstones Mörder zu finden, ist wichtig. Sie müssen es mir sagen, und Sie sagen es mir besser jetzt und ersparen sich Scherereien.»

«Nun, es waren Katherine, Debbie und Octavia Anderson. Wie gesagt, ich habe immer nur Anschluss gesucht.»

«Sie sagten, die Gruppe bestand aus vieren, das waren nur drei. Wer noch?»

Sie zögerte, dann sagte sie ausweichend: «Judith – Judy Plaistow, sie war die Vierte.»

Trotz weiterer Fragen konnte Detective Constable Nightingale nicht mehr herausfinden. Das war nichts Atemberaubendes, nichts Weltbewegendes, *warum* also war Leslie Smith so nervös und abwehrend gewesen?

Es war fast sechs, ein warmer Sommernachmittag. Nightingale hörte ferne Stimmen aus dem Pub am Fluss und hatte ihren Verlobten die ganze Woche nicht gesehen, aber sie konnte sich nicht entspannen. Statt nach links zu gehen, nach Hause, was angemessen gewesen wäre und die Chance geboten hätte, Jeff unterwegs zu treffen, bog sie am Ende der Straße, wo die Smiths wohnten, nach rechts ab und kehrte widerwillig zum Einsatzraum zurück. Es war kaum jemand da, die Luft hinter den zugezogenen Vorhängen roch abgestanden. Niedergeschlagen zog sie ihre Jacke aus und überlegte, ob sie etwas lüften sollte, dachte dann aber, dass sie in fünf Minuten sowieso wieder gehen würde. Bei dem Namen Plaistow läutete ein Glöckchen. Sie hatte eine Judith Plaistow vor Wochen am Telefon befragt – mit etwas Glück würde sie Smiths Geschichte jetzt gleich noch bestätigen können.

Sie suchte ihre damaligen Notizen und die Telefonnummer heraus. Aus dem Gespräch war nicht hervorgegangen, dass Plaistow Katherine Johnstone besonders nahe gestanden hatte. Fünf Minuten später wusste sie, dass Leslie Smith gelogen hatte, was das vierte Mitglied der Gruppe betraf. Plaistow war keine drei Semester an der Schule gewesen und hatte keine engeren Beziehungen geknüpft. Nightingale vergaß das Pub und stand um 18.20 Uhr mit der Liste aller Mitschülerinnen erneut vor Mrs. Smiths Tür.

Leslie Smith versuchte, die Tür gleich wieder zuzuschlagen, aber Nightingale verschaffte sich mit einem stabilen Schuh Größe sechs Zutritt.

«Sie haben mich belogen, Mrs. Smith, und ich möchte wissen, warum.»

«Mummy, Mummy, wer ist da?» Ein fünf- bis sechsjähriger Junge kam in den Flur gelaufen.

«Bitte, die Kinder sind beim Abendessen, und ihr Vater kommt jeden Moment nach Hause. Es stört ihn, wenn ich nicht abgeräumt habe und sie ihre Pyjamas tragen.»

«Je früher Sie meine Fragen beantworten, Mrs. Smith, desto früher bin ich wieder weg.»

«Mummy, wer ist die Frau, und warum redet sie so mit dir?»

«Geh zurück in die Küche und iss deine Kekse, Matthew. Wenn ich wiederkomme, möchte ich einen leeren Teller sehen – geh jetzt.»

Sie führte Nightingale ins Wohnzimmer, unübersehbar schuldbewusst und niedergeschlagen. Nach einem nervösen Blick auf die Uhr legte sie ohne Umschweife los.

«Tut mir Leid, dass ich Sie belogen habe. Ich weiß selbst nicht, warum, aber über Carol zu reden fällt mir immer noch schwer.»

«Carol? Carol wer?»

«Carol Truman. Sie war die Vierte im Quartett. Katherine war ganz vernarrt in sie, wie wir alle. Sie war sehr anziehend. Ein Mensch, wie man nicht viele im Leben kennen lernt, verstehen Sie?»

«Sie sagen, *war* sehr anziehend. Warum?»

Leslie Smith sah sie überrascht an und ließ sich mit der Antwort etwas Zeit. «Herrgott, hören Sie nie auf, Fragen zu stellen? Sie, sie ging weg. Hat die Schule verlassen. Die Familie ist ausgewandert oder so.»

«Das ist nicht weiter beunruhigend, Mrs. Smith.»

«Nein, es ist nicht nur das.» Mrs. Smith zögerte und suchte nach Worten. «Ich war gemein zu ihr, bevor sie ging, habe versucht, ihr den Freund auszuspannen. Sie hatte fast einen Zusammenbruch. Ich habe mir das nie verziehen.»

«Verstehe, und Sie haben keine Ahnung, wohin sie gegangen ist, was sie jetzt macht? Was aus ihrer Familie geworden ist?»

«Nein. Ich glaube, sie waren Farmer – ihre Familie ist wegen Geldsorgen ausgewandert. Mehr weiß ich nicht.»

«Und Sie haben nie wieder etwas von ihr gehört?»

«Nein.» Sie seufzte tief. «Wie sollte ich?»

Leslie Smith sah Nightingale mit traurigen, wässrig-blauen Augen an. Entweder war die Frau eine ausgezeichnete Schauspielerin, oder ihre Betroffenheit war echt. Detective Constable Nightingale war geneigt, ihr zu glauben.

Im Auto ging sie die Klassenlisten noch einmal durch; Carol Truman tauchte nach 1980 nicht mehr auf. Sie fühlte sich ausgelaugt und betrogen. Am Nachmittag hatte sie noch gedacht, sie wäre etwas auf der Spur, das sie weiterbringen würde. Sie besaß weder Fenwicks ausgeprägten Spürsinn noch Coopers jahrelange Erfahrung, aber einen messerscharfen, logischen Verstand und eine Akribie bei Ermittlungen, die ihre Mitstreiter an der Polizeischule rasend gemacht hatte. In Verbindung mit ihrem Blick für das Wesentliche und der Gabe, zu analysieren, zu kombinieren und zu schlussfolgern, hatte ihr das eine Stelle bei der Kripo eingebracht, auch wenn ihre «lineare Vorgehensweise» mitunter kritisiert wurde.

Sie spürte, dass Fenwick Recht hatte. Der Zusammenhang zwischen Johnstone und Fearnside durfte nicht unberücksichtigt bleiben. Im Einsatzraum suchte sie ihre Notizen zu Carol Truman heraus und wurde aufs Neue enttäuscht. Den Notizen zufolge waren die Trumans 1980 nach Australien ausgewandert. Sie hatte bereits ein Fax an die australische Einwanderungsbehörde geschickt, aber die hatten niemanden dieses Namens aufspüren können, der in den genannten Monaten eingewandert war. Immerhin hatten sie ihr eine vollständige Liste sämtlicher Truemans und Trumans zukommen lassen, die 1980 ins Land gekommen waren; siebenundvierzig Namen. Nightingale wog ihre Eingebung gegen die beängstigende Liste ab, kam zur logischen Schlussfolgerung und legte das Fax zu den Akten.

23

Auf der Liste des Mörders standen nur noch zwei Namen. Weitere Informationen brauchte er nicht – ihre Schuld stand fest. Eine würde er rasch und ohne Aufhebens beseitigen. Ihre Rolle war unbedeutend gewesen; dennoch verdiente sie eine Strafe: Pläne für ihre Hinrichtung waren schnell gemacht.

Bei der Letzten war es etwas anderes. Den Namen dieses Opfers hatte er mit roter Tinte eingekreist und mit Schnörkeln versehen, die die anderen Namen fast überdeckten. Sie verdiente den Tod – sie sollte öffentlich als Mörderin hingerichtet werden, denn das war sie. Gäbe es eine Gerechtigkeit, würde sie an einer öffentlichen Hinrichtungsstätte an einem Strick baumeln, damit alle Welt von ihrem Verbrechen und ihrer Strafe erfuhr. Noch besser, sie sollte an eine Wand gestellt und erschossen werden, von Kugeln zerfetzt, sodass Dreck und Schleim unter der täuschend attraktiven Oberfläche zum Vorschein kamen.

Eine Idee nahm in seinem Geist Gestalt an. Es war tollkühn, möglicherweise selbstmörderisch, aber richtig. Wenn jemand so einen Plan in die Tat umsetzen konnte, dann er mit seiner militärischen Ausbildung; er, der es gewohnt war, in nahezu aussichtlosen Situationen zu operieren. Die Jahre der Ausbildung und Einsätze an der Front und danach die diskreteren und tödlichen Einsätze waren Vorbereitung genug. Der Mörder war zutiefst fatalistisch. Die Idee war trotz aller Risiken richtig, und sie ließ sich vielleicht sogar in die Tat umsetzen, ohne dass er selbst dabei den Tod fand – nicht, dass sein Tod nicht ein angemessener Preis gewesen wäre.

Eine höchst aufwendige Planung war erforderlich, spezielles Zubehör, Proben und nicht zuletzt Mut. Ihm blieb nicht viel Zeit, und die andere Tat musste er vorher begehen, am besten wenige Tage vor der entscheidenden Hinrichtung, falls allzu offensichtlich wurde, wer das letzte Opfer sein würde. Er legte die Namensliste beiseite und begann, auf einem linierten Block eine Liste des erforderlichen Geräts zusammenzustellen.

24

Der Juli nahm heiß und trocken, mit klarem, hohem blauen Himmel und leichten Brisen seinen Fortgang. Schöner hätte ein englischer Sommer nicht sein können, aber Fenwick und sein Team sahen das anders. Weder im Fall Johnstone noch im Fall Fearnside gab es neue Entwicklungen. Wenigstens wurde Fearnsides Verschwinden mittlerweile als verdächtig eingestuft. Eine kurze, aber effektive Untersuchung hatte ergeben, dass die ganze Sache mit der Modelagentur schlau eingefädelt worden war, doch von den Leuten, die darin verwickelt waren – Ansprechpartnerin, Fotograf, Chauffeur –, fehlte jede Spur. Also hatte Fenwick keine neuen Anhaltspunkte, denen er nachgehen konnte. Der Superintendent hatte die Unzulänglichkeiten der ersten Ermittlungen im Fall Deborah Fearnside nicht übersehen können. Inspector Blite, der die Ermittlungen geleitet hatte, wurde zum Superintendent bestellt und getadelt, da aber seine Erfolgsrate die zweitbeste des Reviers war, hatte das wenig zu bedeuten.

Fenwick war fest entschlossen, alle zu verhören, die Kate Johnstone oder Deborah Fearnside in den letzten zwanzig Jahren gekannt hatten. Mit dem verkleinerten Team würde er allerdings schon den ganzen Sommer brauchen, um auch nur die Leute abzuhaken, deren Namen sie bereits hatten.

Zu Hause machte er keine besseren Fortschritte, aber wenigstens hatte sich die Lage nicht verschlimmert. Christopher befand sich in behutsamer Behandlung. Einige jüngste, wenn auch kaum wahrnehmbare Erfolge hatten in Fenwick die Hoffnung geweckt, dass er sich mit der Zeit wieder erholen würde. Er sagte immer noch kein

Wort und lebte weiter in seiner eigenen kleinen Welt, aber die Spezialisten schlossen Autismus aus und diagnostizierten stattdessen eine stressbedingte posttraumatische Störung. Er könne sich jederzeit davon erholen, sagten sie, aber wann genau, das sei nicht vorherzusehen. Typisch, fand Fenwick, große Worte, um die Tatsache zu verschleiern, dass sie keine Ahnung hatten.

Seine Mutter hatte ein Ferienhaus in West Dorset gemietet, nur einen kurzen Fußmarsch von der Küste entfernt. Aus einer Laune heraus beschloss Fenwick, sich für ein paar Tage zu ihnen zu gesellen, womit er zum ersten Mal in seiner Laufbahn einen unaufgeklärten Fall liegen ließ. Er war wild entschlossen, sich während des Aufenthalts nur um seine Familie zu kümmern und die Ablenkung zu genießen.

Das Wetter meinte es gut mit ihnen, es war warm genug für den Strand oder ausgiebige Spaziergänge und Spiele auf den Kreideklippen. Fenwick entspannte sich, seine Mutter verfiel ab und zu in mädchenhaftes Kichern, die Kinder lebten auf. Bei Bess war es, als könnte man zusehen, wie ein Gänseblümchen sich morgens der Sonne öffnete und sich am Abend müde und glücklich wieder schloss. Bei Christopher war es anders. Zunächst schien keine Veränderung feststellbar, aber tief in seinem Innern fand doch eine statt; in seine beengte, monochrome Welt kam wieder Farbe. Es fing an mit Gesprächen mit Bess, dann kam die simple Freude, wenn Wellen und Gischt Kopf, Arme und Zehen benetzten. Als Fenwick zum zweiten Mal zu ihnen stieß, ließ sein Sohn sich schon wieder berühren und kurz liebkosen. Die Anspannung war noch da, aber man spürte, wie er darum rang, sich davon zu befreien.

Zwei Tage bevor Fenwick wieder zum Dienst musste, fand er Christopher bäuchlings auf dem Bett liegend, wo er so heftig schluchzte, dass der ganze Holzrahmen erbebte. Zuerst war der Vater erschrocken, niedergeschmettert und vollkommen ratlos. Er wollte das Kind in die Arme nehmen, an sich drücken, es trösten, bis der Schmerz nachließ, hatte aber zu große Angst, es falsch zu machen. Als er es nicht mehr ertrug, setzte er sich zaghaft auf die Bettkante und nahm den Jungen auf den Schoß.

Die Worte trafen Fenwick wie Granatsplitter: bruchstückhafte Erinnerungen an Abneigung und kleinere Gemeinheiten im Endstadium der Krankheit seiner Mutter, das tief verwurzelte Gefühl, dass alles irgendwie seine Schuld sei, und, am schlimmsten, dass sein Daddy ihn hasste und ihm nie verzeihen würde.

Fenwick wiegte das Kind einfach, schweigend, weil er fürchtete, seine erstickte Stimme könnte Verwirrung und Schmerz noch verschlimmern. Tränen liefen ihm über die Wangen und fielen in das lockige blonde Haar des Jungen. Schließlich blickte Christopher erschrocken auf.

«Daddy, du weinst. Warum? Bitte nicht, es tut mir Leid.»

Die nächste halbe Stunde unterhielten sich Vater und Sohn – manchmal ruhig, manchmal unter Tränen. Fenwick spürte, wie sein Familiensinn und sein Verantwortungsgefühl die Oberhand gewannen und wuchsen, was ihn erschöpfte, aber seine Zuversicht stärkte. Sein Sohn war am Boden zerstört, verletzt, hatte unter der Krankheit seiner Mutter mehr gelitten, als sie alle sich vorstellen konnten. Er hatte mehr mitbekommen, als ihnen bewusst gewesen war, und hatte sich mit dem begrenzten Verständnis eines Kindes seine eigene verzerrte Version der Ereignisse zusammengereimt.

Zweifel und Abscheu vor sich selbst waren wie ein Krebsgeschwür in dem Jungen gewachsen und verzehrten ihn mit dem Gift der Schuld. Es würde lange dauern, diesen Schaden behutsam zu beheben. Vielleicht blieben für alle Zeiten Narben zurück. Aber damit wurde Fenwick fertig. Es war eine Herausforderung, der er sich mit Hilfe der Experten stellen würde, so lange es eben dauerte.

Die Sonne näherte sich dem Meer, als die beiden zu einem Spaziergang aufbrachen. Andere Familien tummelten sich noch am Strand und genossen die letzte Wärme des Tages, aber das Meer, das glänzte wie ein Gazeschal, in den langsam das Wachs der untergehenden Sonne schmolz, war ganz allein für sie beide da. Christopher ließ die Hand seines Vaters ab und zu los, forderte die Wellen heraus, kam kreischend und fröhlich und außer Atem zu seinem Vater zurückgerannt und umarmte dessen Knie. Zum ersten Mal seit vielen Monaten war Fenwick wirklich glücklich.

Auf dem Weg zurück zum Ferienhaus kaufte er eine Lokalzeitung, die erste seit Beginn der Ferien, und legte sie prompt wieder beiseite, als es darum ging, vor dem Zubettgehen noch ein letztes Spiel mit den Kindern zu spielen. Am nächsten Tag trank er vor dem Essen einen vorzüglichen Malzwhiskey, las die Zeitung und merkte, wie seine Perspektive zurechtgerückt wurde. Es konnte nicht nur Schlechtes geben auf der Welt, wenn ein Artikel über entlaufene Ponys es auf Seite eins schaffte. Bedauerlicherweise kündeten die anderen Artikel von einer traurigeren Welt.

Ein Mann Anfang zwanzig war verhaftet worden, nachdem er einen Gastwirt mit einem Messer bedroht hatte, «das er noch aus der Armeezeit hatte». Es folgten eine sensationsheischende und detaillierte Beschreibung der Waffe sowie das Foto einer vergleichbaren Klinge. Obwohl in Ferienstimmung, musste Fenwick sofort an die Waffe denken, mit der Katherine Johnstone ermordet worden war und die sie noch nicht gefunden hatten. Als er umblättern wollte, fiel sein Blick noch auf eine andere kurze Meldung:

> «Mrs. Trudi Swithin – Richtigstellung
> Der Chefredakteur möchte klarstellen, dass ein Hinweis auf Mrs. Trudi Swithin im Zusammenhang mit dem Artikel von letzter Woche über die weibliche Leiche, die in Dyle Copse gefunden wurde, keineswegs bedeuten sollte, dass es sich bei der Toten um Mrs. Swithin handelt, die seit einigen Monaten als vermisst gilt. Detective Inspector Churt von der Kripo Dorset hat ausdrücklich betont, dass er nach wie vor landesweit nach Hinweisen auf die Identität der toten Frau sucht. Wir entschuldigen uns bei Mrs. Swithins Familie für jedwede Unannehmlichkeit, die die Erwähnung verursacht haben könnte. Siehe Seite 3.

Dort wurde nüchtern über die Entdeckung einer Frauenleiche in einem entlegenen Wäldchen im Norden des Landes berichtet. Der Pathologe schätzte ihr Alter auf dreißig bis vierzig Jahre und schloss aus dem Zustand ihrer Zähne, dass sie sich eine private Behandlung hatte leisten können. Außerdem hatte sie mindestens ein Kind geboren. Die Polizei prüfte die örtlichen und landesweiten Vermisstenmeldungen, hatte die Frau aber bislang nicht identifizieren können.

Fenwick rief Cooper an, und der Sergeant meldete sich eine halbe

Stunde später wieder und bestätigte, dass alle Angaben zu Deborah Fearnside an die betreffende Dienststelle geschickt worden waren und zu gegebener Zeit verglichen werden würden, dass aber bis jetzt noch keine Reaktion erfolgt sei. Die Ermittler in Dorset hatten mit Frauen aus der Umgebung angefangen und wollten die Überprüfung danach in konzentrischen Kreisen ausdehnen. Es würde noch einige Zeit dauern, bis sie bei West Sussex angelangt waren.

Fenwicks nächster Anruf galt Churt. Anfangs reagierte der Detective Inspector abweisend, da ihm die ungestüme Art missfiel, mit der ein Polizist im Urlaub ihn bedrängte, dann aber willigte er ein, sich auf ein Bier mit Fenwick zu treffen, und als er die Einzelheiten über den Fall Fearnside gehört hatte, sicherte er zu, dass er den Namen gleich am nächsten Morgen an die erste Stelle der Liste setzen würde.

«Wie wurde die Frau getötet, die Sie gefunden haben?»

«Das ist alles noch ziemlich vage – Sie kennen ja die Pathologen, die rücken nichts raus, bevor sie nicht alle Tests abgeschlossen haben –, aber unser Junge hier hat immerhin bestätigt, dass ihr die Kehle durchgeschnitten wurde. Und zwar mit einem Messer, wie Spuren an der Wirbelsäule bestätigen.»

Die Härchen auf Fenwicks Armen und in seinem Nacken prickelten. Adrenalin wurde in seinen Körper gepumpt und tönte Bier und Whiskey mit einem sauren Geschmack; sein Herz schlug schneller. Geistesabwesend dankte er Ben Churt und versprach, dass er am nächsten Tag anrufen würde.

Er gelangte zu der Überzeugung, dass der Mörder Soldat war. Planung und Ausführung des Mordes an Katherine Johnstone deuteten auf einen geschulten, disziplinierten und pragmatischen Verstand hin. Hätten sie nicht die paar Blutstropfen gefunden und das ganze Haus gründlich auf Spuren hin untersucht, würden sie immer noch nach einem fiktiven Sexualstraftäter suchen.

Wenn es sich bei dieser zweiten Leiche um Deborah Fearnside handelte, bedeutete das, dass auch ihre Entführung und alle Vorstufen dazu sorgfältig ausgeheckt gewesen waren. Er überlegte, ob er Cooper gleich anrufen und von seiner Theorie über einen Soldaten in Kenntnis setzen sollte, ließ es dann aber bleiben. Er wollte nichts überstürzen.

Am nächsten Tag ging das herrliche Sommerwetter zu Ende. Von Tagesanbruch an ging der für den Westteil des Landes typische heftige Regen hernieder. Fenwick erhob sich schon vor Sonnenaufgang, ungeduldig und gereizt, und ging wie ein Bär im Käfig in dem kleinen Ferienhaus auf und ab, bis der Rest der Familie erwachte. Er schlug seiner Mutter vor, mit den Kindern in das nahe gelegene Dinosauriermuseum zu gehen, aber nicht einmal der Gedanke an prähistorische Monster konnte Bess und Chris veranlassen, ihrem Vater von der Seite zu weichen.

Letztendlich spielte Fenwick geistesabwesend, aber gut gelaunt Monopoly mit ihnen, bis kurz vor dem Mittagessen das Telefon läutete. Es war Churt.

«Sieht so aus, als ob unsere Lady hier *tatsächlich* Deborah Fearnside ist.»

Durch den Spalt der angelehnten Tür konnte Fenwick vom Kreisverkehr der Parkstraße bis zur Schlossallee sehen; die silberne Spielfigur seines Sohnes stand felsenfest auf der Gartenstraße. Eine kleine Hand entfernte den Stein, das Spielbrett blieb leer.

Er hatte ein Hochgefühl erwartet. Stattdessen verspürte er eine unerhörte Traurigkeit. Sie war eine wunderschöne Frau und gute Mutter gewesen. Ihre Kinder würden immer ohne Mutter bleiben, wie seine eigenen. Selbst wenn eine andere Frau kam, für Fearnside wie für ihn, sie würde ihnen die Mutter nie ersetzen können. Der Schmerz wich nüchterner, unerbittlicher Wut. Bei seiner Frau hatte es keinen Bösewicht gegeben, keine Personifizierung des Bösen, nur eine verheerende, den Verstand zersetzende Krankheit. Hier fand er ein Ziel für seine Wut, Mittel und Wege, Hass und Schuld zu sühnen. Nichts würde zwischen ihm und ihrem Mörder stehen.

Er hörte Churts Stimme.

«Fenwick, sind Sie noch da? Ich sagte, möchten Sie rüberkommen? Es wird eine Weile dauern, bis der Pathologe fertig ist – ich an Ihrer Stelle würde noch zu Mittag essen.»

«Ich komme gleich.»

Am selben Tag wurde der Fall Fearnside offiziell als Mord wieder aufgegriffen. Fenwick bekam seine zusätzlichen Männer, Cooper teilte sie sofort zur Arbeit ein. Als Fenwick in den Einsatzraum zurückkehrte, fand er den Sergeant und Nightingale, wie sie mit übertriebenem Eifer Akten sortierten, die ins Revier zurückgebracht werden konnten – um sich davon abzulenken, dass jemand Fearnside die Nachricht überbringen musste. Fenwick hatte darauf bestanden, dass sie auf ihn warteten. Er hatte das Gefühl, das selbst tun zu müssen.

«Sie sind einen Tag früher wieder da, Boss! Hatten Sie einen schönen Urlaub?» Fenwick blinzelte; die Frage erschien ihm zu diesem Zeitpunkt unpassend.

«Ja. Ja, sehr schön. Den Kindern hat es gefallen. Wo sind die neuen Leute?»

«Vier sind heute gekommen; denen habe ich schon Arbeit gegeben. Die anderen kommen morgen früh vom Präsidium. Wir verlegen den Einsatzraum ins Revier zurück, wie Sie es verlangt haben. Dies ist kein guter Stützpunkt mehr, schon gar nicht in den Schulferien. Übrigens ist es an der Küste wieder zu schweren Unruhen gekommen – wir werden kämpfen müssen, damit wir die zusätzlichen Männer behalten können. Auch so ist schon sämtlicher Urlaub gestrichen worden.»

Fenwick grunzte nur. Einen drei Monate alten Mordfall mitten im Sommer neu zu untersuchen musste auf der Wunschliste eines Masochisten ganz oben stehen. Er musste die Leute beschäftigen – damit sie nicht wieder abgezogen wurden und um die Moral der Truppe zu erhalten.

«Ich habe beschlossen, es noch einmal über das Fernsehen zu versuchen, eine Rekonstruktion ihrer letzten Fahrt; und der *Evening Standard* ist normalerweise äußerst hilfreich, wenn ein Zusammenhang mit London besteht. Hat jemand noch einmal mit Leslie Smith gesprochen? Der Name fällt so oft, dass es unmöglich ein Zufall sein kann.»

Nightingale antwortete: «Ich war letzten Monat dort, aber im Moment ist sie mit ihrer Familie in der Türkei, Sir, drei Wochen Urlaub. Vor zwei Tagen abgereist. Wir versuchen, sie ausfindig zu machen, aber offenbar weiß niemand genau, wo sie steckt. Sie hat bei keinem der hiesigen Reisebüros gebucht.»

«Bleiben Sie dran. Ich bin sicher, da kommt noch mehr ans Licht.»

«Nightingale konnte bestätigen, dass es während der Schulzeit zwischen den beiden Frauen eine Verbindung gab.»

«Sie behauptet, nicht zum so genannten Quartett gehört zu haben. Das waren» – Nightingale zog ihre Notizen zu Rate – «neben den beiden Toten Octavia Anderson und ein Mädchen namens Carol Truman.»

«Truman. Haben wir schon mit ihr gesprochen? Der Name kommt mir bekannt vor, aber ich kann nicht sagen, warum.»

«Sie ist unauffindbar, Sir. Die Familie ist nach Australien ausgewandert. Ich habe eine Routineabfrage durchgeführt, aber wir haben nichts über sie. Ich habe eine Liste von fast fünfzig weiteren Trumans.»

«Versuchen Sie es. Wir müssen alle vier finden.»

Cooper rutschte unbehaglich auf dem Stuhl herum, der für seine beachtliche Leibesfülle zu klein war. «Ist es richtig, Sir, das in den Vordergrund zu stellen? Ich meine, wir haben nichts anderes als diese Verbindung zur Schule. Das könnte auch ein Zufall sein.» Automatisch hielt er den Atem an und wartete auf die Zurechtweisung. Es kam keine.

«Natürlich, ich habe es Ihnen noch gar nicht gesagt. Mein Fehler, Entschuldigung. Es hat den Anschein, als wären beide Frauen auf dieselbe Weise getötet worden, möglicherweise sogar mit derselben Waffe. Ich lasse das von der Forensik überprüfen. Glücklicherweise gibt es eindeutige Spuren an Deborah Fearnsides Wirbelsäule. Bei Kate auch. In Dorset haben sie außerdem eingewilligt, dass Pendlebury sich Fearnsides Leichnam ansehen kann; das Ergebnis bekommen wir in zwei Tagen. Ich würde vorschlagen, Sie beide hören jetzt auf zu quatschen und machen sich an die Arbeit. Suchen Sie die Anderson-Vernehmungen raus, ja? Ich werde versuchen, noch einmal mit ihr zu reden. Sie hat sich, was die Freundschaft mit den toten Frauen angeht, so sehr in Widersprüche verstrickt, dass es an Lügen grenzt, und ich werde herausfinden, warum.»

Miss Andersons Hausmädchen ließ Fenwick höflich wissen, dass Madame sich in Montpellier aufhalte und noch eine Woche dort sein werde. Er überlegte, ob er am Telefon mit ihr sprechen sollte, entschied sich aber dagegen. Die Frau war eine zu gute Schauspielerin; er musste ihr Gesicht sehen und versuchen, sie zu überraschen.

Derweil beanspruchten die Pressekonferenz nach dem Fund von

Deborah Fearnsides Leichnam, der Artikel im *Evening Standard* und die Rekonstruktion des Tathergangs den größten Teil seiner Zeit. Wieder einmal sinnierte er darüber, dass die moderne Verbrechensermittlung allmählich zum Medienspektakel verkam, doch dann befand er, dass die Vorteile die Kosten und Unannehmlichkeiten wettmachten. Da ohnehin Sauregurkenzeit war, erntete die Entdeckung der Leiche einer attraktiven jungen Mutter Monate nach ihrem Verschwinden jede Menge Aufmerksamkeit. Die mögliche Verbindung zwischen den beiden Morden erwähnte Fenwick nicht. Glücklicherweise waren sie auf den ersten Blick so verschieden, dass niemand den Zusammenhang herstellte.

Es gingen zwei Hinweise ein; ein Anruf kam von einem Mr. Stanisopoulos, einem griechischen Restaurantbesitzer, der zweite von einem freischaffenden Fotografen.

Mr. Stanisopoulos, ein kleiner, lebhafter Mann mit Schnurrbart, beharrte darauf, dass er Mrs. Fearnside an der Victoria Station gesehen hatte, und zwar mit einem Mann. Er trat erstaunlich selbstsicher auf und verfügte über eine beachtliche Beobachtungsgabe. Er war sicher, dass die Dame, der er vor dem Bahnhof hatte helfen wollen, Deborah Fearnside gewesen war. Warum? Weil sie so wunderschön gewesen war. Sie hatte ihn an Marilyn Monroe erinnert.

Er war sicher, dass ein Mann sie abgeholt hatte, wahrscheinlich verabredungsgemäß. Er hatte sie mit Namen angesprochen und zu seinem Auto begleitet. Ob die beiden einander gekannt hätten? Wahrscheinlich eher nicht.

Seine Beschreibung des Mannes fiel weniger detailliert aus. Er war groß gewesen, dunkel – meinte er –, aber die Chauffeursmütze und eine dunkle Brille hätten seine Züge weitgehend verborgen. Er erinnerte sich, dass der Mann eine «militärische Aura» gehabt hatte. Und er verstand etwas davon, denn in den siebziger Jahren hatte er im Athener Restaurant seines Vaters gearbeitet, wo es ihm zur zweiten Natur geworden war, Armeeangehörige zu entdecken. Es konnte auch an Uniform und Mütze des Chauffeurs liegen, ja, und an seinem kurzen Haarschnitt, aber da war noch etwas anders gewesen, sein Gang, seine Autorität. Wie auch immer, die Frau sei freiwillig mit ihm gegangen.

Das Auto? Das Auto beschrieb er nur vage. Es hatte teuer ausgesehen, neu, schwarz lackiert. An die Marke konnte er sich nicht erinnern, vielleicht eine Mercedes-Limousine oder ein BMW? Mit Sicherheit kein britisches Auto – es hatte mehr Stil gehabt!

Nach zwei Stunden schloss Cooper erleichtert die Tür hinter dem strahlenden, stolzen Stanisopoulos, der hocherfreut war, den Behörden in seiner Wahlheimat eine so große Hilfe sein zu können.

Im Gegensatz dazu war der Fotograf ein jämmerlicher Zeuge. Er schwitzte Sturzbäche, knetete unaufhörlich seine gelben Finger und sah immer wieder verzweifelt zu dem Rauchen-verboten-Schild an der Tür hinüber. Für jemanden, der angeblich seinen Lebensunterhalt damit verdiente, Details zu sehen und aufzuzeichnen, war er ein hoffnungsloser Fall. Er kam zu spät, redete widerwillig und bereute sichtlich, ein guter Bürger und so dumm gewesen zu sein, seinen Namen und seine Adresse anzugeben.

Nur ganz allmählich entlockten Fenwick und Cooper ihm die vagen Details. Es hatte sich um einen einmaligen Auftrag gehandelt, am Telefon vereinbart, per Post bezahlt. Nein, die Postanweisung hatte er schon vor langer Zeit eingelöst, und er fand nicht, dass das eine merkwürdige Zahlungsweise war – so gut wie bar auf die Hand. Einen Angestellten der Katalogfirma hatte er nie zu Gesicht bekommen.

«War das nicht ungewöhnlich?»

«Nein, so was kommt häufiger vor.» Der Mann wand sich.

Er konnte sich nicht erinnern, ob er mit einem Mann oder einer Frau gesprochen hatte, auch nicht, was aus Film und Negativen geworden war. Es war ein gut bezahlter, ganz normaler Auftrag gewesen.

«Bei dem Sie den Auftraggeber nie kennen gelernt haben, praktisch bar bezahlt wurden und nie nachgefragt haben, warum Ihre Dienste in Anspruch genommen wurden? Kommen Sie!»

«Es besteht keine Veranlassung, diesen Ton anzuschlagen, Sergeant.» Die gelben Finger bildeten einen knochigen Knoten.

«Es würde mich wirklich interessieren, was für Jobs Sie normalerweise haben.»

Schweiß tropfte auf den Tisch. «Hören Sie zu. Ich bin aus freien Stücken zu Ihnen gekommen. Sie haben keinen Grund, mich hier zu behalten. Ich gehe.»

«Schon gut, George, beruhigen Sie sich. Für uns ist nicht von Belang, womit Sie Ihr Geld verdienen; erzählen Sie uns einfach alles über Deborah Fearnside.»

Der Mann entspannte sich sichtlich, aber es kamen keine Einzelheiten mehr ans Licht. Nach weiteren zwanzig Minuten erkannten sie, dass der Mann wirklich nicht mehr wusste, und ließen ihn gehen.

Nach der Befragung saß Fenwick in seinem stickigen Büro und dachte über die aufwendige Entführung von Deborah Fearnside nach. Die Planung war außergewöhnlich, und die Frau war, wie ihre Freundinnen, nicht einmal auf den Gedanken gekommen, dass sie in eine Falle gelockt werden könnte. Wer immer dahinter steckte – er war äußerst schlau und erfindungsreich; man musste sich nur vor Augen führen, wie lange die Polizei gebraucht hatte, das Puzzle zusammenzusetzen, und wie wenig beweiskräftige Spuren zu finden gewesen waren. Fenwick ging auf, dass er es zum ersten Mal mit einem Verbrecher zu tun hatte, der ihm intellektuell mindestens ebenbürtig war.

In den Tagen bis zu Octavia Andersons Rückkehr nahm er sich noch einmal die Akten der Schule vor, während Cooper in immer neuen Sackgassen landete und die ihnen zusätzlich zugeteilten Männer überall nur Nieten zogen. Er vollzog die Schulkarrieren der vier Freundinnen und Leslie Smiths nach und notierte sich, wann Octavia Anderson an die Schule gekommen war und dass Carol Truman und Octavia am Ende der zehnten Klasse von der Liste verschwanden.

Er schrieb sich die Namen der Lehrer auf, die nicht mehr an der Schule unterrichteten, und beauftragte Nightingale und ein paar von den neuen Leuten, sie aufzuspüren. Die meisten waren im Ruhestand und aus Gewohnheit bei ihren langen Sommerferien geblieben; einige waren gestorben; zwei verbrachten ihren Lebensabend in Schottland. Nightingale war versucht, den nächsten Schlafwagenzug nach Fort William zu nehmen, nur um dem Fall für eine Weile zu entkommen, aber am Ende bat sie doch die Kollegen vor Ort um Unterstützung und wandte sich wieder der schrumpfenden Liste zu. Nightingale hatte die Namen von Carols Eltern in der Liste gefunden und die australische Einwanderungsbehörde noch einmal kontaktiert.

Eines Freitags am Spätnachmittag, als die Luft im nicht klimatisierten Einsatzraum des Reviers immer stickiger wurde und sie niedergeschlagen dem Summen von Schmeißfliegen im Todeskampf lauschte, kam ein Fax mit genaueren Angaben zur Einwanderung der Trumans. Das veranlasste Nightingale, wieder einen Abend im Biergarten des Pubs sausen zu lassen und stattdessen die Redaktionsräume der Lokalzeitung aufzusuchen.

Cooper sah ihr mit gemischten Gefühlen nach. Wenigstens hatte sie einen Hinweis, dem sie nachgehen konnte, auch wenn es ihr möglicherweise das Wochenende verdarb. Er musste sich auf frustrierende Weise mit Beamten des Verteidigungsministeriums herumärgern, die keine Einzelheiten über Leute herausgeben wollten, die in den vergangenen zwölf Monaten aus dem Militärdienst ausgeschieden waren. Seine eigene Skepsis war der Anfrage nicht gerade dienlich gewesen, aber stets aufs Neue deutlich geworden, wenn er versuchte, die Leute zu überreden. Als Grundlage für ihre Anfrage hatten sie wenig mehr als Fenwicks Ahnung und eine mögliche Mordwaffe aus dem Arsenal der Streitkräfte. Dennoch, kurz nachdem Nightingale gegangen war, brachte ein Kurier drei große Umschläge mit umfangreichen Computerlisten für Cooper. Jede Einheit bot die Information auf unterschiedliche Weise dar, aber es lief immer auf dasselbe hinaus: Name, Dienstgrad, Dienstnummer. Keine Adressen, Telefonnummern oder Gründe für das Ausscheiden. Die Listen waren so gut wie nutzlos.

Kaum eine Stunde später erhielt er auch die erste Liste einer landesweiten Autovermietung, die sie wegen der schwarzen Limousine angeschrieben hatten. Die Firma war wesentlich hilfsbereiter. Die Schlüsseldaten entsprachen genau der Liste von Coopers Prioritäten: London, Home Counties, Südosten; männlich; Barzahlung. Aufgrund der vagen Beschreibung des Wagens waren es mehrere hundert Namen. Und sie gingen stillschweigend davon aus, dass ihr «Chauffeur» das Auto gemietet und nicht gekauft hatte. Wenigstens gab es hier Adressen und Telefonnummern. Mit einer gewissen Befriedigung versammelte Cooper die Leute um sich und teilte die Liste unter ihnen auf.

Bibliothek und Archiv der Zeitung befanden sich im Keller. Es gab weder Fenster noch Klimaanlage. Die Luft schien zwischen den Stapeln alter Ausgaben zu stehen. Ein pensionierter Drucker, der zum Archivar ernannt worden war, erzählte Nightingale stolz, dass sie gerade dabei waren, die alten Ausgaben auf Mikrofiche zu übertragen. Unglücklicherweise waren sie erst bei 1984 und noch nicht weiter zurück. Er führte sie zu einem brusthohen Stapel mit der Aufschrift «Januar 1979 – Dezember 1981». Resigniert zog Nightingale die leichte Baumwolljacke aus, suchte nach einer freien Stelle, wo sie sie hinlegen konnte, wischte einen Plastikstuhl ab und sah, wie ihre Hand schwarz wurde vom Staub.

Sie suchte die erste Ausgabe des Jahrgangs 1980 aus dem Stapel heraus, dem Jahr, in dem sowohl Truman als auch Anderson die Schule verlassen hatten. Johnstones Tagebuch aus dieser Zeit fehlte ebenfalls, und die australische Einwanderungsbehörde hatte mit ihrem Fax bestätigt, dass es auch das Jahr war, in dem die Familie Truman eingewandert war – *ohne Carol.*

Lokalzeitungen machten mangelnde Qualität häufig mit Quantität wett. Schon 1980 hatte jede Ausgabe zwei Teile gehabt. Nightingale war versucht, sich auf die Seiten mit den wichtigsten Schlagzeilen zu konzentrieren, weil sie davon ausging, dass das, wonach sie suchte, für die erste Seite interessant genug war. Aber ihre Gründlichkeit zwang sie schließlich, jede einzelne Seite zu überfliegen.

Um acht war sie bei Ende Mai 1980 angelangt. Ihre Hände waren dunkel von der alten Druckerschwärze, die auf geheimnisvollen Wegen auch in ihr Gesicht und ihr Haar gefunden hatte. Staub bedeckte ihre Kleidung, Augen und Hals fühlten sich an, als wären sie aus feinem Schmirgelpapier. Sie hatte nichts gefunden, abgesehen von dem Hinweis auf eine Schulaufführung, für die sowohl Octavia Anderson als auch Carol Truman mit höchstem Lob bedacht worden waren. In gewisser Weise war sie der Meinung, dass sie für einen Abend mehr als genug getan hatte, aber der Gedanke, am nächsten Tag in diesen Raum zurückkehren zu müssen, war noch unangenehmer als der zu bleiben. Sie beschloss, bis Ende Juni weiterzublättern – die Hälfte – und dann nach Hause zu gehen.

Nachdem die erste Juniausgabe nichts hergegeben hatte, bückte sie sich nach der nächsten auf dem schrumpfenden Stapel. Zwei klare, helle Augen sahen aus einem hübschen, von blondem Haar umrahmten ovalen Gesicht direkt in ihre. Der Redakteur hatte ganze Arbeit geleistet und über dem Bild eine zentimeterhohe Schlagzeile platziert: «TRAGISCHER TOD», und als Unterzeile: «Begabte Schülerin stürzt während eines Schulausflugs in den Tod».

Detective Constable Nightingale hatte Carol Truman gefunden.

Eine Feier zum Ende des Schuljahrs endete diese Woche mit einer Tragödie, als die begabte Schülerin Carol Truman von einer sechzig Meter hohen Klippe in den Tod stürzte.

13 Schülerinnen und zwei Lehrer der Downside Comprehensive School besuchten im Rahmen der Feierlichkeiten zum Ende des Schuljahrs Durdle Door, eine bekannte Sehenswürdigkeit in Dorset. Der Ausflug am vergangenen Freitag nahm ein tragisches Ende. William Price von der Küstenwache sagte noch am Ort des Geschehens: «Wir erhielten um 15.40 Uhr einen Anruf und waren um 15.55 Uhr vor Ort. Es wurde sofort ein Helikopter losgeschickt, und nach fünfzehn Minuten hatten wir bedauerlicherweise die Leiche des jungen Mädchens gefunden.»

Es war erforderlich, eine Winde zu holen, um die Leiche zu bergen, da der Zugang von der Klippe zu gefährlich gewesen wäre.

Der Unfall hat erneut Zweifel an Schulausflügen aufkommen lassen, Zweifel, denen Dr. Boyle, der Rektor der Schule, vehement entgegentrat. «Auf diesem Ausflug waren keineswegs zu wenige Aufsichtspersonen dabei. Zwei sehr erfahrene Lehrerinnen hatten die Aufsicht über die Gruppe. Alle 13 Mädchen waren alt genug; das Verhältnis von Schülerinnen und Aufsichtspersonen war angemessen.»

Dennoch wurden umfangreiche Ermittlungen eingeleitet, und man geht davon aus, dass beide Lehrerinnen Fragen nach dem unglücklichen Ausflug werden beantworten müssen. Geografielehrerin Kenneth Jackson hatte die Leitung. Begleitet wurde sie von Sportlehrerin Dicks.

Weitere Berichte auf den Seiten 2 und 3.

Dort wurde der Unfall ausführlicher geschildert: Die Gruppe war an einem klaren, sonnigen Tag kurz nach elf Uhr an der Küste eingetroffen. Die Ausflüglerinnen teilten sich in drei kleinere Gruppen auf, die beiden Lehrerinnen waren in derselben – in der Annahme, dass die Mädchen alt genug waren. Zwei Gruppen machten sich auf den Weg, die Klippen zu erkunden.

Der Vormittag verlief ohne Zwischenfälle, alle trafen sich zum Mittagessen, danach trennte man sich wieder. Der Unfall ereignete sich am Nachmittag. In dem Bericht hieß es: «Leslie Bannister war in der Gruppe von Carol Truman. ‹Es ging alles so schnell›, sagte die Fünfzehnjährige unter Tränen. ‹Eben haben wir noch herumgealbert und gesungen, und dann mussten wir uns beeilen, um den Bus zu erreichen. Ich bin vorausgelaufen, und plötzlich hörte ich jemanden schreien; ich glaube, es war Debbie oder Octavia. Carol war einfach fort, verschwunden. Erst später wurde uns klar, was passiert sein musste.›»

Rektor Dennis Boyle beschrieb Carol als «außergewöhnlich begabte Schülerin». Er wurde ausführlich zitiert: «Die ganze Schule ist zutiefst schockiert; einige Mädchen wurden nach Hause geschickt. Carol besaß eine einmalige Begabung; der schreckliche Unfall hat uns nicht nur eine beliebte und angesehene Schülerin und Freundin genommen, sondern auch eine viel versprechende Musikerin. Es sind Ermittlungen eingeleitet worden, und selbstverständlich haben wir unsere vollste Unterstützung zugesichert.»

Detective Constable Nightingale las den gesamten Artikel und begann dann noch einmal von vorn. Ein paar Fakten fielen ihr auf: Der Unfall hatte sich zugetragen, *nachdem* Carols Familie ausgewandert war – wo hatte das Mädchen gewohnt? Die damalige Leslie Bannister, heute Smith, war eine «enge Freundin» und praktisch Augenzeugin des Unfalls gewesen. Warum hatte sie gelogen? In dem Artikel wurde ausdrücklich betont, dass es sich bei dem Sturz von der Klippe um einen Unfall handelte, den die Polizei nicht als verdächtig einstufte. Konnte das der Grund dafür sein, dass zwanzig Jahre später zwei von Carols Freundinnen ermordet wurden? Und wenn nicht der Unfall der Auslöser für diese Morde war, welcher Zusammenhang existierte dann?

Nightingales Anruf veranlasste Fenwick, sie und Cooper noch am selben Abend zu sich nach Hause zu bitten. Er linderte die Umstände, die er ihnen machte, indem er einen gekühlten australischen Chardonnay servierte. Sie tranken ihn im Garten, ein Stück entfernt vom Kinderzimmer, wo es hoch herging.

Nightingale hatte in einem der nachfolgenden Artikel die Namen einer Tante und eines Onkels von Carol Truman entdeckt, Alice und George Rowland, und erhielt sofort den Auftrag, sie ausfindig zu machen. Zudem hatte sie herausgefunden, dass die beiden einen Sohn hatten, dessen Namen sie ebenfalls auf die Liste setzte. Cooper erhielt enttäuschenderweise den Auftrag, die Ausdrucke des Militärs nach einem der Namen zu durchsuchen, die in dem Artikel oder den entsprechenden Akten der Schule erwähnt wurden. Da die Ausdrucke nach Dienstnummern geordnet waren und er ohnehin nicht so recht von der Militär-Theorie überzeugt war, fand er die Aufgabe mehr als lästig. Auch der Wein war für seinen Gaumen zu sauer.

«Und was tun Sie, Sir?» Sein Ton grenzte an Insubordination, und Fenwick hatte noch nie Ellbogen unter Lederflicken eine aggressivere Haltung einnehmen sehen.

«Ich fahre nach Montpellier und dann möglicherweise nach Schottland, Sergeant. Ich werde rechtzeitig zurück sein, um Smith in Empfang zu nehmen, wenn sie aus der Türkei zurückkehrt – ich nehme an, Sie haben sie gefunden? – Nein, noch nicht? Noch was, Cooper, geben Sie den zusätzlichen Leuten etwas zu tun, ja? Ich will nicht, dass sie abgezogen werden, während ich weg bin.»

25

Fenwick trat von klimatisierter, trockener Kälte in die schwüle Wärme des Mittelmeersommers und genoss die wenigen Sekunden reiner, sinnlicher Freude, die alle Reisenden aus dem Norden erfüllt, wenn sie das Gefühl haben, am Ort ihrer Bestimmung zu sein. Wärme auf allen entblößten Hautpartien, Sonnenschein auf dem Kopf, ein einzigartiger Geschmack in der Luft. Dann war es vorbei. Aber die Wärme in seinem Innern verschwand nicht. Wäre er nicht so pragmatisch und beschäftigt gewesen, hätte er Verstand genug gehabt, dieses Gefühl wachsender Vorfreude zu erkennen und sich dagegen zu wappnen. So erkannte er es nicht.

Als er sein Gepäck geholt, dreißig Minuten in der Schlange der Leihwagenfirma gestanden und sich schließlich hoffnungslos verfahren hatte, bedauerte er die Krawatte, die Reise und seine schlechten Fremdsprachenkenntnisse. Er spürte, wie Schweiß seinen Kragen tränkte und von den Achselhöhlen zum Hosenbund lief, während er sich, von der Sonne geblendet, durch den Irrgarten Montpellier quälte. Er hatte mit Anderson vereinbart, dass er sie in ihrem Hotel aufsuchen würde, das eindeutig jenseits seines Spesenbudgets lag. Angesichts der Verzögerungen blieb ihm keine andere Wahl, als direkt (ganz gewiss ein unzutreffender Ausdruck) vom Flughafen dorthin zu fahren.

Er legte die Krawatte ab, kämmte sich, nahm ein noch knitterfreies leichtes Jackett vom Rücksitz und betrat die marmorverkleidete Halle. Die gnadenlose Klimaanlage zwang ihn, sofort das Jackett überzuziehen. Die Gänsehaut, die sich auf seinen Armen und Oberschenkeln bildete, als Octavia Anderson auf ihn zustolziert kam, schrieb er dem Temperatursturz zu.

Etliche Blicke folgten ihr quer durch die Halle. Das offene schwarze Haar umrahmte einen elfenbeinfarbenen, von der Sonne unberührten Teint, der sie deutlich von den Leuten um sie herum abhob. Sie trug einen Hosenanzug aus Seide, den Gürtel lässig um eine fast zu schlanke Taille geschlungen. Fenwick versuchte zu übersehen, dass sie keinen BH anhatte, ebenso die Wirkung der Klimaanlage. Er merkte, dass er trotz der Kälte schwitzte.

Sie suchten sich eine ruhige Ecke unter Palmen. «Einen Drink?» Sie schlüpfte in die Rolle der Gastgeberin und winkte einem Kellner, der bereits darauf brannte, zu ihr zu kommen.

«Ein großes Sodawasser mit Zitrone. Danke, Miss Anderson.»

Eine steile Falte erschien zwischen den dunklen, wohlgeformten Brauen, weil er sie wieder mit ihrem Nachnamen ansprach.

«Zweimal, Nico.»

Schweigend warteten sie. Als die großen Gläser, von denen Kondenswasser perlte, gebracht wurden, ergriff Fenwick die Initiative.

Sie schaute halb fragend, halb keck zu ihm auf und prostete ihm über den Rand ihres Glases hinweg zu. Da sagte er: «Ich bin hier, um über Carol Truman zu sprechen.» Dabei sah er ihr in die Augen.

Schauspielerin hin oder her – ganz konnte sie ihren Schreck nicht verbergen. Ihre Augen weiteten sich, die Unterlippe sank herab, das scharfe Einatmen war trotz der Musik in der Hotelhalle nicht zu überhören. Sodawasser schwappte auf ihre Hand, als sie das Glas auf den Tisch stellte.

Sie beschäftigte sich einen Moment damit, die Flüssigkeit mit einer Serviette aufzutupfen, die ihr der stets zuvorkommende Nico gebracht hatte. Als sie den Kopf hob, hatte sie sich wieder unter Kontrolle; ihr Gesicht war eine Maske höflicher Aufmerksamkeit. Aber sie konnte ihre erste Reaktion nicht ungeschehen machen, und Fenwick sah ihr an, dass sie das wusste. Zum ersten Mal, seit sie sich kannten, hielt sie seinem Blick nicht stand.

«Ich verstehe. Bitte, Andrew, entschuldigen Sie meine alberne Reaktion, aber Sie haben da eine sehr alte und schmerzliche Erinnerung geweckt. Die lange, lange Zeit gänzlich verschollen war.»

«Obwohl Deborah Fearnside und Katherine Johnstone zu Tode gekommen sind?»

«Zu Tode gekommen? Ich dachte, Debbie wird nur vermisst!» Jetzt machte sie keinen Hehl aus ihrer Betroffenheit.

«Ihr Leichnam wurde vor einigen Tagen gefunden. Aber ich frage Sie noch einmal: Haben Sie keinen Zusammenhang zwischen Deborah, Katherine und Carol hergestellt?»

«Nein. Warum sollte ich? Carol starb, als wir noch Schulmädchen waren. Sie war eine gute Freundin von mir, Chief Inspector, aber das ist zwanzig Jahre her. Und Debbie und Kate – der Mord an Kate war schrecklich, ein leibhaftig gewordener Albtraum. Debbies Verschwinden – nun, um ehrlich zu sein, ich dachte, sie wäre weggelaufen.»

Fenwick verspürte einen Anflug von Zorn. Warum waren die Leute, sogar ihre Freundinnen, so schnell bereit, das Schlechteste von Deborah zu denken?

«Und jetzt, da wir es mit zwei Morden zu tun haben? Alles in allem drei Tote aus dem Quartett – beunruhigt Sie das nicht?»

«Nein, Andrew. Ich bin kein abergläubischer Mensch und sehe keinen Grund, weshalb ich plötzlich beunruhigt sein sollte. Sie waren meine Freundinnen, natürlich waren sie das – aber das ist sehr lange her; mir kommt es vor wie ein anderes Leben, ein anderes Land.»

«Erzählen Sie mir von Carols Tod.»

«Ich kann mich nicht an viel erinnern, ehrlich. Es war schrecklich, das weiß ich noch. Eben noch albern wir herum, und im nächsten Augenblick ist sie verschwunden. Die Einzelheiten habe ich verdrängt. Ich habe mich noch Wochen danach von allen abgekapselt, von Freunden, Familie, Lehrern. Nur die Musik hat mich am Leben erhalten. Heutzutage scheinen immer Psychologen bereitzustehen, um den Hinterbliebenen zu helfen, damals war man auf sich allein gestellt. Ich glaube tatsächlich, dass ich möglicherweise den Verstand verloren hätte, wenn die Musik nicht gewesen wäre.»

«Was ist nach Carols Tod passiert – was haben Sie alle gemacht?»

«Sie meinen unmittelbar danach? Ich kann mich nicht erinnern. Ich denke, wir sind nach Hause gefahren. Später, als die Leiche geborgen war, haben wir, Leslie, Kate, Debbie und ich, Carols Familie besucht. Ich weiß nicht, warum, wir dachten wohl einfach, es würde sich so gehören. Es war grässlich. Sie stellten uns lauter Fragen, die wir nicht beantworten konnten. Vic schrie uns sogar an und tobte herum, als wäre es unsere Schuld gewesen. Aber wir hätten nichts tun können, gar nichts. Am Ende waren sie einfach still, und wir sind gegangen. Sie konnten unseren Anblick nicht ertragen. Es war ihnen anzusehen, dass sie dachten: Warum Carol und nicht eine von ihnen? Damals habe ich geglaubt, sie würden uns hassen, aber das stimmte natürlich nicht. Es war der Kummer.»

«Wer war Vic – ein Bruder? Ich dachte, ihre Familie wäre ausgewandert.»

«Vic war nur ein Freund. Wir sind natürlich zu ihrer Tante und ihrem Onkel gegangen. Und bevor sie mich fragen, ich kann mich *nicht* an die Namen erinnern. Hören Sie, Chief Inspector, sind wir fertig? Ich muss mich vorbereiten.»

«Nur noch eine Frage. Wie war Carol?»

Octavia wandte sich ab und sah hinüber zu der getönten automatischen Tür der Halle.

«Sie war reizend», murmelte sie, «einfach reizend.»

Zu seiner Überraschung sah Fenwick Tränen in ihren Augen; ihre Stimme brach. Diesmal schauspielerte sie nicht.

«Kann ich jetzt gehen, Andrew? Es ist schon spät.»

Er stand auf und begleitete sie zum Lift. So starke Emotionen nach so langer Zeit verblüfften ihn. Er hatte noch viele Fragen auf der Zunge, doch bevor er etwas sagen konnte, kam der stellvertretende Hotelmanager, dessen Namensschild im Licht der Kristallleuchter funkelte, mit einem Arm voll roter Rosen zu ihnen gelaufen.

«Die wurden gerade für Sie abgegeben, Mademoiselle Anderson.»

«Oh, wie reizend, Jean-Luc. Hat der Botenjunge gesagt, von wem?»

«Nein, Mademoiselle. Leider nein.»

«Und es scheint keine Karte dabei zu sein. Egal! Danke.»

«Kommt es häufig vor, dass Ihnen unbekannte Bewunderer Blumen schicken?»

«Nicht so oft, wie Sie vielleicht glauben, aber dies ist das dritte Bukett mit roten Rosen, das ich während des Festivals bekommen habe, daher will ich mich nicht beschweren!» Sie lächelte ihn an, und ihre Lippen passten perfekt zu den blutroten Blüten. «Werde ich Sie heute Abend sehen? Ich weiß, es ist kein bedeutendes Festival, aber hier hatte ich meine erste richtige Chance, und ich bin sentimental. Trotzdem könnte es das letzte Mal sein, es ist einfach zu anstrengend.»

«Ich bezweifle, dass wir uns sehen. Ich habe keine Karte und könnte mir denken, dass sie ausverkauft sind.»

«Armer Chief Inspector! Dieser weite Weg und dann kein Spaß. Wir werden uns anderswo wieder sehen müssen. *Au revoir.*»

Fenwick wurde bei einem kurzen Nickerchen in dem kleinen, gemütlichen, aber bedauerlicherweise nicht klimatisierten Hotelzimmer gestört, als er eine einzelne rote Rose zugestellt bekam, an deren Stiel eine Karte für die Aufführung am Abend befestigt war. Eine Nachricht war nicht dabei.

26

In England verfluchte Nightingale an einem verhangenen, gewittrigen Abend die Tatsache, dass es kein landesweites Identifizierungssystem gab. Es war ihr nicht gelungen, Carol Trumans Tante, Onkel und Cousin ausfindig zu machen; sie standen nicht in den Melderegistern von Sussex, Surrey, Kent oder Hampshire.

Erschöpft machte sie eine Pause und ging in den drückenden Augustabend hinaus. Die Abgase waren schrecklich, der Park zu weit entfernt. Aus Gewohnheit ging sie bis zu dem Friedhof, wo Katherine Johnstone in wenigen Wochen endlich begraben werden sollte. Sie schlenderte die asphaltierten Wege entlang, sah traurig und angewidert eine gebrauchte Spritze neben einem Grab mit Marmorplatte im Gras liegen und spürte, wie Niedergeschlagenheit über sie kam.

Ihr war bewusst, dass ihr kometenhafter Aufstieg alte Hasen und jüngere Kollegen gleichermaßen ärgerte, umso mehr, als sie noch in der Ausbildung war. Der Stillstand in ihrem Fall erboste sie. Cooper war unerschütterlich. Er schien wenig von der generellen Richtung von Fenwicks Ermittlungen zu halten, aber genau konnte man das nie sagen; jedenfalls trieb er das Team unerbittlich an und akzeptierte keine Ausreden. Sie selbst tolerierte er mit weisem, amüsiertem Gleichmut, freute sich über ihre Eigeninitiative, missbilligte ihre Unverfrorenheit.

Es war ein Glückstreffer gewesen, Leslie Smith noch einmal aufzusuchen, aber nun war das elende Weibsstück in die Türkei geflohen. Carol Truman aufzuspüren war die zähe Ermittlungsarbeit gewesen, die Lob einbrachte, aber das arme Mädchen war tot. Jetzt musste sie die Tante und den Onkel finden. Sie drehte die dritte Runde durch den Friedhof und wunderte sich über die Menge welker Blumen auf einem der entlegeneren Gräber. Und als sie dorthin ging, fand sie wie beiläufig George und Alice Rowland. Bei ihnen bestand keine Fluchtgefahr mehr.

George Henry Rowland und seine Frau Alice Mary
Geliebte Eltern von Victor.
Mitten im Leben sind wir vom Tod umfangen.
Von uns genommen am 6. und 7. August 1983
Ruhet in Frieden.

Das Familiengrab wurde von einem aufgeschlagenen Buch aus Granit geschmückt. Ein Bukett aus weißen und gelben Chrysanthemen welkte auf dem gemähten Grabhügel vor sich hin. Die Vase war trocken, die Blumen ließen die Köpfe hängen. Nightingale schüttete vorsichtig den Rest ihrer lauwarmen Cola in die Vase und hoffte, damit würden die Blumen noch mindestens einen Tag durchhalten. Eine Menge Geld war für dieses Bukett ausgegeben worden – manche hätten verschwendet gesagt –, das in der Sommerhitze höchstens ein paar Tage überstehen konnte.

Wieder eine Sackgasse. Sie setzte sich auf die nächstbeste Bank und ließ der Polizistin in sich freien Lauf. Warum wurde so viel Geld für Blumen ausgegeben, und wer hatte es ausgegeben? Es war keine Karte dabei, aber auf der Zellophanhülle stand in weißen Buchstaben der Name einer Floristin. Das war die einzige Spur, die sie zu lebenden Verwandten von Carol führen konnte.

Sie ging zurück zum Tor und bemerkte erneut einen Berg vertrockneter Blumen auf einem abgelegenen Grab. Welke Rosen, Dutzende. Sie lagen einfach auf dem Boden, hoffnungslos der Hitze ausgeliefert. Alle anderen Gräber waren in der heißen Jahreszeit ausgetrocknet und graubraun. Im Vergleich dazu wirkte diese Extravaganz noch schockierender.

Aus reiner Neugier ging sie hinüber und verspürte ein warnendes Kribbeln auf dem Rücken, als sie den Namen las: Carol Anne Truman. Es musste mehr als ein Zufall sein, dass diese Verstorbenen gerade zu der Zeit einen grotesken Blumengruß erhielten, als ihre

Namen eine zentrale Rolle in den Ermittlungen eines Mordfalls spielten. Vielleicht wurden aber auch ständig so viele Blumen hergebracht. Das konnte sie herausfinden.

Die Floristin hatte früher zugemacht. Nightingale schob eine Nachricht unter der Tür durch. Ins Revier zurückgekehrt, wartete eine Notiz auf sie: «Australische Einwanderungsbehörde hat angerufen, während Sie Luft schnappen waren!!!» Coopers Engelsgeduld vertrug die Hitze nicht besonders gut.

Seine Stimmung hatte sich bis zu dem Punkt verschlechtert, wo er nur noch in knappen, grunzenden Sätzen sprach; der Geruch seines salzigen Schweißes und herben Aftershaves lag schwer im Raum. Alle Fenster waren aufgerissen, und trotzdem stand die Luft, wollte sich nicht regenerieren, hüllte jeden einzelnen Schreibtisch in abgestandene Schwaden.

«Was haben Sie gesagt, Sergeant?»

«Ich bin nicht Ihr Telefondienst, Nightingale. Ich habe Ihnen die Nummer auf den Schreibtisch gelegt.»

«Danke.»

Er sah von seinem Stapel Computerausdrucke auf und lächelte.

«Ich dachte, Sie würden diese Arbeit delegieren, Sarge.»

«Habe ich – jedenfalls den größten Teil –, aber ich habe nichts Besseres zu tun, während Detective Chief Inspector Fenwick in Europa unterwegs ist.»

Die anderen Constables im Raum rutschten nervös hin und her. Es lief nicht besonders gut, im Team herrschte allgemeine Frustration. Die Leute spürten Coopers Gereiztheit und vergruben entweder den Kopf in den Akten oder erledigten einen weiteren Anruf in dem Versuch, ehemalige Männer und Frauen der Streitkräfte den Namen von 1980 zuzuordnen.

«Nein, im Ernst, Nightingale. Es war keine lange Nachricht und auch keine gute. Carols Eltern sind beide tot. Die Mutter ist kurz nach der Einwanderung gestorben, der Vater letztes Jahr. Unterlagen über weitere Familienmitglieder gibt es nicht.»

Auf Anraten Coopers schrieb Nightingale ein Fax an die Polizei von Melbourne und betonte, wie wichtig es sei, Freunde oder Verwandte aufzuspüren; darüber hinaus bat sie um die Namen der Anwälte, die den Nachlass von Carols Vater verwaltet hatten – in der Hoffnung, irgendwelche Erben ausfindig zu machen.

Sie erzählte Cooper gerade von den Gräbern, als die Floristin anrief. Sie war noch einmal zurückgekommen, um ihre Blumen zu wässern, und hatte den Zettel gefunden. Ja, sie konnte sich genau an die Rosen erinnern. Der Kunde – ein Mann – hatte ein paar Tage vorher angerufen und sich vergewissert, dass sie ausreichenden Vorrat hatte – drei Dutzend, scharlachrot. Am Montag war er kurz im Laden gewesen, um die Bestellung zu bezahlen, bar, und er hatte verlangt, dass sie direkt auf den Friedhof lieferten, da er nicht selbst hingehen konnte. Das war seltsam, aber er hatte eine kleine Karte dagelassen, auf der die Gräber verzeichnet waren und die Namen. Nein. Die hatte sie am Montagabend weggeworfen.

Angesichts des enormen Bestellwerts hatte sie gefragt, ob es vernünftig sei, die Rosen einfach so liegen zu lassen, ohne Wasser, aber er hatte darauf bestanden. Es war die seltsamste Bestellung, die sie je entgegengenommen hatte. Er hatte vorher noch nie bei ihr gekauft.

«Können Sie ihn beschreiben?»

«Ein wenig. Er war groß, über eins achtzig, würde ich sagen. Dunkel – kurzes schwarzes Haar; ziemlich dichtes Haar. Er trug eine Sonnenbrille. Und er war braun, richtig braun gebrannt.»

«Noch etwas?»

«Na ja, er war durchtrainiert, sehr durchtrainiert, würde ich sagen – Sie wissen schon, athletisch. Er hatte ein dünnes weißes Baumwollhemd an, und man konnte die Muskeln sehen – ein Muskelprotz, wenn Sie verstehen, was ich meine.»

«Scheint so, als wäre Ihnen doch einiges an ihm aufgefallen.»

«Er war einfach ein Bild von einem Mann – er hat doch nichts Unrechtes getan, oder? Ich meine …»

«Wir wollen nur mit ihm reden, weiter nichts.»

«Oh, um ihn also aus dem Kreis der Verdächtigen auszuschließen!»

«So ungefähr, ja. Sie sagten, er war ein Bild von einem Mann.» Sie gab sich große Mühe, Coopers Augenbrauen nicht zu sehen, die auf seiner gefurchten Stirn einen beängstigenden Tanz aufführten.

«Na ja. Er hatte das gewisse Etwas, wissen Sie. Hübsche Kleidung, tolle Figur, aber nicht billig. Kein Gold. Überhaupt kein Schmuck, wenn ich es recht bedenke. Aber eine schöne Uhr. Groß, sah teuer aus, wie eine Taucheruhr – jede Menge Knöpfe dran. Und er hatte was Besonderes. Irgendwie hat er den ganzen Laden ausgefüllt.»

«Sie meinen, er hatte Persönlichkeit?»

«Ja, das ist ein guter Ausdruck dafür. Er hatte *Persönlichkeit.*»

«Könnten Sie uns etwas Zeit opfern und mit einem Polizeizeichner arbeiten? Wir würden gern ein Phantombild erstellen.»

«Ich weiß nicht recht. Was hat er denn getan? Ich möchte keinen Ärger bekommen.»

«Wie gesagt, wir wollen ihn nur finden. Wir müssen unbedingt mit ihm sprechen, und ich habe das Gefühl, Sie könnten uns eine große Hilfe sein.»

Schließlich willigte die Frau ein, am nächsten Morgen vorbeizukommen.

Kaum hatte Nightingale aufgelegt und Cooper den nach oben gerichteten Daumen gezeigt, läutete das Telefon wieder. Es war die Floristin.

«Da ist noch etwas – ich dachte, ich rufe lieber noch mal an, bevor ich es vergesse. Ich weiß nicht, ob das wichtig ist, aber ich habe mich geirrt, als ich sagte, dass er gar keinen Schmuck trug. Er hatte eine Kette um den Hals, nicht Gold, sondern Silber, mit etwas dran, das ich nicht genau erkennen konnte.»

«So etwas wie eine Kennmarke?»

«Könnte sein. Ich habe es nur ganz kurz gesehen. Und er hatte eine kleine Narbe im Gesicht, auf der Wange – wie man es in deutschen Filmen sieht.»

«Verstehe. Ich danke Ihnen, jede Kleinigkeit bringt uns weiter. Wir sehen uns dann morgen.» Nightingale drehte sich nachdenklich zu Cooper um.

«Unser Auszug aus der Liste von Armeeabgängern – ist Ihnen da ein Rowland aufgefallen, Sarge?»

«Mal sehen.» Sie gingen die Listen gemeinsam durch. «Da sind zwei. Eine Linda – die ist sauber – und ein V. R. Rowland. Den haben wir noch nicht. Warum?»

«Ich glaube, ich weiß, warum Carol hier war und wo sie gewohnt hat. Angenommen, ihre Eltern sind ausgewandert, weil sie hier keine

Arbeit hatten. Carol hat für ihr Examen gelernt, und das wollten sie nicht unterbrechen. Also ist sie zu Hause geblieben und hat bei Onkel und Tante gewohnt.»

«Klingt einleuchtend. Und Sie sagten, dass sie einen Cousin hatte – dass er irgendwie damit zu tun haben könnte.»

«Möglicherweise. Oh, und übrigens könnte unser Mann im Blumenladen eine Hundemarke getragen haben.»

Cooper grunzte beifällig.

«Ich wollte Sie nur ein wenig aufmuntern!»

Das Piepsen des Faxgeräts unterbrach ihr Geplänkel. Constable Taylor ging hin und hob das zusammengerollte Papier vom Boden auf.

«Vom Boss. Er fliegt morgen nach Schottland. Ist am Telefon nicht durchgekommen! Hier steht ...» Taylor las es leise durch. «Hier, Sarge, Sie lesen es besser selbst. Vielleicht war der Ausflug nach Frankreich doch kein Schuss in den Ofen.»

Cooper,

Reise nach Frankreich unergiebig, aber überprüfen:

- «Victor»: Haben wir jemanden dieses Namens gefunden? Ich glaube, er war ein Freund oder Verwandter von Carol Truman.
- Trumans Tod: *Genau* herausfinden, wer zu der Zeit wo gewesen ist, besonders die Mädchen. Wer war bei ihr? Ich möchte in der Lage sein, den Vorfall zu rekonstruieren, wenn ich zurück bin – Freitag.
- Rosen: Wer hat zu Hause Rosen gekauft? Jede Menge, Dutzende, und wohin werden sie geschickt?

A. F.

PS: Sichern Sie uns ein paar zusätzliche Telefonleitungen!

«Okay. Victor übernehme ich. Diese Aufzeichnungen und Berichte sind für Sie, Nightingale – Sie scheinen mit den alten Akten gut zurechtzukommen. Sie», Cooper zeigte auf Taylor, der den Fehler machte, den Kopf zu heben, «bekommen den Rest dieser Listen. Wir suchen nach Victor. Sie überprüfen bitte auch alle anderen Floristen in der Gegend. Finden Sie heraus, ob dort ebenfalls Rosen bestellt wurden.»

Er sah den allgemeinen Missmut angesichts der zusätzlichen Arbeit und verkniff sich ein Lächeln. Zum ersten Mal seit zwei Wochen hatte er den Eindruck, dass sie sich auf etwas Handfestes konzentrieren konnten. Er war bei der früheren Arbeit mit Fenwick immer wieder in Sackgassen geraten, aber nun fiel ihm ein, dass sie am Ende doch immer den richtigen Weg gefunden hatten. Ihm war, als spürten sie gerade wieder die richtige Richtung auf. Vielleicht verzieh er Fenwick sogar den Ausflug nach Frankreich.

Das hätte er bestimmt nicht getan, hätte er Fenwick in diesem Moment in seinem geliehenen weißen Dinnerjackett mit der schwarzen Fliege gesehen, wie er sich in der ersten Reihe zwischen die Reichen und Schönen setzte.

Es war Jahre her, dass er in der Oper gewesen war. Monique hatte sie nie gemocht. Er war nicht sicher, ob er sich erinnern würde, wie man eine Oper genoss. Aber kaum betrat Octavia Anderson die Bühne, war er fasziniert.

Während er in der Pause ein Glas Viognier trank, spielte er «Erkenne den Touristen». Es war deprimierend einfach, und als die Glocke zum zweiten Akt rief, fühlte er sich erbärmlich klein. Aber seine Bedenken zerstoben in der weißen Glut der Aufführung.

Am Ende des zweiten Akts gab es begeisterten Applaus. Eine Woge der Euphorie spülte Fenwick ins Foyer. Er bestellte das dritte Glas Wein, wobei er in seinen natürlichen Befehlston verfiel, hängte sich das Jackett leger über die Schulter und wurde sehr zu seinem Vergnügen von einer charmanten Französin für einen Freund der Familie gehalten.

Als er zu seinem Platz zurückkehrte, fand er dort einen rechteckigen weißen Umschlag fein säuberlich auf die Kante des hochgeklappten Sitzes gestellt; sein Name stand in einer wohl bekannten Handschrift darauf: *Wenn Sie heute Abend nichts Besseres vorhaben, treffen wir uns um 23:30 im Chez Gérard. Es ist ein Tisch auf meinen Namen reserviert. O.*

Fenwick traf etwas früher in dem Restaurant ein, und die Gleichgültigkeit, mit der er behandelt wurde, schlug sofort in Respekt um, als er seinen Namen nannte.

«Ah, ja. Der *ami* von Mademoiselle Anderson. *Bien sûr.* Hier entlang, Monsieur.» Es war eindeutig der beste Tisch. Während er die Speisekarte studierte, wurde ihm ein Glas Champagner gebracht; ein fast unterwürfiger Weinkellner erläuterte in einem stark dialektgeprägten, aber glücklicherweise langsamen Französisch die edleren Tropfen.

Octavia erschien gegen Viertel vor zwölf, blass wie immer, aber von einem inneren Leuchten erfüllt, von einer Energie, die die Luft um sie her aufzuladen schien. Das Restaurant war von wohlhabenden Opernfreunden bevölkert, die noch unter dem Eindruck der vorzüglichen Aufführung standen. Als Octavia eintrat, drehten sich viele zu ihr um und stießen ihre Nachbarn an. Sie lächelte erfreut, aber bescheiden, blieb stehen, um dargebotene Hände zu schütteln, und nahm den Arm des *maître*, um sich an den Tisch geleiten zu lassen. Als sie dort angekommen war, ging ein Raunen durch den Raum, dann wurden Rufe laut: *«Bravo!»* Als sie an Fenwicks Seite stand, hatten sich nahezu alle Gäste erhoben und applaudierten.

Sie küsste ihn auf beide Wangen, und ihre warmen Lippen berührten tatsächlich seine Haut. Kaum saßen sie, kamen eine Flasche Champagner auf Kosten des Hauses und *petites bouchées.*

«Bravo.» Fenwick hob das Glas und sah ihr in die Augen.

«Danke, Andrew. Ich bin froh, dass Sie gekommen sind.» Sie berührte seinen Arm.

Solange sie bei Champagner, geeister Suppe, frischer Forelle und Dessert waren, verbot sie ihm, von ihrem Auftritt zu sprechen. Sie wolle, sagte sie, über alles reden, nur nicht darüber.

Er erzählte ihr von seiner Laufbahn und seinen Kindern. Als das Champagnersorbet im Karamelkörbchen kam, hatte er ihr sogar von Monique erzählt.

«Daher Ihre Französischkenntnisse.»

«Meine Französischkenntnisse? Nein. Ich kann doch kaum etwas.»

«Im Gegenteil. Ihre Aussprache ist gut, Ihr Wortschatz auch – und was die Grammatik angeht, die ist besser, als Sie glauben, da bin ich mir sicher. Perfektionisten haben es eben schwer.»

Sie hatte dem Thema beiläufig seine Schwere genommen und ihn so vor einer traurigen Introspektion gerettet, die er später bedauert hätte, aber kaum hatte sich seine Stimmung gebessert, kam sie noch einmal auf Monique zu sprechen.

«Wie lange ist Monique schon in der Klinik?»

«Mehrere Monate.»

«Und davor war sie ein Jahr sehr krank? Länger?»

Er nickte.

«Dann sind Sie schon lange allein, Andrew.»

«Meine Mutter war mir eine große Hilfe.»

«Das habe ich nicht gemeint.»

In den frühen Morgenstunden begleitete er sie zu ihrem Hotel. Die abgestandene Luft des Tages hing noch in den Straßen. Über Asphalt, Kopfsteinpflaster und trockenes Gras gingen sie langsam zu ihrem kalten, voll klimatisierten Palast. Mondlicht spiegelte sich auf ihrer weißen Haut. Sie zitterte trotz der schwülen Luft.

Der Champagner, die Weine und der abschließende Armagnac hatten ihnen beiden zugesetzt. Sie stolperte ein wenig, er stützte sie. Am Ende war es einfacher, einen Arm um ihre Schultern zu legen. Sie wurden langsamer, blieben öfter stehen, redeten weniger und lachten kaum noch. Dann erreichten sie das Hotel. Die Frage blieb unbeantwortet. Letztendlich war es einfacher, nicht zu antworten.

27

Für den folgenden Freitag hatte Fenwick eine Fallbesprechung in Dorset angesetzt; anschließend sollte der Unfall rekonstruiert werden, bei dem Carol Truman ums Leben gekommen war. Nightingale hatte ihm ihre Informationen nach Schottland gefaxt. Sie trafen sich im örtlichen Polizeirevier, von wo aus sie als bunt zusammengewürfelter Konvoi nach Durdle Door aufbrachen. Fenwick erschien in Begleitung einer schlanken, behänden Frau um die siebzig, die er als Miss Dicks vorstellte. Sie war in Tweed gehüllt und hatte eine große lederne Umhängetasche dabei.

Auf der Klippe vergab er die Rollen für die Rekonstruktion und überreichte allen Beteiligten einen Abriss von Nightingales Informationen. Er übernahm Octavias Rolle, Miss Dicks spielte sich selbst.

«Ich war eine der beiden Lehrerinnen», erklärte sie den versammelten Polizisten. «Mrs. Jackson lebt nicht mehr. Ich war hier auf dem Parkplatz und habe mit Mrs. Jackson und den anderen Mädchen gewartet. Es war gegen drei Uhr nachmittags. Das Quartett kam immer auf den letzten Drücker. Wir waren kein bisschen beunruhigt.»

«Aber, Miss Dicks, es waren fünf Mädchen.» Nightingale war nicht sicher, ob sie unterbrechen sollte, doch die Frage erschien ihr wichtig.

«Ja, die kleine Leslie. Ich erinnere mich genau an sie alle. Sie ist ihnen immer hinterher gelaufen, gehörte aber nie dazu.»

Nach Nightingales Zusammenfassung der alten Berichte gingen die Polizisten auf einem Trampelpfad in Richtung Westen und ließen Miss Dicks auf dem Parkplatz zurück. Der Weg hatte sich im Lauf von fast zwanzig Jahren ein wenig verändert und war teilweise neu angelegt worden, um die Erosion durch Tausende Touristenfüße auszugleichen, aber die grobe Richtung war dieselbe. Die Mädchen waren dem Weg, der dem Auf und Ab der Klippen entsprach, rund anderthalb Meilen gefolgt.

Sie hatten eine Stelle zum Sonnenbaden gefunden und laut ihrer Aussage die Zeit vergessen. Kurz vor drei hatte Kate Johnstone auf die Uhr geschaut, war aufgesprungen und hatte zur Eile gemahnt. Während die anderen sich noch träge erhoben, war sie schon losgelaufen. In diesem Punkt stimmten alle Aussagen überein. Der Detective Constable, der die Rolle von Kate spielte, joggte gehorsam von dannen, wobei er ein Tempo vorlegte, das er einem sportlichen jungen Mädchen für angemessen hielt.

Deborah Fearnside hatte ausgesagt, dass sie Kate unmittelbar gefolgt sei und noch einmal kurz angehalten habe, um sich die Schuhe anzuziehen. Eine Polizistin trat an ihre Stelle. Cooper hatte die Rolle von Leslie Smith übernommen. Sie hatte behauptet, sie sei mit Deborah gegangen und den ganzen Weg über an ihrer Seite geblieben. Also trottete auch Cooper davon und ließ Fenwick als Octavia und Nightingale als Carol zurück.

Octavia hatte sich kurz gefasst. Sie und Carol waren zusammen gewesen. Sie waren das erste Stück des Weges nicht gerannt, sondern gegangen und hatten sich dabei unterhalten. Der Trampelpfad führte in eine Mulde, in der er zehn oder zwölf Meter eben verlief, um auf der anderen Seite steil wieder anzusteigen. Als sie die Mulde und den Anstieg auf der anderen Seite sah, hatte Octavia beschlossen, den Abhang hinunterzulaufen, um Schwung für den Aufstieg gegenüber zu sammeln.

Fenwick setzte sich in Bewegung. Im Laufen registrierte er die Stechginsterbüsche, die den Weg säumten und zum Fuß der Mulde hin dichter wurden. In der Mulde war der Kalkstein zu lockerem Geröll zerfallen, auf dem Fenwick bei den letzten paar Metern ins Schlittern kam.

Dennoch nutzte er seinen Schwung und schaffte mehr als die Hälfte des Anstiegs auf der anderen Seite, bevor er langsamer wurde. Ihm fiel auf, dass Cooper und die beiden anderen Constables nicht zu sehen waren; sie befanden sich jenseits der Hügelkuppe. Und als er sich umdrehte, sah er auch von Nightingale nichts, da der Stechginster ihm die Sicht nahm. Octavia hatte behauptet, dass sie vor der Kuppe innegehalten hatte, um Luft zu holen. Fenwick machte es ebenso. Dann stieg er nach oben und konnte die anderen sehen, die gemächlich in Richtung Parkplatz trabten. Nach einem kurzen Blick zurück – immer noch keine Nightingale – trabte er ihnen hinterher.

Sie warteten gute fünf Minuten, dann wurden sie nervös. Miss Dicks hatte durchblicken lassen, dass sie eine Reihe wichtiger Anmerkungen zu der Rekonstruktion zu machen habe, damit aber warten wolle, bis alle versammelt seien.

«Wann haben Sie angefangen, sich wegen Carol Sorgen zu machen?», fragte Cooper, um die Zeit totzuschlagen.

«Ich kann mich nicht genau erinnern, aber sicher spätestens nach fünf bis zehn Minuten.»

«In Ihrer schriftlichen Aussage heißt es: ‹weniger als fünf Minuten nach Octavias Rückkehr›.»

«Wie gesagt, Sergeant. Es hat nicht lange gedauert.» Miss Dicks hatte es mit zu vielen ungezogenen Schulkindern zu tun gehabt, um sich von Coopers Verhörmethoden aus der Fassung bringen zu lassen.

«Wenn es etwa fünf Minuten waren, sollten wir uns auf den Weg machen.» Fenwick sah besorgt aus. «Nightingale müsste längst hier sein. Es war verabredet, dass sie herkommt. Selbst wenn sie langsam ginge, hätten wir sie inzwischen an dem Hang sehen müssen.»

«Sie spielen Ihre Rolle gut, Chief Inspector. Fast genau dasselbe hat Octavia gesagt.»

«Sie haben ein bemerkenswertes Gedächtnis, Miss Dicks.»

«Ich werde niemals auch nur eine Sekunde dieses grässlichen Tages vergessen, auch wenn ich jede Nacht darum bete.» Sie riss sich zusammen, nahm die große Tasche auf und weigerte sich, sie von jemand anderem tragen zu lassen.

«Kommen Sie, Sie können meinen Arm nehmen.»

Die fünf folgten dem schmalen Pfad der langsam vom Parkplatz zur ersten Kuppe anstieg und dann hinab in die Mulde mit den Stechginsterbüschen führte. Von Nightingale keine Spur.

Fenwick begann sich ernstlich Sorgen zu machen und schickte den einen Constable zur Sonnenbadestelle, die anderen zur Kuppe hinauf. Beide kehrten kopfschüttelnd zurück; Steine schossen unter ihren Absätzen davon und wurden als Querschläger von den Kreidefelsen zur Klippenwand geschleudert. Miss Dicks stand gelassen daneben, als sie in den dichten Büschen suchten, zwischen denen der Weg von Osten nach Westen verlief.

Ungeachtet seiner Besorgnis musste Fenwick Miss Dicks den steilen Abhang herunterhelfen. Kaum befand sie sich auf ebenem Boden, ließ er sie stehen und suchte die Südseite der Lichtung ab. Man konnte ungehindert auf das Meer hinaussehen. Die Kreidefelsen erstreckten sich bis zu der Stelle, wo der Steilhang anfing. Anfangs stiegen sie, mit Schilf und wogendem Gras bewachsen, nur leicht an. Nach etwa fünf Schritten aber ging es steil nach oben, und der Hang verlief in einem Winkel von vielleicht fünfundvierzig Grad, ehe er wie abgeschnitten über kahle Klippen und Felsen abfiel bis hinunter zum Meer.

Er sah sich vorsichtig um und stellte fest, dass sein Blick auf die Felswand keine drei Meter tiefer vom grünen Teppich eines Überhangs verdeckt wurde. Nightingale war nirgends zu entdecken. Als er sich umdrehte, sah er einen dunklen Haarschopf über den Rand der Klippe ragen. Er stieß einen Schrei aus.

«Hier drüben!»

Als sie seine Stimme hörte, blickte Nightingale auf.

«Was, zum Teufel, haben Sie sich dabei gedacht? Wir haben überall nach Ihnen gesucht!»

«Genau wie die Mädchen nach Carol, Sir. Was haben Sie herausgefunden?»

«Kommen Sie rauf, und seien Sie nicht so verdammt vorlaut!» Er bot ihr seine Hand an, aber sie kletterte mühelos herauf. Abgesehen von einigen Kreidespuren auf ihren Jeans schien sie unversehrt.

«Seien Sie nicht zu streng mit ihr, Chief Inspector. Sie wollten eine Rekonstruktion und haben eine höchst authentische bekommen, wenn ich so sagen darf.»

Miss Dicks hatte sich zu der Gruppe gesellt und beschlossen, die zahlreichen Flüche, die Nightingales Auftauchen begleiteten, zu überhören.

«Ich werde warten, bis Sie die Ergebnisse Ihrer Rekonstruktion mit den ursprünglichen Aussagen abgeglichen haben. Wie gesagt, ich habe dann selbst noch einiges anzumerken.»

Sie ging zurück, suchte sich einen einigermaßen bequemen Felsen, holte ein großes Kissen aus der geräumigen Tasche und schraubte eine große Thermoskanne auf. «Jemand Kaffee?»

Grollend gestand Fenwick sich ein, dass sie mit ihrer ruhigen, selbstsicheren, feinfühligen Art eine ausgezeichnete Lehrerin gewesen sein musste. Die Rekonstruktion konnte für sie nicht einfach sein, aber bis jetzt schien sie von allen Beteiligten am wenigsten betroffen.

Sie sprachen die wichtigsten Schlussfolgerungen aus ihrer kleinen Aufführung durch und bestätigten übereinstimmend, dass der von Stechginster gesäumte Kreis am Fuß der beiden Pfade von nirgendwo unterwegs eingesehen werden konnte; niemand hätte Carols Sturz beobachten können. Die Rekonstruktion konnte sich durchaus als reine Verschwendung von Zeit und Arbeitskraft entpuppen.

«Ich glaube, ich habe da noch etwas Interessantes für Sie.» Alle Gesichter wandten sich Miss Dicks zu. «Etwas an Ihrer Rekonstruktion hat mich beunruhigt, und ich habe die ganze Zeit überlegt, was es war.»

«Erzählen Sie!» Fenwick ließ sich neben der alten Lehrerin auf dem Felsen nieder und trank aus einer ihrer Picknicktassen köstlichen frisch gerösteten Kaffee.

«Es war die Tatsache, dass die drei Polizisten angerannt kamen. So ist es nicht gewesen. Ich erinnere mich genau. Ich war wütend auf die Mädchen; sie hatten sich zum Mittagessen verspätet und jetzt schon wieder. Ich musste noch zu einer Konferenz, und ich hasse es, zu spät zu kommen. Und diese rücksichtslosen Mädchen ließen mich schon wieder im Stich.»

«Warum ist das relevant für unsere Ermittlungen, Miss Dicks?», fragte Cooper forsch, obwohl sie ihn schon einmal hatte auflaufen lassen.

«Darauf komme ich gleich, Sergeant. *Sie* haben mich an die ursprüngliche Aussage erinnert und mich damit auf die Diskrepanz gebracht. Ich hatte schon vor drei ein paar Mal auf die Uhr gesehen und gehofft, wir könnten beizeiten zurückfahren. Alle anderen Mädchen waren rechtzeitig beim Bus, und ich war sehr ungeduldig. Ich kann

Ihnen versichern, wir haben viel länger gewartet als bis fünf nach drei.»

«Vielleicht sind sie alle später zurückgekehrt. Sie könnten sich verschätzt haben.» Fenwick war höflicher als Cooper, aber auch er begriff nicht, worauf sie hinauswollte.

«Vielleicht sollten Sie mich ausreden lassen! Nicht nur, dass sie für den Rückweg länger gebraucht haben, die Zeitspanne zwischen dem Eintreffen der Ersten und dem der Letzten war auch erheblich länger als in Ihrer Rekonstruktion, was ich schon für bedeutend halte.» Pause. «Soll ich fortfahren? Katherine kam *tatsächlich* kurz nach drei, und ich entsinne mich, wie erleichtert ich war; wo sie war, waren die anderen für gewöhnlich nicht weit. Ich weiß noch, wie ich an ihr vorbei auf den Weg geschaut habe und Deborah kommen sah; sie war immer ein bisschen langsamer als Kate. *Aber keine Leslie.* In Ihrer Rekonstruktion haben die drei beinahe eine Gruppe gebildet. Selbst unter Berücksichtigung der Tatsache, dass Sie in einem anderen Tempo gelaufen sind als diese armen Mädchen, waren Sie nicht akkurat.»

«Wir haben uns genau an die Aussagen gehalten. Leslie Smith hat eindeutig ausgesagt, dass sie in einer Gruppe mit Katherine und Deborah war.»

«Tja, Chief Inspector, das war sie aber nicht. Entweder hat sie sich geirrt, oder sie hat gelogen. Ich bin ganz sicher. Sehen Sie, um sie habe ich mir größere Sorgen gemacht als um die anderen beiden. Ich dachte, dass Carol und Octavia zusammen sein würden, aber es hätte der Bande ähnlich gesehen, Leslie zu vergessen und allein zurückzulassen. Sie war nicht annähernd so klug wie die anderen. Um ehrlich zu sein, ich kann mich nicht genau erinnern, wann genau sie eintraf, aber sie kam mehr als fünf Minuten nach Katherine und Deborah. Ich kann Ihnen versichern, ich habe den Weg mit Argusaugen beobachtet. Ich stand bis Viertel nach drei beim Bus. Katherine und Deborah waren wie die anderen Mädchen schon eingestiegen, Leslie, Octavia und Carol fehlten noch. Um Viertel nach drei habe ich mich langsam auf den Weg gemacht, wobei ich jeden Moment damit rechnete, sie zu treffen. Ich gelangte zur Hügelkuppe und sah in diese Mulde hinab. Natürlich habe ich nichts gesehen. Ich bin zum Bus zurückgekehrt, da habe ich mitbekommen, dass Leslie inzwischen auch da war.»

«Und Sie sind sicher, dass Leslie vorher nicht da war?»

«Ganz sicher, Sergeant. Mrs. Jackson hatte durchgezählt, bevor ich gegangen war. Da fehlten noch alle drei.»

«Sie haben sie auf dem Weg nicht gesehen?»

«Nein.»

«Constable, gehen Sie noch einmal zu der Stelle, von der wir gekommen sind, und versuchen Sie, ungesehen zum Parkplatz zurückzukehren.» Fenwick wandte sich wieder an Miss Dicks. «Warum haben Sie das damals nicht gesagt?»

«Oh, ich glaube, das habe ich, Chief Inspector. Wenn Sie meine Aussage durchlesen, werden Ihnen die Unstimmigkeiten zweifellos auffallen.»

Fenwick schaute fragend zu Cooper und Nightingale, die noch einmal mitgelesen hatte, während Miss Dicks ihnen ihre Story präsentierte.

«Es steht alles hier, Sir», gab Cooper zu. «Die Unstimmigkeiten finden sich in den Aussagen, aber die sind von verschiedenen Beamten aufgenommen worden. Die Widersprüche sind niemandem aufgefallen. Und damals hat offenbar niemand daran gezweifelt, dass es sich um einen Unfall handelte.»

«Was steht in Leslie Smiths Aussage?»

«Sie behauptet, sie sei zusammen mit Deborah gleich hinter Katherine Johnstone gewesen.»

«Was hat Octavia Anderson gesagt?»

Nightingale las aus dem alten Vernehmungsprotokoll vor: «Carol und ich machten uns schließlich ebenfalls auf den Rückweg. Wir hatten uns angeregt unterhalten – über unsere zukünftige berufliche Laufbahn. O Gott, welche Ironie! Die anderen waren uns weit voraus. Zuerst gingen wir. Dann merkten wir, dass wir uns sehr verspätet hatten, und ich sagte: ‹Laufen wir.› Ich rannte los und dachte, Carol käme gleich hinter mir. Ich sang beim Laufen – in die Mulde und auf der anderen Seite hoch. Auf halbem Weg bin ich stehen geblieben, habe Luft geholt und mich umgedreht. Ich habe Carol nicht gesehen, machte mir aber nichts draus, weil man von da, wo ich stand, die Mulde nicht einsehen konnte. Ich rief: ‹Komm schon, Carol›, wartete aber nicht, weil ich zurückwollte. Hätte ich doch nur gewartet! Hätte ich nur nach ihr gesucht! Aber das habe ich nicht, ich bin weitergelaufen. Gerannt, bis zum Parkplatz. Dort habe ich Miss Dicks und Jacko – das ist Mrs. Jackson – gesagt, dass Carol dicht hinter mir kommt. Sie waren wütend. Wir haben gewartet, aber Carol kam nicht. Zuletzt ging Miss Dicks nach ihr sehen. Nach einer Weile bin ich ihr gefolgt – ich konnte nicht einfach sitzen bleiben. Auf halbem Weg zurück sah ich Miss Dicks vor mir auf einem Hang; sie ging schnell. Ich rannte ihr nach, aber dann sah ich Carols Pullunder. Sie hatte ihn ausgezogen, weil es so heiß war. Er lag am Klippenrand im Gras. Ich weiß nicht, wie Miss Dicks ihn übersehen konnte. Ich ging hin und rief Carols Namen. Miss Dicks drehte sich um …»

«Das stimmt.»

«Ich ging den Hang hinab und hielt mich dabei fest. Es war ein bisschen steil. Ich dachte gar nicht daran, dass ich Carol finden könnte, ich wollte nur kapieren, wie der Pullunder dorthin gekommen war. Da war ein Vorsprung, vom Weg aus nicht zu sehen, und da habe ich etwas gesehen, ein Haarband. Der Vorsprung lag nicht besonders tief, aber auch als ich mich vorbeugte, konnte ich nichts sehen – er ragte irgendwie hinaus. Also habe ich mich hingelegt und über den Rand geschaut.» Nightingale unterbrach sich und sagte: «Hier ist eine längere Pause vermerkt. Wahrscheinlich hat Anderson an dieser Stelle die Fassung verloren. Und weiter: Ich musste mich ziemlich weit hinauslehnen. Auf den Felsen sah ich etwas zappeln oder flattern, konnte aber nicht genau erkennen, was es war. Ich wollte mich noch weiter hinauslehnen, aber das ging nicht, und Miss Dicks rief mich. Ich habe ihr gesagt, dass ich glaube, dass da unten etwas ist. Was danach passiert ist, wissen Sie.»

«Was ist danach passiert, Miss Dicks?»

«Zuerst habe ich dafür gesorgt, dass Octavia auf den Weg zurückkehrte. Dann habe ich über den Vorsprung gespäht, konnte aber auch nichts erkennen. Dennoch war ich besorgt, und Octavia war sicher, dass sie etwas gesehen hatte. Wir sind zum Bus zurückgekehrt. Mrs. Jackson ging Hilfe holen, während ich versuchte, die Mädchen zu beruhigen. Die Polizei traf vor dem Rettungswagen ein und hatte bereits die Küstenwache alarmiert. Da herrschte bereits allgemeine Aufregung, und die Polizisten erlaubten, dass die Mädchen nach Hause fuhren, nachdem sie sich Namen, Adressen und Telefonnummern aufgeschrieben hatten. Ich glaube, sie haben eine kurze Aussage von Octavia aufgenommen, aber das war alles. Ich war ziemlich erschüttert, daher fuhr Mrs. Jackson den Bus zurück, während ich bei dem Rettungsteam blieb. Den Rest kennen Sie aus den Akten. Wenig später hat die Küstenwache den Leichnam gefunden.»

«Danke, Miss Dicks. Cooper, wann kommt Leslie Smith zurück?»

«Montag. Das Flugzeug soll abends landen.»

«Ich möchte, dass sie noch am Flughafen festgenommen und sofort zu uns gebracht wird.»

«Sie wird die Kinder bei sich haben, Sir, und nach der Reise werden sie alle todmüde sein.»

«Umso besser. Sie hat uns belogen, und ich will wissen, warum. Wenn sie müde ist und besorgt wegen der Kinder, schadet das nicht. Kommen Sie, wir können nach Hause fahren.»

«Entschuldigung, Sir, möchten Sie meinen Bericht nicht hören?», fragte Nightingale.

«Welchen Bericht?»

«Ich bin nicht zum Spaß da runtergeklettert, Sir!»

Cooper verzog das Gesicht; die anderen Mitglieder des Teams entdeckten plötzlich die schöne Aussicht. Aber Fenwick hatte ihr nur mit einem Ohr zugehört und nickte zerstreut, während er Miss Dicks half, ihre Tasche zu packen und sich zu erheben.

«Ich bin über den Rand geklettert, weil ich wissen wollte, wie Carol dort in den Tod gestürzt sein kann.» Sie ging erneut zum Rand der Klippe und sah hinunter. «Sieht ziemlich steil aus, ist es aber eigentlich gar nicht. Und selbst wenn sie hier ausgerutscht wäre, ist der Vorsprung breit genug; dort hätte sie sich fangen können.»

Die anderen stellten sich neben sie.

«Sie hat Recht, und wir wissen aus den topografischen Gutachten, dass sich die Klippe in den letzten zwanzig Jahren kaum verändert hat. Es wäre äußerst schwierig, hier abzustürzen, und man müsste schon großes Pech haben, den Vorsprung zu verfehlen.» Für seine

Fülle überraschend wendig, kletterte Cooper hinunter. «Also ist sie entweder hinuntergestiegen, was unwahrscheinlich ist, da sie ohnehin spät dran waren, oder sie ist freiwillig gesprungen …»

«Oder sie wurde gestoßen.» Fenwick betrachtete erneut die Büsche ringsum. «Was immer hier geschehen ist, der Ginster bietet einen perfekten Sichtschutz. Es kann keine Zeugen gegeben haben.»

«Das ist das Zweite, was ich erwähnen wollte, Sir.» Nightingale bückte sich und half Cooper wieder herauf. «Als ich da unten war, konnte ich Sie alle beobachten, wie Sie zurückgekommen sind, um nach mir zu suchen. Den Vorsprung kann man vom Weg aus sehen. Wenn da oben jemand gestanden und hierher geschaut hätte, dann hätte er *alles* mitkriegen müssen.»

28

Ein motivierter Fenwick gab seinen Leuten den Auftrag, die Erosionsmuster der Klippen in allen Einzelheiten zu überprüfen und die Mitglieder der damaligen Ermittlungs- und Rettungsteams zu befragen. Derweil erwarteten er und Cooper in Gatwick die Ankunft der Smiths. Das Flugzeug hatte Verspätung, und als es schließlich landete, verging eine Stunde, bis ihnen klar wurde, dass sie und die Flughafenpolizei die Smiths in dem Meer erschöpfter, braun gebrannter Gesichter übersehen hatten.

Sie fuhren ins Revier und sorgten dafür, dass ein Wagen die Frau zu Hause abholte. Sie wurde ins Verhörzimmer gebracht, das schon unter günstigsten Bedingungen äußerst beengend wirkte, in der heißen, stickigen Abendluft aber unerträglich war. Es war fünf nach zehn Uhr abends. Der Mann hatte keine andere Wahl, als bei den Kindern zu bleiben; hektisch versuchte er, den Anwalt der Familie ans Telefon zu bekommen. Eine derart drakonische Maßnahme hatte Fenwick noch nie ergriffen, und es zeigte deutlich, wie wütend und frustriert er war.

Er beschloss, sie kurze Zeit schmoren zu lassen, während Cooper ihren zunehmend gereizten Ehemann am Telefon abfertigte. In seinem Büro war es fast so heiß wie in dem Verhörzimmer, obwohl die Fenster offen standen, was kaum etwas brachte, aber psychologisch beruhigend war. Kein Lüftchen regte sich, und die Luftfeuchtigkeit erinnerte mehr an einen Sumpf in Florida als an das Tiefland von West Sussex. Widerwillig zog Fenwick das zerknitterte Jackett wieder an und verdrängte jedes Mitgefühl aus seinem Denken.

Sie betraten das Verhörzimmer zehn Minuten nach zehn. Für Leslie Smith waren es lange fünf Minuten gewesen. Sie präsentierte den

Polizisten ein verschwitztes Gesicht, dessen Bräune im Neonlicht gelblich wirkte. Fenwick sah sie zum ersten Mal richtig an. Ihre Gesichtszüge waren beinahe hübsch, einen Bruchteil von attraktiv entfernt. Die Augen, hellblau, standen etwas zu dicht beieinander; die Nase war kurz, fast eine Stupsnase, ohne herausragende Merkmale; der Mund voll; in einem Gesicht mit ausgeprägteren Konturen hätte er sinnlich, sogar schön sein können. Bei ihr erzeugte er flüchtige Ähnlichkeit mit einem Breitmaulfrosch, eine Ähnlichkeit, die das kleine Kinn noch betonte.

Sie hatte schmale, hängende Schultern, lange, knochige Arme und Hände und nach der zwölfstündigen Reise schmutzige Fingernägel. Sie sah zum Erbarmen jämmerlich aus – und verängstigt. Sie starrte Fenwick an, als wäre er eine tödliche Schlange.

Die Dienst habende Constable ging die kältesten Getränke holen, die sie finden konnte, während Fenwick und Cooper sich setzten. Ein Tonbandgerät wurde eingeschaltet. Fenwick brachte die Formalitäten rasch hinter sich und kam zur Sache.

«Mrs. Smith, wir haben Sie hergebeten, weil wir dringende Fragen zu Ihrer Beziehung zu Deborah Fearnside und Katherine Johnstone haben.» Er hatte vor, ihr Wissen um Carol Trumans Tod in der Hinterhand zu behalten.

«Ist das wirklich nötig? Was ist hier los? Warum haben Sie mich um diese Tageszeit hierher schleppen lassen? Ich werde zu Hause gebraucht.» Sie machte eine Pause, dann stellte sie die Frage, die ihr offenbar am meisten Kopfzerbrechen bereitete. «Ich bin doch nicht verhaftet, oder?»

«Nein, Mrs. Smith, zur Stunde nicht. Sie wurden ins Revier gebeten, um uns bei den Ermittlungen in den Mordfällen Mrs. Fearnside und Miss Johnstone zu helfen. Wir haben Grund zu der Annahme, dass Sie uns Informationen vorenthalten, die für unsere Untersuchung entscheidend sind und …»

Er verstummte. Leslie Smiths Gesichtsfarbe hatte von Gelb zu einem kränklichen, grünen Blass gewechselt. Sie sah ihn mit schreckgeweiteten, geröteten Augen an und biss sich auf die Unterlippe.

«Deborah? Debbie ist tot? Mein Gott, das wusste ich nicht. Wann? Wie ist es passiert?»

«Mrs. Fearnsides Leichnam ist vor ein paar Wochen gefunden worden.» Er fuhr ein wenig sanfter fort; der Schrecken war ihr deutlich anzusehen und nicht gespielt. Mehrere Augenblicke vergingen, in denen man auf dem Tonband nur unterdrücktes Schluchzen hören würde. Die Constable kam mit Sodawasser aus dem Automaten zurück und ging gleich wieder, um Papiertaschentücher zu holen. Fenwick ließ Smith noch ein paar Minuten Zeit.

«Ich bin sicher, Sie verstehen, dass die Entdeckung von Deborahs Leichnam unseren Ermittlungen eine neue Dimension gegeben hat, Mrs. Smith. Vor allem hat sie uns dazu gebracht, die Umstände von Carol Trumans Tod noch einmal zu untersuchen.»

Smith hob den Kopf. Sie versuchte, seinem Blick auszuweichen, sah ihn aber doch immer wieder an, als wollte sie sich vergewissern, ob er noch da war. Sie biss sich auf die Unterlippe, bis die Haut rot und wund war.

«Und jetzt erzählen Sie uns vielleicht, warum Sie nicht ehrlich gewesen sind. Erzählen Sie uns, was Sie wissen.»

Smith kniff die Lippen zusammen und verschränkte die Arme. Angst oder Schuldgefühle hatten plötzlich unerwartete Kraftreserven mobilisiert. Sie sah Fenwick böse an.

«Bevor wir weitermachen – ich habe meine Meinung geändert, was den Anwalt angeht. Ich möchte einen dabeihaben. Sofort!»

Nach einer Reihe vergeblicher Telefonate mussten sie Leslie Smith gehen lassen. Sie bestand darauf, dass sie ihren eigenen Anwalt wolle – keinen von der Rechtshilfe –, und als die Polizisten ihn endlich erreichten, bestand er seinerseits darauf, dass sie keinen Grund hätten, das Verhör um diese Zeit fortzusetzen. Er riet seiner Klientin dringend, das Gespräch zu einem Zeitpunkt fortzusetzen, *der ihnen beiden angemessener erschien.* Noch so viele Hinweise auf das «Zurückhalten von Informationen» konnten ihn nicht erweichen. Entweder sie erhoben Anklage gegen Smith, oder sie ließen sie gehen.

Um die Sache noch zu verschlimmern, behauptete Smith kategorisch, dass sie erst am späten Vormittag ins Revier kommen könne, wobei sie Proben mit den Oxlea Singers für das Requiem vorschob. Der Anwalt war ebenfalls unabkömmlich, mit einer Klientin vor Gericht. Statt Smith zu verhaften, wozu er keine stichhaltigen Gründe hatte, war Fenwick gezwungen, den Termin um 11.30 Uhr am nächsten Tag zu akzeptieren, worauf Smith in die drückend schwüle Nacht hinausstapfte. Kaum war sie gegangen, bewegten sich die Jalousien in der ersten leichten Brise.

«Lust auf ein Bier?» Fenwick versuchte mit geringem Erfolg, die chaotischen Papierstöße auf seinem Schreibtisch zu ordentlichen parallelen Stapeln aufzuschichten. Es war einfach zu viel – und so wenig Büroklammern, Schutzhüllen und Hefter, dass die Papiere, sobald er sie aus der Hand legte, entweder auf die Schreibtischunterlage oder auf den Boden rutschten.

Cooper, der gerade dabei war, seine neueste Tweedjacke überzustreifen – Prince-of-Wales-Karo, als Zugeständnis an die Jahreszeit –, hielt inne. Die Jacke konnte noch keine fünf Jahre alt sein, denn die Ellbogen waren flickenfrei. Er verbarg seine Überraschung. In letzter Zeit war es ungewöhnlich, dass Fenwick ein gemeinsames Bier vorschlug.

«Ist fast Sperrstunde. Sind Sie sicher, dass Sie nicht nach Hause müssen?»

«Heute Abend nicht.» Fenwick war rastlos und gereizt. Der Gedanke, den Tag so zu beenden, deprimierte ihn. Wenn sie sich beeilten, kamen sie gerade noch rechtzeitig zur letzten Runde. «Kommen Sie, wenn Sie Durst haben – und sparen Sie sich das Sir; wir sind nicht mehr im Dienst.»

Sie gingen zum Pub am Ende der Straße und traten in dem Moment ein, als die Glocke geläutet wurde. Es war so gut wie niemand mehr da, trotzdem nahmen sie ihre Gläser mit aus dem verrauchten, stickigen Raum in den kleinen Garten, wo die Lichter des Parkplatzes ein paar Tische beleuchteten. Dort waren sie allein, abgesehen von einem schmusenden Pärchen, das praktisch ineinander verkeilt war. Sie leerten die Gläser mit großen, zufriedenen Schlucken. Cooper brach schließlich das nachdenkliche Schweigen.

«Ist es jetzt besser – zu Hause, meine ich –, jetzt, wo Mrs. Fenwick … ich meine … Tut mir Leid, ich weiß nicht, wie ich fragen soll.»

«Schon gut, ich verstehe. Ja, es wird allmählich besser. Die Kinder sind ruhiger geworden, und meine Mutter vollbringt Wunder. Wie geht es bei Ihnen?»

«Man lebt. Ellen ist noch ein Jahr an der Universität und hört Geografie. Scheint es zu genießen, wenn auch der Himmel weiß, was es ihr nützen wird. Wir bekommen sie kaum noch zu Gesicht – aber ich schätze, davon kann man auch nicht ausgehen. Bei Janey ist natürlich alles unverändert. Sie wohnt eine Straße weiter und ist ausgesprochen lieb. Sie und den Bengel sehen wir ziemlich oft. Der Junge geht nicht zur Universität. Ich habe ihm eine Lehrstelle in der Werkstatt besorgt. Sie haben ihn erst genommen, als sie mitbekamen, wer sein Großvater ist.» Cooper grinste. «Das hilft immer. Es ist nicht das, was ich von ihm erwartet habe, aber es ist ein Job, und er ist gleich darauf angesprungen. Arbeitet härter, als ich es bei ihm je gesehen habe, und seine Mutter ist zufrieden. Und er hat geschickte Hände. Mein Motor ist nie besser gelaufen.»

Fenwick hatte ausgetrunken. Ohne zu fragen, nahm Cooper die Gläser und ging hinein. Auch der Wirt wusste, wen er vor sich hatte. Augenblicke später brachte er sie gefüllt zurück.

«Auf Kosten des Hauses.»

Fenwick wollte abwehren.

«Im Ernst, er hat gerade die Kasse abgeschlossen und meinte, er wolle sich nicht die Mühe machen, sie extra noch einmal einzuschalten.»

Fenwick trank einen großen Schluck und schenkte der Halbwahrheit keine Beachtung. Seine Gedanken kreisten unweigerlich wieder um die Arbeit.

«Was ist mit Victor Rowland? Haben Sie ihn schon ausfindig machen können?»

«Keine Chance. Die Bürokraten im Ministerium legen mir Steine in den Weg.» Cooper hörte sich verdrossen an. «Er stand tatsächlich auf der Liste. Ist dieses Jahr im Februar ausgeschieden, aber ich kann ihn nicht finden. Er ist nicht in der Gegend, und die Armee rückt nicht damit raus, wo er steckt – falls sie es dort überhaupt wissen.»

«Wissen wir, in welchem Regiment er war? Vielleicht könnten wir ihn über Freunde aufspüren, die noch im Dienst sind.»

«Daran hab ich auch schon gedacht. Sie behaupten, die Akten seien für die Öffentlichkeit nicht zugänglich. Öffentlichkeit, am Arsch. Scheißbeamte. Ich habe ihnen gesagt, dass wir hier in einem Doppelmord ermitteln, aber das hat sie nicht interessiert.»

«Wäre es Zeit, den Assistant Chief Constable einzuschalten? Er würde es machen, wenn wir ihn darum bitten.»

«Vielleicht. Aber das täte ich nur ungern – es kommt doch dem Eingeständnis einer Niederlage gleich. Trotzdem müssen wir Rowland finden, vor allem jetzt, wo Leslie Smith wieder im Land ist.»

«Was?» Fenwick sah ihn eindringlich an. Cooper war normalerweise gelassen. Jetzt schien er besorgt, und wenn er Zweifel an Leslie Smiths Sicherheit hatte, fand Fenwick das beunruhigend.

Cooper war verlegen. «Nun, Sir. Vor rund zwanzig Jahren machten sich fünf Schulmädchen bei einem Ausflug auf einen Spaziergang. Eine starb, und wir wissen nicht, wie. Nun sind innerhalb weniger Monate zwei weitere gestorben, und wir wissen ganz genau, wie! Bleiben zwei übrig. Eine weiß mehr, als sie sagt, was sie zur potenziellen Verdächtigen oder zum potenziellen Opfer macht. Die andere ist berühmt und charmant», er warf Fenwick einen scheelen Blick zu, «und hat ein Alibi, das, wie wir bei der Überprüfung festgestellt haben, nicht ganz wasserdicht ist. Nun kommt noch der geheimnisvolle Cousin des toten Mädchens ins Spiel. Im Februar aus der Armee entlassen und seither unauffindbar.»

«Sie sind doch der Skeptiker! Wir haben nichts als meine Ahnung, dass das alles mit der Vergangenheit zusammenhängt, die Möglichkeit, dass der Mörder ein Armeemesser benützt hat, und unerklärliche Rosen!»

«Ich weiß, Sir, aber das reicht, um mich misstrauisch zu machen – *und* besorgt. Ich weiß, anfangs war ich skeptisch, aber das hat sich geändert. Und ich denke, offen gesagt, dass ich im Augenblick überzeugter bin als Sie. Ich mache mir Sorgen um die kleine Mrs. Smith. Fragen Sie mich nicht, warum. Wahrscheinlich eine Vorahnung.»

Das war eine lange Rede für Cooper. Fenwick dachte darüber nach, und seine eigene Nervosität wuchs. Sein, Fenwicks, Instinkt hatte sie auf den mühseligen Weg in die Vergangenheit gebracht, aber in letzter Zeit hatte er seine Gefühle, was den Fall betraf, absichtlich ausgeblendet und sich auf die Fakten konzentriert. Er wusste, warum.

Er hatte sich in Octavia Anderson vernarrt und fürchtete, seine Gefühle könnten sein Urteilsvermögen trüben. Also hatte er sie abgeschaltet und damit riskiert, die Kontrolle über den Fall zu verlieren.

Seinem phantasielosen, grundsoliden Sergeant blieb es überlassen, ihm zu zeigen, wie nahe daran er war, einen schweren Fehler zu begehen. Selbst bei der Rekonstruktion hatte er sich geirrt. Er hatte sich so sehr auf Zeitangaben und Wegstrecken konzentriert, die minutiöse Abfolge der Ereignisse, dass er das Offensichtliche übersehen hatte. Carol Truman konnte unmöglich einfach abgestürzt sein.

Nun, nachdem er seinen Instinkten wieder freien Lauf ließ, war auch er beunruhigt. Octavia war noch außer Landes, ob nun Missetäterin oder Opfer; was sie anging, konnte er vor Ende August wenig unternehmen. Aber er konnte jemanden auf Smith aufpassen lassen. Unvermittelt sprang er auf.

«Ich gehe noch mal ins Revier. Es soll heute Nacht jemand Smiths Haus beobachten, und ab morgen gibt's Überwachung. Es ist spät, und irgendwie werde ich Ralph bestechen müssen, damit er jemanden findet, aber Sie haben Recht. Wir können sie nicht sich selbst überlassen.»

«Aber Ihr Bier!»

«Trinken Sie es, Cooper, Sie haben es sich verdient!»

29

Überwachung ist ein schönfärberischer Ausdruck für eine anstrengende, monotone, ermüdende Arbeit. Detective Constable Charles Watkins war noch so neu in der Truppe, dass er Ehrgeiz an den Tag legte. Als er hörte, dass Detective Chief Inspector Fenwick Hilfe brauchte, hatte er sich freiwillig gemeldet, noch ehe er wusste, worum es ging. Jetzt, zwanzig nach drei, kämpfte er gegen den übermächtigen Wunsch zu schlafen, während sein Partner ausstieg, um sich die Beine zu vertreten und sich zu erleichtern. Um zweiundzwanzig nach drei war er eingeschlafen.

Ein schwarzer Scorpio mit getönten Scheiben fuhr langsam zum Ende der Straße und hielt dort. Einige Zeit standen beide Autos keine hundert Meter voneinander entfernt. Dann setzte sich der Scorpio in Bewegung und fuhr mit vierzig Stundenkilometern vorbei. Augenblicke später wurde leise eine Autotür zugeschlagen und ein Schatten huschte zwischen Zaun und Auto in die Einfahrt der Smiths. Watkins räkelte sich, wachte aber erst auf, als ein fernes Donnergrollen durch die Nacht hallte und sein Kollege hektisch zum Auto zurückkehrte.

Am Dienstagmorgen war das Leben im Haus der Smiths die Hölle. Ein heftiges Gewitter hatte Kinder und Hund vor dem Morgengrauen geweckt, und alle hatten Zuflucht im elterlichen Bett gesucht. Leslie und Brian, von spitzen Ellbogen und aufdringlichen Knien belagert und vom Gewicht eines zotteligen Retrievers niedergedrückt, hatten gegen sechs Uhr aufgehört, so zu tun, als könnten sie schlafen.

Leslie stand auf und packte niedergeschlagen die erste Ladung Urlaubswäsche in die Waschmaschine. Der Platzregen, der gegen das

Westfenster prasselte, verhieß durchhängende Leinen voll feuchter Wäsche im Haus, die zu empfindlich für den Trockner war.

Brian brach früh in Richtung Büro auf, strich den Kindern routinemäßig über den Kopf und gab seiner Frau einen Abschiedskuss. Er war froh, dass er aus dem Haus kam, weg von den Kindern, die sich jetzt schon langweilten und infolgedessen ihre Computerspiele viel zu laut spielten.

Zwei Stunden später verfrachtete Leslie Kinder und Hund ins Auto. Mavis Dean hatte eingewilligt, sich um sie zu kümmern, während sie zur Chorprobe ging. Wahrscheinlich würde es lange dauern, da es bis zur Generalprobe nur noch drei Termine gab. Ihr war durchaus bewusst, dass ihre eigene Darbietung weit unterdurchschnittlich war. Ihre Sorge aufzufallen verdrängte beinahe die Angst vor dem Besuch bei der Polizei. Beinahe. Leslie Smith war eine zutiefst verwirrte und verstörte Frau.

Nach dem kurzen Weg vom Haus zum Auto waren sie schon alle tropfnass. In dem Sturm war es, als stünde man unter einer riesigen Dusche. Als Leslie den Hund sicher im Heck des Kombis verstaut hatte, waren die Scheiben schon beschlagen und die Kinder malten in das Kondensat. Sie drehte den Zündschlüssel, worauf der Motor kläglich hustete. Sie drehte ihn erneut, der Motor surrte gequält, sprang aber nicht an.

Das uralte Auto aus dritter Hand, das drei Wochen in der Hitze gestanden hatte und jetzt seit Stunden begossen wurde, schien beschlossen zu haben, dass Dienstag Streiktag war. Das kam hin und wieder vor und wurde meistens von Nässe ausgelöst, und regelmäßige Ausflüge in die Werkstatt hatten weder Diagnose noch Heilung gebracht. Aus bitterer Erfahrung wusste Leslie, dass ihr keine andere Möglichkeit blieb, als zu Fuß zu gehen.

Auf der anderen Straßenseite saß Constable Adams, der Watkins und dessen Kollegen um acht Uhr abgelöst hatte, und betete ebenfalls, dass das Auto anspringen würde, aber seine Hoffnung schwand, als er die Familie aussteigen sah. Ausgerechnet an so einem Tag musste er ihnen zu Fuß folgen.

«Ganz recht, raus mit euch. Matthew, setz deine Kapuze auf, *bevor* du aussteigst! Jamie, zieh deinen Regenmantel wieder an!» Sie hatte gerade noch Zeit, Kinder und Hund zu Mavis zu bringen und einigermaßen rechtzeitig zur Probe zu kommen.

Wenige Minuten später sprangen sie fröhlich in Pfützen und genossen den Spaziergang, ohne den Polizisten hinter sich und die grauen Autos zu bemerken, die auf der regennassen Straße vorbeifuhren. Leslie fand sich in ihrem grauen Regencape damit ab, dass sie wie ein nasser Mop zur Chorprobe erscheinen würde, und freute sich mit den Kindern.

Mavis' Angebot, sie zu fahren, lehnte sie dankend ab. Sie war ohnehin nass bis auf die Haut, die Schule keine zehn Minuten entfernt. Sie küsste die Kinder zum Abschied und machte sich schnellen Schrittes auf den Weg.

Das konstante Prasseln des Regens auf ihrer Haube übertönte jedes andere Geräusch. Sie schritt hastig und mit gesenktem Kopf aus; die Haube schränkte ihre Sicht ein. Ihre Nervosität galt abwechselnd der bevorstehenden Chorprobe und dem Termin bei der Polizei. Sie hatte Angst, aber das Schweigen und die Lücken in ihrer Geschichte, die auf Lügen hinausliefen, waren im Lauf der Jahre für sie zur Wahrheit geworden. Nicht einmal Brian kannte die Wahrheit, und auch Debbie hatte sie nicht gekannt. Warum nur hatte sie beschlossen, Kate ins Vertrauen zu ziehen? Es war ein außergewöhnlicher, tollkühner Ausrutscher gewesen, der so gar nicht zu ihr passte, aber sie hatte sich gesagt, dass sie nichts zu befürchten hatte. Sie hatte Kate auf die Bibel schwören lassen, dass sie nie zu den Behörden gehen würde – wissend, dass Kate ihr Wort halten würde.

Was bedeutete, dass nun nur noch zwei lebende Menschen die Wahrheit kannten. Ihr Herz setzte einen Moment aus, als sie sich die andere Person als Killer vorstellte – aber das konnte nicht sein. Warum jetzt? Nach all diesen Jahren?

Leslie erschauerte. Sie würde der Polizei alles erzählen – nur die Fakten, nicht ihre Vermutungen über das Warum. Damit würde sie selbst eine Gegenüberstellung erzwingen und die Wahrheit ein für alle Mal herausfinden. Das Requiem kam ihr wieder in den Sinn, und sie summte das «Libera me». Sie hatte keine zehn Minuten mehr, deshalb beschloss sie, die Abkürzung zum Hintereingang der Schule zu nehmen, die Hays Road entlang. Die Straßen waren fast menschenleer, Autos fuhren langsam vorbei und wichen sorgfältig den immer größer werdenden Pfützen aus.

Am Zebrastreifen in der Osborne Road blieb Leslie vorsichtig stehen, drehte den Kopf in beide Richtungen und merkte, wie eingeschränkt ihr Gesichtsfeld war. Hinter ihr versteckte sich Constable Adams in der Einfahrt eines Geschäfts und blieb auf Distanz. Sie sah nach rechts, links und wieder nach rechts und wiederholte im Geiste die Worte wie in ihrer Kindheit. Die Straße war frei. Eine schwarze Limousine kam langsam auf die Kreuzung zu, noch so weit entfernt, dass sie ausreichend Zeit hatte, die Straße zu überqueren.

Leslie trat mit gesenktem Kopf auf den Zebrastreifen und wich den Pfützen aus. Sie hörte den heulenden Motor des heranrasenden Wagens ebenso wenig wie Adams' Schrei. Erst als sie die Nähe spürte, den Luftzug, die Masse ahnte, hob sie den Kopf. Zu spät zu laufen, zu spät für alles, sie konnte nur noch einmal tief Luft holen, bevor die Stoßstange sie an den Schienbeinen traf und Sekundenbruchteile später der Kühler und der rechte Scheinwerfer ihr Becken und Schenkelknochen brachen.

Sie wurde auf die Haube geschleudert und schlug mit dem Kopf auf die Windschutzscheibe, wo sternförmige Risse die Aufprallstelle markierten. Der Schwung riss sie weiter auf das Dach des Autos, von wo sie seitlich herunterfiel. Die Reifen verfehlten ihren Kopf nur um Millimeter, als sie mit dem Gesicht nach unten auf der angrenzenden Fahrspur lag. Das Auto kam mit quietschenden Reifen zum Stillstand, und die Lichter des Rückwärtsgangs gingen an, als Adams auf die Straße rannte. Nach einem Augenblick des Zögerns wurde der Vorwärtsgang wieder eingelegt, und der Wagen schoss mit quietschenden Reifen davon und verschwand mit halsbrecherischer Geschwindigkeit um die Kurve.

Adams rief Verstärkung und einen Notarzt und brüllte die Nummer des Scorpio in sein Funkgerät, während er zu Leslie lief. Er hatte sie zurückhalten wollen, aber er war zu weit entfernt gewesen. Jetzt kniete er neben der Frau und fühlte ihren Puls. Eine schwache Bewegung in der Schlagader, so unmerklich und unregelmäßig, dass er nicht sicher sein konnte. Behutsam vergewisserte er sich, dass ihre Atemwege frei waren, und hob ihren Kopf über die Pfütze.

Sie war fast exakt in die richtige Haltung gefallen, was ihm wenigstens ersparte, dass seine schlimmsten Albträume Wirklichkeit wurden, nämlich dass er entscheiden musste, ob er eine schwer verletzte Person umdrehen und dabei das Risiko eingehen sollte, ihren Zustand noch zu verschlimmern, oder nicht. Sie sah übel aus. Das rechte Bein stand in einem unnatürlichen Winkel vom Körper ab; ein blutender offener Bruch über dem Knie. Glücklicherweise war der Knochen nach vorne gedrückt worden und hatte die Oberschenkelarterie verfehlt. Mehrere Fahrer hielten an, und zwei wies er an, den Verkehr zu regeln. In der Ferne meinte er die ersten schwachen Laute der Sirenen zu hören.

Blut floss langsam in die Pfütze unter ihrer Brust und dem Bauch. Er wagte nicht, sie zu bewegen, um die Blutung zu stillen, weil er fürchtete, er könnte ihr noch mehr innere Verletzungen zufügen. Das Wasser machte es sowieso unmöglich zu sagen, wie stark sie blutete. Am schlimmsten sah ihr Kopf aus; die rechte Hälfte des Gesichts war eingedrückt, Blut floss aus ihrem Ohr, ihr Scheitel war eine blutige Masse. Er zog den Regenmantel aus und breitete ihn behutsam über sie. Er hatte getan, was er konnte.

30

Fenwick ging in seinem kleinen Büro auf und ab wie ein eingesperrtes Tier. Die Neuigkeiten aus dem Krankenhaus waren niederschmetternd. Leslie Smith war auf der Intensivstation an sämtliche Maschinen angeschlossen, ihre Überlebenschancen standen schlecht. Sollte sie es schaffen – und die Ärzte weigerten sich, irgendwelche diesbezüglichen Hoffnungen zu wecken –, war zu bezweifeln, dass sie sich je wieder vollkommen erholen würde. Ihr Schädel war an zwei Stellen gebrochen, bleibende Hirnschäden waren wahrscheinlich; das Becken war gebrochen, das rechte Bein zertrümmert; angesichts ihres schlechten Gesamtzustandes hatten die Chirurgen noch nicht einmal daran gedacht, es zu richten. Das einzig Gute war, dass sie vergleichsweise wenige innere Verletzungen davongetragen hatte.

In seiner Frustration hatte er heute Vormittag das Krankenhaus aufgesucht, während das Team eine ausgedehnte Fahndung nach dem Auto einleitete. Ein Blick hatte ihm gezeigt, dass Leslie ihnen nicht helfen konnte. Ihr Mann richtete seine ganze Wut gegen die Polizei, stimmte aber schließlich einer Durchsuchung ihres Hauses zu, obwohl er nicht verstehen konnte, wieso es sich bei dem Geschehenen um etwas anderes als einen zufälligen Unfall mit Fahrerflucht handeln sollte. Bis jetzt hatte das Durchsuchungsteam nichts gefunden.

Die Gruppe, die an dem Fall arbeitete, war unverzüglich auf fünfunddreißig Mitglieder aufgestockt worden. Constable Adams' Augenzeugenbericht erhärtete die Hypothese, dass der Unfall absichtlich herbeigeführt worden war. Da er die Beschreibung des Autos sofort durchgegeben hatte, konnten sie das abgestellte Fahrzeug zwanzig Minuten nach dem Unfall finden. Ein offensichtlich überhasteter

Versuch, den Wagen in Brand zu stecken, war durch den Regen vereitelt worden; es waren genügend Spuren erhalten geblieben, die im Labor untersucht werden konnten. Die minutiöse Untersuchung würde Tage dauern.

Der Besitzer des Autos war ausfindig gemacht worden. Es war irgendwann am vergangenen Abend aus einem zwanzig Meilen entfernten Parkhaus gestohlen worden. Es gab jede Menge Fingerabdrücke, und der Besitzer und seine Freunde waren hilfsbereit, aber Fenwick bezweifelte, dass sich die Abdrücke des Täters finden würden. Bis jetzt hatte sich ein Zeuge gemeldet, der behauptete, er hätte jemanden aus dem abgestellten Fahrzeug aussteigen und in einen nahe gelegenen Park laufen sehen. Aber der Regen hatte die Sicht beeinträchtigt, daher konnte er nicht einmal sagen, ob es sich um einen Mann oder eine Frau gehandelt hatte.

Tiefe Abdrücke von Schuhen waren auf dem durchnässten Cricketfeld entdeckt worden, und der Platzwart war sicher, dass sie am vorherigen Nachmittag noch nicht da gewesen waren. Die Abdrücke wurden mit denen von der Schule verglichen, wo Katherine Johnstone ermordet worden war, ebenso mit denen aus ihrem Garten. Die Länge der Schritte deutete auf eine große Person hin, die gerannt war. Vom Tor des Parks und dem Zaun konnten sie keine Fingerabdrücke nehmen. Fenwick behandelte den Fall als versuchten Mord und postierte rund um die Uhr eine Wache vor dem Krankenzimmer. Die Angelegenheit war höchst peinlich und würde ihren Ermittlungen mit Sicherheit schaden. Fenwick hatte eine Stunde beim Superintendent gesessen und einen vollständigen Bericht für den Assistant Chief Constable vorbereitet, danach hatte er weitere unangenehme dreißig Minuten am Telefon zugebracht, wo er die nüchternen Fakten direkt schilderte. Er hatte einen Zusammenhang vermutet, hatte keine Aussage bekommen, hatte sie nach Hause gehen lassen und hatte eine Überwachung angeordnet, die den Anschlag nicht verhindern konnte. Dass ihm der Fall nicht entzogen wurde, sagte eine Menge über seine Überzeugungsgabe und die Unterstützung, die ihm der Superintendent gewährte, aber es herrschten eindeutig Zweifel, ob Fenwick noch der Polizist war, der er einmal gewesen war. Er hatte sich bereit erklärt, dem Superintendent täglich persönlich Bericht zu erstatten.

Nicht nur Brian Smith wurde von Schuldgefühlen zerfressen. Alle Ermittler, die an dem Fall arbeiteten, fühlten sich als Versager. Fenwick wusste das und übernahm die alleinige Verantwortung, als sie sich am nächsten Tag zu einer Sitzung trafen, indem er erklärte, dass sie persönlich nichts hätten tun können. Sie mussten die verdächtige Person finden und stoppen. Cooper fiel auf, dass Fenwick nicht mehr eindeutig von einem Mann sprach.

Constable Adams wurde ausdrücklich gelobt. Ihm war es zweifellos zu verdanken, dass Smith nicht noch einmal überfahren und endgültig getötet worden war. Fenwicks Worte verfehlten ihre Wirkung. Adams, ein altgedienter, loyaler Polizist, liebte seine Arbeit und lebte für die Truppe. Sein einstiger Idealismus war dahin, aber er war aufrichtig, tüchtig und kannte seine Pflicht. Leslie Smith war in seiner Obhut gewesen, und er hatte zugelassen, dass sie überfahren worden war, obwohl er nur wenige Meter von ihr entfernt stand. Es war unwahrscheinlich, dass er sich das jemals verzeihen würde. Statt ihn nach Hause zu schicken, fädelte Fenwick ein, dass er dem Fall als ständiger Mitarbeiter zugeteilt wurde. Die Dankbarkeit des Constable war der einzige Lichtblick des langen grauen Tages gewesen.

Eine Sitzung des gesamten Teams wurde für sieben Uhr abends anberaumt. Leslie Smith war noch am Leben, bewusstlos, von Maschinen abhängig. In ihrem Haus war nichts gefunden worden; niemand hatte den schwarzen Scorpio zwischen dem Zeitpunkt, da sein Besitzer ihn abgestellt hatte, und dem Angriff auf Smith gesehen.

Befragungen in den Häusern rund um das Parkhaus hatten höchste Priorität, ebenso in denen auf dem Weg von Smiths Haus zu dem Zebrastreifen, dem Park und der Stelle, wo der Wagen abgestellt worden war.

Es nagte an Fenwick, dass es ihnen nicht gelang, Victor Rowland aufzuspüren, und er beschloss, die Aufgabe selbst zu übernehmen. Cooper setzte er auf Octavia Anderson an; er sollte ihr Alibi überprüfen (auch wenn das eine Mittäterschaft nicht ausschloss) und sie ermahnen, auf der Hut zu sein.

31

Das Büro von Major Anthony West war makellos – dezent, aber teuer möbliert, Schottenmuster in Burgunderrot und Waldgrün und alte, quietschende Ledersessel. Außer Fenwick und Nightingale hielt sich niemand darin auf, und das war schon seit zwanzig Minuten so. Der Chief Inspector war wütend. Er hatte selten mit den Streitkräften zu tun gehabt, aber stets den Eindruck gewonnen, dass man dort tüchtig, höflich und vor allem pünktlich war. Er hatte schon den Assistant Chief Constable bitten müssen, den Termin zu vereinbaren, und war nicht in der Stimmung, weitere Brüskierungen hinzunehmen.

Schließlich ging die Tür auf, und ein Mann trat ein. Er war groß, fast eins neunzig, einer der wenigen Menschen, denen Fenwick gerade in die Augen sehen konnte. Das Wort, mit dem man ihn am treffendsten beschreiben konnte, war «grau»: silbergraues Haar, eisgraue Augen, dunkelgrauer Anzug, blassgrauer Teint. Fenwick ging sofort davon aus, dass dieses elegante Büro nicht seines sein konnte.

Er lächelte nicht zur Begrüßung und entschuldigte sich nicht für sein Zuspätkommen. Fenwick ließ das Schweigen andauern. Neben ihm kämpfte Nightingale gegen den übermächtigen Drang, sich zu bewegen.

«Mr. Fenwick.» Fenwicks Schweigen erboste West eindeutig.

«Detective Chief Inspector Fenwick, Major West. Und dies ist Detective Constable Nightingale.» Fenwicks Tonfall machte deutlich, dass er sich als ranghöchsten Offizier in dem Raum betrachtete.

«Verstehe. Hören Sie, Fenwick, Sie haben völlig unnötig Staub aufgewirbelt, indem Sie Ihren Assistant Chief Constable in die Sache hineingezogen haben. Es gibt so etwas wie ein Protokoll, wissen Sie, und es ist einfach nicht nötig, Beziehungen durch solche lokalen Schwierigkeiten zu belasten.»

Fenwick verzog keine Miene. Nightingale hätte jeden Eid geschworen, dass sich kein Muskel bei ihm bewegte, kein Zucken zu sehen war, und dennoch wuchs die Spannung um ihn herum. Er verströmte Zorn.

West spürte das auch. Er unterbrach den Blickkontakt und bedeutete ihnen, sich zu setzen. Nightingale gehorchte reflexartig und bereute es auf der Stelle. Fenwick blieb stehen.

«Hier ist die Akte von A. V. Rowland.» West schob einen schmalen braunen Hefter über den Tisch, Nightingale streckte die Hand danach aus. Sie las die drei kurzen Seiten binnen einer Minute, dann drehte sie sich zu Fenwick um. «Das ist nicht der Rowland, den wir suchen, Sir.»

Fenwick warf einen Blick auf die Papiere. «Was soll das, Major West? Wir haben Ihnen den vollständigen Namen sowie Geburtsdatum und -ort genannt. Nichts stimmt überein.»

«Ich versichere Ihnen, A. V. Rowland war der *einzige* Rowland auf der Liste, die wir Ihnen geschickt haben.»

«Mag sein, aber er ist nicht der einzige Rowland, der dieses Jahr aus der Armee ausgeschieden ist, ob er nun auf Ihrer Liste steht oder nicht.»

«Wenn es ein anderer Mann ist, müssen Sie einen neuen Antrag auf Auskunft stellen, und ich werde sehen, was ich tun kann. Halten Sie sich an das Protokoll, Chief Inspector. Letztlich ist das immer besser.»

«Vor mehreren Wochen hat mein Sergeant eine Routineanfrage an Sie gerichtet, sich an die korrekte Vorgehensweise gehalten und die Formalitäten beachtet. Seither wiederholen wir unsere Bitte um mehr Informationen nahezu täglich. Wir haben exakt drei Computerausdrucke bekommen, unvollständig, ungenau und so gut wie nutzlos; wir mussten Hunderte Stunden Polizeiarbeit darauf verschwenden. Ich würde vorschlagen, Sie überlegen es sich und beantworten meine Fragen gleich.» Fenwicks Stimme war leise, aber sie schien West festzunageln.

Nightingale spürte, wie sich die Härchen auf ihren Unterarmen aufrichteten.

«Hören Sie, Fenwick, Sie können nicht einfach hier hereinspazieren und vertrauliche Informationen verlangen. Persönliche Angaben über Offiziere sind geschützt und können nur unter bestimmten Umständen preisgegeben werden.» West errötete. Es war ein lächerliches und vollkommen unzutreffendes Argument. Die Vorschriften, von denen er sprach, erlaubten einen uneingeschränkten Informationsaustausch. Fenwicks Miene blieb weiterhin starr, abgesehen vielleicht von einem fast unmerklichen Anspannen der Kiefermuskeln.

«Sie erzählen Mist, und das wissen Sie. Ich habe es mit zwei Morden, einem Mordversuch und einem extrem verdächtigen Unfall zu tun. Drei Familien sind zerstört. Und Sie sitzen hier und bilden sich ein, Sie könnten mir mit banalen Ausreden kommen.» Fenwick verstummte und rang sichtlich um Beherrschung. Er wollte die Oberhand behalten. «Rowland ist der Hauptverdächtige. Offen gesagt – nur damit Sie genau verstehen, was ich meine –, er wird des mehrfachen Mordes und Mordversuchs beschuldigt; hinzu kommen Vergehen wie Entführung, möglicherweise Vergewaltigung, Einbruch und Autodiebstahl. Sie stehen zwischen mir und meinem Hauptverdächtigen, West, und wenn *Sie* mir nicht helfen können, dann würde ich vorschlagen, dass Sie Ihren Hintern in Bewegung setzen und mir jemanden herschaffen, der es kann.»

Inzwischen war er bei Wests Schreibtisch angelangt, stützte sich mit den Händen darauf, beugte sich vor und starrte den Major aus nächster Nähe an. West stand auf, flüsterte: «Entschuldigen Sie mich», und verließ den Raum.

Die beiden warteten stumm. Es gab nichts zu sagen, und Fenwick war ohnehin mit den Gedanken woanders. In seiner Phantasie hockte er wieder oben auf der Treppe, versuchte, Monique neues Leben einzuhauchen, und schaute in die Augen seines fassungslosen, erschrockenen Sohnes. Die Krankheit hätte seine Familie beinahe zerstört. Er hatte sie nicht bekämpfen können, und die Profis, an die er sich gewandt hatte, waren in Wahrheit ohnmächtig gewesen. Nun lief da draußen ein Mörder herum und zerstörte Familien so, wie die von Fenwick zerstört worden war, und diesmal war *er* der Profi, an den sich die Angehörigen und Väter wandten. Bis jetzt hatte auch er versagt.

Bis zu seiner Konfrontation mit West hatte er die Theorie vom Soldaten als eine von vielen betrachtet. Die eben vorgebrachte Beschuldigung Rowlands war direkt aus seinem Unterbewusstsein gekommen, aber kaum hatte er sie ausgesprochen, waren die Worte zur Wahrheit geworden. Er wusste es, und er hatte an den Augen des Majors gesehen, dass der es auch wusste.

Wenige Minuten später wurde ein für vier Personen gedeckter Servierwagen gebracht. Es standen Rosinenkekse darauf.

Nightingale trank ihre zweite Tasse Tee, als die Tür zum dritten Mal aufging. West kehrte zurück, in Begleitung eines anderen Mannes, der rundlich bis feist war und einen Nadelstreifenanzug mit Weste trug. Er lächelte sie an und entblößte dabei kräftige, gerade, leicht gelbliche Zähne hinter wulstigen Lippen.

«Detective Constable Nightingale, Detective Chief Inspector Fenwick» – er schaute sie nacheinander an – «entschuldigen Sie, dass ich Sie warten ließ. Anthony hatte größte Schwierigkeiten, mich zu finden und dann aus einer wichtigen Sitzung herauszuholen. Setzen Sie sich. Tony, lassen Sie bitte eine frische Kanne und Tassen bringen.»

West hätte das Schauspiel familiärer Freundlichkeit beinahe verdorben, aber er dachte gerade noch rechtzeitig daran, nicht zu salutieren, als er sich um hundertachtzig Grad drehte und hinausging.

«Und Sie sind?»

«Ähem, George, Alan George, nennen Sie mich bitte George, Andrew, das tun alle.»

Er machte es sich in dem Sessel gemütlich, wo vorher West gesessen hatte. Frischer Tee wurde gebracht, und der Major kehrte zurück.

«Ah, gut. Bemühen Sie sich nicht, Teuerste, ich werde den Gastgeber spielen.» Nightingale hatte sich nicht gerührt.

Es herrschte Schweigen, während er sich mit den Tassen zu schaffen machte. Niemand rührte die Rosinenkekse an.

«Also. Zum Geschäftlichen. Sie wollen wissen, wo Victor Rowland ist. Nun, es ist peinlich für uns, das zuzugeben, aber wir wissen es offen gestanden nicht.» Fenwick holte tief Luft. George hob beschwichtigend die Hand.

«Ich weiß. Ich weiß, aber das ist *keine* Hinhaltetaktik. Er ist am vierzehnten Januar aus der Armee ausgeschieden, und wir glauben, dass er nach ein paar Wochen in Australien hierher zurückgekehrt ist.»

«‹Glauben›? Es gibt doch sicher Mittel und Wege, das herauszufinden, sich zu vergewissern?»

«Ja, natürlich. Ich meine, er *ist* zurückgekehrt, aber wir wissen nicht, wo er sich aufhält.»

«Warum war er in Australien?» Nightingale meldete sich zum ersten Mal zu Wort.

«Ich glaube, ein Verwandter war gestorben. Er hat etwas geerbt und musste die Angelegenheiten da unten regeln.»

«Das müsste dann sein Onkel in Sydney gewesen sein?»

«Ja, ich glaube, das habe ich gehört.»

«Warum ist er aus der Armee ausgeschieden?», fragte Fenwick ohne Umschweife.

«Ich bin nicht sicher. Das kommt vor, wissen Sie, selbst bei Leuten, von denen man es nicht erwartet hätte. Und es gibt meist stichhaltige Gründe dafür.»

«Gehörte er zu den Leuten, von denen man es nicht erwartet hätte?»

«Ich habe ihn nicht gekannt.»

«Und warum wissen Sie jetzt so viel über ihn? Warum wissen Sie, dass er in Australien war und», Fenwick ging wieder zum Schreibtisch und stützte sich darauf, «warum ‹glauben› Sie, dass er zurückgekehrt ist? Ist es üblich, ehemalige Armeeangehörige so genau im Auge zu behalten?»

«Bei manchen ja.»

«Bei welchen?»

«Sonderfälle. Härtefälle, Invalide – Sie wissen schon, wo wir sichergehen wollen, dass sie die optimalen Startbedingungen haben.»

«Rührend. Und da liest man so kritische Artikel in der Presse. Denen ist offensichtlich gar nicht bekannt, wie fürsorglich Sie sind. Aber Rowland war – ist kein Härtefall. Sie sagten selbst, dass er eine Erbschaft gemacht hat …»

George wählte seine Worte mit Bedacht. «Er ist wenige Monate vor seinem Ausscheiden krank geworden und hat sich nie wieder ganz erholt.»

«Wie krank? Was für eine Krankheit?»

«Ich glaube nicht, dass das für Ihren Fall relevant ist.»

«Alles, was Rowland betrifft, ist relevant. Sie sind in den wenigen Minuten zwischen Ihren Sitzungen offenbar bestens informiert worden.» Fenwick kam ein Gedanke. «Es sei denn, Sie hätten bereits über den Fall Bescheid gewusst. Irgendwo wird es eine Akte geben. Schlagen Sie nach, was Sie nicht wissen.»

«Nicht einmal die Polizei hat automatisch Zugang zu ärztlichen Unterlagen, Chief Inspector, das wissen Sie. Manche Dinge sind Gott sei Dank privat.»

«Wurde die Krankheit von arbeitsbedingtem Stress ausgelöst?», fragte Nightingale, die Notizen machte.

«Das glaube ich nicht.»

Sie formulierte es präziser. «Litt er an einer Form geistiger Instabilität?»

«Was für eine seltsame Frage, Constable. Warum wollen Sie das wissen?»

«Die Person, nach der wir suchen, ist außerordentlich durchtrainiert, kein Invalide. Viele Leute leiden an Geisteskrankheiten, und die sind in einigen Berufen überdurchschnittlich häufig; auch die Streitkräfte gehören dazu.»

«Und Polizisten und deren Familien auch», fuhr George sie an. «Aber ich glaube nicht, dass wir uns auf eine Diskussion darüber einlassen müssen, oder, Fenwick?»

Das zerstörte den letzten Rest von Fenwicks Selbstbeherrschung. Er beugte sich über die gesamte Breite des Schreibtischs; neben seiner breitschultrigen Gestalt wirkte der untersetzte Bürokrat zwergenhaft.

«Jetzt hören Sie mir gut zu, George, wenn das Ihr Name ist. Sie halten uns hin und kommen sich sehr schlau vor, indem Sie so tun, als wäre das eine unbedeutende Routineangelegenheit. Aber das ist es nicht, und Sie haben vor Angst die Hosen gestrichen voll, richtig? Sie wissen viel mehr über Rowland, als Sie herausrücken. Das bedeutet, es stimmt etwas nicht. Und Sie wollen nicht, dass ein paar plattfüßige Zivilisten auf Ihrem Terrain herumstolpern, richtig? Nun, dann muss ich Ihnen etwas sagen. Glauben Sie nicht, dass dieser hochspezialisierte Irre, den Sie da draußen haben, Ihnen allein gehört. Wenn er *irgendetwas* mit der Ermordung dieser Frauen zu tun hat, dann gehört er auch mir, und ich werde ihn finden.» Er griff zum Telefon. «Sie stehen vor einer einfachen Entscheidung: Helfen Sie mir, oder machen Sie Platz. Aber glauben Sie *nicht*, dass Sie mir im Weg stehen können, denn wenn ich den Assistant Chief Constable angerufen habe, dessen Vorgesetzter sich mit dem Home Office in Verbindung setzen wird, wähle ich als Nächstes die Nummer der Presseagentur.»

Hinter ihm stöhnte West auf, und eine Teetasse klirrte. Es war ein leises Geräusch, aber es reichte aus, um Nightingale zu sagen, dass Fenwicks Mutmaßung der Wahrheit ziemlich nahe kam.

George sah den Major finster an und wandte sich wieder Fenwick zu. Er war in keinster Weise eingeschüchtert, nur sah sein Gesicht plötzlich müde aus. «Sie werden ihn nicht finden.»

«Oh, ich werde ihn finden. Sie vergessen, dass ich auf Taktiken zurückgreifen kann, die Ihnen nicht zur Verfügung stehen. Ein Mörder sorgt für gute Schlagzeilen, gute Fernsehnachrichten. Ich muss nur ‹Serienkiller› flüstern, und schon stehen mir Sendezeit und Druckseiten für Hunderttausende von Pfund zur Verfügung. Bis jetzt habe ich das nicht getan, weil es zu einem teuren und schwer zu kontrollierenden Zirkus führen wird. Aber jetzt lassen Sie mir keine andere Wahl.» Er drehte sich um und wollte gehen.

«Fenwick! Einen Moment.» Alle Freundlichkeit war aus Georges Verhalten gewichen; zum Vorschein kam der harte, intelligente politische Taktierer. «Seien Sie vorsichtig. Das ist nicht nur eine Drohung von mir. Es handelt sich um eine *sehr* gefährliche Situation, und Sie wollen in aller Öffentlichkeit darin herumstochern. Ich werde versuchen, Sie daran zu hindern, auch wenn ich bezweifle, dass mir das in diesem Stadium gelingen wird. Ich wiederhole, die Sache ist äußerst gefährlich – und möglicherweise wird Schaden angerichtet.»

«Droht Gefahr von Rowland oder von Ihnen?»

George schwieg.

«Sie haben uns keine Wahl gelassen.»

32

Fenwick bekam seine Pressekonferenz mit Unterstützung des Assistant Chief Constable, obwohl dieser mit der Entscheidung nicht glücklich war. Er hatte zu viele Gefälligkeiten einfordern müssen, und sein politischer sechster Sinn schickte ihm unaufhörlich Warnsignale.

«Seien Sie vorsichtig», hatte er gesagt. «Ich habe Sie unterstützt, und wir brauchen Resultate, aber ich musste bis ganz nach oben gehen, um das durchzuboxen. Machen Sie keinen Mist.»

Sie arbeiteten gerade an der Presseerklärung, als ein Anruf von Cooper durchgestellt wurde.

«Cooper, wo sind Sie?»

«London, Sir.»

«Hatte ich Ihnen nicht gesagt, dass Sie Anderson suchen sollen?»

«Das versuche ich ja. Ich habe versucht, sie in Montpellier anzurufen, aber dort hieß es, sie sei nicht da.»

«Was?»

«Sie ist nicht da. Sie hat ihre letzte Vorstellung vor zwei Tagen wegen einer Halsentzündung abgesagt, und, *hören Sie sich das an*, sie hat Frankreich am Samstag verlassen. Sie ist über Amsterdam nach Gatwick geflogen, obwohl sie einen Direktflug hätte nehmen können. In ihrer Wohnung in London ist sie ebenso wenig eingetroffen wie in ihrem Landhaus. Das Mädchen sagt, sie hat seit Tagen nichts von sich hören lassen.»

«Verdammt. Wir brauchen sie und ihre Geschichte.»

«Es geht jetzt um mehr. Sie war im Lande, als Smith überfahren wurde. Jetzt hat sie zum zweiten Mal ein wackeliges Alibi!»

«Wir werden sie finden, Cooper. Holen Sie sich die Männer, die Sie brauchen. Die Sache genießt höchste Priorität – und überprüfen Sie noch einmal, wo sie war, als Deborah Fearnside verschwand.»

Fenwick knallte den Hörer auf die Gabel. «Verdammt.»

«Probleme, Sir?»

«Vielleicht, Nightingale, vielleicht. Möglicherweise bin ich gerade im Begriff, den größten Scheiß zu bauen, den diese Truppe jemals gesehen hat. Ich setze alles auf Rowland – und könnte eine andere Kandidatin dabei übersehen.»

«Octavia Anderson?»

«Ja.»

«Das wäre vielleicht die wahrscheinlichste Kandidatin, Sir, muss man zugeben.»

«Ja, aber ich sehe sie nicht als die Mörderin, Sie etwa?»

«Bei allem Respekt, Sir, das ist doch nebensächlich, oder? Es ist eine Frage von Beweisen und Wahrscheinlichkeit. Die augenscheinlich harmlosesten Menschen können sich als Schuldige entpuppen. Das kommt immer wieder vor.»

Fenwick dachte lange nach und ging in dem stickigen Zimmer auf und ab.

«Wir machen weiter wie geplant. Es gibt keine andere logische Erklärung für die roten Rosen.»

«Rosen, Sir?»

«Weshalb sollte sie sich selbst rote Rosen schicken? Das ist der Teil, der einfach nicht passt.»

Die Pressekonferenz lief traumhaft. Die BBC nutzte die Gelegenheit, eine Rekonstruktion von Smiths Unfall zu filmen und die von Katherine Johnstones Ermordung nochmals auszustrahlen.

Fenwicks einziges Problem war, dass er von Rowland kein Foto und keine Personenbeschreibung außer der der Floristin hatte. Selbst für die Fernsehsendung musste er sich mit dem Phantombild begnügen.

Um zehn Uhr abends, als die Sendung live ausgestrahlt wurde, meldeten sich gerade mal zwei Leute, die behaupteten, Rowland gekannt zu haben: ein Schulfreund, der überrascht war, auf welches

Interesse sein zaghafter Anruf stieß; und ein Mann aus Watford, der sagte, er habe Rowland während des Wehrdiensts gekannt. Fenwick schickte Cooper los und wies ihn an, seinen Bericht noch am selben Abend telefonisch durchzugeben. Um den Schulfreund, der inzwischen in Newcastle wohnte, würde sich die dortige Kripo kümmern. Verzweifelt wartete Fenwick vor den Telefonen im Studio auf weitere Anrufe.

Die geringe Resonanz war enttäuschend und höchst ungewöhnlich angesichts der Berichterstattung in *Crimewatch*. Keine Frauen, Exfrauen, Schwiegermütter, Freundinnen, Kollegen, alte Zechkumpane oder Verwandte. Und das Schweigen des Militärs war noch seltsamer. Nicht jeder, der ihn kannte, hatte gewarnt werden können.

«Sir», rief einer der Constables an den Apparaten ihm zu, «da ist ein Mann, der behauptet, Rowland zu kennen, aber darauf besteht, mit Ihnen zu sprechen.»

«Hier Detective Chief Inspector Fenwick. Wer spricht da?»

«Diese Telefone, sind das die im Studio?»

«Ja.»

«Dann rufe ich Sie in Ihrem Büro an. Fahren Sie hin, es ist wichtig!»

Es wurde aufgelegt; das Gespräch hatte keine Minute gedauert. Fenwick blieb noch eine Weile im Studio, aber es kamen nur noch wenige Anrufe. Nach kurzer Rücksprache mit den Moderatoren der Sendung dankte Fenwick dem Team und ging.

Sein Büro war stickig und ungemütlich. Der Papierkorb war nicht geleert worden, zwei Tassen mit Resten alten Kaffees standen auf der überquellenden Eingangs-Ablage, wo die hartnäckigen Memoranden der Bürokratie Aufmerksamkeit heischten.

Er rief kurz seine Mutter an, um sich zu vergewissern, dass es den Kindern gut ging, und hörte zu seiner Erheiterung, dass sie seinen Fernsehauftritt auf Video aufgenommen hatte – nicht die Rekonstruktion des Tathergangs –, um ihnen das Band am nächsten Tag zu zeigen. Danach lehnte er sich zurück und wartete. Damit er nicht einschlief und um sich von dem Fall abzulenken, sah er die Post durch.

Die Ablage war leer geräumt und der Papierkorb verschwand unter einem Berg von Papieren, als das Telefon klingelte. Er schreckte aus einem leichten Dösen hoch und griff nach dem Hörer. Seine Uhr zeigte 2.45.

«Ja?»

«Detective Chief Inspector Fenwick?» Eine Männerstimme, glatt und ohne Akzent.

«Ja. Wer sonst wäre so dumm, um diese Nachtzeit hier zu sitzen?»

«Okay, beruhigen Sie sich. Hören Sie mir genau zu. Ich habe nicht viel Zeit. Haben Sie Papier und Bleistift?»

«Äh, ja. Wer spricht da?» Seine Frage wurde ignoriert.

«Ich möchte, dass Sie zur Ostecke des Market Square kommen. Seien Sie um drei Uhr da. Ich rufe Sie dort in der Telefonzelle an.»

«Was? He, bleiben Sie dran!» Fenwick sprach mit dem Rauschen einer toten Leitung. «Scheiße!»

Er legte den Hörer auf und rieb sich nachdenklich das Kinn, wo dichte Stoppeln unter seinen Fingern kratzten. Er musste einen schönen Anblick bieten. Wahrscheinlich würde er als Penner verhaftet werden, wenn er um diese Zeit in die Stadt ging. Aber er hatte keine Wahl. Er konnte den Mann vergessen und nach Hause gehen oder ihm, nachdem er schon so lange gewartet hatte, eine letzte Chance geben. Es war bereits zehn vor drei; er musste sich entscheiden. Die vernünftige, sichere Variante wäre gewesen, sich nach Hause zu begeben. Er folgte seiner Eingebung, nahm die Schlüssel und ging hinaus.

Der Anruf erfolgte exakt um drei Uhr. Fenwick war nicht in der Stimmung für weitere Spielchen. Er redete los, kaum dass er den Hörer abgenommen hatte.

«Hören Sie zu, wer immer Sie sind, dies ist Ihre letzte Chance. Sie können mir jetzt erzählen, wer Sie sind und was Sie zu sagen haben, oder es vergessen.»

«Ich werde jetzt mit Ihnen reden. Diese Leitung kann unmöglich abgehört werden.»

Fenwick reagierte nicht auf die melodramatische Bemerkung.

«Ihre Leitung im Büro wird das zwangsläufig, und im Fernsehstudio konnte ich nicht sicher sein.»

«Warum sind Sie dann nicht selbst in mein Büro gekommen?»

«Das ist mit Sicherheit verwanzt – und Ihr Haus auch, also passen Sie auf, worüber Sie reden. Sie haben keine Ahnung, worum es geht.»

«Aber Sie, ja? Wer sind Sie?»

«Vielleicht werde ich Ihnen meinen Namen später verraten – aber erst möchte ich sicher sein, dass wir uns überhaupt unterhalten müssen. Erzählen Sie mir von den Morden und warum Sie Vic suchen.»

Der Mann hielt immer noch alle Trümpfe in der Hand. Wenn der Anruf überhaupt einen Sinn haben sollte, blieb Fenwick nichts anderes übrig, als die beiden Morde und Smiths Unfall kurz zu schildern und dabei die Hilflosigkeit der Frauen und die Brutalität der Angriffe zu unterstreichen.

Ihm war durchaus bewusst, dass er statt mit einem potenziellen Zeugen auch mit dem Mörder sprechen konnte, daher gab er nichts preis, was nicht auch schon in der Presse bekannt gegeben worden wäre. «Im Augenblick deutet alles auf Rowland hin – mehr kann ich Ihnen nicht sagen, solange ich nicht weiß, wer Sie sind und warum Sie so geheimnisvoll tun.»

«Tut mir Leid, aber ich sollte gar nicht mit Ihnen reden. Ich könnte meinen Job verlieren. Es ist wegen Ihrer Beschreibung der Frauen. Wir haben uns darüber unterhalten, und die beiden anderen waren fest entschlossen zu schweigen, aber ich möchte mein Gewissen nicht noch mit einem weiteren Todesfall belasten. Es ist auch so schon schlimm genug. Ich habe Kinder, wissen Sie – etwa im selben Alter wie die von dieser Frau. Das geht mir sehr nahe.»

«Nennen Sie mir Ihren Namen und den der anderen beiden. Woher kennen Sie Vic, und wieso haben Sie beschlossen, mit mir zu reden?»

«Mein Name ist Jim Bayliss, aber es wäre mir lieber, wenn Sie ihn aus dem Spiel ließen. Mein Dienstgrad tut nichts zur Sache. Vic und ich waren vor seinem Abschied in derselben Einheit. Wir waren Kameraden, darum fällt mir das besonders schwer. Aber Vic ist kein Mörder, nicht von Natur aus. Er ist krank, sehr krank, und braucht Hilfe. Als ich Sie im Fernsehen gesehen habe, dachte ich mir, dass er wahrscheinlich mehr Chancen hat, wenn Sie ihn finden und nicht jemand anders – und ich glaube, er muss um aller Beteiligten willen schnellstens gefunden werden.»

«Das stimmt. Ich muss Sie treffen, mit Ihnen sprechen. Sie müssen mir alles erzählen, was Sie über Vic wissen. Wann können wir uns treffen? Ich komme, wohin Sie wollen.»

«Genügt das Telefon nicht? Ich bin nicht sicher, ob wir uns treffen sollten.»

«Hören Sie, es ist nach drei Uhr morgens, ich stehe in einer offenen Telefonzelle, und es fängt an zu regnen. Ich weiß, Sie sind in der Nähe. Wir müssen uns treffen. Sie könnten Rowland sein oder ein Witzbold oder ein Reporter. Ich kann meine weiteren Ermittlungen nicht auf einem geheimnisvollen Telefonanruf aufbauen.»

Es folgte eine kurze Pause. Fenwick spürte förmlich, wie der Mann die Möglichkeiten abwog.

«Okay, wir treffen uns. Warten Sie, sagen Sie *nichts*, hören Sie nur zu.» Sein Tonfall wurde härter. «Sie könnten verfolgt werden. Lachen Sie nicht, Sie kennen diese Leute nicht. Ich möchte, dass Sie mein Spiel mitspielen – für den Fall, dass Sie verfolgt werden. Ich möchte, dass Sie gleich so tun, als würde ich mich weigern, Sie zu treffen oder etwas zu sagen. Wir können uns morgen früh treffen, um halb sieben. Kennen Sie Becketts Farm, draußen bei Cuckfield? Gut. Ich rufe von der Telefonzelle auf der gegenüberliegenden Straßenseite an. Ich sehe eine Scheune, unweit der Straße. Sie ist groß genug, dass man mit dem Auto reinfahren kann, und vom Hauptgebäude der Farm nicht einsehbar. Dort treffen wir uns. Versteht sich von selbst, dass Sie allein kommen. Ich lasse Sie jetzt Ihr Schauspieldebüt geben. Gute Nacht, Fenwick.»

Der Mann legte auf. Fenwick kam sich wie ein Idiot vor, als er so tat, als würde er weiterhin zuhören, und viel blöder kam er sich vor, als er nach ein paar Minuten den Hörer auf die Gabel knallte und zu seinem Auto stürmte. Es war gleich halb vier Uhr morgens, aber er musste Cooper anrufen. In der Vermutung, dass Cooper nach dem Gespräch mit dem Mann in Watford noch nach Hause gefahren war, wie spät es auch geworden sein mochte, rief er vom Auto aus bei ihm an.

«Cooper?»

«Hm?»

«Hier Fenwick. Ich muss Sie sehen. Wir treffen uns in einer halben Stunde bei mir.»

Lautlos betrat er das stille Haus. Als Cooper eintraf, hatte er geduscht, sich rasiert und umgezogen. Würstchen, Speck und Tomaten schmorten leise zischelnd, eine Pfanne für Eier stand bereit, auf einer Wärmplatte stapelte sich dunkler und heller Toast.

Das Aroma von frischem, starkem Kaffee, Holzrauch, Salbei und Zwiebeln ließ Cooper das Wasser im Mund zusammenlaufen. Sein Magen war sofort hellwach. Argwöhnisch sah er den Inspector an. Er bezweifelte, dass der Mann auch nur ein Auge zugetan hatte, und doch sah er frisch und mindestens zehn Jahre jünger aus.

«Ich dachte, wir brauchen ein herzhaftes Frühstück, bevor wir den Tag beginnen. Ich fürchte, es wird ein langer Tag werden.»

«Sie haben etwas.» Es war eine Feststellung, keine Frage.

«Ich glaube es. Ja, wenn wir Glück haben. Kommen Sie mit.»

Er ließ das Essen auf kleiner Stufe köcheln und führte Cooper in die Dusche im Keller. Der Sergeant sah ihn besorgt an.

Mit dem Prasseln der Dusche als Tarnung schilderte Fenwick seine Unterhaltung mit Bayliss Wort für Wort. Es dauerte nur wenige Minuten, aber als er zum Ende kam, war Cooper in seinem leichten Sommeranzug rosa und schweißfeucht.

«Es könnte natürlich ein Scherz sein, aber das glaube ich nicht. Wie auch immer, in zwei Stunden werden wir es herausfinden. Wir treffen uns um halb sieben. Er möchte, dass ich allein komme ...»

«Aber das werden Sie nicht tun, oder?»

«Natürlich nicht. Wir hinterlassen beim Dienst habenden Sergeant im Revier eine Nachricht, und Sie begleiten mich – Sie bleiben in Deckung und sorgen dafür, dass das Revier immer genau weiß, wo wir sind. Wenn ich nach einer Viertelstunde nicht aus der Scheune komme, fordern Sie Verstärkung an. Kommen Sie *nicht* selbst rein. Und kümmern Sie sich darum, dass wir die Fingerabdrücke aus der Telefonzelle bekommen. Und jetzt muss ich wissen, was in Watford los war. Können Sie mir das gefahrlos beim Frühstück erzählen?»

Cooper dachte nach und nickte – ein Mann ertrug nun mal nur ein bestimmtes Maß an Dampf.

«Lenny Dilks hat mit Rowland gedient, bei der Infanterie. Heute betreibt er einen privaten Schießplatz. Er erinnert sich an Rowland, weil der, wie er sagt, ein ausgezeichneter Soldat mit einem hervorragenden Ruf war. Dilks war ein junger Bursche, erst achtzehn, und hat den Mann offenbar wie einen Helden verehrt. Hatte kein schlechtes Wort über ihn zu sagen und wollte unbedingt mit uns reden, um ‹die Sache ins Reine zu bringen›.»

«Also keine dunklen Geschichten über ihn?»

«Nein. Im Gegenteil. Offenbar ist Rowland sogar ausgezeichnet worden, während Dilks unter ihm diente. Er hat jemandem das Leben gerettet, als sie im Manöver waren. Der Mann ist in Snowdonia an einem Berg abgestürzt, und das Wetter schlug um, was eine ausgedehnte Suchaktion unmöglich machte. Rowland hat bei Temperaturen unter null allein weitergesucht, den Mann gefunden und ihn zurückgetragen.»

«Und was ist dann mit unserem Helden passiert?»

«Später wurde er für Tapferkeit im Golfkrieg ausgezeichnet. Dilks blieb vage, was Details angeht. Danach wurde er versetzt. Dilks weiß nicht, wohin, nur, dass er die Aufnahmeprüfung für den Special Air Service ablegen wollte.»

«Also ein hoch dekorierter Kriegsheld, der möglicherweise zum SAS gegangen ist. Das könnte die Zurückhaltung ein Stück weit erklären, aber der SAS ist kein Geheimbund, um Himmels willen!»

Bei starkem Kaffee schmiedeten sie fiktive Pläne für den Tag. Beide kamen sich albern vor, aber sie hielten die Scharade durch. Ein Großteil ihrer Unterhaltung basierte sogar auf Wahrheit, denn sie machten sich beide zunehmend Sorgen wegen Octavia Andersons Verschwinden, wenn auch aus unterschiedlichen Gründen.

Es war kurz nach fünf Uhr, als Fenwick sachte die Tür hinter Cooper zumachte und sich zum Aufbruch rüstete. Er wollte den Schauplatz des Treffens vor sechs auskundschaften und sich vergewissern, dass Cooper gut versteckt in der Nähe war. Als er die Autoschlüssel nahm, hörte er ein Flüstern auf der Treppe.

«Wohin gehst du, Daddy?»

Er sah nur zwei braune Füße und den ausgefransten Saum von Bess' Nachthemd, ging zur Treppe zurück und lächelte zu ihr hinauf.

«Ich gehe zur Arbeit. Warum bist du nicht im Bett? Los, rauf mit dir!»

«Aber es ist so früh. Und ich habe dich reden hören.»

Fenwick ging leichtfüßig zu ihr und nahm sie in die Arme. Sie umklammerte seinen Hals und er musste ihre Hände mit sanfter Gewalt lösen, als er sie ins Bett gelegt hatte. Sie sah mit großen, ernsten Augen zu ihm auf.

«Das gefällt mir nicht, Daddy. Ich habe Angst.»

«Mein großes Mädchen? Angst? Nein, auf keinen Fall. Jetzt schlaf wieder.» Ihm war deutlich bewusst, wie die Minuten verrannen. Er war fast an der Tür, als sie sich noch einmal aufrichtete.

«Daddy! Mach nichts Gefährliches! Ich hab dich lieb!»

Er trat ans Bett und gab ihr noch einen Kuss, verwirrt von ihrer Intuition und besorgt angesichts ihrer Warnung.

Fenwick steuerte das Auto in die Scheune, wo es von der Straße und der Farm aus nicht zu sehen war. Er schaute sich gründlich um und suchte nach möglichen anderen Ausgängen für den Fall, dass er überstürzt aufbrechen musste. Es handelte sich um ein windschiefes, rechteckiges Gebäude, etwa siebeneinhalb mal zwölf Meter, mit einem breiten Tor; ein Stapel alter Strohballen beanspruchte die Ecke rechts hinten.

Er wollte gerade zu seinem Auto zurückkehren, als er hinter sich eine Veränderung der Atmosphäre spürte. Ihm wurde bewusst, wie ungeschützt sein Rücken war; die empfindliche Stelle zwischen den Schulterblättern kribbelte. Er hatte keine Waffe bei sich; im Kofferraum lag ein Wagenheber, aber der war ein halbes Dutzend Schritte entfernt.

Für einen Sekundenbruchteil sah er die Wunde an Katherine Johnstones Hals vor sich und dachte an die Spekulationen über die Waffe, die eine solche Verletzung zufügen konnte. Wie selbstverständlich ging er weiter auf sein Auto zu.

«Ich denke, das ist weit genug, Chief Inspector.» Die Stimme hörte sich nicht mehr so kultiviert an wie am Telefon, war aber genau so tief. Fenwick drehte sich um und bemühte sich angestrengt um eine selbstsichere Miene. Der Mann stand etwa vier Meter entfernt. Er war knapp eins achtzig groß, kräftig und von einer Bräune, die verriet, dass er in letzter Zeit häufig im Freien gearbeitet hatte. Sein Haar, grau-braune Locken, wirkte zu alt für das kantige Gesicht. Fenwick schätzte ihn auf Mitte dreißig, aber er konnte auch jünger sein –

das Grau täuschte. Er hielt eine Pistole in der Linken, mit der er Fenwick von dem Fahrzeug wegwinkte.

«Bitte eine Identifizierung, Chief Inspector.»

«Dasselbe muss ich von Ihnen verlangen.» Er zog den Dienstausweis aus der Brusttasche.

«Werfen Sie ihn her.»

«Nein. Sie können ihn auch von dort lesen.» Fenwick streckte die Hand mit dem Ausweis vor, und der bewaffnete Mann kam näher und studierte das Papier. Er war keine fünf Schritte mehr entfernt.

«Gut.»

«Jetzt Sie, Mr. Bayliss, wenn es Ihnen nichts ausmacht.»

Bayliss lachte über den offiziellen Tonfall und steckte die Waffe ein. Er gab Fenwick Ausweis und Führerschein, die auf den Namen James Aubrey Bayliss ausgestellt waren.

«Sind Sie allein?»

«Hier drinnen ja. Mein Sergeant ist draußen. Keine Sorge, es ist mir niemand gefolgt, aber ich habe dafür gesorgt, dass einige meiner Leute wissen, wo ich bin und warum.»

«Sie sind zu früh.»

«Sie auch.»

Sie musterten einander schweigend. Bayliss war kleiner als Fenwick, aber kräftig und so trainiert, dass er sicher auch fünfzehn Runden gegen einen stärkeren Gegner durchgehalten hätte. Er war aufmerksam, nicht mehr übertrieben bedrohlich, aber Fenwick war sicher, dass der Mann zur Waffe greifen würde, ehe er sich ihm auch nur nähern konnte. Doch er war ohnehin im Nachteil.

«Sie sagten, Sie könnten mir von Victor Rowland erzählen.»

«Ja, wir haben eine Zeit lang zusammengearbeitet.»

«Im Special Air Service?»

Bayliss schüttelte den Kopf, dann zuckte er die Achseln. «Wenn Sie meinen.»

«Warum haben Sie beschlossen, sich mit mir zu treffen?»

«Ich finde, Sie tun verdammt gut daran, nach Vic zu suchen, aber ich musste Sie erst mal sehen.»

«Warum?»

«Ich musste sehen, ob Sie dem gewachsen sind.» Er machte eine

Pause und sah Fenwick durchdringend an. «Ich glaube, das sind Sie. Schwer zu sagen. Wenn nicht, hätte ich das sofort gemerkt. Ich denke, Sie können es schaffen. Ich hoffe es sogar.»

«Wozu diese Dramatik? Es mag ein schwieriger Fall sein, aber ich betrachte ihn nicht als unlösbar.»

«Dann sind Sie verdammt dumm, und das könnte fatale Folgen haben. Im Ernst. Wenn Sie glauben, dass dies ein normaler Fall ist – Herrgott! Vic Rowland ist, war, ein ganz besonderer Soldat. Sie müssen in völlig anderen Kategorien denken. Er war einen Tick besser. Vom ersten Moment an ist er mit seinen Fähigkeiten aufgefallen. Er wurde ausgebildet und auf die Probe gestellt und hat sich mehrere Male bewährt.»

Der Mann sprach abgehackt, zögerte eben noch, mit etwas herauszurücken, und plapperte im nächsten Moment drauflos. Fenwick hörte einfach zu. Bayliss beschrieb Rowlands Sprachbegabung, seine Kraft und wie er sich in Topform hielt. Was Vic von anderen unterschied, das war seine Scheiß-drauf-Einstellung.

«Aber Sie müssen wissen, dass er imstande war, seine Emotionen vollkommen unter Kontrolle zu halten, sich ausschließlich auf seine Aufgabe zu konzentrieren, egal, unter welchen Umständen.» Bayliss ging zum Auto und stützte sich auf die Motorhaube.

«Klingt wie die Hauptrolle in einem Schwarzenegger-Film!»

«Hören Sie, Fenwick, ich kannte ihn mit Unterbrechungen fünfzehn Jahre lang, und ich habe *nie* gesehen, dass er einmal die Beherrschung verloren hätte. Er hatte einfach nicht die Gefühle wie wir anderen, und wenn, ließ er sich nicht davon beeinflussen. Und Vic war ein Star mit grenzenlosen Möglichkeiten. Er war der Mann, der vorgezeigt wurde, um die verdammten Politiker zu beeindrucken. Er war in den höchsten Kreisen bekannt.»

«Ein Held also.»

«Das wollte ich nicht sagen. Er war einer von uns. Besonders, aber nicht mehr oder weniger heldenhaft als wir anderen. Ich glaube, der Unterschied waren die Gefühle; er war so verdammt ausgeglichen und beherrscht.»

«Was ist mit Frauen? Wollen Sie sagen, dass er im Zölibat lebte?»

«Hören Sie auf! Er war nicht verheiratet und hatte keine feste

Freundin. Er brauchte Sex, aber das sah er als etwas rein Körperliches, das ihm gefiel, nichts weiter.»

«Also haben wir es mit einem höchst tüchtigen, klugen und durchtrainierten Mann zu tun. Ihren Worten nach mit jemand, der früher schon getötet hat?»

«Das hört sich so verdammt trocken an, Fenwick. Herrgott, ja, das stimmt, aber Sie haben ihn immer noch nicht verstanden. Ich glaube nicht, dass er sich an die Menschen *erinnert*, die er getötet hat; sie waren immer nur Teil eines Problems, das gelöst werden musste. Und er hat nie versagt, wie beschissen der Auftrag auch gewesen sein mag.»

«Verstehe.»

«Ich bin noch nicht fertig. Ich habe gerade den Mann beschrieben, mit dem ich jahrelang zusammengearbeitet habe. Ich habe ihm rückhaltlos vertraut. Er war so etwas wie ein guter Freund.»

«Und jetzt verraten Sie ihn? Oder verschaukeln Sie mich?»

Bayliss sah mit leerem Blick in die Ferne; eine tiefe Sorgenfalte teilte seine Stirn.

«Ich hoffe es bei Gott nicht, Fenwick.» Er drehte sich zu dem Detective um und sah ihm in die Augen. Sein konzentrierter Blick war so stechend, dass Fenwick sich vorkam, als hätte er ein Fadenkreuz auf der Stirn. «Ich glaube, Sie sind seine einzige Hoffnung. Sehen Sie, der Mann, den ich Ihnen gerade beschrieben habe, existiert nicht mehr.»

Fenwick verzog ungläubig den Mund.

«Nein. Glauben Sie mir. Es fing letzten November an. Wir hatten Monate mit besonders harten Einsätzen hinter uns und waren alle verdammt erschöpft. Post, Briefe von zu Hause, waren gesammelt worden und warteten auf uns …» Er zögerte. «Unwichtig, wo. Vic bekam selten Briefe – er schien keine Verwandten oder engen Freunde zu haben. Aber an dem Tag hatte er mehrere. Ich kann mich gut daran erinnern. Ich habe meinem Jungen immer die Marken mitgebracht, deshalb haben mir alle Kameraden ihre Briefumschläge gegeben. Vic hatte drei; zwei normale Briefe und ein großes, braunes Kuvert, das nicht ausreichend frankiert gewesen war. Alle waren in Sydney abgeschickt worden.»

«Sie haben ein gutes Gedächtnis.»

«Wie gesagt, ich habe die Marken aufgehoben, und später habe ich sie mir manchmal angeschaut und versucht, den Sinn hinter all dem zu entdecken. Ich war neugierig wegen der Briefe und fragte ihn am Abend danach. Er erwähnte, dass sein Onkel gestorben sei; sagte, dass es sich um Anwaltsbriefe handele, dass er eine Erbschaft gemacht habe. Er war still, in sich gekehrt, aber er war nie ein geselliger Mensch gewesen. Heute weiß ich, dass er sich von diesem Tag an veränderte. Zuerst fiel es uns gar nicht so auf, aber irgendwann merkten wir, dass er nichts sagte. Er mied uns, und ich bekam mit, dass er kaum etwas aß. Er nahm ab.» Bayliss holte tief Luft. «Dann fingen die Albträume an. Zwei- bis dreimal pro Nacht wachte er schweißgebadet auf und schrie. Ich konnte nicht viel verstehen – er schrie immer wieder: ‹NEIN! NEIN! NEIN!› Und einmal den Namen ‹Carol›.»

«Sind Sie sicher, dass es Carol war?»

«Ja. Ich war hellwach und habe ihn deutlich gehört. Am nächsten Morgen habe ich mit ihm darüber geredet, und da fiel mir auf, dass er in einem schrecklichen Zustand war. Wenn man Tag für Tag mit jemandem zusammen ist, bekommt man so eine schleichende Veränderung nicht mit. Man denkt, man kennt jemanden, und achtet nicht drauf. Da kann einer vor deinen Augen krank werden, und du merkst es nicht einmal.»

«Ich weiß.» Etwas in Fenwicks Stimme holte Bayliss in die Gegenwart zurück; er sah ihn eindringlich an.

«Sie wissen das wirklich, oder? Also wird Ihnen klar sein, wie ich mich gefühlt habe, als mir plötzlich klar wurde, wie schlimm es stand. Als Erstes habe ich ihn aufgefordert, mir zu sagen, was los ist. Er wurde eine Gefahr für uns, aber er war auch ein Kamerad. Ich war sauer, weil er mich, uns, in eine untragbare Position gebracht hatte. Es war nichts aus ihm herauszubekommen, aber er brauchte eindeutig Hilfe. Er sah schrecklich aus. Nichts gegessen, Schlafmangel – wie um fünfzehn Jahre gealtert –, seine Haut war teigig und blass. Vic sah einfach durch mich hindurch, während ich meinen Vortrag hielt, und sagte kein Wort. Es war, als hätte er vollkommen abgeschaltet.» Bayliss holte noch einmal tief Luft. «Sein Schweigen machte mich wütend. Auch ich schlief schlecht; wir sollten nach wenigen Tagen wieder raus und waren schlecht vorbereitet. Durch seine Schuld konnten wir alle sterben. Er wollte einfach an mir vorbeigehen, da packte ich ihn am Arm. Er wandte sich im Handumdrehen gegen mich. Eben stand ich noch und redete mit ihm, im nächsten Augenblick lag ich bäuchlings auf dem Boden, und er kniete auf mir, die linke Hand unter meinem Kiefer. Ich war hilflos. Ich drehte den Kopf und sah ihm ins Gesicht, wollte es als Scherz abtun, aber ich konnte mich kaum bewegen und er hielt mir den Mund zu und drückte mit seinem ganzen Gewicht auf meine Brust. Seine Augen waren kalt, gleichgültig wie die eines Hais, vollkommen ausdruckslos. Ich hatte gedacht, wir wären Kameraden, aber ich sah nicht den Mann, den ich kannte, sondern einen Fremden, der bereit war, mich umzubringen! Ich wusste nicht, was er vorhatte, werde es nie erfahren. Ein anderer Bursche unserer Gruppe kam rein – und dachte, wir würden herumalbern. Vic stand einfach auf, klopfte sich ab und ging weg.»

Bayliss schwieg lange Zeit, dann riss er sich zusammen und schilderte, wie er mit dem Befehlshaber über den Vorfall gesprochen hatte und sie Rowland eine Zeit lang aus dem aktiven Dienst entfernten. Bis kurz vor Weihnachten hatte alles normal ausgesehen.

«Ein paar von uns nahmen an einer kleineren Gefechtsübung teil. Es war ungewöhnlich, dass wir zu so etwas herangezogen wurden, aber irgendein Schlauberger hatte entschieden, dass wir an der Reihe waren. Wir waren mit einem anderen Regiment zusammen in einem Lager. Eigentlich waren die ganz in Ordnung. Nur zwei echte Arschlöcher waren dabei, die nach ein paar Bieren zu regelrechten Großmäulern wurden, bigotte rassistische Schlappschwänze, aber mit dem Rassismus war in dem Moment Schluss, als sie unseren Jimmy Ray kennen lernten, schwarz wie das Pik-As und ein verdammter Hüne! Damit blieben ihnen nur noch Religion und Frauen als Themen für ihre abfälligen Bemerkungen. Religion schied aus – sie merkten schnell, dass sie uns damit nicht provozieren konnten –, aber Frauen blieb ziemlich aktuell. Keiner von uns hat etwas gegen einen Witz, aber sie gingen viel weiter. Es gefiel ihnen nicht, dass wir überhaupt da waren, und sie wurden stinksauer, weil wir nicht auf sie eingingen.

Vic nahm sie gar nicht zur Kenntnis. Er war immer noch sehr verschlossen und hing selten in der Bar herum. Aber einen Abend hatten wir frei und gingen ins Pub. Vic setzte sich zu uns, und die beiden Idioten waren auch da, und zwar in Hochform. Sie ließen einfach nicht locker. Ein paar ihrer Kumpels feuerten sie an, und irgendwann geriet die Sache außer Kontrolle.

In der Gegend war es zu einer Vergewaltigung gekommen – zwei siebzehnjährige Mädchen auf dem Weg nach Hause, ohne Begleitung. Unsere beiden Komiker machten dumme Bemerkungen über die Mädchen, dass sie es herausgefordert hätten; und es kam noch schlimmer. Ihre Kameraden versuchten, sie zu beruhigen, aber da waren sie schon jenseits von Gut und Böse. Wir wollten gehen, aber sie packten mich am Arm. Ich wollte die Situation entschärfen, aber sie gingen nicht darauf ein. Sie hackten immerzu auf diesen beiden Mädchen herum und fragten schließlich, ob wir Schwestern, Freundinnen oder Frauen hätten und ob sie sich in unserer Abwesenheit vergnügten. Es war pubertäres Geschwätz, albern und kindisch, aber ich bekam mit, wie ein Kamerad neben mir immer wütender wurde. Später erfuhr ich, dass seine Tante vergewaltigt worden und praktisch daran zerbrochen war. Wie auch immer, er setzt sich in Bewegung und ich halte ihn am Arm fest, konzentriere mich ganz auf ihn. Als Nächstes sagt einer der beiden etwas, der Fiesere, und liegt auf dem Boden. Er fiel einfach um, schlug mit dem Kopf gegen die Tischkante und rührte sich nicht mehr. Ich sehe mich um, und da steht Vic hinter mir und reibt sich die rechte Hand. Alle starren ihn an. Der Mann auf dem Boden bewegt sich nicht. Blut fließt ihm aus der Nase; man sieht, dass sie gebrochen ist. Dann sehe ich, dass seine Augen offen sind und er zur Decke starrt. Ich bücke mich und taste nach seiner Halsschlagader – kein Puls. Seine Augen sind verdreht, sodass man nur die halben Pupillen sehen kann – keine Reaktion. Ich halte ihm ein Glas vor Mund und Nase – es beschlägt nicht.

Wir haben Beatmung und Herzmassage gemacht, bis die Notärzte eintrafen. Mir kam es vor wie eine verdammte Ewigkeit, aber es dauerte nur zehn Minuten. Als sie ihn wegbrachten, fiel mir auf, dass Vic nicht mehr da war; offenbar war die Militärpolizei eingetroffen, während wir versucht hatten, den Mann wieder zu beleben. Ich habe den Schlag nicht gesehen, der den Mann getötet hat. Er war übrigens auf der Stelle tot.» Bayliss holte abermals tief Luft. «Mir ist das verdammt nahe gegangen. Er war auf unserer Seite, verstehen Sie, ein Arschloch und ein grober Klotz, aber einer von uns.»

«Und natürlich hätten ein paar Tage zuvor Sie derjenige sein können.»

Bayliss sah Fenwick skeptisch an, entdeckte aber keinerlei Sarkasmus.

«Genau. Die Militärpolizei hat mich verhört, aber sie waren in einer schwierigen Lage – sie wollten eine Anklage zusammenbekommen – gegen einen Mann, der für höhere Ziele auserkoren war. Vic wurde in Gewahrsam genommen, aber dann änderten sie ihre Meinung, und er kam bis zur Verhandlung auf freien Fuß, unter der Vorgabe, den Stützpunkt nicht zu verlassen. Niemand wollte eine falsche Anklage zusammenschustern. Sie waren immer noch mit dem Fall befasst, als er ein paar Tage später verschwand.»

Bayliss verstummte, hob ruckartig den Kopf und lief lautlos zur Vorderseite des Gebäudes, die Waffe in der Hand. Neben dem breiten Tor drückte er sich mit dem Rücken an die Wand. Sekunden später spähte Cooper herein. Bayliss nahm ihn in den Schwitzkasten, hielt ihm die Waffe an die Schläfe und drückte seinen Kopf gegen die Wand, ehe Fenwick auch nur ein Wort herausbekam.

«Das ist mein Sergeant. Lassen Sie ihn los, Bayliss.» Cooper drehte sich um und strich die zerknautschte Tweedjacke glatt; ein Ellbogen war zerrissen, weil er an einem Nagel hängen geblieben war. Mürrisch untersuchte Cooper den Riss. Er sah keinen Tag jünger aus, als er war.

«Ich wollte nur nachsehen, ob alles in Ordnung ist, Sir.» Unter den Umständen wirkte sein ernster Versuch, Haltung zu bewahren, einfach lächerlich, aber Fenwick verzog keine Miene.

«Gut so, Sergeant. Ich hatte Mr. Bayliss über Ihre Anwesenheit informiert, aber offenbar fällt es ihm schwer, seine antrainierten Reflexe zu beherrschen. Ich bin sicher, er kann es kaum erwarten, sich zu entschuldigen.»

Bayliss murmelte eine verlegene Entschuldigung und streckte die Hand aus. Nach einem Augenblick des Zögerns nahm Cooper sie und schüttelte sie einmal. Dann fuhr Bayliss mit seiner Geschichte fort.

«Es war Anfang Januar, aber ich wusste nicht mit Sicherheit, ob er fort war oder nicht. Sie haben sich verdammte Mühe gegeben, Stillschweigen zu wahren.»

«Warum stand dann sein Name auf den Computerlisten, die wir bekommen haben?»

«Das dürfte nicht sein. Sind Sie sicher?»

Cooper blätterte in seinem Notizbuch. «Hier haben wir ihn, Rowland, A. R. V.»

«Das ist er nicht. Seine Initialen sind V. R. – Victor Robert.»

«Daher die Ausflüchte von Major West; er wusste nicht, wie wir den Namen des Mannes herausgefunden und die Verbindung hergestellt hatten! Fahren Sie fort.»

«Es gibt nicht mehr viel zu sagen. Er war fort; genau wie sein Pass, der Seesack, die Kleidung.»

«Und Geld?»

Bayliss schnaubte. «Das hat sie anfangs beruhigt – er hatte Scheckbuch und Karten dagelassen –, aber sie haben die Erbschaft vergessen, über eine Million!»

«Eine Million!» Cooper und Fenwick erschraken beide; ein Mann, der über eine solche Summe verfügen konnte, war gefährlich.

«Als sein Onkel starb, war er der Alleinerbe. Im Lauf der Jahre hatte der alte Mann ein Vermögen gemacht.»

«Also hatte er einen Pass, Kleidung, Geld und verschwand, nachdem er einen Mann getötet hatte, der ihn nicht einmal angegriffen hatte. Kein Wunder, dass die Militärbehörden so nervös sind!»

«Ja, und wenn die Presse Wind von der Geschichte bekommt, wird das äußerst peinlich. Aber das ist noch nicht das Schlimmste. Als ich sagte, dass er seinen Seesack mitgenommen hat, meinte ich: alles, auch seine Waffen.»

«Wie, zum Teufel, hat er das geschafft?»

«Das weiß niemand. Die Vorsichtsmaßnahmen sind sehr streng, besonders wo wir so viele Waffen haben. Den Büchern zufolge hat er seine Ausrüstung abgegeben, bis hin zu seiner Pistole und dem Messer, aber es heißt, sie sind nicht mehr da.»

«Und wie sieht seine Standardausrüstung aus?» Coopers Stimme triefte vor Verachtung, und Bayliss fühlte sich sichtlich unwohl in seiner Haut.

«Das weiß ich nicht, aber ich kann Ihnen sagen, was er bevorzugt hat.» Die Liste war beängstigend: eine Browning High-Power Kaliber 9 Millimeter, mit Magazin, zehn Schuss, zuverlässig und treffsicher bis fünfzig Meter; eine Maschinenpistole Ingram MAC 10, Kaliber 11.4, eine Waffe mit kurzem Lauf und hoher Schussrate; Kampfmesser.

«Noch etwas?»

«Kann ich nicht sagen; das alles wäre leicht zu verstecken – die eine im Schulterhalfter, die andere in einer langen Tasche. Andere Waffen lassen sich nicht so leicht verbergen.»

«Wenn er nun mitgehen lassen konnte, was er wollte, was könnte er sonst noch genommen haben?»

«Einfach alles! Vielleicht noch ein Sturmgewehr, ein Präzisionsgewehr, Granaten – die Liste ist endlos. Was das Gewehr angeht, bevorzugte er das alte NATO 7.62 Millimeter; das hätte er genommen. Sehr treffsicher.»

«Und das Präzisionsgewehr?»

«Käme drauf an, was da ist – und er bräuchte passende Munition und Zielfernrohr. Aber wenn er die Wahl gehabt hätte? Das Accuracy International PM – L 96A1. Vic ist für alles ausgebildet, nicht nur als Scharfschütze. Was Sprengstoff angeht, sollte man annehmen, dass er – bei freier Auswahl – TNT oder C3/C4 genommen hat; Zünder, Sprengkapseln und so weiter, vielleicht sogar Zeitzünder und Elektronik.»

«Eine gottverdammte Ein-Mann-Armee!» Cooper konnte nicht mehr an sich halten.

«Das versuche ich Ihnen die ganze Zeit zu sagen, *genau das* ist er! Es spielt keine Rolle, welche Waffen er tatsächlich mitgenommen hat, ich habe Ihnen nur seine Favoriten genannt, aber wenn's drauf ankommt, würde er alles nehmen. Er hat natürlich die Scharfschützenausbildung absolviert; das ist schon etwas Spezielles.»

Mit jeder Minute hatte Fenwick es eiliger, etwas zu unternehmen, aber er wusste, dass übertriebene Hast katastrophale Folgen haben konnte. Und aus Bayliss musste sich noch das eine oder andere mehr über Rowland herausbekommen lassen.

«Zeigen Sie mir Ihr Messer!» Deutlich sah er die klaffende Wunde an Katherine Johnstones Hals vor sich, wie ein groteskes zweites Lächeln.

Bayliss wandte sich ab, und als er sich wieder umdrehte, hielt er ein Jagdmesser in der Hand.

«Sergeant, nehmen Sie das, und bitten Sie die Forensik, es mit der Wunde an Katherine Johnstones Hals abzugleichen.»

Das Messer verschwand in einer Plastiktüte.

«So», sagte er, ging auf Bayliss zu und blieb Zentimeter vor ihm stehen. «Haben Sie mir noch etwas zu erzählen, von dem Sie glauben, dass ich es wissen sollte?»

«Ich glaube, Sie wissen es bereits.» Bayliss sah müde aus und sehr traurig. «Vic war ein prima Kerl, Fenwick, einer der Besten. Und mein Freund. Wenn ich glauben würde ...» Er machte eine Pause und rieb sich den Nasenrücken. «Wenn ich glauben würde, dass die Hoffnung besteht, Vic zu finden und nach Hause zu bringen, würde ich es selbst machen. Aber das ist ein frommer Wunsch. Irgendwas ist mit ihm passiert, und das hat ihn über die Grenze befördert.»

«Die Grenze?»

«Zwischen dem Töten, das Helden macht, und dem, das jene Mörder hervorbringt, die Sie suchen – und Sie sollten ihn besser finden. Sie müssen ihn aufhalten.»

«Warum wir?»

«Jetzt werde ich mal persönlich, Chief Inspector. Warum Sie? Ich könnte versuchen, ihn aufzuspüren, klar, aber was sollte ich dann mit ihm *anfangen*? Ich glaube, er ist auf etwas fixiert. Der Himmel möge denen beistehen, die zwischen ihm und seinem Ziel sind.»

«Danke!» Nun schwang doch leiser Sarkasmus in Fenwicks Ton mit.

«Glauben Sie mir! Die Militärs könnten ihn finden – werden ihn dank Ihrer Hilfe vielleicht finden –, aber sie werden keine Gefangenen machen! Vic ist von der Ehrenlegion direkt in die Legion der Verdammten gewechselt. Für alle anderen ist der jetzt die verdammte Jagdbeute.»

Fenwick musterte den Mann genau. Hinter dem Prahlen – scheinbar seine einzige Möglichkeit, mit dem Dilemma fertig zu werden, in dem er steckte – verbarg sich aufrichtige Sorge um den alten Freund. Er stellte die logische Frage: «Warum liefern Sie ihn ans Messer?»

«Weil er wieder töten wird – ich weiß es. Er arbeitet auf irgendetwas Großes hin. Er ist ein Schauspieler, die Show ist ihm wichtig. Er wird nicht mit einem Autounfall aufhören.» Pause. «Und weil er die Chance auf einen Prozess hat, wenn Sie ihn finden – und darauf, dass seine Krankheit behandelt wird.»

«Was bedeutet, dazu wird es nicht kommen, wenn der militärische Geheimdienst ihn vorher findet? Ist es das, was Sie sagen wollen?»

«Sie sind ein großer Junge, Chief Inspector. Denken Sie selbst nach.»

«Wenn Sie uns wirklich helfen wollen, Bayliss, müssen Sie uns alles erzählen, was Sie wissen. Bis jetzt haben Sie nur seinen Namen und Dienstgrad genannt und unseren Verdacht geschürt. Ich brauche mehr – zum Beispiel Tipps, wo er sich aufhalten könnte.»

«Unmöglich zu sagen. Vergessen Sie nicht, er hat Geld.»

«Bis jetzt stammen seine Opfer alle aus Sussex – ist es wahrscheinlich, dass er hier einen Unterschlupf hat, sagen wir, in Brighton?»

«Möglich. Das hat den Vorteil, dass es an der Küste liegt. Aber ich würde auch in London suchen. Das wäre meine Vermutung. Dort fand die erste Entführung statt, oder? Und die Leiche wurde im Westen gefunden. In London wäre er flexibler – Südlondon, mit guter Anbindung an die M25. Er könnte in einem Hotel sein, aber das bezweifle ich. Wahrscheinlicher ist, dass er kurzfristig etwas gemietet hat. Er muss planen, seine Ausrüstung und sein Material irgendwo lassen, also wird er keine Unterkunft mit Zimmerservice wollen.»

Cooper schrieb hektisch mit.

«Transportmittel?»

«Das wird er wechseln.» Bayliss dachte nach. «Mietwagen – Barzahlung, bei verschiedenen Firmen. Er *könnte* sich was richtig Schnelles gekauft haben, als Sicherheit, falls er plötzlich fliehen muss.»

«In dem Fall bräuchte er eine Garage. Vielleicht ein kleines Haus, möglicherweise mit Carport. Welchen Namen könnte er benutzen?»

«Seinen eigenen sicher nicht, und wir enthüllen bei unserer Arbeit Pseudonyme nicht unbedingt. Ich habe keinen blassen Schimmer! Er konnte sich immer den jeweiligen Umständen anpassen. Er könnte Identitäten wechseln wie Sie Ihre Jacketts.» Er sah unweigerlich zu Cooper, als er das sagte, verkniff sich aber jede scherzhafte Bemerkung.

«Das kostet alles, selbst für einen Mann mit einer Million. Könnte er noch anderswo Geld versteckt haben?»

«Nicht, dass ich wüsste; seine Konten sind alle gesperrt worden, und das Haus kann er nicht verkaufen. Aber ich schätze, er könnte das von dem alten Mann loswerden, wenn ihm tatsächlich das Geld ausgeht.»

«Ich werde die australischen Behörden informieren.»

«Nein, nicht in Australien, hier. Der Onkel hat sein hiesiges Haus behalten und an Vics Eltern vermietet, als er auswanderte.»

Fenwick und Cooper schrien gleichzeitig: «Haus!» – «Wo?»

«Irgendwo hier in der Gegend, wo er aufgewachsen ist. Aber Sie können sicher sein, dass er dort nicht ist!»

«Aber er könnte dem Haus einen Besuch abstatten, der alten Zeiten wegen.»

«Unwahrscheinlich. Sehr unwahrscheinlich, Chief Inspector – der Mann ist ein Profi.»

«Ja, und zwar ein kranker Profi, wie Sie sagen, und ganz allein. Es wird interessant sein herauszufinden, ob sein gesunder Menschenverstand darunter gelitten hat.»

«Ich kümmere mich sofort darum, Sir. Wir wissen den Namen des alten Mannes. Wir werden es bald gefunden haben.»

«Wie? Er ist vor zwanzig Jahren ausgewandert.» Bayliss sah den gedrungenen Polizisten fragend an.

Cooper konnte sich einen Anflug von Aufschneiderei nicht verkneifen – das war er seiner Ehre schuldig.

«Wir haben unsere Möglichkeiten. Einwohnermeldeamt, Grundbucheinträge, alte Wählerverzeichnisse. Es wird nicht lange dauern.»

«Und die alten Schulunterlagen, Sergeant. Vergessen Sie nicht, dass wir die auch noch haben. Wenn das Haus gefunden ist, leiern Sie die vollständige Prozedur an.»

Um ein Haar wäre Cooper in Habachtstellung gegangen.

Fenwick kümmerte sich um die Formalitäten. Es erforderte eine enorme Überzeugungskraft, aber schließlich willigte Bayliss ein, eine offizielle Aussage zu machen, an einem Phantombild Rowlands mitzuarbeiten und – aus Gründen der Eliminierung – seine Fingerabdrücke nehmen zu lassen – vorausgesetzt, das alles konnte in einer neutralen Umgebung geschehen, wo keine Möglichkeit bestand, dass ein Beobachter ihn identifizierte.

Im letzten Augenblick zauderte Bayliss und blieb noch einmal stehen.

«Seien Sie vorsichtig, Chief Inspector. Vic ist brillant in seinem Job. Wenn er wieder töten will, hat er seine Pläne schon gemacht – er ist ein gewissenhafter Planer.»

Fenwick nickte und wollte sich abwenden, aber Bayliss hielt ihn mit zweifelnder Miene am Ärmel fest.

«Tragen Sie eine Waffe, Fenwick. Er wird eine haben. Lassen Sie Ihre Jungs nicht mit Holzknüppeln gegen ihn antreten; er würde sie abstechen, ohne auch nur eine Sekunde zu überlegen.»

Fenwick nickte knapp, und dann wandte er sich zum Gehen.

33

Es war schwül. Langsam ging er die South Street entlang, durch das Canon Gate und weiter über die Canon Lane zu den Klöstern. Touristenscharen tummelten sich im kühlen Schatten und studierten Hinweisschilder und Gedenktafeln. Junge Mädchen zwängten sich in die bogenförmigen Nischen zu der Grünanlage namens Paradise hin, um sich zu sonnen, obwohl ihre Arme und Gesichter nach dem Sommer schon gut gebräunt waren.

Er ging nicht zu schnell, um keine Aufmerksamkeit auf sich zu lenken, und betrat schließlich die Kathedrale. Im Innern herrschte reger Betrieb, was für seine Zwecke ideal war. Er lächelte einer der freiwilligen Helferinnen zu und setzte sich auf eine der Holzbänke in dem langen, schmalen Kirchenschiff. Gerüste von Restaurierungsarbeiten verdarben das Panorama, aber er bemerkte, dass sie bereits abgebaut wurden.

Hinter ihm lag das Hauptportal an der Westseite, rechts der Gang nach Süden und die kleine angrenzende Kapelle. Die Sonne schien durch die Südfenster herein und warf wellenähnliche Muster in Rosa, Blau und Grün auf den Steinboden. Links von ihm verlief ein weiterer Gang gerade nach Norden, schattenhaft und düster. Er neigte den Kopf und sah an den Purbeck-Marmorsäulen vorbei zu dem schlichten Steingewölbe hinüber. Die mustergültige normannische Architektur entging ihm; er nahm nur das ärgerliche Hindernis in Gestalt der zierlichen Steinkanzel zur Kenntnis, die sich vor dem Chor in perfektem Gleichgewicht in das Kirchenschiff wölbte.

Langsam schritt er den Nordgang ab, würdigte Holtsts Grab keines Blickes und schlenderte weiter zu der Kapelle am äußersten östlichen Ende der Kathedrale. Es gab wenige Stellen, die sich auf den ersten Blick als Versteck eigneten, und keine, die freie Sicht durch das Kirchenschiff gewährte. Ungeduldig kehrte er durch den Südgang zurück, zwang sich aber, seine müßige Gangart beizubehalten.

Die romanischen Fresken, den erstaunlichsten Kunstschatz der Kathedrale mit ihrer fast neunhundertjährigen Geschichte, beachtete er nicht. Er war voll und ganz darauf konzentriert, die beste Stelle zu finden, und enttäuscht, als er sah, wie wenig blickgeschützt die Gräber und Kapellen waren. Eine große Touristengruppe ging an ihm vorbei, begleitet von einem Reiseführer, der Kommentare in Englisch von sich gab, obwohl die unterschiedlichsten Nationalitäten vertreten waren. Er gesellte sich zu der Gruppe, immer darauf achtend, dass er bei seinem zweiten Rundgang durch die Kathedrale niemandem auffiel.

Eine halbe Stunde später war er kein Stück weiter und beschloss, im Gartenrestaurant Bishop Bell an der Südseite der Kathedrale etwas zu sich zu nehmen. Er aß einen Salat, als sich drei Männer und eine Frau an einen Tisch in der Nähe setzten und Tee tranken. Ihrer Unterhaltung schenkte er erst ab dem Moment Beachtung, in dem «die Aufführung» erwähnt wurde.

«Es wird schwierig werden, alle unterzubringen, zumal Sie beschlossen haben, Chor und Orchester zu vergrößern.»

«Ja, Herr Dekan, ich weiß. Aber es muss eine Lösung gefunden werden. Gibt es vielleicht eine Empore, die wir nutzen könnten? Was ist mit den Gängen?»

«Die Brandschutzbestimmungen verbieten eine Nutzung der Gänge, eine Empore haben wir nicht. Wir können die Leute auch nicht auf den Bell-Arundel-Schirm stellen.»

«Wie wäre es, wenn wir einige der Mädchen ins Chorgestühl setzten? Dort sehen sie natürlich nichts, aber hören können sie.»

«Ja, das wäre machbar, wenn sie gut beaufsichtigt werden.»

«Aber natürlich!» Die Frau klang beleidigt.

Der erste Mann ergriff wieder das Wort. Aus dem Augenwinkel konnte der Horcher ihn sehen, schmerbäuchig und nervös, wie er trotz der Hitze steif mit Jackett und Krawatte dasaß. «Aber wir brauchen auch noch einen Platz für die Trompeter, für das Tuba mirum.»

«Wenn es nicht so viele sind, könnten wir einen Teil des Triforiums dafür nutzen. Wir müssten es natürlich sauber machen lassen, aber das wäre kein Problem.»

«Das Triforium – wo ist das?»

«Das ist eine Arkade, die sich über den Gängen durch das gesamte Kirchenschiff zieht. Ist ziemlich schmal und darf eigentlich nicht betreten werden – deshalb nur eine begrenzte Zahl –, aber es könnte gehen.»

Der Mann ließ den Rest seines Salats stehen und kehrte in die Kathedrale zurück. Er blickte hinauf und entdeckte die Holzplattform, die sich über den Gängen hinzog. Rasch ging er den Südgang hinunter, suchte nach Stufen, fand eine Wendeltreppe und ging nach oben.

Es war staubig und eng, Kabel lagen lose auf dem Boden, aber man hatte einen perfekten Blick über das gesamte Kirchenschiff. Eine dicke Staubschicht auf den ausgetretenen Dielen deutete darauf hin, dass die Empore selten benutzt wurde. Für seine Ansprüche geradezu ideal. Er hatte sich schon eine Ausrede zurechtgelegt, weshalb er sich während der Aufführung hier aufhalten musste. Jetzt brauchte er nur noch seine ersten Vorkehrungen zu treffen.

FÜNFTER TEIL

Libera me

Libera me, Domine, de morte aeterna,
in die illa tremenda,
quando coeli movendi sunt et terra.
Dum veneris judicare saeculum per ignem.

Herr, erlöse mich vom ewigen Tod,
O Herr, am Tage des Schreckens,
wenn Erde und Himmel erbeben.
Wenn Du erscheinen wirst und die ganze Welt
das Feuer des Gerichts erlebt.

34

Am Abend traf sich das gesamte Team im Beisein des Assistant Chief Constable. Fenwick war nach wie vor der Leiter, aber inzwischen hatte Alistair Harper-Brown persönliches Interesse an dem Fall entwickelt.

Das Team war nochmals verstärkt worden, das Treffen war teils Unterweisung, teils Kriegsrat. Fenwick kam ohne Umschweife zur Sache und erklärte nüchtern, sie hätten es mit einem Serienmörder zu tun, der wieder töten würde. Er erzählte ihnen so viel über Rowland, dass sie mit äußerster Vorsicht vorgehen würden, versetzte sie aber nicht in Panik. Die Einzelheiten über die Waffen, die der Mann besaß, hob er sich für die Waffenexperten auf, die zum Team gestoßen waren.

Harper-Brown hatte sich rundweg geweigert, Handfeuerwaffen ausgeben zu lassen. Es bestand keine unmittelbare Gefahr für das Team, und Rowlands Aufenthaltsort war noch unbekannt. Wenn sie das Haus des Onkels fanden, sollten die Leute bewaffnet werden, nicht vorher; Harper-Brown fürchtete eine allzu frühe Eskalation. Fenwick akzeptierte die Entscheidung widerwillig.

Für bestimmte Teile der Ermittlungen wurden einzelne Detectives, Sergeants und Inspectors verantwortlich gemacht. Damit bestand das Risiko, dass die Sache völlig ausfranste, da jede Gruppe ihre eigenen Untersuchungen anstellte. Fenwick beschloss, Cooper als seine rechte Hand zu behalten; er sollte möglichst schnell neuen Spuren nachgehen können, aber auch die Arbeit koordinieren. Nightingale war praktisch in die Rolle des Mädchens für alles geschlüpft – sie stand für alles zur Verfügung, und weder sie noch Fenwick beschwerten sich darüber. Ihr war klar, dass sie hier die einmalige Chance hatte, im Zentrum der Ermittlungen zu bleiben. Wenn das untergeordnete Tätigkeiten mit sich brachte – nun denn.

Man einigte sich auf die Grundlinie der Ermittlungen; es wurde strikte Anweisung gegeben, regelmäßig Bericht zu erstatten; die Einsatzleiter hatten an sämtlichen Sitzungen teilzunehmen. Fenwick war sicher, dass der Fall sich aufklären ließ, wenn sämtlichen Hinweisen nachgegangen wurde. Er gab Cooper und Nightingale eine Liste der wichtigsten Aufgaben und der Leute, die sie übernehmen sollten.

1) Anderson aufspüren – Alibis noch mal prüfen – Newgent – wenn gefunden zum Verhör Fenwick/Cooper
2) Haus von Rowlands Onkel finden – Ball – vollständige Spurensicherung
3) Gespräche mit allen Schulfreundinnen und Lehrern – Parmiter
4) Presseerklärungen und Verhöre vorbereiten – Fenwick und Pressesprecher
5) Autovermietungen im April – und danach – überprüfen – Hurst
6) Makler – Rowlands Aufenthaltsort herausfinden – Russell
7) Informationen/neue Erkenntnisse an alle Reviere weitergeben – Nightingale

«Okay, gehen wir es noch einmal durch.» Fenwicks Stimme verriet seine Erschöpfung; er hatte vor Stress einen dicken Kloß im Hals. Alle außer ihm, Cooper und Nightingale waren bereits nach Hause gegangen, aber er wollte unbedingt sicherstellen, dass nichts übersehen worden war. Er trank einen Schluck von dem ekligen Automatenkaffee und spürte, wie sich sein Magen verkrampfte; ihm fehlte der spezielle Filterkaffee der Sekretärin.

«Cooper, sobald wir Anderson gefunden haben, gehen wir beide hin und lassen sie erst in Ruhe, wenn wir die ganze Geschichte erfahren haben. Falls erforderlich, klagen wir sie der Behinderung der Polizeiarbeit an und nehmen sie fest.»

Cooper und Nightingale sahen einander an und verzogen das Gesicht.

«Ball sucht nach dem Haus», fuhr Fenwick fort. «Sie behalten ihn im Auge, Cooper. Nächster Punkt. Nightingale, Sie haben bei keiner alten Schulfreundin neue Informationen bekommen können. Wahrscheinlich ist es Zeitverschwendung, noch viele weitere Verhöre durchzuführen, aber ich habe Parmiter ein großes Team und noch einmal zwei Tage gegeben. Stellen Sie sicher, dass Rowlands Bild landesweit verbreitet wird, mit einer entsprechenden Warnung. Ich werde Ihnen helfen, sie abzufassen. Vor allem aber will ich regelmäßige Berichte über alle Fortschritte. Sie sorgen dafür, dass ich sie bekomme, wo immer ich mich aufhalte. Die Presse habe ich für ein paar Stunden vom Hals, aber wir werden in absehbarer Zeit eine weitere Konferenz abhalten müssen; sie haben Blut geleckt. Nächster Punkt, das Messer von Bayliss. Wir haben den Laborbericht. Darin heißt es: ‹Beide Verletzungen könnten mit Waffen, die nach Form, Gewicht und Fabrikat ähnlich sind, zugefügt worden sein.› Genauer werden wir es nicht kriegen, aber mir genügt das ...»

Cooper unterbrach ihn: «Bayliss hat solide Alibis für alle drei Anschläge, und seine Fingerabdrücke stimmen kein bisschen mit dem Bruchstück überein, das wir in Johnstones Haus gefunden haben. Sieht so aus, als wäre er sauber.»

«Gut. Das vereinfacht die Situation. Gesucht wird auch nach dem Auto, das er bei der Entführung im April benutzt hat und möglicherweise jetzt noch fährt. Sie werden sich vorerst auf Südlondon konzentrieren; ich denke, hier sollten wir Bayliss' Instinkt vertrauen. Ich möchte in der Lage sein, mich in die Ermittlungen einzuklinken, sobald etwas Greifbares vorliegt. Wo immer ich bin, Sie müssen mich finden, wenn eine Spur auftaucht. Klar?»

«Ja, Sir.»

«Wir haben vor Smiths Krankenzimmer einen Mann postiert, bewaffnet. Dabei müssen wir es belassen. Ich weiß, wahrscheinlich werden wir von ihr nichts erfahren, aber ihr Zustand bessert sich ...»

«Sie ist immer noch auf der Intensivstation! Sie haben sie lediglich von der Maschine genommen!»

«Ja, aber ihre Genesung wird gut für die Moral sein. Wie gehen wir vor, um alle Makler und Autovermietungen zu überprüfen? Ich fürchte, es sind einfach zu viele. Niemals schaffen wir alle rechtzeitig.»

Cooper beruhigte ihn. «Russell hatte die Idee, es mit Faxen zu versuchen, und Hurst folgt seinem Beispiel. Sie arbeiten sich durch die gelben Seiten, örtliche Telefonbücher und sogar Fachzeitschriften wie *Exchange und Mart* – sie sind frisch, eifrig und überzeugt, dass sie Resultate erzielen werden. Überlassen Sie das ihnen, Sir, und entspannen Sie sich. Sie haben uns die Mittel beschafft, die wir brauchen. Nun brauchen wir nur noch loszulegen.»

Er schrammte haarscharf an einem väterlichen Tonfall vorbei. Doch Fenwick war so müde, dass er es ohnehin nicht bemerkt hätte.

«Sie haben ja Recht – es ist nur so, wir kümmern uns schon so lange allein um den Fall, dass ich nicht an die Verstärkung denke. Gehen Sie heim, alle beide, Sie sehen erschöpft aus.»

Cooper und Nightingale entfernten sich dankbar, und trotzdem vergingen noch einmal zwei Stunden, bis in Fenwicks Büro das Licht gelöscht wurde.

Er steckte den Schlüssel ins Schloss und stieß die Haustür behutsam auf. Es war dunkel im Haus. Er tastete sich zur Küche, wo das Herdfeuer ein heimeliges Willkommen darbot. Jetzt konnte er das Licht einschalten. Am Salzstreuer auf dem Tisch lehnte eine Nachricht seiner Mutter.

> Dein Essen ist im Ofen. In der Kühlschranktür steht frische Soße, wenn die andere zu sehr eingetrocknet ist. Chris hatte heute einen kleinen Anfall, aber es geht ihm wieder gut. Du solltest versuchen, dir am Wochenende etwas Zeit für sie zu nehmen, du wirst ihnen schon wieder fremd.

Er schlang sich ein Geschirrtuch um die Hand und holte den abgedeckten Teller aus dem Herd. Als er den Deckel abnahm, klebte das Huhn am Teller, Blumenkohl und Karotten waren zu harten Klumpen vertrocknet.

Nur die Kartoffel war noch genießbar. Er nahm sich Butter dazu, aß hastig, verbrannte sich den Mund. Als Schlummertrunk machte er sich einen Whiskey mit Wasser.

Zwanzig Minuten später stand er, frisch geduscht und mit noch feuchten Haaren, im Kinderzimmer. Beide schliefen fest. Er küsste jedes auf die glatte Stirn und strich Chris über das Haar. Als er unnötigerweise die Bettdecken festgesteckt hatte, wandte er sich ab und ging leise hinaus.

35

Sie wurden in das Wohnzimmer geführt, in dem Fenwick Octavia Anderson zum ersten Mal gesehen hatte. Das morgendliche Sonnenlicht fiel schräg herein, auf Vasen mit weißen, rosa und blassgelben Lilien, die in unterschiedlicher Höhe auf diversen Tischen und dem verschnörkelten Marmor-Kaminsims standen. Ihr erstickender Duft erfüllte das ganze Zimmer.

Weder Fenwick noch Cooper nahmen Platz, sie stellten sich beide vor den Kamin. Das Mädchen brachte eine Kaffeekanne und einen Krug mit frisch gepresstem, eisgekühlten Orangensaft. Sie sahen ihr schweigend zu. Wenige Minuten später betrat Octavia das Zimmer, ein Lächeln für Fenwick auf den Lippen.

«Chief Inspector, wie schön, Sie zu sehen! Wem oder was verdanke ich das Vergnügen?»

Diesmal spielte sie keine Schweigespielchen, sondern gab sich ganz als entspannte Freundin. Fenwick sehnte sich danach, ihr auf halbem Weg entgegenzukommen, damit das Lächeln in ihrem Gesicht noch eine Weile erhalten blieb, aber er war in der Rolle des Polizisten hier, und damit blieb kein Spielraum für eine andere.

«Ich glaube, Sergeant Cooper kennen Sie bereits, Miss Anderson.»

«Möchten Sie sich nicht setzen, meine Herren?» Das Lächeln war noch da, etwas fragend, aber unbekümmert.

«Wir stehen ganz gut, danke. Aber bitte setzen Sie sich, wenn Sie mögen. Es könnte eine längere Unterhaltung werden.» Fenwicks Verhalten war linkisch, gestelzt.

Anderson setzte sich und führte ein Glas gekühlten Fruchtsaft an die perfekt geschminkten Lippen. Cooper und Fenwick hatten sich vorher über die Begrüßung und ihre Rollen verständigt. Es fiel ihnen leicht, in die geübte Routine zurückzufallen.

«Miss Anderson, wie Sie wissen, untersuchen wir die Morde an Katherine Johnstone und Deborah Fearnside.» Sachlich trug Cooper die Fakten vor. «Wir haben Grund zu der Annahme, dass das gemeinsame Motiv dieser Verbrechen der Tod von Carol Truman sein könnte.»

«Aber …»

«Lassen Sie mich *bitte* ausreden, Miss Anderson. Sie scheinen das einzige überlebende Mitglied der Gruppe zu sein, die Miss Truman bei ihrem letzten Spaziergang begleitet hat. Bis jetzt haben Sie unsere Fragen nur ausweichend beantwortet oder ignoriert, die Freundschaft, die Sie mit den beiden toten Frauen verbunden hat, heruntergespielt und sind sogar während entscheidender zehn Tage verschwunden. Wir erwarten jetzt Ihre uneingeschränkte Kooperation. Andernfalls könnten wir uns überlegen, Anklage wegen Behinderung laufender Ermittlungen zu erheben.»

«Aber Sie können doch nicht …»

«Noch einen Augenblick, Miss Anderson. Lassen Sie mich ausreden. Wir verlangen heute eine exakte Schilderung des Todes von Carol Truman von Ihnen – und weitere Angaben. Sie möchten vielleicht einen Anwalt dabeihaben, aber ich muss Sie warnen. Angesichts der Verzögerungen und Unannehmlichkeiten, die Sie uns schon bereitet haben, sowie der Dringlichkeit unserer Ermittlungen werden wir *keine* weitere Zeitverschwendung akzeptieren. Und jetzt», Cooper klang völlig emotionslos, «dürfen Sie sprechen.»

Octavia Anderson sah ihn mit offenem Mund an. Drehte sich zu Fenwick um, zuckte aber sichtlich zusammen, als sie seine erbarmungslose Miene sah. Die Polizisten schwiegen beharrlich. Da er sie mit neuen Augen sah, war Fenwick klarsichtig – und mit Verspätung auch objektiv – genug, trotz ihres offensichtlichen Schocks die Berechnung in ihren Augen zu erkennen. Wo er einst vermutet hätte, dass sie verletzt und bestürzt sei, konnte er jetzt die eiserne Beherrschung sehen, mit der sie ihre Emotionen unter Kontrolle hielt. Er war ein Narr, dass er sich je der Täuschung hingegeben hatte, sie könnte ihn brauchen. Ohne Rücksichtslosigkeit und Entschlossenheit wäre sie die Karriereleiter niemals so weit hinaufgestiegen, wie groß ihr Talent auch sein mochte.

Er spürte einen leichten, hartnäckigen Schmerz. Dies alles würde ihm mehr wehtun, als er geglaubt hatte. Aber auch er war zu eiserner Selbstbeherrschung fähig, und er hatte zu viel Übung darin, Herr seiner Gefühle zu sein, als dass er sich jetzt einen Schnitzer geleistet hätte. Der Anflug von Mitleid erstarb, ehe er den ersten Atemzug getan hatte.

«Das alles kommt ziemlich überraschend, Sergeant. Ich – ich weiß wirklich nicht, was ich tun soll. Ich ... sollte ich vielleicht meinen Anwalt anrufen? Ich bin nicht sicher.»

«Das bleibt ganz Ihnen überlassen, Miss, aber entscheiden Sie sich schnell, wir haben es eilig.»

Sie versuchte es noch einmal mit Verwirrung, dann kamen die Tränen, und dann ging ihr auf, dass sie auf sich allein gestellt war.

Nun war Fenwick an der Reihe. «Octavia.» Er suchte noch nach dem richtigen Tonfall, versöhnlich, aber fest entschlossen. «Es war ein ziemlicher Schock, ich weiß, aber Sie müssen mit uns reden. Es ist sehr wichtig, und wenn Sie sich weigern, könnten wir tatsächlich gezwungen sein, Sie aufs Revier mitzunehmen.»

Das verwirrte sie noch mehr. Offensichtlich suchte sie in seinem Gesicht nach Spuren von Berechnung, fand aber keine.

«Also gut. Aber wollen Sie sich nicht bitte setzen? Es wird eine lange Geschichte.»

Sie schilderte die Ereignisse, die zu Carols Tod geführt hatten, nahezu genau so wie in ihrer ursprünglichen Aussage, an manchen Stellen bis in die einzelne Formulierung hinein.

«Worüber haben Sie sich auf dem Spaziergang unterhalten?» Cooper kam zur ersten ihrer abgesprochenen Unterbrechungen.

«Daran kann ich mich nicht erinnern, Sergeant. Ich schätze, über alles Mögliche – Musik, Pläne für die Ferien, gemeinsame Freundinnen.»

«Pläne für die Zukunft?»

«Möglich, ich erinnere mich wirklich nicht. Könnten Sie das noch nach all den Jahren?»

«Es wäre denkbar, wenn es das letzte Gespräch mit meiner besten Freundin gewesen wäre.»

Seine Bemerkung veranlasste Anderson zu einem erschrockenen Stöhnen: «Das war unnötig, Sergeant. Warum?»

«Weil mir nicht gefällt, dass Sie Spiele mit mir spielen, Miss Anderson. Andere aus der Gruppe erinnern sich deutlich, dass Sie eine hitzige Debatte mit Carol Truman hatten, sogar einen regelrechten Streit, bei dem es um ihre Berufswahl ging.»

«Ich ... ich weiß das wirklich nicht mehr im Einzelnen. Das sind sehr schmerzliche Erinnerungen für mich.» Ihre Stimme klang wieder tränenreich, während sie scheinbar versuchte, sich zu erinnern. «Sie haben Recht, wir hatten wahrscheinlich einen Streit, aber so etwas möchte man nicht als letztes Andenken behalten. Ich glaube, wir haben uns wegen der Musik gestritten. Ja, wegen ihrer Pläne, Musikerin zu werden. Es war ein dummer Einfall. Sie war sehr intelligent, die Klügste in der Klasse – und das alles der Musik wegen wegzuwerfen, das war verrückt!»

«Sie haben das getan.» Fenwick flüsterte beinahe.

«Ja, aber ich habe Talent und Durchhaltevermögen *und* den Willen zum Erfolg. Das alles hatte Carol nicht. Sie war eine hübsche, sanftmütige Person mit einer angenehmen Stimme, aber es war keine große Stimme.»

«Wogegen Ihre eine war – ist?»

«Fragen Sie Ihren Chief Inspector, Sergeant. Er kann es Ihnen sagen!»

Fenwick winkte ab, worauf Cooper fortfuhr.

«Haben Sie bei dem Spaziergang noch jemanden gesehen – irgendjemanden?»

«Nein.»

«Gab es jemanden, der einen Groll gegen Carol gehegt haben könnte? Hatte sie Feinde?»

«Nein.»

«Was ist mit Jungs, Freunden? War sie sexuell sehr aktiv?»

Unerwartet errötete Anderson und wandte sich ab; ihre Fassung war für einen Moment dahin.

«Nun?»

«Es gab keine. Sie verstehen das nicht. Carol war nicht der Typ Mädchen.»

Sie konnte ihnen nicht in die Augen sehen.

«Wie gut kannten Sie Victor Rowland?»

Nun wich die Röte aus Andersons Gesicht, sie wurde so blass, dass es fast abstoßend wirkte.

«Nicht gut», sagte sie heiser und betrachtete ihre Hände; die Finger krampften sich um das Glas Orangensaft, das sie im Schoß hielt.

Fenwick musste an Leslie Smith denken, an dem Abend bevor sie überfahren worden war, und erkannte betroffen, dass Octavia Angst hatte.

«Stand er Carol sehr nahe?»

Sie warf ihm einen raschen Blick zu, dann schüttelte sie hastig den Kopf, brachte aber kein Wort heraus. Es war eindeutig eine Lüge. Warum?

«Wer stand ihr am nächsten?»

«Außer mir? Ihre Tante und ihr Onkel. Sie wohnte bei ihnen; nach dem Examen sollte sie dann nach Australien gehen. Sie war deswegen ganz aufgeregt.»

«Es wurde nicht angedeutet, dass sie an der Schule bleiben könnte?»

«Nein. Das war ganz und gar nicht vorgesehen; sie sollte ein College in Melbourne besuchen, eines der besten. Man ging davon aus, dass sie hervorragende Zensuren bekommen würde. Deshalb war es ja so dumm, dass sie wegen der Musik alles aufgeben wollte.»

Cooper spulte seine Fragen ab, aber Fenwick erschienen sie plötzlich sinnlos. Sie erfuhren so gut wie nichts mehr; Octavia hatte die Fassung wiedererlangt. Er gab Cooper ein Zeichen, dass es Zeit wurde, die Marschrichtung zu ändern.

«Ich denke, damit haben wir das erste Thema erschöpfend abgehakt. Wenden wir uns also dem nächsten zu.» Gleichgültig schlug Cooper eine neue Seite in seinem Notizbuch auf.

«Dem nächsten! Ich habe Termine, Sergeant!» Sie beugte sich vor, um von ihrem Orangensaft zu trinken, doch der war in dem warmen Zimmer schal geworden. «Was um alles in der Welt wollen Sie denn nun noch wissen?»

«Wo waren Sie am vierundzwanzigsten August?»

«Was? Woher soll ich das wissen? Und warum müssen Sie es wissen? Das ist lächerlich!»

«Miss Anderson, am Morgen des vierundzwanzigsten August wurde Leslie Smith Opfer eines schweren Unfalls mit Fahrerflucht. Wir müssen wissen, wo Sie sich zu dem Zeitpunkt aufgehalten haben.»

Als sie den Namen hörte, war es endgültig um ihre Selbstbeherrschung geschehen. Plötzlich flossen Tränen und tropften von ihrem Kinn, tränkten den apricotfarbenen Rock und hinterließen Spritzer auf ihrer weißen Bluse. Sie verzog keine Miene und gab außer einem leisen Stöhnen keinen Ton von sich, aber der Anblick ihres starren Gesichts mit den großen Kullertränen rührte Fenwick mehr, als es jeder hysterische Anfall vermocht hätte. Das war kein normaler Kummer, nicht die Trauer um eine verlorene Freundin, das war ein starrer, fast katatonischer Schock. Er setzte sich neben sie und löste behutsam ihre Finger von dem Glas, das sie immer noch umklammert hielt.

«Würden Sie wohl Miss Andersons Mädchen um etwas frischen Kaffee und Tee bitten, Cooper? Danke.» Als sie allein waren, sah er ihr in die Augen.

«Octavia, das war ein schwerer Schock, aber Sie müssen mit mir reden. Sie befinden sich in einer sehr ernsten Lage.»

«Ich ... das wusste ich nicht. Ich hatte keine Ahnung. Ist sie tot?»

Fenwick schüttelte den Kopf, erklärte aber, wie ernst Smiths Zustand war.

«Das ist schrecklich, einfach grauenhaft. Leslie? Warum ausgerechnet Leslie? O Gott, wie? Wann war das?»

Fenwick skizzierte den Tathergang und suchte in ihrem Gesicht nach Spuren von Schuld.

«Wird sie wieder gesund? Wird sie überleben?» War das die Fürsorge einer Freundin oder das Interesse einer potenziellen Mörderin? Fenwick konnte es nicht sagen und blieb unverbindlich.

«Sie müssen begreifen, dass es für Sie sehr schlecht aussieht, Octavia!» Er sah Furcht in ihren Augen, aber sie blieb stumm. «Ihr Alibi für einen der früheren Morde ist unzureichend, und Sie sind unmittelbar vor dem versuchten Mord an Leslie Smith nach Großbritannien zurückgekehrt – ohne eine Erklärung.»

Einen Moment malte sich Erleichterung in Andersons Gesicht, dann fing sie an zu lachen – ein schreckliches, gekünsteltes, schrilles Meckern.

«Sie glauben ...» Sie holte Luft. «Sie glauben, dass *ich* das war? Dass ich hinter diesen schrecklichen Vorkommnissen stecke? O Scheiße!» Sie lachte noch lauter. «Das ist zu viel. Es ist jämmerlich.»

Unvermittelt schlug ihre Hysterie in Wut um, sie drehte sich mit blitzenden Augen zu Fenwick um, und ihr Ton wurde gemein. «Sie Narr, Sie verdammter Narr. Ich bin nicht die Mörderin, ich habe diese unglückseligen Weiber nicht umgebracht. Ich bin die *Zielscheibe!* Begreifen Sie das nicht? Er wärmt sich nur auf! Sie wollen wissen, warum ich Frankreich verlassen habe, warum ich niemandem gesagt habe, wohin ich gehe? Weil ich kopflos war vor Angst. Er hatte mich dort gefunden, ich war ganz sicher. Und ihr, ihr jämmerlichen Jungs in Blau, ihr lauft herum und sucht nach mir, weil ihr *mich* für die Mörderin haltet! Mein Gott, wenn es nicht so traurig wäre, würde ich lachen.»

Ihre Wut war sengend, ihr Hohn verheerend. Jede Zuneigung, die sich zwischen ihnen entwickelt hatte, verdorrte unter ihrem Blick. Fenwick war plötzlich schrecklich müde. Er hörte seine Stimme wie die eines Fremden, der das Gespräch fortsetzte, als wäre nichts geschehen.

«Warum sind Sie ein potenzielles Opfer?»

Es folgte eine lange Pause; Anderson stand auf und ging zum Fenster.

«Warum ich? Ja, das ist eine gute Frage, warum ich?» Ihre Hysterie hatte sich gelegt.

Fenwick betrachtete ihren Rücken, sah die verkrampften Schultern. Er spürte, dass in ihr ein heftiger Widerstreit vonstatten ging. Schließlich hob sie eine Hand, massierte sich den Nacken, drehte sich um und stellte ihre gewohnte, entspannte Anmut zur Schau. «Sie müssen die ganze Geschichte verstehen, Andrew, von Anfang an.» Sie setzte sich wieder neben ihn und begann ihre lange Schilderung.

«Mir ging es gut, Andrew. Anfangs natürlich nicht, o nein. Ich wurde in eine wehleidige, engstirnige Familie geboren – ich war die enttäuschende Tochter, nicht der ersehnte Junge. Mein Vater hat mir nie verziehen, meiner Mutter war es irgendwann einerlei. Ich hoffte – hoffte *so sehr* –, dass sie mich lieben und den Jungen vergessen würden, den sie sich gewünscht hatten. Doch das haben sie nicht. Akzeptiert haben sie mich, ganz allmählich. Ich wuchs heran und wurde groß und knochig, trainierte hart, trieb Sport und stahl Milch von Türschwellen und Obst aus Vespertüten in der Schule, um zuzunehmen. Ich wurde meines Glückes Schmied. Ich versuchte alles, einfach alles, damit ich auffiel; sie sollten merken, dass sie keinen Sohn brauchten. Die Vergehen waren stets geringfügig, die Geschenke, die ich nach Hause brachte, wurden nie hinterfragt. Meine Auszeichnungen und Pokale vom Sport blieben jeweils genau eine Woche auf dem Kaminsims stehen, dann verschwanden sie, und ich erfuhr nie, wohin. Und dann wurde alles anders; Pubertät und Feminismus! Ich rebellierte – wenn auch im Geheimen. Ich war eine heimliche New-Age-Suffragette. Zu Hause sehnte ich mich nach ihrer Zuneigung, öffentlich verfluchte ich sie wegen ihrer Dummheit.»

Eine Fremde sah Fenwick mit Octavias Augen an.

«Hass ist unglaublich befreiend – haben Sie das gewusst? Und er verzeiht einem jegliches Defizit. Plötzlich darf man sein, wie man will. Es war herrlich. Ich fand andere Frauen, andere Mädchen, die ebenfalls hassten, und plötzlich war es kein Hass mehr, sondern ein Feldzug! Das Gefühl von Macht war großartig. Mit vierzehn sah ich aus wie neunzehn und fühlte mich wie fünfzig. Aber ich fing an, an mich selbst als Person zu glauben, als Frau, nicht als Müllhalde für ungehobelten Sarkasmus und Projektionsfläche für die Enttäuschungen anderer Leute.»

Sie holte tief Luft; endlich die Wahrheit zu sagen war offensichtlich eine Erleichterung für sie, aber selbst jetzt zögerte sie noch. Sie sah Fenwick prüfend ins Gesicht, während sie sich erneut den Nacken massierte.

«Und dann war da Julia. Sie war Anfang zwanzig, in meinen Augen sehr weltgewandt, Helferin im Jugendclub. Wir ... wir wurden ein Liebespaar. Für mich war es das erste Mal, und sie liebte mich sehr. Sie sagte mir, wie schön ich sei! Bei ihr kam ich mir schön vor, so als hätte ich endlich meinen Platz in der Welt. Und ich fühlte mich gut bei ihr. Die Lust. Das können Sie nicht verstehen; Sie wissen nicht, wie es ist, den Körper einer Frau zu haben, Tag für Tag darin zu leben, Monat für Monat. Aber sie wusste es. Julia wusste es.

Es war alles geheim, sehr aufregend, aber es wurde zu viel. Ich war erst vierzehn. Ich fühlte mich gefangen, eingeengt, und ich hörte immerzu diese innere Stimme. Zuerst ermutigte mich Julia. Sie half mir beim Üben und richtete es sogar so ein, dass ich im Jugendclub auftreten konnte. Sie wurden abgedroschen und trivial, alle – der Club, meine Freundinnen, sogar Julia. Ihre Anerkennung reichte mir nicht mehr. Ich wollte raus da.

Und dann geschah ein Wunder. In der Grafschaft gab es einen Wettbewerb, man musste nur unter fünfzehn sein. Julia überredete mich, daran teilzunehmen. Sie half mir. Damals hatte ich schon professionelle Ausbildung, aber Julia hatte eine Begabung für Inszenierungen, sie wusste, wie sie mir helfen konnte, auf der Bühne *präsent* zu sein. Ich beschloss, etwas aus *Mikado* zu singen – ‹The Sun, whose rays› –, eigentlich ambitioniert genug, aber darüber hinaus hatte ich mir ‹Je veux vivre dans ce rêve› in den Kopf gesetzt, Sie wissen schon, aus Gounods *Romeo et Juliette*. Das ist ziemlich schwer, aber ich habe es mir zugetraut.» Sie machte eine lange Pause, überließ sich der Erinnerung.

«Julia war dagegen, sie meinte, das Programm würde mich überfordern, aber ich wusste, dass ich es schaffen konnte. Mein Leben wurde zu einer einzigen langen Probe, alles andere verblasste. Die Stimme, *meine* Stimme, wuchs. Ich war sehr nervös, aber am Tag des Wettbewerbs wachte ich auf und wusste, was ich war, was ich werden konnte. Als ich mich einsang, spürte ich, wie meine Kräfte wuchsen. Ich schwebte die ganze Fahrt über – es war der erste richtige Konzertsaal, den ich je betreten habe. Julia brachte mich hin; meine Eltern nahmen sich nicht die Zeit. Julia sagte, ich sei distanziert und geistesabwesend. Sie schrieb es der Nervosität zu, aber da irrte sie sich. In mir war eine erstaunliche Kraft, ein unglaubliches Gefühl. Julia wollte, dass ich einen Durchlauf mit dem Begleitmusiker machte, um ‹locker zu werden› – ich weigerte mich. Ich habe den Mund nicht aufgekriegt; ich wagte es nicht, weil ich fürchtete, dieses unglaubliche Gefühl könnte entweichen.

Als ich endlich aufgerufen wurde – ich war die Vorletzte in meiner Gruppe – schwebte ich regelrecht auf die Bühne, und dank Julias Anleitung hatte ich eine Selbstsicherheit, die mir gar nicht bewusst war. Ich erinnere mich, dass der Pianist mich besorgt ansah; ich aber drehte mich zu ihm um, nickte, sagte: ‹Jetzt› – und ich konnte sehen, dass er meine Kraft spürte. Er gehorchte. Er fing an zu spielen, im richtigen Tempo, und ich fing an zu singen. Seit damals hatte ich nur einen solchen Auftritt. Ich weiß, das hört sich unglaublich an, aber es ist wahr. Ich war erfüllt von der Freude an der Schöpfung – Freiheit, Befreiung. Ich konnte mit meinem Leben anfangen, was ich wollte – und wusste, ich würde es tun. Endlich hatte ich das Sagen.»

Kopfschüttelnd riss Octavia sich aus ihrer Träumerei. «Ich bekam stehende Ovationen. Natürlich habe ich gewonnen. Es war eine ziemliche Sensation. Ich bekam sofort zwei Angebote, führende Musikhochschulen zu besuchen, aber meine Eltern dachten nicht einmal daran; mein Platz war zu Hause. Und da hatte ich das einzige Mal im Leben wirklich ‹Glück›. Man bot mir an, zur Downside zu gehen; die Schule war in der Nähe, sie besaß eine hervorragende musikalische Fakultät, und sie war kostenlos. Noch besser, es bestand die Möglichkeit, mit sechzehn ein Stipendium für die Royal Academy zu bekommen, für Unterricht bei richtig guten Gesangslehrern. Es wurde nicht jedes Jahr vergeben, und eine Bedingung war, dass man an der Schule bleiben, dort die Oberstufe abschließen und aktiv an der musikalischen Arbeit teilnehmen musste. Aber das störte mich nicht; es war eine Frage von zwei Jahren.»

«Was war mit Julia?»

«Julia? Oh, ich weiß nicht. Nach dem Konzert habe ich sie kaum noch gesehen. Sie versuchte, mich zu halten, aber ich hatte die Kraft, verstehen Sie. Sie hatte keine Chance!»

«Und Ihre Eltern?»

«Denen gefiel das Ganze – zumindest meinem Vater eine Weile –, solange es noch neu war. Er war wer. Im Club fragten ihn die Leute nach seiner berühmten Tochter, spendierten ihm Drinks, sagten, er müsse stolz auf mich sein. Also war er es auch; immer wenn andere Leute große Stücke auf mich hielten, war er froh, dass er mich hatte. Bedauerlicherweise. Nach sechs Monaten war der Ruhm Akzeptanz und einer Erwartungshaltung gewichen. Mir war das egal. Ich hatte mir Fristen gesetzt und war entschlossen, es allen zu zeigen.»

«Und Carol, was hat sie von alledem gehalten?»

«Die kannte ich da noch gar nicht. Carol war schon an der Downside. Als ich sie kennen lernte, freute sie sich natürlich für mich. Wir wurden gute Freundinnen.»

«Sie haben vorhin angedeutet, dass sie weitaus mehr als eine Freundin gewesen ist. Hat sie Julias Platz eingenommen? Ich kann mir schwer vorstellen, dass Sie die ganzen neu entdeckten Freuden einfach aufgegeben haben.»

Anderson wich seinem Blick aus.

«Kommen Sie, Octavia, es bringt nichts, jetzt aufzuhören!»

«Um Himmels willen, woher plötzlich dieses kindische Interesse an meinem Liebesleben? Lassen Sie mich in Ruhe!»

«Raus mit der Sprache, waren Sie Carol Trumans Geliebte oder nicht?»

«Ja, ja, ja, schon gut! Ich war ihre Geliebte. Ein phantastisches Jahr lang.»

Cooper, der mit einem Teetablett in der Tür auftauchte, wich unbemerkt wieder zurück in den Flur.

«Niemand wusste es. Genau genommen hat es nicht einmal jemand vermutet. Ich war ihre Erste. Ich brachte ihr alles bei, was ich von Julia gelernt hatte. Am Anfang war sie sehr nervös; sie hielt es für eine Sünde. Carol war eine unreife Vierzehnjährige und wuchs allein auf. Sie hatte nie einen Freund gehabt, keine Brüder, nur ihren Cousin, der mit ihr schäkerte, aber der war natürlich viel älter als sie. Ich überzeugte sie davon, dass es ganz normal war und zum Erwachsenwerden dazugehörte.»

«Warum? Warum haben Sie ...?» Fenwick machte eine Pause und versuchte, das richtige Wort zu finden; «verführt» erschien ihm zu frivol. «Wie sind Sie ein Liebespaar geworden? Ist das bei Mädchen dieses Alters üblich? Ich verstehe es nicht.»

«Nein, das können Sie nicht verstehen, Andrew, und ich bin nicht sicher, ob ich es erklären kann. Ich bin keine Expertin, wissen Sie. Julia und Carol waren die Einzigen. Aber warum ich mich für Carol entschied, das ist leicht zu beantworten. Sie war sehr anziehend. Sie war eine Schönheit – schlank, klein für ihr Alter, noch im Wachstum; lange Beine, dichtes blondes Haar. Und ihre Augen – in Büchern nennen sie so etwas mandelförmig, aber das reicht nicht – es waren die samtenen Augen eines Tiers, die in ihrem Gesicht riesig wirkten und immer sanft. Und sie kam aus einer ganz normalen Familie; für ihre Eltern muss sie ein Juwel gewesen sein. Wenn ich sie besuchte, habe ich gesehen, wie sie ihre Tochter fast ehrfürchtig betrachteten, als könnten sie nicht glauben, dass sie etwas so Schönes hervorgebracht hatten. Aber sie war nicht eingebildet. Sie war schüchtern, natürlich und bei allen neuen Dingen ziemlich unsicher. Ich dachte immer, dass sie einsam ist in der Schule – dass sie viele Freundinnen hat, aber keine wirklich enge. Als ich sie besser kennen lernte, stellte ich allerdings fest, dass ich mich irrte. Sie war nicht einsam, sie mochte nur alle gleich gern und erwartete, dass man sie ebenso liebte. Es war eine Herausforderung, sie dazu zu bringen, dass sie mich *mehr* mochte, aber mit meiner Musik gelang es mir. Mein Gesang verzauberte sie. Als ich an die Schule kam, machten wir Singspiele – sie stimmte ein, sie hatte eine angenehme Stimme, hell und klar. Später verschwanden wir dann im Musiktrakt, sangen und spielten zusammen Klavier. Sie war eine gute Pianistin. Ihre Eltern ermutigten sie in jeder Hinsicht; sie hatten kaum Geld, aber Carol hatte Klavierunterricht, seit sie vier war.»

«Wollte sie auch Musikerin werden?»

«Nein! Natürlich nicht. Sie hatte Verstand – sie war einer der seltenen Menschen, die in fast allem gut sind. Nein, sie wollte versuchen, Ärztin zu werden – wenn ihr Notendurchschnitt es erlaubte.»

«Und wann wurden Sie ein Liebespaar?»

«Im Winter, kurz vor Weihnachten, in der zehnten Klasse. Es ergab sich ganz natürlich.»

«Und zum Zeitpunkt ihres Todes waren sie immer noch ein Paar?»

«Ja, auch wenn wir uns nicht mehr so oft sahen. Wir freuten uns auf die Sommerferien – es sollte unsere letzte gemeinsame Zeit sein, bevor ich zur Akademie wechselte.»

«Was passierte an Ihrem letzten gemeinsamen Tag?»

«Das habe ich Ihnen nun schon zweimal erzählt.»

«Erzählen Sie es noch einmal.»

Sie wiederholte ihre Geschichte, fast Wort für Wort, und Cooper kam mit dem abgekühlten Tee herein. Als sie fertig war, kehrte Fenwick in die Gegenwart zurück und stellte seine letzte Frage.

«Wo waren Sie am vierundzwanzigsten August um elf Uhr?»

«Ich war in Wiltshire, in Klausur. Ich kann Ihnen die Adresse und den Namen der Chefin geben.»

Cooper sah skeptisch drein. Diese Frau hatte etwas an sich, das ihm nicht gefiel, und das ging weit über seinen Widerwillen gegen ihre – wie er das sah – sexuelle Abartigkeit hinaus. Er traute ihr einfach nicht, und obwohl immer unwahrscheinlicher wurde, dass sie eine Mörderin war, betrachtete er sie nach wie vor als Verdächtige, nicht als potenzielles Opfer.

Fenwick schien besorgter, aber nach einer längeren Diskussion lehnte Octavia Polizeischutz ab. Lediglich einer Streife vor ihrem Haus stimmte sie zu.

Die Polizisten verabschiedeten sich und gingen ihren jeweiligen Ermittlungen nach; Cooper begab sich zu den Umsorgten und Privilegierten in Wiltshire, Fenwick zu den Maklern und Autovermietungen im Süden von London.

Octavia Anderson bereitete sich auf einen mehrstündigen Einkaufsbummel in Begleitung einer angenehmen, unattraktiven Bekannten vor. Sie hörte nicht, dass an der Tür geläutet wurde, während sie ihrem Make-up den letzten Schliff gab.

Als sie aus dem Schlafzimmer kam, traf sie auf ihr hocherfreutes Mädchen, das drei Dutzend rote Rosen in den Armen hielt und überzeugt war, die würden sie aufheitern. Doch Miss Anderson warf nur einen Blick auf die Blumen und sank mit einem matten «O nein» ohnmächtig zu Boden.

36

Trotz des wenig Erfolg versprechenden Starts hatte Cooper einen ausgezeichneten Tag. Fest entschlossen, Andersons Alibi platzen zu lassen, fuhr er nach Wiltshire, hatte allerdings kein Glück. Die Besitzerin der exklusiven Schönheitsfarm bestätigte Andersons Anwesenheit während der fraglichen Zeit in allen Einzelheiten. Die Sängerin gehörte zu den berühmteren Gästen und wurde daher nicht so ohne weiteres übersehen. Cooper blieb zwei Stunden und ließ sich die Einzelheiten auch vom Personal bestätigen – nach den zahlreichen Befragungen konnte kein Zweifel mehr daran bestehen, dass Andersons Alibi für den vierundzwanzigsten August wasserdicht war.

Als er sich verabschiedete, war es schon nach dreizehn Uhr. Auf der Rückfahrt nach London kaufte er sich an der ersten Raststätte, an der er vorbeikam, ein Sandwich mit Schinken und Ei und kämpfte gerade gegen das für die Mittagszeit typische Tief seines Biorhythmus an, als das Funkgerät piepste. Das Haus von Rowlands Onkel war gefunden worden – eine kleine Doppelhaushälfte am Stadtrand von Harlden. Die Spurensicherung war auf dem Weg.

Als Cooper in Sussex eintraf, waren sie weitgehend mit ihrer Arbeit fertig, und er konnte sich ungestört umsehen. Eine halbe Stunde später kam ein weiterer Anruf: Mr. Stanisopoulos, der griechische Restaurantbesitzer von der Victoria Station, hatte Rowland nach Bayliss' Beschreibung und Phantombild zweifelsfrei identifiziert, Fenwick war auf dem Weg, um noch einmal mit ihm zu sprechen. Es kam Bewegung in den Fall.

Mr. Stanisopoulos war entzückt, dass ein hochrangiger Zivilbeamter zu ihm kam, und Fenwick raubte ihm seine Illusionen nicht, indem er ihm erklärte, dass er ohnehin in der Nähe zu tun gehabt hatte. Das Protokoll der ersten Vernehmung verborgen haltend, befragte er den Restaurantbesitzer noch einmal nach seiner Begegnung mit Deborah Fearnside und Victor Rowland im April und ließ dabei die Neuigkeit einfließen, dass die Frau tot war.

«O nein! Dann ist alles meine Schuld. Sehen Sie, ich wusste, dass sie in Schwierigkeiten war, aber der Mann und die Lady ... sie haben beide gesagt, dass ich gehen soll. Und nun ist sie tot!»

Geduldig hörte Fenwick sich an, wie Stanisopoulos die kurze Begegnung noch einmal schilderte: Es war ein heißer und sonniger Tag gewesen, die Lady aufgeregt; der Mann hatte eine Uniform getragen; er hatte eine Brille aufgehabt; er hatte autoritär gewirkt; das Auto war definitiv ein BMW gewesen. Die Farbe? Es war ein heller Tag gewesen – er konnte sich erinnern, wie die Sonne auf dem Lack reflektierte. Vielleicht Silbergrau?

Fenwick verglich das mit Stanisopoulos' früherer Beschreibung des Wagens, die im Augenblick bei unzähligen Autovermietungen die Runde machte – schwarzer BMW, Mercedes-Limousine oder ähnlich, wahrscheinlich neu –, und verfluchte im Stillen die Widersprüche. Er hakte nach, aber der Mann rückte nicht von seiner neuen Erinnerung ab.

Also wurde die revidierte Fassung an die Autovermietungen gefaxt. Drei Stunden später saß Fenwick im gemütlichen Büro der Zweigstelle Richmond eines überregionalen Autoverleihers. Ihm gegenüber die Filialleiterin, eine gepflegte Fünfzigjährige im geblümten Kleid. Sie hatte darauf bestanden, sich selbst der Polizei zu widmen, und Maureen, ihre attraktive junge Assistentin, mit einer wegwerfenden Handbewegung hinausgeschickt.

«Also, Inspector, Sie interessieren sich für diesen Mann», sie klopfte mit einem lackierten Fingernagel – Fenwick schätzte, dass mehr Farbschichten darauf waren als auf einer durchschnittlichen Hauswand – auf das Fax, «und Sie glauben, dass er im April einen silbergrauen BMW gemietet hat. Was möchten Sie wissen?» Die überkronten Zähne blitzten auf, als sie lächelte.

Von einer niederschmetternden Vorahnung erfüllt, erkannte Fenwick eine hartnäckige Geltungssucht in der Frau: Sie nutzte die polizeilichen Ermittlungen als Chance, wieder einmal im Mittelpunkt zu stehen, wo das Schicksal sie ansonsten für eine Nebenrolle vorgesehen hatte. Im Geiste stand die Frau schon im Rampenlicht, von Trockeneisnebel umweht, und das nur, weil sie eine Karte aus ihrem Aktenschrank gezogen und Fenwick sowie dem jungen Constable, der im hinteren Teil des Raumes saß und sich Notizen machte, Tee zubereiten ließ.

«Ich glaube, der Constable hat Ihnen bereits erklärt, Madam, dass wir den Mann auf diesem Bild und das Auto suchen, das er unseren Informationen zufolge im April gemietet hat; es war ein neuer BMW, Metalliclackierung, möglicherweise silbergrau.»

«Gewiss, Inspector. Und ich bin Mrs. Court, Marjory Court, nennen Sie mich einfach Marjory.»

Fenwick wartete gespannt. Sie verstand.

«Nun denn, Maureen und ich sind überzeugt davon, dass wir den Mann, den Sie suchen, im April hier in diesem Büro hatten! Im April haben wir viele BMWs vermietet – an die fünfzig Mietverträge. Natürlich ist das, was *Ihnen* sicher klar ist, nicht der typische Durchschnitt, aber wir bedienen hier eine *spezielle* Klientel.» Wieder eine dramatische Pause, während deren sie rhythmisch auf eine imaginäre Bremse trat.

Fenwick kommentierte ihre Exklusivität mit einem knappen Nicken.

«Zehn von den Wagen hatten eine Metalliclackierung, also lassen wir die anderen außer Acht, ja? Von den zehn sind sieben mit Kreditkarte und drei bar bezahlt worden.» Gekonnt fächerte sie die braunen Karteikarten mit ihren kleinen, feisten Händen auf und machte es sich auf dem dick gepolsterten Stuhl bequemer und zog die drei Karteikarten näher zu sich, die seit Beginn des Gesprächs neben ihrer rosa Schreibtischunterlage gelegen hatten.

«Jetzt lassen Sie mich sehen: Mrs. Emily Kenn hatte für drei Tage einen 5er BMW – eine Geschäftsreise. Nein? Nein, richtig, Nächster: Mr. J. A. Smith. Der hatte denselben Wagen für zwei Wochen, zahlte bar, brachte das Auto nach vier Tagen zurück. Wir haben ihm über den Restbetrag einen Scheck ausgestellt. Unsere Buchhalter in der Zentrale könnten herausfinden, wo er eingelöst worden ist. Zuletzt Mr. Arthur Bain; eine Woche. Bar. Keine weiteren Einzelheiten. Das wär's.»

Mit einer ausladenden Geste reichte sie ihm die Karteikarten, und er las die beiden Namen voller Erwartung noch einmal.

«Können Sie mir mehr Informationen über diese Kunden besorgen?»

«*Mehr* Informationen, Inspector? Was fehlt Ihnen denn noch? Sie haben alles: Name, Anschrift, Telefonnummer, Marke und Alter des Autos – ja, da, dieser kleine Code ist meine Erfindung. Ich habe der Zentrale vorgeschlagen, ihn landesweit zu verwenden, und sie denken ernsthaft darüber nach. Das wäre ein großer Schritt. Sie sehen hier auch Kilometerzahl, Zustand des Autos bei der Rückgabe, ob es Beschädigungen aufwies ...»

Fenwicks Ungeduld wuchs. «Mich interessieren Einzelheiten des Führerscheins, die Nummer, die dort genannte Adresse, Telefonnummer zu Hause, alles, was uns weiterhelfen könnte. Natürlich auch eine Kopie des Mietvertrags, wegen der Unterschrift.»

«Ich verstehe, aber in dem Fall müssen Sie die Computerunterlagen einsehen, und ich versichere Ihnen, diese Karten sind weitaus besser und stürzen nie ab wie diese verfluchten Maschinen.» Die Frau drehte sich schwungvoll mitsamt ihrem Stuhl und rief schneidend durch die Tür: «Maureen! Die Herren brauchen Ihre Hilfe. Um Himmels willen, bewegen Sie sich! Und lassen Sie sich nicht den ganzen Tag Zeit, wir haben hier ein Büro zu führen.» Dann drehte sie sich wieder zu Fenwick um: «Ich würde es selbst machen, aber wie Sie sehen, bin ich sehr beschäftigt. Bitte wenden Sie sich an mich, wenn Sie weitere Fragen haben – und wenn Sie die Karten zurückgeben wollen.»

Fenwick fand ihre Überspanntheit abstoßend.

Maureen dagegen war sachlich und spröde; nur eine Bemerkung über ihre Chefin konnte sie sich nicht verkneifen. «Mrs. Court? Den Computer benutzen? Eher würde ich Bernie heiraten!» Dem Ton war zu entnehmen, dass Bernie ein allein stehender Mann bleiben würde. Sie sprach mit unverkennbarem Ostlondoner Akzent und erinnerte

Fenwick mit ihrem Aussehen – samtweiche Haut, spitze Wangenknochen und glänzende schwarze Augen – an das Model, das den Sänger geheiratet hatte; er hatte ein schlechtes Namensgedächtnis. Als sie sich aber in rascher Folge durch ein Menü nach dem anderen klickte, ging ihm auf, dass sie wegen ihrer Tüchtigkeit eingestellt worden war und nicht wegen ihres Aussehens.

Wenig später hatte sie zwei Einträge aufgerufen – zuerst den von Bain, einschließlich privater Telefonnummer. Sie riefen die Büronummer an, und Bains Sekretärin nahm ab. Nach einem kurzen Blick in den Terminkalender bestätigte sie, dass sie die Buchung vorgenommen, Mr. Bain es aber vorgezogen hatte, selbst zu zahlen. Sie hatte keine Ahnung, warum. Es wurde jedoch deutlich, dass sie ihre Vermutungen hatte, als sie dem Constable gegenüber andeutete, Mr. Bain könnte es vorziehen, in seinem Büro auf diese Frage angesprochen zu werden. Fenwick hegte wenig Zweifel, dass sie Arthur Bain bald von ihrer Liste der Verdächtigen würden streichen können.

Blieb Mr. J. A. Smith. Vorname John. Es standen dreihundertzweiunddreißig Smiths im Telefonbuch und mehr als dreißig J. Smiths. Nach einem längeren Abgleich mit der Karteikarte gab der Constable diese Fenwick mit einem resignierten Seufzer zurück. «Hier ist kein J. A. oder J. Smith unter dieser Adresse eingetragen.»

Fenwick verglich die Karte mit den Angaben auf Maureens Bildschirm und wies ein wenig verlegen auf einen Tippfehler hin.

«Die Postleitzahl stimmt überhaupt nicht, hier, sehen Sie.»

«Ooh – das dürfte nicht passieren. Sagen Sie ihr das bloß nicht, sie ist so penibel! Mal sehen.» Sie studierte die Karte und platzierte den kleinen Pfeil auf dem Monitor über der Postleitzahl. Wenige Klicks später drehte sie sich zu Fenwick um, und ein Runzeln verunzierte ihre milchkaffeebraune Stirn. «Das ist seltsam. Mit dem neuen System dürfte so was gar nicht passieren – sehen Sie: ‹Quick Address›-Funktion. Sehr praktisch, erspart mir eine Menge Arbeit.»

«Zeigen Sie es mir.» Sie fragte Fenwick nach seiner Postleitzahl und gab sie in die Maske für einen neuen Kundeneintrag ein. Einen Klick später erschien wie durch Zauberhand seine Adresse – bis auf die Hausnummer – in dem entsprechenden Feld auf dem Bildschirm.

«Sie sagen mir nur Ihre Straße oder Postleitzahl, und ich habe Ihre vollständige Adresse. Toll, was? Funktioniert auch andersrum, für Leute, die ihre Postleitzahl vergessen haben.»

«Also haben Sie bei Mr. Smith den Namen und nur die Postleitzahl eingegeben?»

«Mal sehen. Nein. Sehen Sie, hier, die Postleitzahl ist auf der Karte mit einem anderen Kugelschreiber eingetragen worden. Das bedeutet, Mrs. Court hat diese Angabe später seinem Führerschein entnommen, weil er sich nicht daran erinnern konnte, als er das Formular ausgefüllt hat. Wie gesagt, das kommt andauernd vor, erstaunlich in diesem Zeitalter.»

«Und als Sie die Daten eingegeben haben ...»

«Die Postleitzahl musste nicht dastehen; die findet die Maschine für mich. Mrs. Court bleibt abends oft länger, um ihre Karten zu vervollständigen, besonders wenn wir viel zu tun haben – und ihr würde es nicht im Traum einfallen, die Lücken mit Hilfe des Computers zu schließen. Sie liebt ihr handschriftliches System, nennt es ‹unser Backup›, aber eigentlich», Maureen senkte die Stimme, «kommt das daher, dass sie das System vor Jahren erfunden hat und nicht aufgeben will. Wir haben eine Kartei, die bis in Urzeiten zurückreicht.»

Fenwick war fasziniert von ihrer veränderten Aussprache. Je mehr sie sich entspannte, desto mehr verlor sich der sorgsam bewahrte Ostlondon-Akzent, und sie sprach die Konsonanten wieder mit.

«Schade, dass Sie nicht alle Papiere aufbewahren; ich würde gern Mr. Smiths Originalmietvertrag sehen.»

«Aber das können Sie doch, hier im System.»

«Was?»

«Ja, hier läuft ein Pilotprojekt für das neue Document Imaging – das macht unsere alte Ablage und diese grässlichen Mikrofiches überflüssig.»

«Und die Karten?»

«Noch nicht», kicherte sie, «aber das wird auch nicht mehr lange dauern. Die Formulare und Korrespondenzen dieses Jahres finde ich also im Computer. Soll ich nachschauen? Mal sehen, ich arbeite selten damit, aber es wäre doch schön, mal einen Treffer zu landen.»

Mrs. Court erkundigte sich quengelnd, warum das so lange dauere, aber beim Anblick des eingeschalteten Computers hielt sie sich in sicherer Distanz. Augenblicke später sah Fenwick den Mietvertrag von Mr. John A. Smith auf dem Bildschirm.

«Ist das seine Handschrift?»

«Nein, das ist meine. Viele Kunden bitten mich, das Formular für sie auszufüllen. Aber es ist seine Unterschrift.»

«Also haben Sie ihn ebenso kennen gelernt wie Mrs. Court.»

«Muss wohl, aber sie hat das Bild erkannt. Wie auch immer, Sie wollten seine Führerscheinnummer – da ist sie.»

Der anwesende Constable kümmerte sich darum.

«Maureen, ich möchte, dass Sie an den April zurückdenken – an den Tag, an dem Sie dieses Formular ausgefüllt haben. Es ist wichtig. Erzählen Sie mir alles über diesen Mann, woran Sie sich erinnern können.»

«Was hat er getan?»

Fenwick zögerte einen Moment, dann kam er zu dem Ergebnis, dass die Wahrheit am wirksamsten sein würde; sie war ein sensibles Mädchen. Nach seiner Erklärung betrachtete sie Rowlands Bild mit einer Mischung aus Grauen und Faszination und wollte die Erinnerungen heraufbeschwören, doch ihr Gesicht blieb ausdruckslos.

«Denken Sie nach, Maureen, ein großer, dunkelhaariger Mann, wahrscheinlich gut gekleidet. Vergessen Sie die Frisur, die stimmt vielleicht nicht.»

Sie nahm Fenwick das Phantombild aus der Hand und kritzelte mit einem Bleistift an den Rändern herum. Plötzlich ergänzte sie den Bürstenschnitt um einige Locken – immer noch kurz, aber etwas modischer. Dann skizzierte sie eine Sonnenbrille und einen offenen Hemdkragen. Es sah aus, als hätte sie Kunst studiert; ohne eine Spur von Verlegenheit oder Unsicherheit veränderte sie das Bild. Währenddessen unterhielt sie sich mit Fenwick und ergänzte die Einzelheiten.

«Das war ein schlechtes Bild, Sir. Ich habe ein gutes Gedächtnis, aber das Bild war einfach nicht gut genug. Jetzt habe ich ihn – ich erinnere mich genau an ihn.» Sie wurde lebhafter, und der Akzent kehrte zurück. «Sein Haar war modischer; kurz, aber gut geschnitten; teurer Friseur. Und er trug eine Sonnenbrille; nicht zu protzig, Ray-Ban, glaube ich. Es war April, aber ich erinnere mich, dass wir ein paar schöne Tage hatten; an dem Wochenende hat mein Bruder geheiratet, und es war ein herrliches Wetter. Sie hatten Recht, er war ein Bild von einem Mann – ehrlich. Groß, durchtrainiert, leicht gebräunt. Er hatte unglaubliche Oberarmmuskeln.» Sie redete und kritzelte dabei auf ein weißes Blatt Papier: ein kurzärmeliges Hemd, kräftige, lange Arme, den Ansatz einer Narbe oder eines Mals auf dem Unterarm. «Und ich glaube, er hatte eine Tätowierung – ich weiß es nicht mehr genau, kein Herz oder ‹Mom› oder ein Mädchenname; es war maskulin, aber ich konnte es nicht richtig sehen.»

Wenig später hatte Fenwick mit Maureen vereinbart, dass das Auto, das Mr. J. A. Smith gemietet hatte, zurückgeholt und ins forensische Labor gebracht werden sollte; er hegte die schwache Hoffnung, es könnte sich nach fünf Monaten konstanter Benutzung noch etwas Belastendes darin finden. Innerhalb von zwei Stunden bestätigte die Behörde, dass der Führerschein gefälscht war; das Postamt, dass es sich um eine fiktive Postleitzahl handelte; und die Besitzer des Hauses, dessen Anschrift auf dem Führerschein genannt war, waren bereit, jeden Eid zu schwören, dass nie ein John A. Smith dort gewohnt hatte.

Fotografien des Autos und von Maureens Skizze wurden dem Informationsblatt hinzugefügt, das bei den anderen Polizeidienststellen und der Presse im Umlauf war. Fenwick wusste, dass er keinen Grund zur Niedergeschlagenheit hatte. Der unsichtbare Mann nahm allmählich Gestalt an. Er hatte zwei Leute gefunden, die den Mann kennen gelernt und mit ihm gesprochen hatten. Die Jagd war eröffnet; nun war es noch eine Frage der Zeit, bis sie ihn schließlich hatten. Die Leute, die an dem Fall arbeiteten, waren entzückt; sicher, dass der Täter ausgemacht war. Doch all die Begeisterung konnte Fenwick nicht anstecken, denn er hatte wieder im Krankenhaus angerufen und sich nach Leslie Smiths Zustand erkundigt.

Cooper brauchte zwei Stunden, um das Haus zu finden. Die Spurensicherung war fertig, und der Dienst habende Constable hinter dem Plastikband der Absperrung wollte gerade aufbrechen, als Cooper durch die schmutzige, verwitterte Vordertür eintrat. Er ging einen schmalen, staubigen Flur entlang. Links eine dünne, schmucklose Trennwand; rechts führten billige furnierte Türen mit Ornamentglas, die modernen Bauvorschriften in keiner Weise entsprachen, in ein Wohnzimmer, ein kleineres Zimmer mit Kachelofen und geradeaus, an der Treppe vorbei, in die Küche. Mumifizierte Fliegen und Wespen knirschten leise unter seinen Schuhen.

Das ganze Haus roch nach Traurigkeit. Er roch sie in klammer Feuchtigkeit und bröckelndem Verputz, sah sie hinter von jahrelanger Verwahrlosung gezeichneten Wänden. In der Küche standen noch ein paar Möbelstücke – ein alter Tisch und ein Stuhl, eine altersblinde, vom Scheuern zerkratzte Aluminiumspüle. Cooper vergaß die Tatsache, dass er Polizist war, ebenso wie den Grund für sein Hiersein. Er stand in der Küche und fragte sich, was aus dem Haus, das einmal ein Heim gewesen war, dieses Fertigteilmausoleum gemacht hatte.

Hier war Carol Truman aufgewachsen – nach allem, was man wusste, ein glückliches, begabtes Mädchen in einer gütigen, anständigen Familie, in der alle einander achteten und respektierten. Dann die Entscheidung auszuwandern. Wie einfach musste es Carols Eltern vorgekommen sein, früher abzureisen – «nur zwei Monate; du kommst nach, sobald du dein Examen bestanden hast» –, und wie einfach, Carols Tante, Onkel und Cousin das Haus billig zu vermieten.

Und dann war aus zwei Monaten ein ganzes Leben geworden. Als Familienvater konnte Cooper sich den Schmerz der Trumans über den Tod der Tochter nicht einmal ansatzweise vorstellen. Sie hatten keinen öffentlichen Kommentar abgegeben, keine Appelle, sie hatten stumm getrauert. Carols Mutter war binnen weniger Monate gestorben; ihre Tante zwei Jahre danach vom Krebs hinweggerafft worden. Die Frauen zweier Familien fort; zurück geblieben waren drei verbitterte Männer: ein Vater, der allein lebte und Jahre später allein in einem fremden Land starb; ein Onkel, der nach dem Tod seiner Frau Selbstmord beging; ein Cousin, der innerhalb von zwei Jahren dreimal verlassen worden und mit neunzehn Jahren bereits ganz auf sich gestellt war – und nun des mehrfachen Mordes verdächtig.

Ein Unfall, gerade mal eine Meldung in der Lokalzeitung wert; ein kleiner Kieselstein, der über die Jahre einen ganzen Erdrutsch an Todesfällen ausgelöst hatte. Cooper war kein phantasievoller oder sentimentaler Mensch, aber als er in dieser verfallenen Küche stand, drückte die Last des Leids ihn nieder.

Mitten hinein in seine deprimierten Überlegungen blitzten plötzlich Licht und Farbe. Die untergehende Sonne war unter die tief hängenden Wolken gesunken, erhellte den Raum und drängte die dunklen Schatten in die Ecken zurück. Eine Amsel, die auf dem Sims vor dem zerbrochenen Fenster saß, genoss die Wärme und fing an zu singen; es hörte sich an wie ein Requiem.

37

Rowland hatte vorübergehend Unterkunft in einem Mietshaus auf der falschen Seite von Chichester bezogen. Er bezahlte im Voraus bar und sah sauber und manierlich aus. Die Vermieterin nahm sein Geld gleichgültig entgegen und verschwendete keinen weiteren Gedanken an ihn. Sie hatte nichts dagegen, dass er seinen Ford Escort mit J-Kennzeichen im Hof hinter dem Haus parkte.

Im Gegensatz zu vielen anderen ihres Berufsstandes interessierte sie sich nicht für ihre Mieter und noch weniger für deren Habseligkeiten. Und selbst wenn sie ihre Nase in das Zimmer gesteckt hätte, hätte sie es ordentlich aufgeräumt, ansonsten aber uninteressant vorgefunden. Er hatte eine Vorliebe für schwarze Kleidung und arbeitete für eine Reinigungsfirma – so stand es jedenfalls auf dem Overall und der Kennkarte, die er bei sich trug. Die Tasche für seine Putzmittel war vielleicht ein wenig eigentümlich. Sie war lang und teuer, mit Laschen und Innentaschen, in denen sich zahlreiche sonderbare Gegenstände befanden. Aber sie schnüffelte nicht herum, daher waren alle Bemühungen ihres Mieters, nicht aufzufallen, vollkommen unnötig.

Als der Escort wegfuhr, nachdem sein Besitzer erklärt hatte, er würde ein paar Tage weg sein, reagierte sie gleichgültig. Aber selbst diese desinteressierte Frau wäre verwundert gewesen, hätte sie gesehen, wie ihr Mieter zu einer zwei Meilen entfernt gelegenen Garage fuhr und dort das rostige Jammerbild eines Autos gegen eine schwarze, glänzende Triumph Trophy mit 1200 Kubik eintauschte, mit der er nach London fuhr, ohne einmal das Tempolimit zu überschreiten.

Der Assistant Chief Constable bat Fenwick am Montagabend, über den Fortgang der Ermittlungen Rechenschaft abzulegen. Es war ein außergewöhnlicher Tag gewesen. Mehr als fünfzig Leute waren dem Fall trotz des Zögerns in der vergangenen Woche zugeteilt worden. Die Informationen über Rowlands Waffenarsenal hatten den Ausschlag gegeben.

«Wir haben sein Auto und das Haus seines Onkels gefunden, seine Verbindung zu Carol bestätigen und Anderson schließlich als Verdächtige ausschließen können.»

Der Assistant Chief Constable nickte bedächtig. Dies entwickelte sich zu einem Aufsehen erregenden, vor allem aber teuren Fall, und er selbst spielte eine entscheidende Rolle dabei, da er Fenwick als Leiter der Ermittlungen unterstützte. Wenn es gut ging, würde er in einem positiven Licht dastehen, wenn es schief ging ... das war ein unangenehmer Gedanke. Er hatte noch seine Zweifel, was Fenwick betraf, und sah den Mann eindringlich an, während der seinen Bericht ablieferte.

Fenwick deutete den Blick aufgrund jahrelanger Erfahrung richtig. «Wir werden ihn schnappen.»

«Sorgen Sie dafür.»

Fenwick bat Cooper und Nightingale, nach der Sitzung noch kurz mit ihm etwas trinken zu gehen. Sie hatten von Anfang an zu ihm gestanden und stets mehr getan, als er verlangt hatte. Es war ein bescheidenes Dankeschön. Er hatte die Niedergeschlagenheit des Tages abgeschüttelt und war fest entschlossen, das große Team mit der erforderlichen Zuversicht und Autorität zu führen.

«Haben Sie die Pressekonferenz organisiert?»

«Ja, morgen um acht Uhr dreißig. Alle kommen. Wir haben ein neues Phantombild, Einzelheiten über das Auto und ein Foto davon sowie eine Kopie der Pressemitteilung, die rausgeht. Nightingale hat die Zusammenfassung gemacht, um die Sie gebeten haben.»

«Wir müssen die Mehrheit der Leute auf die Suche nach Rowlands Stützpunkt ansetzen. Ich konzentriere mich auf London. Bayliss hatte Recht, was das Auto angeht; hoffen wir, dass sein Instinkt durchweg so gut ist. Wir haben bis nach Croydon Faxe geschickt –

und bekommen mit etwas Glück morgen noch einmal reichlich Berichte in Presse und Medien. Bis dahin haben wir auch die Laborberichte über das Auto und das Haus des Onkels. Es ist höchst unwahrscheinlich, dass die uns weiterhelfen, aber wer weiß?» Fenwick hörte sich zuversichtlich an. «Wir werden ihn finden. Und es ist eine Erleichterung, dass wir Anderson von der Liste der Verdächtigen streichen konnten – damit ist das Leben längst nicht mehr so kompliziert!» Er lächelte, und die anderen verbargen ihre Mienen hinter Biergläsern.

Trotz der intensiven Ermittlungen bot der Montag ein ruhiges Zwischenspiel für alle, bis auf die Forensiker. Fenwick kam rechtzeitig nach Hause, um mit Bess und Chris zu spielen. Seine Mutter machte eine Busfahrt durch Süddeutschland; das Kindermädchen von einer Agentur hatte es geschafft, die Kinder mit seiner Energie und Phantasie anzustecken.

Cooper und Nightingale genossen den freien Abend beide auf ihre Weise, Cooper mit seiner Frau vor dem Fernseher, Nightingale allein in ihrer Wohnung, wo sie darüber nachdachte, warum es ihr so wenig ausmachte, dass ihr Verlobter beschlossen hatte, allein in die lange im Voraus gebuchten Ferien zu fahren, da sie sich geweigert hatte, auch nur daran zu denken, um Urlaub zu bitten.

Aber die Ruhe trug nicht dazu bei, Coopers Nerven zu beruhigen. Am Dienstag wurde er in den frühen Morgenstunden durch den Ruf einer Eule geweckt und musste an Octavia Anderson denken; sie ging ihm nicht aus dem Sinn. Irgendwie war sie in den Fall verwickelt, und der Boss wollte es einfach nicht wahrhaben. Sie hatte ein Alibi für den Unfall von Smith, hatte ein Alibi für den Zeitraum, in dem Katherine Johnstone ermordet worden war. Aber sie hatte gelogen, was ihre Beziehung zu den beiden und Carol anging. Wenn sie nichts damit zu tun hatte, warum sollte sie dann so lange lügen?

Er wälzte sich auf dem feuchten Laken, bis ihm ein Grunzen seiner Frau verriet, dass er sie gleich aufwecken würde – mit allen Konsequenzen, die das mit sich brachte. Als es dämmerte, schlief er schließlich wieder ein, an die enorme Kehrseite seiner Frau gekuschelt.

Octavia Anderson konnte nicht schlafen. Sie lag auf dem Rücken und blickte starr zur Decke. Sie hatte sich rasch von ihrer Ohnmacht erholt und sich entschuldigt, während ihr Mädchen den riesigen Strauß auf zwei Kristallvasen verteilte. Octavia hatte das Ankleidezimmer, wo die Vasen standen, den ganzen Tag gemieden.

Es war keine Karte bei den Blumen gewesen, aber sie wusste, wer sie geschickt hatte, erinnerte sich an die verdorrende Blumenfülle auf Carols Grab am Tag von Kates Gedenkgottesdienst. Sie hatte Angst, wenn sie auch nur einen Moment die Augen zumachte, könnte sie sein Gesicht vor sich sehen. Ihre Angst war etwas durchaus Reales, ein kaltes Tier mit Klauen und einem unmäßigen Appetit.

Carols Gesicht sah sie den ganzen Tag vor sich, ob sie die Augen nun offen hatte oder nicht. Octavia Anderson hegte keinerlei Zweifel daran, dass sie die Nächste war; sie war die Letzte der vier Überlebenden, und die Blumen bestätigten es. Er spielte mit ihr, genoss das Wissen um ihre Angst, und sie kannte den Grund dafür. Während sie schlaflos im Bett lag, plante sie ihre Flucht. Sie hatte nur noch einen Auftritt in Großbritannien, diese sentimentale Schulaufführung, und danach würde sie vier Monate außer Landes sein. Dann, beschloss sie, würde sie untertauchen. Sie hatte ihren ersten wichtigen Plattenvertrag, musste aber nicht zurückkehren, um ihn zu erfüllen; es war eine internationale Plattenfirma. Sie würde erst nach England zurückkehren, wenn er gefasst worden war. Nur noch sieben Tage, dann konnte sie abreisen und war in Sicherheit.

38

Der Dienstag begann als weiterer heißer und dunstiger Tag. Pendler, die nach dem Bank-Holiday-Tag im August nach London zurückdrängten, verfluchten den Hang der Eisenbahnangestellten, ihre Waggons dicht verschlossen das ganze Wochenende über in der Sonne stehen zu lassen.

Minerva Tate litt Höllenqualen auf der kurzen Fahrt von ihrem zweitklassigen Wohnort zur Arbeit bei Wiggenshall's Property Services. Miss Tate sagte nie, dass sie bei einem Wohnungsmakler arbeitete; dafür war Wiggenshall's viel zu exklusiv. Die nach dem Zweiten Weltkrieg gegründete Firma hatte in Fulham einen derart guten Ruf erlangt, dass potenzielle Verkäufer ein Schild von Wiggenshall vor ihrem Haus anstrebten, um zu beweisen, dass sie dazugehörten, auch wenn sie in Kürze weiterzogen. Wenn sie gefragt wurde, bezeichnete sie sich als Immobilieninvestmentberaterin.

Das Wiggenshall-Büro hatte am Wochenende *nie* geöffnet, und ganz gewiss nicht am Bank-Holiday-Montag. Aus diesem Grund warteten ein ansehnlicher Berg Post und ein ganzer Stapel Faxe auf Minerva. Nachdem sie die Kaffeemaschine eingeschaltet hatte und der anregende Duft von kolumbianischer Auslese durch die Räume zog, sortierte sie rasch die Post. Das Fax eines Provinz-Polizeireviers verschaffte ihr einen stimulierenden Augenblick. Sie las es aufmerksam durch, da sie unbedingt etwas über das Verbrechen erfahren wollte, das zu dem Hilferuf geführt hatte, und wollte es schon wegwerfen, als das Bild ihre Aufmerksamkeit erregte.

Der Mann kam ihr bekannt vor. Er war gut aussehend, wie eine kleinere Berühmtheit, was bedeuten konnte, dass sie ihn mit einem ihrer anderen Kunden verwechselte, aber je länger sie hinsah, desto sicherer war sie, dass sie ihn schon einmal gesehen hatte. Er war kein Kunde von ihr, das wusste sie genau, aber vielleicht von Mr. Oliver, dem Geschäftsführer, oder von Jane Simmonds, der anderen Immobilieninvestmentberaterin? Als Mr. Oliver eintraf, meinte auch er, dass das Gesicht ihm vage bekannt vorkomme, und sie waren sich darin einig, dass sie das Fax aufheben sollten, bis Jane am Freitag aus dem Urlaub zurückkam.

Für die Polizei erwies sich der Dienstag als Enttäuschung. Das Team, das in Hotels nachfragte, hatte kein Glück und kehrte verschwitzt und mit wunden Füßen zurück, ohne die geringste Lust, die undankbare Aufgabe am nächsten Tag erneut in Angriff zu nehmen. Es wurde weiterhin in gnadenlosem Tempo gefaxt, telefoniert und mit Maklern gesprochen, wobei Fenwicks Überzeugung, dass sie Rowlands Aufenthaltsort finden könnten und würden, die Triebfeder bildete. Aber der Dienstag brachte keine Resultate.

Sonderbarerweise arbeitete der Assistant Chief Constable fast den ganzen Tag an dem Fall mit und koordinierte die Anstrengungen aller beteiligten Gruppen. Um fünf schaute er bei Fenwick rein und fragte beiläufig (beim ersten Mal war es immer beiläufig), ob er der Meinung sei, dass sie den verschiedenen Ermittlungen das richtige Maß an Aufmerksamkeit zukommen ließen. Als er eine halbe Stunde später zu einer «privaten Begegnung» im Verteidigungsministerium aufbrach, hatte er keine nennenswerten Veränderungen vorgenommen. Aber es standen welche bevor. Fenwick konnte es spüren.

Die forensischen Gutachten über das Haus des Onkels sollten im Lauf des Nachmittags eintreffen. Sie kamen spät – der Kurier hatte einen schlechten Orientierungssinn –, es war schon nach fünf, als sie endlich gebracht wurden. Cooper las sie gerade, als Fenwick zu ihm in den Einsatzraum kam.

«Ah!» Mehr sagte Cooper nicht, aber Fenwicks Puls ging schneller. «Bericht über das Haus. Vor kurzem wurde in der Küche ein Fenster eingeschlagen. Sie haben Blutspuren auf Scheibe und Spüle gefunden. Könnte dasselbe sein wie das auf dem Teppich im Schlafzimmer von Katherine Johnstone.»

«Definitiv?»

«Kommen Sie! Die ursprüngliche Probe war winzig, die Umstände im Haus alles andere als ideal, et cetera. Sie wissen, es ist nie ‹definitiv›, aber so eindeutig, wie die Forensik nur sein kann. Sie schicken es zu einem DNS-Test. Wie auch immer, lesen Sie weiter.»

«Ja!» Diesmal handelte es sich um stille Befriedigung bei Fenwick. «Der teilweise Fingerabdruck von Johnstones Tagebuch – könnte mit denen übereinstimmen, die im Haus gefunden wurden; mehr als zwölf übereinstimmende Punkte selbst bei dem winzigen Fragment.»

«Dann ist er unser Mann, Sir. Bei mindestens einem der Morde ist er unser Mann.»

«Natürlich ist er das, aber wir haben noch nicht genug, um es beweisen zu können. Der Fingerabdruck ist zu klein, und das Blut dürfte vor Gericht nicht ausreichen. Dasselbe gilt für die beiden Identifizierungen anhand des Phantombilds, die ihn mit der Entführung von Deborah Fearnside in Verbindung bringen. Laborbefunde deuten darauf hin, dass er in Johnstones Haus gewesen ist – aber nichts bringt ihn eindeutig mit dem Mord in der Schule in Verbindung. Und es gibt keine Verbindung zu dem versuchten Mord an Leslie Smith. Wir wissen, dass er es ist, aber die Indizien reichen nicht aus. Wir brauchen mehr, und vor allem müssen wir ihn finden.»

In einem ruhigen Reihenhaus in einer gehobenen Wohngegend im Südwesten von London blieb das Licht bis in die frühen Morgenstunden an. Hinter den zugezogenen Vorhängen war ein Schatten zu sehen, der offenbar Pakete von allen Teilen des Hauses in ein Zimmer trug, das man von außen nicht einsehen konnte. Ein zufälliger Beobachter hätte denken können, dass der Bewohner sich auf einen Umzug vorbereitete, aber es war keiner vorgesehen.

39

Der Mittwoch brachte einen Wetterumschwung. Nichts Dramatisches, nur eine kleine Wolke, ein paar Regentropfen, eine zunehmende Brise. Gärtner freuten sich darauf, dass sie ihre Gärten endlich einmal nicht mit dem Schlauch wässern mussten. Das Polizeiteam, das inzwischen als Rowland-Team bezeichnet wurde, nicht mehr als Johnstone-Team, begrüßte den kühlen Hauch.

Die Fußmärsche durch den Norden, Süden und das Zentrum von London hatten keine weiteren Resultate gebracht. Bei Wiggenshall's hatte niemand daran gedacht, die Polizei anzurufen; das Fax wartete in einem kleinen Stapel Post auf Jane Simmonds' Schreibtisch. Sie wurde am Freitag zurückerwartet, aber Minerva war nicht sicher, ob sie es so lange aushalten konnte. Zu einer ärgerlichen Halsentzündung waren eine laufende Nase, ein Reizhusten und rote, tränende Augen gekommen. Sie litt definitiv unter dem Wetter und lief schon jetzt Gefahr, mehr als die maximal empfohlene Dosis Lemsip zu nehmen.

Das Innere der Kathedrale von Chichester erinnerte an einen aufgescheuchten Ameisenhaufen. Die von den Renovierungsarbeiten zurückgebliebenen Gerüste wurden abgebaut und durch die zierlicheren Gerüste für Scheinwerfer und Lautsprecher ersetzt. Im Kirchenschiff und auf dem Triforium wimmelte es von Putzkolonnen und Technikern, von denen jeder den anderen wegen Inkompetenz, Ungeschicklichkeit und Verwüstung der Arbeit, die gerade erledigt worden war, beschimpfte. Durch ein Versehen im Vertrag der Reinigungsfirma waren beide Sparten für denselben Tag bestellt worden; das daraus resultierende Chaos war spektakulär.

Am Ende des Tages hatten die Organisatoren beschlossen, dass die Beleuchtungstechniker mit ihrer Arbeit am Donnerstag fortfahren sollten und man der Putzkolonne Überstunden bezahlen würde, damit sie bis dahin fertig war. Sie hatten kurz mit dem Gedanken gespielt, von der Nutzung des Triforiums abzusehen – es war in einem schrecklichen Zustand –, entschieden sich dann aber doch anders. Die Kathedrale war klein, und sie brauchten jeden Quadratmeter Platz.

Die Änderung der Pläne missfiel einem Angehörigen der Putzkolonne ganz besonders, hatte er sich doch darauf verlassen, dass er wenigstens bis Samstag uneingeschränkten Zutritt zur Kathedrale haben würde. Aber nach einer kurzen Mittagspause war er imstande, seine spezielle Ausrüstung in einer Truhe auf dem Triforium zu verstecken, hoch über dem Treiben am Boden. Um vier war er mit seiner «Arbeit» fertig. In dem allgemeinen Chaos hatte sich keiner über ein weiteres neues Gesicht gewundert.

Die Floristin an der Ring Road hatte noch geöffnet, als er zu seinem Versteck zurückfuhr. Er zögerte einen Moment, dann parkte er und betrat den winzigen, überteuerten Laden. Die Geste war inzwischen fast irrelevant, aber beruhigend und nach wie vor befriedigend. Die Aushilfe hatte schon seltsamere Bestellungen entgegengenommen als die des großen, zerlumpten Kerls mit den Bartstoppeln im Gesicht, aber sie lächelte dennoch, weil selbst bei den Männern, wo man es nie vermutet hätte, eine romantische Ader zu finden sein konnte.

In der *Crime*-Sendung am Mittwochabend bildete der «Fall Rowland» den Aufmacher. Der grausame Mord an der Lehrerin sorgte immer noch für Schlagzeilen, auch wenn es diesmal mehr über Deborah Fearnside zu erzählen gab. Die Produzenten der Serie konnten es kaum erwarten, Fenwick wieder auf Sendung zu haben – Kontinuität mit einer konstanten (und fotogenen) Persönlichkeit gefiel den Zuschauern. Der Assistant Chief Constable war verstimmt, aber zu klug, es sich anmerken zu lassen.

Fenwick brachte die Zuschauer kurz auf den neuesten Stand. Er blieb eisern in der Gegenwart; Carol Truman wurde mit keinem Wort erwähnt, auch nicht die wahre Verbindung zwischen den Frauen.

Aber er zeigte Millionen Fernsehzuschauern das Foto des BMW, ein Fahrrad und Varianten der letzten Phantombilder von Rowland. Die Betonung lag immer noch darauf, dass sie ihn im Zusammenhang mit ihren Ermittlungen «befragen» mussten, aber im Interview gab Fenwick zu, dass Rowland der Mann war, mit dem die Polizei am dringendsten reden wollte, und die Öffentlichkeit ihm sich besser nicht nähern sollte.

Die Reaktionen auf die landesweit ausgestrahlte Sendung waren unterschiedlich. Fenwicks Mutter zeichnete den zweiten Auftritt auf Video auf, obwohl der Inhalt nicht für die Kinder geeignet war; ein halbes Dutzend Polizisten und Polizistinnen, darunter Nightingale, warteten an den Telefonen im Einsatzraum. Leslie Smiths Mann sah sich die Sendung im tragbaren Fernseher in ihrem Krankenhauszimmer an und spürte die Bedrohung draußen im Dunkeln, gegen die der einzelne Polizist vor der Tür nur unzureichenden Schutz bot. Er griff instinktiv nach der Hand seiner Frau, während Tränen hilfloser Wut auf die weiße Bettdecke fielen.

Octavia Anderson hatte den Fernseher im Hintergrund laufen, während sie in ihrem Haus, das ein Innenarchitekt eingerichtet hatte, von Zimmer zu Zimmer ging. Sie hatte seit Sonntag nicht mehr richtig geschlafen, und purpurfarbene Schatten lagen unter ihren Augen – auf einer Haut, die teigig wirkte. Sie sah zur Abwechslung einmal älter aus, als sie war. Im Badezimmer befand sich ein kleiner Vorrat an Schlaftabletten, die kurze Intervalle des Friedens hätten bringen können, hätte sie den Mut gehabt, sie zu nehmen.

Sein Phantombild weckte ihre Aufmerksamkeit, sie machte sich an der Fernbedienung zu schaffen und stelle den Ton lauter. Sein Gesicht blieb lange Zeit eingeblendet. Er hatte sich kaum verändert; sein Hals war kräftiger, die Linien in seinem Gesicht markanter, die Augen die eines Toten – nüchtern, leer, ausdruckslos. In ihrem ängstlichen, fiebrigen Zustand fand sie, dass er gnadenlos vom Bildschirm herüberstarrte, nach ihr Ausschau hielt.

Er hatte sie gefunden, die ständigen Blumengeschenke waren der Beweis. Jetzt spielte er Katz und Maus mit ihr und überlegte, wann er zuschlagen sollte. Es gab eine Zeit, dachte sie, da hätte ich seine Aufmerksamkeit genossen – wir alle. Debbie, Kate, sogar die dumme kleine Leslie – alle, außer Carol, die nichts mitbekam, was wirklich ironisch war. Nach all den Jahren kümmerte er sich endlich um sie – zuerst Debbie, dann Kate und Leslie. Sie war als Einzige übrig.

Octavia erschauerte. Sie war die Letzte, aber warum ließ er sich so lange Zeit? Debbie war im April getötet worden, jetzt war es fast September. Sie machte sich klar, dass morgen der Erste war. Nur noch fünf Tage, dann konnte sie dieses Land für lange, lange Zeit verlassen. Rowlands Gesicht war mittlerweile so bekannt, dass er ihr nicht so einfach folgen konnte. Die Polizei würde ihn schnappen; dann war sie frei.

Diese simplen Gedanken gingen ihr immer wieder durch den Kopf, als würde die ständige Wiederholung sie wahr machen. Fenwicks Gesicht erschien auf dem Bildschirm. Sie stellte den Ton ab und sah ihn kalt an. Konnte er es schaffen? Konnte er es rechtzeitig schaffen? Er war gerissen und trotz seiner Schwächen hart. Inzwischen hatte er alle, nun ja, fast alle Rückschlüsse gezogen und vermittelte den Eindruck, als würden echte Fortschritte gemacht. Oder war das einfach nur gute Öffentlichkeitsarbeit?

Sie hatte ihm keine Hinweise gegeben, er hatte sich alle Antworten selbst erarbeitet. Warum sollte sie nicht einfach den entscheidenden Schritt tun – das letzte Teil des Puzzles für ihn einfügen? Sie schrak sofort vor dem Gedanken zurück, schaltete den Fernseher aus und tigerte wieder durch die leeren Zimmer. Dabei zwang sie sich, ein paar Stimmübungen zu machen.

Es war ungeheuer wichtig, dass sie am Montag in Bestform war. Im Vergleich mit ihren jüngsten Triumphen war das jährliche Konzert gar nichts, eine unbedeutende lokale Angelegenheit. Aber es war ihre Gelegenheit, ihnen allen zu zeigen, dass sie es geschafft hatte.

Sie kehrte als der Star zurück, *der* Star, auf ihre Bitte hin. Kate Johnstone war erstaunt gewesen, als sie die Einladung angenommen hatte, aber Kate hatte sie nie verstanden. Ihre, Octavias, Rückkehr nach Hause war der endgültige Beweis dafür, dass die Opfer, die unmöglichen Entscheidungen, die dennoch getroffen worden waren, der Verzicht auf Freundschaften und die Einsamkeit allesamt gerechtfertigt gewesen waren. In der Kindheit hatte sie häufig solche Träume und Phantasien gehegt. Jetzt sah sie den Augenblick des Triumphs in der Kathedrale klar und deutlich vor sich.

In diesem Augenblick wurde ihr mit unumstößlicher Gewissheit klar, warum er so lange wartete, warum er sie bis zum Schluss übrig gelassen hatte. Es war die Gelegenheit zu einer öffentlichen Darbietung, und die würde er sich nicht entgehen lassen. In der Kathedrale hatte er den richtigen Anlass, den besten Zeitpunkt, sie zu töten. Nein, sie hinzurichten für das, was sie seiner Meinung nach getan hatte.

Heftig zitternd stützte sie sich an der Wand ab. Sie vergewisserte sich nicht mehr, ob alle Türen abgeschlossen waren; er würde weder heute noch morgen Nacht kommen. Er würde bis Montag warten und in der Kathedrale zuschlagen. Wie eine alte Frau schleppte sie sich nach oben und ließ sich angezogen aufs Bett fallen. Sie sah sich vor eine klare Entscheidung gestellt: ihren Auftritt abzusagen oder weiterzumachen; beides kam nicht in Frage. Sie lag eine weitere Nacht wach, wälzte sich herum und suchte nach einem Ausweg aus dem Dilemma.

Miss Purbright erzählte jedem, der es hören wollte, dass sie *niemals* fernsah, da ihr Leben so erfüllt und abwechslungsreich sei. Unangemeldete Besucher (von denen es jämmerlich wenige gab) hätten jedoch unweigerlich festgestellt, dass das Gerät in der Küche eingeschaltet war, wann immer sie auch vorbeikamen. Sie hatte eine ganze Reihe Ausreden für dieses Phänomen parat – sie brauchte den Wetterbericht für die Schafe; sie durfte eine wichtige Nachrichtensendung nicht verpassen; ihre Lieblingssendung war gerade zu Ende gegangen.

In Wahrheit war sie fernsehsüchtig. Obwohl sie allein lebte, seit ihr Vater gestorben war, war sie nicht aus dem Holz, aus dem man Einsiedler schnitzt. Sie sehnte sich nach gemeinsamen Cafébesuchen am Vormittag und Bingo, nach Sonntagsausflügen und Nachbarschaftsklatsch, aber das hätte sie nie zugegeben, am allerwenigsten sich selbst gegenüber. Stattdessen kultivierte sie eine erstaunlich wirksame Fassade des Exzentrischen, des Interesses an Land- und Gartenarbeit.

So kam es, dass Miss Purbright die *Crime*-Sendung verfolgte, während sie vor dem großen Küchentresen ihre Socken stopfte. Sie liebte diese Sendungen über wahre Verbrechen, und ihr gefiel nichts besser als eine gute Mord-Rekonstruktion. Sie hatte den Fall verfolgt, weil

Miss Johnstone eine Lehrerin gewesen war, was sie selbst einmal hatte werden wollen, und zu ihrer gelinden Überraschung war er immer noch nicht aufgeklärt. Aber er war ein gut aussehender Polizist, hübsch und realistisch. Sie war sicher, dass er den Täter finden würde.

Das Foto des BMW löste eine Erinnerung aus, aber sie achtete nicht darauf. Dann wurden die Bilder gezeigt, eins nach dem anderen, und da bekam sie Magenflimmern. Sie hatte diesen Mann gesehen, den Mann im Fernsehen, den sie im Zusammenhang mit nicht weniger als drei schweren Verbrechen suchten. Aber *wo* hatte sie ihn gesehen? Sie ging die Begegnungen der letzten Zeit durch, vermochte das Gesicht im Fernsehen aber nicht einzuordnen.

Sie grübelte weiter darüber nach, bis sie vor dem Zubettgehen ihren übergewichtigen Labrador hinausließ und bei der Gelegenheit daran dachte, dass sie dem jungen Paar, das in der Hütte Urlaub machte, einen Besuch abstatten musste. Dieser Gedanke half ihrem Gedächtnis endlich auf die Sprünge. Der Mann hatte die Hütte gemietet – sie konnte sich nicht erinnern, wann oder was sie miteinander gesprochen hatten, aber sie hatte ihn dort gesehen. Sie sah ihn noch immer deutlich vor sich, wie er an der Tür stand und ihr den Blick ins Innere versperrte. Er hatte viel dicker gewirkt als der Mann, den sie im Fernsehen beschrieben, aber sie war sicher, dass er es gewesen war.

Miss Purbright rief den Hund früh ins Haus zurück, und das verwirrte, aber fügsame Tier gehorchte. Mit zitternder Hand griff sie nach der *Radio Times*, die sie wie immer zwischen die Sesselkissen geschoben hatte, damit niemand sie sah. Die Telefonnummer der *Crime*-Sendung stand darin, und sie wählte sie mit zittrigen Händen.

Es gab einen potenziell wichtigen Zuschauer, der die Sendung verpasste und hinterher genügend Grund hatte, es zu bedauern. Aber er war zu sehr mit seinen Vorbereitungen und Aufräumarbeiten beschäftigt. Außerdem war er sich seiner Anonymität so sicher, dass er weder Rundfunk- und Fernsehnachrichten verfolgte noch Zeitung las, was sich ebenfalls als schwerwiegender Fehler erwies.

Am Donnerstag arbeiteten mehr als fünfzig Polizisten in mittlerweile vier Grafschaften ganztags an dem Fall. Die Suche nach Rowlands Unterschlupf im Süden von London ging erfolglos weiter. Erschöpfende Befragungen in den Geschäften und Läden rund um Victoria Station hatten keine weiteren Hinweise gebracht.

Fenwick blieb in der Einsatzzentrale, die ins Präsidium verlegt worden war, sobald der Assistant Chief Constable aufrichtiges Interesse an dem Fall entwickelt hatte. Obwohl es nicht mehr zu seiner Aufgabe gehörte, alle Aktennotizen über den Fall zu lesen, las er die Berichte und Akten immer wieder und suchte nach Hinweisen und Verbindungen, die die anderen möglicherweise übersehen hatten. Er fand nichts.

Gegen halb elf erhielt er zu seiner Überraschung einen Anruf von Octavia Anderson. Ihre wunderbare Stimme klang trocken und rau und ungewöhnlich nervös. Sie müsse dringend mit ihm sprechen, sagte sie, und werde in etwas mehr als einer Stunde bei ihm sein.

Diese Ankündigung machte Fenwick noch unruhiger. Er unternahm einen langen Spaziergang zum Friedhof, auf dem er an der Schule vorbeikam. Stille herrschte hinter den dicken Mauern und Brüstungen, das Gebäude wartete auf den Ansturm des neuen Schuljahrs. Der Friedhof lag trocken und still im Septembersonnenschein. Seit dem Tag, an dem Leslie Smith überfahren worden war, hatte es nicht mehr richtig geregnet, und das Gras, das vor wenigen Wochen noch saftig gewesen war, hatte eine staubige Khakifarbe angenommen; dazwischen einige wenige hellgrüne Stellen, wo Gräber liebevoll gegossen worden waren oder im Schatten von Bäumen lagen.

Er ging wie von selbst zu Carols Grab. Als er näher kam, sah er den scharlachroten Farbtupfer auf dem ausgetrockneten Gras. Ihr Grab bildete eine einzige Masse roter Blumen. Die Floristin hatte nicht mehr genügend Rosen gehabt, daher hatte sie die Bestellung mit Nelken, dunkelroten Chrysanthemen, die nach Leichenhalle rochen, und Lilien ergänzt. Fenwick bezweifelte, dass Rowland die traurige Wirkung gewollt oder geschätzt hätte. Die Blumen stellten keineswegs einen trotzigen Ausdruck der Liebe dar, sondern genau das, was sie waren, ein Andenken an ein lange totes Mädchen.

Die Blüten waren noch frisch. Manche, die im Schatten des Grabsteins, hatten noch Tröpfchen von Feuchtigkeit auf den perfekten

Blütenblättern – Tau vom frühen Morgen, vielleicht sogar vom Spray der Floristin. Keine Karte, kein Hinweis, wer sie bestellt hatte. Fenwick bückte sich und hob eine rote Rose auf, die am Rand des Grabes steckte und noch frisch war. Er brach den langen Stiel fünf Zentimeter unter der Blüte ab und steckte sie sich behutsam ins Knopfloch, dann trat er den Rückweg an.

Die Aktivitäten in der Kathedrale hatten sich nach der anfänglichen Hektik etwas beruhigt. Die Reinigungsarbeiten waren beendet, der hallende Raum blieb ganz den Beleuchtern überlassen. Ein großer, dunkelhaariger Mann ging mit stiller Selbstsicherheit und Kompetenz zwischen ihnen umher. Sein langes ungekämmtes Haar und die Bartstoppeln waren eine unbeabsichtigte Tarnung, erweckten sie doch den Anschein achtloser Vernachlässigung des eigenen Äußeren, nicht den einer Verkleidung. Sie reichten aus, dass er sich unbehelligt in der Kathedrale aufhalten konnte.

Rowland unternahm mit seinem umgebauten Werkzeugkasten mehrere Ausflüge auf das Triforium. Jedes Mal versteckte er verschiedene, halbherzig getarnte Ausrüstungsgegenstände in der Eichentruhe, deckte sie mit alten Kleidungsstücken und Seilen ab und achtete darauf, dass alles so aussah, wie er es vorgefunden hatte. Am Donnerstagabend um elf war er bereit. Er hatte Fluchtwege ausgekundschaftet und seine Sichtverhältnisse unter Berücksichtigung der Trompeter geprüft.

Er kehrte in seine Unterkunft zurück, duschte, rasierte sich, schnitt sich die Haare und fühlte sich zum ersten Mal seit Monaten entspannt und frisch. Er beschloss, auszugehen und sich vor dem Essen in einem Pub am Stadtrand noch ein frisch gezapftes Bier zu gönnen. Er bemerkte weder die neugierigen Blicke des Wirts noch das Murmeln der Kellnerin. Die Vorbereitungen in der Kathedrale waren minutiöse, anstrengende Arbeit gewesen, unter dem konstanten Risiko, entdeckt zu werden. Er fand, dass er sich etwas Entspannung gönnen konnte, bevor der Countdown begann.

Er nahm sein Glas mit in den Biergarten und setzte sich im spitzen Winkel zur Sonne, mit dem Rücken an einer Rauputzwand, wo hellrote Beeren die Sommersonne aufsogen. Bienen summten um ein paar verspätete Lavendelblüten, der Verkehr in der Stadt beschränkte sich auf ein leises Summen. Er döste.

Als sich eine Katze an seinem Bein rieb, schreckte er aus seinem Schlummer hoch und griff instinktiv nach dem Messer, das er im Gürtel stecken hatte. Das Bier, das er nicht angerührt hatte, war schal geworden. Er schüttete es über die Mauer hinter sich und beschloss, noch ein kleines zu bestellen, um sich zu erfrischen.

Er ging instinktiv leise und nahm seinen Werkzeugkasten mit. So entspannt er war, er öffnete die Tür dennoch vorsichtig. Gesprächsfetzen von der Bar drangen zu ihm herüber. Er hatte drei Schritte in den Durchgang zwischen Tür und Schankraum gemacht, als er wie angewurzelt stehen blieb.

«... nein, ganz sicher bin ich nicht, dass er es ist, aber er sieht ihm ähnlich ... etwa eins neunzig groß, ja dunkelhaarig ... sieht nicht jünger aus als auf Ihrem Bild.»

Rowland drückte sich an die Wand und atmete tief und gleichmäßig. Plötzlich war ihm klar, was für ein Narr er gewesen war, einfach davon auszugehen, dass die Polizei nicht wusste, wer er war. Wie hatte er nur herumspazieren und eindösen können – so dass der dicke Wirt Zeit hatte, seinen Mut zusammenzunehmen und die Polizei anzurufen! In völliger Stille machte er kehrt, verfolgte das Gespräch an der Bar aber weiter.

«... ja, immer noch hier im Garten.» Er spürte, wie sich der Mann zu dem Durchgang umdrehte, und erstarrte, weil ihm bewusst war, dass die Sonne den Schatten seiner Beine und des Werkzeugkastens auf den Boden warf. Der Schatten hatte eine abstrakte, nicht menschliche Form. Wenn er reglos blieb, fiel er vielleicht nicht auf. Wenn doch, blieb ihm keine Wahl, als den Mann zu töten, falls er nachsehen kam. Er spannte die freie Hand, um sich auf den Schlag vorzubereiten.

Der Augenblick verging. Er hörte, wie sich der Mann wieder umdrehte; seine Stimme wurde leiser. Rowland schlich in den Garten hinaus, bückte sich, um sein Glas abzustellen, besann sich und verstaute es in dem fast leeren Werkzeugkasten. Den rauen Holzstuhl wischte er samt dem Tisch mit dem Ärmel ab. Dann ging er zu der schwarzen Tür zurück und wischte hastig auf beiden Seiten Lack und Klinken ab. Er konnte sich nicht erinnern, ob er sich an die Bar gelehnt hatte, aber an der Eingangstür würden sich seine Fingerabdrücke mit Sicherheit finden lassen.

Als er hineinschaute, sah er, wie der Wirt den Hörer auflegte und zu dem Durchgang lief. Rowland rannte zu dem Escort und fuhr weg. Das Auto musste er loswerden. Er würde es zu einer entlegenen Stelle fahren und anzünden. Seine finanziellen Mittel schwanden erschreckend schnell dahin, aber er hatte immer noch mehr als genug, um die nächsten Tage zu überstehen. Und für die Zeit danach hatte er keine Pläne, für die er Geld brauchte. Sein dringendstes Anliegen war es, den letzten Rest seiner Ausrüstung und seiner Vorräte aus London zu holen und unterzutauchen.

In Richmond quälte sich Minerva im Büro von Wiggenshall's durch den Vormittag, aber um die Mittagszeit war ihr hoffnungslos unwohl, und sie war allein in der Agentur. Sie konnte kaum sprechen, und Fieber färbte ihren Teint purpurrot. Es waren den ganzen Vormittag Besucher im Büro gewesen, und für den Nachmittag waren zahlreiche Termine vereinbart worden; sie konnte nicht einfach abschließen und nach Hause gehen.

Verzweifelt wählte sie Janes Nummer. Sie sollte zwar erst am Freitag zurückkommen, aber es bestand ja die Möglichkeit, dass sie ihren letzten Urlaubstag zu Hause verbrachte. Zu ihrer Erleichterung meldete sich Jane. Es erforderte ein wenig Überredungskunst, aber allein Minervas Stimme reichte aus, Jane zu überzeugen. Sie würde kommen. Minerva segnete sie und zählte die Minuten bis zu ihrer Ankunft.

40

Fenwick hatte Octavia Anderson gerade im Präsidium begrüßt, als er die Nachricht vom Anruf des Wirts in Chichester erhielt. Das dortige Polizeirevier hatte bereits ein Team hingeschickt, und er gab dem befehlshabenden Inspector eine kurze Beschreibung von Rowland und ermahnte ihn, wie gefährlich der Mann war. Es verwirrte ihn, dass Rowland sich so weit im Süden aufhielt, und ihm graute vor den politischen Konsequenzen der für die Suche in London vergeudeten Stunden. Wenn die Person im Pub wirklich Rowland war, würde er die Suche verlagern und dringend die dortige Polizei instruieren müssen. Er würde sich nicht beliebt machen.

Er kehrte zu Octavia zurück. Sie sah schrecklich aus – nervös, müde und durch und durch ängstlich. Er versuchte zu lächeln, aber sie achtete nicht darauf.

«Andrew, ich musste Sie sehen. Am Telefon konnte ich nicht reden; es könnte abgehört werden.»

Fenwick zog fragend eine Augenbraue hoch, sagte ihr aber nicht, dass er sein Büro, sein Haus und das Auto seit über einem Monat regelmäßig auf Wanzen untersuchen ließ.

«Es ist mein Ernst. Sie kennen ihn nicht. Er ist sehr gut in dem, was er tut.»

«Ich dachte, Sie kennen ihn auch nicht – jedenfalls schon lange nicht mehr.»

«Das stimmt auch, aber ich bin ihm im Lauf der Jahre zweimal begegnet – durch reinen Zufall. Ich kann einschätzen, wann jemand kompetent ist und Macht hat.»

«Was müssen Sie mir sagen?»

Sie sah ihn mit starren Lippen an und brachte keinen Ton heraus. Jetzt, da der Augenblick gekommen war, konnte sie die Worte nicht aussprechen, die alles real machen würden.

«Er wird versuchen, mich zu töten. Ich weiß ... ich ...»

«Wir haben uns schon darüber unterhalten. Vor zwei Tagen erst waren Sie fest entschlossen, unabhängig zu bleiben! Warum sind Sie jetzt hier?»

«Jedenfalls nicht, um zu diskutieren, Andrew! Es ist ernst. Er wird mich töten, und ich weiß auch, wann und wo.» Sie machte eine Pause und hob die Hand zu einer halb flehentlichen, halb nachdrücklichen Geste. Sie hatte ihr Publikum.

«Er wird es am Montag versuchen, in der Kathedrale von Chichester.»

Fenwick warf einen Blick auf die Nachricht auf seinem Schreibtisch, von der Polizei in Chichester. Sie waren zu einer Routineüberprüfung zu dem Pub unterwegs. Er bezweifelte, dass sie bewaffnet waren.

«Bitte entschuldigen Sie mich einen Moment.» Er verließ das Zimmer, rief Cooper und bat ihn, schnellstens nach Chichester zu fahren und, dort angekommen, extrem vorsichtig vorzugehen. Bayliss' Worte fielen ihm wieder ein: «Lassen Sie Ihre Jungs nicht mit Holzknüppeln gegen ihn antreten.»

Es kostete ihn zwanzig Minuten, den Assistant Chief Constable zu überreden, dass er die Genehmigung erteilte, in Chichester von Schusswaffen Gebrauch zu machen. Danach kehrte er in sein Büro zurück.

«Wie *können* Sie es wagen!», fuhr Anderson ihn an. «Ich erzähle Ihnen, dass mein Leben in Gefahr ist, und Sie spazieren einfach davon und lassen mich wie eine verdammte Närrin hier sitzen.» Sie hatte sich in eine spektakuläre Wut hineingearbeitet, aber Fenwick hatte genug von ihrer Melodramatik und ihrem Zwang, im Mittelpunkt zu stehen.

«Seien Sie still, Octavia. Ihr Leben ist in diesem Augenblick nicht in Gefahr, das anderer möglicherweise schon. Denen gilt meine erste Sorge, nicht Ihnen.»

Sein Tonfall machte sie sprachlos.

«Wir haben in der vergangenen Stunde Meldungen erhalten, dass Rowland sich in Chichester aufhält. Wir haben sie behandelt wie alle anderen auch, die sich als Fehlalarme entpuppt haben. Mit dem, was Sie jetzt sagen, ist aus der Möglichkeit eine Wahrscheinlichkeit geworden, und ich musste die Leute warnen. Jetzt können wir uns wieder um Sie kümmern. Warum sind Sie so sicher, dass es am Montag soweit sein wird – und ausgerechnet in der Kathedrale?»

Kalt schilderte Octavia ihre Überlegungen der vergangenen Nacht. Für Fenwick hörte es sich weit hergeholt und unwahrscheinlich an; es entsprang eindeutig ihrer Überzeugung, dass das Leben eine konstante Darbietung war. Würde Rowland sich wissentlich einer solchen Gefahr aussetzen, nur um Anderson in der Öffentlichkeit anzugreifen? Dann fiel ihm ein, dass Bayliss Rowland als einen Mann beschrieben hatte, der seine Mordserie nicht mit einem Autounfall beschließen würde.

«Wie schnell können Sie Ihren Auftritt absagen? Es sind nur noch vier Tage, das heißt, die Veranstalter werden nicht viel Zeit haben, Ersatz zu finden.»

«Ich werde nicht absagen – ich mache weiter. Ich habe gründlich darüber nachgedacht, Andrew. Wenn ich den Auftritt absage, bin ich dadurch nicht in Sicherheit. Er wird immer noch da draußen sein und auf mich warten. Wenn nicht bei diesem Auftritt, dann wird er versuchen, mich beim nächsten zu töten oder beim übernächsten. Meine Karriere basiert auf öffentlichen Auftritten. Wollen Sie, dass ich mein Leben in Tonstudios verbringe? Wie soll ich für meine Arbeit werben? Ich habe gerade meinen ersten wichtigen Plattenvertrag unterschrieben – je länger ich gewartet habe, desto wertvoller wurde ich. Ich habe vor, im Herbst eine Reihe hochkarätiger Auftritte zu absolvieren und Anfang nächsten Jahres aufzuzeichnen. Nach der öffentlichen Aufmerksamkeit, die mir zuteil werden wird, werde ich *der* Star sein. Mein Agent und ich haben alles geplant: zahlreiche, qualitativ hochwertige Auftritte in den nächsten drei Monaten und absolut *keine* Aufnahmen – das ist die Bedingung in all meinen Verträgen.»

Sie war die perfekte Söldnerin. Die anfängliche Angst war eisenharter Berechnung gewichen. Auf einer Ebene war die Gefahr für

Leib und Leben nur ein Ärgernis für sie, das es aus dem Weg zu räumen galt. Und dafür brauchte sie ihn. Für einen Augenblick bekam Fenwick uneingeschränkten Einblick in die Manipulationen, Listen und Winkelzüge, die ihren Erfolg ausmachten.

Sie diskutierten lange über die Risiken und Vorteile ihres Auftritts. Fenwick bestand darauf, dass sie ihn absagen sollte, musste aber eingestehen, dass er keine Möglichkeit hatte, sie dazu zu zwingen; und wenn er ihr Polizeischutz verweigerte und sie trat auf und wurde getötet – er wagte nicht, daran zu denken.

Er ging sich mit dem Assistant Chief Constable besprechen, um festzustellen, wie viel Lust der verspürte, den Auftritt zu untersagen.

«Lächerlich, Fenwick! Er wird nie und nimmer einen Angriff an einem derart öffentlichen Ort inszenieren. Seine anderen Verbrechen hat er heimlich und verstohlen begangen. Er hat zugeschlagen, ohne eine Spur zu hinterlassen. Warum sollte er sich in Gefahr begeben und in die Öffentlichkeit gehen? Das ist Unsinn – die Frau hat eine zu rege Phantasie; so sind sie, diese Künstlertypen. Ich will zugestehen, dass sie das nächste Opfer sein könnte und dass es *Ihr* Job ist», er zeigte mit dem Finger auf Fenwick, «dafür zu sorgen, dass sie am Leben bleibt. Aber wenn sie auf dem Auftritt besteht, soll sie. Dort wird er garantiert nicht zuschlagen. Dort wird sie sicherer sein als anderswo, denken Sie an meine Worte. Und die Peinlichkeit, dass die Polizei den Auftritt absagt, wo selbst sie darauf besteht ... Nein. Das sind Hirngespinste.»

Fenwick argumentierte lange und erbittert. Er hatte Verständnis für den Standpunkt des anderen – die Logik gebot, dass Anderson sich irrte –, aber sein Instinkt und die zunehmende Einsicht in Rowlands Verhalten veranlassten ihn, ihr zuzustimmen.

Die Diskussion wurde immer hitziger, bis der Assistant Chief Constable Fenwick schließlich anbrüllte: «Nein! Nur wenn sie selbst darauf besteht, dass der Auftritt abgesagt wird. Haben Sie verstanden? Sie können Ihre Bedenken verdammt noch mal aktenkundig machen und dann mit Ihrer Suche nach Rowland fortfahren. Es wird Zeit, dass Sie wieder anfangen, wie ein Polizist zu denken und nicht wie ein Theateragent.»

Erst auf dem Weg die schmucklosen Treppen hinunter, auf dem

Weg zurück zu Anderson, fiel Fenwick ein, dass die Frau des Assistant Chief Constable im Organisationskomitee sowohl des Konzerts wie auch des Wohltätigkeitsvereins saß, der von der Aufführung profitieren würde. Er tat den Gedanken, dass das die Entscheidung seines Vorgesetzten in irgendeiner Weise beeinflusst haben könnte, als unwürdig ab.

In seinem Büro betonte Anderson noch einmal die Vorteile, die ihr Auftritt hätte: Es wäre eine sorgsam geplante Falle; sie wäre der Köder. Jetzt waren sie Rowland einen Schritt voraus. Sie konnten ihn überlisten und fassen.

«Ich kann nicht weiterleben, solange er auf freiem Fuß ist, Andrew. Jedes Mal, wenn ich eine Bühne betreten oder aufstehen würde, um zu singen, würde ich mir Gedanken machen, warten. Ich möchte, dass es vorbei ist.»

Fenwick schwieg. Schließlich ging er zu Octavias Stuhl und nahm ihre Hände in seine. Die Berührung hatte immer noch die Macht, ihn erschauern zu lassen, und er erlebte den Kitzel lustvoller Erinnerungen, als ihre langen weißen Finger die Innenseite seiner Handgelenke streiften.

«Sind Sie sicher? Ich kann für nichts garantieren. Wir könnten hundert Männer dort aufstellen, und er könnte dennoch gefährlich sein.»

«Ich bin sicher.» Eine Art leuchtende Vorfreude funkelte in ihren Augen.

In seinen Jahren bei der Polizei hatte Fenwick noch nie eine sichere Unterkunft arrangieren müssen, aber der Assistant Chief Constable organisierte alles reibungslos, nachdem er Fenwick an die Kosten des Polizeischutzes im Vergleich zu der Miete, die Anderson ohnehin zahlen musste, erinnert hatte. Anderson wurde mit einem Polizeiwagen transportiert. Sie besaß die Geistesgegenwart, einen Koffer mitzubringen. Nightingale wurde zu dem sicheren Haus beordert, um dort bei ihr zu bleiben. Der Assistant Chief Constable war hin- und hergerissen zwischen Gefallen an der zunehmenden Komplexität des Falls, dank deren er sein Organisationstalent in vollem Umfang zur Schau stellen konnte, und Sorge wegen der immensen Kosten. Nach einer kurzen

Unterredung genehmigte er die Fortsetzung der Suche im Süden Londons für vierundzwanzig Stunden, aber Fenwick wusste, dass das seine letzte Chance war und wer die Schuld an der Verschwendung von Zeit und Arbeit in die Schuhe geschoben bekommen würde.

Er saß im Einsatzraum und biss in ein Sandwich mit Avocado und Schinken, als ihm die Aufregung an einem der Schreibtische auffiel. Bevor er nachfragen konnte, kam ein junger Beamter, ein dünnes Blatt Papier schwenkend, zu ihm gelaufen.

«Aus Richmond. Sie glauben, sie haben Rowlands Unterschlupf gefunden. Sie haben mit dem Mädchen vom Maklerbüro gesprochen – Wiggenshall's –, und sie ist sicher, dass sie einem Mann, auf den Rowlands Beschreibung passt, vor vier Monaten eine Wohnung vermietet hat.»

«Das Mädchen» – Jane – hatte die Telefonnummer auf dem Fax nicht beachtet, sondern eine alte Freundin bei der städtischen Polizei angerufen. Nachdem sie mehrmals weiterverbunden worden war, hatte sie schließlich mit dem Detective gesprochen, der die Bedeutung ihrer Geschichte sofort begriffen hatte. Fenwick stimmte sich mit der dortigen Kripo über die weitere Vorgehensweise ab. Ein Detective Inspector Harrington bekam den Oberbefehl in Richmond; Fenwick konnte vor dem Assistant Chief Constable mit ihm sprechen, der über den Durchbruch in Kenntnis gesetzt wurde, und übernahm die Koordination zwischen den beiden Revieren.

«Harrington? Fenwick hier. Wie ist die Situation?»

«Wir sind gerade mit der Vernehmung fertig, haben sie aber gebeten zu bleiben – wir dachten, Sie wollten vielleicht selbst mit ihr reden. Sie ist hundertprozentig sicher, dass es sich bei dem Mieter um Rowland handelt, kein Zweifel möglich. Ich wollte gerade zwei Wagen zu der Adresse schicken – keine Bange, Überwachung, mehr nicht.»

«Sagen Sie den Männern, sie sollen vorsichtig vorgehen. Wenn das sein Stützpunkt ist, brauchen Sie eine bewaffnete Überwachung. Der Mann ist äußerst gefährlich – es würde ihm nichts ausmachen, einen oder alle Polizisten umzubringen. Und wir wollen nicht, dass er gewarnt wird.»

«Unser Assistant Commissioner spricht gerade mit Ihrem Assistant

Chief Constable. Ich habe den Eindruck, dass sie sich über einen Großeinsatz einig sind – der von hier aus koordiniert wird. Bleiben Sie dran ...»

Fenwick hörte im Hintergrund eine gedämpfte Unterhaltung.

«Ja. Ich habe Anweisung erhalten, nur erste Schritte einzuleiten – die Überwachung einrichten, die Gegend räumen, keine Uniformen, alles still und leise.»

«Ich mache mich sofort auf den Weg. Mit etwas Glück bin ich in einer, anderthalb Stunden bei Ihnen. Versuchen Sie, nicht ohne mich anzufangen.»

Das Beobachtungsteam war kurz nach 13.30 Uhr in Position. Zwei Beamte saßen in einem Zivilfahrzeug gegenüber dem hübschen Reihenhaus, das das Maklerbüro genannt hatte. Die beiden anderen trennten sich; einer bezog Stellung im Lagerraum über einem Pub mit Fenster, von dem aus man die Straße zu dem Mietshaus und die Eingangstür überblicken konnte, der andere bestellte ein Bier und setzte sich an einen der Holztische auf dem Bürgersteig. In dem Pub war viel los, Gruppen mittäglicher Besucher lehnten an der Hauswand und versperrten den Bürgersteig. Während der beobachtende Beamte langsam sein Bier trank, gab sein Kollege in Zivil den Gästen den Rat, die Straße zu räumen.

Kurz nach zwei kam ein Mann und betrat das Haus durch die Vordertür. Die Einheit meldete es über Funk und erhielt den Befehl, nichts zu unternehmen, bis bewaffnete Verstärkung eintraf. Ein ganzer Trupp bewaffneter Scharfschützen war vom örtlichen Polizeirevier aufgebrochen und sollte innerhalb der nächsten zwanzig Minuten eintreffen. Fenwicks Fahrer, der in den Vororten von London schon halsbrecherische siebzig Stundenkilometer fuhr, gab noch einmal Gas. Auf dem Rücksitz kniff Constable Douglas Adams, der seit dem Anschlag auf Leslie Smith dem Fall zugeteilt war, die Augen zu und klammerte sich am Handgriff der Beifahrerseite fest, als das Auto erneut trotz roter Ampel um eine Kurve raste.

Die Scharfschützen verspäteten sich. Beim Beobachtungsteam wuchs die Spannung; der Drang, etwas zu unternehmen, stand im Widerstreit mit der Angst, die sie alle verspürten, da sie unbewaffnet wenige Meter von einem mutmaßlichen Serienmörder und dessen

Waffenarsenal entfernt waren. Die Anweisungen der Einsatzleitung waren knapp und präzise: Bleibt, wo ihr seid; keine Heldentaten. Minuten vergingen. Ein Anruf wurde durchgestellt, wonach die Scharfschützen so gut wie da waren und von der Einsatzleitung auf den Hof hinter dem Pub dirigiert wurden. Im Haus war keinerlei Bewegung zu sehen.

Rowland ging systematisch durch das Haus und teilte seine Habseligkeiten in zwei Gruppen ein – mitnehmen oder vernichten. Er zürnte sich wegen seiner Sorglosigkeit. Er hatte sich ganz darauf konzentriert, die Morde vorzubereiten, und darüber die Gefahr, die von den Ermittlungen der Polizei ausgehen konnte, vollkommen vergessen. Zu seiner Überraschung hatte er sie unterschätzt, hatte geglaubt, seine sorgfältige Planung würde dafür sorgen, dass er anonym bleiben konnte, bis alles vorbei war. Er hatte sich nicht einmal die Mühe einer Verkleidung gemacht, aber das würde sich jetzt ändern müssen. Wenigstens war er weitsichtig genug gewesen, Vorräte mitzubringen. Irgendwie hatte ihn die Polizei identifiziert und – er erfuhr es zu seiner Verblüffung, als er sich schließlich eine Zeitung kaufte – den Zusammenhang zwischen den drei Anschlägen hergestellt. Das änderte alles. Er hatte seinen Unterschlupf in Chichester geräumt, das Auto zerstört und sich gezwungen, ruhig zu bleiben und ein neues zu kaufen, einen Cavalier, den er unbemerkt durch den glücklicherweise spärlichen Mittagsverkehr steuern konnte.

Er musste das Schlimmste annehmen; wenn seine Identität bekannt war, bestand auch die Möglichkeit, dass die Polizei seine Londoner Adresse kannte. Auf der Rückfahrt nach London hatte er kurz überlegt, alles in dem Haus aufzugeben, aber es war noch zu viel dort, das er brauchte. Es war riskant, aber wenn der Weg frei zu sein schien, würde er hineingehen.

Er hatte den Cavalier in einem ziemlich vollen Parkhaus abgestellt, sicher, dass sich darin keine Fingerabdrücke finden würden, und sich dem Haus zu Fuß genähert. Er hatte es einmal umkreist, alle Ausgänge überprüft und sich vergewissert, dass die unauffällige Triumph Trophy, die er hier versteckt hatte, sich noch an Ort und Stelle befand. Auf der anderen Straßenseite parkten Autos Stoßstange an

Stoßstange. Nur in zweien saßen Leute. Ein Mann im Blaumann schien auf seinen Kollegen zu warten, der am Zeitungskiosk Zigaretten kaufte. In dem zweiten Auto waren ein Mann und eine Frau in eine ernste Unterhaltung verstrickt.

Zielstrebig ging er durch das Haus, sammelte alles Wichtige ein und warf den Rest in der Küche auf einen Haufen. Alle paar Minuten sah er auf die Straße hinaus; das Pub war so gut wie menschenleer, es herrschte kein Verkehr auf der Straße. Der Wagen der Handwerker auf der anderen Straßenseite war weggefahren, aber das Paar saß immer noch da und beobachtete sein Haus.

Sein Puls ging schneller, und er beeilte sich noch mehr. Ihm blieb keine Zeit mehr, das Haus richtig zu räumen, was ihm die nächste Entscheidung noch leichter machte. Auf dem Küchentisch formte er in aller Hast ein bizarres Vogelnest aus Plastik, Klebeband und Kabeln. Dann nahm er einen großen Koffer auf, rückte den Rucksack zwischen seinen Schultern zurecht und bereitete sich darauf vor, das Haus zu verlassen.

Fenwick und die Scharfschützen trafen im Abstand von wenigen Augenblicken auf dem Hof hinter dem Pub ein. Inspector Harrington war bereits da. Die Scharfschützen wurden sofort auf den umliegenden Dächern postiert; eine Gruppe wurde losgeschickt, um die Straße hinter den Reihenhäusern im Auge zu behalten. An beiden Enden der Straße, vom Haus aus nicht zu sehen, waren Straßensperren errichtet worden. Fenwick sah zu und versuchte sich durch ihre Sicherheit und Tüchtigkeit trösten zu lassen, durch die völlige Stille, in der sie ihre Posten bezogen. Er gab sich große Mühe, die Warnung von Bayliss zu vergessen.

Später konnte er sich an das erinnern, was danach geschah, aber er las die Akten und Augenzeugenberichte so lange, bis es ihm unmöglich war, die Elemente seiner persönlichen Erinnerung von den offiziellen Aufzeichnungen zu unterscheiden.

Sie hatten den unbewaffneten Beamten gerade durchgegeben, dass sie den Schauplatz verlassen sollten, die letzten Scharfschützen hatten gemeldet, dass sie ihre Stellungen bezogen hatten, als sich die Ordnung in völliges Chaos verwandelte. Hinter den Reihenhäusern heulte ein Motor auf. Ein schwarzes 1200er Motorrad schoss aus der schmalen Gasse, die Auspuffrohre schlugen Funken an den Mauern, der Fahrer hatte sich tief über den Lenker gebeugt.

Die Scharfschützen zögerten, da der Ruf «Nicht feuern» in ihren Kopfhörern hallte. Der Motorradfahrer raste direkt auf die Straßensperre zu. Zwei Autos und sechs Polizisten konnten ihn nicht aufhalten. Er fuhr auf das Band zu, das über den Bürgersteig gespannt war. Es riss wie eine Papiergirlande, als das zweihundertfünfunddreißig Kilogramm schwere Motorrad dagegen prallte.

Jetzt konnte kein Zweifel mehr an seiner Identität bestehen. Sie erhielten den Befehl, nach eigenem Ermessen das Feuer zu eröffnen. Sechs Schuss wurden abgegeben, als er die Straßensperre überwand; drei schlugen Funken auf dem Asphalt, einer durchbohrte den Auspuff, ein weiterer den Rucksack und der letzte *schien* den Fahrer zu treffen, der dennoch ungerührt weiterfuhr. Das Zivilfahrzeug nahm mit quietschenden Reifen die Verfolgung auf, musste bremsen, bis die Wagen der Straßensperre weggeräumt waren, und dann machten sich alle drei Fahrzeuge an die Verfolgung. Harrington brüllte ins Mikrofon; die Einsatzzentrale bestätigte, dass Streifenwagen und Motorradstreifen mobilisiert worden waren. Fenwick bestand auf Unterstützung durch Hubschrauber und forderte umgehend ein Spurensicherungsteam an.

Er konnte sich nicht an der Suche nach Rowland beteiligen. Es war nicht seine Einheit, daher beschloss er, mit Zustimmung Harringtons, sich an der Durchsuchung des Hauses zu beteiligen.

Der Leiter des Scharfschützenteams kam zu ihm.

«Scheiße! Wir konnten es nicht riskieren, die anderen zu treffen. Tut mir Leid. Ist es wahrscheinlich, dass er allein gehandelt hat? Möchten Sie Deckung beim Betreten des Hauses?»

«Wir haben keinen Grund zu der Annahme, dass er einen Komplizen hat, aber es würde mich trotzdem beruhigen, wenn wir das Haus kurz durchsuchen könnten, bevor die Spurensicherung eintrifft.»

Fenwick bat Constable Douglas Adams zu sich. Der Mann war nervös und niedergeschlagen. Rowland zu fassen war für ihn zu einem persönlichen Anliegen geworden.

«Sie werden das Haus durchsuchen, Doug. Danach können wir rein und uns umsehen. Die Spurensicherung ist auf dem Weg. Er musste überstürzt aufbrechen, daher könnte es einiges zu sehen geben.»

«Aber er ist entkommen. Und wir waren so nahe dran.»

«Sie haben ihm sämtliche Leute hinterher geschickt, und ich glaube, wir wissen, wohin er will, wenn er durch das Netz schlüpft. Lassen Sie es gut sein, Doug. Wir haben hier zu tun.»

Constable Adams wandte sich ab. Den hängenden Schultern sah man seine fünfzig Jahre deutlich an – und seinen Augen die schlaflosen Nächte seit dem Anschlag auf Smith.

Das Haus wurde freigegeben – es hielt sich niemand darin auf. Harrington überbrachte Fenwick die Nachricht.

«Aber er hat ein paar Sachen dagelassen, die echt gefährlich aussehen. Ich glaube, wir brauchen hier Unterstützung durch ein Expertenteam. Ich werde eines anfordern.»

Die Spurensicherung traf ein, zivile Mitarbeiter, Experten ihres Fachs. Dan Crabbot, der Ältere der beiden, schüttelte Fenwick die Hand, während Heather Coals, seine junge Begleiterin, die Ausrüstung auspackte. Fenwick schlüpfte in einen Overall, setzte eine Mütze auf, streifte Planen über die Schuhe und zog dünne Handschuhe an und folgte ihnen in das Haus. Doug Adams tat es ihnen gleich, ohne auf eine Aufforderung zu warten. Die Leute begannen sofort mit ihren Routineuntersuchungen; ein Fotograf schlich um sie herum, während sie arbeiteten. Sie fingen bei der Haustür an; einer an der Tür selbst, der andere in der Diele.

Fenwick sah sich in dem kleinen Wohnzimmer um. Ein Reiseführer für Chichester lag auf dem Tisch; mehrere Seiten waren mit Eselsohren markiert, zwischen den anderen steckten Papierfetzen. Er blätterte die Seiten behutsam um und sah sich die zahlreichen Anstreichungen und Markierungen am Rand an. Der ausklappbare Grundriss der Kathedrale war in Quadrate eingeteilt und abgemessen worden; rote Linien führten von der Westtür zu verschiedenen Punkten von Altar und Kirchenschiff. Fenwick vermutete, dass es sich um Zugangs- und Fluchtwege handelte.

Er hörte eine kurze Unterhaltung zwischen Crabbot und Adams, als die beiden in den rückwärtigen Teil des Hauses gingen.

«Es ist so viel Material hier, mir sind schon die Tüten ausgegangen!»

«Sie sollten erst einmal die Küche sehen!» Dougs Stimme klang triumphierend.

Es war das Letzte, was Fenwick für einige Zeit hörte.

Ein greller Blitz erhellte die Diele und schien als gigantischer Schwall heißer, komprimierter Luft in das Zimmer zu strömen. Er sah, wie einer der weiß gekleideten Techniker zur Tür gewirbelt wurde, und dann vergaß er alles in dem Bemühen zu atmen. Schmerzen bohrten sich wie Bolzen durch die Ohren in seinen Schädel, ein enormes Gewicht drückte ihm auf die Brust und zwang ihn, den Mund aufzureißen in dem verzweifelten Versuch, Luft in die Lungen zu pumpen. Ihm war, als würde seine Schädeldecke davonfliegen und Schultern und Arme, die unkontrolliert hochgerissen wurden, gleich mit sich ziehen. Er sah, wie sich die Wohnzimmerwand wölbte, als würde die Hand eines Riesen dagegen drücken. Dann hielten der alte Mörtel und das Lattengerüst dem Druck nicht mehr stand und flogen auf ihn zu, über ihn hinweg, drückten ihn nieder. Er verspürte einen stechenden Schmerz in der Schläfe und hörte ein Geräusch, als würde ein Kricketschläger den Ball treffen. Sein Bewusstsein schwand, und Dunkelheit hüllte ihn ein.

41

Cooper hörte in Chichester Gerüchte von der Explosion, ebenso von der Tatsache, dass das Team in London trotz einer ausgedehnten Suchaktion jede Spur von Rowland verloren hatte. Es war kurz nach fünfzehn Uhr; nach dem Pub begannen sie, Fenwicks ursprünglichen Anweisungen folgend, eine Durchsuchung der Kathedrale. Sie waren seit einer Stunde da, und Cooper war hin- und hergerissen. Er hatte keine Ahnung, wie es Fenwick ging, nur dass er ins Krankenhaus gebracht worden war. Nightingale spielte das Kindermädchen für Anderson – damit war er der einzige Beamte in dem Fall, der die ganze Geschichte kannte – und er war eingeteilt worden, der Polizei von Chichester bei ihrer Suche und ihren Verhören zu helfen. Sie wussten nicht, wonach sie suchten und wo sie anfangen sollten – irgendetwas, das Rowland dort vergessen haben könnte. Er tigerte durch die Kathedrale, unsicher, ob er gehen oder bleiben sollte. Wenn er ging, schenkten sie Andersons Befürchtungen vielleicht keine Beachtung und verzogen sich schnellstens wieder. Er beschloss zu bleiben und verdrängte seine Sorge um Fenwick mit rastloser Aktivität.

Er hinterließ eine Nachricht für den Assistant Chief Constable und hoffte, der würde die aktuellsten Informationen über Fenwick haben, aber als er ihn zurückrief, bestätigte er nur Coopers Entscheidung zu bleiben. Er wusste nichts Neues über Fenwick oder die anderen Polizisten, die sich zum Zeitpunkt der Explosion im Haus aufgehalten hatten. Er hatte persönlich den Oberbefehl über die gesamte Operation übernommen.

Jason MacDonald empörte sich über das Wort «Schmierfink». Er hatte nicht zwei Jahre harter Arbeit bei der Lokalzeitung absolviert, um in einem Beruf zu arbeiten, der durch geringschätzige Bezeichnungen abgewertet wurde. Aber er war auch nicht mehr der Idealist von damals, als er neunzehn und die Tinte auf seinem Diplom der Fachhochschule für Medien kaum getrocknet war. Er hatte den Überblick über die Hundeausstellungen, stolzen Mütter, Autounfälle und trauernden Hinterbliebenen und anderen lokalen Ereignisse verloren, über die er berichtet hatte, während er auf seinen großen Durchbruch wartete.

Am Donnerstagnachmittag steckte er wieder in einer Klemme, die er persönlich «Zeit totschlagen» getauft hatte. Der Lokalredakteur war auf die geniale Idee gekommen, dass er Hintergrundinformationen über die Vorbereitungen für Octavia Andersons großen Auftritt sammeln sollte. Er hatte bereits ein Stück mit dem Titel «Hiesiges Schulmädchen macht Karriere» geschrieben, mit alten Fotos und Kommentaren von Lehrerinnen und Klassenkameradinnen, und gehofft, letzte Meldungen sammeln zu können. Stattdessen hing er nun gelangweilt und uninspiriert in einem Kloster herum.

In der Kathedrale herrschte reges Treiben, Touristen schlenderten zwischen den letzten verbliebenen Gerüststangen herum. MacDonald hatte ein Interview zu den jüngsten Renovierungsarbeiten gemacht und einige böse Bemerkungen darüber aufgezeichnet, was für ein Unsinn es sei, das Gerüst für teures Geld wegen einer einzigen Aufführung abzubauen, und überlegte gerade, ob er im Gartenrestaurant eine Tasse Tee und ein Stück Obstkuchen zu sich nehmen sollte.

Als er langsam den überdachten Kreuzgang entlangging, stürmte ein Mann mittleren Alters in einer Tweedjacke an ihm vorbei, offenbar um den Empfang seines Handys zu verbessern. MacDonald, von Natur aus neugierig, folgte ihm und hielt sich in seiner Nähe auf. Er konnte nur wenig von der einseitigen Unterhaltung verstehen, aber der ganze Zwischenfall schien hinreichend interessant, dass er seine Tasse Tee verschob und dem Mann folgte, als er in die Kathedrale zurückging.

MacDonald hörte zu, wie der Mann in der geflickten Tweedjacke sich mit einem der sitzenden Touristen unterhielt. Sie steckten die

Köpfe zusammen, aber er hörte doch die Worte «Opfer», «Krankenhaus» und möglicherweise sogar «Bombe». Fest entschlossen blieb er, wo er war. Von seinem Beobachtungsposten aus beobachtete MacDonald das weitere Vorgehen des Mannes. In den folgenden fünf Minuten redete er mit fünf weiteren «Touristen», von denen jeder einem speziellen Teil der Kathedrale besondere Aufmerksamkeit widmete.

Zuerst hatte er angenommen, dass es sich um Enthusiasten handelte, die die Architektur oder eines der zahlreichen Kunstwerke studierten. Nach eingehender Betrachtung wurde ihm klar, dass es sich nicht um Studierende handelte, sondern um Suchende. Alle suchten sie so unauffällig wie möglich nach irgendetwas. Seine Daumen kribbelten. Fasziniert und aufgeregt behielt er die Männer im Auge. Ihm fiel auf, dass sie sich auf eine bestimmte Stelle beschränkten, die sie gründlich absuchten, worauf sie zur nächsten gingen. Sie arbeiteten nach einem gitterförmigen Muster. Etwas ging hier vor sich, und der Mann in der geflickten Tweedjacke stand im Mittelpunkt der Angelegenheit.

Exakt um Viertel nach drei verließ der Mann die Kathedrale, und MacDonald folgte ihm, diesmal diskret, wartete und las in einem Reiseführer, während der Mann wählte.

«Hallo? Ja, hier ist Cooper. Verbinden Sie mich, ja?»

Er ging auf und ab, während er wartete. «Ja? Hallo ... hallo. Ja, Sir, Cooper hier.» Wegen der schlechten Verbindung musste er laut sprechen, sodass MacDonald, der mucksmäuschenstill im Schatten stand, jedes Wort mitbekam.

«Was für Neuigkeiten?» Es folgte eine lange Pause. MacDonald sah, wie die Schultern des Mannes nach unten sanken und seine Knie fast nachgaben. Er schlug die freie Hand vor den Mund. «Tot? O nein ... großer Gott! Er hatte nur noch achtzehn Monate bis zur Pensionierung. Meine Frau und seine kennen sich gut – seine Frau und er haben sich so geliebt. Wir müssen diesen Dreckskerl schnappen, Sir ... Entschuldigung. Ja, ja. Mir geht es gut. Und Fenwick? Er ist doch nicht ...» Der Mann verstummte. «Gott sei Dank. Aber sie behalten ihn da? ... Verstehe. Und die anderen?»

Es folgte eine weitere lange Pause. MacDonald spitzte die Ohren, um Coopers Murmeln zu hören, aber es gelang ihm nicht. Der Mann schirmte die Augen ab und lehnte sich schwerfällig an eine Wand. «Großer Gott. Entschuldigung, Sir … Ja, ich denke, es wäre nichts dagegen einzuwenden, wenn Sie selbst gehen, aber nehmen Sie eine Constable mit. Doris, Dougs Frau, war nie eine starke Frau ... Nein, ich bleibe hier, wie besprochen; nein, bis jetzt noch nichts. Sir, könnten Sie Fenwick die besten Wünsche von mir bestellen, wenn Sie ihn sehen? Danke.» Der Mann unterbrach die Verbindung und blieb einige Momente mit abgeschirmten Augen stehen, ehe er in die Kathedrale zurückkehrte.

MacDonald konnte sein Glück nicht fassen. Der Mann war eindeutig vom Wachdienst oder der Polizei, und was da vor sich ging, hatte mit einem Bombenanschlag zu tun, der offensichtlich gerade stattgefunden hatte. Der Journalist konnte sich nicht entscheiden, ob er Cooper folgen oder anrufen und nachfragen sollte, was passiert war.

Er lief in die Kathedrale zurück. Die Suchenden waren alle da, sie hatten sich um den Taufstein versammelt und hörten Cooper zu, alles in allem etwa ein halbes Dutzend. MacDonald wusste genug über das Budget der hiesigen Polizei, um zu erkennen, dass sechs Männer an einem Ort bedeuteten, dass etwas Besonderes im Gange war – und das im Zusammenhang mit einem Bombenanschlag irgendwo!

Er riskierte einen Sprint nach draußen, um anzurufen und sich bei der Redaktion zu erkundigen, was los war. Fünf Minuten später wusste er von dem Bombenattentat in Südlondon; noch keine Namen, aber es waren Polizisten im Spiel, möglicherweise unter den Opfern. Ein Todesfall, andere im Krankenhaus. Man redete von arabischen Extremisten, aber es war noch nichts Definitives bekannt. MacDonald bat darum, dass ihm weitere Informationen unverzüglich übermittelt würden. Darum musste er sich keine Sorgen machen; die Sekretärin war in ihn verknallt und würde ihm jeden Wunsch erfüllen.

Auf dem Weg zum Café passierte er eine Schar junger Mütter mit einer Vielzahl von Kindern in Kinderwagen und Laufgeschirren, die zwei Kindern, die zurückgeblieben waren, zuriefen:

«Debbie! Tom! Kommt, beeilt euch!» Aus irgendeinem Grund musste MacDonald an den Namen denken, den Cooper erwähnt hatte: Fenwick. Woher kannte er diesen Namen? Und warum musste er dank dieser Mütter wieder an den Namen denken? MacDonald war gut im Lösen von Kreuzworträtseln, liebte Puzzles und war fest entschlossen, dem Ausdruck «investigativer Journalismus» eine neue Bedeutung zu geben. Hier war eine Verbindung herzustellen, aber er kam nicht darauf. Er kehrte ins Kirchenschiff zurück und setzte sich. Die Sucher suchten immer noch. Es schien nichts weiter zu passieren.

Er nahm sein Notizbuch heraus und schrieb wahllos Wörter darauf. «Fenwick», «Mütter», «Polizei», «Bombe». Dann fügte er «Kathedrale», «Debbie», «Doug» und «Tom» hinzu. Er las die Wörter zehn Minuten lang immer wieder. Dann fiel ihm ein, wer Fenwick war, der Fall, das Medienecho. Bei drei schweren, unaufgeklärten Verbrechen konnte der Mann nicht in einen weiteren großen Fall verwickelt sein – womit ein anderer Zusammenhang hergestellt war. Aber was hatte das alles mit den Aktivitäten in der Kathedrale und dem Tod eines Mannes namens Doug zu tun?

Er erinnerte sich an das Revier, wo Fenwick stationiert war, und rief die Auskunft an. Als er zur Telefonzentrale durchgestellt wurde, machten seine Jahre als Lokalredakteur ihm das Schnüffeln leicht.

«Oh, hallo, ja. Ich bin Jason MacDonald und neu bei der Lokalzeitung. Ich schreibe einen Artikel über altgediente Beamte in unserer Gemeinde. Wer ist für die Lokalpresse zuständig? Können Sie mich weiterverbinden?» Er verströmte Naivität. «Hallo?» Er wiederholte seine Lügengeschichte für die Frau am anderen Ende der Leitung, die betonte, dass der Pressesprecher in einer dringenden Konferenz sei und nicht gestört werden könne. Sie hörte sich hektisch und nervös an, weil ihr Boss den Anruf nicht entgegennehmen konnte.

«Oh, aber ich kann nicht warten – ich habe einen Abgabetermin und nur ein paar ganz simple Fragen. Bitte?» Er hörte sich jung, eifrig und nervös an. «Ich bin sicher, Sie könnten mir die Namen einiger Veteranen nennen.» Er ließ sie plappern, ihm Fragen stellen, nach seiner Legitimation fragen – ja, sie würde recherchieren und ihn zurückrufen.

Jason MacDonald war höchst verschlagen. Er hatte auf diese Weise viele Artikel zusammenbekommen, und die Leute waren stets hilfsbereit. Er wiegte sie in dem Glauben, dass sie alles unter Kontrolle hatten, und dann – ein verspäteter Einfall. «Oh, mir fällt gerade ein toller Bursche ein, den ich mal kannte – kam an unsere Schule, habe ihn öfter in der Stadt gesehen. Wie hieß er doch gleich? Don? Doug? – Ja, so ist es, Doug Sowieso. Der wäre genau der Richtige.» Er hörte sie tief Luft holen und wusste, er hatte einen Treffer gelandet. «Ja, Doug. Ein echter Gemeindepolizist, sehr seltene Art. Und er liest unsere Zeitung. Ich bin sicher, er würde seinen Namen gern darin wiederfinden.»

«Nein, nicht Constable Adams, der ist ... unabkömmlich.»

«Aber er wäre perfekt, der gute alte Doug.» War das ein unterdrücktes Schluchzen? Ja, sie weinte. «Alles in Ordnung? Was ist los, meine Beste? Kommen Sie, Doug wäre ideal.»

«Nein, tut mir Leid. Sie können nicht ... jetzt nicht. Bitte, ich muss los.»

Der Hörer wurde aufgelegt, aber das störte MacDonald nicht. Wenn seine Ahnung richtig war, kannte er jetzt den Namen des Opfers: Constable Douglas Adams. Nur hinter den Zusammenhang musste er noch kommen. Die Zeit verstrich. Wenn er eine überregionale Zeitung anrufen und der Erste sein wollte, musste er ein paar Risiken eingehen. Wenn er sich beeilte, konnte er den Namen sogar dem Londoner *Evening Standard* für eine aktuelle Meldung im West End Final verkaufen.

Er rief die Nachrichtenredaktion an und wurde zu einem hartgesottenen Redakteur durchgestellt. Der war anfangs höchst skeptisch, aber MacDonald wich nicht von seiner Geschichte ab. Er kannte die Namen zweier Opfer des Bombenanschlags und glaubte, dass das Attentat in Zusammenhang mit den Mordermittlungen stand, die Presse und Fernsehen durch den langweiligen Sommer brachten. Woher er das wusste? Er hatte ein wenig Glück und den Mumm, etwas daraus zu machen. Die Männer an beiden Enden der Leitung beschnupperten einander. Beide riskierten etwas; MacDonald, dass sein Name nicht genannt werden würde; der Redakteur, dass es sich um einen Scherz handelte. Beide überwanden ihre Bedenken, und der Redakteur versprach, sich darum zu kümmern. Die Einzelheiten über das Honorar, *falls* die Informationen verwendet wurden, interessierten Jason nicht. Er wollte als Koautor des Artikels genannt werden.

Ihm wurde gesagt, dass man darüber reden könne, wenn er Recht habe.

Er kehrte in die Kathedrale zurück und war in der Stimmung, ein weiteres Risiko einzugehen. Mit seinem neuen Selbstvertrauen fiel es ihm leicht, bei der Lokalzeitung anzurufen und Dave, den Fotografen, anzufordern. Er hatte schon bei brennenden Heuschobern, Autounfällen und Baby-Shows mit ihm zusammengearbeitet. Dave war frei und bereit zu kommen. In der Kathedrale hatten einige Männer angefangen, die lange Empore über dem Kirchenschiff abzusuchen, während andere unten weitermachten. MacDonald wartete ungeduldig.

Dave traf ein und nahm unauffällig auf einer Bank Platz; Jason konnte sehen, dass er die Kamera bereithielt. Zeit verging. Es schlug vier, dann Viertel nach. Nahe einer Tür des Kirchenschiffs, von wo eine Treppe nach oben führte, herrschte ein mittlerer Aufruhr. Mehrere der Suchenden gingen hinüber. Jasons Daumen kribbelten wieder; sie hatten gefunden, wonach sie gesucht hatten. Dave stand auf. Die Tür zu der Empore stand offen und war unbewacht, der Suchtrupp drängte die schmale Treppe hinauf.

Die beiden Reporter folgten und blieben oben stehen, um die Lage zu sondieren. Eine dicht zusammenstehende Gruppe betrachtete etwas auf dem Boden. Sechs Männer und der Ältere in der Tweedjacke schienen in eine alte Truhe zu sehen. Man konnte unmöglich erkennen, was darin war. Jason nickte Dave zu, worauf der Fotograf losrannte. Er machte zwölf bis fünfzehn Aufnahmen, wobei er die Kamera wahllos über ihre Köpfe auf die Truhe richtete; verblüffte Gesichter wurden ihm zugewandt; er wich zurück, machte noch eine Aufnahme der Gruppe und verschwand.

Die Polizisten versuchten, ihm zu folgen, aber MacDonald versperrte ihnen den Weg zur Treppe. Er sah Dave aus der Kathedrale laufen, ehe jemand ihn aufhalten konnte, entspannte sich und lächelte.

«Was, zum Teufel, haben Sie hier zu suchen?»

Er hatte Recht gehabt, der Polizist in der Tweedjacke schien der Boss zu sein.

«Mein Name ist Jason MacDonald, ich bin Redakteur bei der

Chichester Times. Ich würde den Herren gern ein paar Fragen über ihren heutigen Fund stellen.»

«Kein Kommentar. Und jetzt gehen Sie aus dem Weg.»

«Vielleicht könnten Sie mir sagen, was das alles hier mit der Bombenexplosion heute Nachmittag in Richmond zu tun hat, bei der Chief Inspector Fenwick verletzt und Constable Adams getötet wurde?»

«Woher wissen Sie …?» Das Gesicht des Mannes wechselte innerhalb von Sekunden von Rot zu Scharlachrot, zu Grau und dann wieder zu Rot. Die Männer hinter ihm blickten erschrocken drein.

«Verschwinden Sie, MacDonald. Ich habe gesagt: *Kein Kommentar*. Geben Sie den Weg frei, oder ich lasse Sie wegen Behinderung verhaften.»

MacDonald verzog sich und sprach seine Gedanken in ein Diktiergerät, während er halsbrecherisch, mit einer Hand am Steuer, zur Redaktion zurückfuhr. Er wusste immer noch nicht mit Sicherheit, was sie in der Kathedrale gefunden hatten, aber der Rest fügte sich wunderbar zusammen. Später saß er an seinem Schreibtisch und überlegte, welcher Zeitung er die Exklusivrechte verkaufen sollte, als sein Chefredakteur ihn anrief. Der ganze Nachmittag war reine Zeitverschwendung gewesen. Die Polizei bestand auf einer totalen Nachrichtensperre, was die Kathedrale betraf, und alle Fakten über den Bombenanschlag wurden bereits in den Vorabendnachrichten gesendet.

Fenwick erwachte unter Schmerzen, als würde ein Schlagbohrer hinter seinen Augen in den Schädel gebohrt. Als die weißen Wände und die Decke verschwommen Gestalt annahmen, war sein erster Gedanke, dass es wie eine Einstellung in einem Film war. Das Gesicht einer Frau kam und ging, die Hand eines Riesen wurde auf seine Stirn gelegt. Er machte die Augen zu und versuchte, die Schmerzen zu verdrängen. Er wollte die Hand heben und sich an den Kopf fassen, verlor aber das Bewusstsein, bevor ihm wieder einfiel, wie man das machte.

Als er das nächste Mal zu sich kam, konnte er deutlicher sehen. Vor dem Fenster herrschte Dunkelheit. Zwei oder drei Leute saßen gerade außerhalb seines Gesichtsfeldes am Bett. Er drehte den Kopf ein wenig, damit er sie besser sehen konnte, worauf stechende Schmerzen ihm den Schädel von einem Ohr zum anderen zu spalten schienen; so sehr, dass ihm der Schweiß ausbrach und er würgen musste. Einer der Besucher kam näher ans Bett. Es war Cooper. Fenwick machte sich Sorgen wegen seines Äußeren; Cooper sah alt und grau aus.

Cooper bewegte die Lippen, aber es war kein Ton zu hören. Er musste seine Stimme verloren haben. Fenwick wollte ihm sagen, dass er lauter sprechen sollte, doch er vernahm kein Wort. Nun sah Cooper nicht nur alt, sondern auch besorgt aus. Fenwick machte die Augen zu und fiel in einen leichten Schlummer.

Als er wieder erwachte, spürte er Bewegungen an seiner Seite. Allmählich fiel ihm auf, dass nicht die geringste Geräuschkulisse existierte. Er befand sich eindeutig in einem Krankenhaus – hier hätte es Geräusche geben müssen, das Scheppern von Rollwagen, das Klappern der Arzneimitteltabletts, Stimmen von Besuchern, irgendwo im Aufenthaltsraum einen Fernseher. Nichts. Cooper war immer noch da und stellte seine besorgte Miene zur Schau. Er rief eine Schwester hinzu, und sie redete auf Fenwick ein. Er versuchte, etwas zu sagen. Er glaubte zu sagen: «Ich kann Sie nicht hören», aber nicht einmal in seinem Kopf erklangen die Worte tatsächlich laut.

42

Am Freitag brachten sämtliche Zeitungen ausführliche Berichte über den Bombenanschlag, mit Namen und Fotos der vier Opfer. Im *Mirror* fand sich ein kurzer Beitrag von J. MacDonald, der in zwei kurzen Abschnitten Spekulationen darüber anstellte, dass es einen unbekannten Zusammenhang mit dem wunderschönen Opernstar Octavia Anderson geben musste. Kein Wort über die Kathedrale, auch kein Foto von dem, was in der Eichentruhe gefunden worden war. Dave war gezwungen worden, den Film unentwickelt zu übergeben.

Rowland las alle Zeitungen, während er die Nachrichtensendung *Today* mithörte. Ein Fernseher lief stumm in einer Ecke des Raumes. Sein Foto war überall; sein Name stand offen in sämtlichen Artikeln, ebenso wie der von Chief Inspector Fenwick. Die Polizisten machten kein Geheimnis daraus, dass sie dringend mit ihm sprechen wollten, und warnten gleichzeitig die Öffentlichkeit, ihm in die Quere zu kommen. Er war so sicher gewesen, dass sie die Zusammenhänge nicht herausfinden würden, und hatte sich daher nicht die Mühe einer Verkleidung gemacht. Das war ein schwerer Fehler gewesen, den er allerdings schon beseitigt hatte. Er stand auf und betrachtete sich in dem kleinen, rissigen Spiegel. Ein Fremder sah ihn an, auch ohne die Wangenpolster, die er anlegen würde, bevor er sich wieder in die Öffentlichkeit wagte.

Er faltete die Zeitungen ordentlich zusammen und machte sich an sein tägliches Fitnesstraining, während das Radio im Hintergrund lief. Ein Bericht über die Morde wurde gesendet, in dem sein Name ununterbrochen genannt wurde. Er rackerte immer schneller und heftiger, je länger der Bericht dauerte. Schweiß lief ihm über das Gesicht, durchnässte sein T-Shirt, tropfte auf den Boden; er verkrampfte die Muskeln, und die Anstrengung war ihm deutlich anzusehen. Er beachtete die Schmerzen in der Schulter nicht, wo sich ein enormer Bluterguss bildete, da eine Kugel seine gepanzerte Weste getroffen hatte. Sein Atem ging schneller, blieb aber konstant und beherrscht. Er trainierte den ganzen Bericht über und weiter bis zur zweiten stündlichen Nachrichtensendung. Als die Acht-Uhr-Nachrichten zu Ende waren, machte er ein paar langsame Entspannungsübungen und duschte.

Er musste davon ausgehen, dass seine Vorbereitungen in der Kathedrale wertlos waren. Sie mussten das Gewehr und die Spezialmunition gefunden haben. Sie hatten zwar sorgfältig darauf geachtet, dass nichts davon in der Presse erwähnt wurde, aber Rowland war fest entschlossen, sie nicht noch einmal zu unterschätzen. Während ihm das Wasser wie Nadeln auf Kopf und Schultern prasselte und Gesicht und Kopfhaut massierte, dachte er nach. Die anfängliche Wut auf sich selbst und die Polizei war einer Ziellosigkeit gewichen, wie er sie noch nie erlebt hatte. Nun fing er, nach den stimulierenden Übungen erfrischt, endlich wieder an, zielstrebig zu denken.

Hier war er in Sicherheit – ein letztes Versteck, das er gewohnheitsmäßig eingerichtet hatte, ohne einen Gedanken daran, dass er es je benutzen würde, außer vielleicht, um nach dem Anschlag in der Kathedrale kurz unterzutauchen. Im Keller und im Kühlschrank befanden sich Vorräte, mit denen er Wochen überstehen konnte; es gab jede Menge frisches Wasser und keine Nachbarn. Im Schuppen hatte er ein nagelneues Fahrrad verstaut, Kleidung für den Notfall und Theaterschminke und Haarfarbe, von der er schon Gebrauch gemacht hatte. Er betrachtete das Wasser, das zu seinen Füßen abfloss. Es war klar; die Farbe war vollständig absorbiert.

Er blinzelte und trocknete sich ab, wobei er unbewusst die Schultermuskulatur massierte und die Waden knetete. Ihm standen vier Möglichkeiten offen: das Attentat auf Anderson aufzugeben, es auf einen unbestimmten Zeitpunkt zu verschieben, es sofort in Angriff zu nehmen, was einen Überfall auf ihr Haus bedeutete, oder mit einer Variation des Plans in der Kathedrale fortzufahren.

Er konnte sie nicht davonkommen lassen. Die Gerechtigkeit verlangte ihren Tod, ihre Hinrichtung. Sonst waren alle anderen umsonst gestorben. Eine Verschiebung wäre die vernünftigste Lösung gewesen, aber schwer zu akzeptieren. Er war ihr zu nahe gekommen, um jetzt einfach aufzugeben. Außerdem wusste er nicht, welche Pläne sie nach dem kommenden Montag hatte. Eine Verzögerung bedeutete, er würde ganz von vorn anfangen müssen. Damit konnte er sich nie und nimmer abfinden.

Als er in einen weiten Bademantel gehüllt war, traf er seine Entscheidung. Er würde seine Pläne für Montag ändern. Die Bestie in seinen Lenden erwachte zum Leben, als er sich entschieden hatte. Er stellte sich Andersons Gesicht vor, die ängstlich aufgerissenen Augen, den schlanken Hals, den er brechen oder aufschlitzen konnte. Der Gedanke war auf eine zutiefst widerliche Weise erregend. Das Töten hatte ihn bislang noch nie erregt, und er nahm die Auswirkungen, die die Phantasie ihrer Hinrichtung auf seinen Körper hatte, amüsiert zur Kenntnis. Er wünschte sich so sehr, sie zu töten, mehr, als er sich jemals etwas gewünscht hatte.

Von dem Foto auf seinem Nachttisch lächelte Carol ihn an. Die alte, vergessene Sehnsucht nach ihr überkam ihn. Stöhnend warf er sich auf das Bett, ergriff mit einer Hand das Bild und streichelte und rieb sich selbst mit der anderen. Er brauchte Carol mehr denn je. Die Empfindungen, die er jahrelang unterdrückt und kontrolliert hatte, brachen ungestüm hervor. Er schwitzte wieder, sein Atem ging rasselnd. Bilder von Anderson, tot, verstümmelt, aufgeschlitzt, überlagerten Carols Gesicht, verwirrten ihn, quälten ihn. Er hörte sich rhythmisch stöhnen, ihren Namen rufen, während er die Hand immer schneller bewegte und das Glas des Bilderrahmens in seiner Hand knisterte. Er bog den Rücken unter Qualen von Lust, Hass und Leidenschaft, schrie auf, als der Höhepunkt kam, und konnte nicht sagen, ob er zuletzt Carols oder Andersons Namen geschrien hatte.

Es herrschte Stille. Allmählich stellten sich die Geräusche wieder ein. In der Küche wurden im Radio die 20.30-Uhr-Nachrichten angekündigt; anzüglich gurgelnde Geräusche ertönten in den Wasserleitungen. Sein Kopf wurde klar. Er konnte sich nicht davonstehlen. Sie musste sterben, bevor es um seine Selbstbeherrschung geschehen war. Die einzige Frage blieb, wie und wann.

Mit angeekelter Miene warf er den feuchten Bademantel und die Bettdecke auf den Boden und ging zur Dusche zurück.

43

Fenwick war wütend und beruhigt zugleich, als er erfuhr, dass seine Taubheit die Folge des Schocks und nicht irgendwelcher körperlicher Verletzungen war, dass sein Gehör also jederzeit zurückkommen konnte. Am Freitagnachmittag verließ er das Krankenhaus auf eigenen Wunsch. Er tat es gegen den Rat des Arztes, und er musste zwei verschiedene Formulare ausfüllen, mit denen er bestätigte, dass jedwede Konsequenz seines Handelns allein auf seine Verantwortung gingen. Sie gaben ihm einen Termin für eine ambulante Behandlung am kommenden Montag. Er betrachtete den Zettel verdutzt und warf ihn in den nächstbesten Abfalleimer. Er konnte es kaum erwarten, nach Hause zurückzukehren und die Kinder zu sehen. Das Kindermädchen hatte Verstand genug gehabt, seine Verletzungen herunterzuspielen, Bess und Chris vom Krankenhaus ferngehalten und Fenwicks Mutter aus dem Urlaub zurückgeholt. Aber trotz aller Beruhigungen und ständiger Fürsorge brachen Bess und Chris in Tränen aus, als er das Haus betrat und sich unter Schmerzen bemühte, nicht zu hinken. Er wusste, er sah schrecklich aus, und seine Taubheit verwirrte sie, aber nachdem sie zwei Stunden lang zusammen Zeichentrickfilme angesehen hatten, waren sie so weit beruhigt, dass er ein kurzes Nickerchen machen konnte. Als er aufwachte, schliefen sie beide fest, Chris hatte die Hand schützend auf seine gelegt.

Am Nachmittag begann ein nervtötendes Klicken im rechten Ohr, dem feuchte, ploppende Laute folgten, als würden Luftbläschen zerplatzen. Sein linkes Ohr stellte sich noch tot. Der Nachmittag war eine Katastrophe. Er bestand darauf, Dougs Witwe zu besuchen, und verbrachte eine endlos lange halbe Stunde mit ihr, während deren er sich hilflos fühlte und sich von der armen Frau Tee machen und wegen seiner Taubheit bedauern ließ. Ihre Schwester und ihre Schwägerin waren da, aber in seinem Zustand gesteigerter Wahrnehmung spürte Fenwick die Leere in dem Raum und nahm die Schwärze der Trauer wahr, die Doris für alle Zeiten von dem einzigen menschlichen Trost trennte, den sie wirklich brauchte.

Sein Büro durfte er nicht betreten. Der Assistant Chief Constable bestand auf völliger Ruhe und war schlau genug gewesen, sich von Fenwick ein diesbezügliches Versprechen geben zu lassen. Er war sich selbst überlassen. Er schlich durch das Haus und versuchte halbherzig, längst überfällige Reparaturen zu erledigen, die Kinder zu beruhigen, das konstante Rauschen in seinem rechten Ohr zu ignorieren.

Um die Mittagszeit schaute Cooper mit zwei neutralen braunen Plastiktüten unter dem Arm vorbei. Aus einer zog er eine Flasche zwölf Jahre alten Malzwhiskey, aus der anderen einen Stapel Berichte. Er sah in die Flammen des Kaminfeuers, das angezündet war, um eine frohe Atmosphäre zu schaffen, nicht Wärme, während der Chief Inspector den Inhalt der Flasche sowie die detaillierten Berichte abarbeitete.

«Was wird er als Nächstes tun?», fragte er Cooper schließlich. Beide wussten, dass er von Rowland sprach.

Cooper sprach langsam und deutlich und bewegte übertrieben die Lippen. «Er gibt nicht auf. Er wird es wieder versuchen.»

«Glaube ich auch. Er hat zu viel investiert. Ich gehe davon aus, dass Andersons Haus in London überwacht wird?»

Cooper nickte.

«Irgendwelche Aktivitäten?»

Cooper schüttelte den Kopf.

Es folgte ein längeres, von leisem Nippen unterbrochenes Schweigen. «Er wird es wieder in der Kathedrale versuchen, nicht?» Es war mehr eine Feststellung als eine Frage.

Cooper zuckte die Achseln und schüttelte den Kopf. «Der Assistant Chief Constable ist anderer Meinung. Ich kann es mir auch nicht vorstellen. Es sind nur noch drei Tage, und wir haben sein Waffenarsenal gefunden – zu wenig Zeit und zu gefährlich, mit den Vorbereitungen noch einmal von vorn anzufangen.»

Fenwick ließ Coopers Lippen nicht aus den Augen, achtete aber nicht auf die Worte des Sergeant.

«Er wird es wieder versuchen, ich kenne diesen Mann jetzt. Etwas treibt ihn an; ich weiß noch nicht, was es ist, aber es ist da. Er wird nicht aufgeben. Sie müssen von der Annahme ausgehen, dass er am Montag versuchen wird, Anderson zu töten, wenn er sie vorher nicht finden kann.»

Cooper schüttelte wieder den Kopf.

«Der Chief sieht das nicht so. Es läuft eine riesige Suchaktion. Er ist sicher, dass wir Rowland schnappen, bevor die Vorstellung beginnt.»

«Das werden wir nicht. Er irrt sich, und das nicht zum ersten Mal. Er sollte sich auf die Politik beschränken – darin ist er gut – und die eigentliche Polizeiarbeit denen überlassen, die verdammt noch mal wissen, wie man sie tut!»

Cooper, der auf der anderen Seite des Raumes saß, spürte Fenwicks Zorn, zuckte aber nicht einmal zusammen, wusste er doch, dass dieser Zorn eigentlich einem anderen galt. Fenwick stand auf und schenkte ihnen beiden noch einmal zwei Finger breit Whiskey ein. Sie tranken schweigend; der Whiskey war zu gut, um ohne den gebührenden Respekt behandelt zu werden. Cooper beobachtete, wie sein Boss in die Flammen starrte, und sah, wie Frustration und Verzweiflung den Zorn verdrängten.

Er erhob sich, baute sich vor Fenwick auf und sah ihm direkt in die Augen. Die Röte war aus Fenwicks Wangen gewichen und hatte ihn müde und grau werden lassen. Zum ersten Mal sah Cooper dem Gesicht die Belastung an, sah die purpurroten Schatten unter den tief in die Höhlen gesunkenen Augen, die deutlichen Furchen der Erschöpfung, die von der Nase zu den Mundwinkeln verliefen. Schnitte, Kratzer und Blutergüsse von der Explosion überzogen die Haut, an Stirn und Kiefer waren tiefe Wunden genäht worden. Das ganze Gesicht war zu einer Grimasse verzerrt, ob vor Ekel, Schmerz oder Schuldgefühlen war nicht zu sagen.

«Andrew», murmelte er leise, dann wurde ihm klar, dass er gar nicht zu versuchen brauchte, den richtigen Ton zu treffen, schlichte Worte mussten genügen. «Sie müssen sich ausruhen.»

«Ausruhen? Wie kann ich mich ausruhen?» Fenwick klang wütend. «Ich habe heute Dougs Frau besucht – seine Witwe, meine ich. Ich habe noch nicht den Mut aufgebracht, Heather Coals zu besuchen. Sie hat ihr Bein verloren, wissen Sie; sie konnten es nicht retten. Ich finde keine Ruhe. Es ist meine Schuld. Ich war gewarnt, Bayliss hat es mir gesagt – Sie haben es auch gehört. ‹Lassen Sie Ihre Jungs nicht mit Holzknüppeln gegen ihn antreten›, hat er gesagt. Aber *genau das* habe ich getan, und jetzt ist ein Mann tot und ein junges Mädchen für den Rest seines Lebens verkrüppelt ...» Seine Stimme brach.

Cooper brüllte, so dringend wollte er sich Gehör verschaffen. «Und Sie wären um ein Haar auch getötet worden! Ja, Sie sind reingegangen ... ja, Sie sind mit ihnen reingegangen und haben Ihre Arbeit getan ... aber es war nicht Ihre *Schuld.* Sie hatten Scharfschützen dabei. Harrington hat Ihnen erlaubt, das Haus zu betreten. Wie hätte jemand mit einer Bombe rechnen können?»

Fenwick wandte angewidert den Kopf ab. Cooper konnte nicht sagen, ob seine Worte verstanden oder akzeptiert worden waren. Er drehte Fenwick wieder zu sich um und sah ihn an.

«Das Wichtigste ist, für welches weitere Vorgehen Sie sich jetzt entscheiden, Sir. Verstehen Sie, was ich Ihnen sage?»

Fenwick nickte.

«Sie glauben, Sie verstehen die Denkweise dieses Mannes, vielleicht, ja. Aber», er bewegte die Lippen noch langsamer, «wenn Sie glauben, dass er am Montag zuschlagen wird, brauchen wir Sie. Ausgeruht und fit, nicht erschöpft und so von Schuldgefühlen geplagt, dass Sie nicht klar denken können. Gehen Sie ins Bett, schlafen Sie, und hören Sie auf mit dem Selbstmitleid.»

Der Assistant Chief Constable hatte vor, das ganze Team am Samstagvormittag zusammenzutrommeln. Vorher verbrachte Fenwick eine halbe Stunde mit ihm unter vier Augen und versuchte, ihn von der Gefahr zu überzeugen, in der Octavia Anderson am Montag schweben würde. Er strengte sich an, um trotz des Prasselns in seinem rechten Ohr zu hören, und hoffte, dass seine Worte wenigstens teilweise Wirkung zeitigen würden. Octavias zunehmender Ruhm und ihre Rolle in der Öffentlichkeit hatten für seinen politisch feinfühligen Boss wahrscheinlich mehr Überzeugungskraft als sämtliche Argumente Fenwicks, und der musste akzeptieren, dass die Logik nicht auf seiner Seite stand. Es wäre Wahnsinn, wenn Rowland in der Kathedrale zuschlagen würde, wo ihn alle erwarteten; wesentlich wahrscheinlicher schien, dass er versuchen würde, außerhalb zuzuschlagen. Aber Fenwick war inzwischen überzeugt, dass ihr Täter verrückt war.

Aber der Assistant Chief Constable glaubte nicht an einen Anschlag in der Kathedrale. Waffe und Munition, die sie in der Kirche entdeckt hatten, hatten ihn aus der Fassung gebracht, denn sie waren der Beweis dafür, dass seine ursprüngliche Theorie – wonach sich Octavia nicht in Gefahr befand – nicht stimmte. Aber jetzt war er noch fester überzeugt, dass Rowland fernbleiben würde. Er wusste, die Polizei war ihm dicht auf den Fersen, und er musste trotz der Nachrichtensperre davon ausgehen, dass die Waffe samt Munition entdeckt worden war. Und außerdem beharrte Anderson immer noch darauf, dass die Aufführung stattfinden sollte. Es wäre ein politischer Albtraum, wenn die Polizei darauf bestehen würde, sie abzusagen.

Als das Treffen beginnen sollte, graute Fenwick davor, den Raum zu betreten – er erwartete vorwurfsvolle Blicke und dass niemand ihm in die Augen sehen würde. Der Assistant Chief Constable hatte immer noch das Kommando, und Fenwick wurmte, dass er stumm und taub danebensitzen musste, während der Mann seine Anweisungen erteilte.

Es war normal, dass die Geräusche einer großen Versammlung im Einsatzraum in die angrenzenden Büros hinübertönten, aber dem Assistant Chief Constable fiel die Stille auf, als Fenwick und er sich dorthin begaben. Als sie die Tür öffneten, verstummte das leise Murmeln sofort. Fenwick zwang sich, einzelnen Beamten in die Augen zu sehen. Zu seiner Überraschung begegneten ihm Sympathie, Mitleid, Verständnis. Niemand wandte sich von seinem prüfenden Blick ab, und die Wut, die er in dem Raum spürte, richtete sich nicht gegen ihn. Ein Sergeant aus seiner eigenen Truppe hob die Hand und klopfte ihm behutsam auf die Schulter; Fenwick konnte seine Worte nicht hören, aber die Geste sprach Bände. Er entspannte sich ein wenig.

Nightingale nahm an der Sitzung teil, was Fenwick beunruhigte. Wer passte auf Octavia Anderson auf? Sie bemerkte sein Stirnrunzeln und lächelte beruhigend.

Der Assistant Chief Constable kam gleich zur Sache. Fünf Minuten lang hing Fenwick an seinen Lippen und versuchte, seinen Argumenten zu folgen und mitzubekommen, welche Vorkehrungen für den Montag getroffen wurden. Es war unmöglich und entnervend, wenn man ein kollektives Stirnrunzeln in dem Raum bemerkte oder ein plötzliches Lächeln sah, ohne den Grund dafür zu kennen. Fragen und Antworten überforderten ihn völlig. Er drehte den Kopf mit Verspätung von einem Sprecher zum nächsten. Schließlich gab er alle Versuche auf, der Diskussion zu folgen, und sah sich nur noch in dem Raum um.

Ihm war vorher nie aufgefallen, wie grau die weiße Farbe war, wie sie um die Fenster und Heizungen herum abblätterte. An der Tür war die Farbe dank einer Vielzahl von Stiefeln teils bis auf das blanke Holz abgebröckelt, und in den Ecken hingen dunkle Spinnweben. Das war ein niederschmetterndes Symbol für den Fall, für die ganze moderne Polizeiarbeit. Die Putzkolonnen kamen nie bis in die Ecken, ihre Arbeit wurde zunichte gemacht, noch ehe sie die Chance hatten, wieder von vorne anzufangen. In seinen eigenen Bewertungen war stets lobend von seiner «Resultate-Orientierung» die Rede gewesen; in jüngster Zeit bedauerten sie seinen mangelnden Pragmatismus, allerdings gab es immer noch welche ganz oben, auch wenn Fenwick sie nicht kannte, die der Meinung waren, dass er «genau der frische Wind» war, «den wir in der Verwaltung brauchen».

Bewegungen ringsum holten ihn in die Gegenwart zurück, und seine Sorge galt wieder der Frage, ob ausreichende Pläne für den Montag verabredet worden waren. Er sah Cooper an, doch der Sergeant zuckte rätselhaft die Schultern.

«Nun?» Der Raum hinter ihm leerte sich, bis auf Nightingale, die abwartete.

«Ein Kompromiss. Von Sonntag an wird sich ein Team in der

Kathedrale aufhalten. Es wird Sie freuen zu hören, dass es dafür eine Vielzahl von Freiwilligen gab. Bis dahin geht die Suche weiter.»

«Wenigstens ein Trost.» Er drehte sich zu Nightingale um, die bemerkenswert durchtrainiert und gut aussah. «Wie steht es bei Ihnen?»

Sie lächelte und zeigte den nach oben gerichteten Daumen, dann formte sie die Worte: «Gelangweilt, aber okay.»

«Wie geht es ihr?» Es war eine grob unverhohlene Frage, aber weder Cooper noch Nightingale zeigten eine Reaktion darauf.

«Bestens; sehr gut, wenn man bedenkt, unter welcher Belastung sie steht. Sie ist ein echter Profi. Ich bewundere sie.»

«Ich muss wegen Montag mit ihr reden. Ich werde irgendwann am Wochenende vorbeischauen.» Er drehte sich wieder zu Cooper um. «Sie werden ihn nie vor Montag finden, das wissen Sie.»

«Wie kommen Sie darauf, dass ich suchen werde? Ich bleibe bei Ihnen, Sir.»

Der Assistant Chief Constable musste wütend sein. Wie viele Leute hatten dasselbe mangelnde Vertrauen in seine Theorie gezeigt und waren das Risiko eingegangen, seinen Zorn auf sich zu ziehen? Als er Cooper ins Gesicht sah, stellte er fest, dass das den Mann nicht interessierte. Von nun an würde er in der Kathedrale sein, und nirgends sonst.

Cooper erzählte Fenwick niemals die Einzelheiten seiner Unterhaltung mit dem Assistant Chief Constable, allerdings verriet er sie Nightingale in einer schwachen Stunde. Er war kein wortgewandter Mann, aber unter Druck konnte er findig sein, und seine Argumente hatten ihre Wirkung nicht verfehlt.

«Sehen Sie, Sir», hatte er unterwürfig gesagt, «ganz unter uns, ich finde es wichtig, dass ich Fenwick beschatte. Es sind nur zweieinhalb Tage – bis nach dem Konzert –, und man kann nicht sagen, wie sein Zustand genau ist. Wir wollen doch nicht, dass er die Ermittlungen aus Versehen verdirbt.»

Der Assistant Chief Constable betrachtete Cooper mit einem «altmodischen Blick», wie Coopers Mutter einst gesagt hätte.

«Nun gut, Sergeant, bleiben Sie bei ihm. Aber machen Sie keinen Fehler, ich behalte das Kommando über den gesamten Einsatz – dazu gehört auch das Team in der Kathedrale, das ich übrigens mit Ersatzleuten bestücken möchte. Die bisherigen Ermittlungsteams werden intakt bleiben.»

Als Cooper ging, dachte er sich nichts dabei, als er den Assistant Chief Constable seine Sekretärin bitten hörte, sie möchte ihn mit dem Verteidigungsministerium verbinden, und er erwähnte diese Tatsache auch gegenüber Nightingale und Fenwick nicht.

44

Fenwick schrak aus dem Schlaf hoch und schaltete den Wecker aus. Die Digitalanzeige verriet ihm, dass es fünf Uhr war. Etwas stimmte nicht. Er lag mit schlaftrunkenem Verstand im Bett und versuchte langsam dahinter zu kommen, was ihn quälte. Er hörte ein konstantes Geräusch im Hintergrund, ein leises Rauschen, das eine willkommene Abwechslung zum Ploppen und Knacksen des Vortages brachte. Sonst herrschte Stille.

Plötzlich fuhr er im Bett hoch und stieß sich die Hand am Kopfteil. Er hörte das Klatschen der Handfläche auf dem Holz. Er konnte wieder hören; der Wecker hatte ihn geweckt, das Bettzeug raschelte, wenn er sich bewegte, das leise Rauschen war nichts anderes als der Regen draußen. Irgendwann in der Nacht hatte sich das Gehör in seinem rechten Ohr wieder eingestellt.

Es war Sonntagmorgen; keine vierzig Stunden mehr bis zu Octavias Auftritt.

Das alte Haus lag im Schatten alter, nasser Limonenbäume, die traurig im für die Jahreszeit ungewöhnlich kalten Septemberregen tropften. Niemand hatte sie zurückgeschnitten, und nun nahmen sie dem winzigen Garten jegliches Licht, sodass es keine Vegetation auf dem kahlen Fleck gab, abgesehen von einem vorwitzigen Gänseblümchen, das aus einer Ritze im Asphaltweg ragte.

In dem Haus waren die Vorhänge noch zugezogen, als Fenwick stehen blieb und das verrottete Holztor in der niederen, verfallenen Backsteinmauer öffnete. Er zwängte sich an Zweigen vorbei, die nach ihm zu greifen schienen, um zur Tür zu gelangen, und drückte den gelben Klingelknopf. Er stützte sich auf das linke Bein und versuchte, nicht auf die konstanten Schmerzen im rechten Knie zu achten.

Nach einer ganzen Weile wurde der Vorhang der kleinen Glasscheibe in der Tür zurückgezogen und er hörte mehrere Schlösser und Riegel klirren. Nightingale stand im Bademantel vor ihm, kein Make-up, ihre neuerdings kurz geschnittenen Haare standen in alle Richtungen ab. Sie sah aus wie sechzehn.

«Was ist los, Sir?»

«Ich bin gekommen, um mit Anderson zu sprechen.»

«Um halb sieben Uhr morgens?»

«Warum nicht?»

Anderson erschien zehn Minuten später in einem weichen Bademantel aus rosa Seide. Die Haut über ihrem Schlüsselbein sah selbst im unvorteilhaften Licht der 100-Watt-Birne aus wie Alabaster. Sie trug das Haar offen, dicke, blauschwarze Locken, die über ihre Schultern und die sanft wogenden Brüste fielen. Sie erschauerte leicht unter dem dünnen Mantel, und Fenwick entging nicht, wie sich ihre Brustwarzen aufrichteten. Er schaltete das elektrische Kaminfeuer ein.

«Sie haben abgenommen.»

«Ein wenig, aber Louise gibt sich große Mühe, mich bis Montag wieder zu mästen. Ich bin schon lange Zeit nicht mehr so gut versorgt worden.» Sie klang unbekümmert, entspannt, ein wenig amüsiert.

«Dies ist nicht das beste Haus.»

«Es wird genügen. Louise hat ein Klavier herbringen lassen und leistet mir Gesellschaft; das Badezimmer ist akzeptabel, und es sind frische Matratzen auf den Betten.»

Plötzlich ging Fenwick auf, dass mit Louise Nightingale gemeint war. Er hatte sie nie mit dem Vornamen angeredet.

«Geht es Ihnen gut?»

«Bestens. Ich komme wirklich gut zurecht. Was haben Sie mit Ihrem Gesicht und den Händen gemacht?»

Fenwick berührte verlegen die Stiche. Sie wusste offenbar nichts von der Bombe, und er würde es nicht erzählen.

«Ein kleiner Unfall. Sieht schlimmer aus, als es ist. Wo ist Ihr Hausmädchen?»

«Ich habe ihr bis Montag freigegeben. Sie hat nur herumgejammert und ist uns auf die Nerven gegangen. Es ist ein kleines Haus, wir brauchen sie wirklich nicht.»

Nightingale, die sich hastig Jeans und ein Baumwollhemd angezogen hatte, kam mit Tee herein. Drei Becher standen auf dem Tablett, einer mit einem Bild von Snoopy. Sie rührte die hellbraune Flüssigkeit um und gab sie Octavia. Die Sängerin grinste.

«Meine Tasse», sagte sie und hob sie ungefähr in Fenwicks Richtung. «Ganz anders als mein Porzellan zu Hause. Wir hielten den Singvogel für angemessen.»

«Ich hätte gedacht, dass der Nightingale zustehen würde.»

Keine der beiden Frauen schien den Witz zu verstehen. Es herrschte Stille.

«Ich möchte mit Ihnen über Montag sprechen.»

«Das haben wir schon besprochen, Andrew. Ich werde singen.»

«Ich weiß.» Es ärgerte ihn, dass sie ihn vor der Polizistin mit dem Vornamen ansprach. «Wir müssen uns über Vorsichtsmaßnahmen unterhalten.»

«Sie glauben, er wird es trotz alledem noch versuchen? Ich habe etwas anderes gehört.»

Die Frau des Assistant Chief Constable musste mit dem Organisationskomitee gesprochen haben.

«Ja, das glaube ich.»

Sie schaute düster drein. «Ich stimme Ihnen zu. Er wird nicht aufgeben.»

«Aus diesem Grund müssen wir uns über Vorsichtsmaßnahmen unterhalten. Als Erstes möchte ich, dass Sie eine Weste tragen.»

Anderson lachte hell auf, ihr ganzer Körper bebte unter dem dünnen Morgenmantel.

«Ich meine eine kugelsichere Weste.»

«Ich weiß, was Sie meinen, Andrew, aber das kann ich nicht. Ich will dort singen! Meine Stimme muss durch die Kathedrale hallen, ihre Herzen rühren, ich kann sie nicht in eine Weste einsperren!» Sie lachte wieder.

«Das müssen Sie sich noch einmal überlegen. Ihnen muss klar sein, dass wir in keinster Weise für Ihre Sicherheit garantieren können.»

«Das weiß ich.» Diesmal lachte sie nicht. «Ich weiß, dass Sie das nicht können. Aber – und das meine ich nicht als Bürde, Andrew – ich vertraue Ihnen. Wenn jemand diesen Mann aufhalten kann, dann Sie.»

Fenwicks Magen krampfte sich schmerzhaft zusammen, aber er musste ihre Fähigkeit zur Manipulation bewundern. Sie unterhielten sich noch eine halbe Stunde über Vorsichtsmaßnahmen und darüber, wie sie ihre Probe und die Fahrt zur Kathedrale organisieren wollten. Fenwick kam sich wie ein Schurke vor. Er hatte nicht einmal mehr das Kommando. Sie hatten ihn nur als «Berater» wieder aufgenommen, und nun saß er hier und traf Vorkehrungen, schmiedete Pläne, gab Zuspruch. Er würde alles an Cooper weitergeben müssen.

«Er wollte sich auf dem Triforium verstecken, der Empore über dem Kirchenschiff. Wir werden die ganze Zeit Leute dort oben haben. Cooper, Nightingale und ich werden da sein.»

«Sir, ich habe darüber nachgedacht, wo ich sein sollte. Ich könnte dicht bei Octavia sitzen, direkt unterhalb der Bühne oder sogar im Chorgestühl. Ich könnte das Publikum beobachten und schnell zur Stelle sein, wenn etwas passiert.»

Octavia streckte die Hand aus und strich Nightingale zärtlich über den Arm.

«Das sollte ein Scharfschütze machen, nicht Sie.»

«Es werden genügend bewaffnete Leute da sein; ich meine, ich könnte so tun, als wäre ich eine persönliche Assistentin oder so.»

Fenwick dachte gründlich nach. Es bestand überall eine Gefahr, wo sie sich auch aufhielt, und sie hatte Recht, es würden ausreichend bewaffnete Polizisten da sein.

«Na gut, aber Sie tragen eine kugelsichere Weste.»

45

Der lange Sonntag verging mit hektischer Aktivität. Polizisten, die sich zwischen den Arbeitern und Touristen bewegten, reagierten bestürzt auf die Gottesdienste und die große Zahl der Gläubigen in der Kathedrale und waren überrascht, dass das historische Bauwerk wieder seinem eigentlichen Zweck diente.

Sicherheitskontrollen wie auf Flughäfen wurden an den Haupteingängen errichtet; die anderen Türen wurden abgeschlossen und bewacht. Die Polizei bekam ein winziges Büro zur Verfügung gestellt. Der Assistant Chief Constable kam vorbei, beriet sich und ließ Inspector Blite als seine «Liaison» vor Ort zurück. Fenwick blieb und hängte große Pläne von Kathedrale und Sakristei an den Wänden auf. Dem Polizeiteam wurden von einer kleinen Gruppe von Frauen, «Freundeskreis» der Kathedrale, die alle aussahen wie nervöse alte Hamster, die man aus einem behaglichen Schlummer gerissen hatte, unablässig ausgezeichneter Kaffee und Obstkuchen gebracht.

Die Proben begannen am Nachmittag; zuerst Chor und Orchester jeweils für sich, dann zusammen. Die Atmosphäre knisterte vor Nervosität, die Akustik wurde durch das gelegentliche Bellen von Polizeihunden oder Rufe von Polizisten gestört; bei den Sopranen des Jugendchors flossen Tränen, und ein Dirigent gab einen ganz und gar ungewöhnlichen Kraftausdruck von sich.

Fenwick machte sich erst spät auf den Heimweg. Er war hungrig und müde, sein Magen rumorte von einem Übermaß an starkem Kaffee und süßem Kuchen. Er vermisste Bess und Chris; wünschte sich mehr als alles andere, mit ihnen herumzualbern. Chris ging es schon viel besser, und Bess war wie immer ein Schatz.

Aber sein Verstand fand keine Ruhe. Alle Vorbereitungen, die getroffen werden konnten, waren getroffen worden. Rowland war nirgendwo gesehen worden. Der Assistant Chief Constable ließ die Suchmannschaft rund um die Uhr ausschwärmen, ergebnislos. Rowland war wie vom Erdboden verschwunden.

Fenwick wusste, dass seine nach dem Urlaub erholte Mutter das Essen fertig haben und die Kinder auf seine Rückkehr warten würden, aber dennoch brachte er es aus einem unerfindlichen Grund nicht fertig, nach Hause zu gehen. Während er wie ein Roboter von der Kathedrale zurückfuhr, ging er im Geiste endlose Listen von Dingen durch, die erledigt oder nicht erledigt worden waren. Er fühlte sich schuldig, weil er nicht in der Kathedrale blieb, und war überzeugt, dass sein Platz dort war, aber die Logik gebot ihm, dass er ein Ersatzmann war und sich etwas vormachte. Er hatte schlimme Kopfschmerzen, steife Gelenke und Schmerzen im Rücken, wo Blutergüsse zutage getreten waren. Eine der alten Damen hatte ihm das Handgelenk verbunden, das unerträglich pochte. Er brauchte eine Pause. Es war viel wichtiger, dass er am Morgen klar denken konnte, und das Team in der Kathedrale verfügte nur über ein begrenztes Maß an Geduld mit einem «Berater», das er längst ausgeschöpft hatte.

Andersons Worte fielen ihm wieder ein: «Ich vertraue Ihnen. Wenn jemand diesen Mann aufhalten kann, dann Sie.» Er sah ihr gelassenes Gesicht, die ovalen Augen, die ihn voller Vertrauen anblickten, ohne die dunklen Ringe, durch die sie noch vor einer Woche gequält und älter ausgesehen hatte. Ihm war übel.

Er parkte vor den wild wuchernden Limetten. Ihre dichten Schatten hielten das Licht der Straßenlaternen von dem kleinen Haus ab. Nightingale kam an die Tür. Er hatte vergessen gehabt, dass sie da sein würde.

«Sind Sie den ganzen Tag hier gewesen?»

«Äh, ja ... natürlich.»

«Wie wollen Sie morgen in Bestform sein? Gehen Sie aus, frische Luft schnappen, gehen Sie ins Pub, trinken Sie etwas.»

«Was?» Sie kniff die Augen zusammen, wütend angesichts seiner stillschweigenden Kritik und des anmaßenden Ratschlags; er war so nervös, dass es sich nicht scherzhaft angehört hatte. Sie hätte ihm gern gesagt, dass sie dank seiner Ermittlungen niemanden mehr hatte, mit dem sie ausgehen konnte. Ihr Verlobter weilte noch in dem Urlaub, den sie eigentlich gemeinsam verbringen wollten. Er hatte weder angerufen noch eine Karte geschickt. Ihr wurde jedes Mal schlecht, wenn sie sich vorstellte, was er trieb, mit wem, und was sie nach seiner Rückkehr tun sollte. Niemand wusste von ihrem freiwilligen Opfer, aber plötzlich wollte sie, obwohl es kindisch war, dass ein Aufhebens darum gemacht wurde. Sie schluckte die Worte hinunter, die ihr auf der Zunge lagen, konnte aber nicht verhindern, dass ihre Antwort verbittert klang.

«Mir geht es gut; ich brauche keine frische Luft. Ich bin vollkommen entspannt und ausgeruht.»

«Sie brauchen einen Tapetenwechsel. Wenn ich es Ihnen sage.»

«Aber ...»

«Kein Aber. Holen Sie Ihre Jacke. Ich bleibe zwei Stunden hier. Raus mit Ihnen.»

Nightingale öffnete den Mund zu einer Erwiderung, biss sich aber nur fest auf die Innenseite der Unterlippe. Ihre Jacke hing an einem Haken in der Diele; sie schnappte sie und stürmte davon.

«Was hat das alles zu bedeuten?» Octavia erschien, von einer Lampe angestrahlt, an der Tür des kleinen Wohnzimmers. Fenwick hielt den Atem an.

«Ich habe die kleine Nightingale frische Luft schnappen geschickt.»

«Oh.»

Er stand belämmert in der Diele und wartete darauf, dass sie etwas tat. Sie sah ihn nur mit einem rätselhaften Lächeln an. Der Drang, der ihn hierher geführt hatte, zerstob in einer Mischung aus Verlegenheit und Missfallen. Er wandte sich ab und wollte gehen.

«Das ist albern. Ich weiß nicht, warum ich hergekommen bin ... ich werde wieder gehen.»

«Moment, das ist unmöglich. Ich bin ganz allein. Wo ist mein Beschützer?» Sie lachte.

Er schlang die Arme um sie, presste die Lippen auf ihre, drängte ihr verzweifelt die Zunge in den Mund. Sie reagierte sofort und gab einen kehligen Laut von sich, der Leidenschaft ausdrücken konnte oder Triumph. Ihm war es egal. Sie strich ihm über den schmerzenden Rücken, am Nacken nur mit den Fingerspitzen, aber weiter unten mit drängenden, massierenden Bewegungen, während sie die Hüften an seinen rieb. Sie war groß. Sie standen fast Schulter an Schulter, Brust an Brust, Schenkel an Schenkel.

In ihrem Schlafzimmer ließen sie das Licht ausgeschaltet und die Vorhänge offen. Ein Halbmond war über den Wolken aufgegangen und ließ sich ab und zu zwischen hohen Wolken sehen, dann warf er silberblaues Licht auf das Bett. Ihre Haut glänzte durchscheinend weiß, die blutroten Brustwarzen wirkten schwarz im Mondschein, Kontrapunkte zu dem dichten, gelockten Haar zwischen ihren Schenkeln. Er stand über ihr und war fasziniert von ihrer Schönheit, wie damals in Frankreich.

Gedanken an ihren Körper, an Sex mit ihr, suchten seine Träume seit dem Hochsommer heim. Jetzt konnte er sich des Eindrucks nicht erwehren, dass er wieder einmal in einem hoffnungslosen Traum gefangen war – Octavia hatte sich von der glühend heißen Königin der Mittelmeersonne in eine eiskalte Jungfrau verwandelt, rein, tödlich und begehrenswert. In seiner Verwirrung rechnete er damit, schwitzend zu erwachen, mit einer derart heftigen Erektion, dass ihn die Qualen den ganzen Tag verfolgen würden.

Er ließ sich stöhnend auf sie fallen und drang sofort in sie ein. Sie schrie einmal kurz vor Schmerz und Überraschung, ließ sich aber unverzüglich von seinem erbarmungslosen Rhythmus mitreißen.

Sie grub die langen roten Fingernägel in seinen Rücken und hinterließ tiefe Abdrücke. Sie schlang schlanke, elastische Beine um seine Hüften und hielt ihn in einer verbissenen Umklammerung gefangen. Sie verschmolzen zu einem pulsierenden Tier, gaben Schreie und Grunzlaute von sich und rangen keuchend nach Luft. Fenwick konnte nicht aufhören; eine leise Stimme in seinem Gehirn versuchte, ihm zu sagen, dass es falsch war – dass sie die Falsche war –, aber sie ging unter in seinen eigenen Schreien und ihren derben Anfeuerungen.

Ein Druck baute sich in ihm auf, vom Ansatz der Wirbelsäule bis in sämtliche Muskeln, der ihm das Herz zusammendrückte und seinen Kopf ausfüllte und seinen Höhepunkt in einem drängenden, unwiderstehlichen Aufbäumen des Unterleibs fand. Er spürte die Explosion in sich, die sich im selben Moment auf sie übertrug, als ihr eigener Höhepunkt sie schüttelte und ihn überflutete. Er sah in ihr Gesicht, die aufgerissenen Augen, während sie stumm den Mond anheulte.

Sie blieben umschlungen liegen und bewegten die aneinandergepressten Leiber noch eine ganze Weile rhythmisch. Er sah in ihr Gesicht, das seinem so nahe war, dass er spüren konnte, wie ihr Atem ihn an der Wange kitzelte. Sie hatte die Augen geschlossen, ihre Lider waren blütenweiß, von den dunklen Sicheln der Wimpern umrahmt. Ihr Mund stand offen, ein schwarzes Loch in dem flachen Gesicht. Die Wolke vor dem Mond verzog sich, sein Licht machte aus dem warmen, lebenden Fleisch einen Geist. Der Eindruck ließ ihn erschauern.

«Kalt?» Sie sah ihn aus dunklen ausdruckslosen Augen an.

«Ein wenig. Und dir?»

«Ein wenig.» Sie löste sich aus der Umklammerung und streckte sich. An den Hüften waren sie nach wie vor vereint, und sie rieb ihre anzüglich an seinen. Wegen der Schmerzen im Rücken zuckte er zusammen.

«Du hast es gebraucht.»

«Du nicht?» Seine Stimme war heiser, gebrochen.

Die Sphinx sah ihn nur an und lächelte.

Nightingale kehrte zurück, als die Spätnachrichten gerade zu Ende waren, sie klopfte an die Haustür und brachte verführerische Düfte nach Fisch und Pommes mit.

«Abendessen?»

«Mhm, lecker; ich bin völlig ausgehungert.» Octavia sprang auf und schaltete den Fernseher ab. Sie folgte Nightingale in die neonbeleuchtete Küche; das Lachen beider Frauen hallte bis in das Zimmer.

«Möchten Sie auch etwas, Andrew? Es ist genügend da», rief sie über das Klirren von Besteck und die Geräusche des Tischdeckens.

«Nein, danke. Ich muss los.»

«Sind Sie sicher?» Sie kam zu ihm in die Diele.

«Ja. Wir sehen uns morgen.» Er versuchte, den Worten einen normalen Klang zu geben.

Sie schenkte ihm ihr Alltagslächeln, als sie ihn zur Tür brachte. Als er den feuchten, dunklen Weg hinabging, hörte er die beiden in der Küche lachen und fragte sich, ob er Gegenstand ihres Gesprächs war.

46

Am Montag, den sechsten September, war der siebenundfünfzigste Jahrestag der Gründung der Downside School. Sie war in einem Anflug von optimistischer Entschlossenheit von Counsellor De Weir gegründet worden, einem Geschäftsmann der Gegend, der zu alt war, um in den Krieg zu ziehen, aber zu jung, um nicht die Konsequenzen zu fürchten, wenn so viele begabte Heranwachsende der Nation ausgelöscht wurden.

Zu Anfang hatte die Schule eine Lehrerin, eine aus vierzehn Schülern unterschiedlichen Alters bestehende Klasse und hauste in einer umgebauten Scheune. Miss Saunders, die erste Lehrerin, war Anfang dreißig gewesen. Wie viele ihres Alters und ihrer Schicht stellte sie sich tapfer einem Leben als alte Jungfer, nachdem ihr Verlobter 1916 gefallen war. Die Schule wurde zu ihrer Familie, die Schüler zu ihren Kindern, und sie investierte so viel Phantasie und Entschlossenheit in ihre Arbeit, dass sie den größten Teil der bäuerlichen Eltern und Schüler, deren Ausbildung ihr Anliegen war, für sich einnehmen konnte.

Zufällig war Miss Saunders eine begabte Pianistin, deren Kunstfertigkeit in vielen Stunden des Übens seit dem August 1916 ständig gewachsen war. Ebenso zufällig stellte sich heraus, dass zwei ihrer Schüler, die Mason-Zwillinge, absolutes Gehör und wunderbare Tenorstimmen hatten. Daher zogen die weihnachtlichen Schulkonzerte auch Publikum von außerhalb des Dorfes an. Mr. De Weir, selbst kein musikalischer Mensch, nahm die Glückwünsche dennoch gern entgegen, und seine Karriere in der Lokalpolitik erlebte einen steilen Aufschwung. Als er Bürgermeister wurde, gründete er eine musikalische Stiftung an der Schule mit einem Preis, der die künstlerische Entwicklung jeweils eines wahrhaft außergewöhnlichen Schülers fördern sollte. Die Bedeutung der Schule für die lokale musikalische Ausbildung war gesichert.

Die Schule hatte eine lange Tradition, und sie hatte eine Schülerin hervorgebracht, auf die die Verwaltung stolz und neidisch zugleich war. Octavia Anderson war ihr größter Triumph, daher hatten sie beschlossen, es der Welt am Jahrestag zu zeigen und zu protzen. Es war tollkühn, ein paar sagten närrisch, Verdis *Requiem* aufführen zu wollen. Das Werk war eine Herausforderung für Orchester, Chor und alle vier Solisten – Sopran, Mezzosopran, Tenor und Bass. Octavia Anderson dafür zu interessieren war ein echter Coup gewesen.

Alle Chöre und Orchester hatten unter Leitung des Dirigenten und Rektors, dem die undankbare Aufgabe zufiel, die Stimmen zu koordinieren, für sich geprobt. Die ersten Gesamtproben fanden am Sonntag statt; sie waren kein völliges Desaster. Der Montag war ein Tag der Herausforderungen.

Die Kathedrale war seit der Abendandacht für Touristen und Gläubige geschlossen; über Nacht hatte man die elektronischen Sensoren an den Eingängen verkabelt, sodass Musiker und Techniker auf dem Weg zum Podium Metalltüren passieren mussten. Einige Mitglieder von Chor und Orchester ließen sich durch die enormen Sicherheitsmaßnahmen einschüchtern; einige Bläser mussten ihre Instrumente davor bewahren, von Polizisten auseinander genommen zu werden. Nachdem es zwischen einem Posaunisten und einem Zivilbeamten beinahe zu Handgreiflichkeiten gekommen war, wurden die Sicherheitsmaßnahmen etwas diskreter gehandhabt.

Das schmale Kirchenschiff erlegte der Größe des Orchesters Grenzen auf, dennoch war der gesamte Bereich vor den Chortreppen mit Notenständern und Stühlen zugestellt. In dem engen Raum des Triforiums über dem Kirchenschiff nahmen die Trompeter auf Hockern Platz. Es war die Entscheidung getroffen worden, ausgewählte Mitglieder des örtlichen professionellen Kammerorchesters in das Jugendorchester zu setzen.

Die erste Probe verlief mäßig. Der Dirigent hatte echte Probleme mit den Bläsern und einem allzu enthusiastischen Beckenspieler.

Durchsuchungen der Polizei und schnuppernde Polizeihunde in den Gängen trugen nicht gerade zur Entspannung bei, aber am späten Vormittag herrschte wieder eine Atmosphäre der Entschlossenheit und Zielstrebigkeit. Die Mittagspause, die wegen des Nieselregens drinnen stattfand, verlief beinahe fröhlich. Es blieb nur noch Zeit für eine Probe, bis die Solisten eintrafen, daher erklärte der Dirigent, er sei für einen Gesamtdurchlauf bereit, was auf Chor und Orchester gleichermaßen eine elektrisierende Wirkung hatte. Zum ersten Mal seit Beginn der Proben spürten viele der Musiker, wie sich ihre Nackenhärchen aufrichteten und der Nervenkitzel einsetzte, den nur große Musik bereiten kann.

Die Maßnahmen der Polizei wurden hektischer. Sämtliche Mitglieder von Orchester und Chor hatten einem Team von sechs uniformierten Beamten ihre Namen, Adressen und Telefonnummern angeben müssen, und nun wurde jedes vorhandene Telefon genutzt, um die Angaben zu prüfen. Cooper war überzeugt, dass sie die Arbeit beenden würden, bevor die Aufführung begann, bis Fenwick allen die Stimmung verhagelte, indem er sagte, dass auch die Organisatoren, der Freundeskreis der Kathedrale und die Techniker überprüft werden müssten. Blite blieb keine andere Wahl, als zuzustimmen. Da die Leute ständig in der Kathedrale herumliefen, ging Cooper schließlich dazu über, ihnen mit Filzstift einen rosa Punkt auf den Handrücken zu malen, wenn ihre Personalien aufgenommen worden waren – um den Überblick zu behalten.

Schließlich sagte er: «Alles fertig, Sir. Wir haben alle Namen erfasst.»

«Wer ist das da oben?» Coopers Blick folgte Fenwicks ausgestrecktem Arm zum Triforium.

«Die Trompeter, Sir; sie sind alle überprüft.»

«Nein, daneben – der mit dem Mikrofon.»

«Das ist ein Tontechniker, Chief Inspector.» Der Vorsitzende des Organisationskomitees stellte sich lächelnd neben sie.

«Ich habe nichts von einem Mitschnitt gehört.»

«Ich dachte, man hätte es Ihnen gesagt. Sehen Sie, ich habe einen Brief hier, in dem die Einzelheiten bestätigt werden.»

«Der ist auf den letzten Monat datiert.»

«Ich weiß. Die arme Katherine Johnstone hatte es organisiert, und um ehrlich zu sein, wir hatten es alle vergessen. Doch dann bestätigten sie die Vereinbarungen aus heiterem Himmel; schrieben mir direkt, weil sie Kate nicht erreichen konnten. Und es ist eine exzellente Vereinbarung. Die Stiftung erhält eine Garantiezahlung für die Rechte an der Aufzeichnung und einen Anteil an den Tantiemen.»

Fenwick studierte das Blatt. Es trug den Briefkopf einer unbekannten Plattenfirma und sah echt aus. Eine Fotokopie von Katherine Johnstones in einer Ecke stark beschmutztem Brief war daran festgeklammert. Es war ein geschwätziger Brief, nicht so sachlich, wie er erwartet hätte. Er gab ihn zurück; inzwischen war er übervorsichtig und zog alle und jeden in Zweifel.

«Möchten Sie das auch überprüft haben, Sir?»

«Kann nicht schaden, Cooper. Sehen Sie zu, ob Sie verifizieren können, wer den Brief unterschrieben hat und ob der Techniker da oben tatsächlich für die Firma arbeitet.»

Cooper näherte sich dem Tontechniker, als der gerade zum letzten Mal die Mikrofone beim Chor überprüfte. Durch den Lärm der Bläser oben konnte man sein eigenes Wort kaum verstehen. Eine Trompete spielte immer noch völlig falsch.

Der Tontechniker war groß, selbst wenn er sich bückte, wirkte aber viel älter als Rowland. Die wenigen Haare, die er noch auf dem Kopf hatte, waren grau, ebenso das alberne Ziegenbärtchen am Kinn. Er hatte eine schriftliche Befugnis dabei, einen Ausweis der Firma und einen Führerschein. Er war umgänglich, aber genervt von Coopers Fragen, und konnte es kaum erwarten, weiterzumachen.

«Sind Sie allein hier?»

«Im Moment, ja. Im Lauf der Woche waren andere hier, und Alec sollte jeden Moment eintreffen, er hilft mir. Aber im Wesentlichen bin ich derjenige, welcher. Ich teste gerade die Level und muss damit fertig sein, bis die Solisten eintreffen.»

«Haben Sie die Privatnummer von Ihrem Boss?»

«Natürlich nicht! Wieso sollte ich? Wir haben außerhalb der Firma nichts miteinander zu tun.» Er hatte einen leichten Midlands-Akzent, der umso ausgeprägter wurde, je mehr er sich aufregte.

«Na gut, aber laufen Sie nicht weg. Ich muss vielleicht noch einmal mit Ihnen reden.»

Cooper machte seine Meldung; der Mann schien echt zu sein, aber sie versuchten trotzdem, einen seiner Vorgesetzten zu erreichen. Sämtliche Trompeter waren ebenfalls überprüft worden, und Fenwick gingen die Verdächtigen aus. Er konnte nicht glauben, dass Rowland einfach im Publikum auftauchen würde. Er schlug eine weitere Suche nach Sprengstoff vor und ging sich mit Cooper beraten.

Jason MacDonald war an dem Fall dran. Genauer gesagt, er konnte die Sache in der Kathedrale nicht vergessen. Obwohl sein erster Artikel unterdrückt worden war, wurde er das Gefühl nicht los, dass sich hier eine sensationelle Schlagzeile anbahnte, und ihm war auf quälende Weise bewusst, dass er der einzige Journalist war, der davon wusste.

Es war leicht gewesen, im Chaos beim Eintreffen des Chors in die Kathedrale zu gelangen, und während sich die Polizei die Zeit bis zur Mittagspause vertrieb, lag er gut versteckt im dunklen Schatten des schmalen Gangs hinter einem restaurierten Grab und döste gelegentlich ein, schreckte aber immer wieder hoch und sah auf die Uhr.

Harper-Brown, der Assistant Chief Constable, traf kurz vor Beginn der Nachmittagsprobe unangemeldet ein. Er verbarg seine Nervosität angesichts der Verantwortung an der Spitze einer komplexen und gefährlichen Operation hinter einem Übermaß an Jovialität. Es ärgerte Fenwick, dass der Trick bei Polizisten und Organisatoren gleichermaßen zu wirken schien, obwohl er ihn so leicht durchschauen konnte. Harper-Brown steckte in einer selbst geschaffenen Falle. Er konnte das wahre Ausmaß der Gefahr nicht eingestehen, nachdem er Fenwicks Theorie zuvor verworfen hatte, aber ebenso wenig konnte er leugnen, dass das nächste potenzielle Opfer eines Serienmörders, von dem sie nach dem Bombenanschlag jede Spur verloren hatten, in weniger als sechs Stunden vor mehr als dreihundert Leuten öffentlich auftreten würde.

Hinzu kam, dass Fenwick ihn mit seinem wissenden Gesichtsausdruck nervös machte. Harper-Brown unterhielt sich einige Zeit mit zwei Männern, Blite und einem, den Fenwick nicht kannte, und als er sich dem Chief Inspector näherte, wirkte er sichtlich entspannter.

«Was meinen Sie, wie es ablaufen wird, Andrew?»

Die Anrede machte Fenwick sofort wachsam.

«Ich glaube, Sie haben getan, was unter den Umständen möglich war, Sir. Es war nicht gerade hilfreich, dass Hunderte Musiker ständig herumgelaufen sind und überall Taschen und Mäntel liegen gelassen haben, aber das Team scheint jetzt den Überblick zu haben. Ich habe kaum mit dem anderen Mann gesprochen, der mit Blite arbeitet – er bleibt für sich –, aber ich schätze, er hat Ihnen alles Wichtige gesagt.»

Der Assistant Chief Constable sah unbehaglich drein. «Ja, ja, er ist recht zuversichtlich.»

Fenwick musterte die eindrucksvolle Gestalt seines Vorgesetzten in seiner Uniform und fügte mit Bedauern hinzu: «Manchmal kam es zu Spannungen mit den Musikern. Es wäre anständig, wenn Sie dem Dirigenten, dem Leiter und dem Vorsitzenden des Organisationskomitees für ihre Mitarbeit danken würden, Sir.»

«Natürlich, ich werde tun, was ich kann.» Es folgte eine Pause, in der Fenwick es nicht über sich brachte, dem Chief in die Augen zu sehen. «Oh, übrigens, da wir Rowland nicht gefunden haben, habe ich noch einige Männer herbeordert. Sie werden gerade eingeteilt. Haben Sie Vorschläge, wo man sie am besten einsetzen könnte? Campbell, der, ähem, hiesige Mann, und Blite haben alles unter Kontrolle, aber selbstverständlich ist Ihr Rat stets willkommen.»

Campbell und Blite hatten Fenwick genau das Gegenteil klargemacht, als er eingetroffen war, und nur der Loyalität von Cooper und seinen Kripo-Freunden von West Sussex hatte er es zu verdanken, dass er überhaupt einen gewissen Einfluss auf die Vorkehrungen in der Kathedrale nehmen konnte. Hundert Bemerkungen lagen ihm auf der Zunge, aber sie blieben unausgesprochen. Der Assistant Chief Constable musste als Verbündeter behandelt werden, wenn sie Octavias Leben retten wollten.

«Es scheint schwierig, in der momentanen Situation mehr zu integrieren, Sir. Aber vielleicht könnte Campbell noch sechs bis acht Leute im Inneren postieren und den Rest als Kokon um die Kathedrale herum postieren, nahe genug, dass sie als Verstärkung zur Verfügung stehen, falls etwas passiert.»

Harper-Brown betrachtete Fenwick mit neuem Respekt; es hatte nicht die Spur von «Ich habe es ja gleich gesagt» in seiner Stimme mitgeklungen und auch kein Verdruss darüber, dass er nicht das Kommando hatte.

«Die Scharfschützen kommen jeden Moment, ebenso die kugelsicheren Westen für alle Beamten. Ich habe genehmigt, dass alle qualifizierten Schützen Waffen ausgehändigt bekommen. Ich nehme an, Sie möchten auch eine?»

«Nein, ich nicht, Sir.»

Der Assistant Chief Constable sah sich in dem riesigen Bauwerk um. Suchhunde drehten ihre letzte Runde; Polizeibeamte standen an sämtlichen Türen, sogar vor den verschlossenen und verriegelten; einige Scharfschützen hatten schon an Schlüsselpositionen im Kirchenschiff, auf dem Chorgestühl und dem Triforium Stellung bezogen, ebenso die vom Verteidigungsministerium abkommandierten Spezialisten, von denen nur Harper-Brown, Campbell und Blite wussten. Er war entzückt gewesen, als ein alter Schulfreund, der eine hohe Position im Ministerium einnahm, ihm Unterstützung angeboten hatte. Er wusste, Fenwick würde es nicht gefallen, daher hatte er es ihm gar nicht erst gesagt. Glücklicherweise waren die Männer so gut getarnt, dass sie nicht auffielen. Nicht einmal er selbst konnte sie von den Musikern und ihren Assistenten unterscheiden. Blite war äußerst hilfreich gewesen, was die Spezialisten anging, und hatte die Vorteile sofort gesehen. Insgesamt waren es acht Leute an strategischen Punkten. Sie konnten da, wo sie standen, alle potenziellen Verstecke einsehen, ebenso einen großen Teil von Publikum und Orchester. Sie standen miteinander und mit Campbell durch unauffällige Funkgeräte in Verbindung.

Hektische Aktivität am Haupteingang kündete von der Ankunft der Solisten. Octavia Anderson kam herein und schüttelte den Regen von einem großen Schirm. Sie lachte; Nightingale war bei ihr. Sie war warm angezogen, feine schwarze Wollhosen und ein flauschiger, feuerroter Kaschmirpullover, über dem sich ihr elfenbeinfarbenes, von dem dichten schwarzen Haar umrahmtes Gesicht abhob. Regentropfen funkelten auf den dunklen Locken, als sie unter den grellen Lichtern dahinschritt, die Kirchenschiff und Bühne anstrahlten. Ihre Größe und fremdartige Schönheit machten sie zu einer imposanten Gestalt. Aber was die Leute wirklich fesselte und in den Bann zog, war ihre Präsenz. Die Künstlerin in ihr machte selbst den kurzen Gang durch das Kirchenschiff zu einer Darbietung, die ihr Publikum für sie einnahm. Sie ging direkt zum Dirigenten und begrüßte ihn wie einen alten Freund. Er tänzelte geschmeichelt und ergriffen um sie herum, küsste ihr die Hand, hielt ihre schlanken Finger in seinen pummeligen Fäusten und stellte sie dem Veranstalter und dem Chordirigenten vor, in deren Augen sein Ansehen auf der Stelle gewachsen war. Der Chor applaudierte zur Begrüßung, und als die anderen Solisten ihre Plätze einnahmen, senkte sich eine erwartungsvolle Stille hernieder.

«Ich hatte keine Ahnung, dass sie so eine Schönheit ist.» Der Assistant Chief Constable sprach niemanden speziell an. Fenwick, der an Erinnerungen an Mondschein und Kaminfeuer erstickte, konnte nicht antworten.

Die Generalprobe ging mit vergleichsweise wenig Aufhebens über die Bühne, da die Solisten eine professionelle Zuversicht verströmten, die die Nerven der Amateure beruhigte.

Neben Octavia wirkte die Mezzosopranistin unglaublich winzig – eins sechzig vielleicht, mit einem pausbäckigen Puttengesicht und einem gemeinen Grinsen. Ihre hellbraunen Locken waren dünn und ohne Spannkraft. Man konnte kaum glauben, dass ihre Stimme der enormen Kathedrale gewachsen sein würde, aber den Anfang des «Kyrie» sang sie grandios.

Der Tenor war glatt rasiert, germanisch, ausdruckslos, bis er zu singen anfing, da wurden seine hellblauen Augen weiß glühend. Der Bass an seiner Seite sorgte für die Balance des Quartetts, er überragte die anderen beinahe um Haupteslänge, stand rechts vom Dirigenten, dem Chor zugewandt und bildete einen würdigen Gegenpol zu Octavia. Der Brustkorb und das markante Gesicht des stattlichen Afroamerikaners deuteten auf eine Stimme hin, mit der man Armeen hätte befehligen können. Er warf, genau wie Octavia, kaum einen Blick in die Noten. Statt dessen schaute er auf die leeren Stuhlreihen und konnte es offenbar kaum erwarten, bis die eigentliche Aufführung begann.

Fenwick fiel auf, dass sich der Assistant Chief Constable unwillkürlich vor die Gruppe der Polizisten gesetzt hatte und gebannt der Musik lauschte. Der Vorsitzende des Organisationskomitees kam mit zwei Klavierauszügen zu ihnen gewuselt, von denen er einen Fenwick und den anderen dessen Vorgesetzten in die Hand drückte.

«Hier, nehmen Sie. Das wird Ihnen helfen, die Musik zu genießen», flüsterte er. Fenwicks Gesichtsausdruck schien Bände zu sprechen, denn er fügte hinzu: «Keine Bange, wenn Sie keine Noten lesen können – der Text wird Ihnen genug Hinweise liefern – und Sie müssen verstehen, was sie singen, wenn Sie es richtig würdigen wollen.»

Ein Crescendo von Chor und Orchester übertönte Fenwicks Antwort; der Assistant Chief Constable blätterte verstohlen um und hoffte, die richtige Stelle zu finden.

«Der Stil ist fast opernhaft.» Der Assistant Chief Constable legte den Klavierauszug unter seinen Stuhl.

«Oh, das stimmt, ja», entgegnete der Vorsitzende. «Eigentlich ist es ganz und gar kein heiliges Stück. Es ist wahrer Verdi, Belcanto, eine echte Herausforderung für die Solisten.»

Fenwick sah, dass sein Chef um eine Antwort verlegen war, und genoss den Anblick.

«Belcanto?»

«Ja, Sie wissen schon. Wie soll ich sagen? Es bedeutet, dass die Stimmen irgendwie über dem Orchester stehen; sie sind mehr als nur Vokalinstrumente; sie werden zum Herzstück des Ganzen.»

Ein weiterer lauter Chorsatz übertönte die gedämpfte Stimme des Vorsitzenden, aber er plapperte unverdrossen weiter. Fenwick klinkte sich aus und überließ es dem Assistant Chief Constable, hin und wieder zu nicken und Verständnis zu heucheln. Er hörte erst wieder zu, als Octavias Name fiel.

«... ja, großes Glück. Erstaunlich, dass sie zugesagt hat, erstaunlich. Dafür haben sich alle Unstimmigkeiten und Sorgen in den letzten Minuten gelohnt. Die Sopranpartie ist eine solche Herausforderung; nur wenige Künstlerinnen schaffen sie glaubwürdig, besonders das ‹Libera me› ...»

«Pardon?» Da es um Octavia ging, wollte er es genau wissen.

«Hier, ich zeige es Ihnen. Seite ... einhundertzweiundneunzig; da, sehen Sie, diesen Oktavsprung zum hohen B – und dann noch *pianissimo*. Erstaunlich, *pianissimo.* Allein dafür lohnt es sich zuzuhören.»

Fenwick überflog die Seite und folgte dem Wurstfinger des Mannes. Eine Zeile war mit SOP gekennzeichnet, und er vermutete, dass das Octavias Part war. Es sah eigentlich eher einfach aus. Andernorts wuselten die Noten wie Ameisen über das ganze Blatt, kletterten auf einem ordentlichen Gitter herum, das sich bemühte, einem scheinbaren Chaos Struktur zu geben.

«Was ist ein *Requiem*?»

«Eigentlich eine Messe für die Toten.»

Kannte Rowland die Bedeutung des Stücks, oder handelte es sich um einen makabren Zufall? Fenwick nahm das als weiteren Beweis für seine Überzeugung, dass der Mörder die Aufführung nutzen würde, um zuzuschlagen.

«Und was genau ist eine Messe für die Toten?»

«Nun. Das ist unterschiedlich, aber im Großen und Ganzen erbitten sie Gottes Gnade und Vergebung unserer Sünden. Manche sind optimistischer, andere weniger.»

«Und diese?»

«Leider nicht besonders hoffnungsvoll. Natürlich sehr eindrucksvoll, ungeheuer eindrucksvoll – und die Musik ist so berauschend, dass man manchmal geneigt ist, den Text zu vergessen. Aber es beginnt mit einem Gebet für ewige Ruhe und endet mit einer, wie ich finde, verzweifelten Bitte um Gnade. Bewegend, sehr bewegend.»

Fenwick blätterte ganz nach hinten und überflog die letzten Textzeilen des Chors. Zuletzt blieb nur die Sopranistin übrig und sang ein klagendes Solo, während die Musik verstummte. Der Vorsitzende sah ihn lächelnd an.

«Ja, wieder der Sopran. Sie leiht unseren Hoffnungen und Ängsten die Stimme. Es endet mit einem letzten Gebet.»

Der Dirigent klopfte mit dem Taktstock auf seinen Notenständer und begann den ersten Gesamtdurchlauf. Fenwick sah zur Bühne und zuckte zusammen, als ihm klar wurde, was für eine prächtige Zielscheibe Anderson bot. Ihr roter Pullover bildete den Mittelpunkt in einer Masse menschlicher Ziele. Nightingale hatte sich direkt vor die Bühne gesetzt und ließ den Blick über die leeren Stuhlreihen schweifen. Sie wirkte schwerer als sonst; die gefütterte Jacke machte die Masse der kugelsicheren Weste noch deutlicher.

Er versuchte noch einmal, die größten Gefahrenmomente für Octavia zu analysieren. Er hielt es für unwahrscheinlich, dass sie angegriffen wurde, solange sie saß. Zwar saßen die Solisten am vorderen Bühnenrand, aber im Sitzen wurde sie praktisch von allen Seiten – nur nicht von ganz rechts – abgeschirmt.

Blieb natürlich die Möglichkeit einer Bombe oder Granate, aber das bezweifelte er. Zu viele andere würden sterben, die Auswirkungen der Explosion ließen sich unmöglich abschätzen – was bedeutete, ein derartiger Angriff konnte auch gefährlich für den Bombenleger sein –, vor allem aber schien es zu grob. Ohne Stil. Als Waffe kamen mit aller Wahrscheinlichkeit nur ein Messer oder eine Schusswaffe in Frage.

Ein Messer würde zu den früheren Morden passen. Anderson konnte auf dem Weg von oder zur Bühne niedergestochen werden oder wenn sie draußen eintraf. Aber Rowland würde sich nahe an sie heranschleichen und den dichten Ring aus Sicherheitskräften durchdringen müssen. Er konnte nicht sicher sein, ob er es bis zu ihr schaffen würde, und würde unweigerlich gefasst werden. Einen Angriff mit einem Messer schloss Fenwick aus.

Also eine Schusswaffe. Er war die ganze Zeit davon ausgegangen, dass das die wahrscheinlichste Möglichkeit war.

Rowland war ein Schütze und als solcher mit den meisten Handfeuerwaffen und Gewehren vertraut. Wenn Octavia stand, gab es Dutzende Positionen, von wo aus Rowland freies Schussfeld hatte. Am besten schien das Triforium geeignet, aber das war zwei- oder dreimal auf Herz und Nieren überprüft worden. Und Rowlands Waffenlager war entdeckt worden, was bedeutete, dass er seine Waffe mitbringen musste. Bewaffnete Polizisten standen auf beiden Seiten der Empore, dazu drei Trompeter und der Tontechniker. Ihre Instrumente und Ausrüstung waren ausnahmslos durchsucht worden; nichts sah verdächtig aus.

Fenwick fiel ein, dass er immer noch nicht wusste, ob sie die Identität der verbliebenen Musiker und Techniker geklärt hatten, daher gab er Cooper ein Zeichen, sich darum zu kümmern. Der Assistant Chief Constable entfernte sich wieder, um mit Blite und Campbell das Vorgehen zu besprechen und die letzte Runde der Sicherheitsmaßnahmen zu überwachen.

Die Generalprobe nahm ihren Lauf. Fenwick spürte deutlich eine Nervosität im Chor, die ihn beunruhigte. Er setzte sich in Bewegung und wollte gerade zur Bühne gehen, als das Crescendo des «Dies irae» erklang. Die Kraft von mehr als hundert Stimmen und die schiere Wucht der Musik hallten durch die Kathedrale. Die Härchen auf seinen Unterarmen richteten sich auf. Ihm wurde bewusst, dass er den Atem anhielt.

Die Musik schallte bis hinauf ins Gewölbe, von den Wänden zurück, um die Säulen herum. Und Fenwick stand in der Mitte und nahm die überirdischen Klänge mit jeder Faser in sich auf. Er hatte so etwas noch nie erlebt. Er fühlte sich verwundbar und zugleich erhaben und auf ungestüme Weise erregt. Durch die Musik fühlte er sich mit dem Leben verbunden, als Teil von etwas Unermesslichem, von dem er nur einen winzigen Bruchteil wahrnehmen konnte.

Die Musik ging weiter, das Gefühl ließ nach. Die Wiederholungen waren lediglich Nachbeben, und er wandte sich wieder dem Klavierauszug zu, auf der Suche nach den Worten, die den Komponisten zu dieser genialen Musik inspiriert hatten.

Anhand der Dichte der Noten auf der Seite schätzte er, wo sie sich befinden mochten. Schließlich fand er die lateinische Textzeile und eine unzulängliche Übersetzung darunter: «*Dies irae* ... Tag des Zorns.» Der Zufall machte ihn frösteln. Wenn Rowland diese Musik kannte, hätte er kein angemesseneres Stück finden können, um seinen Mord zu begehen.

Je länger es dauerte, desto mehr Zusammenhänge zu der Musik fand er: «Welches Zagen, welches Beben, Wenn, zu richten alles Leben, Sich der Richter wird erheben!» Zuerst erhob sich der Bass, dann die Mezzosopranistin, um von Tod, Schrecken und Zorn zu singen, bis die Wiederholung des «Dies irae», ebenso laut und Ehrfurcht gebietend, durch das heilige Gemäuer schallte.

Die zierliche Mezzosopranistin stand allein wieder auf, während der Chor sich setzte. Ihre wunderbar weiche Stimme drang selbst bis zu den entferntesten Wänden vor. Fenwick hatte inzwischen begriffen, wie die Notensysteme zu lesen waren, und konnte ihrem Solo ohne Schwierigkeiten folgen. «Ach, was werd ich Armer sagen, welchen Anwalt mir erfragen ...»

Nun stand auch Octavia auf, und ihre Gesichtsfarbe wechselte von Elfenbein zu Leichenblass, als sie einstimmte. Sie sang mit einer vollen, samtenen, klaren Stimme. Selbst die schwatzenden Polizisten verstummten für einen Moment und hörten zu. Sie ließ den Blick über die leeren Sitzreihen schweifen, ohne auch nur einmal in die Noten zu schauen. Ihre Angst war offensichtlich. Und etwas unterhalb von ihr war Nightingales Nervosität fast greifbar; sie hatte die Hände so fest ineinander verschränkt, dass die Knöchel weiß hervortraten, damit sie nicht zitterten.

Dann stand der Chor auf, und die Anspannung legte sich. Fenwick spürte, wie alle ringsum sich wieder ihren Aufgaben zuwandten. Die Probe ging weiter; der Chor stand auf und setzte sich; die Solisten erhoben sich als Quartett oder einzeln und setzten sich wieder, immer von den Wogen der Musik getragen. Octavia wirkte an keiner anderen Stelle mehr so isoliert und verwundbar, daher entspannten sich alle bis auf Fenwick und Nightingale.

Fenwick machte einen Spaziergang durch den feuchten Nachmittag, zu nervös, um etwas zu essen oder sich zu konzentrieren, und ärgerte sich darüber, dass Blite und Campbell ihn eindeutig überflüssig fanden. Er hatte sich so an die Geräuschkulisse der Probe gewöhnt, dass ihn die Stille draußen aus der Fassung brachte. Also ging er wieder hinein, in der Annahme, die Probe sei vorbei.

Er irrte sich. In der Kathedrale stand der Chor und sang leise zur flüsternden Begleitung des Orchesters. Eine Solistin stand vor ihnen, deren Blässe zu ihrem Schwarz und Blau einen starken Kontrast bildete.

Der Vorsitzende winkte ihn zu sich und sagte kaum hörbar: «Das ist der Teil, von dem ich Ihnen erzählt habe, das ‹Libera me›.»

Octavia hauchte ihren Text von Zittern und großer Furcht. Dabei sah sie Fenwick unverwandt an und ihre Augen waren selbst auf die Entfernung dunkel und feucht. Dann hämmerte der Chor ein letztes Mal «Dies irae» in die Stille und verkündete seine schreckliche Warnung, während Octavia nur gebannt dastand und wartete. Fenwick wollte nach vorn gehen, um ihr näher zu sein, um ihr zu zeigen, dass er da war, aber der Vorsitzende, dessen pummelige Hand überraschend kräftig war, hielt ihn am Ärmel fest.

«Warten Sie. Sie ist noch nicht fertig. Und das hohe B, von dem ich Ihnen erzählt habe, kommt jetzt jeden Moment.»

Tatsächlich verstummten alle anderen, und Octavias Stimme hallte allein durch die alte Kathedrale. Wehmütig, aus tiefstem Herzen, eine Bitte um Frieden. Sie flehte um Vergebung für die Unzulänglichkeiten und Schwächen der Menschen, bat Gott um Verständnis. Fenwick wusste, den Zuhörern würde sie eine einzigartige Aufführung bescheren, aber den einen, ihren unsichtbaren Mörder, bat sie um ihr Leben.

Die Probe endete mit vollkommener Stille. Dann fingen Chor und Orchester an zu lachen und die Solisten zu beklatschen, lobten sich selbst, vergötterten Octavia. Sie war grandios gewesen, nicht nur ihre Stimme, auch die emotionale Kraft ihres Gesangs hatte alle gerührt. Sie stieg von der Bühne und sah Nightingale ernst an.

Der Mann, der hinter dem Grab eines Ritters hervor auf Octavia zugerannt kam, war nur ein Schemen am Rand des Gesichtsfelds. Nightingale sprang auf und legte die wenigen Meter zurück, um ihn aufzuhalten, noch ehe jemand anders sich auch nur umgedreht hatte. Sie sprang ihn an wie ein Rugbyspieler, packte seine Beine und brachte ihn durch den Schwung ihrer Bewegung zu Fall. Der lange schwarze Gegenstand, den er in Octavias Richtung gehalten hatte, schlitterte über den Marmorboden und blieb vor der Bühne liegen.

Schreie ertönten ringsum, und sie spürte die Vibrationen von Füßen, die sich vom Boden in ihren Körper fortpflanzten, während sie mit dem ganzen Gewicht auf ihm lag. Sie packte die Arme des Mannes, drehte sie ihm auf den Rücken und verlagerte ihr ganzes Gesicht auf das Knie, das sie zwischen seine Schulterblätter stemmte. Sosehr sie sich auch bemühte, in den endlosen Sekunden, bis die anderen bei ihr waren, konnte sie ihr heftiges Zittern nicht unterdrücken.

Drei Polizisten kamen mit gezückten Waffen, die sie auf den Kopf des liegenden Mannes gerichtet hielten. Er versuchte, etwas zu rufen, aber sein Gesicht wurde so fest auf den harten Boden gedrückt, dass die Worte verzerrt und gedämpft klangen.

Einer der Polizisten suchte in den Taschen des Mannes und zog seine Brieftasche heraus. «Hier steht Jason MacDonald, Presse. Was haben Sie dazu zu sagen?»

Vier Hände zerrten ihn grob auf die Füße. Ein Mundwinkel war blutverschmiert; er wischte ihn zaghaft mit einem Handrücken ab.

«Um Himmels willen! Was soll das bedeuten? Ich wollte nur ein Foto machen!»

«Warum haben Sie sich dann so versteckt?»

«Ich wollte es verdammt noch mal exklusiv haben!»

«Sie wollten ihr Angst machen!» Nightingale war wütend. «Sie wollten ihr solche Angst machen, dass sie etwas sagt, das Ihnen eine Schlagzeile geliefert hätte.» MacDonald wich ihrem Blick aus.

«Jason MacDonald? Sie sind derjenige, der letzte Woche den Artikel über unsere Suche hier veröffentlichen wollte.» Cooper erschien auf der Bildfläche mit Blite und Campbell im Schlepptau.

«Ja, hallo. So trifft man sich wieder.»

«Das ist entweder eine höchst raffinierte Tarnung, Sir, oder er ist wirklich der, der zu sein er behauptet. Ich habe ihn letzte Woche hier gesehen.»

Nach einer kurzen Rücksprache mit dem Chefredakteur der *Chichester Times* war Blite hinreichend davon überzeugt, dass der Mann unwichtig war, aber er musste den Störenfried aus dem Weg haben. Außerdem wollte er herausfinden, wie die Suchtrupps ihn hatten übersehen können.

«Constable, rufen Sie das hiesige Revier an. Sagen Sie, wir bringen einen Verdächtigen zum Verhör. Sie sollen ihn in Gewahrsam nehmen, bis wir heute Abend dort sind.»

«Was!? Das können Sie nicht machen! Ich bin Vertreter der Presse. Ich habe Rechte!»

«Richtig, die haben Sie, Mr. MacDonald. Und ich habe meine. Sie sind wegen Hausfriedensbruchs verhaftet und vorläufig festgenommen, bis der Magistrat morgen früh darüber entscheiden kann. Danke, Constable. Bitte bringen Sie ihn weg.»

Eine weitere gründliche Durchsuchung der Kathedrale und des

Geländes ergab nichts. Aber Fenwick konnte das versteinerte Gesicht nicht vergessen, das Octavia hilflos dem «Angreifer» zugewandt hatte, dann Nightingale und dann wieder ihm. Sie ruhte sich jetzt aus, bevor sie sich für die Vorstellung umzog. Es war fünf Uhr. Nightingale war bei ihr.

47

Es war ein Kampf gewesen, auch nur eine Gabel der Tagliatelle mit Räucherlachs und Spinat in Sahnesoße, die ihr Hausmädchen für sie zubereitet hatte, herunterzubringen, aber Octavia hatte sich buchstäblich zum Essen gezwungen. Die Erfahrung hatte sie gelehrt, dass eine kräftigende Mahlzeit vor einem Auftritt unerlässlich war. Andere hungerten und behaupteten, dass Essen ihre Stimme beeinträchtige, aber sie wusste, eine kleine Portion, irgendetwas Leichtes, ein paar Stunden bevor sie sang, verlieh ihrer Stimme Tiefe und gab ihr Vitalität.

Nun ruhte sie sich nach einer Dusche rosig und kribbelnd aus, in Nightingales warmen Bademantel gehüllt, da ihr eigener für den unfreundlichen Abend zu dünn war. Draußen fiel konstanter Nieselregen, und es wurde früh dunkel. Um sechs musste sie in der Kathedrale sein, in einem winzigen Raum, den sie ihr zur Verfügung gestellt hatten. Die Aufführung sollte um sieben beginnen, und die Polizei wollte sie wohlbehalten im Gebäude haben, bevor der Ansturm des Publikums begann. Die Fahrt zur Kathedrale würde keine zehn Minuten dauern.

Sie brachte es nicht über sich, an den Nachmittag zu denken. Sie hatte Fenwick gegenüber ein geradezu abergläubisches Vertrauen empfunden und angenommen, er könne sie unter jedweden Umständen vor Rowland beschützen. Ihr animalischer Liebesakt war Teil ihres Opfers an diesen Glauben gewesen; wenn sie das miteinander machten, konnte er sie unmöglich sterben lassen. Jetzt wusste sie es besser. Er war nicht mehr Herr der Lage. Trotz all seiner Bemühungen, trotz der Heerscharen von Polizisten war jemand durchgekommen. Und wo einer es schaffte, konnte es auch ein Zweiter schaffen. Dennoch hatte sie darauf bestanden, dass die Aufführung stattfinden sollte, und der Assistant Chief Constable hatte zugestimmt. Er hielt es einfach für undenkbar, dass Rowland an einem öffentlichen und streng bewachten Ort zuschlagen könnte und würde.

Anderson erschauerte und zog den warmen Bademantel fester um ihre weißen Schultern. Es wurde Zeit, dass sie sich anzog – sich auf den Abend vorbereitete. Ihr Mädchen hatte ihr das Haar kunstvoll frisiert und alles sorgsam gepolstert, als Octavia sich hinlegte. Das blauschwarze Haar war in glänzende Locken gelegt und hochgesteckt, was ihren weißen Hals streckte und die fein geschnittenen, porzellangleichen Wangen und den Kiefer betonte.

Sie schminkte sich immer selbst, weil sie genau wusste, wie sie ihre Augen betonen musste – damit sie größer wirkten, was grenzenlose Möglichkeiten für ein dramatisches Mienenspiel eröffnete. Normalerweise brauchte sie für einen schlichten Soloauftritt kein Make-up, aber heute waren etwas Rouge für die Wangenknochen und ein Hauch Puder unerlässlich, um die schreckliche Blässe zu überdecken.

Nun konnte sie sich ankleiden. Ein langer Spiegel war eigens für sie in das Zimmer gestellt worden. Sie ließ Nightingales türkisfarbenen Bademantel zu Boden gleiten und blieb nackt vor dem Spiegel stehen. Sanft und neugierig strich sie über ihre Schultern, zärtlich über die Brüste, hielt sie in den hohlen Händen, streichelte die Brustwarzen, ließ die Finger langsam weiter über ihren flachen Bauch bis zu den Schenkeln wandern.

Sie spreizte die Beine und sah fasziniert zu, wie ihre eigenen Finger mit den rot lackierten Nägeln streichelten und reizten. Eine Hand ließ sie zwischen die Schenkel gleiten, doch dann hörte sie auf. Sie wollte die sexuelle Energie festhalten und erst später, während des Auftritts, freisetzen. Aus Erfahrung wusste sie, dass die Spannung ihrer Stimme erheblich mehr Leidenschaft verlieh.

Sie legte die Kleidungsstücke zurecht, die sie tragen wollte; jedes Teil makellos gebügelt. Als sie in den taubeneigrauen Body schlüpfte, ging ihr durch den Kopf, dass die nächsten Hände, die sie auszogen, die eines Pathologen sein konnten. Erinnerungen an eine Grundschullehrerin kamen ihr in den Sinn – «achtet immer darauf, dass ihr saubere Unterwäsche anhabt, ihr wisst nie, was euch zustößt». Bei der Erinnerung an ihre frühe Kindheit lächelte sie, statt zu erschauern. Ihr Leben war eine einzige lange Vorstellung gewesen, warum sollte die nicht über ihren Tod hinaus andauern?

Strümpfe trug sie nicht, sie spürte so gern die Seide an den mit Wachs enthaarten Beinen. Es klopfte.

«Zehn Minuten, Madam.»

«Ja, ich bin gleich fertig.»

Sie stieg in ihr Kleid. Es war leuchtend rot; breite, gestützte Flügel verliefen von der Taille an nach oben und bauschten sich an den Schultern über langen, hautengen Ärmeln. Der Ausschnitt war gerade und ziemlich tief, der Rock glockig; die Taille wirkte täuschend schmal, ließ aber viel Raum zum Luftholen. Eine Schleppe hing von den Schultern, und die beiden Flügel vereinigten sich am Rücken und gingen in einen hohen, steifen Kragen über.

Der Gesamteindruck war atemberaubend. Ihr weißer Hals ragte wie eine zierliche Marmorsäule aus roten Blütenblättern hervor, der Kopf bildete den Mittelpunkt des Ganzen, gleich dem gekrümmten Staubblatt einer Hibiskusblüte. Sie beschloss, auf eine Kette zu verzichten, legte aber Ohrringe aus Rubinen und Diamanten an und streifte einen dazu passenden Ring an den Mittelfinger der linken Hand.

Ohne einen weiteren Blick darauf zu werfen, versteckte sie das leuchtende Kleid unter einem schweren schwarzen Opernumhang und verließ das Zimmer.

Jason MacDonald war eine unerwünschte und unnötige Ablenkung für Blites Team gewesen, und die anschließende Durchsuchung der Kathedrale, Zentimeter für Zentimeter, eine Zerreißprobe für die Nerven. Oben auf der Empore trugen die Trompeter und der Tontechniker, die von Anfang an einen stummen Kampf um Territorialrechte ausgefochten hatten, ihren Spleen nun auch noch auf dem Rücken der unglücklichen Polizisten aus, die es wagten, zusätzlich in dem engen Raum herumzukriechen. Als sie zum dritten Mal an diesem Tag Anstalten machten, die Notenständer auseinander zu nehmen, musste Cooper einschreiten, um Handgreiflichkeiten zu verhindern.

Rowland, der das Debakel aus vergleichsweise komfortabler Position beobachtete, fand es sehr amüsant. Sicher, er musste seine Waffe noch zusammenbauen; sicher, sie war längst nicht so gut wie die ursprünglich geplante; sicher, er würde die meiste Zeit den neugierigen Blicken mehrerer Instrumentalisten ausgesetzt sein, was die Durchführung seines Plans erschweren würde. Aber er verlor die Zuversicht nicht. Er war ein ausgezeichneter Schütze, sein Fluchtweg war ausgekundschaftet, und vor allem war es ihm gelungen, fünf Stunden lang unentdeckt zu bleiben. Da es bis zum Beginn der Vorstellung nur noch ein paar Minuten dauerte, war das Risiko, dass ihn die Polizei doch noch aufstöberte, gering.

Sein letztes Problem war die Entscheidung, wann er zuschlagen würde. Er blätterte die kleine Partitur durch und suchte die Sopransoli heraus. Erstaunlich, wie passend der Text war; vor aller Welt gestand sie ihre Schuld ein. Er verspürte die enorme Versuchung, bis ganz zum Schluss zu warten – so pathetisch waren die letzten Zeilen –, doch das wäre zu riskant gewesen. Er blätterte zurück und fand schließlich die richtige Stelle, die passenden Worte, sah sie stolz vor dem Chor stehen – und damit war die Entscheidung gefallen.

Fenwick ging mit Cooper seine Liste noch einmal durch; in wenigen Minuten würden die anderen Solisten eintreffen. Die ersten Zuhörer nahmen bereits ihre Plätze ein. Sie würden länger warten müssen, als sie ahnten, da der Anfang sich zugunsten der Sicherheitsvorkehrungen verschieben würde.

Fenwicks Männer beobachteten die Passanten und sorgten dafür, dass die Gäste sich ordentlich in einer Reihe aufstellten. Das war kein Trost für Fenwick. Er war sicher, dass Rowland längst da war.

«Sind die Namen und Adressen der Chorsänger und Orchestermusiker schon nachgeprüft?»

«Zwanzig fehlen noch. Sie können sich nicht vorstellen, wie viele nicht im Telefonbuch stehen oder keinen Führerschein haben.»

«Dann machen Sie weiter.» Der Blick des Sergeant entging Fenwick nicht. «Ich weiß, es ist wahrscheinlich überflüssig, aber so haben die zusätzlichen Männer vom Assistant Chief Constable wenigstens etwas zu tun. So, was noch? Die Plattenfirma; was ist mit der? Haben Sie die Identität des Tontechnikers überprüft?»

«Der Briefkopf ist okay, und Dalton, der Kerl, der den Brief unterschrieben hat, arbeitet bei der Firma, aber wir erwischen ihn nicht. Er war den ganzen Tag über nicht zu erreichen. Allerdings haben wir seine Sekretärin gefunden, und die sagte, dass die Unterschrift echt aussieht.»

«Bleiben Sie dran – sagen Sie den Leuten auf der Empore, sie sollen den Tontechniker und die Trompeter im Auge behalten; die sind in der idealen Position.»

«Ja, Sir. Aber wir haben ihre Sachen mehrmals überprüft. Da oben ist nichts, das auch nur entfernt Ähnlichkeit mit einer Waffe oder Munition hätte – glauben Sie mir.»

«Was ist mit einem Blasrohr?»

Resigniert erkannte Cooper, dass Fenwick nur halb scherzte, und ordnete eine letzte Durchsuchung des Triforiums an. Es würde nicht angenehm werden.

Glücklicherweise hatte der Regen nachgelassen, und nur wenige Zuhörer hatten Schirme bei sich. Dennoch waren es offenbar genügend, um das behelfsmäßige Quittungsscheinsystem zu sprengen, das für die Aufbewahrung eingerichtet worden war, und es sah so aus, als würde es ein Lotteriespiel werden, die Schirme nach dem Konzert ihren rechtmäßigen Besitzern zurückzugeben.

Der Vorsitzende des Organisationskomitees kam zu Fenwick geeilt. «Ich habe Ihnen einen Platz in der ersten Reihe freigehalten, Chief Inspector. Hier haben Sie Ihr Programm, die Sonderausgabe.»

«Danke, Sir, aber ich werde dort nicht sitzen. Einige Beamte des Assistant Chief Constable sollen in der ersten Reihe Platz nehmen. Ich werde den Saal von hier hinten im Auge behalten.»

«Sie wissen, dass Sie die Aufführung da hinten nicht so genießen können.»

«Bedauerlicherweise bin ich nicht hier, um die Aufführung zu genießen, Sir.»

Rowland machte es sich bequem und wartete. Das Konzert begann verspätet, aber damit hatte er angesichts der Sicherheitsmaßnahmen gerechnet. Seine Ausrüstung war griffbereit; er konnte die Waffe in weniger als neunzig Sekunden zusammenbauen, und erst in den letzten fünfzehn würde ein aufmerksamer Beamter erkennen, worum es sich handelte. Er würde nicht mehr als noch einmal fünfzehn Sekunden brauchen, um anzulegen und abzudrücken; eine kritische Phase von maximal dreißig Sekunden.

Falls erforderlich, würde er jeden außer Gefecht setzen oder töten, der sich ihm in den Weg stellte, schnell und lautlos, mit bloßen Händen.

Sein Fluchtweg war einfach, würde ihn allerdings etwa fünfzehn Sekunden lang eventuellem Gewehrfeuer aussetzen. Es gab keine andere Möglichkeit. Das Triforium bot einen ausgezeichneten Ausblick, aber die Treppe, die hinaufführte, war schmal und leicht zu versperren. Ihm blieb nichts anderes übrig, als ein Tau über das Geländer zu werfen und sich ins Kirchenschiff abzuseilen. An der Front wäre das Selbstmord gewesen, aber hier hatte er die Überraschung auf seiner Seite; die Polizei würde zögern, das Feuer zu eröffnen, und so hatte er eine Chance. An kühne, erfahrene und vor allem schnelle Täter waren sie nicht gewöhnt; das hatte er in London begriffen. Und falls es ihnen doch gelang, den Ausgang zu versperren, würde er einfach eine Geisel nehmen. Alles in allem fand er, dass die Chancen für eine Flucht nicht schlecht standen, wenn man das Chaos bedachte, das er auslösen würde, und den Widerwillen der Polizei, in der überfüllten Kirche zu schießen.

Das Publikum war nicht sicher, ob es nach dem Auftreten des Dirigenten und danach der Solisten applaudieren sollte. Niemand fing an zu klatschen; Stille senkte sich über das Kirchenschiff. Der Chor stand auf, Kinder in den vorderen Reihen. Fenwick setzte sich.

Die ersten Takte waren so leise, dass die Musik zu ihm vordrang, ehe er es richtig mitbekam. *«Requiem, requiem aeternam.»*

Es hatte angefangen – so normal und friedlich, dass er beinahe überrascht war. Er sah Octavia, in ihrem auffälligen Kleid eine perfekte Zielscheibe, vor dem Chor sitzen. Neben ihr, auf der Höhe der Knie, sah er etwas, das er für Nightingales Kopf hielt. Überall in der Kathedrale sah er Beamte, die die Zuhörer beobachteten. Legte er den Kopf in den Nacken, sah er die Umrisse bewaffneter Polizisten Seite an Seite auf dem Triforium, unmittelbar hinter ihnen die Trompeter, die ihre Instrumente auf den Knien liegen hatten.

Der Tontechniker stand im Verborgenen, aber seine Füße und das verkleidete Mikrofon, das aus der Balkenkonstruktion ragte, waren zu sehen. Alles wirkte vollkommen normal, das erste Solo ging ohne Zwischenfall über die Bühne. Fenwick stellte fest, dass er sein Programm zu einem dünnen, schweißfeuchten Knüppel zusammengerollt hatte. Er zwang sich, es wieder glatt zu streichen, blätterte mit nervösen, fahrigen Gesten darin herum und registrierte, dass Octavia zwei- oder dreimal abgebildet war.

Auf den ersten Seiten war ein Interview mit ihr abgedruckt – ein Rückblick auf ihre Schulzeit, Ausblicke auf ihre nächste Tournee und den Plattenvertrag. Über ihm reagierten die Trompeter auf das Stichwort von den Bässen und weckten, dem Text zufolge, die Toten aus ihrem Schlaf. Sonst geschah nichts. Sie saß vollkommen ruhig da, und wenn sie dran war, bezauberte sie das Publikum durch ihre Präsenz und die Kraft ihrer Stimme.

Im Fortgang der Aufführung, die reibungslos ablief, ohne Unterbrechungen oder verdächtige Bewegungen, verspürte Fenwick Erleichterung und Niederlage zugleich, hörte förmlich schon die gehässigen Bemerkungen, wenn mehr als hundert Beamte sich auf den Heimweg machten. Im Geiste überschlug er die Kosten dieses Polizeieinsatzes – auch noch am Wochenende –, die das Budget für das gesamte Quartal sprengen konnten. Und er würde zweifellos dafür verantwortlich gemacht werden. Dabei war er absolut sicher gewesen, dass Rowland an diesem Abend zuschlagen würde, und der Gedanke, dass er womöglich immer noch einen entscheidenden Hinweis auf den Aufenthaltsort des Mannes übersah, machte ihn verrückt.

Er verdrängte die zunehmende Wahrscheinlichkeit einer persönlichen Niederlage und ließ die Ereignisse der vergangenen Tage noch einmal vor seinem geistigen Auge ablaufen – seine Gespräche mit Octavia, die Überprüfung aller Musiker, die endlosen Durchsuchungen der Kathedrale. Sein Instinkt sagte ihm, dass Rowland sich in dem Gebäude aufhielt. Dieser Aufführung nicht beizuwohnen hätte dem Mörder eine Vorsicht und Geduld abverlangt, die Fenwick ihm nicht mehr zutraute. Ungeachtet seiner Armeeausbildung war Rowland nun ein Jäger, der seit fast neun Monaten solo arbeitete. Er musste seine Beute bereits wittern, es war zu unwahrscheinlich, dass er sich jetzt einfach abwandte.

Octavia hatte sich wieder erhoben, aber nichts geschah. Um ihn herum sondierten dreißig geübte Augenpaare Publikum und Künstler, hielten Ausschau nach Anzeichen einer Gefahr, nahmen aber offenbar nichts Ungewöhnliches wahr. Die Überzeugung, dass er etwas Entscheidendes übersehen hatte, wuchs unaufhörlich. Wieder ging er im Stillen sämtliche Berichte durch, an die er sich erinnern konnte, und spielte stumm noch einmal Octavias Aussagen ab. Irgendetwas war nicht im Gleichgewicht, ein winziger Sachverhalt stach hervor und piekste ihn jedes Mal, wenn er ihn streifte, aber er bekam ihn nicht zu fassen.

Ein leises, knirschendes Geräusch von oben ließ Fenwick aufhorchen. Octavias Stimme hallte in dem hohen Gewölbedach wider. Er suchte ihr Foto in dem Programmheft. Sein Schweiß hatte Flecken auf dem Papier hinterlassen, und er hatte Druckerschwärze an den Handflächen. Eine Seite musste er regelrecht vom rechten Handballen schälen; er hatte das Heft so fest umklammert, dass sie sich festgesaugt hatte. Er konzentrierte sich auf den verschmierten Text neben Octavias Foto: «Besonders freue ich mich auf meine nächste Tournee. Sie wird die größte Herausforderung meiner bisherigen Laufbahn sein. Und wenn ich zurückkehre, werde ich mit den Aufnahmen für meine Platte beginnen. Da es die erste persönliche Zusammenstellung sein wird, habe ich die Plattenfirma natürlich sehr sorgfältig ausgesucht ...»

Erinnerungen an die vergessene Unterhaltung mit Octavia dämmerten Fenwick. Sie hatten sich über ihre Karriere unterhalten, und sie hatte den Plattenvertrag erwähnt, hatte betont, wie wichtig er sei, wie viel Geld sie damit verdienen könne. Hätte sie da einer Aufzeichnung dieses Konzerts zugestimmt? Was hatte sie gesagt? Etwas über Exklusivität. Fenwick hielt verzweifelt Ausschau nach dem Vorsitzenden des Komitees, aber der saß in der ersten Reihe. Konnte er wegen eines vagen Verdachts einen kompletten Abbruch der Aufführung riskieren?

Oben auf dem Triforium holte Rowland die fünf simplen Bauteile der Waffe aus ihren Gehäusen und Filzhüllen; ein paar Kästen mit sinnlos blinkenden Lichtern schirmten seine Bewegungen ab. Die Leute gingen davon aus, dass ein Tontechniker von seltsamen Metallgerätschaften und meterlangen Kabeln umgeben sein musste; jedes Teil für sich war hinreichend unschuldig. Der lange Mikrofonarm, der über einen Balken vorragte, lieferte die Stütze für ein Visier mittlerer Reichweite, das aufgrund von Messungen während der Probe und der vergangenen Woche genau auf die Brust der Sopranistin gerichtet sein würde. Es war höchst hilfreich gewesen, genau festzustellen, wo die einzelnen Solisten stehen würden. Das Zielfernrohr mit großer Reichweite ragte um Millimeter aus einem plüschigen Schalldämpfer heraus; das andere sah aus wie ein Klumpen Lötzinn.

Er arbeitete präzise nur mit dem Tastsinn, während er den Blick unverwandt auf Anzeigen und Lämpchen gerichtet ließ. Erst als das letzte Teil eingerastet war, riskierte er einen Blick, um zu prüfen, ob alles richtig saß. Er zog den Draht zurück und richtete ihn so ein, dass er vom Auslöser freigesetzt werden konnte. Der Bolzen lag in einer Tabaksdose aus Blech, gepolstert mit Old Virginia und Rizla-Blättchen. In die Dose hatten sie bei keiner Durchsuchung hineingeschaut.

Rowland öffnete den Deckel und registrierte verärgert das leise «Plop», mit dem das luftdichte Siegel aufplatzte. Einer der Trompeter drehte sich um und sah ihn kurz böse an. Er wühlte in dem feuchten Tabak, fand das glatte Metallteil und tastete sich zu der Spitze aus gehärtetem Stahl vor. Es waren zwei Bolzen in der Dose. Einen holte er heraus und legte ihn behutsam auf das Stück Filz an seiner Seite, den anderen ließ er oben auf der Dose liegen. Es war unwahrscheinlich, dass er ihn benutzen würde, aber er war lieber vorsichtig.

Er sah sich um. Sechs weitere Leute befanden sich in unmittelbarer Sichtweite auf der Empore, drei Trompeter und drei Polizisten – einer ganz rechts an der Tür, einer hinter den Musikern, die zwischen ihm und der Tür saßen, der letzte links von ihm am Ende der Galerie. Niemand bemerkte seine verstohlenen Blicke, auch wenn sich die Polizisten ständig immer wieder wachsam umschauten. Sicher waren sie im Gebrauch von Schusswaffen ausgebildet, aber er sah ihnen an, dass noch keiner von ihnen in einen ernst zu nehmenden Schusswechsel verwickelt gewesen war. Das war sein größter Vorteil. Aufgrund ihrer Unerfahrenheit würden sie zögern, bevor sie abdrückten, ganz gleich, welche Ausbildung sie erhalten hatten. Damit hatte er einen entscheidenden taktischen Vorteil.

Unter ihm hob die Mezzosopranistin zu einem weiteren Solo an; Rowland sah in seine Partitur, es war das «Liber scriptus». Alles passte auf so makabre Weise zusammen: «Und das Buch wird aufgeschlagen, Drin ist alles eingetragen ...». Das Tagebuch hatte seinen Verdacht bestätigt – den Verdacht, den dieser schreckliche Brief aus der Vergangenheit geweckt hatte, die letzten Worte seines sterbenden Onkels, die ein Verderben über ihn brachten, das er nie für möglich gehalten hätte. Er hatte Rache gewollt, und in seinem ersten, blinden Hass hatte er sich Deborah Fearnside vorgenommen. Sie zu töten war am schwierigsten gewesen, vielleicht am wenigsten gerechtfertigt. Ihre von Schuldgefühlen gefärbten Erinnerungen, die sie ausgeplaudert hatte in dem verzweifelten Versuch, ihr Leben zu retten, hatten angedeutet, was geschehen war, es aber nicht beweisen können.

Und dann war Katherine Johnstone gestorben. Er hatte Glück gehabt, dass er ihr Tagebuch fand. Glück, dass sie mit ihrem pubertären Geschwätz so viel preisgegeben hatte. Drei Seiten hatten ihm alles verraten, was er wissen musste. Er bewahrte sie zusammengefaltet in seiner Brieftasche auf und holte sie gelegentlich, in Augenblicken zwanghafter Neugier und tiefen Abscheus, heraus. Unbewusst drückte er sie jetzt mit der Hand an die Brust.

Die Mezzosopranistin sang weiter: «Sitzt der Richter dann, zu richten, wird sich das Verborgne lichten. Nichts kann vor der Strafe flüchten.» Inzwischen waren sie fast alle bestraft. Leslie Smith war so gut wie tot. Er hatte nicht richtig beschleunigt und war im Regen leicht ins Schleudern gekommen, doch das spielte jetzt keine Rolle mehr. Sie war eine Randfigur gewesen und hatte lediglich durch ihre Bekanntschaft mit den anderen Schuld auf sich geladen. Nun blieb nur noch Anderson. Er spürte, wie sein Zorn wuchs, regelrecht erblühte in seiner Brust. Der Zorn war so grell – es wunderte ihn, dass man ihn nicht auf der Empore leuchten sah.

Nun waren es nur noch Sekunden, bis er zuschlagen würde. Unter ihm flüsterte der Chor sein schreckliches «Dies irae», immer bedrohlicher, und das Orchester griff das Thema auf. Er hatte sich die Zeiten bei den Proben Seite für Seite notiert. Gleich kam ein weiteres Crescendo, dann würden die anderen verstummen, und die vier Solisten würden allein am Rand der Bühne stehen.

Fenwick bahnte sich einen Weg zum Nebenraum, der zum Stützpunkt der Polizei umfunktioniert worden war. Es war niemand da, den er kannte. Campbell kehrte ihm den Rücken zu und flüsterte in das Mikrofon des Funkgeräts, das er in der Hand hielt. Fenwick beachtete ihn nicht und trat neben den Zivilbeamten, der sich über die Bildschirme beugte.

«Der Brief von der Plattenfirma, gibt es da inzwischen eine Bestätigung?», fragte er leise.

Der Mann schien einen Moment zu überlegen, dann zuckte er die Achseln.

«Um Himmels willen, Mann, das ist wichtig. Wo ist er?» Seine Panik teilte sich offenbar mit.

«Der ganze Papierkram ist da drüben.» Der Mann wies auf einen alten Tisch in der Ecke, auf dem Formulare, zwei Laptops und ein Stapel Gesangbücher lagen. Fenwick war der Verzweiflung nahe, doch dann sah er, dass dem Chaos eine simple Ordnung innewohnte. Eine Namensliste mit zahlreichen Durchstreichungen hing an einem Klemmbrett, Briefe, Faxe und Telefonnotizen lagen daneben in einem Drahtkorb, darunter fand er auch den Brief der Plattenfirma binnen weniger Augenblicke. Kein Vermerk darüber, dass der Unterzeichner des Briefs sich gemeldet hatte. Er ging die Liste durch. Auf der zweiten Seite fand er den Namen des Tontechnikers – er war nicht abgehakt, ebenso wenig wie einige andere.

Unentschlossen stand Fenwick in dem kleinen Raum. Draußen ertönte klar und rein eine Frauenstimme.

Da er nicht erkannte, an welcher Stelle des Stücks sie waren, ob Octavia sang oder nicht, ging er hinaus. Eine kleine Gestalt in Blau stand allein vor dem Chor. Erleichterung erfüllte ihn, wurde aber sogleich von einer Woge der Angst hinweggespült. Seine Instinkte schrien förmlich, dass er etwas tun solle, aber er war unsicher. Trübten seine verkorksten Empfindungen für diese Frau sein Urteilsvermögen? Alle Leute ringsum waren ruhig, lauschten einer wundervollen Darbietung und nahmen nichts wahr als die erhabene Musik und die überwältigende Architektur. Er sah Polizisten an den Seiten des Kirchenschiffs stehen. Sie machten einen gelassenen Eindruck, wachsam, ja, aber nicht beunruhigt.

Und dann vernahm er das leise Grollen des «Dies irae» wie fernen Donner, der einen Sturm gigantischen Ausmaßes ankündigte. Von da, wo er jetzt stand, konnte er das Triforium nicht einsehen, es befand sich direkt über ihm. Also riskierte er es, den Unmut des Publikums auf sich zu ziehen, und trat auf den Laufsteg, der in der Mitte des Kirchenschiffs errichtet worden war, um den Zugang zu den dichten Sitzreihen zu erleichtern.

Über ihm ertönte ein gedämpftes «Plop». Eine Frau gab ein abfälliges «Tss, tss» von sich – er legte den Kopf in den Nacken, bis er den Mikrofonarm sowie Fuß und Wade eines Mannes sehen konnte. Der Techniker hatte seine Position verändert. Fenwick schaute auf den Brief, den er immer noch in der Hand hielt, und versuchte, sich an Octavias Worte zu erinnern. Etwas über ihre Tournee, darüber, wie wichtig der anschließende Plattenvertrag war.

Während das «Dies irae» immer mehr anschwoll, fiel es ihm ein: «Mein Agent und ich haben alles geplant: zahlreiche, qualitativ hochwertige Auftritte in den nächsten drei Monaten und absolut *keine* Aufnahmen – das ist eine Bedingung in all meinen Verträgen.»

Sie hätte einer Aufzeichnung dieses Konzerts unter gar keinen Umständen zugestimmt, und Katherine Johnstone wäre erfahren genug gewesen, das ohne Octavias Einwilligung auch nicht zu veranlassen. Es konnte keinen Vertrag über eine Aufnahme geben – selbst der Vorsitzende des Organisationskomitees war nicht sicher gewesen, wie es zu den Vereinbarungen gekommen war, und hatte auf den Brief überrascht reagiert.

Seine Angst wurde zur Gewissheit, und er rannte los, geradewegs auf die Treppe zu, die zum Triforium führte. Der laute Chorgesang schluckte seine Schritte, aber die plötzliche Bewegung erregte die Aufmerksamkeit der unauffälligen Beobachter, die sofort hellwach wurden und, die Hand an der Waffe, genau verfolgten, was er tat.

Er erreichte die Treppe in dem Moment, als die Musik verstummte. Er hörte das Rascheln, als sich der Chor setzte, und das erwartungsvolle Murmeln im Publikum, als die Solisten sich erhoben. Die steile Wendeltreppe bremste sein Vorwärtskommen. Oben an der Tür wollte der Polizist ihn aufhalten, obwohl er ihm seinen Dienstausweis vor die Nase hielt. Fenwick stolperte und wurde von dem Mann aufgefangen, der ihm nach wie vor den Weg versperrte.

Octavia stand stolz ganz vorn am Bühnenrand. Selbst auf die Entfernung hin war ihre Präsenz zu spüren. Rowland schob den Bolzen in den Armbrust-Läufer und brachte die Waffe in Anschlag. Ein paar Sekunden lang – während er anlegte – würde er zu sehen sein. Der Aufruhr an der Tür interessierte ihn nicht, seine ganze Aufmerksamkeit galt jetzt der Frau in Rot. Er justierte das Zielfernrohr und betätigte langsam den Abzug. Mit einer beiläufigen, geschmeidigen Bewegung fand er sein Ziel und schoss.

Ein enormes Gewicht fiel auf seine Schultern. Zuerst dachte er, der Turm aus Kästen wäre gekippt und läge auf ihm, dann merkte er, dass es ein Mann war. Von unten hörte er Schreie, und er lächelte trotz der Gefahr, in der er sich befand.

Er hatte keine Handfeuerwaffe, das war wegen der Leibesvisitationen unmöglich gewesen, aber sein Messer war ihm geblieben. Der Mann drückte ihm von hinten die Arme an die Seiten. Aus dem Augenwinkel konnte er eine Uniform erkennen. Mit aller Kraft rammte er dem Mann den Ellbogen in die Leibesmitte und spürte das gequälte Ausatmen im Nacken. Dann griff er nach dem Messer, das er sich vor die Brust geschnallt hatte. Es war klein, aber ausreichend. Fast beiläufig stieß er es dem Mann – die Knochen meidend – unter die Rippen und drehte es. Die kugelsichere Weste bot keinen Schutz vor einem Messer, und der junge Polizist, der noch eine Minute zuvor gelangweilt und müde hinter den Trompetern gestanden hatte, starb auf der Stelle.

Rowland wollte dem Mann das Messer aus der Brust ziehen, aber es steckte fest. Es war sinnlos; er brauchte das andere. Er kauerte im Schutz der Geländer, war dankbar für die kopflose Panik der Musiker ringsum und gönnte sich ein paar Sekunden zum Nachdenken und

Planen. Von links kam ein bewaffneter Beamter, der schon fast bei ihm war und nur deshalb nicht schoss, weil er damit die umstehenden Zivilisten gefährdet hätte.

An der Tür hatte ein anderer Polizist die Waffe gezückt und versuchte verzweifelt, über die Köpfe der Trompeter hinweg zu zielen. Neben ihm kämpfte sich ein zweiter Mann zu ihm durch. Rowland erkannte Fenwick sofort. Seine Lippen formten den Namen des Mannes, und er sah ihm zum ersten Mal direkt in die Augen.

Der Weg zur Treppe war versperrt; er konnte durch den schlauchförmigen Emporenraum laufen, aber dorthin waren bereits andere unterwegs, um ihm den Weg abzuschneiden. Sein Wurfmesser hatte er noch, doch das durfte er nicht vergeuden. Er schaute nach unten, zu den entsetzten Zuhörern. Wenn er Zeit hatte, sich an dem vorbereiteten Seil hinunterzulassen, konnte er einen von ihnen als Geisel nehmen.

Nun war rechts ein Polizist bei ihm und richtete aus nächster Nähe die Waffe auf ihn. So abgezirkelt, dass man es fast für Zeitlupe hätte halten können, duckte Rowland sich, streckte die Hände aus und brach dem Mann mit einem deutlich hörbaren Knacken den Arm. Dann richtete er sich kurz auf, hob den Verletzten hoch und warf ihn den anderen, die rasch näher kamen, in den Weg. Er hechtete zu dem Seil, das um einen dicken Holzbalken geschlungen war, und stieß es hinunter. In nach wie vor geduckter Haltung schwang er sich über das Geländer, bereit, das Seil mit der rechten Hand zu ergreifen.

Er schaffte es nicht ganz. Als seine Finger das raue Seil berührten, ertönte ein peitschender Knall hinter ihm, dem sofort zwei weitere folgten. Schmerz loderte in seinem Rücken und in den Armen auf. Es war ihm unmöglich, die Finger um das Seil zu schließen, und mit einem linkischen halben Purzelbaum fiel er auf die Stuhlreihe unten.

Es war ein unglücklicher Sturz. Die Metallstühle, die erst Sekunden vorher geräumt worden waren, waren hart und unnachgiebig. Sein Rücken brach. Als Letztes spürte er ein Ekel erregendes Krachen, dann schienen seine Beine und das Becken zu verschwinden, und sein Körper verhedderte sich in den Lehnen und Beinen aus Metall. Binnen Sekunden war er von bewaffneten Polizisten umringt.

Rowland sah seine Hände unkontrolliert zucken und sein Blut in einem dünnen Rinnsal auf den Boden fließen. Der Schmerz ließ nach, je länger er lag, und das erfüllte ihn mit Sorge. Schmerz war der Freund der Lebenden. Das andere, die Eiseskälte und Schwärze, die ihn zu übermannen drohten, waren Vorboten des Todes. Er wollte etwas sagen und hörte das Rasseln in der Brust. Dieses Geräusch war ihm bekannt. Jetzt wusste er, dass er sterben musste. Dennoch versuchte er, bei Bewusstsein zu bleiben und zu sprechen.

«Fenwick!» Der Name kam als Zischen heraus. Ein Lauf wurde fester gegen seine Schläfe gedrückt, und sie sagten, er solle «sein verdammtes Maul halten». Er sah in die Gesichter, die sich über ihn neigten, und erkannte sie sofort. Das waren keine kleinen Streifenpolizisten, die sich aufgrund ihrer Fliegerjacken und ihrer paar Jahre Ausbildung einbildeten, sie könnten mit Schusswaffen umgehen – das waren Profis. Irgendjemand wollte, dass er starb, statt festgenommen zu werden, und das war ihnen gelungen. Dennoch musste er mit Fenwick sprechen und, bevor er starb, erfahren, ob er Erfolg gehabt hatte, ob Octavia tot war.

«Fenwick!» Das Wort erstarb in einem Röcheln, als ein Stiefel ihm den Hals zudrückte. Er nahm es nicht persönlich; da befolgte einfach jemand seine Befehle. Schwarze Pünktchen tanzten vor seinen Augen, und es rauschte in seinen Ohren, sodass er weder den Streit noch den Kampf hörte, als jemand den Ring bewaffneter Männer durchbrach, um zu ihm zu gelangen.

«Lassen Sie mich durch! Holen Sie den Arzt! Um Himmels willen, er wird Sie nicht angreifen, er braucht Hilfe!» Fenwick kniete sich neben den sterbenden Mann nieder, vorsichtig die Blutlache um ihn her meidend. Langsam richtete Rowland seinen Blick auf Fenwick. Er brachte nur ein grässliches, gurgelndes Flüstern zustande.

«Ist sie tot …? Ich muss es wissen, ist sie tot?»

Fenwicks Blick verriet ihm die Antwort.

«Hören Sie.» Jedes Wort kostete ihn Anstrengung. «Es war kein Mord … Es war Gerechtigkeit … Sie werden sehen … In meiner Tasche.» Rosa Schaum bildete sich um seine Mundwinkel. «Jetzt müssen Sie es zu Ende bringen.»

Sein Kopf kippte zur Seite, und seine Augen wurden glasig, während der ganze Körper von einem letzten Krampf geschüttelt wurde.

Zaghaft hob Fenwick die blutige Jacke von der Brust des Toten, Millimeter für Millimeter, mehr oder weniger darauf gefasst, dass eine Sprengladung ihm die Hand abriss. In der Innentasche fand er eine schmale Brieftasche und vier sorgfältig zusammengefaltete Blatt Papier, beides von Blut getränkt. Behutsam schob er alles in eine Probentüte. Er sah Cooper in der Menge und winkte ihn zu sich. Auf keinen Fall würde er wichtige Beweismittel diesen Fremden überlassen, die so plötzlich in der Kathedrale aufgetaucht waren.

«Hier, bringen Sie das zur Forensik. Und, Cooper, *ich* möchte die Berichte haben.»

Als er sich erhob, sah er die Blutflecken an seinen Knien und den Manschetten der Jacke. Rowland lag verkrümmt auf dem Boden, die Arme zu beiden Seiten ausgestreckt, die Beine in einem unnatürlichen Winkel. Der große Mann wirkte im Tod erstaunlich kläglich. Fenwick wandte sich ab, ohne ihn noch eines weiteren Blickes zu würdigen.

Er ging den langen Mittelgang hinunter zur Bühne, wo sich eine kleine Menschenmenge versammelt hatte. Die Krankenwagen waren gerade eingetroffen; jemand half Nightingale hinaus. Sie war grau im Gesicht vor Schmerzen, aber ruhig. Sie versuchte sogar zu lächeln, als Fenwick auf sie zukam, schaffte es aber nur halb. Er hätte sie gern in den Arm genommen – eine Geste von Trost, Sympathie, Respekt. Stattdessen lächelte er zurück und strich ihr behutsam über den Handrücken. Nightingale interpretierte die Geste richtig.

«Schon gut. Mir geht es gut. Keine Bange.»

«Das war sehr, sehr tapfer. Sie können von Glück sagen, dass Sie noch am Leben sind.» Er ging bis zu den offenen Türen des Krankenwagens neben ihr her. Die Sanitäter hatten die tiefe Fleischwunde an ihrem Oberarm mit einem Druckverband versorgt, aber die Spitze des Bolzens ragte noch deutlich sichtbar aus dem Jackenärmel. Das Geschoss hatte die Arterie nur um Millimeter verfehlt.

«Ich schaue später im Krankenhaus vorbei. Schonen Sie sich!»

Er ging zur Kathedrale zurück. Drinnen waren die Zeugen zu ordentlichen Gruppen zusammengestellt worden; das für Massenverhöre typische leise Summen war zu hören. Octavia war nirgends zu sehen. Fenwick beobachtete, wie sie eine Bahre die Treppe zum Triforium hinauftrugen, um den Leichnam des Polizisten zu holen. Für einen Moment überkamen ihn Schuldgefühle, und ihm graute vor der Aussicht, bei einem Begräbnis wieder einer Witwe oder Mutter gegenübertreten zu müssen. Wenigstens war diesmal der Assistant Chief Constable derjenige, der Erklärungen abgeben musste.

Hier konnte er nichts tun, außer vielleicht mit seinem Vorgesetzten und Blite hadern, was unsensibel und dumm gewesen wäre. Fragen und Schuldzuweisungen würde es bald genug hageln. Ein Polizist war tot, zwei weitere verletzt, der Verdächtige gestorben – und das alles vor Hunderten traumatisierten Zeugen. Fenwick verspürte eine immense Erleichterung, dass es nicht sein Einsatz gewesen war, doch dann verwünschte er sich für alle Zeiten, denn er dachte, dass die Leute vielleicht alle noch am Leben oder unverletzt sein könnten, wenn er die Verantwortung gehabt hätte.

Im Westen stand der Himmel in Flammen, die Sonne ging unter. Glühende Schlacke flackerte vor verblassenden Kondensstreifen, als die Sonne hinter aschgrauen Wolkenbänken verschwand. Scharlachrotes und orangefarbenes Leuchten zuckte in die Kuppel des königsblauen Himmels darüber. Innerhalb weniger Minuten erloschen die Farben und hinterließen eine flache, zweidimensionale Leinwand, über die bereits ein kräftiger Wind fegte, um alle Spuren vom Schauspiel des Sonnenuntergangs zu tilgen.

SECHSTER TEIL

Requiem

Requiem aeternam dona eis,
Domine, et lux perpetua luceat eis.

Herr, gib ihnen die ewige Ruhe,
und das ewige Licht leuchte ihnen.

48

Die Auswertung der Operation Ritterfang – wie die Bemühungen, Rowland im Anschluss an den Bombenanschlag von London zu finden, genannt worden waren – trug in der Tat brutale Züge. Eine rückhaltlose interne Ermittlung wurde eingeleitet, und die Presse setzte Polizisten und Ermittlern unerbittlich und genüsslich zu. Fenwick erhielt den sofortigen Befehl, seinen Pflegeurlaub fortzusetzen, und durfte weder das Revier noch das Präsidium betreten, bis seine Rückkehr ausdrücklich genehmigt wurde. Er wurde gleich zu Beginn einmal zu Hause befragt und danach, im Lauf der anschließenden Wochen, in regelmäßigen Abständen wieder.

Sie bedrängten ihn mit aller Macht, was Einzelheiten der Operation betraf, und flehten ihn förmlich an, den Assistant Chief Constable und Inspector Blite zu kritisieren, doch er hüllte sich in Schweigen. Während der scheinbar endlosen Zeit des Wartens auf die erste Vernehmung war er im Geiste immer wieder den beiden Fragen nachgegangen, die ihn quälten: Wenn er das Kommando gehabt hätte, wäre es anders gekommen? Und wenn er gefragt wurde, wie kritisch sollte er sich über den befehlshabenden Beamten äußern? Beide Antworten standen in unmittelbarem Zusammenhang.

Hätte er das Kommando gehabt, dann wäre die Gefahr in der Kathedrale von Anfang an ernster genommen und jede Person – jede Tasche und Kiste, jedes Instrument – ohne Ausnahme untersucht worden. Es wären mehr Männer auf dem Triforium postiert gewesen, und die Kennkarten und Identitäten sämtlicher Personen wären überprüft und nochmals überprüft worden. Und Rowland wäre noch am Leben. Er hätte sich nicht auf die heimliche Unterstützung durch das Verteidigungsministerium verlassen, von der er inzwischen wusste – er hätte sich auf seine eigenen Leute verlassen.

Und diese Kritik würde er üben können. Beide, Blite und der Assistant Chief Constable, waren leichtsinnig, allzu selbstsicher und seiner Meinung nach närrisch gewesen, sich auf Spezialisten zu verlassen, die ihnen das Ministerium «hilfreich» zur Seite stellte. Die zusätzlichen Leute waren viel zu spät gekommen, um hilfreich zu sein, und die ganze Operation war durch sie verkompliziert worden. Doch all das wollte er vor den Ermittlern, die die interne Untersuchung leiteten, nicht ausbreiten.

Sie fragten ihn nicht einmal, wie und warum er den Zusammenhang zwischen den Morden, Carol Truman, Octavia Anderson und Victor Rowland hergestellt hatte. Als er anfing, es zu erklären, da er dachte, sie würden sich für Rowlands obsessive Liebe zu seiner jungen Cousine und die verzehrende Wut nach ihrem Tod interessieren, taten sie seine Worte mit einer wegwerfenden Handbewegung ab. Es blieb nach wie vor ungeklärt, weshalb Rowland seinen mörderischen Feldzug begonnen hatte. Der Brief seines Onkels war der Auslöser gewesen, aber inwiefern genau, das blieb ein Geheimnis. Andererseits war er so an die Willkür von Geisteskrankheiten und ihre bizarren, tragischen Folgen gewöhnt, dass ihn das Fehlen dieses Gliedes in der Kette des Begreifens nicht weiter störte.

Den Ermittlern gegenüber hielt er sich an die Fakten, log niemals und ließ seine Meinung so gründlich außen vor, dass sie ihm einmal vorwarfen, er würde ihre Untersuchung absichtlich behindern. Sie hatten eindeutig ein Problem, ihn in der Abfolge der Ereignisse unterzubringen, wollten ihn aber nicht rückhaltlos freisprechen.

Ein unbefriedigender Kompromiss kam zustande, indem sie in ihrem Bericht generelle Kritik daran übten, dass «inoffizielle Ratgeber» in den Fall einbezogen worden waren, was zur Folge gehabt habe, dass «ein Einsatz, der ohnehin schon übertrieben aufwendig war, zusätzlich verkompliziert wurde».

Im abschließenden Bericht wurde der Assistant Chief Constable nicht getadelt, wenn es auch eine Zeit lang so ausgesehen hatte, als würde es dazu kommen. Am Ende wurde das Hinzuziehen des Militärs der Polizei generell angelastet und die Rolle des Assistant Chief

Constable dabei verschleiert. Zu viele Leute wollten aus unterschiedlichsten Gründen, dass der Mann Karriere machte, daher überstand er die Affäre. Auch wenn klar war, dass er hart arbeiten musste, um sein angekratztes Image wiederherzustellen, war er insgeheim erleichtert über den Ausgang. Infolgedessen blieb wenig Schuld, die es auf Fenwick abzuwälzen galt.

Das schwarze Brett gegenüber von Fenwicks Schreibtisch war abgeräumt worden, was dort gehangen hatte, zu ordentlichen Stapeln auf einem Tisch aufgeschichtet. Resigniert setzte er sich, um diese Aufgabe in Angriff zu nehmen, doch in Gedanken war er anderswo. Nightingales Genesung machte gute Fortschritte. Sie würde eine hässliche Narbe zurückbehalten, aber eine schwerwiegende Behinderung stand nicht zu befürchten. Cooper hatte seinen Jahresurlaub genommen; zwei Wochen Florida, darauf hatte seine Frau bestanden.

Octavia hatte Fenwick seit dem Abend in der Kathedrale nicht mehr gesehen. Er wusste, sie hatte den Beginn ihrer Tournee auf Anweisung der Ärzte verschieben müssen, aber es hatte ohnehin den Anschein, als wäre sie völlig aus seinem Leben verschwunden. Abgesehen von den wechselseitigen Beschuldigungen betrachteten alle den Fall als abgeschlossen. Selbst Fenwick hatte die Bitte des sterbenden Rowland vergessen. Sein erzwungener Urlaub, die Schuldgefühle, die er nicht loswurde, und der Drahtseilakt der Ermittlungen hatten alles andere aus seinem Denken verdrängt. Er hatte sich ganz auf schlichte Dinge wie die Gegenwart seiner Kinder und beruhigende Arbeiten in Haus und Garten konzentriert.

Anne, die stets tüchtige Sekretärin, kam herein, mit einem deprimierend dicken Stapel Post und einer Tasse ihres ausgezeichneten Kaffees.

«Ihre Post, Chief Inspector. Ein Bericht aus der Forensik, die üblichen internen Rundschreiben und Memos und ein dicker Packen Papiere von einer Anwaltskanzlei in London; sie sind durchleuchtet worden.»

Fenwick griff als Erstes nach dem Laborbericht. Es handelte sich um eine Analyse des Inhalts von Rowlands Taschen; die Sache war alles andere als vordringlich behandelt worden, und er hatte nicht gedrängt. Ganz hinten befanden sich Fotos und eine vollständige Abschrift der Seiten aus Katherine Johnstones Tagebuch, die Rowland in seiner Brieftasche aufbewahrt hatte. Fenwick fand, dass er ein paar Minuten Kaffeepause verdient hatte, und lehnte sich zurück, um die Abschrift zu lesen.

> … 19. Juni … Frost hat ihr echt eins aufgebrummt. Ich bin davongekommen! GOTT SEI DANK!! Das hätte mir noch gefehlt. Morgen fahren wir ins sonnige Dorset – das Quartett wieder auf Achse, und Les wird uns natürlich als Timmy der Hund überallhin folgen. Habe J. an der Bushaltestelle gesehen. Ich bin sicher, er hat mich angelächelt. S. war bei mir. Ich glaube, er war eifersüchtig.
>
> … 22. Juni … Octavia war hier. Gehe nicht in die Schule. *Wieder* Polizei. Ich kann das nicht.
>
> … 27. Juni … Ich habe seit Tagen nichts geschrieben. Ich weiß nicht, ob ich es jetzt kann, aber ich muss es versuchen. Irgendwo muss ich es rauslassen, Gott weiß es, und ich kann es keinem erzählen. Carol ist tot. Da, ich habe es gesagt. Die süße, süße Carol ist tot. Es ist so ungerecht. Warum ausgerechnet *sie*? Sie war so gut. Sie hat keinem je etwas getan, die Güte in Person. Jetzt ist sie nicht mehr unter uns, und ich hatte keine Chance, ihr zu sagen, dass sie etwas ganz Besonderes ist, wie viel sie mir bedeutet, uns allen.

Die Schrift wurde immer winziger; offenbar hatte sie versucht, ihre Gedanken alle auf die eine kleine Seite zu zwängen.

> Gott, wenn du zuhörst, im Augenblick hasse ich dich und weiß nicht, ob ich damit je fertig werden kann. Es war ein Unfall. Es muss einer gewesen sein, auch wenn ich nicht begreife, wie es dazu kommen konnte. Eben waren sie noch zusammen – Octavia und Carol –, ich habe sie gesehen; im nächsten Moment war Carol weg. Die Polizisten kommen morgen wieder vorbei – Mummy hat gesagt, sie könnten heute auf gar keinen Fall noch einmal mit mir sprechen. Aber ich weiß immer noch nicht, was ich sagen soll.
>
> … 28. Juni … Gott, ich hasse dich nicht mehr, aber ich brauche deine Hilfe. Ich weiß nicht, was ich machen soll. Octavia lügt. Ich

weiß nicht, warum sie das macht, aber jetzt stecke ich auch mit drin. Sie will nicht, dass sie es wissen – sie sagt, es könnte falsch verstanden werden. Aber ich verstehe es nicht! Und Leslie lügt auch. Wir hätten alle einfach die Wahrheit sagen können – die Polizei wäre dahinter gekommen, die sind nicht dumm. Ich habe eine schreckliche Erkältung, aber immerhin bedeutet das, ich muss morgen nicht zur Schule. S. hat mich besucht. Das ist nett von ihm, hat mir aber nicht sehr geholfen.

2. Juli … Ich habe beschlossen, hier aufzuschreiben, was wirklich passiert ist. Ich muss es jemandem anvertrauen, und nach der langen Zeit zu der Polizei zu gehen ist unmöglich. Wie auch immer, «die Wahrheit ist relativ», wie Octavia sagen würde, und was Leslie gesehen hat, könnte ganz falsch interpretiert werden. Hier also meine Schilderung dessen, was sich vor Carols Tod abgespielt hat.

Es war alles normal, bis wir am Nachmittag zum Bus zurückkehrten. Ich lief mit den anderen voraus. Ich habe lange Beine, ich laufe besser als sie – Leslie kam wie immer hinterher. Dann merkte sie, dass sie ihren Armreif verloren hatte, den silbernen, den sie zum Geburtstag bekommen hat. Sie wollte umkehren und ihn suchen. Sie sagt, dass sie gebückt gegangen ist. Als sie die Anhöhe erreicht hatte, sah sie Carol und Octavia auf der anderen Seite herunterkommen. Sie winkte ihnen, aber die beiden sahen sie nicht. Sie schienen zu streiten – Carol rannte voraus, Octavia zog sie immer wieder zurück, indem sie sie am Arm festhielt. Leslie war nicht sicher, was sie tun sollte, daher ging sie langsam weiter und sah auf beiden Seiten in die Büsche, falls ihr der Armreif beim Laufen davongeflogen war.

Als sie den Grund der Mulde erreichte, hörte Leslie laute Stimmen. Carol sagte: «Lass mich in Ruhe, lass mich einfach in Ruhe.» Und Octavia brüllte etwas wie: «Das kannst du nicht, das kannst du nicht – das ist meins!» Es war peinlich, als sie mir erzählte, dass sie gelauscht hatte, die ganze Angelegenheit. Sie beschloss, zum Bus zurückzukehren – es war ohnehin schon spät. Der Streit ging immer weiter, das hat Leslie noch mitbekommen. Carol sagte etwas wie: «Lass los, lass mich los! Sei nicht albern.» Möglicherweise hatte sie geweint. Octavia muss richtig wütend gewesen sein, sie brüllte und fauchte Carol an, verfluchte sie, sagte, sie würde nicht zulassen, dass sie ihr Leben ruinierte, nachdem sie es so weit gebracht hatte. Leslie dachte daran, umzukehren. Octavia kann schrecklich sein, wenn sie wütend ist, und Carol war wohl völlig aufgelöst. Aber Leslie ist nicht umgekehrt. Sie blieb einfach, wo sie war. Wäre sie gegangen, wäre vielleicht alles anders gekommen, aber Octavia sagt nein, solche Schuldgefühle sind ganz normal.

Leslie überlegte immer noch, was sie tun sollte, als sie ein grässliches Geräusch hörte – keinen Schrei, nur ein schreckliches, bellendes Schluchzen. Leslie sagt, wie ein Tier, dem wehgetan wird. Sie wollte zurücklaufen, aber dann hörte sie Octavia lachen, ein fröhliches Lachen, und Schritte auf dem Weg. Sie lief, so schnell sie konnte, um außer Sicht zu sein. Sie sagt, sie dachte, es wäre alles in Ordnung. Sie glaubte, mit Carol wäre alles in Ordnung, die beiden hätten sich versöhnt. Aber natürlich war es nicht so.

Ich kann nachts nicht mehr schlafen. Ich bin krank. Vielleicht bin ich sogar verrückt. Octavia war wunderbar. So ruhig und sanft. Sie hat alles erklärt. Leslie trifft keine Schuld, mich auch nicht; weder sie noch sonst jemand hätte etwas tun können. Octavia ist jeden Tag hier gewesen und hat mich angefleht, ihr keine Schuld zu geben, mir keine Schuld zu geben. Aber ich verstehe das Lachen nicht. Wenn ich es erwähne, sieht sie mich nur an, als wäre ich verrückt, und sagt, Leslie hat sich was eingebildet. Aber sie hat es gehört, ich bin ganz sicher. Ich kann mir nur nicht erklären, warum Octavia gelacht hat.

Fenwick konnte sich genau an die Kreidenische erinnern, von der Carol in den Tod gestürzt war. Wie die Simse terrassenförmig abgestuft nach unten führten und eigentlich selbst den schlimmsten Sturz hätten bremsen müssen. Er erinnerte sich an die Diskussion, die sie geführt hatten, ihre Vermutung, dass Carol, um den anderen einen Streich zu spielen, nach unten geklettert und abgestürzt war.

An Andersons Aussage erinnerte er sich ebenfalls deutlich – sie sei nicht in Carols Nähe gewesen, hatte sie gesagt. Eine Lüge. Sie war Sekunden vor ihrem Tod bei ihrer Freundin gewesen, hatte sie sich selbst überlassen, war zum Bus zurückgekehrt und hatte ihre Lügen schon parat gehabt. Warum?

Noch einmal ging er seine vier Varianten durch, wie Carol zu Tode gekommen sein konnte: Unfall, Selbstmord, von einem Fremden ermordet, von jemandem ermordet, den sie gekannt hatte. Je mehr er über Carol erfahren hatte, desto fester hatte er an einen Unfall geglaubt – bevor er die Seiten aus Katherines Tagebuch zu Gesicht bekommen hatte. Selbstmord war eine Möglichkeit; Leslie hatte sie weinen hören, aber doch wohl eher wegen des Streits und nicht aus Verzweiflung. Und alle hatten davon gesprochen, wie viele Möglichkeiten ihr offen gestanden hätten und welche neuen Pläne sie gehabt habe.

Blieb Mord. Er war Mord stets so nahe, dass der Geruch sich wie der von Formaldehyd in seinen Haaren und seiner Kleidung festgesetzt hatte. Er nahm ihn überall wahr. Mord blieb als Möglichkeit, wenn alle Alternativen eliminiert waren. Nach zwanzig Jahren konnte er sie nicht kategorisch ausschließen und ohne ein eindeutiges Motiv ließ sich aus dem verdammten Tagebuch kein Fall ableiten.

Sein Kaffee war kalt, und die pflichtbewusste Sekretärin brachte, als hätte sie es geahnt, eine frische Tasse. Er griff nach dem großen braunen Umschlag; der Brief war durchleuchtet worden, und trotzdem verkrampfte er sich, als er die Klappe aufriss. Im Innern befand sich das kurze Anschreiben einer Anwaltskanzlei in London, von der er noch nie gehört hatte; sie erklärten, dass sie den Inhalt des Briefes im Falle des Todes ihres Klienten ungeöffnet an ihn weiterleiten sollten.

Er machte den Umschlag auf, der in dem größeren gewesen war, und löste das breite Gummiband um die Papiere darin. Zuoberst lag ein versiegelter weiterer Umschlag, auf dem in geschwungener Handschrift sein Name und Dienstgrad standen. Die Notiz darin war kurz.

> Fenwick, wenn Sie das lesen, bin ich tot, aber wenn ich tot bin und Sie leben, besteht die Chance, dass sie doch noch der Gerechtigkeit zugeführt wird.
>
> Diese Dokumente sind mein Vermächtnis an Sie. Verwenden Sie

sie nach Gutdünken. Ich bitte Sie nicht um Verständnis und brauche es auch nicht, aber ich appelliere an Ihr Urteilsvermögen, damit die Toten in Frieden ruhen können.

Victor Rowland

Fenwick zog die restlichen Papiere heraus, die lose mit einer Schnur zusammengebunden waren; der Umschlag trug einen Absender in Melbourne, die Briefmarke war entfernt worden. Er sortierte die Papiere nach dem Datum. Es war ein Brief von Rowlands Onkel, Carols Vater, vom September des vergangenen Jahres, fast auf den Tag genau ein Jahr vor Rowlands Tod. Er las ihn langsam und schlürfte dabei seinen heißen Kaffee.

Lieber Victor,
ich liege im Sterben, während ich dies schreibe. Der Priester bringt meine Worte zu Papier, und nachdem er mir auf die Bibel geschworen hat, dass er dir den Brief zukommen lassen wird, bleibt mir nur noch meine Beichte.

Du bist der letzte lebende Verwandte, darum musst du die Last der Wahrheit tragen, die ich so viele Jahre mit mir herumgeschleppt habe. Es ist ein Fluch. Es hat meine Frau getötet und mich langsam vergiftet. Wäre ich stärker, hätte ich längst Schluss gemacht, aber nun wird meine Qual Gott sei Dank bald ein Ende haben.

Es geht um deine Cousine Carol. Meine geliebte Tochter, mein einziges Kind. So vollkommen, so bezaubernd, dass wir sie für ein Geschenk Gottes hielten. Zu gut für uns, zu schön. Aber ich schweife ab. Ich habe keine Zeit, von ihrem Leben zu schreiben, es geht darum, wie sie gestorben ist.

Wenn du meine Worte und die Papiere, die ich dir schicke, gelesen hast, wirst du dich fragen, warum ich so viele Jahre geschwiegen habe. Um die Wahrheit zu sagen, ich weiß es nicht. Als ich es erfuhr, war ich zunächst von Rachegedanken erfüllt. Ich wollte nach England zurückkehren und für Gerechtigkeit kämpfen, aber dann begann der Todeskampf meiner Frau, und ich habe alle Energie und alles Geld in den vergeblichen Versuch investiert, sie zu retten.

Vergeblich, weil sie sterben wollte und meine Phantasien ihr nicht geholfen haben.
Und als sie tot war, habe auch ich auf den Tod gewartet. Ich war mittellos, ließ mich treiben, wartete auf das Ende. Ich war sicher, dass es unweigerlich kommen würde, aber ich lebte weiter. Ich dachte daran, in England zur Polizei zu gehen, daher suchte ich mir einen Job, um die Überfahrt zu bezahlen. Aber bei der Arbeit überlegte ich mir, was geschehen würde, wenn ich zu den Behörden ginge, was es für Carols Andenken bedeutete. Das Gerede über sie und Octavia, das war Unsinn, was aber, wenn die Polizei es ernst nahm?
Letztendlich habe ich nichts getan. Ich habe mich bei der Arbeit abreagiert. Ich war tollkühn; ich spekulierte; ich ging irre Risiken ein. Je weniger es mir bedeutete, desto mehr Geld verdiente ich. Ich tat alles, um am Ende meines Arbeitstages hundemüde zu sein. Aber der Teufel lachte mich aus. Je weniger mir daran lag, desto wohlhabender wurde ich. Wenigstens wird mein Geld dir die Möglichkeit geben, es zu Ende zu bringen. Mein gesamter Besitz hier wird verkauft; du sollst alles bekommen. Auch nach Abzug der Steuern wirst du nie wieder arbeiten müssen.
Schon wieder schweife ich ab, dabei muss ich rasch zum Ende kommen. Vor zwei Jahren kam diese Frau nach Sydney, Octavia Anderson. Das Aufheben, das Getue, es war Ekel erregend. Da kam der eigentliche Hass. Da war diese Frau und stolzierte als angehende Berühmtheit herum, stand im Rampenlicht, und dabei hätte Carol diejenige sein sollen. Ich habe eine Vorstellung besucht. Sie war gut, aber nicht so gut, wie Carol gewesen wäre. Sie hatte keine Seele. Hinterher versuchte ich, mit ihr Verbindung aufzunehmen. Ich hätte sie auf der Stelle getötet, wenn ich sie gefunden hätte, und Gott möge mir verzeihen, ich wünsche immer noch, ich hätte es tun können.
Ich schmiedete Pläne, wie ich sie töten könnte, aber dann wurde ich krank, und sie verließ das Land. Anfangs hoffte ich, ich würde mich erholen und ihr folgen können. Doch es kam anders, und nun muss ich einen Priester um den Gefallen bitten, dass er diesen Brief an dich weiterleitet.

Dies ist mein Vermächtnis. Du bekommst das Geld, aber dies ist meine wahre Hinterlassenschaft – das Wissen, dass deine Cousine, die du, wie ich weiß, mehr als dein Leben geliebt hast, ermordet wurde. Und die Mörderin stolziert bis zum heutigen Tag frei herum, weil Carols so genannte Freundinnen Bescheid wussten und geschwiegen haben.
Ich überlasse es dir, was du tust. Was immer du tust, tust du mit meinem Segen, solange es der Gerechtigkeit dient und wir alle in Frieden ruhen können.

Richard Truman

Der Priester hatte ein hastig gekritzeltes Postskriptum hinzugefügt:

Lieber Mr. Rowland, ich bin durch einen Eid verpflichtet, Ihnen diesen Brief zu schicken. Ich habe die letzten Tage unaufhörlich gebetet und weiß, ich muss Ihnen die Zeilen schicken, weil ich mein Wort gegeben habe. Aber hören Sie *bitte* nicht auf Ihren Onkel. Er ist ein alter, todkranker Mann, der Qualen leidet, weil er das Morphium verweigert, das ihm helfen würde. Ich weiß nicht, was sich in dem Päckchen befindet, das Sie mit dem Brief bekommen werden, aber lassen Sie sich von seinem Inhalt nicht so in die Irre führen und vom Weg abbringen wie Ihr armer Onkel. Er verlangt des Teufels Werk von Ihnen, nicht das unseres Herrn. Ich werde für Sie beide beten.

Fenwick barg das Gesicht in den Händen, hielt den Kopf gesenkt und versuchte, den Tentakeln von Hass und Wut auszuweichen, die aus diesen Papieren nach ihm greifen wollten. Langsam und widerwillig öffnete er die beiden letzten Briefe. Der erste stammte von Katherine Johnstone, datiert sechs Monate nach Carols Tod. Es war ein Kondolenzbrief, sorgfältig formuliert und von einer offensichtlichen Zuneigung zu dem toten Mädchen diktiert. Er offenbarte nicht alles, was sie in ihrem Tagebuch festgehalten hatte, aber ihre Aufrichtigkeit hatte sie veranlasst, mehr preiszugeben als bei den Verhören. Sie gestand immerhin, dass Octavia kurz vor deren Tod bei Carol gewesen war und dass Octavia gelogen hatte. Am Ende des Briefes hieß es:

Ich schreibe Ihnen das, weil ich denke, dass Sie es wissen sollten. Ich bin überzeugt davon, dass es eine logische Erklärung gibt und dass Octavia Sie, wie uns, von ihrer Unschuld überzeugen könnte ...

Katherine Johnstone

Und damit hatte sie ihr eigenes Todesurteil unterschrieben, das zwanzig Jahre später vollstreckt worden war.

Schließlich ein Kondolenzbrief von Carols Musiklehrerin. Ein Abschnitt fiel ihm besonders auf.

Ich bin sicher, Sie wissen, was für ein begabtes Kind Carol war. Dieser schreckliche Unfall ist nicht nur ein Verlust für die Schule – der Welt ist ein begnadetes Talent verloren gegangen. Ich hoffe, sie hat Ihnen gesagt, dass wir sie für das De-Weir-Stipendium ins Auge gefasst hatten. Das ist eine seltene Ehre, die nicht jedes Jahr verliehen wird, aber ich persönlich glaube, dass sie sie verdient gehabt hätte, obwohl eine andere Kandidatin ihr ernsthaft Konkurrenz machte ...

Da hatte Fenwick sein Motiv.

Der Assistant Chief Constable gönnte ihm fünf Minuten, bevor er zu einer Wohltätigkeitsveranstaltung musste. Seit dem Einsatz in der Kathedrale hatten sie einander kaum gesehen; die Atmosphäre war gespannt.

«Die Antwort ist nein.» Der Assistant Chief Constable war unerbittlich. «Sie haben keinen Fall, sondern Klatsch und Tratsch aus den Briefen von Toten. Diese ganze Angelegenheit war peinlich genug, auch ohne dass Sie zwanzig Jahre alte Anschuldigungen von Mord und Verschwörung ans Licht bringen. Der Fall ist abgeschlossen.»

«Aber, Sir, wir wissen, wie verzweifelt Anderson dieses Stipendium brauchte. Ihre ganze Zukunft hing davon ab, und jetzt steht fest, dass Carol es bekommen hätte. Darum haben sie sich gestritten. Wir haben ein *Motiv*.»

«Bestenfalls ein wackeliges – und sonst nichts. Dank Rowland sind alle anderen tot, oder so gut wie; diese Smith wird sich ja wohl nicht wieder erholen. Und selbst wenn, Sie haben keine Beweise. Nur Gerede. Nein, Fenwick, lassen Sie es gut sein.»

Der Assistant Chief Constable strich sich das Haar glatt und prüfte den Sitz seines Jacketts. Das Gespräch war beendet.

Er musste dreimal läuten, bis das Mädchen die Tür einen Spalt breit öffnete und über die kurze Kette hinweg ins Licht des Spätnachmittags sah.

«Ist sie da? Ich muss sie sprechen. Es ist wichtig.»

Die Kette wurde abgenommen.

Drei große Koffer und eine Truhe standen in der Diele, schon beschriftet für die Amerika-Tournee. Octavia war in dem kleinen roten Salon, sie stand mit dem Rücken zur Tür vor dem lodernden Kaminfeuer. Fenwick betrachtete sie eine ganze Weile und registrierte erstaunt, welche Faszination sie immer noch auf ihn ausübte. Sie drehte sich ein wenig, und ihr schlanker, beweglicher Leib zeichnete sich deutlich unter dem Kaschmirpullover ab.

Im Hintergrund lief leise Musik. Er erkannte *Faust*. Das war einer von Moniques Favoriten gewesen. Die Glut des Feuers und eine kleine edwardianische Lampe bildeten die einzigen Lichtquellen und warfen flackernde, grotesk verzerrte Schatten an Decke und Wände.

«Warum?» Octavia drehte sich ganz um und sah ihn an. Sie trug kein Make-up, ihre Augen glänzten wild in dem blassen, kantigen Gesicht. Ein antikes, mit Halbedelsteinen geschmücktes Kruzifix lag, an einem dünnen schwarzen Band hängend, auf der weichen Wolle über ihrer Brust. «Warum kommst du jetzt erst? Warum kein Wort? Warum keine *Entschuldigung*?» Sie spie das Wort förmlich aus. «Ich wäre fast *gestorben*. Ohne Nightingale wäre morgen meine Beerdigung, nicht seine.»

Fenwick sah wieder das Tier in ihr, nackt und hungrig, eine Wildkatze, aggressiv bei der Verteidigung, gnadenlos bei der Jagd. Bis zu diesem Augenblick hatte er die Hoffnung gehegt, sein wachsender Argwohn könnte unbegründet sein. Aber als er sie jetzt so sah, das schmale, katzenhafte, vor Wut verzerrte Gesicht, schwanden alle Zweifel. Diese Frau konnte und würde töten, um zu schützen, was sie für sich erobert hatte. Schlimmer, sie würde an der Rache Gefallen finden. Sie hatte Rowland wahrscheinlich besser verstanden als alle anderen und sich über die Falle gefreut, in die er tappen würde, während sie den Köder spielte; und dass sie ihn im Augenblick ihres Triumphes hatte sterben sehen, war das große Los für sie gewesen.

Sein Abscheu stand ihm wohl ins Gesicht geschrieben. Sie wich einen Schritt zurück und setzte sich auf einen Sessel am Kamin. Das Licht spiegelte sich in den Halbedelsteinen auf ihrer Brust und warf scharlachrotes Flackern durch den Raum, das sich bei jedem Atemzug veränderte. Fenwick sagte immer noch nichts. Ihm fielen keine passenden Worte ein für das, was er zu sagen hatte. Stattdessen warf er ihr ein versiegeltes Päckchen zu. Sie ließ es auf den Boden fallen und bückte sich langsam, um es aufzuheben. Dann riss sie es auf, fing an zu lesen, knüllte jede gelesene Seite zusammen und warf sie achtlos ins Feuer. Grüne und gelbe Flammen züngelten zwischen den Kohlen hervor, als das Feuer die Tinte verzehrte.

Nachdem sie die letzte Seite gelesen hatte, knüllte sie auch diese zusammen und warf sie vor den Kamin, wo sie wie ein ausgetrockneter Kotballen zu ihren Füßen lag. *Faust* war schon lange zu Ende.

«Was hast du vor?»

«Ist es wahr?»

«Was glaubst du?»

Sein Schweigen war Antwort genug.

«Warum kommst du dann allein? Wo sind deine tapferen Jungs – oder warten sie draußen?» Sie machte eine Pause und sah ihn eindringlich an. «Nein, du hast keinen Fall, stimmt's? Hoffst du auf ein Geständnis, ist es das? Trägst du eine Wanze, Chief Inspector?»

«Nein, kein Tonband, und ja, ich bin allein.»

Sie lächelte.

Eis bildete sich auf Fenwicks Rückgrat, und er fügte grundlos hinzu: «Aber ich habe andere eingeweiht.»

Octavia bückte sich und warf die letzte zusammengeknüllte Seite in die Flammen. Es hatte etwas von einem Ritual.

«Das war eine Kopie.»

«Ich weiß.»

Die Seite loderte kränklich blau auf und war dahin.

Octavia wischte die Hände ab und stand auf.

«Du hast nichts in der Hand, Andrew. Wenn du etwas hättest, wärst du hier, um mich zu verhaften, und nicht, um eine melodramatische Konfrontation zu inszenieren. Es wird Zeit, dass du gehst. Ich trete morgen eine anstrengende Reise an und habe heute Abend noch viel zu tun. Ich werde eine Weile unterwegs sein. Ich bezweifle, dass wir uns nach meiner Rückkehr wieder sehen werden.»

«Warum? Warum hast du es getan? Sie war deine beste Freundin!»

Zuerst schien es, als würde sie nicht antworten, doch dann entgegnete sie mit einem Achselzucken: «Mach dich nicht lächerlich. Ich *hatte* keine Freundinnen. Ich hatte *nie* welche und will auch keine. Das sollte dir klar sein, Andrew; du bist mir näher gekommen als die meisten anderen.» Sie näherte sich ihm und strich langsam mit dem Fingernagel über seinen Handrücken. Er wollte angewidert die Hand wegziehen, doch vorher fügte sie ihm noch einen langen Kratzer zu, aus dem Blut floss.

«Geh, Andrew, du bist jämmerlich. Wie alle anderen. Nimm deine klebrige Sentimentalität und geh.»

Als das Mädchen die Tür hinter ihm zumachte, glaubte er drinnen Gelächter zu hören.

Er ließ das Auto auf dem Kirchenparkplatz stehen und ging zu Fuß zu Carols Grab. Ihm war klar, dass er sentimental war. Er legte seinen kleinen Strauß gelber Rosen zu dem Dutzend, das bereits da war, ein neuer Grabschmuck. Sein Vermächtnis war nicht das einzige gewesen, nur das schwierigste.

Er bückte sich und entfernte behutsam Unkraut und kleine Steinchen vom glatten Erdreich des Grabhügels. Er fühlte sich schmutzig, betrogen und schämte sich seiner Affäre mit Octavia zutiefst. Verspätet fiel ihm ein, dass er ein verheirateter Mann war. Er musste beten.

Die Kirche war abgeschlossen; auf einem getippten Zettel, der an der Tür hing, wurde Vandalismus als Grund angeführt. Wer zum Gebet wollte, konnte sich den Schlüssel im Pfarrhaus abholen. Fenwick brauchte die Anonymität der Kirche, keine persönlichen Fragen oder Mitleid. Er setzte sich auf eine Bank in dem kleinen Vorbau. Das musste genügen.

Ihm fielen keine Worte ein. Sein Verstand schlitterte über die bloßen Fakten wie Füße über ölige Steine. Er fand keinen sicheren Halt. Der ganze Fall sprach der Gerechtigkeit Hohn. Er hatte sich alle Mühe gegeben, sein Leben riskiert, das Leben *anderer* geopfert – um die Frau zu schützen, deren Vergehen die ganze Tragödie verursacht hatte. Sie hatte sich nicht einmal die Mühe gemacht, ihre Schuld zu leugnen. Schlimmer, sie hatte keine Veranlassung gesehen, ein Geständnis abzulegen. Seiner Erfahrung nach hatten Schuldige immer ein heimliches Bedürfnis, die Wahrheit zu sagen und je nachdem gelobt oder verurteilt zu werden. Nicht so Octavia.

Er bedauerte Rowlands Tod, empfand aber keine Schuld deswegen. Der Mann war ein eiskalter Killer gewesen. Die Witwen von zwei Polizisten und die Erinnerung an drei zerstörte Familien rechtfertigten den Tod dieses Mannes. Andersons Verkommenheit weckte Brechreiz in ihm, ebenso, dass sie keine Spur von Reue zeigte. Sie verdiente Strafe, sie sollte leiden, wie alle anderen wegen ihres Verbrechens leiden mussten. Einen Moment lang konnte er Rowland fast verstehen.

Eine Gestalt stand an Carols Grab, bückte sich und betrachtete die Blumen. Fenwick spürte einen Anflug von rechtschaffenem Zorn und sprang auf.

«Was zum Teufel machen Sie da? Gehen Sie weg!»

Jason MacDonald drehte sich um, und aus seiner finsteren Miene wurde ein gehässiges Grinsen, als er Fenwick erkannte.

«Na, wenn das nicht Mr. Plod ist. Einer der ‹Herren›, denen ich vier Stunden überflüssige Haft verdanke. Ich überlege mir, ob ich Sie verklagen soll, wissen Sie – Polizeiwillkür.»

Fenwick winkte müde ab und ging in Richtung Parkplatz davon.

MacDonald folgte ihm.

«Ich meine es ernst.»

«Es war keine Polizeiwillkür, Mr. MacDonald.»

«Ich werde mich trotzdem beschweren. Wie auch immer, was machen Sie hier? Der Fall ist abgeschlossen, oder nicht?»

«Dasselbe könnte ich Sie fragen.»

«Dies ist der Abschluss. Ich schreibe einen rührseligen Artikel, Sie wissen schon: Zwei schöne Frauen, die eine kommt auf tragische Weise früh ums Leben, die andere wird ein berühmter Star.»

«Zwei Frauen?»

«Ja, Carol und Octavia Anderson. Schulfreundinnen, durch den Tod getrennt, durch Rache fast wieder vereint, etwas in der Art.»

«Sie glauben also immer noch, dass da ein Zusammenhang besteht.»

«Tun Sie nicht so unschuldig – ich habe meine Hausaufgaben gemacht. Ich weiß, wer Rowland war. Und ich habe Leslie Smith interviewt. Habe einen Exklusivvertrag mit ihrem Mann abgeschlossen. Hat mir ihre ganzen Sachen aus der Schulzeit gegeben. Sie wird sie streng genommen nicht mehr brauchen.»

«Ich wusste nicht, dass Smith sich erholt hat!» Fenwick sah MacDonald hoffnungsvoll an, aber seine Hochstimmung war dahin, als er die Lüge in dem Blick erkannte. «Hat sie nicht, oder?»

«Nun, erholt ist vielleicht etwas viel gesagt. Ich musste ihr natürlich helfen, aber sie konnte mir andeuten, ob ich richtig oder falsch lag.»

Fenwick machte keinen Hehl aus seinem Ekel.

«Tun Sie nicht so überlegen. Sie wissen, dass es eine Verbindung zwischen Carols Killer-Cousin und den Schulmädchen-Schlachten gibt.» Alliterationen waren offensichtlich Gewohnheitssache. «Was für eine? Ist Rowland Andersons verflossener Liebhaber? Ist es das? Bei einer Berühmtheit, und einer hübschen obendrein, wird sich so eine Geschichte prima verkaufen lassen. Oder hat er Carol in einem tragischen Dreieck aus Liebe und Hass getötet, das sein fatales Ende auf den stürmischen Klippen von Devon fand?»

«Dorset.»

Eine Idee nahm in Fenwick Gestalt an. Sie war niederträchtig, und es widerte ihn an, dass er überhaupt darauf gekommen war, aber er hatte es mit einem alten Unrecht zu tun, für das Vergeltung kaum, wenn überhaupt, möglich schien. Die Lösung zeichnete sich ab. Es würde schwierig sein, die Grenze zur Illoyalität nicht zu überschreiten, aber vielleicht gab es eine Möglichkeit.

«Ich nehme an, Sie kommen jetzt ganz groß raus, was – überregionale Regenbogenpresse?»

«Sie drucken meine Artikel, ja. Wir haben ein Abkommen.»

«Ah, Sie sind Freiberufler geworden.»

«Freiberufler mit einer Festanstellung in der Hinterhand – das ist ein enormer Unterschied.»

«Welches Thema nehmen Sie sich nach dieser Geschichte vor?»

«Polizeiwillkür, denke ich – aus der Sicht eines Betroffenen. Meine Beschwerde wird der perfekte Aufhänger, und ich bin sicher, ich werde genügend andere finden, die der Meinung sind, dass die Polizei sie ungerecht behandelt hat. Warten Sie einfach ab. Ich werde Sie interviewen!»

Fenwick lachte. Es war so einfach.

«Danke!»

«Was?»

«Ich habe zum ersten Mal seit langer Zeit gelacht.»

«Was ist so komisch? Wenn Sie glauben, Sie kommen ungeschoren davon … Ich habe meine Kontakte zu den Überregionalen, wissen Sie.» Der Mann plapperte weiter, aber Fenwick hörte nicht mehr zu. Er sah sein Büro vor sich. Die alte Kaffeemaschine auf dem Schreibtisch der Sekretärin im Vorzimmer, seinen Schreibtisch, auf dem sich Papiere stapelten, und ganz obenauf der Laborbericht über Katherines Tagebücher sowie die Briefe von Rowland und seinem Onkel. Alle Beweise, die er hatte – aber sie reichten nicht aus, um dem Rechtssystem zu beweisen, dass vor rund zwanzig Jahren ein Mord geschehen war. Es würde nie zu einer Gerichtsverhandlung kommen, aber es gab andere Mittel und Wege, Gerechtigkeit geschehen zu lassen. Er sah MacDonald von der Seite an; ja, selbst Parasiten konnten nützlich sein.

«Mr. MacDonald, warum kommen Sie nicht in mein Büro und tragen Ihre Beschwerde gleich vor?»

«Ich habe keine Zeit. Ich habe diese Story im Voraus verkauft und muss meinen Termin einhalten.» Er sah auf die Uhr. «Und mir ist immer noch keine pfiffige Schlussfolgerung eingefallen.»

«Perfekt.»

«Pardon?»

«Nichts. Ich nehme an, Sie haben es auf die Überregionalen abgesehen?»

«Das ist nicht gerade Stoff für die erste Seite.»

«Nein, ganz genau.»

Sein Tonfall ließ MacDonald innehalten und ihn durchdringend ansehen, und er nahm ihn beim Arm.

«Wie Sie sagen, Mr. MacDonald, es ist nicht gerade Stoff für die erste Seite, was bedeutet, Sie haben genügend Zeit, mit in mein Büro zu kommen und Ihre Beschwerde vorzubringen.» Fenwick lächelte ihn an. «Und ich denke, das sollten Sie tun. Ich werde mir sogar die Zeit nehmen und Ihnen höchstpersönlich eine Tasse Kaffee machen.»

Dieses Buch hätte ohne die Unterstützung und das Verständnis meines Mannes Mike, der mich abwechselnd lobte, ermutigte und verpflegte, niemals geschrieben werden können.

Außerdem möchte ich Philip Wharton für seine unschätzbaren Informationen über Vorgehensweisen der Polizei danken, sowie Tony Heath, mit dessen Einladung zu einer Aufführung von Verdis *Requiem* alles angefangen hat.